프레드릭 브라운 SF 단편선 1

아마겟돈

프레드릭 브라운 지음 | 조호근 옮김

서커스

차례

프레드릭 브라운 SF 단편선 1

아마겟돈

아마겟돈
Armageddon

그 일이 일어난 것은 하고많은 곳 중에 하필이면 신시내티였다. 딱히 신시내티에 문제가 있다는 소리는 아니다. 그저 신시내티가 우주의 중심도, 심지어는 오하이오 주의 중심도 아닐 뿐이지. 물론 유서 깊은 훌륭한 도시이며, 어떤 면에서는 세상 그 어떤 장소에도 뒤지지 않는 곳이다. 그러나 시 상공 회의소에 문의하더라도 신시내티가 우주적으로 중요한 의미를 가지는 곳이라 말하지는 못할 것이다. 따라서 그 사건이 발생했을 때 '위대한 게르베르'가—대단한 이름 아닌가!—신시내티에서 공연을 하고 있었다는 사실은 그저 우연에 지나지 않을 것이다.

물론 세간에 이 사건이 알려졌더라면 신시내티는 세계에서 가장 유명한 도시가 되었을 것이며, 꼬마 허비는 현대의 성 조지로 칭송받으며 퀴즈 쇼의 아이보다 더 많은 갈채를 받았을 것이다. 그러나 그날 비주 극장에 있던 관객 중 그 사건을 기억하는 사람은 아무도 없었다. 심지어 사건의 유일한 증거인 물총을 가지고 있는 꼬마 허비 웨스터먼 본인조차도.

허비는 반대편 무대 조명 속에 서 있는 마술사를 보고 있을 뿐, 주머니 속에 있는 물총에 대해서는 생각조차 하지 않고 있었다. 극장에 오는 길에 부모를 구슬려 바인 가로 잠시 길을 틀어서 15센트를 주고 산 새 물총이었다. 그러나 지금 이 순간, 허비는 무대 위에서 펼쳐지는 공연 쪽에 훨씬 주의를 기울이고 있었다.

소년의 얼굴에는 이 정도면 납득할 수 있다는 표정이 떠올라 있었다. 허비도 잘 알고 있는 손바닥 안에서 카드를 사라지게 하는 마술이었다. 직접 해 보일 수도 있었다. 그래, 물론 아홉 살 소년의 손에 맞는 크기의, 마술 세트에 딸려 오는 작은 카드를 사용해야 할 것이다. 그래, 물론 지켜보는 사람들이 손바닥과 손등을 뒤집을 때 카드가 펄럭이는 모습을 볼 수 있기는 할 것이다. 그러나 그런 세부적인 문제는 사소한 것일 뿐이었다.

물론 허비도 그런 속임수를 사용해 일곱 장의 카드를 동시에 나났다 사라지게 하려면 상당한 손가락 힘과 민첩성이 필요하다는 사실을 잘 알고 있었고, 무대 위의 위대한 게르베르는 바로 그걸 해 보이고 있었다. 카드의 위치가 변할 때도 전혀 어색해 보이지 않았다. 허비는 그의 기술을 인정하며 고개를 끄덕였다. 그리고 이내 다음 순서가 무엇인지를 기억해 냈다.

그는 어머니를 가볍게 건드리며 말했다. "엄마, 아빠한테 남는 손수건 있는지 물어봐 주세요."

곁눈질로 어머니가 고개를 돌리는 모습을 확인한 다음, 허비는 "얼른요"라는 말을 하는 데 걸리는 시간보다 더 빠르게 자리에서 일어나 통로를 헤치고 나갔다. 소년이 생각하기에는 거의 예술적인 주의 돌리기 기술이었고, 타이밍도 완벽했다.

허비가 예전에 혼자 왔을 때 확인한 바로는, 이제 위대한 게르베르가 청중을 돌아보며 소년 한 명에게 무대 위로 올라와 달라고 부탁할 차례였다. 곧 요청을 던질 참이었다.

허비 웨스트먼은 즉각 행동에 들어갔다. 그는 마술사가 질문을 던지기도 전에 움직이기 시작했다. 저번 공연에서는 통로에서 무대로 올라가는 계단에 이르기도 전에 사태가 종결되어 버렸다. 그러나 이번에는 미리 준비를 하고 있었고, 부모의 구속에서도 완벽하게 벗어나 있는 상태였다. 어머니의 감시하에 있었더라면 그를 가게 해주었을 수도, 그렇지 않을 수도 있었다. 어머니가 다른 쪽을 보도록 하는 편이 더 현명한 처사였다. 부모란 가끔 뜬금없이 해괴한 생각을 하는 법이라, 이런 일에서는 신용할 수가 없었다.

"─무대로 올라와 주시겠습니까?" 위대한 게르베르가 물음표로 문장을 마무리하는 바로 그 순간, 허비의 발은 계단의 첫 단을 밟고 있었다. 실망으로 가득한 다른 발소리를 뒤로 한 채로, 허비는 으스대는 웃음을 지으며 무대 조명 안으로 걸어 들어갔다.

저번 공연에서 알게 된 바에 따르면, 관객의 도움을 요청하는 마술은 '세 마리 비둘기' 마술이었다. 그가 원리를 밝혀내지 못한 마지막 마술이었다. 상자 속 어딘가에 숨겨진 공간이 있다는 점은 확신하고 있었지만 그 정확한 위치는 짐작조차 할 수가 없었다. 그러나 이번에는 상자를 직접 손에 들게 될 것이다. 그 정도의 거리에서도 속임수를 파악할 수 없다면, 마술 따위는 관두고 우표 수집이나 하던 때로 돌아가는 편이 나을 것이다.

허비는 마술사를 향해 자신감 넘치는 웃음을 지어 보였다. 속임수를 관객 앞에서 폭로해 버릴 생각은 아니었다. 허비 본인도 마술사였기 때문에, 마술사 사이에서는 서로의 속임수를 드러내지 않는다는 묵시적인 규약이 있다는 사실을 잘 알고 있었으니까.

그러나 마술사의 눈을 보자 허비는 약간 오싹한 기분이 들었고, 이내 웃음도 사라지고 말았다. 가까이서 본 위대한 게르베르는 무대 조명 밖에서 볼 때보다 훨씬 나이가 들어 보였다. 그리고 어딘가 달랐다. 일단 키가 훨씬 커 보였다.

어쨌든 상자 속의 비둘기 마술을 할 차례였다. 게르베르의 진짜 조수가 쟁반 위에 놓인 상자를 가지고 등장했다. 마술사의 눈에서 시선을 돌리자 허비의 기분도 조금 나아졌다. 심지어는 무대에 올라온 이유도 기억할 수 있을 정도였다. 조수는 다리를 절고 있었다. 허비는 확실히 해두자는 생각에 고개를 숙여 쟁반 아래를 슬쩍 살펴보았다. 아무것도 없었다.

게르베르가 상자를 들었다. 조수는 절룩이는 걸음으로 무대를 떠났고, 허비는 미심쩍은 눈으로 조수를 쫓았다. 실제로 다리를 저는 것일까, 아니면 이것도 주의 돌리기의 일부일까?

마술사는 흔히 말하는 대로 팬케이크처럼 상자를 깔끔히 펼쳐 보였다. 상자의 옆면은 모두 아랫면에 경첩으로 고정되어 있고, 윗면은 옆면 중 하나에 붙어 있었다. 여기저기 작은 황동 걸쇠가 달려 있었다.

관객들이 상자를 보는 동안, 허비는 재빨리 뒤로 한 걸음 물러서서 상자의 뒤편을 확인했다. 그래, 이제 확실히 알 수 있었다. 뚜껑의 한쪽에 삼각형 공간이 달려 있었다. 모든 면이 거울로 되어 있고 알아챌 수 없도록 세심하게 각도를 조절해 만든 물건이었다. 낡은 수법. 살짝 실망스러웠다.

마술사는 상자를 다시 정육면체 모양으로 만들었다. 거울로 만든 비밀 공간은 상자 안으로 들어갔다. 그는 살짝 몸을 돌리며 말했다. "자, 그럼 거기 젊은 친구—"

티베트에서 일어난 사건 하나가 모든 것을 결정한 것은 아니었다. 그저 일련의 사건의 마지막 한 조각이었을 뿐이었다.

이번 주 티베트의 날씨는 영 이상했다. 상당히 이상했다. 따뜻했던 것이다. 인간의 힘으로 측량할 수 없는 세월이 흘러가는 동안 녹은 눈보다 이번 주의 따스한 날씨에 녹은 눈이 더 많을 정도였다. 계곡마다 눈 녹은 물이 격렬하고 빠르게 흘러내렸다.

계곡에 걸쳐 있는 마니차摩尼車 바퀴 중 일부는 지금까지 그 어느 때보다 더 빠르게 돌아갔다. 물속에 잠겨 움직임을 멈춘 것들도 있었다. 승려들은 차가운 물속에 무릎까지 잠긴 채, 서둘러 바퀴를 물가 가까운 곳으로 옮겨 내오고 있었다. 급류를 타고 바퀴가 다시 돌 수 있도록.

그중에 작은 바퀴가 하나 있었다. 인간이 아는 세월보다 훨씬 오래전부터 멈추지 않고 돌아온, 매우 낡은 바퀴였다. 너무 오래되었기 때문에 그 마니차에 새겨진 기원의 문구가 무엇인지, 왜 그것을 새겼는지 아는 라마승은 아무도 없었다.

클라라스라는 이름의 라마승이 바퀴를 안전한 곳으로 옮기기 위해 손을 뻗었을 때 격류가 바퀴의 축 근처로 다가왔다. 너무 늦어 버렸다. 진흙에 발이 미끄러져 넘어지는 순간, 그의 손등이 바퀴를 건드렸다. 고정줄에서 떨어져 나온 바퀴는 그대로 급류에 휩쓸려 내려갔다. 계곡의 바닥으로 가라앉아 구르며, 갈수록 더 깊은 곳으로 굴러들어갔다.

그 바퀴가 구르는 동안은 아직 괜찮았다.

라마승은 온몸이 푹 젖은 채로 떨리는 몸을 일으키고는, 다른 바퀴를 찾아 움직이기 시작했다. 작은 바퀴 하나 없다고 무슨 문제가 있겠는가? 그러나 그는 모르고 있었다. 다른 모든 연결 고리가 부서진 이상, 이제 세계에 아마겟돈이 강림하는 일을 막는 존재는 그 작은 바퀴가 유일하다는 사실을.

왕구르 울의 마니차 바퀴는 계속해서 굴러갔다. 구르고 또 구르다, 마침내 1마일을 더 내려가서 바위턱에 부딪쳐 움직임을 멈추었다. 그게 바로 그 순간이었다.

"자, 그럼 거기 젊은 친구—"

허비 웨스터먼은—참고로 무대는 다시 신시내티로 돌아온 참이다—왜 마술사가 말을 하다 멈추었는지 궁금해서 고개를 들었다. 위대한 게르베르의 얼굴이 큰 충격을 받은 듯 뒤틀렸다. 조금도 움직이지 않고, 조금도 변하지 않고, 그의 얼굴이 변하기 시작했다. 조금도 달라지지 않으면서 다른 모습을 취하기 시작했다.

그리고 마술사는 나직하게 웃기 시작했다. 가볍지만 사악함 그 자체나 다름없는 웃음이었다. 그 웃음소리를 들은 사람들은 모두 그의 정체를 알아챘다. 의심할 나위가 없었다. 모든 관객이, 단 한 사람도 빼놓지 않고, 바로 그 끔찍한 순간 무대 위에 서 있는 자의 정체를 알아챘다. 가장 회의적인 사람조차 다른 생각을 할 수가 없었다.

움직이는 사람도, 입을 여는 사람도, 숨을 헐떡이는 사람도 없었다. 세상에는 공포를 넘어서는 감정이 존재한다. 공포란 불확실성에서 오는 것이다. 그러나 그 순간 비주 극장에는 끔찍한 확실성만이 도사리고 있었다.

웃음소리가 갈수록 커져만 갔다. 계속 커져서는 이내 객석의 가장 끝 먼지투성이 구석에 반사되어 다시 돌아왔다. 어느 누구도, 심지어 천장에 붙은 파리조차도 움직이지 않았다.

사탄이 입을 열었다.

"여기 불쌍한 마술사에게 주의를 기울여 주시다니, 후의에 감사드리오." 그는 과장되게 깊숙이 고개를 숙여 인사했다. "여기서 공연을 끝내기로 하지."

그리고 그는 웃음을 지었다. "세상 모든 곳의 공연이 막을 내릴 것이오."

아직 전등이 빛나고 있었지만, 왠지 모르게 극장 안이 어두워져 가는 것만 같았다. 쥐죽은 듯한 침묵 속에서 날갯짓 소리가 들려왔다. 피막으로 된 날개를 푸드덕대는, 보이지 않는 끔찍한 존재들이 모여드는 것만 같은 소리였다.

무대 위에는 붉은 기운이 감돌고 있었다. 큰 키의 마법사의 머리에서 양 어깨에 이르기까지 작은 불꽃이 치솟아 뒤덮었다. 순수한 불길이었다.

사방에 불꽃이 보였다. 무대 전면을 따라 조명에 맞추어 불길이 일렁였다. 꼬마 허비 웨스터먼이 아직도 들고 있던 상자 뚜껑에서도 불꽃이 하나 솟아올랐다.

허비는 상자를 떨어뜨렸다.

허비 웨스터먼이 어린이 소방대원이라는 사실을 언급했던가? 순전히 반사적인 행동이었다. 아홉 살 먹은 아이가 아마겟돈과 같은 사건에 대해서 딱히 아는 것은 없겠지만, 그런 허비 웨스터먼이 보기에도 물로는 끌 수 없는 불이 분명했다.

그러나 이미 말했듯이, 순전히 반사적인 행동이었다. 소년은 새로 산 물총을 뽑아들고 비둘기 마술용 상자를 향해 물을 뿜었다. 순간 불길이 사라져 버렸다. 심지어 상자 뚜껑에 맞고 튀어, 다른 쪽을 보고 있던 위대한 게르베르의 바지 자락을 적시기까지 했다.

순간 아주 짤막하게 치익 하는 소리가 들렸다. 조명이 점차 환해졌고, 다른 불길도 모두 사그라들기 시작했다. 날갯짓 소리도 희미해지다가 곧 다른 소리, 관객들의 웅성거리는 소리와 뒤섞였다.

마술사는 그대로 눈을 감은 채, 묘하게 억눌린 목소리로 이렇게 뇌까렸다. "아직 이 정도의 힘은 남아 있다. 너희들은 모두 이 일을 기억하지 못하리라."

그리고 그는 천천히 몸을 돌려 상자를 집어 들었다. 그리고 그는 상자를 허비 웨스터먼에게 내밀었다. "조심해야지. 이제 잘 잡고 있거라, 애야."

그는 마술봉으로 상자의 뚜껑을 가볍게 두드렸다. 뚜껑이 열렸다. 하얀 비둘기 세 마리가 상자에서 날아올랐다. 이번에는 피막의 날갯짓 소리가 아니었다.

허비 웨스터먼의 아버지는 계단을 내려오더니, 단호하게 부엌 벽에 걸려 있는 면도칼 가는 가죽끈을 손에 쥐었다.

웨스터먼 부인은 화덕에서 수프를 젓다가 고개를 들었다. "어머, 헨리. 정말로 그거 때문에 벌을 줄 생각인 거예요? 집으로 오던 길에 차창 밖으로 물총을 살짝 쐈을 뿐인데요."

그녀의 남편은 험악한 얼굴로 고개를 저었다. "그 때문이 아니야, 마지. 시내로 내려가다 물총을 사준 다음에 저 녀석이 수도꼭지 근처에 갔던 기억이 있어? 녀석이 어디서 물을 채웠을 것 같아?"

그는 아내의 대답을 기다리지 않았다. "견진성사 때문에 성당에 들러서 라이언 신부님하고 대화를 나눴을 때 물을 채운 거야. 세례식에 쓰는 수반에서 말이야! 물총에 성수를 넣은 거라고!"

그는 가죽끈을 단단히 쥐고 쿵쿵거리며 계단을 올라갔다.

리드미컬한 채찍질 소리와 고통스러운 비명이 층계를 따라 흘러내려왔다. 세상을 구한 허비가 그 대가를 받는 소리였다. (1941)

스타 마우스
Star Mouse

당시에 생쥐 밋키는 밋키가 아니었다.

밋키는 그저 위대한 헤르 오베르부르커 교수 집의 바닥과 석고벽 뒤에 사는 평범한 생쥐일 뿐이었다. 그는 왕년에 빈과 하이델베르크에서 교수 일을 하다가, 자기네 나라 권력자의 과도한 관심을 피해 이곳으로 온 사람이었다. 그리고 그 과도한 관심은 헤르 오베르부르커 본인이 아니라 실패작 로켓 연료의 부산물로 발생한 가스를 향한 것이었다. 그러니까, 다른 용도로 사용되면 아주 성공적인 결과를 가져올 법한 물건 말이다.

물론 교수가 정확한 제작법을 넘겨줄 경우의 이야기였다. 이에 대해서는— 뭐 어쨌든, 교수는 탈출에 성공했고 덕분에 지금은 코네티컷의 작은 집에서 살고 있었다. 밋키 또한 그곳에 살았다.

작은 회색의 생쥐와 작은 회색 머리카락의 남자였다. 양쪽 모두 딱히 독특한 구석은 없었다. 특히 밋키는 독특한 구석이라고는 조금도 찾아볼 수 없었다. 가족이 있고, 치즈를 좋아하고, 생쥐들 사이에도 로터리 클럽이 존재한다면 그 회원이었을 법한 그런 생쥐였다.

물론 헤르 오베르부르커 교수에게는 가벼운 괴벽이 있었다. 이성

관계에 조금도 관심이 없었기 때문에 대화를 나눌 상대가 없었고, 따라서 혼잣말을 할 수밖에 없었다. 그러나 그는 스스로를 달변가라고 여겼으며 작업하는 동안 꾸준히 자신과 대화를 시도하는 모습을 보였다. 사실 이게 중요한 점이었는데, 밋키는 훌륭한 청력으로 밤새 계속되는 독백을 전부 들을 수 있었기 때문이다. 물론 이해할 수는 없었다. 독백에 대해 뭔가 생각을 했다 쳐도, 아마도 교수를 크고 시끄럽고 너무 과도하게 찍찍거리는 거대 생쥐로 여기는 정도였을 것이다.

교수는 흔히 이런 식으로 혼잣말을 하곤 했다. "크리고 이체 여기 연료 연소퐌이 체대로 만틀어졌는치 확인해 볼카. 10만 푼의 1 인치 단위카지 맞아야 하는데. 아, 완퍽하쿤. 크럼 이제…"

밤이 흘러가고, 낮이 흘러가고, 달이 흘러갔다. 빛나는 물체는 계속 커져갔고, 헤르 오베르부르커의 눈 속의 빛도 갈수록 밝아지고 있었다.

3.5피트 길이에 괴상하게 생긴 날개가 달려 있는 물체였는데, 헤르 오베르부르커 교수가 모든 용무를 해결하는 방 가운데의 탁자 위 가설대에 놓여 있었다. 그와 밋키가 살고 있는 집에는 방이 네 개가 있지만, 교수는 아직 그 사실을 알아채지 못한 모양이었다. 처음에는 가장 큰 방을 연구실로만 사용하려 했다. 그러나 얼마 지나지 않아 잠이 필요할 때마다 방 한쪽의 접이식 침대에서 눈을 붙이는 쪽이 더 편하다는 사실을 깨닫게 되었고, 금빛 TNT 알갱이를 녹여 위험한 수프를 만들고 온갖 괴상한 물질로 양념을 하던 바로 그 가스버너로 가끔씩 요리를 하기도 했다. 만든 음식을 별로 입에 대지는 않

았지만.

"크러면 이체 여기 연소콴들에 이걸 따른 다음에, 1번 시험콴과 2번 시험콴의 폭발물이 어떻게 반응하는지만 확인하면—"

그날 밤 밋키는 가족을 데리고 더 안전한 거처를 찾아 떠날까 생각했다. 들썩이거나 흔들리거나 주춧돌이 뿌리째 뽑혀버리지 않는 집으로 말이다. 그러나 결국 밋키는 이사를 가지 않았다. 그럴 만한 대가가 있었으니까. 사방에 새로운 쥐구멍이 생겨났고, 교수가 다른 이런저런 물건들과 함께 음식을 보관하는 냉장고 뒤편에 커다란 틈새가 생기는 행운이 찾아온 것이다.

물론 연소용 시험관은 모세관 정도 굵기였다. 그 이상이었으면 쥐구멍 주변에 붙어 있을 집이 남아나지 않았을 테니까. 그리고 물론 밋키는 앞으로 일어날 일을 예측하거나 헤르 오베르부르커 교수의 영어 억양을 알아들을 수 없었다(물론 엄밀히 말하자면 어떤 억양의 영어도 전혀 알아듣지 못했겠지만). 만약 교수의 말을 이해할 수 있었더라면, 냉장고의 틈새조차도 밋키를 이곳에 붙들어 놓지 못했을 것이다.

그날 아침, 교수는 자신만만한 모습이었다.

"내 연료가 성콩했어! 두 번째 연소콴은 폭발하지 않았다고. 그리고 첫 번째는 내 생각대로 부분적으로 폭발했고! 게다가 더 캉력하니까, 우주선의 탑승 공간을 더 많이 확보할 수 있을 테고—"

바로 그거다. 탑승 공간. 바로 이게 밋키가 중요한 역할을 맡는 부분이다. 아직은 교수 본인조차도 모르고 있었지만. 사실은 밋키가 존재한다는 것 자체도 이 순간까지는 알지 못하고 있었다.

"크러면 이체" 그는 여전히 자신의 가장 훌륭한 청중에게 말하고 있었다. "양쪽 연소관의 연료가 복식으로 착동하케만 하면 되는 거치. 크런 타음에는—"

바로 그 순간, 처음으로 교수의 눈에 밋키가 들어왔다. 아니, 그보다는 벽 아래의 받침판에 뚫린 쥐구멍에서 살짝 나와 있는 반짝이는 까만 코와 회색 수염이 들어왔다고 해야 할 것이다.

"이런!" 그가 말했다. "여기 누가 계신카! 다름 아닌 밋키 마우스 아니신카! 밋키, 다음 주 쯤에 드라이브 한번 해 보는 건 어털 컷 칼니? 어티 한 번 볼카."

이런 이유로, 교수는 물자를 구하러 마을로 내려갈 때 쥐덫을 하나 주문했다. 쥐를 죽이는 잔인한 종류가 아니라 철창이 달린 종류로. 그리고 치즈를 넣고 10분도 지나지 않아 밋키의 작고 예민한 코는 치즈 냄새를 포착했고, 이내 그대로 사로잡히고 말았다.

그러나 사로잡혔다고는 해도 딱히 불편해지는 않았다. 밋키는 정중하게 귀빈 대접을 받았다. 밋키가 들어간 우리는 교수가 대부분의 작업을 수행하는 탁자 위에 놓였고, 철창 사이로 소화불량이 생길 정도로 많은 치즈가 들어왔다. 그리고 교수는 더 이상 혼잣말을 할 필요가 없었다.

"사실 말이다, 밋키. 하트포트에 있는 연쿠소에 흰쥐를 한 마리 보내탈라고 편지를 보낼 생각이었탄다. 하지만 너를 만났는데 크럴 필요는 없켔치? 실험실 흰쥐보타 네가 훨씬 튼튼하고 컨강하고 긴 여행을 컨딜 수 있을 테니 말이야. 크렇치? 아, 수염을 움찔거리는 걸보니 동의하는 모양이로쿠나. 크렇치? 그리고 어두운 구멍 속에 익숙해져 있으니 흰쥐보다 폐소콩포증도 덜할 커고 말이야. 크렇치?"

그리하여 밋키는 토실토실하게 살이 올랐고, 행복에 겨워 우리에서 탈출할 생각조차 잊어먹었다. 심지어 두고 온 가족까지 잊어먹었을지도 모른다는 염려가 들기는 하지만, 밋키에게 뭔가를 아는 것이 가능하다면 가족에 대해서는 조금도 걱정할 필요가 없다는 점을 알고 있었을 것이다. 적어도 교수가 냉장고의 틈새를 발견하고 수리를 하기 전까지는 말이다. 그리고 교수는 냉장고에 대해서는 조금도 신경을 쓰지 않고 있었다.

"크러면 밋키, 여키 날개를 이렇게 붙여 보자쿠나. 대기 충에서 착륙을 도와추는 부품일 뿐이란다. 이커랑 여키 이컷들이 있으면 안전하고 천천히 착륙할 수 있을 커란다. 캑실의 충격 흡수 장치가 머리를 너무 세케 부딪치지 않게 해 줄 커야. 내 생각에는." 물론 밋키는 나머지 부분을 알아듣지 못한 것과 같은 이유 때문에 '내 생각에는'이라는 품질 보증에서 느껴지는 불길한 느낌을 알아채지 못했다. 즉 아까 설명했듯이 아직은 영어를 할 줄 몰랐기 때문에 말이다.

그러나 헤르 오베르부르커는 계속해서 그에게 말을 걸었다. 그림을 보여주기도 했다. "네 이름을 타온 생쥐를 본 적이 있니, 밋키? 뭐라코? 없다코? 잘 보커라. 이케 진차 밋키 마우스란다. 봘트 디스니가 만들었지. 하지만 네카 더 퀴여운 것 같쿠나, 밋키야."

회색 꼬마 생쥐를 보고 이렇게 말하다니 교수는 아무래도 살짝 미쳐 있었던 모양이다. 사실 제대로 작동하는 로켓을 만들었다는 것만으로도 충분히 미쳤다고 할 수 있을 것이다. 묘한 점은 교수가 발명가가 아니었다는 것이다. 밋키에게 상세하게 설명한 바에 따르면, 그가 만든 로켓에서 새로운 발명이라곤 단 한 가지도 없었다. 헤르 오베르부르커는 기술자, 즉 다른 사람의 착상을 실현시킬 수 있는 사람이었다. 그의 제대로 된 유일한 발명품인 연료 구실을 하지 못하는 연료는 미국 정부로 넘어갔지만, 결국 예전에 발견되었으나 너무 단가가 비싸서 실용성이 없다는 이유로 폐기된 물질과 동일하다는 점만 증명되고 말았다.

밋키에게 이런 내용을 상세하게 설명하면서, 교수는 이렇게 덧붙였다. "크저 정밀 부품을 완벽하게 만들고 수학 계산을 정확하게 하면 되는 문제란다, 밋키. 이미 전부 존재하는 컷틀이거든. 우리는 크냥 모든 부품을 조립할 뿐이야. 크럼 뭐가 나오는지 알코 있니, 밋키야?"

"탈출 속도를 얻케 된단다, 밋키야! 아슬아슬하긴 하지만 넘을 수 있어. 아마도. 물론 대기퀀 상층에는, 대류퀀에는, 성층퀀에는, 아직 알 수 없는 요인들이 있켔치, 밋키. 콩기 저항을 완벽하케 알코 있다코 생칵은 하지만, 확신을 할 수 있을카? 아니란다, 밋키. 확신은 할 수카 없어. 카본 적이 없으니카. 크리코 이 키케는 너무 카늘어서 콩기의 흐름에 영향을 심하케 받케 된단다."

그러나 밋키는 그런 일에는 조금도 신경 쓰지 않았다. 둥그스름한 알루미늄 합금 원통의 그림자 속에서 그저 행복하게 살이 쪄 가고 있을 뿐이었다.

"Der Tag(오늘이야), 밋키, der Tag(드디어 크날이 왔단다)! 크리코 너한테 커짓말을 하지는 않으마, 밋키야. 안심을 시키려고 커짓을 말할 수는 없으니카. 너는 위험한 여행을 떠나는 커란다, 내 작은 친구야."

"확률은 50대 50이란다, 밋키야. 달에 도착하거나 터지는 게 아니라, 달에 도착해서 터지거나 아마도 안전하게 지구로 돌아오는 거란다. 우리 불쌍한 밋키, 달은 녹색 치즈로 만들어져 있는 컷이 아니란다. 크리코 설령 크렇타고 해도 너는 치즈를 먹지 못할 커란다. 달에는 대기카 없어서 수염이 붙은 채로 안전하게 착륙할 수카 없커든."

"크러면 왜 나를 보내는 커냐코, 이제 묻코 싶겠지? 이 로켓이 탈출 속도에 도달하지 못할 수도 있키 때문이란다. 크런 경우에도 실험이 되긴 하켔지만, 다른 종류의 실험이 되는 셈이지. 달에 카지 못하는 로켓은 다시 지구로 떨어치지 않겠니? 크럴 경우에는 여러 종류의 키구가 우주에서 어떤 일이 벌어지는카에 대한 정보를 주케 될 커란다. 크리고 너도 정보를 주켔지. 살아서 돌아올 수 있는지 아닌지, 지구와 동일한 대기 환경에서 충격 흡수 창치와 날개가 충분히 제 역할을 하는지. 알겠니?"

"크러면 나중에 큼성으로 로켓을 보낼 때 만약 대기가 존재한다면, 필요한 날캐와 충격 흡수 장치의 크기를 케산할 수 있케 될 커란다. 만약 크렇케 되면, 네가 살아 돌아오든 못하든 아주 유명해질 커야! 지구의 대기퀀을 떠나서 우주로 나카는 첫 생물이 되는 컷이니 말이다."

"밋키야, 너는 스타 마우스가 될 커란다! 청말 부럽쿠나, 밋키. 내카 네 정도 크기였다면 청말 좋았을 텐데. 크러면 나도 캀을 텐데 말이야."

Der Tag(그날), 그리고 객실의 문이 닫혔다. "잘 카거라, 꼬마 밋키 마우스야." 어둠. 침묵. 그리고 굉음!

'저 로켓은… 달에 도착하지 못하면… 지구로 떨어지켔지?' 헤르 오베르부르커는 이렇게 생각했다. 그러나 생쥐와 인간의 완벽한 계획은 수포로 돌아가는 법이나니. 설령 그 생쥐가 우주 생쥐라 할지어도.

모든 것은 프륵슬 때문이었다.

헤르 교수는 심각하게 외로워졌다. 밋키라는 대화 상대를 한번 가져 보고 나니, 독백은 어쩐지 공허하고 부적절하게만 여겨졌던 것이다.

꼬마 회색 생쥐가 아내의 대용품으로는 부족하다고 생각하는 사람도 있겠지만, 그 생각에 동의하지 않는 사람도 있을 것이다. 게다가 어찌됐든 우리 교수는 아내를 가져본 적은 없지만 말동무 생쥐는 가져본 적이 있는 사람이었다. 따라서 사실 생쥐가 아니라 아내를 바랐던 것이라 해도, 본인은 알 도리가 없었을 것이다.

로켓을 발사한 이후 이어지는 긴긴 밤 동안, 그는 망원경에 열심히 매달려 있었다. 작고 귀여운 8인치 반사 망원경으로 점차 가속해 가는 로켓을 추적하고 있었던 것이다. 분사구의 불꽃이 반짝이는 작은 점으로 보였기 때문에 방향만 알고 있으면 충분히 추적이 가능했다.

그러나 이튿날 낮에는 할 일이 아무것도 없었다. 게다가 지치기는 했어도 잠들기에는 너무 흥분한 상태였다. 그래서 그는 집안일에 조금 손을 대기로 마음먹고 냄비와 프라이팬을 닦기 시작했다. 그 일에 몰두해 있노라니 화급한 찍찍 소리가 들려왔고, 그는 이내 다른 꼬마 생쥐를 발견하게 되었다. 밋키보다 수염과 꼬리가 조금 짧은 생쥐 한 마리가 철창 쥐덫 안으로 걸어 들어온 것이었다.

"이거, 이거." 교수가 말했다. "여기 누가 오셨나? 미니인가? 우리 미니가 밋키를 찾아 온 건가?"

교수는 딱히 생물학에 조예가 있는 사람은 아니었지만, 이번에는 그의 생각이 옳았다. 실제로 미니였던 것이다. 그러니까, 밋키의 배우자였으니 적절한 이름이었다는 소리다. 대체 무슨 이유로 미니가 미끼도 없는 쥐덫 안으로 스스로 걸어 들어왔는지는 교수 입장에서는 알 수도 없고 딱히 궁금하지도 않았지만, 어쨌든 즐거운 일이었다. 그는 즉시 창살 사이로 큼직한 치즈 덩어리를 밀어 넣어 미끼의 부재를 보충해 주었다.

이렇게 해서 멀리 떠난 남편을 대신해 미니가 교수의 말벗 역할을 맡게 되었다. 미니가 자기 가족 걱정을 했는지의 여부는 알 도리가 없지만, 걱정할 필요 자체는 없었을 것이다. 이제 다들 자기 몸 건사는 할 정도로 자라 있었으니까. 숨을 곳이 잔뜩 있고 쉽사리 냉장고 내용물에 접근할 수 있는 집에 살고 있기도 했고.

"아, 크리코 이제 날이 충분히 어두워졌구나, 미니야. 이제 너희 남편을 찾아볼 수가 있겠어. 불타는 흔적을 남기며 하늘을 카로지르고 있단다. 크래, 미니야, 분명 매우 작은 흔적이라 천문학자들은 알아보지 못하겠지. 어디에 있는지를 모른다면 말이야. 하지만 우리는 알코 있단다."

"아주 유명한 생쥐가 될 커란다, 미니야. 우리 밋키 말이야. 전 세계에 내 로켓에 대해 알리키만 하면 말이지. 사실 미니, 아직 아무에케도 이컬 알리지 않았단다. 일단 키다렸다가 한 번에 모든 내용을 발표할 생각이란다. 내일쯤이면 우리는—"

"아, 저기 있쿠나, 미니야! 희미하지만 저기 있어. 너를 망원경 앞으로 들어 올려서 보여줄 수도 있겠지만, 네 눈에는 초점이 맞지를 않켔지. 크리코 어떻케 하면—"

"거의 10만 마일의 속도로 날아카고 있단다, 미니야. 크리고 아직도 카속하고 있지. 하지만 크리 오래 카지는 않을 거야. 우리 밋키는 일정에 따라 움직이커든. 사실 우리카 생칵한 것보다 더 빨리 날아카고 있지 않니? 이 정도면 탈출 속도를 넘어서 달에 추락할 컷이 분명해 보이는쿠나!"

물론 이 순간 미니가 찍 소리를 낸 것은 순전히 우연의 일치일 뿐이었다.

"아, 크래, 미니야, 꼬마 미니야. 나도 알아, 나도 안단다. 두 번 다시 우리 밋키를 보지 못하케 되켔지. 내 실험이 실패했으면 좋았을 커라고 생칵하게카지 되는쿠나. 하지만 보상이 있단다, 미니야. 밋키는 세상에서 카장 유명한 생쥐가 될 커란다. 스타 마우스가 될 커야! 지구의 중력을 벗어나는 최초의 생물이 될 커란다!"

밤은 길었다. 가끔씩 짙은 구름이 시야를 가렸다.

"미니야, 그 작은 철창보다 더 편안한 곳을 마련해 주마. 창살이 없으면 더 자유로운 키분이 들지 않켔니? 창살 대신 해자가 있는 현대적인 동물원 캍이 말이다."

그래서 구름이 하늘을 가리고 있는 한 시간을 기다리면서, 교수는 미니의 새 집을 만들어 주었다. 나무 상자의 한쪽 귀퉁이를 잘라내어 마련한 두께 반 인치에 넓이 1제곱피트의 나뭇조각을 탁자 위에 놓은 다음, 주변에는 눈에 띄는 울타리는 두르지 않았다.

그러나 그는 미니의 집이 될 부분 주변에 은박지를 두른 다음, 마찬가지로 은박지를 두른 다른 나뭇조각 위에 올려놓았다. 그리고 가까운 곳에 소형 변압기를 설치한 다음, 양극을 각각 안팎의 은박지에 연결했다.

"크럼 이제, 미니야, 지큼 네 섬에 올려놓아 주마. 치즈하고 물은 케속해서 콩급해 줄 테니, 살키에는 아주 좋은 콧이 될 커야. 하지만 섬의 카장자리로 나오려코 하면 가벼운 전기 충격이 올 케다. 별로 코통스럽지는 않켔지만 키분이 나쁠 테니, 몇 번 하고 나면 다시 시도해 볼 생칵이 들지 않켔지. 크리코—"

그리고 다시 밤이 찾아왔다.

미니는 훌륭하게 학습한 후 자기 섬에서 행복하게 살고 있었다. 이제 은박지 안쪽으로는 발도 들여놓지 않았다. 물론 미니가 사는 섬은 생쥐의 천국이나 다름없는 곳이었다. 미니의 몸보다 더 큰 치즈 절벽이 있었다. 덕분에 미니는 바쁘게 지낼 수 있었다. 생쥐와 치즈를 함께 놓으면 곧 한쪽 물질이 다른 쪽 물질로 변화하게 마련이다.

그러나 오베르부르커 교수는 그쪽은 생각하고 있지 않았다. 교수는 걱정하고 있었다. 계산을 하고 또 하고 8인치 반사 망원경을 지붕에 뚫린 구멍으로 향하고 집안의 불을 꺼도—

그래, 어쨌든 독신으로 사는 일에도 장점이 있기는 한 모양이다. 지붕에 구멍을 뚫고 싶으면 그냥 뚫으면 되는 거고, 그게 미친 짓이라고 말해 주는 사람이 없으니 말이다. 겨울이 오거나 비가 내리면 목수를 부르거나 방수천을 사면 되는 일 아닌가.

하지만 그가 바라본 곳에는 희미한 빛의 흔적조차 보이지 않았다.

교수는 얼굴을 찌푸리고 다시 계산하고 다시 재계산하고 망원경을 1초의 3/10만큼 돌렸지만, 여전히 로켓은 보이지 않았다.

"미니야, 뭔가 잘못된 모양이다. 로켓의 분사기가 멎었거나, 아니면—"

아니면 로켓이 더 이상 출발점에 대해 직선을 그리며 움직이지 않는다는 뜻이었다. 물론 여기서 직선이란 속도를 제외한 다른 모든 것에 대해 포물선 궤적을 그린다는 뜻이지만.

그래서 교수는 할 수 있는 유일한 일을 했다. 망원경으로 조금씩 큰 원을 그리며 흔적을 찾기 시작한 것이다. 발견한 것은 두 시간이 지나서였다. 이미 궤도에서 5도는 벗어나 있는 상태로, 갈수록 더… 글쎄, 이렇게 설명할 수밖에 없을 것 같다. 회전 궤도에 들어서 버렸다고.

그 빌어먹을 로켓은 원을 그리고 있었다. 그곳에 있을 리 없는 존재 주변을 계속 빙빙 돌고 있었다. 그러더니 마침내 공간의 한 점을 중심으로 소용돌이를 그리기 시작했다.

그러고는… 사라졌다. 영원히. 어둠만이 남았다. 로켓의 불꽃은 보이지 않았다.

미니를 돌아보는 교수의 낯빛은 끔찍할 정도로 창백했다.

"이건 불가능한 일이란다, 미니야. 내 눈으로 직접 봤지만, 말도 안 되는 일이야. 한쪽 로켓의 점화가 멈췄더라도, 저런 식으로 갑자기 원을 그릴 리는 없어." 연필을 바삐 놀리자 곧 그의 추측은 확신이 되었다. "크리코 미니야, 저렇게 갑자기 감속을 하는 것은 불가능하단다. 로켓 분사관이 전부 작동을 정지하더라도, 관성이 존재하니까 더 빠르케—"

그날 밤 내내 망원경과 방정식을 돌려 보아도, 아무런 단서도 발견되지 않았다. 적어도 믿을 수 있는 단서는 전혀 없었다. 로켓이 아닌 다른 힘이, 중력으로서는 설명할 수 없는—심지어 가상의 천체가 존재한다고 하더라도— 힘이 작용한 것이 분명했다.

"우리 불쌍한 밋키."

잿빛의 뜻 모를 새벽이 찾아왔다. "우리 미니야, 이컨 비밀로 해야 할 커란다. 우리카 본 내용을 논문으로 펴내더라도 아무도 믿어주지 않을 테니카. 나 자신도 믿코 있는지 확신할 수카 없단다, 미니야. 어쩌면 잠을 자지 않아서 피로카 쌓인 컬지도 몰라. 환상을 본 컬지도…"

같은 날. "하지만 미니야, 아직 희망은 있탄다. 15만 마일 떨어진 콧에서 사라졌지. 크러면 지구로 다시 떨어져 내릴 커란다. 하지만 어딘지 알 수카 없지! 추락하케 되면 궤도를 계산할 수 있을 커라고 생각했는데… 하지만 크렇케 소용돌이를 크리며 추락한 이상, 아인슈타인이 와도 추락 지점을 계산해 낼 수 없을 커란다. 나조차도 불카능할 커야. 우리는 그저 로켓이 추락하는 소리를 듣기를 바라야 하는 커란다."

구름 낀 날이 이어졌다. 검은 밤하늘은 자신의 신비를 깊이 감추었다.

"미니야, 우리 불쌍한 밋키. 대체 무엇이 그런 짓을 할 수 있단 컨지…"

그러나 분명 원인은 존재했다.

프륵슬이었다.

프륵슬은 소행성이었다. 물론 지구의 천문학자들은 그런 이름으로 부르지 않는다. 여기에는 아주 훌륭한 이유가 있는데, 바로 천문학자들이 아직 그 소행성을 발견하지 못했기 때문이었다. 따라서 여기서는 그 소행성의 거주자들의 발음과 최대한 가까운 표현을 사용하기로 하겠다. 그래, 그곳에는 거주자가 존재했다.

생각해 보니 오베르부르커 교수가 달로 로켓을 보내려 시도한 일은 꽤나 기묘한 부수적 효과를 하나 야기하기는 했다. 아니, 프륵슬의 소행이기는 했지만.

소행성이 알코올 중독자를 교정할 수 있으리라 생각하는 사람은 없을 것이다. 당연한 소리겠지? 하지만 코네티컷 브리지포트에 사는 찰스 윈슬로는 그 순간 이후 단 한 번도 술을 입에 댄 적이 없었다. 그로브 가를 걷고 있을 때 생쥐 한 마리가 하트퍼드로 가는 길을 물어보았던 것이다. 밝은 빨간색 바지를 입고, 선명한 노란 장갑을 낀 생쥐가─

하지만 그건 교수가 로켓을 놓친 후로 15개월이 지난 후에 있었던 일이다. 처음부터 다시 시작해 보기로 하자.

프륵슬은 소행성이다. 지구의 천문학자들이 하늘의 해충이라 부르는 경멸의 대상이 되는 천체 말이다. 그 빌어먹을 것들이 천구 위에 계속해서 흔적을 남기고 다니는 바람에 중요한 초신성이나 성운 따위를 관찰할 수가 없으니까. 밤하늘이라는 이름의 검은 개의 몸에 들끓는 5만 마리의 벼룩 중 하나였던 것이다.

대부분은 상당히 작은 크기이다. 천문학자들은 최근 지구 가까운 곳을 지나치는 소행성을 몇 개 발견했다. 놀라울 정도로 가깝게. 1932년에는 아모르가 1천만 마일 밖을 지나가며 모두를 흥분시키기도 했다. 천문학의 개념으로 볼 때 그 정도면 5번 아이언으로 한 방 거리밖에는 되지 않는다. 그런 다음에는 아폴로가 그 절반 거리까지 다가왔고, 1936년에는 아도니스가 150만 마일 거리까지 다가왔다.

1937년에는 헤르메스가 50만 마일까지 근접했지만, 천문학자들은 그 궤도를 계산해 본 다음 최고 22만 마일까지 근접할 수 있다는 결과를 얻고 정말로 흥분했다. 그 정도면 달보다도 더 가까운 거리인 것이다.

그러므로 언젠가는 더욱 흥분하게 될지도 모른다. 3/8마일 크기의 우주 먼지에 지나지 않는 소행성 프릭슬이 달 궤도 안쪽을 지나가며, 종종 고속으로 자전하는 우리 행성에서 10만 마일 거리를 지나가기도 한다는 사실을 알게 된다면 말이다.

물론 프릭슬은 빛을 반사하지 않으니 궤도가 겹칠 때만 발견할 수 있을 것이다. 프릭슬의 거주자들은 내부에서 만들어 낸 빛을 흡수하는 검은색 도료를 자기네 소행성에 바르기 때문에, 이 소행성은 수백만 년 동안이나 빛을 반사하지 않았다. 생각해 보면 자기네 행성을 통째로 칠하는 것은 상당히 대단한 일이다. 그것도 거주자들의 키가 반 인치밖에 되지 않는 상황에서는. 하지만 당시에는 그럴 가치가 있는 일이었다. 궤도를 따라 공전하는 동안 적의 눈을 피할 수 있었으니까. 당시에는 거인들이, 데이모스에서 찾아온 8인치 크기의 해적들이 이 행성을 습격하곤 했다. 이 살육을 즐기는 유쾌한 꼬마 거인들은 멸종되기 전까지 지구에도 두어 번 찾아왔다. 데이모스의 지표 아래 파묻힌 유적을 살펴보면 공룡에게 무슨 일이 일어났는지 확인할 수 있을 것이다. 공룡들이 사라지고 우주적 단위로 따지자면 고작 몇 분밖에 지나지 않았을 때, 종의 가능성의 정점에 올라 있던 크로마뇽인이 사라진 이유도.

그러나 프룩슬은 살아남았다. 이 작은 소행성은 더 이상 태양의 빛을 반사하지 않았고, 덕분에 궤도를 바꾸는 과정에서 우주 살육자들의 눈을 피할 수 있었다.

프룩슬. 수백만 년의 나이를 먹은 문명을 품고 있는 소행성. 검은 도료를 유지하고 주기적으로 새로 칠하는 일도, 수많은 문명이 사라진 지금은 공포보다는 전통에 따른 일일 뿐이었다. 강대하지만 정체된 문명이 총알처럼 우주를 날아다니는 소행성 위에 여전히 자리를 잡고 있었다.

그리고 밋키 마우스가 등장했다.

과학자 종족의 수석 과학자인 클라로스는 조수인 벰지의 어깨를 톡톡 쳤다. 그러니까, 어깨가 있었더라면 어깨였을 부위를 말이다. "저기 좀 보게. 뭔가 프룩슬로 접근해 오고 있군. 인공 추진체가 분명한데."

벰지는 벽면을 들여다보고는 기계로 뇌파를 전송해 전자기장을 변화시켜서 영상을 천 배 배율로 확대했다.

화면은 훌쩍 커지며 떨리다가 곧 초점이 맞았다. "인공적인 물건이로군요." 벰지가 말했다. "극도로 조잡하기는 하지만 말입니다. 초보적인 급속 연소형 동력을 가진 로켓이군요. 잠깐만요, 어디서 온 건지 확인해 보겠습니다."

그는 영상이 있는 벽면 위쪽의 계기판에 떠오른 수치를 읽은 다음, 사고의 힘으로 그 수치를 컴퓨터의 정신 코일에 던져 넣고는 그 세상에서 가장 정교한 기계가 모든 요인을 검토하고 답변을 준비하는 것을 기다렸다. 이내 그는 컴퓨터의 출력 장치 쪽으로 마음의 초점을 옮겼다. 클라로스 역시 소리 없는 방송 쪽으로 귀를 기울였다.

지구의 특정 장소, 정확한 발사 시각. 추진체가 그리는 발사 궤적. 프릭슬의 중력장에 들어온 지점. 로켓의 종착지, 또는 원래 의도한 종착지는 명백하게도 지구의 위성이었다. 그리고 로켓의 궤적이 변하지 않는다면 프릭슬에 도착할 시간도 확인되었다.

"지구라." 클라로스는 생각에 잠겨 말했다. "저번에 확인했을 때는 로켓을 사용하려면 한참 남은 줄로만 알았는데. 십자군이었나, 뭐 그런 신앙 전쟁을 벌이고 있지 않았던가?"

뱀지는 고개를 끄덕였다. "투석기에 활과 화살을 사용하고 있었죠. 실험적인 로켓이기는 하지만, 그동안 상당히 빠르게 발전한 모양입니다. 여기 도착하기 전에 파괴해야 할까요?"

클라로스는 진중하게 고개를 저었다. "한번 살펴보세. 어쩌면 지구에 직접 가지 않아도 될지도 모르잖나. 로켓만 확인해도 현재의 발달 상태를 확인할 수 있을 걸세."

"하지만 그러려면 우리는—"

"물론이지. 연구소를 호출하게. 인력-척력 방사기를 사용해서 우리 주변의 임시 궤도에 올린 다음, 착륙대를 준비하도록 하게. 끌어내리기 전에 연소형 엔진을 끄는 걸 잊지 말고."

"착륙대 주변에 임시로 역장을 설치하는 편이 좋겠지요? 만일을 대비해서?"

"물론이지."

그렇게 해서 착륙용 날개가 효력을 발휘하기에 필요한 대기가 거의 존재하지 않음에도 불구하고, 로켓은 안전하고 부드럽게 착륙했다. 너무 부드러워서 컴컴한 로켓 안에 들어 있는 밋키는 끔찍한 소음이 잦아들었다는 것만 알 수 있을 정도였다.

밋키는 기분이 조금 나아졌다. 객실을 가득 채우고 있는 치즈를 조금 더 갉아먹은 다음, 다시 객실 사방을 두르고 있는 1인치 두께의 나무판에 구멍을 뚫으려는 시도로 돌아갔다. 나무판은 교수 양반이 밋키의 정신 건강을 위해 친절하게 붙여 준 것이었다. 구멍을 뚫고 나갈 수 있어 보이도록 만들어 주면, 끔찍한 로켓 소리로부터 신경을 분산할 수 있을 것이라 생각한 것이다. 그리고 교수의 착상은 효과가 있었다. 뭔가 몰두할 일이 있었기 때문에, 밋키는 어두운 객실 안에서 정신적인 고통을 겪지 않았던 것이다. 그리고 이제 사방이 조용해지자, 그는 더 열심히, 더 행복하게 나무판을 갉기 시작했다. 물론 나무를 뚫고 나면 더 이상 갉을 수 없는 금속 벽이 나온다는 사실은 알지 못하는 채였다. 하지만 밋키보다 더 영리한 사람들도 자신이 감당할 수 없는 일 속으로 갉아 들어가곤 하지 않던가.

그러는 동안 클라로스와 벰지와 다른 수천 명의 프룩슬 인들은 거대한 로켓을 바라보며 서 있었다. 로켓은 한쪽으로 누운 상태로도 그들의 머리 위로 한참을 솟아 있었다. 어린아이들은 투명한 역장이 있다는 사실을 잊은 채 너무 가까이 다가서다가 애처롭게 머리를 문지르며 돌아오곤 했다.

클라로스 본인은 정신 측정기를 확인하고 있었다.

"로켓 안에 생명체가 있군." 그는 벰지에게 말했다. "하지만 혼란스러운 감정만 읽히네. 한 마리인데 사고 패턴을 확인할 수가 없어. 지금 당장은 이빨로 뭔가를 하고 있는 것 같은데."

"저 행성의 지배 종족인 지구인은 아닐 겁니다. 지구인은 저 거대한 로켓보다도 훨씬 크니까요. 거대한 생물들이죠. 어쩌면 자기네를 실을 만한 로켓을 만들 수가 없어서, 우리의 우라스와 같은 실험용 생명체를 보냈을지도 모릅니다."

"자네 생각이 옳은 것 같군, 벰지. 뭐, 그래도 그 생명체의 정신을 샅샅이 살피면 확인차 지구에 들를 필요는 없지 않겠나. 그럼 이제 문을 열겠네."

"하지만 공기가— 지구의 생명체는 상당한 농도의, 거의 몸을 짓누를 정도의 공기를 필요로 할 텐데요. 살아남지 못할 겁니다."

"물론 역장은 그대로 둬야지. 그러면 공기가 밖으로 새어나오지는 않을 걸세. 로켓 안에 공기를 공급하는 장치가 있지 않으면 지금까지 저 생명체가 살아남지도 못하지 않았겠나."

클라로스가 조종간을 움직이자, 역장에서 투명한 위족이 뻗어나와 외부 문의 나사를 돌린 다음, 안으로 뻗어 들어가 내부의 객실 문을 열었다.

모든 프륵슬 인들은 숨을 멈춘 채 머리 위의 구멍에서 괴물의 회색 머리가 나오는 모습을 관찰했다. 프륵실 인 한 명의 몸체만큼이나 길고 두꺼운 수염이 흔들리고 있었다—

밋키는 로켓에서 뛰어 나온 다음 한 발짝 앞으로 나서다 그곳에 존재하지 않는 무언가에 까만 코를 세게 부딪혔다. 그리고 찍 소리를 내며 로켓 쪽으로 휙 뛰어 물러섰다.

괴물을 바라보는 뱀지의 얼굴에 혐오감이 어렸다. "우라스보다 훨씬 지능이 떨어지는 것이 분명하군요. 그냥 광선으로 처리해 버리는 편이 나을지도 모르겠습니다."

"그럴 필요 없다네." 클라로스가 그를 제지했다. "자네는 지금 아주 명백한 사실 몇 가지를 잊고 있군. 물론 저 생물은 지능이 없는 존재지만, 모든 동물의 무의식 속에는 지금까지 마주한 모든 기억, 느낌, 감각의 경험이 남아 있다네. 이 생물이 지구인의 대화를 듣거나 지구인이 만든 물건을 보았다면―이 로켓 외에도 말일세―모든 단어와 영상이 뇌리에 각인되어 있을 걸세. 내 말뜻을 알겠나?"

"물론 그렇겠지요. 제가 얼마나 한심한지 모르겠습니다, 클라로스. 로켓을 보니 한 가지는 명백해지는군요. 앞으로 최소한 수천 년 동안은 지구의 과학에 대해 걱정할 필요가 없다는 것 말입니다. 따라서 그리 걱정할 일은 없을 것 같습니다. 이 생물의 기억을 태어났을 때로 돌려보낸 다음, 정신 측정기를 통해 모든 감각의 기억을 확인하려면― 글쎄요, 적어도 이 생명체의 연령과 동일한 시간은 필요하겠지요. 거기다 그 내용을 해석하고 이해하는 데도 시간이 필요할 테고요."

"굳이 그럴 필요는 없다네, 뱀지."

"네? 아, 혹시 X-19 전자파를 사용하시려는 겁니까?"

"바로 그걸세. 이 생물의 두뇌 중추에 전자파를 집중하면 기억에 간섭하지 않은 채로 지성 수치를 살짝 올릴 수 있을 걸세. 아마 지금은 0.0001 정도겠지만, 사고가 가능한 단계까지 끌어올릴 수 있겠지. 그 과정에서 이 생물이 직접 자기 기억을 해석하고 이해하게 될 걸세. 해당 경험을 했을 때 이미 지능을 가지고 있었던 것처럼 말이야.

알겠나, 뱀지? 자기가 알아서 필요 없는 데이터를 정리해 버리고, 우리 질문에 답변해 줄 수 있을 거라는 말일세."

"하지만 설마 우리 정도의 지능을 주실 생각이신 건—?"

"우리 정도? 설마, X-19 전자파로 그런 일은 불가능하다네. 수치로 환산하자면 0.2 정도가 되겠지. 저 로켓이나 예전 탐사에서 파악한 지구인의 능력으로 따져 본다면, 아마 현재 지구인의 지성 수치와 비슷할 거라고 생각하네."

"음, 그래요. 그 정도면 지구에서 경험한 일을 충분히 해석할 수 있을 테고, 우리에게도 위험하지 않을 테지요. 지능을 가진 지구 생물과 동일한 정도라. 우리 목적에 딱 맞을 것 같습니다. 그러면 우리 언어도 가르쳐야 할까요?"

"잠깐 기다려 보게." 클라로스가 말했다. 그는 정신 측정기를 한동안 자세히 들여다보았다. "아니, 그럴 필요는 없겠군. 자기 언어를 가지게 될 걸세. 무의식 속에 상당히 긴 대화가 기억되어 있군. 묘하게도 전부 한 사람의 독백인 것 같지만 말일세. 그래도 이 정도면 간단한 언어를 가지게 될 걸세. 지능을 주더라도 우리의 의사소통 방식을 학습하려면 시간이 오래 걸리지 않겠나. 그러나 우리라면 저 생물이 X-19 기계에 들어가 있는 동안 저 생물의 언어를 순식간에 배울 수 있지."

"혹시 지금도 그 언어를 이해하고 있는 건 아니겠지요?"

클라로스는 다시 정신 측정기를 확인했다. "아니, 내 생각에는—잠깐. 저 생물에게 의미를 가지는 단어가 하나 있는 것 같네. '밋키'라는 단어야. 저 생물의 이름인 것 같은데, 너무 여러 번 들어서 대충 자신과 연관을 짓고 있는 것 같군."

"그러면 저 생물을 위한 에어록 등의 구역이 필요하겠지요?"

"물론이지. 건설하도록 명령을 내리게."

단순히 기묘한 경험이었다고 말하는 것으로는 밋키가 겪은 일을 설명하기에 턱없이 부족할 것이다. 지식이란 차근차근 쌓아 나가도 기묘한 것이기 마련이다. 그 모든 지식을 단숨에 획득하게 된다면—

그리고 몇 가지 추가로 수정이 필요한 부분도 있었다. 발성 기관의 문제처럼 말이다. 밋키의 발성 기관은 새로 학습한 언어를 발음하기에 적합하지 않았다. 벰지가 그 문제를 해결했다. 사실 딱히 수술이라고 부르기도 애매했는데, 밋키는 새로 얻은 지능으로도 무슨 일이 벌어지는지를 알지 못했으며, 그 과정 내내 깨어 있었기 때문이다. 그리고 그들은 밋키에게 외부에서 절개를 하지 않고도 내부의 구조를 수정할 수 있는 J차원 사용 방법에 대해 설명해 주지 않았다.

물론 밋키가 그런 지식을 모른다는 것은 알고 있었지만, 프륵슬인들은 지식을 전수하는 것보다는 받아들이는 쪽에 더 흥미가 있었기 때문이다. 벰지와 클라로스, 그리고 그 외 자격이 있다고 여겨지는 열 명 정도가 모여들었다. 한 사람이 질문을 멈추면 바로 다음 사람이 질문을 이어갔다.

그들의 질문은 밋키 자신의 이해 역시 가속시켰다. 보통은 질문을 받기 전까지는 밋키 자신이 해답을 알고 있다는 사실조차 모르고 있었다. 그러나 질문을 받게 되면, 자기도 모르게 (우리가 지식을 받아들이는 원리를 모르는 것과 마찬가지로) 정보를 서로 짜맞춰 이해한 다음 답변을 하게 되는 것이었다.

벰지: "네가 사용하는 언어가 지구 전체에서 사용하는 언어인가?"

이렇게 물어보면, 밋키는 예전에 생각해 본 적이 없는 일인데도 답변을 바로 떠올렸다. "아니, 아니야. 이 언어는 영어인데, 쿄수님이 다른 언어로 말하던 키억이 나커든. 원래는 다른 언어를 사용했던 컷 같은데, 미국에 온 후로는 더 익숙해지려고 항상 영어만 사용했던 컷 같아. 아름다운 언어 아니야?"

"흐으으음." 벤지가 말했다.

클라로스: "크리코 너희 종족, 생쥐 말이야. 좋은 대접을 받코 있나?"

"대부분은 아니치." 밋키는 이렇게 말하고는 부연 설명을 했다.

"친쿠들을 위해 뭔가 해 추코 싶어." 그는 이렇게 덧붙였다. "있찮아, 나한테 해준 이컬 하는 키술을 카지고 돌아가면 안 될카? 다른 생쥐들한테 사용해서, 슈퍼 생쥐 종족을 만들면 안 되겠어?"

"안될 컨 없지" 벰지가 말했다.

그는 클라로스가 자신을 바라보는 묘한 눈빛을 알아채고는, 수석 과학자의 정신과 자신의 정신의 주파수를 맞추었다. 물론 밋키는 이들의 대화를 들을 수 없었다.

"그래요, 물론 문제가 생기기는 할 겁니다." 벰지는 클라로스에게 말했다. "생쥐와 인간처럼 극도로 다른 두 종족이 동등한 위치에서 평화롭게 공존할 수 있을 리가 없지요. 하지만 그런 상황이 결국 우리에게는 도움이 될 것이라 생각하지 않으십니까? 결과적으로 지구에서는 난장판이 펼쳐질 테고, 덕분에 지구의 기술 발전은 둔화될 겁니다. 지구인이 우리가 여기 있다는 것을 발견하고 문제가 시작되기까지 수천 년은 평화롭게 보낼 수 있게 되겠지요. 지구인들이 어떤 존재인지 아시지 않습니까."

"하지만 X-19 전자파를 넘겨주겠다는 건가? 그게 있으면—"

"아뇨, 당연히 그건 아니죠. 하지만 밋키에게 아주 조악하고 제한적인 능력을 가진 기계 정도는 넘겨줄 수 있지 않습니까. 생쥐의 정신을 0.0001에서 0.2단계까지 상승시키는 능력만을 가진 원시적인 기계를 말입니다. 밋키나 이족 보행을 하는 지구 종족과 같은 단계까지만요."

"그거야 가능하겠지." 클라로스는 생각으로 의사를 전달했다. "지구인들은 앞으로 수십억 년이 지나도 저 기계의 기본 원리를 이해할 수 없을 테니까."

"하지만 그런 조악한 기계라도 자신들의 지성 단계를 올릴 수는 있지 않을까요?"

"뱀지, 자네 X-19 전자파의 기본적인 한계를 잊고 있군. 지성 단계를 자신의 수준 이상으로 올리는 기계를 직접 제작할 수는 없다는 것 말이야. 우리도 그런 일은 할 수 없지 않은가."

물론 이런 대화는 모두 밋키의 머리 위에서 소리 없는 프록슬 어로 이루어진 것이었다.

계속 질문이 이어졌다.

클라로스가 다시 입을 열었다. "밋키, 한 가지 경고를 하겠다. 함부로 전기에 가까이 가지 말도록. 네 두뇌 중추에 가한 분자 재배열은 불안정하기 때문에—"

벰지: "밋키, 너희 쿄수 양반이 로켓 실험에서 가장 앞서 나가는 사람이라는 컨 확실한 컨카?"

"종합해 보자면 크래, 벰지. 한 카지 분야에서 더 많은 컷을 아는 사람은 있을 커야. 폭발이나, 수학이나, 천체물리학이나. 하지만 많이 앞선 컷은 아니커든. 크리코 모든 지식을 종합하는 일에는 쿄수님이 월등히 앞서 있어."

"크커 잘됐쿤." 벰지가 말했다.

작은 회색 생쥐는 키가 반 인치밖에 안 되는 프룩슬 인들을 공룡처럼 굽어 내려다보고 있었다. 순한 초식동물이기는 했지만, 밋키의 힘이라면 순식간에 한 사람을 물어죽일 수 있었을 것이다. 그러나 물론 그러고 싶다는 충동은 조금도 일어나지 않았고, 프룩슬 인들 역시 그런 걱정은 하지도 않았다.

밋키의 정신을 철저히 살펴보았기 때문이다. 물론 육체적으로도 상당히 꼼꼼히 확인했지만, J차원에서 일어난 일이라 밋키로서는 알 도리가 없었다.

그들은 밋키의 관심사와 알고 있는 모든 것과 아는지조차 알지 못했던 모든 것을 알아냈다. 그리고 밋키를 꽤나 좋아하게 되었다.

"밋키." 어느 날 클라로스가 말했다. "지구의 모든 문명 종족은 옷을 입지 않나? 생쥐의 정신 단계를 인칸 정도로 올리면, 너희들도 옷을 입어야 하지 않겠나?"

"훌륭한 생각이야, 헤르 클라로스. 크리코 내카 입코 싶은 옷은 이미 정해져 있커든. 헤르 쿄수님이 디스니라는 화가가 크린 생쥐 그림을 보여준 적이 있어. 크 생쥐는 옷을 입코 있었어. 진짜 살아 있는 생쥐카 아니라 상상 속의 생쥐이키는 한데, 쿄수님이 그 디스니 생쥐한테서 내 이름을 따 오셨커든."

"그 생쥐는 어떤 옷을 입코 있었지, 밋키?"

"앞뒤로 커다란 노란색 단추카 두 캐씩 달린 빨간색 바지하코, 뒷발에는 노란 신발을 신코 있고 앞발에는 노란 장갑을 끼코 있어. 엉덩이에는 쿠멍이 있어서 코리를 내놓을 수 있코."

"알켔어, 밋키. 5분 안에 크런 옷을 준비해 주지."

밋키가 떠나기 전날 밤에 있었던 일이었다. 처음에 뱀지는 프룩슬의 기묘한 궤도가 다시 한번 지구와 150만 마일 거리까지 근접할 때를 기다리자고 제안했다. 그러나 클라로스가 지적한 대로, 그러려면 지구 기준으로 55년이 흘러야 하는데, 밋키는 그렇게까지 오래 살아남지 못할 것이 분명했다. 물론 그들이라면 이 문제도 해결할 수는 있겠지만— 결국 뱀지는 그런 종류의 비밀 기술은 지구로 보내지 않는 편이 좋다는 점에 동의했다.

그래서 그들은 밋키의 로켓에 125만 마일의 거리를 순식간에 좁힐 수 있는 연료를 채우는 것으로 합의를 보았다. 이 경우에는 비밀이 새어나갈 것을 걱정할 필요가 없었다. 로켓이 착륙할 때 즈음에는 연료가 전부 사라져 있을 테니까.

떠나는 날이 찾아왔다.

"네카 지구에서 출발한 지점 큰처로 떨어지도록 최선을 다했어, 밋키. 하지만 이런 원커리 여행에서는 크 이상 정확하키를 키대할 수는 없는 법이야. 큰처까지는 칼 수 있을 커야. 나머지는 너한테 달려 있어. 로켓에는 모든 상황에 대비할 수 있케 준비를 해 놨코."

"코마워요, 헤르 클라로스, 헤르 벰지. 잘 있어요."

"잘 카라, 밋키. 정말 헤어지키 싫쿠나."

"잘 카, 밋키."

"잘 있어요, 잘 있어요…"

125만 마일 밖에서 쏘아올린 것치고는 조준이 제법 정확했다. 로켓은 하트퍼드 근처 오베르부르커 교수의 집에서 60마일 떨어진 브리지포트에서 10마일 떨어진 롱아일랜드 해협에 착륙했다.

물론 수면에 착륙할 경우에 대해서도 대비가 되어 있었다. 로켓은 바닥까지 가라앉았지만, 고작해야 수면에서 수십 피트 아래 정도였다. 밋키는 안에서도 열 수 있도록 특수 장치를 달아놓은 문을 열고는 밖으로 나왔다.

그는 평상복 위에 작고 훌륭한 잠수복을 입고 있었다. 대부분의 물속에서 몸을 보호할 수 있고, 물보다 가벼워서 금방 수면으로 떠올라 헬멧을 벗을 수 있는 옷이었다.

적어도 일주일은 버틸 수 있는 합성 음식도 가지고 있었지만, 딱히 필요는 없게 되었다. 보스턴에서 출발하는 밤배의 닻줄에 매달려 브리지포트에 도착한 다음, 그는 땅이 보이자마자 잠수복을 벗어서 부력 발생장치에 구멍을 뚫은 다음 물로 던져 넣었다. 클라로스에게 약속한 그대로였다.

거의 본능적으로, 밋키는 오베르부르커 교수를 만나서 이야기를 하기 전까지는 인간을 피하는 편이 낫다는 사실을 깨달았다. 가장 큰 위험은 헤엄쳐 도달한 부두에 살고 있는 쥐들이었다. 밋키보다 열 배는 크고, 두 입이면 밋키의 몸을 반으로 잘라버릴 수 있는 이빨을 가지고 있었기 때문이다.

그러나 항상 정신이 물질을 이기는 법이다. 밋키는 오만하게 노란 장갑을 뻗으며 말했다. "썩 꺼져." 쥐들은 그 말에 따라 도망쳐 버렸다. 밋키와 같은 존재는 처음이었으며, 꽤나 감명을 받았기 때문이었다.

밋키가 하트퍼드로 가는 길을 물어본 주정뱅이 또한 마찬가지였다. 앞서 언급한 바 있지만, 그 사람은 밋키가 직접 대화를 시도한 유일한 인간이었다. 물론 최대한 주의를 기울이기는 했다. 여차하면 도망칠 수 있는 구멍을 몇 인치 뒤에 두고 전략적으로 위치를 잡았다. 그러나 도망친 쪽은 주정뱅이였다. 밋키의 질문에 제대로 대답조차 하지 않고 말이다.

하지만 결국 밋키는 목적지에 도착했다. 그는 마을의 북쪽으로 돌아가서 주유소 주유기 뒤에 숨은 채로, 기름을 넣으러 오는 운전자가 하트퍼드로 가는 길을 묻기만을 기다렸다. 그리고 차가 출발할 때 몰래 올라탔다.

나머지는 그리 어렵지 않았다. 프루슬 인들의 계산에 의하면, 로켓의 출발점은 원격 지도상에서 도시로 보이는 곳에서 북서쪽으로 5마일 떨어져 있었고, 밋키는 교수의 말을 통해 그 도시가 하트퍼드라는 사실을 알고 있었다.

그는 마침내 도착했다.

"안녕하세요, 교수님."

헤르 오베르부르커 교수는 깜짝 놀라 고개를 들었다. 그러나 아무도 눈에 띄지 않았다. "뭐지?" 그가 허공을 보고 말했다. "누쿤카?"

"저예요, 쿄수님. 쿄수님이 달로 보낸 생쥐 밋키예요. 하지만 저는 달에 도착하지 못했어요. 저는—"

"뭐라코? 크컨 불카능해. 누카 장난을 치는 커지. 하지만— 하지만 크 로켓에 대해서 아는 사람은 하나도 없는데. 로켓이 실패했을 때 아무한테도 말하지 않았으니까. 아는 사람은 나밖에—"

"저도 알아요, 쿄수님."

교수 양반은 무겁게 한숨을 쉬었다. "콰로한 모양이야. 사람들 말대로 정신이 나카코 있는—"

"아니에요, 쿄수님. 정말로 저예요, 밋키라쿠요. 이제 말할 수 있어요. 쿄수님처럼요."

"말을 할 수 있다코— 믿을 수카 없어. 크럼 왜 모습을 보이지 않는 케냐. 어디 있지? 왜 나오지 않코—"

"지큼은 숨어 있어요, 쿄수님. 벽에 있는 커다란 쿠멍 안이에요. 모습을 보이키 전에 다 괜찮은지를 확인하코 싶었어요. 캄착 놀라서 저한테 물컨을 던지실지도 모르잖아요."

"뭐라코? 밋키야, 지큼 말하는 케 정말로 너코 내가 꿈을 쿠거나 미치코 있는 케 아니라면— 밋키야, 내카 크런 일을 하지 않을 커라는 정도는 알코 있지 않니!"

"알았어요, 쿄수님."

밋키는 벽에 뚫린 구멍에서 모습을 드러냈고, 교수는 그를 바라고는 눈을 문지르고 다시 바라보고 눈을 문지른 다음—

"미친 모양이야." 그는 마침내 말했다. "빨간 바지에 노란— 저럴 리카 없어. 내카 미친 모양이야."

"아니에요, 쿄수님. 일단 들어 보세요. 전부 설명할케요."

그래서 밋키는 전부 설명했다.

회색의 새벽이 찾아왔지만, 작은 회색 생쥐는 여전히 열정적으로 말하고 있었다.

"하지만, 밋키야—"

"알아요, 쿄수님. 쿄수님의 생각은 알켔어요. 지능을 카진 생쥐와 지능을 카진 사람이 함케 어울려 살 수 없다는 커잖아요. 하지만 어울려 살 필요는 없어요. 아카 말한 컷처럼, 가장 작은 대륙인 오스트레일리아에는 사람이 얼마 없잖아요. 크 사람들을 데리코 나온 다음 우리 생쥐들에게 주는 데는 돈이 얼마 들지 않을 커예요. 크 대륙을 오스트레일리아가 아니라 마우스트레일리아라코 부르코, 수도는 시드니가 아니라 크 사람을 키리기 위해 디스니라고 부르는 거예요—"

"하지만, 밋키야—"

"하지만 쿄수님, 우리카 크 대륙을 받는 대신 뭘 줄 수 있을지를 생칵해 보세요. 모든 생쥐들이 크리로 카는 커예요. 몇 마리를 문명화시키면 그 몇 마리카 다른 생쥐들을 잡어서 키케에 넣는 컬 도와주코, 더 많은 생쥐들이 다른 생쥐를 잡코 더 많은 키케를 만들게 되어서, 눈덩이처럼 쿨러카케 되는 커죠. 크리코 인칸들과 우호 협정을 체켤한 다음 마우스트레일리아에 살면서 알어서 식량을 재배하코—"

"하지만, 밋키야—"

"크리코 대가를 제콩할 수도 있어요, 쿄수님! 인간의 가장 큼쩍한 적, 쥐들을 박멸할 수도 있다쿠요. 우리도 쥐들은 좋아하지 않아요. 방톡면을 쓰고 소형 가스 폭탄을 든 천 마리 생쥐들이 쥐를 쫓아 들어카면, 하루 이틀 안에 도시 하나의 쥐들을 전부 팍멸할 수 있어요. 천세계로 범위를 넓혀도 1년이면 쥐를 전부 없앨 수 있을 커고, 동시에 생쥐는 전부 잡아서 문명화시킨 다음 마우스트레일리아로 보내는 커죠. 크리코—"

"하지만, 밋키야—"

"왜 그러세요, 쿄수님?"

"카능하기야 하겠지만 크렇케는 안 될 커란다. 쥐들을 박멸할 수는 있켔지, 물론이야. 하지만 이해 콴켸의 칼등이 생켜서 켤쿡 생쥐가 인칸을 박멸하려 들커나, 인칸이 생쥐를 박멸하려 들케 될 케야—"

"캄히 크런 짓은 못 해요, 쿄수님! 우리도 무키를 만들 수 있코—"

"내 말이 맞지 않켔니, 밋키야?"

"하지만 크렇케는 안 될 커예요. 인칸이 우리 퀸리를 지켜 준다면, 우리도 인칸의—"

교수 양반은 한숨을 쉬었다.

"내… 내카 너를 위해 중재자 역할을 해 보마, 밋키야. 네 제안을 전달하코— 글쎄, 분명 쥐들을 박멸하면 인칸에케는 큰 도움이 되켔지. 하지만—"

"캄사합니다, 쿄수님."

"크컨 크렇코, 밋키야. 미니를 지큼 데리코 있단다. 네 아내인 컷 같은데, 주변에 다른 생쥐가 더 있는 게 아니라면 말이다. 저기 다른 방에 있단다. 네가 도착하기 직전에 그쪽으로 옮겨 놓았지. 어두운 방 안에서 잠을 잘 수 있도록 말이다. 보고 싶지 않니?"

"아내요?" 밋키가 말했다. 강제로 떨어진 가족에 대해서 너무 오랫동안 잊어버린 채로 지낸 참이었다. 이제 기억이 천천히 돌아오고 있었다.

"그래요, 으음, 맞아요. 이리 데려와서 소형 X-19 방사기를 만들어서— 그래요, 나와 같은 생쥐들을 많이 만들어 놓으면, 정부와 교섭을 할 때도 도움이 되겠지요. 내가 사람들 생각대로 평범한 돌연변이가 아니라는 사실을 알 수 있을 테니까요."

의도적인 행동은 아니었다. 클라로스가 밋키에게 전기를 주의하라고 일러준 사실을 교수가 알 리가 없었기 때문이다. "함부로 전기에 가까이 가지 말도록. 네 두뇌 중추에 가한 분자 재배열은 불안정하기 때문에—"

그리고 밋키가 미니의 창살 없는 우리가 있는 방으로 들어갔을 때, 교수는 여전히 불이 켜진 방에 남아 있었다. 그녀는 잠들어 있었고, 그녀의 모습을 보자 예전의 기억이 불현듯 밀려들었다. 그리고 밋키는 순간 자신이 얼마나 외로웠는지를 깨닫게 되었다.

"미니!" 그는 미니가 자신의 말을 알아듣지 못한다는 사실도 잊은 채 이렇게 소리쳤다.

그리고 미니가 누워 있는 판지 위에 발을 올렸다. "찍!" 은박지 사이를 흐르는 가벼운 전류가 밋키의 몸을 타고 흘렀다.

한동안 침묵이 흘렀다.

그리고 교수가 그를 불렀다. "밋키야. 잠칸 돌아와서 우리 함께 대화를 좀 해 보자쿠나—"

그는 문으로 들어오다 새벽의 회색 햇빛 속에서, 함께 몸을 웅크리고 행복하게 붙어 있는 두 마리의 회색 꼬마 생쥐를 보았다. 어느 쪽이 누구인지는 구별할 수가 없었다. 밋키의 이빨이 갑자기 괴상하고 답답하고 귀찮아진 빨간색과 노란색의 옷가지를 찢어내 버렸기 때문이다.

"대체 이케 무슨?" 오베르부르커 교수는 이렇게 중얼거렸다. 그러다 그는 전기 장치를 기억해 내고는 나름 추측을 했다.

"밋키야! 이제 말을 하지 못하는 커냐? 너 혹시—"

침묵이 흘렀다.

이윽고 교수는 웃음을 머금었다. "밋키야. 우리 꼬마 스타 마우스야. 지금처럼 있는 편이 더 행복할 것 칼쿠나."

그는 한동안 행복하게 그들을 바라보다가, 손을 뻗어 전기 울타리의 스위치를 내렸다. 물론 생쥐들은 자유의 몸이 되었다는 사실조차 알지 못했다. 그러나 교수가 생쥐 두 마리를 집어 들어 조심스레 바닥에 내려놓자 한 마리는 즉시 벽의 구멍으로 도망쳐 들어가 버렸다. 다른 한 마리도 그 뒤를 따랐지만, 문득 걸음을 멈추고 뒤를 돌아보았다. 작고 검은 눈에는 아직 희미한 혼란의 기색이 남아 있었지만, 그조차도 이내 사라져 버렸다.

"잘 카커라, 밋키야. 이편이 훨씬 행복할 케야. 치즈는 항상 잔뜩 있을 테고."

"찍." 회색 꼬마 생쥐는 이렇게 말하고는 구멍으로 들어가 버렸다.

"잘 있어요…" 이런 뜻이었을 수도, 아니었을 수도 있을 것이다.

(1942)

모자 마술
The Hat Trick

어떻게 보자면 그 일은 일어나지 않은 것이나 다름없다. 사실 네 사람이 영화관에서 나왔을 때 폭풍우가 격렬하게 몰아치고 있지 않았더라면, 그런 일은 아예 일어나지도 않았을 것이다.

공포영화였다. 쓸데없이 뭔가 튀어나와 깜짝 놀라게 만드는 부류가 아니라, 비에 젖은 밤거리가 달콤하고 평화롭게 보일 정도로 정말로 무시무시한 영화였다. 적어도 세 명에게는 그렇게 느껴졌다. 네번째 사람에게는—

영화관 입구의 차양 아래 서 있노라니 곧 메이가 입을 열었다. "세상에, 얘들아, 이제 어떻게 하지? 수영을 해야 하나, 아니면 택시를 잡아야 하나?" 메이는 살짝 들창코인 작고 귀여운 금발 아가씨였다. 들창코는 백화점에서 자신이 파는 향수 냄새를 맡을 때 도움이 되었다.

엘시는 남자 두 명을 보며 말했다. "잠깐 내 스튜디오에 들렀다 가는 건 어때. 아직 이른 시간이잖아." '스튜디오'라는 단어를 살짝 강조했다는 점이 중요했다. 엘시가 스튜디오에서 살기 시작한 지도 일주일이 지났고, 그녀는 가구가 비치된 월세방 대신 스튜디오를 선택했다는 점 때문에 자부심과 보헤미안이 된 느낌과 살짝 방종한 기분을 느끼고 있었다. 물론 월터와 단둘이 초대할 엄두는 내지 못했을 것이다. 그러나 두 쌍이 모인다면 괜찮을 것 같았다.

밥이 말했다. "끝내주는데. 이봐, 윌리, 네가 택시 좀 잡고 있어. 나는 달려가서 와인이나 좀 사올 테니까. 우리 아가씨들 포트와인 좋아하나?"

월터와 아가씨들은 택시를 잡았고, 그러는 동안 밥은 다소 안면이 있는 바텐더와 흥정하여 판매 시간이 지났는데도 포도주 한 병을 빼돌리는 데 성공했다. 그는 술병을 들고 달려 돌아왔고, 네 사람은 함께 엘시네 방으로 떠났다.

택시에서 메이는 다시 아까의 공포영화를 떠올렸다. 그녀는 상영 도중 거의 영화관에서 뛰쳐나올 뻔했었다. 그녀는 몸을 떨었고, 밥은 그녀를 지켜 주려는 듯 어깨에 팔을 둘렀다. "잊어버려, 메이. 영화일 뿐이잖아. 그런 일이 실제로 벌어지지는 않는다고."

"만약 실제로 일어난다면―" 월터는 이렇게 운을 떼다가 다음 순간 입을 다물었다.

밥은 그를 바라보며 말했다. "일어난다면, 뭐?"

월터는 사과하는 투로 말했다. "무슨 말을 하려 했는지 잊어버렸어." 그는 살짝 묘한 미소를 지어 보였다. 영화에서 친구들과는 다른 영향을 받은 것처럼. 꽤나 많이 다른 영향을.

"학교는 어때, 월터?" 엘시가 물었다.

월터는 야간 학교에서 의학부 예과 수업을 듣고 있었다. 오늘 밤은 한 주에 한 번 있는 휴일이었다. 낮에는 체스트넛 가에 있는 서점에서 일했다. 그는 고개를 끄덕이며 말했다. "나쁘지 않아."

엘시는 속으로 월터와 메이의 남자친구인 밥을 비교해 보고 있었다. 월터는 밥만큼 키가 크지는 않았지만, 안경을 쓰고도 나쁘지 않은 얼굴이었다. 게다가 분명 밥보다 훨씬 똑똑했고, 언젠가는 더 성공할 것이 분명했다. 밥은 인쇄소에서 일하면서 이제 도제 기간을 절반 정도 보낸 참이었다. 학력은 고등학교 3학년 중퇴로 끝이었다.

모두 함께 엘시의 스튜디오에 들어온 후, 그녀는 선반에서 제각기 다른 크기와 모양의 유리잔 네 개를 꺼냈다. 그리고 밥이 와인을 따서 잔을 채우는 동안 크래커와 땅콩버터를 찾아 방을 뒤적였다.

엘시가 스튜디오에서 가지는 첫 번째 파티였지만, 생각보다는 그리 방종하게 진행되지는 않았다. 화제는 주로 방금 본 공포영화였고, 밥이 여러 번 잔을 다시 채우기는 했지만 딱히 심하게 취한 사람도 없었다.

이내 대화의 기세가 잦아들기 시작했지만, 아직은 이른 시간이었다. 엘시가 이렇게 말했다. "밥, 예전에 카드 마술 잘하지 않았어? 저기 서랍에 카드가 한 벌 있는데. 마술 좀 보여줘 봐."

사건은 이렇게 단순하게 시작되었다. 밥은 카드를 들고는 메이에게 한 장을 뽑으라고 말했다. 그리고 그는 카드를 섞은 다음 메이에게 그 안에 고른 카드를 넣으라고 하고, 메이가 직접 카드를 섞게 한 다음, 덱을 뒤적이다가 고개를 들고는 자신이 고른 카드를 보여 주었다. 스페이드 9였다.

월터는 별로 흥미 없는 표정으로 지켜보고 있었다. 만약 엘시가 이렇게 말하며 끼어들지 않았더라면, 그는 아무 말도 하지 않았을 것이다. "밥, 정말 대단하잖아. 어떻게 한 건지 전혀 모르겠어." 그래서 월터는 그녀에게 말해 주었다. "쉬운 거야. 시작하기 전에 맨 아래 카드를 확인했기 때문에, 메이가 고른 카드는 바로 그 위에 들어가게 되지. 그러니까 그냥 자기가 확인한 카드 다음 걸 고른 것뿐이야."

엘시는 밥이 월터를 바라보는 표정을 눈치채고는, 하는 방법을 알아도 영리한 마술이었다고 말하며 사태를 수습하려 했다. 그러나 밥은 이렇게 말했다. "윌리, 너도 괜찮은 마술을 보여줄 수 있을 것 같은데. 어쩌면 네가 후디니의 총애를 받던 조카나 뭐 그런 걸지도 모르잖아."

월터는 그를 향해 웃음을 지으며 말했다. "모자만 있으면 하나 보여줄 수 있을지도 모르는데." 두 남자 모두 모자를 쓰고 있지 않았기 때문에 꽤나 안전한 발언이었다. 메이는 자기가 벗어서 엘시의 서랍장 위에 올려놓은 작고 귀여운 물건을 가리켜 보였다. 월터는 코웃음을 쳤다. "저걸 모자라고 할 수 있나? 이거 봐, 밥. 네 속임수를 밝혀 버린 건 미안해. 넘어가자고. 나는 마술 같은 건 잘 못하니까."

밥은 한쪽 손에서 다른 손으로 카드를 옮기고 있었다. 그러다 손이 미끄러져 카드가 바닥에 흩뿌려지지 않았더라면 그대로 넘어갔을지도 모른다. 카드를 모아 몸을 일으키는 밥의 얼굴은 벌게져 있었는데, 딱히 몸을 굽히고 있었기 때문만은 아니었다. 그는 월터에게 카드를 넘겨주었다. "카드 마술도 꽤 할 것 같은데. 내 속임수를 알아챌 정도면 너도 몇 가지는 알고 있을 거 아냐. 자, 하나 해 보라고."

월터는 살짝 머뭇거리며 카드를 받아들고는 잠시 생각에 잠겼다. 그리고 엘시의 기대에 찬 눈빛을 받으며 카드 석 장을 골라서 아무도 보지 못하게 손에 들고는 남은 카드를 아래 내려놓았다. 그러고 는 카드 석 장을 V자 형태로 손에 들고는 말했다. "이 중에서 한 장 을 맨 위에, 한 장을 맨 아래, 그리고 한 장을 가운데 놓은 다음에 한 번 섞어서 세 장을 모이게 만들 거야. 잘 봐. 다이아몬드 2, 다이아몬 드 에이스, 다이아몬드 3이지."

그는 다시 카드를 돌려서 카드 뒷면이 보이게 만들고는 한 장을 카드 뭉치의 맨 위에, 한 장을 가운데에, 그리고 남은 한 장을…

"아, 뭔지 알겠다." 밥이 말했다. "그거 다이아몬드 에이스가 아닌 거잖아. 하트 에이스인데 두 장 사이에 끼워서 하트의 뾰족한 부분 이 보이게 만든 거라고. 다이아몬드 에이스는 이미 카드 뭉치 안에 들어 있는 거야." 그리고 밥은 의기양양하게 웃음을 지었다.

메이가 말했다. "밥, 정말 못됐어. 월리는 적어도 뭔가 말하기 전에 네가 공연을 끝내기를 기다려 주기는 했잖아."

엘시 역시 밥을 향해 얼굴을 찌푸렸다. 그러다 문득 얼굴이 밝아 지더니, 방 건너편의 옷장으로 가서 문을 열고 맨 위 선반에서 마분 지 상자를 하나 꺼냈다. "방금 생각났는데, 1년 전에 사회 센터에서 발레를 했을 때 받아온 게 있어. 실크해트야."

그녀는 상자를 열고 모자를 꺼냈다. 움푹 들어간 부분도 있고 상 자 안에 있었는데도 먼지가 약간 쌓여 있었지만, 의심할 여지가 없 는 실크해트였다. 엘시는 모자를 뒤집은 채로 월터 옆의 테이블에 내려놓았다. "모자가 있으면 괜찮은 걸 보여줄 수 있다고 했잖아, 월 터." 그녀가 말했다. "쟤한테 한번 보여줘 봐."

모두의 시선이 월터에게 집중되어 있었고, 그는 불안한 듯 몸을 뒤척였다. "아니, 그게, 그냥 농담한 거야, 엘시. 나는 그러니까—그런 종류의 마술은 어릴 적에 하고는 너무 오래 해본 적이 없어서, 그러니까. 기억이 잘 안 나."

밥은 즐겁게 웃으며 자리에서 일어섰다. 그는 월터와 자신의 빈 잔을 채운 다음 아직 술이 남아 있는 아가씨들의 잔에도 조금씩 따라주었다. 그러고는 구석에 놓여 있던 막대를 집어 들더니 서커스 진행자의 지팡이처럼 휘두르며 말했다. "부디 이쪽으로 와 주시지요, 신사 숙녀 여러분. 비견할 데 없는 훌륭한 마술사 월터 비크먼 씨가 이름난 '존재하지 않는 검은 실크해트 마술'을 보여주실 겁니다. 그리고 그 옆 우리에는—"

"밥, 제발 좀 닥쳐." 메이가 말했다.

월터의 눈에 묘한 빛이 흘렀다. 그가 입을 열었다. "2센트를 내면, 내가—"

밥은 주머니에 손을 넣어 잔돈을 한 움큼 꺼냈다. 그러고는 1페니 동전 두 개를 집어 팔을 뻗어 거꾸로 놓인 모자 안에 넣었다. "자, 여기." 그러고는 다시 지팡이를 흔들었다. "단돈 2센트입니다. 1달러의 50분의 1밖에 안 되지요! 이리 가까이 오셔서 세계 최고의 마술사를 구경하십시오—"

월터는 자기 포도주를 들이켰고, 밥이 계속해서 주절거리는 동안 얼굴은 더욱 벌게져 갔다. 마침내 그는 자리에서 일어나서 나직하게 말했다. "2센트의 대가로 뭘 보고 싶은데, 밥?"

엘시는 눈을 크게 뜨고 그를 바라보았다. "그러니까, 월리, 모자에서 뭐든 꺼낼 수 있다는—"

"아마도."

밥은 크고 거칠게 웃음을 터트렸다. 그러고는 "젠장, 쥐새끼 같은 자식"하고 말하며 와인 병으로 손을 뻗었다.

월터는 말했다. "기꺼이 받아 주지."

실크해트는 그대로 탁자 위에 놓아둔 채였다. 월터는 모자를 향해, 처음에는 머뭇거리며 손을 뻗었다. 모자 안에서 찍찍거리는 소리가 들려왔고, 월터는 재빨리 그 안으로 손을 넣더니 무언가의 목덜미를 잡고 그대로 끌어올렸다.

메이는 비명을 지르더니 손등으로 입을 막았다. 눈이 하얀 접시처럼 동그래져 있었다. 엘시는 아무 말 없이 스튜디오의 소파 위로 죽은 듯 쓰러져 버렸다. 그리고 밥은 휘두르던 지팡이를 멈추고 그대로 얼어붙은 얼굴로 바라보고 있었다.

모자에서 조금 더 끌어내자 놈은 다시 찍찍 소리를 냈다. 끔찍하게 생긴 검은 쥐와 흡사한 모습이었다. 그러나 쥐라고 부르기에는 너무 컸다. 너무 커서 모자에서 나오지도 못할 지경이었다. 눈은 붉은색 전구처럼 빛나고, 반월도처럼 생긴 하얀 이빨을 오득거리고 있었다. 강철 덫처럼 생긴 입을 몇 인치씩 벌렸다 다물 때마다 이빨이 맞물려 달각거리는 소리가 났다. 놈은 월터의 떨리는 손에서 벗어나려 몸을 뒤틀었다. 발톱이 달린 앞발이 허공을 휘저었다. 믿을 수 없을 정도로 사나운 모습이었다.

놈은 쉬지 않고 끔찍한 찍찍 소리를 냈다. 무덤 속에 살면서 그 안의 내용물을 먹고 살아온 것처럼 고약한 썩은 냄새가 났다.

그리고 놈을 꺼냈을 때와 마찬가지로, 월터는 다시 모자 안으로 손을 집어넣었다. 그 끔찍한 존재와 함께. 찍찍 소리가 멈추었고, 월 터는 모자에서 손을 빼냈다. 그리고 창백한 얼굴로 몸을 떨면서 그 자리에 선 채로, 주머니에서 손수건을 꺼내 이마의 땀을 훔쳤다. 입을 연 그의 목소리에는 기묘한 기색이 서려 있었다. "하지 말았어야 했어." 그는 문을 열고 달려 나갔고, 이내 서둘러 계단을 내려가는 소리가 들려왔다.

메이는 천천히 입가에서 손을 떼면서 말했다. "나… 나 집까지 데려가 줘, 밥."

밥은 눈가를 비비며 말했다. "세상에, 그게 대체―" 그러고는 방을 가로질러 가서 모자 안을 들여다보았다. 그가 넣은 1페니 동전 두 개가 그 안에 있었지만, 손을 뻗어 그걸 꺼내지는 못했다.

그는 갈라지는 목소리로 말했다. "엘시는 어쩌지? 우리가 아무래도―" 메이가 자리에서 천천히 일어서며 말했다. "그냥 자고 잊어버리게 놔두자." 집으로 돌아오는 동안 그들은 거의 입을 열지 않았다.

밥이 거리에서 엘시를 만난 것은 이틀 후의 일이었다. 그는 말했다. "안녕, 엘시."

그리고 그녀도 대답했다. "어, 안녕." 밥은 말을 이었다. "세상에, 너희 스튜디오에서 그날 밤 꽤나 대단하게 놀아 젖혔지. 우리… 우리 아무래도 너무 취했던 모양이야."

엘시의 얼굴 위에 묘한 기색이 살짝 스쳐 지났지만, 이내 그녀는 웃으며 입을 열었다. "그래, 나는 확실히 그랬어. 그대로 취해서 뻗어 버렸으니까."

밥 역시 미소로 대답한 다음 말했다. "나도 너무 들떠 있었던 모양이야. 다음에는 예의를 차리도록 할게."

다음 주 월요일에 메이와 데이트가 있었다. 이번에는 더블데이트가 아니었다.

공연이 끝난 다음 밥이 말했다. "어디 들러서 한잔하고 갈래?"

메이는 알 수 없는 이유로 몸을 살짝 떨었다. "음, 좋아. 하지만 와인은 싫어. 와인은 끊기로 했거든. 저기, 지난주 이후로 월리 본 적 있어?"

밥은 고개를 저었다. "와인에 대해서는 동감이야. 월리도 와인은 맞지 않는 모양이던데. 속이 안 좋아졌는지 어떤지는 몰라도 급하게 달려 나가지 않았어? 제시간에 거리에 도착했기를 빌 뿐이지만."

메이는 보조개를 지으며 그를 향해 웃어 보였다. "그쪽도 별로 제정신은 아니었을 텐데요, 에번스 씨. 한심한 카드 마술인가 뭔가 때문에 싸움을 걸려고 했잖아. 세상에, 정말 끔찍한 영화였어. 그날 밤 악몽까지 꿨지 뭐야."

그는 웃음을 지었다. "어떤 악몽?"

"그러니까… 세상에, 기억도 안 나네. 꿈이 그렇게 생생할 수가 있다니 정말 대단했어. 그런데도 하나도 기억이 안 나."

밥이 월터 비크먼과 다시 마주친 것은 파티로부터 3주가 지난 어느 날, 서점에 들렀을 때였다. 손님이 별로 없는 시간이라, 월터는 서점에 홀로 남아 뒤편 책상에서 무언가를 적고 있었다. "여어, 월리. 뭐하고 있어?"

월터는 자리에서 일어나서는 지금까지 작업하고 있던 종이쪽을 향해 고갯짓을 해 보였다. "학위 논문이야. 이번이 예과 마지막 학기고, 내 전공은 심리학이거든."

밥은 별 관심을 보이지 않고 책상 위로 몸을 기댔다. "심리학이라, 흠?" 그는 애써 예의를 차려 물었다. "논문 주제가 뭔데?"

월터는 대답하기 전에 잠시 그를 물끄러미 바라보았다. "흥미로운 주제지. 인간의 정신이 완벽하게 불가능한 일은 받아들이지 못한다는 사실을 증명하려 하고 있어. 다른 말로 하자면, 도저히 믿을 수 없는 무언가를 보게 되면 자신이 그걸 보았다는 사실 자체를 부정하려고 한다는 거야. 어떻게든 합리화를 하는 거지."

"그러니까 분홍색 코끼리를 본다고 해도 믿지 않을 거라는 소리야?"

"그래. 그런 거야. 또는… 관두지." 월터는 계산대로 가서 다른 손님을 상대했다.

월터가 돌아오자 밥이 말했다. "빌려주는 책 중에 괜찮은 미스터리 소설 있어? 주말에 할 일이 없어서, 한 권 읽을까 하는데."

월터는 대여 서적 선반을 눈으로 훑다가 그중 한 권의 표지를 손가락으로 넘겼다. "여기 괴상한 책이 하나 있는데. 다른 세계에서 와서 인간인 척하면서 이곳에서 살아가는 존재들의 이야기야."

"뭣 때문에 그런 짓을 하는데?"

월터는 그를 보며 웃음을 지었다. "직접 읽어서 확인하라고. 놀라게 될지도 몰라."

밥은 초조하게 움찔거리더니 직접 대여 서적 코너로 눈길을 돌렸다. "아, 그냥 평범한 미스터리로 하겠어. 그런 종류의 소설은 나한테는 죄다 허튼소리일 뿐이라고." 이유는 알 수 없었지만, 그는 고개를 들어 월터를 보면서 동의를 구했다. "그렇지 않아?"

월터는 고개를 끄덕이며 대답했다. "그래, 그런 것 같네."(1943)

불합리 행성
Nothing Sirius

나는 행복한 기분으로 기계 바닥에 남은 동전을 꺼내며 숫자를 셌고, 아내는 작은 빨간색 기록부에 내가 부르는 숫자를 받아 적었다. 숫자는 제법 마음에 들었다.

시리우스의 양쪽 행성, 토르와 프레다에서 벌인 공연은 상당히 훌륭했다. 그곳의 작은 지구인 개척지의 사람들은 유희나 오락이라면 어떤 종류든 받아들이려 안달이 나 있었고, 돈 따위는 그들에게 아무런 의미도 없었다. 사람들은 줄지어 우리 천막으로 들어와서는 기계에 꾸역꾸역 동전을 밀어 넣었다— 덕분에 우리도 여행 자체에 드는 비용에도 불구하고 그럭저럭 이익을 챙길 수가 있었다.

그래, 아내가 기록하는 숫자를 생각하면 마음이 푸근해졌다. 물론 덧셈에 실수를 하기는 하겠지만, 저러다 아내가 포기하면 엘렌이 계산을 바로잡아 줄 것이다. 엘렌은 숫자에 밝은 아이다. 게다가 훌륭한 아가씨기도 하다. 뭐 내 딸내미라 이런 소리를 하는 것일 수도 있겠지만. 어쨌든 그 사실은 내가 아니라 우리 마누라 덕분일 것이다. 나는 일반적인 우주 불량배의 생김새를 가지고 있으니까.

나는 로켓 레이스 슬롯머신의 수금함을 자리에 돌려놓고 고개를 들었다. "여보—" 나는 입을 열었다. 그때 조종석 쪽의 문이 열렸고, 존 레인이 그곳에 모습을 드러냈다. 아내 맞은편 자리에 앉아 있던 엘렌도 자기 장부를 내려놓고 고개를 들었다. 반짝이는 눈을 크게 뜨고 있었다.

조니는 깍듯이 경례를 했다. 고용되어 있는 우주선 조종사가 선박의 소유자이자 선장인 사람에게 하는, 규정에 따른 경례였다. 볼 때마다 신경에 거슬리지만, 규칙에 따르자면 해야 하는 일이니 하지 말라고 설득할 수조차 없었다.

그가 말했다. "전방에 물체가 있습니다, 웨리 선장님."

"물체?" 내가 물었다. "무슨 물체 말인가?"

설명하자면, 조니의 목소리와 얼굴만으로는 그게 중요한 일인지를 짐작조차 할 수가 없다. 화성 시티 기술대학은 항상 엄격하고 진지한 학생들을 뱉어내는 곳인데, 조니는 그곳에서도 최우등 졸업을 한 인재였기 때문이다. 괜찮은 애송이기는 하지만, 세상의 종말을 보고할 때에도 저녁 식사 준비가 끝났다고 보고할 때와 동일한 억양을 사용할 녀석이다. 물론 저녁 식사 준비가 조종사의 책무일 경우의 이야기지만.

"행성으로 보입니다, 선장님." 그는 이렇게만 말했다.

그 말뜻을 알아차리는 데는 제법 시간이 걸렸다.

"행성이라고?" 나는 별 생각 없이 되묻고는, 조니가 술이라도 한잔 걸친 것이기를 빌면서 물끄러미 바라보았다. 딱히 제정신으로 행성을 발견했다는 것에 불만이 있어서가 아니라, 조니가 술을 한두 잔 걸칠 정도로 긴장을 풀기만 하면 저 풀 먹인 듯 뻣뻣한 척추도 좀 나

굿나긋해질 터이기 때문이었다. 그러면 함께 이야기도 나누고 그럴 수 있을 테니까. 여자 두 명과 모든 규칙을 지키는 기술대학 졸업생 한 명과 함께 우주를 여행하다 보면 살짝 외로워지기 때문이다.

"행성입니다, 선장님. 적어도 행성 규모의 부피를 가지고 있는 물체로 보입니다. 지름 약 3천 마일, 거리 2백만 마일, 시리우스 A 항성 주변을 공전하는 것으로 보입니다."

"조니." 나는 말했다. "우리는 지금 토르의 안쪽 궤도에 들어와 있지 않나. 그리고 토르는 시리우스의 제1행성, 그러니까 시리우스에 가장 가까운 행성인데, 어떻게 그 안에 행성이 존재할 수 있다는 말인가? 조니, 자네 나한테 농담을 하는 건 아니겠지?"

"직접 관측창을 보시고 제 계산을 확인해 보셔도 좋습니다, 선장님." 그는 뻣뻣하게 말했다.

나는 자리에서 일어나 조종석으로 향했다. 그래, 그의 말대로 전방 관측창에는 원형의 천체가 떠올라 있었다. 그러나 계산을 확인하는 것은 완전히 다른 문제였다. 내 수학 능력은 수금 함의 동전을 세는 정도가 한계이기 때문이다. 어쨌든 나는 그의 계산을 받아들일 생각이었다. "조니, 우리가 새 행성을 발견한 모양이야! 참 대단한 일 아닌가?" 나는 거의 소리치다시피 말했다.

"그렇습니다, 선장님." 그는 언제나 그렇듯이 냉정 침착한 목소리로 대답했다.

대단한 일이기는 하지만, 그렇게까지 대단한 일은 아니었다. 그러니까 내 말은, 시리우스 항성계에 개척지가 생긴 것은 꽤나 최근의 일이기 때문에 지름 3천 마일짜리 작은 행성 정도는 얼마든지 발견될 수 있다는 뜻이다. 특히 (당시에는 알지 못했지만) 이처럼 기묘한 궤도를 그리며 움직이는 행성의 경우에는 말이다.

조종석 안에는 아내와 엘렌이 따라 들어올 공간이 없었다. 하지만 두 사람은 밖에 서서 안을 들여다보고 있었고, 나는 한쪽으로 몸을 비켜 관측창에 떠오른 원반을 볼 수 있게 해 주었다.

"저기 도착할 때까지 얼마나 걸릴 것 같아, 조니?" 아내가 물었다.

"현재 경로를 유지한다면 두 시간 안에 최대로 근접하게 될 것으로 보입니다, 웨리 부인. 50만 마일까지 다가가게 됩니다."

"아, 그런가?" 나도 알고 싶었다.

"물론 선장님께서 우주선의 안전을 유지하기 위해서 경로 변경을 원하지 않으신다면 말입니다."

나는 대신 목의 안전을 유지하기 위해 헛기침을 하고는 아내와 엘렌을 돌아보았고, 둘은 개의치 않는 표정이었다. "조니, 안전거리를 그보다 더 줄이기로 하지. 항상 인간의 손이 닿지 않은 새로운 행성에 가 보고 싶었거든. 산소마스크를 쓰지 않고는 우주선을 떠나지 못할지도 모르지만, 어쨌든 저곳에 착륙해 보기로 하자고."

"알겠습니다, 선장님." 조니는 이렇게 말하며 경례를 붙였지만, 어째 눈빛을 보아하니 별로 탐탁지 않게 생각한다는 느낌이 들었다. 아, 물론 그럴 만한 이유가 없는 것은 아니었다. 우주에 펼쳐진 처녀지에 발을 디딜 때 어떤 위험이 기다릴지는 아무도 모르는 일이다. 우리 우주선의 화물이라고는 천막과 슬롯머신뿐인데, 이걸 탐험에 필요한 장비라고 부르기는 조금 힘들지 않겠는가?

그러나 완벽한 조종사는 절대 선주의 명령을 거스르지 않는 법이지, 젠장맞을! 조니는 자리에 앉아 계산기를 두드리기 시작했고, 우리는 그를 방해하지 않으려 살금살금 조종실에서 나왔다.

"여보, 난 정말 멍청한 놈인가봐."

"그렇지 않으면 당신이 아니죠." 그녀가 대꾸했다. 나는 그 정도면 이쪽 상황은 정리했다고 생각하고, 웃으며 엘렌을 바라보았다.

그러나 엘렌은 내 쪽을 보고 있지 않았다. 딸아이의 눈에는 아직도 예의 몽롱한 눈빛이 떠올라 있었다. 몸소 조종실로 돌아가 조니를 쿡쿡 찔러 정신을 차리게 하고 싶게 만드는 눈빛이었다. "얘야, 내 말 좀 듣거라. 조니는—" 나는 입을 열었다.

그러나 무언가 내 한쪽 얼굴을 뜨겁게 달구었다. 돌아보지 않아도 아내가 빤히 노려보고 있다는 사실을 알 수 있었고, 따라서 나는 입을 다물었다. 나는 카드 한 벌을 꺼낸 다음 도착할 때까지 혼자 솔리테어 게임을 했다.

조니가 조종실에서 나와서 경례를 붙였다. "착륙했습니다, 선장님." 그가 말했다. "대기 측정 상태는 1016입니다."

엘렌이 물었다. "영어로 해석하면 무슨 뜻인 건가요?"

"호흡이 가능하다는 뜻입니다, 웨리 양. 지구에 비하면 질소 농도가 높고 산소 농도가 낮기는 하지만, 호흡이 가능하다는 점에는 의심의 여지가 없습니다."

명확한 판단이 필요한 때가 오면, 이 젊은이는 의심할 여지가 없었다.

"그럼 지금 뭘 기다리고 있는 거지?" 나는 물었다.

"선장님의 명령을 기다리고 있습니다."

"내 명령 따위 알 게 뭔가, 조니. 얼른 문을 열고 밖으로 나가 보자고."

우리는 문을 열었다. 조니가 열 광선총 두 자루를 차고는 제일 먼저 밖으로 나갔다. 나머지 사람들은 바로 그 뒤를 따랐다.

밖은 서늘했지만 춥지는 않았다. 풍경 자체는 토르와 비슷해 보였다. 단단하게 달구어져 녹색 기운이 도는 진흙으로 이루어진 황량한 구릉 지대였다. 텀블위드와 약간 흡사한 갈색의 덤불 비슷한 식물도 있었다.

나는 시간을 확인하기 위해 측정 장치로 시선을 돌렸다. 시리우스는 거의 중천에 떠 있었고, 그 말은 곧 조니가 우주선을 낮인 쪽의 한가운데에 착륙시켰다는 뜻이었다. "조니, 이 행성의 자전 주기가 얼마나 되는지 짐작할 수 있나?"

"대략적인 계산밖에 할 시간이 없었습니다, 선장님. 계산 결과는 21시간 17분입니다."

대략적이라더니.

아내가 말했다. "그 정도로 대략적이면 우리한테는 충분할 거야. 그럼 오후 내내 산책을 할 수 있겠네. 다들 뭘 기다리고 있는 거예요?"

"축하를 해야지, 여보." 내가 말했다. "이 장소에 이름을 붙여야 하지 않겠어? 내 생일에 쓰려고 보관해 놓은 샴페인이 어디 있더라? 오늘이 내 생일 따위보다는 더 중요한 날인 것 같은데."

그녀는 장소를 말해 주었고, 나는 우주선으로 돌아가 샴페인과 유리잔을 가지고 돌아왔다.

"제안하고 싶은 이름 없나, 조니? 자네가 최초 발견자 아닌가."

"없습니다, 선장님."

"문제는 이제 토르와 프레다의 호칭이 잘못되었다는 것이겠군. 그러니까 내 말은, 토르는 시리우스 1번 행성이고 프레다는 2번 행성이지 않은가. 이 행성의 궤도는 그 안쪽에 있으니까, 그 두 행성의 호칭을 2번과 3번 행성으로 바꿔야 하지 않겠나. 아니면 이 행성을 시리우스 0번으로 부르던가. 그러면 이 행성은 불합리 행성Nothing Sirius이 되겠군."

엘렌은 웃음을 머금었고, 조니 또한 웃는 일이 부적절하다고 생각하지만 않았다면 웃었을 것이라고 생각한다.

그러나 아내는 얼굴을 찌푸리며 입을 열었다. "윌리엄—" 만약 그 순간 다른 일이 벌어지지 않았더라면 그녀는 그대로 나를 몰아붙였을 것이다.

가장 가까운 언덕 꼭대기에서 뭔가가 우리를 내려다보고 있었다. 당시 그쪽을 향하고 있던 사람은 아내뿐이었기 때문에, 그녀는 헉 하는 소리를 내며 나를 붙들었다. 그래서 우리 모두는 고개를 돌려 그쪽을 바라보았다.

마치 타조처럼 보이는 동물의 머리였다. 문제는 머리의 크기를 고려해 볼 때 몸체가 코끼리보다 더 클 것이 분명하다는 사실이었다. 게다가 가는 목에는 옷깃과 파란색 물방울무늬 나비넥타이를 매고 있었고, 머리에는 중절모를 쓰고 있었다. 선명한 노란색에 긴 자주색 깃털이 달린 모자였다. 그 존재는 우리를 한동안 구경하다가 영문 모를 윙크를 하더니, 언덕 너머로 목을 움츠려 우리 시야에서 사라졌다.

모두 한동안 아무 말도 하지 못했다. 이윽고 나는 심호흡을 했다. "저걸로 완벽해졌어. 행성이여, 나는 그대에게 불합리 행성이라는 이름을 부여하노라."

나는 몸을 숙여 점토에다 샴페인 병목을 때렸지만, 점토가 움푹 패일 뿐 병목은 깨지지 않았다. 나는 병목을 깰 만한 바위를 찾아 주변을 둘러보았다. 그러나 바위는 보이지 않았다.

결국 주머니에서 병따개를 꺼내 제대로 열기로 했다. 모두 샴페인을 마셨다. 조니만 빼고. 저 친구는 음주도 흡연도 하지 않기 때문이다. 반면 나는 아주 천천히 샴페인을 음미한 다음 땅에 적당히 공물삼아 술을 부어 주고는 병마개를 닫았다. 아무래도 이 행성보다 내쪽이 더 술이 필요할 것 같은 예감이 들었기 때문이다. 우주선에는 위스키는 잔뜩 있고 화성 녹주도 어느 정도 있지만 샴페인은 이게 전부였다. 나는 말했다. "자, 그럼 가 볼까."

조니를 바라보자, 그는 입을 열었다. "이 행성의… 거주민이 있다는 사실이 확인된 상황에서 자리를 뜨는 일이 현명하다고 생각하십니까?"

"거주민?" 나는 말했다. "조니, 방금 언덕 너머에서 고개를 내민 놈이 뭔지는 몰라도, 거주민이라 부를 만한 건 아니라는 게 확실하지 않은가. 또 머리를 내밀면 내가 이 술병으로 머리를 콩 때려 주겠네."

말은 이렇게 했어도, 나는 떠나기 전에 치털링 호 안으로 들어가 열 광선총을 두어 자루 더 들고 나왔다. 한 자루는 내 허리춤에 차고, 다른 한 자루는 엘렌에게 넘겼다. 딸아이는 나보다 사격 솜씨가 좋다. 아내는 스프레이 총으로 관공서 건물 옆면도 맞추지 못할 정도이기 때문에 총은 주지 않기로 했다.

우리는 걸음을 옮겼다. 일종의 암묵적 합의에 의해, 놈이 고개를 내밀었던 쪽과는 반대 방향으로 걷기 시작했다. 첫 언덕을 넘자 구별하기 힘들 정도로 비슷하게 생긴 언덕이 계속 펼쳐진 광경이 보였고, 얼마 지나지 않아 치털링 호는 우리 시선에서 사라졌다. 그러나 조니가 수시로 손목 나침반을 확인하고 있었기 때문에 돌아가는 길을 잃을 리는 없어 보였다.

언덕을 세 개 넘을 때까지 아무 일도 벌어지지 않았다. 문득 아내가 말했다. "저거 봐요." 우리는 그쪽으로 시선을 돌렸다.

왼쪽으로 20야드 거리에 보라색 덤불이 하나 있었고, 그쪽에서 윙윙거리는 소리가 들려왔다. 조금 더 가까이 가자 윙윙거리는 소리는 덤불 위를 날아다니는 것들이 내는 소리라는 점을 알게 되었다. 새처럼 생기기는 했지만, 다시 자세히 보니 날개는 조금도 움직이고 있지 않았다. 하지만 놈들은 아무 문제없이 오르락내리락하고 있었다. 머리를 보려고 했지만, 머리가 있어야 하는 위치에는 그저 흐릿한 잔상만이 보일 뿐이었다. 회전하는 잔상이었다.

"프로펠러가 달려 있네요." 아내가 말했다. "구식 비행기처럼 말이에요."

아무래도 그 말대로인 모양이었다.

나는 조니를 바라보았고, 조니는 나를 바라보았고, 우리는 덤불 쪽을 향해 걸음을 옮기기 시작했다. 그러나 새인지 뭔지 모를 놈들은 우리가 그쪽으로 움직이기 시작하자마자 재빨리 흩어졌다. 땅에 바싹 붙어서 통통 튀듯 날아가더니, 순식간에 시야에서 모습을 감추어 버렸다.

우리는 다시 걸음을 옮기기 시작했다. 모두 아무 말도 하지 않았 다. 엘렌이 내 옆으로 따라와 함께 걷기 시작했다. 대화 소리가 들리 지 않을 만큼 충분히 떨어지자, 딸아이는 입을 열었다. "아빠―"

그리고 더 이상 말을 잇지 않았다. 결국 내가 물었다. "뭐냐, 꼬맹 아?"

"아무것도 아니에요." 딸은 우울한 목소리로 말했다. "잊어버려요."

물론 나는 딸아이가 무슨 말을 하고 싶은지 잘 알고 있었다. 그러 나 나로서는 화성 기술대학에 욕설을 퍼붓는 것 말고는 다른 할 말 이 없었고, 그래봤자 더 나아질 일도 없었을 것이다. 화성 기술대학 은 제 잘난 맛에 사는 놈들의 집합소이고, 그곳의 졸업생들 역시 마 찬가지다. 하지만 밖에서 한 십이삼 년 정도 보내고 나면, 그중에서 도 긴장을 풀고 나긋나긋해지는 놈들이 생기기 마련이다.

그러나 조니는 아직 그러기에는 대충 십 년 정도가 부족했다. 물 론 치털링 호의 조종사 일은 그에게는 가볍게 지나가는 첫 직업 정 도에 지나지 않을 것이다. 우리와 함께 몇 년을 보내고 나면 더 큰 우주선을 조종할 자격을 얻게 될 테니까. 큰 우주선의 하급 장교로 시작하는 것보다는 이쪽이 더 빠르게 자격을 얻을 수 있다.

문제는 녀석이 너무 잘생겼으며, 본인은 그 사실을 알지 못한다는 것이었다. 기술대학에서 배운 것 외에는 아무것도 알지 못하는 놈이 었고, 그곳에서 가르쳐준 것이라고는 수학과 우주 항해법과 경례하 는 법뿐이었다. 경례하지 않는 법을 가르쳐주지 않은 것은 물론이고.

"엘렌, 저기 말이다—" 나는 입을 열었다.

"네, 아빠?"

"음… 아무것도 아니다. 관두자." 나는 결국 아무 말도 하지 않았지만, 엘렌은 갑자기 나를 보고 웃었고, 나 역시 딸을 보고 웃었다. 마치 모든 것을 터놓고 이야기한 것만 같은 느낌이었다. 물론 아무런 결론도 나지 않았지만, 설령 결론이 났다고 해도 별다른 도움은 되지 않았을 것이다. 무슨 말인지 짐작이 갈 것이다.

그때쯤 우리는 작은 언덕 꼭대기에 이르러 걸음을 멈추었다. 눈앞에 포장도로의 한쪽 끝이 모습을 드러냈기 때문이다.

지구의 어느 도시에서나 볼 수 있는, 플라스틱 포장이 된 평범한 도로였다. 한쪽으로 포석과 인도와 하수도가 있고, 가운데에는 차선이 그려져 있었다. 문제는 우리가 서 있는 지점에서 뜬금없이 시작되어, 다음 언덕 꼭대기에 이르도록 죽 뻗어 있다는 것뿐이었다. 그리고 주변에는 집이나 탈것이나 생명체는 하나도 보이지 않았다.

나는 엘렌을 바라보았고 엘렌은 나를 바라보았고 우리 둘은 함께 막 우리를 따라잡은 아내와 조니 레인을 바라보았다. 나는 말했다. "저게 뭔가, 조니?"

"도로처럼 보입니다, 선장님."

그는 내 눈빛의 속뜻을 알아채고는 살짝 얼굴을 붉혔다. 그리고 쭈그려 앉아 도로를 자세하게 살펴보았고, 이내 더 놀란 표정으로 다시 일어섰다.

나는 물었다. "그래, 저게 뭔가? 캐러멜 크림인가?"

"영구 플라스틱입니다, 선장님. 지구에서 특허를 받은 제품이므로,

우리가 이 행성의 발견자는 아닌 모양입니다."

"끙." 나는 중얼거렸다. "이 행성의 원주민이 같은 공정을 개발했을 가능성은 없는 건가? 같은 재료가 존재할 수도 있지 않나."

"가능합니다, 선장님. 하지만 자세히 보시면 아시겠지만, 포석에 특허 표지가 있습니다."

"혹시 이 행성의 원주민이一" 여기까지 말하고, 나는 방금 얼마나 멍청한 소리를 하려 했는지 깨닫고 입을 다물었다. 그러나 새 행성을 발견하고 나서 처음 마주친 도로에서 지구의 특허 표지가 있는 포석을 마주쳤다는 일은 상당히 받아들이기 힘들었다. "하지만 대체 왜 이런 데 도로가 있는 거지?" 나는 물었다.

"그걸 알아내려면 한 가지 방법밖에 없잖아요?" 아내가 논리적으로 말했다. "바로 도로를 따라가 보는 거죠. 여기서 멈출 이유가 뭐가 있어요?"

그래서 우리는 계속 걸음을 옮겼다. 이제 걷기도 훨씬 편해졌고, 다음 언덕에 도달하자 이번에는 건물이 보였다. 붉은 벽돌로 만든 2층 건물로, 구식 영어 서체로 쓴 '본-튼 레스토랑'이라는 간판이 붙어 있었다.

"이런 빌어一" 나는 이렇게 말을 시작했지만, 말을 끝맺기 전에 아내가 내 입을 손으로 덮어버렸다. 나름 잘된 일인지도 모른다. 내가 하려던 말은 꽤나 부적절한 것이었으니까. 그 건물은 고작 100야드 앞의 길이 꺾이는 곳에 서 있었다.

나는 다른 이들보다 걸음을 빠르게 옮겼고, 몇 발짝 앞서 건물 앞에 도착했다. 그리고 문을 열고 안으로 들어서려다가, 문가에서 그대로 걸음을 멈추었다. 건물에 '안쪽'이랄 것이 없었기 때문이다. 정문은 영화 세트장에 있는 것처럼 가짜였다. 문 너머로는 녹색 기운이 도는 황량한 언덕만 보였다.

나는 뒤로 물러서서 '본-튼 레스토랑' 간판을 올려다보았다. 다른 이들도 도착해서 내가 열어놓은 문 안쪽을 들여다보았다. 그렇게 멍하니 서 있자니, 이윽고 인내심이 다 떨어진 모양인 아내가 이렇게 말했다. "자, 그래서 이제 어떻게 할 거죠?"

"내가 뭘 했으면 좋겠는데?" 나는 물었다. "안으로 들어가서 랍스터 디너라도 시킬까? 샴페인도 곁들여서? 아, 그러고 보니 까먹고 있었군."

외투 주머니에 아직 샴페인 병이 들어 있었다. 나는 병을 꺼내서 아내와 엘렌에게 우선 돌린 다음, 남은 술의 대부분을 끝장내 버렸다. 거품이 내 코를 간질여서 재채기가 나온 것을 보아 너무 빨리 마신 모양이었다.

그러나 그 대신 무얼 마주해도 괜찮을 것만 같은 기분이 되었고, 나는 다시 문으로 들어가 존재하지 않는 건물 안으로 들어갔다. 어쩌면 얼마나 최근에 지은 것인지 정도는 확인할 수 있을지도 모르니까. 그러나 딱히 눈에 띄는 단서는 없었다. 건물 내부, 아니 정면의 뒤편은 유리판처럼 아무 특색도 없이 반들반들하기만 했다. 일종의 합성물처럼 보이는 모습이었다.

나는 뒤편의 땅 쪽을 살펴보았지만, 벌레 구멍처럼 생긴 구멍이 몇 개 있을 뿐이었다. 그리고 아무래도 벌레 구멍이 맞는 모양이었다. 커다란 검은색 바퀴벌레 한 마리가 구멍 옆에 앉아 있었기 때문이다. (아니, 서 있던 것일지도 모른다. 바퀴벌레가 앉아 있는지 서 있는지 어떻게 알 수 있겠는가?) 한 걸음 가까이 다가가자 바퀴벌레는 그대로 구멍으로 도망쳐 버렸다.

나는 기분이 조금 나아진 상태로 정문을 통해 밖으로 나왔다. "여보, 바퀴벌레가 있었어. 근데 묘한 점이 뭔지 알아?"

"뭔데요?" 그녀가 물었다.

"특별한 점이 아무것도 없었어." 내가 말했다. "그거 참 묘하지 않아. 타조는 모자를 쓰고 새에는 프로펠러가 달려 있고 도로는 아무 데로도 이어지지 않고 건물에는 뒤편이 없는데, 바퀴벌레에는 깃털 하나 달려 있지 않더라니까."

"확실해요?" 엘렌이 물었다.

"확실히 확실해. 다음 언덕 너머에는 뭐가 있는지 확인해 보자고."

우리는 걸음을 옮겼고, 눈으로 확인했다. 지금 있는 언덕과 다음 언덕 사이에서, 도로는 다시 크게 꺾였다. 그리고 그곳에 '페니 아케이드'라고 적혀 있는 현수막이 걸린 천막이 우리를 바라보고 있었다.

이번에는 걸음을 늦추지조차 않았다. 나는 말했다. "저거 샘 하이드먼이 쓰던 현수막이랑 똑같이 생겼군. 여보, 샘 기억나? 그 옛날 좋았던 시절하고."

"그 술주정뱅이 난봉꾼이요." 아내가 말했다.

"왜 그래, 여보. 당신도 그 사람 좋아했잖아."

"그래요. 그리고 당신도 좋아했죠. 하지만 그렇다고 해서 당신이나 그 사람이 난봉꾼이 아닌 건—"

"그만, 여보." 나는 아내의 말을 끊었다. 하지만 그때쯤 우리는 천막 바로 앞에까지 도착해 있었다. 바람에 흔들리는 모습을 보니 진짜 캔버스 천으로 만들기는 한 모양이었다. 나는 말했다. "용기가 다 떨어졌는데. 이번에는 누가 들여다보겠어?"

그러나 아내는 이미 천막 앞의 천을 젖히고 안으로 들어가고 있었다. 그녀가 말하는 소리가 들렸다. "어머나, 잘 있었어요, 샘. 이 주정뱅이 같으니."

나는 말했다. "여보, 그런 장난질 당장 그만두지 않으면―"

그러나 그때쯤 나는 이미 아내를 지나쳐 천막 안으로 들어가고 있었다. 그리고 이번에는 한 면이 아니라 네 면이 모두 있는 진짜 텐트였다. 그것도 꽤나 훌륭하고 큰 놈이었다. 안에는 눈에 익은 구형 돈 먹는 기계들이 늘어서 있었다. 그리고 거스름돈 창구 안에 앉아서 동전을 세고 있는 사람은 다름 아닌 샘 하이드먼이었다. 그는 내 얼굴에 떠올라 있을 것이 분명한 정도의 놀라움을 담고 올려다보고 있었다.

그가 말했다. "웨리네 아빠 아닌가! 이런 부적절한 단어가 있나." 물론 '부적절한 단어' 자리에는 다른 말이 들어가 있었지만 말이다. 그러나 나와 서로 등을 두드리고 다른 사람들과 악수를 나누고 조니 레인을 소개받느라 바빠서 아내와 엘렌에게 욕설을 내뱉어 미안하다고 사과할 기회는 얻지 못했다.

화성과 금성에서 함께 카니발 공연을 했던 옛 시절이 떠올랐다. 그는 엘렌에게 마지막으로 봤을 때는 정말로 귀여웠다면서, 진짜로 자신을 기억하고 있는지 질문을 던졌다.

문득 아내가 콧소리를 냈다.

아내가 그럴 때는 뭔가 볼 만한 게 있다는 뜻이다. 따라서 나는 친애하는 우리 샘에게서 눈을 돌려 아내가 보는 쪽을, 아내의 시선이 향하는 존재 쪽을 바라보았다. 그리고 나는 콧소리 대신 헉 하고 숨이 멎는 소리를 냈다.

천막 뒤편에서 여자 한 명이 다가오고 있었다. 여기서 단순히 여자라는 표현을 쓴 이유는 다른 적절한 단어를 찾을 수 없었기 때문이다. 아니, 애초에 존재하는지조차 모르겠다. 성 세실리아와 기네비어와 페티가 그린 핀업 소녀를 전부 하나로 합쳐 놓은 것과 같은 여자였다. 뉴멕시코의 해질녘과 화성의 적도 정원에서 보는 차가운 은빛 달처럼 생긴 여자였다. 봄날 금성의 운하와 도르잘스키가 연주하는 바이올린 소리 같은 여자였다. 정말 끝내주는 모습이었다.

내 옆에서 누군가 나처럼 숨 멎는 소리를 내는 것이 들렸는데, 영 귀에 익지 않은 목소리였다. 그리고 왜 낯설게 들리는지 깨닫는 데는 잠깐 시간이 걸렸다. 예전에 조니 레인이 저런 소리를 내는 것을 들어본 적이 없었던 것이다. 꽤나 힘든 일이었지만, 나는 눈을 돌려 그의 얼굴을 바라보고는 생각했다. '아, 이런, 불쌍한 우리 엘렌.' 불쌍한 애송이가 완전히 한눈에 골로 가 버린 것이었다. 의문의 여지가 없었다.

그리고 아마도 조니를 본 것이 도움이 된 모양인지, 나는 아슬아슬하게 내가 오십이 다 되어 가는 나이이며 행복한 유부남이라는 사실을 기억해 냈다. 나는 그대로 아내의 팔짱을 끼고 말했다. "샘, 대체 이곳이… 아니, 이 행성이 어디든 간에, 저 아가씨는…?"

샘은 몸을 돌려 뒤를 바라보더니 말했다. "앰버스 양, 방금 찾아온 내 옛 친구들을 소개하겠네. 웨리 부인, 이쪽은 앰버스 양입니다. 영화배우죠."

그리고 그는 엘렌, 나, 조니의 순서로 소개를 마쳤다. 아내와 엘렌은 과도하게 예의를 차리는 모습이었다. 나는 아무래도 반대 방향으로 너무 나간 모양이었다. 앰버스 양이 내민 손조차 못 본 척했으니 말이다. 나이를 한참 먹기는 했지만, 아무래도 저 손을 잡으면 놓아야 한다는 사실을 잊어버릴 것 같다는 예감이 들었던 것이다. 그 정도의 여자였다.

조니는 그 사실을 잊어버렸다.

샘은 계속 내게 말을 걸고 있었다. "이 고약한 친구야, 여기서 뭘 하고 있는 건가? 자네는 식민 도시들만 돌아다니는 줄 알았는데. 자네가 영화 세트장에 발을 들여놓으리라고는 상상도 못 했네."

"영화 세트라고?" 상황이 대충 맞아 들어가고 있었다. 거의 대부분.

"당연한 소리를. 플래니터리 시네마 주식회사일세. 나는 카니발 장면에서 기술 고문을 맡고 있지. 오락장 내부 장면을 찍고 싶다길래, 내 옛날 물건들을 창고에서 꺼내 와서 여기 늘어놓았다네. 다른 친구들은 모두 베이스캠프에 가 있어."

슬슬 알 것만 같았다. "그러면 저기 거리 앞에 서 있는 식당도? 그것도 영화 세트인가?"

"당연하지, 거리 자체도 그렇고. 굳이 필요는 없는데, 제작 영상도 하나 촬영을 해야 한다고 하더군."

"아." 나는 말을 이었다. "그러면 나비넥타이를 한 타조나 프로펠러가 달린 새들은 대체 뭔가? 그게 영화 소품일 리는 없지 않나. 아니,

가능한가?"

샘은 영문을 모르겠다는 표정으로 고개를 저었다. "아니지. 이 행성의 동물과 마주친 것 아닌가. 동물이 좀 있기는 해도 그리 수가 많지는 않고, 촬영에 별로 방해는 안 된다네."

아내가 말했다. "잠깐만요, 샘 하이드먼. 이 행성이 이미 발견된 곳이라면 어떻게 알려지지 않을 수가 있는 거죠? 발견된 지는 얼마나 됐고, 어떻게 비밀이 유지된 거예요?"

샘은 가볍게 웃었다. "윌킨스라는 작자가 10년 전에 이 행성을 발견했죠. 즉시 의회에 보고했지만, 대중에게 발표하기 전에 플래니터리 시네마에서 소문을 듣고는 의회에 엄청난 대여료를 지불했어요. 존재를 비밀로 해야 한다는 조건을 붙여서 말이죠. 딱히 광물이나 돈 될 자원이 있는 것도 아니고, 흙은 동전 한 닢 가치도 안 되니까, 의회에서는 그 조건을 수락하고 행성을 통째로 대여해 줬어요."

"하지만 왜 비밀을 유지하는 거죠?"

"방문객도 없고, 신경을 거스를 것도 없고, 거기다 두말할 나위 없이 경쟁사들보다 한참 앞서 나갈 수 있잖아요. 모든 대형 영화제작사는 서로를 염탐해서 아이디어를 교환하지만, 여기서는 평화롭게 비밀을 지키면서 마음껏 공간을 활용할 수 있어요."

"그럼 우리가 이 행성을 발견한 일에는 어떻게 대처할 건가?" 내가 물었다.

샘은 다시 웃었다. "자네가 도착한 이상 정중하게 대접하고 비밀에 대해 입을 다물어 달라고 부탁하지 않겠나. 아마 플래니터리 시네마 소유 극장에는 평생 공짜로 입장할 수 있게 되겠지."

그는 금고 쪽으로 가서는 병과 유리잔을 쟁반에 담아 돌아왔다. 아내와 엘렌은 거절했지만, 샘과 나는 몇 잔을 나누었다. 괜찮은 물건이었다. 조니와 앰버스 양은 천막 구석으로 가서는 함께 진지한 얼굴로 이야기를 나누고 있었다. 우리는 그들을 방해하지 않는 쪽을 택했다. 어쨌든 샘에게 조니가 술을 마시지 않는다고 일러주기도 했고.

조니는 여전히 그녀의 손을 잡은 채로 병든 강아지처럼 눈을 떼지 못하고 있었다. 나는 엘렌이 그쪽을 보지 않아도 되는 자리로 옮겨 앉았다는 사실을 깨달았다. 딸아이가 불쌍하기는 해도, 내가 할 수 있는 일은 아무것도 없었다. 저런 일은 일어나는 대로 놔둘 수밖에 없는 것이다. 그리고 아내가 아니었더라면 나도—

그래도 아내는 갈수록 기분이 언짢아지는 모양이었고, 나는 정중한 환대가 기다리고 있다면 우주선으로 돌아가 옷을 차려입는 편이 나을 거라고 말했다. 그리고 우주선을 더 가까운 곳으로 옮겨 올 수도 있을 것이고. 사실 이곳 불합리 행성에서 며칠 정도 머물러도 별 상관없을 것 같았다. 나는 샘에게 행성의 동물들을 관찰한 다음 그런 이름을 붙였다고 설명해 주었고, 샘은 웃느라 한동안 정신을 차리지 못했다.

그리고 나는 부드럽게 조니를 영화배우 아가씨에게서 빼내어 밖으로 끌고 나갔다. 쉬운 일은 아니었다. 녀석의 멍한 얼굴은 행복으로 달뜬 채였고, 심지어 내가 말을 건네도 경례하는 일조차 잊고 있었다. 게다가 '선장님'이라는 말을 붙이지도 않았다. 뭐 사실 아무 말도 안 하기는 했지만.

도로를 따라 돌아가는 동안, 우리 모두 아무 말도 꺼내지 않았다.

뭔가 내 마음속에서 경고를 보내고 있었지만, 정확하게 무엇이 문제인지는 떠오르지 않았다. 뭔가 잘못되어 있었다. 말이 안 되는 것이 하나 있었다.

아내 역시 초조한 모양이었다. 마침내 그녀가 입을 열었다. "여보, 만약 그 사람들이 정말로 이곳을 비밀로 하고 싶은 거라면, 저기, 설마 우리를—"

"아니, 그러지는 않을 거야." 나는 이렇게 대답했다. 약간 쏘아붙이는 것처럼 들렸을지도 모르겠다. 그러나 내가 걱정하는 문제는 그런 것이 아니었다.

나는 새로 깔린 완벽한 도로를 내려다보았다. 어딘가 마음에 들지 않는 점이 있었다. 포석을 따라 비스듬히 걸음을 옮기며 그 너머의 녹색 기운이 도는 점토를 살펴보았지만, 본-튼 레스토랑에서 보았던 구멍과 벌레들 외의 다른 것은 보이지 않았다.

물론 바퀴가 아닐 수도 있다. 영화사 사람들과 함께 온 것이 아니라면 말이다. 하지만 모든 실용적인 측면에서 바퀴와 다른 점이 없는 벌레였다. 바퀴에 실용적인 측면이 존재한다면 말이지만. 게다가 여전히 나비넥타이나 프로펠러나 깃털 따위는 보이지 않았다. 그저 평범한 바퀴벌레였다.

나는 포석에서 내려와 바퀴벌레 한두 마리를 밟아 보려 했지만, 놈들은 순식간에 구멍 속으로 달아나 버렸다. 꽤나 빠른 데다 반응속도도 훌륭했다.

나는 다시 도로로 돌아와 아내와 나란히 걸었다. 그녀가 "지금 뭐

하던 거예요?"라고 물었을 때는 "아무것도 아냐"라고 대답했다.

엘렌은 아내의 반대편에서, 계속 멍한 얼굴을 한 채로 걷고 있었다. 무슨 생각을 하는지 뻔히 보였고, 내가 어떻게든 도와줄 수 있으면 좋겠다는 생각을 했다. 그러나 내가 생각할 수 있는 것은 이번 여행이 끝나면 잠시 지구에 머물면서, 다른 젊은이들과 어울리며 조니를 잊어버릴 기회를 주자는 것뿐이었다. 어쩌면 마음에 드는 애송이를 찾을지도 모르고.

조니는 얼이 빠진 채로 걷고 있었다. 완벽히 맛이 가 있었고, 저런 부류의 남자들이 항상 그렇듯 끔찍하게 뜬금없이 빠져 버린 모양이었다. 어쩌면 사랑이 아니라 단순히 홀려 버린 것일지도 모른다. 어쨌든 지금 이 순간에는 우리가 어느 행성에 있는지도 모를 것이 분명했다.

우리는 첫 번째 언덕을 넘어 샘의 천막이 보이지 않는 곳에 도달했다.

"여보, 주변에서 영화 촬영용 카메라 본 적 있어요?" 아내가 문득 물었다.

"아니, 하지만 그런 장비는 수백만은 하잖아. 사용하지 않을 때 그냥 함부로 세워놓지는 않겠지."

우리 앞에 식당 정면 세트장이 나타났다. 측면이 보이는 쪽으로 걸어가면서 보니 정말로 우스꽝스러운 모습이었다. 그것과 도로와 녹색 기운이 도는 점토 언덕 말고는 아무것도 보이지 않았다.

거리에는 바퀴벌레가 한 마리도 보이지 않았고, 문득 도로 위에 나와 있는 벌레를 본 적이 없다는 사실이 기억났다. 도로 위로 올라

오거나 가로지를 일은 없는 모양이었다. 애초에 바퀴벌레가 길을 건 널 이유가 있겠는가? 반대편으로 갈 필요가 있을까?

뭔가 아직도 불안한 구석이 있었다. 다른 모든 이상한 일보다 더 말이 안 되는 이야기가 하나 있었다.

불안함은 계속 커져갔고, 나는 미칠 것만 같은 기분이 되었다. 술 이나 한 잔 더 걸치고 싶은 기분이었다. 하늘의 태양, 즉 시리우스는 지평선으로 다가가고 있었지만 아직 날씨는 꽤나 더웠다. 심지어는 술이 아니라 물이라도 괜찮겠다는 생각이 들 정도였다.

아내도 지친 모양이어서, 나는 말했다. "좀 쉬었다 가지. 반쯤 돌아 온 것 같은데."

우리는 걸음을 멈추었다. 본-튼 레스토랑 바로 앞이었고, 나는 간 판을 올려다보며 미소를 지었다. "조니, 안으로 들어가서 저녁 주문 좀 해 놓겠나?"

그는 경례를 하며 "알겠습니다, 선장님"이라고 말하고는 문을 향 해 걸음을 옮겼다. 그리고 다음 순간 얼굴이 벌겋게 달아오른 채로 걸음을 멈추었다. 나는 쿡쿡 웃었지만 굳이 한마디 덧붙여 상처를 들쑤시지는 않았다.

아내와 엘렌은 포석에 주저앉았다.

나는 다시 식당 문으로 들어갔지만, 변한 것은 아무것도 없었다. 반대편에서 보면 유리판처럼 매끈하기만 했다. 아까 본 바퀴벌레 가―내가 보기에는 같은 놈인 것만 같았다―조금 전의 구멍 옆에 앉은 건지 서 있는 건지 애매한 자세를 하고 있었다.

나는 말했다. "여어, 안녕하신가." 그러나 바퀴벌레는 대답하지 않았고, 나는 다시 놈을 밟으려 시도했지만 너무 빠르게 도망쳐 버렸다. 뭔가 기묘한 점이 하나 있었다. 근육 하나 움직이지 않았는데도, 벌레는 내가 밟아버려야겠다는 생각을 하자마자 도망쳐 버렸던 것이다.

나는 다시 정문으로 나와서 벽에 기대어 섰다. 기대어 서기 딱 좋게 튼튼했다. 그리고 주머니에서 시가를 꺼내어 불을 붙이려 하다가, 그만 성냥을 떨어뜨려 버렸다. 무엇이 잘못되었는지 거의 알아챈 것이다.

샘 하이드먼에 대한 것이었다.

"여보." 내가 말했다. "샘 하이드먼 말이야, 죽지 않았던가?"

바로 그 순간, 나는 더 이상 벽에 기대어 있지 않았다. 내가 기대어 있던 벽이 사라져 버려 그대로 뒤로 넘어졌기 때문이다.

아내가 비명을 지르고 엘렌이 꺅 소리를 내는 것이 들렸다.

나는 녹색 점토에서 몸을 일으켰다. 아내와 엘렌도 일어나고 있었다. 그들이 앉아 있던 포석이 갑자기 사라지는 바람에 엉덩방아를 찧었기 때문이다. 조니는 발밑의 도로가 사라져서 몇 인치 정도 추락했고, 비틀거리며 몸을 가누고 있었다.

도로나 식당은 더 이상 보이지 않았다. 녹색 기운이 도는 언덕만 펼쳐져 있을 뿐이었다. 그리고― 그래, 바퀴벌레는 여전히 그곳에 있었다.

나는 넘어진 바람에 깜짝 놀라기도 했고, 덤으로 제법 화가 나 있었다. 뭔가 분풀이를 할 상대가 필요했다. 그럴 만한 존재는 바퀴벌레들밖에 보이지 않았다. 놈들은 다른 모든 것들처럼 그대로 사라져 버리지 않았다. 나는 다시 한번 가장 가까운 놈을 밟으려 시도했고, 이번에도 실패했다. 이번에는 내가 움직이기 전에 움직였다는 것이 명백했다.

엘렌은 도로가 있던 곳을 내려다보고, 식당 정문이 있던 곳을 바라보고는, 오락실 텐트가 아직 있는지 궁금한 표정으로 우리가 온 쪽을 바라보았다.

"없을 거다." 내가 말했다.

아내가 물었다. "없다니요?"

"거기 없다고." 내가 설명했다.

아내는 나를 노려보았다. "뭐가 없다는 건데요?"

"천막 말이야." 나는 살짝 짜증이 나서 설명했다. "영화 회사도, 다른 것들도 전부. 샘 하이드먼도 확실히 없고. 5년 전에 루나 시티에서 샘 하이드먼이 죽었다는 소식을 들었다는 게 기억나자마자 이런 일이 벌어졌으니, 그 친구는 없는 거지. 그 모든 것이 존재하지 않는 거야. 내가 그 사실을 깨닫자마자 그들이 모든 것을 그대로 없애 버린 거라고."

"그들이라뇨? '그들'이 대체 누군데요? 여보, 무슨 소리예요? '그들'이 누구예요?"

"'그들'이 어떤 존재냐는 소리겠지?" 그러나 나는 아내의 표정을 보고 얼굴을 찌푸릴 수밖에 없었다.

"여기서 이야기나 하고 있지는 말자고." 나는 말을 이었다. "우선 최대한 빨리 우주선으로 돌아가야겠어. 조니, 도로가 없어도 길안내를 해줄 수 있겠지?"

그는 경례를 하거나 '선장님'이라고 부르는 일은 여전히 잊어버린 채로 고개만 끄덕였다. 우리는 그대로 출발했다. 아무도 입을 열지 않았다. 조니가 우리를 인도할 수 있을지에 대해서는 별로 걱정하지 않았다. 천막에 도착하기 전까지는 정상이었으니까. 분명 손목 나침반으로 경로를 확인하고 있었을 것이다.

도로가 끝나는 지점이었던 곳까지 나오자 길을 찾기는 좀 더 쉬워졌다. 진흙에 찍힌 우리 발자국을 따라가기만 하면 되는 일이었으니까. 자주색 덤불과 프로펠러가 달린 새들을 목격한 언덕에 도착했지만, 이제 그곳에는 새도 덤불도 존재하지 않았다.

그러나 정말로 다행히도 치털링 호는 그대로 있었다. 마지막 언덕 위에 올라오자 우리가 떠났을 때와 똑같은 모습으로 그곳에 서 있었다. 아늑한 고향집으로 돌아온 기분이 들었고, 우리의 걸음은 조금 더 빨라졌다.

나는 문을 열고 옆으로 물러나 아내와 엘렌이 들어가도록 했다. 아내가 막 안으로 들어갔을 때, 우리 모두는 목소리를 들었다. "그대들에게 작별 인사를 보낸다."

나는 말했다. "우리도 작별 인사를 보낸다. 그리고 지옥으로나 꺼져 버려."

나는 아내에게 우주선으로 들어가라고 손짓을 했다. 그저 최대한 빨리 빠져나갈수록 더 좋을 것만 같았다.

그러나 목소리가 말했다. "기다려라." 그리고 그 목소리를 들으니 어쩐지 기다려야만 할 것 같은 생각이 들었다. "어떻게 된 것인지를 설명하고 싶다. 그대들이 다시 돌아오지 않도록."

돌아올 생각은 털끝만치도 없었지만, 나는 이렇게 말했다. "어디해 보시지."

"그대들의 문명은 우리 문명과 공존할 수 없다. 그대들의 정신을 탐색해 본 결과 확실해졌다. 우리는 그대들의 정신 속에서 찾아낸 영상을 투사하고 그에 대한 반응을 확인하고자 했다. 우리가 처음 만든 영상, 처음으로 생각을 투사한 존재들은 혼란을 불러왔다. 그러나 그대들이 가장 멀리까지 왔을 때 그대들의 정신을 이해하게 되었다. 그대들과 비슷한 존재를 투사할 수 있게 된 것이다."

"그래, 샘 하이드먼 말이로군." 내가 말했다. "하지만 그 빌어… 그 여자는 어떻게 된 거지? 그런 여자가 우리 기억 속에 있었을 리가 없는데. 그런 여자를 아는 사람은 아무도 없었으니까."

"그 여성은 합성물이었다. 그대들이 이상형이라고 부르는 존재다. 어쨌든 그런 문제는 중요하지 않다. 그대들을 탐구함으로써, 우리는 그대들의 문명이 물질을 기반으로 이루어져 있다는 사실을 깨달았다. 우리 문명은 정신을 기반으로 한다. 우리는 서로에게 아무것도 제공할 수 없다. 교류를 한다고 해도 서로에게 도움이 되는 일은 없을 것이며, 오직 피해만이 발생할 것이다. 우리 행성에는 그대들의 종족의 관심을 끌 만한 자원은 존재하지 않는다."

텀블위드처럼 생긴 덤불 정도밖에 살 수 없는 황량한 녹색 빛의 점토 언덕을 바라보고 있자니, 그 말에 동의할 수밖에 없었다. 애당초 덤불조차 몇 그루 없기도 하고. 그 외의 다른 생물을 부양할 수는 없어 보였다. 광물로 말하자면 돌멩이 하나도 보이지 않는 곳이었고.

"그 말이 맞다." 나는 소리쳤다. "잡초나 바퀴벌레밖에 살 수 없는 행성이라면 우리 쪽에서야 아무런 신경도 안 쓸 수 있지. 그러니—"
문득 한 가지 의문이 떠올랐다. "어이, 잠깐 기다려 봐. 그거 말고도
뭔가 있을 거 아니야. 내가 지금 누구랑 대화하고 있는 거지?"

목소리가 대답했다. "그대는 방금 바퀴벌레라고 칭한 존재와 대화
를 나누고 있다. 그 또한 우리가 공존할 수 없는 이유이다. 엄밀하게
말하자면 그대들은 우리가 생각으로 투사한 목소리와 대화를 나누
고 있는 것이지만, 투사를 한 주체는 우리다. 그리고 한 가지는 확실
히 말해 두겠다. 물리적 측면에서, 우리가 보는 그대들의 모습은 그
대들이 우리를 볼 때 느끼는 것보다 훨씬 역겹다."

시선을 내리자 그들이 보였다. 세 마리가 내가 움직이면 바로 구
멍으로 들어갈 채비를 마친 채로 나란히 서 있었다.

나는 우주선으로 들어와서 말했다. "조니, 분사 준비. 목적지는 지
구다."

그는 경례를 붙이고 "네, 선장님"이라고 말하고는 조종실로 들어
가 문을 닫아 버렸다. 그리고 시리우스가 멀어지고 우주선이 자동
항로에 들어가기 전까지 나오지 않았다.

엘렌은 자기 선실로 돌아갔다. 아내와 나는 크리비지 카드놀이를
했다.

"이만 비번으로 돌아가도 되겠습니까, 선장님?" 조니는 이렇게 묻
고는, 내가 "물론이지"라고 대답하자 뻣뻣하게 걸음을 옮겨 방으로
돌아갔다.

이내 아내와 나도 방으로 돌아갔다. 잠시 후 묘한 소리가 들렸다.
나는 자리에서 일어나 소리를 확인하러 갔다.

그리고 만면에 미소를 띤 채로 돌아왔다. "다 괜찮아, 여보. 조니 레인이었어. 그 자식 부엉이처럼 잔뜩 취해 있더라고!" 그리고 나는 아내의 엉덩이를 장난스럽게 철썩 때렸다.

"아야, 이 영감탱이가." 그녀는 콧소리를 냈다. "포석이 사라져서 엉덩방아를 찧은 데라 아프단 말이에요. 그리고 조니가 술에 취한 게 뭐가 잘된 일이에요? 당신도 취한 거 아니에요?"

"그건 아니지." 나는 함께 취하지 않았다는 사실을 살짝 후회하며 이렇게 대답했다. "하지만 여보, 그 자식이 나보고 지옥으로 꺼지라고 말했단 말이야. 경례도 안 붙이고. 선주인 나한테."

아내는 나를 멍하니 바라볼 뿐이었다. 여자들이란 때로는 아주 똑똑하지만 때로는 꽤나 멍청한 법이다.

"생각해 보라고. 그 자식이 계속 술 취해 있을 건 아니잖아. 취해야만 하는 일이 생긴 것뿐이지. 녀석의 자존심과 품위가 어떻게 된 건지 짐작이 가지 않아?"

"당신 말은, 그러니까 조니가—"

"바퀴벌레의 정신 투사체와 사랑에 빠졌기 때문인 거지. 적어도 자기 자신은 그렇게 여길 거야. 그 사실을 잊기 위해서 술에 취할 수밖에 없었던 거라고. 그리고 이제 제정신이 들고 나면, 녀석은 인간이 될 거야. 돈을 걸라고 해도 얼마든지 걸 수 있어. 그리고 녀석이 인간이 되고 나면 엘렌을 보게 될 거고, 우리 딸이 얼마나 아름다운지도 깨닫게 될 거라는 일에도 걸 수 있지. 아마 지구에 도착하기도 전에 홀딱 빠져 버릴걸. 술을 가져와서 같이 건배나 하자고. 불합리 행성을 위해서!"

그리고 이번에는 내 말이 맞았다. 조니와 엘렌은 감속을 시작할 정도로 지구에 가까워지기 전에 이미 약혼한 사이가 되었다.(1944)

예후디 장치
The Yehudi Principle

나는 미쳐 가고 있다.

찰리 스완 역시 미쳐 가고 있다. 아마 나보다 더 심할 것이다. 애초에 그 친구의 묘한 장난감에서 시작한 일이었으니까. 그러니까, 그 친구가 그걸 만들었고, 본인은 그 정체와 작동 원리를 알고 있다고 생각했다는 말이다.

찰리가 처음 예후디 장치에 대해 말했을 때는 그냥 농담을 하는 중이었다. 적어도 본인은 그렇다고 생각했다.

"예후디 장치라고?" 내가 말했다.

"예후디 장치야." 그는 자기 말을 되풀이했다. "실제로 존재하지 않는 작은 사람을 부르는 장치지. 그 친구가 해 주는 거거든."

"뭘 하는데?" 내가 물었다.

잠시 나 자신의 말을 끊고 설명하자면, 그 친구가 가져온 장난감은 머리띠였다. 찰리는 자기 머리에 딱 맞는 머리띠를 두르고 있었는데, 이마 부분에 알약통보다 약간 큰 검고 둥그런 상자가 붙어 있었다. 거기다 머리띠 양쪽 관자놀이 부근에는 납작한 구리판이 붙어 있었고, 전선이 거기서 뻗어 나와서는 귀 뒤를 돌아 외투의 가슴 주머니 안으로 이어졌다. 그 안에는 작은 건전지가 연결되어 있었다.

딱히 뭔가 용도가 있어 보이지는 않는 물건이었다. 두통을 치료하거나 더 심하게 만드는 정도일까. 하지만 찰리의 얼굴에 떠올라 있는 흥분된 표정을 보니, 그런 단순한 효과는 아닐 거라는 생각이 들었다.

"뭘 하는데?" 내가 물었다.

"자네가 원하는 거라면 뭐든지." 찰리가 말했다. "물론 상식적인 한도 내에서 말이야. 건물을 움직이거나 기관차를 끌고 오는 건 안 돼. 하지만 사소한 일이면 뭘 원하든 그 친구가 해 준다고."

"누가?"

"예후디가."

나는 눈을 감고 천천히 다섯까지 셌지만, 이런 말이 튀어나오는 것을 도저히 억제할 수가 없었다. "예후디가 누군데?"

나는 침대 위에 어질러져 있는 종이 뭉치를 한쪽으로 밀어낸 다음 자리에 앉았다. 옛날에 포기한 원고를 뒤적이며 새로운 각도에서 다시 쓸 만한 이야기가 있는지를 찾고 있던 참이었다.

"좋아." 내가 말했다. "그럼 술 한 잔 가져다 달라고 해 봐."

"어떤 종류로?"

나는 찰리를 바라보았다. 딱히 농담을 하는 것 같지는 않았다. 하지만 저 친구라면 분명—

"진 벽." 내가 말했다. "진을 추가한 진 벽으로. 예후디가 내 말을 알아듣는다면 말이지만—"

"손 내밀고 있어." 찰리가 말했다.

나는 손을 내밀었다. 찰리는 내가 아닌 다른 누군가에게 말을 했다. "행크에게 진 벅을 가져다 줘. 강한 걸로." 그리고 그는 고개를 끄덕였다.

문제가 생긴 쪽이 찰리인지 내 눈인지 알 수가 없었다. 순간 그의 모습이 어딘가 흐릿해지더니, 이내 원래 모습으로 돌아왔다.

그리고 나는 깜짝 놀라 헉 소리를 내며 팔을 움츠렸다. 차가운 액체로 내 손이 젖어 있었기 때문이다. 이어 철퍽 소리가 나며 내 발치의 양탄자에 액체가 떨어져 고였다. 바로 내 손이 있던 자리에 말이다.

찰리가 말했다. "유리잔에 담아 달라고 했어야 하는 모양이군."

나는 찰리에서 바닥에 생긴 웅덩이로, 그리고 내 손으로 시선을 옮겼다. 그런 다음 검지를 조심스레 입으로 옮겨 맛을 보았다.

진 벅이었다. 진을 추가한 진 벅이었다. 나는 다시 찰리를 바라보았다.

그가 물었다. "내 모습이 흐릿해졌었지?"

"내 말 좀 들어 봐, 찰리. 자네를 알고 지낸 지도 10년이 됐고, 같이 공대에 다녔지… 하지만 이런 장난질을 한 번만 더 하면, 맹세하는데 자네의 존재 자체가 흐릿해지게 만들어 버리겠어. 내가—"

"이번에는 조금 더 집중해서 봐 줘." 찰리가 말했다. 그리고 이번에도 내가 아니라 허공을 향해서 중얼거리기 시작했다. "5분의 1 갤런 병에 담긴 진을 가져다줘. 얇게 썬 레몬 대여섯 개도, 쟁반에 얹어서. 소다수 2쿼트 한 병이랑 각얼음을 담은 접시도. 전부 이 앞에 있는 탁자에 올려놔 줘."

그는 아까와 마찬가지로 고개를 끄덕였고, 이번에도 분명 내 눈 앞에서 모습이 흐릿해졌다. 흐릿해졌다고밖에는 설명할 도리가 없었다.

"흐릿해졌는데." 내가 말했다. 슬슬 두통이 찾아오고 있었다.

"그럴 줄 알았지." 그가 말했다. "저번에 혼자 했을 때는 거울로 본 거라서, 내 쪽의 착시 현상일지도 모른다고 생각했거든. 그래서 자네 집으로 찾아온 거야. 자네가 섞을 거야, 아니면 내가 할까?"

나는 탁자를 바라보았다. 주문한 물건이 모두 그 위에 있었다. 나는 두세 번 마른침을 삼켰다.

"정말이라고." 찰리가 말했다. 흥분을 억누르고 있는지 조금 숨을 몰아쉬고 있었다. "그래, 성공이야, 행크. 제대로 작동한다니까. 이거면 부자가 될 거야! 우리가—"

찰리는 계속 주절대고 있었지만, 나는 천천히 자리에서 일어나 탁자 쪽으로 갔다. 병과 레몬과 얼음이 실제로 그곳에 있었다. 병을 흔들자 쿨렁거리는 소리가 났고, 얼음은 차가웠다.

잠시 후면 이 물건들이 어떻게 이곳에 왔는지 궁금해지기는 할 것이다. 하지만 당장 필요한 것은 술이었다. 나는 찬장에서 유리잔 두 개를 꺼내고 서랍장에서 병따개를 가져온 다음, 진을 절반 정도 채워서 진 벅 두 잔을 만들었다.

그러다 문득 무언가 떠올라서, 나는 찰리에게 물었다. "예후디도 술을 마시나?"

찰리는 웃음을 지었다. "두 잔이면 충분할 거야." 그가 말했다.

"일단 시작으로는 그렇겠지." 나는 침울하게 대꾸했다. 그에게 진한 잔을 유리잔에 담아 건넨 후, 나는 말했다. "예후디를 위하여." 나는 그대로 잔을 비운 다음 두 잔째를 만들기 시작했다.

찰리가 말했다. "나도 그쪽으로 건배를 할까. 어이, 잠깐 기다려 보라고."

"현재의 상황을 고려해 볼 때, 술을 마시는 사이에 잠깐 기다리는 건 그 잠깐만큼이나 과도하게 오랜 기간을 보내는 것이라 생각하는데. 일단 잠깐 지나고 나면 잠깐 기다려 주겠지만… 맞아, 그냥 예후디한테 칵테일을 만들어 달라고 할 수 있나?"

"바로 그러자고 하려고 했다고. 한 가지 시도해 보고 싶거든. 자네가 이 머리띠를 쓰고 명령을 내려 봐. 자네 모습을 보고 싶거든."

"내가?"

"그래, 자네가. 딱히 해될 일은 없다고. 그저 내가 아니라 다른 사람들이 써도 작동하는지를 확인하고 싶은 거야. 어쩌면 내 뇌에만 맞는 물건일 수도 있잖아. 자네가 해 봐."

"내가?"

"그래, 자네가."

그는 이미 머리띠를 벗어 나를 향해 내밀고 있었다. 전선 끝에는 작고 납작한 건전지가 매달려 흔들리고 있었다. 나는 머리띠를 받아들고 이리저리 살펴보았다. 위험해 보이는 물건은 아니었다. 저런 작은 건전지에는 해를 끼칠 만큼의 전해질이 들어 있을 수 없을 테니까.

나는 머리띠를 썼다.

"칵테일 좀 만들어 줘." 나는 이렇게 말하고 탁자 쪽을 바라보았지만, 아무 일도 일어나지 않았다.

"명령을 끝내는 순간 고개를 끄덕여야 해." 찰리가 말했다. "자네 이마의 상자 안에 진자 비슷한 장치가 들어 있어서 스위치 역할을 한다고."

나는 말했다. "진 벅을 두 잔 만들어 줘. 유리잔에 담아서. 부탁해." 그리고 고개를 끄덕였다.

고개를 들자 눈앞에 칵테일 두 잔이 만들어져 있었다.

"이거 놀라 자빠지겠는데." 나는 이렇게 말하고는 술잔을 향해 몸을 굽혔다.

그리고 다음 순간, 나는 바닥에 누워 있었다.

찰리가 말했다. "조심하라고, 행크. 몸을 앞으로 기울이면 고개를 끄덕이는 것과 같은 효과가 나잖아. 그리고 명령을 내릴 생각이 아니라면 고개를 끄덕이거나 몸을 기울이지 말고."

나는 자리에 일어나 앉았다. "빌어먹을, 머리가 날아가 버릴 것 같군."

그러나 고개는 끄덕이지 않았다. 사실 꼼짝도 하지 않았다. 내가 무슨 말을 했는지를 깨닫자마자 그대로 목이 아플 정도로 뻣뻣하게 굳어버렸으니까. 진자가 흔들릴지도 모른다는 생각에 숨조차 쉬지 않았다.

나는 기울어지지 않도록 아주 조심스레 손을 뻗어 머리띠를 벗은 다음 바닥에 내려놓았다.

그러고는 자리에서 일어나 온몸을 더듬어 보았다. 찰과상 정도는 있겠지만 부러진 곳은 없는 모양이었다. 나는 술잔을 집어 그대로 들이켰다. 칵테일 섞는 솜씨는 훌륭했지만 다음 잔은 직접 만들어 마셨다. 진을 4분의 3까지 채워서.

그 술잔을 손에 든 채로, 나는 머리띠와 1야드 거리를 유지하며 빙글 돌아 침대로 돌아와서 앉았다.

"찰리." 내가 말했다. "정말 대단한 물건이기는 한데. 정체는 모르겠지만. 하지만 대체 왜 이러고 있는 거야?"

"무슨 뜻이지?" 찰리가 말했다.

"제정신이 박힌 남자라면 당연히 알아먹을 만한 뜻이지. 그 물건이 우리가 원하는 건 뭐든지 가져다줄 수 있다면, 자, 파티나 벌이자고. 릴리 세인트 사이어하고 에스더 윌리엄스 중에서 누가 더 좋아? 내가 남은 쪽을 가지지."

그는 애석한 표정으로 고개를 저었다. "한계라는 게 있다고, 행크. 아무래도 설명하는 편이 좋을 것 같군."

"개인적으로는 설명보다는 릴리 쪽이 더 마음에 들지만, 어디 들어 보지. 예후디부터 시작하자고. 내가 아는 예후디는 바이올린 연주자인 예후디 메뉴인하고 실체가 없는 그 작은 예후디라는 사람뿐이거든. 왠지는 모르겠지만 메뉴인이 진을 가져다주었을 것 같지는 않으니까—"

"당연히 아니지. 사실 그 문제라면, 보이지 않는 작은 예후디 쪽도 마찬가지야. 농담을 한 거라고, 행크. 실제로 존재하지 않는 작은 사람 같은 것은 없어."

"아, 그래." 나는 천천히 그 말을 반복하려 했다. 아니, 적어도 시도는 했다. "실제로 존재하지 않는 작은 사람이 없다고— 이해가 될 것 같군. 존재하지 않는 작은 사람이 아예 존재하지 않는다는 거지. 그럼 대체 예후디는 누군데?"

"예후디는 없어, 행크. 문득 떠오른 이름이 너무 잘 어울려서 가볍게 부르려고 붙인 것뿐이라고."

"그럼 긴 쪽의 이름은 뭔데?"

"자율 자동암시 교열진동 초가속기."

나는 남은 술을 마저 들이켰다.

"끝내주는군. 아무래도 예후디 장치 쪽이 더 마음에 들기는 하지만. 하지만 한 가지 문제가 있어. 그럼 대체 누가 이걸 가져다준 거야? 진하고 소다수하고 기타 등등 말이야."

"내가 한 거지. 그리고 자네가 마지막 칵테일만이 아니라 그 전 칵테일도 만든 거야. 이제 이해가 되겠지?"

"엄밀하게 말하자면, 딱히 이해가 안 되는데."

찰리는 한숨을 쉬었다. "관자놀이에 붙인 두 개의 금속판 사이에서 형성된 역장이 분자의 진동을 수천 배 가량 가속시켜서, 유기 물질의 속도가 그에 따라 올라가는 거야. 그래서 두뇌가, 그리고 그에 따라 몸이 빠르게 움직이는 거지. 스위치를 내리기 직전에 내린 명령이 자동암시의 역할을 해서 방금 내린 명령을 스스로 따르게 되는 거지. 하지만 너무 빠르게 움직이기 때문에 아무도 움직임을 볼 수 없는 거야. 거의 같은 순간에 자리를 떠났다 돌아오면서 희미한 잔상이 생기는 정도를 제외하면. 이제 명확하게 알겠지?"

"물론이지." 나는 말했다. "한 가지만 빼고. 그럼 예후디는 누군데?"

나는 탁자로 가서 칵테일을 두 잔 더 만들기 시작했다. 진을 8분의

7 넣어서.

찰리는 참을성 있게 설명을 이어갔다. "행동이 너무 빠르게 일어나기 때문에 기억에 각인이 되지 않는 거라고. 이유는 모르겠지만 기억력은 가속의 영향을 받지 않는 거야. 따라서 이 장치를 사용하면, 사용자와 관찰자 모두에게 즉시 명령이 수행되는 것처럼 보이게 되는 거지… 그러니까, 존재하지 않는 작은 사람에 의해서 말이야."

"예후디 말이지?"

"안 될 건 뭐야?"

"안 될 게 안 될 건 뭐야?" 내가 물었다. "자, 한 잔 더 하라고. 조금 부족하기는 하지만 나도 제정신이 아니니 문제야 없지. 그래서 이 진을 네가 가져온 거라고? 어디서?"

"아마 가장 가까운 술집이겠지. 기억은 못 해."

"돈은 냈고?"

그는 지갑을 꺼내 열어 보았다. "5달러 한 장이 없어진 것 같은데. 아마 계산대에 놔두고 왔겠지. 내 무의식은 정직할 테니까."

"그래서 그게 무슨 소용인데?" 내가 물었다. "자네 무의식 얘기를 하는 게 아니야, 찰리. 예후디 장치 말이야. 그냥 여기 오는 길에 진을 사들고 올 수도 있었던 거잖아. 나 또한 분명히 알고 있는 상태에서 칵테일을 섞을 수 있었다고. 그리고 자네 말이 맞는다면 이건 릴리 세인트 사이어나 에스더 윌리엄스는 데려올 수 없다는 소리고—"

"못 데려와. 생각해 보라고, 자네 스스로 할 수 없는 일은 못 하는 거라고. 이거가 아니라 자네 자신이라니까. 행크, 일단 그걸 받아들이고 나면 이해할 수 있을 거야."

"그래서 그게 무슨 소용인데?"

그는 다시 한숨을 쉬었다. "이 장치의 목적은 진을 가져오거나 칵테일을 만드는 따위 잡일을 하는 것이 아니야. 그냥 시범을 보인 것뿐이지. 진짜 목적은—"

"잠깐만." 내가 말했다. "술 이야기가 나와서 말인데, 기다려 봐. 막잔을 마신 지 꽤 된 것 같은데."

이번에는 진을 따르는 동작을 두 번 반복한 다음 소다수는 건드리지도 않았다. 그리고 두 잔 모두 레몬을 약간 뿌리고 얼음을 하나씩 넣었다.

찰리는 자기 술을 맛보고는 묘한 표정을 지었다.

나는 내 잔을 홀짝였다. "시잖아." 내가 말했다. "레몬은 뺄걸 그랬어. 그리고 얼음이 녹기 시작하기 전에 마시지 않으면 묽어질 거야."

"진짜 목적은 말이지—" 찰리가 말했다.

"잠깐만." 내가 말했다. "그게, 자네가 틀렸을 가능성도 있잖아. 제약에 대해서 말이야. 일단 머리띠를 쓴 다음에 예후디한테 릴리를 데려오라고 명령을 해 볼 테니까—"

"얼간이처럼 굴지 마, 행크. 이걸 만든 사람은 나라고. 작동 원리를 알고 있단 말이야. 자네는 릴리 세인트 사이어나 에스더 윌리엄스나 브루클린 다리 따위는 가져올 수 없어."

"확실해?"

"당연하지."

정말 얼간이처럼 군 모양이다. 나는 그의 말을 믿기로 했다. 그리고 이번에는 진과 유리잔 두 개만을 이용해 칵테일을 만든 다음, 부드럽게 흔들리고 있는 침대 모서리에 걸터앉았다.

"좋아." 내가 말했다. "이제 받아들일 수 있어. 그 진짜 목적이라는 게 뭐야?"

찰리 스완은 눈을 여러 번 깜빡였다. 내 얼굴에 초점을 맞추기가 힘든 모양이었다. 그가 물었다. "무슨 진짜 목적 말이야?"

나는 천천히, 주의 깊게 단어를 읊었다. "자율 자동암시 교열진동 초가속기 말이야. 그러니까, 나한테는 예후디인 물건."

"아, 그거." 찰리가 말했다.

"그거." 내가 말했다. "진짜 목적이 뭐야?"

"말하자면 이런 거지. 뭔가 급하게 할 일이 있다던가, 뭔가 꼭 해야 하지만 하고 싶지 않은 일이 있다고 생각해 봐. 그러면―"

"단편을 쓰는 것처럼?" 내가 물었다.

"단편을 쓰는 것처럼. 아니면 집에 페인트칠을 하거나, 잔뜩 쌓인 설거지거리를 처리하거나, 집 앞 보도를 청소하거나, 아니면… 아니면 뭐든 해야 하지만 하고 싶지 않은 일들 말이야. 생각해 봐, 이 머리띠를 쓰고 자신에게 명령을 내리기만 하면―"

"예후디에게." 내가 말했다.

"예후디에게 명령을 내리기만 하면, 전부 끝나 있는 거라고. 그래, 물론 자기가 하는 거긴 하지만, 자기가 했다는 사실을 모르니 아무 문제도 없잖아. 게다가 훨씬 빨리 되는 셈이고."

"자네 흔들리고 있는데." 내가 말했다.

그는 잔을 들고 전구 불빛에 비추어 보았다. 텅 비어 있었다. 전구 불빛 말고, 유리잔 쪽 말이다.

그가 말했다. "흔들려 보이는 쪽은 자네야."

"누구?"

그는 대답하지 않았다. 그는 의자와 기타 물건들과 함께 1야드 정도의 원호를 그리며 흔들리고 있었다. 바라보고 있자니 어지러워질 지경이라 눈을 감았지만, 그쪽이 더 어지러워 결국 다시 눈을 뜨게 되었다.

"소설도 된다고?" 내가 말했다.

"물론이지."

"단편을 쓰긴 해야 하거든." 내가 말했다. "하지만 딱히 내가 할 필요가 있나? 그러니까, 예후디한테 시켜도 되는 일 아니야?"

나는 건너편으로 가서 머리띠를 썼다. 이번에는 말도 안 되는 감탄사는 자제하자고 다짐하면서. 반드시 필요한 말만 하겠다고.

"단편을 써." 내가 말했다.

그리고 고개를 끄덕였다. 아무 일도 일어나지 않았다.

그러나 다음 순간, 적어도 내가 아는 한은 아무 일도 일어나지 않는 것이 정상이라는 사실이 떠올랐다. 나는 타자기가 놓인 탁자 쪽으로 가서 확인해 보았다.

타자기에는 흰 종이와 노란 종이가 꽂혀 있고, 그 사이에 카본지가 들어가 있었다. 종이의 절반 정도 글자가 차 있고 맨 아래에 단어 하나가 따로 떨어져 있었다. 그러나 읽을 수가 없었다. 안경을 벗어도 여전히 읽을 수가 없어서, 나는 안경을 다시 쓴 다음 타자기 코앞까지 얼굴을 들이대고 집중해 보았다. 그 단어는 '끝'이었다.

타자기 옆을 보자 흰 종이와 노란 종이가 번갈아 쌓여 있는 모습이 보였다. 차곡차곡 쌓여 있기는 해도 양은 그리 많지 않았다.

훌륭했다. 단편을 쓴 것이다. 내 무의식이 뭔가 소재거리를 알고 있었다면, 지금까지 쓴 중에서 최고의 단편일 가능성도 있었다.

제대로 읽을 형편이 아닌 것이 아쉬울 뿐이었다. 안경점을 방문해서 새 안경을 주문해야 할 모양이었다. 뭐 다른 방법을 생각해 내거나.

"찰리, 나 단편을 하나 썼어." 내가 말했다.

"언제?"

"방금."

"못 봤는데."

"떨려 보였을 거야. 자네가 이쪽을 보지 않았을 뿐이지."

나는 돌아와서 침대에 걸터앉았다. 언제 돌아왔는지는 기억나지 않았지만.

"찰리, 이거 정말 끝내주잖아." 내가 말했다.

"뭐가 끝내줘?"

"모든 것이. 인생이, 나무에서 지저귀는 새들이. 프레첼이. 1초도 안 걸려서 단편을 하나 쓰다니! 이제부터는 한 주에 1초씩만 일하면 되겠어. 출근도 할 필요 없고, 책을 팔러 다닐 필요도 없고, 선생의 뻔뻔한 얼굴을 할 필요도 없다고! 찰리, 정말 끝내주잖아!"

그도 조금씩 정신이 드는 모양이었다. "행크, 자네는 그저 가능성의 일부를 보고 있을 뿐이야. 어떤 직업에도 거의 무한한 가능성이 열린 거라고. 거의 무한한."

"릴리 세인트 사이어와 에스더 윌리엄스를 제외하면 말이지."

"자네 정말 한 가지 생각밖에 못 하는군."

"두 가지야. 어느 쪽이든 충분히 만족할 테니까. 찰리, 자네 정말로 확실히―"

그는 지친 목소리로 말했다. "그래." 적어도 이렇게 말하려 했을 것이다. "그레에"라고 들리기는 했지만.

"찰리, 자네 너무 마신 모양이야. 시도해 봐도 되겠지?"

"자알 사알살 알아서 하라구우."

"허? 아하, 조심해서 하라는 소리군. 좋아, 그러면―"

"그러어케 말해따고." 찰리가 말했다. "맘대로 하라고오."

"안 그랬어."

"그럼 내가 뭐어라고 말핸는데에?"

나는 말했다. "쟈네느은 방그음― 그러니까, '자살이나 하라고' 라고 한 줄 알았거든."

때로는 신조차 졸다가 고개를 꾸벅이는 법이다.

신은 내가 쓰고 있던 머리띠를 쓰고 있지 않겠지만. 아니, 생각해 보면 쓰고 있을지도 모른다. 그러면 꽤 어려 가지 현상이 설명이 될 테니까.

아무래도 나 역시 고개를 끄덕인 모양이었다. 어디선가 총소리가 들렸으니까.

나는 소리를 지르며 자리에서 펄떡 일어났다. 찰리 역시 마찬가지였다. 제정신이 든 얼굴이었다.

그가 말했다. "행크, 자네 그 물건을 쓰고 있었잖아. 자네 설마―?"

나 또한 몸을 살피고 있었다. 하지만 셔츠 앞섶에 묻은 핏자국 따위는 찾아볼 수 없었다. 딱히 아픈 곳도 없었다. 아무 문제도 없었다.

몸의 떨림이 잦아들었다. 나는 찰리를 바라보았다. 그 역시 총에 맞지 않았다.

"그럼 누가—? 아니면 뭐가—?"

"행크." 찰리가 말했다. "방금 총소리는 방 안에서 들린 게 아니야. 밖이었다고. 복도나 계단이었어."

"계단이라고?" 무언가 내 생각의 이면을 스치고 지나갔다. 계단이라고 하면? '계단 위의 사람을 보았다네, 그곳에 존재하지 않는 작은 남자를. 오늘도 그곳에 그는 없다네. 아, 제발 가 주었으면 좋겠네—'*

"찰리." 내가 말했다. "그건 예후디였어! 내가 '자살이나 하라고'라고 말하면서 진자를 흔들었기 때문에 자기 자신을 쏴 버렸던 거야. 이 물건이 그… 자율 자동암시 어쩌구 하는 소리는 틀렸던 거라고. 지금까지 전부 예후디가 해 줬던 거야. 예후디가—"

"닥쳐." 행크가 말했다.

행크는 방을 가로질러 문을 열었고, 나는 그 뒤를 따라갔고, 우리는 함께 복도로 나섰다.

화약 타는 냄새가 코를 찔렀다. 냄새가 가장 강한 장소가 계단 중간쯤이었으니, 그 부근에서 나는 것으로 보였다.

"아무도 없는데." 찰리가 떨리는 목소리로 말했다.

나는 두려움에 질린 목소리로 말했다. "오늘도 그는 그곳에 없다

---

* 하워드 미언즈의 시 〈앤티고니시〉의 일부.

네. 아, 제발 가 주었으면—"

"닥쳐." 찰리가 날카롭게 쏘아붙였다.

우리는 내 방으로 돌아왔다.

"일단 앉으라고." 찰리가 말했다. "무슨 일이 벌어졌는지 알아내야 해. 자네는 '자살이나 하라고'라고 말하고 고개를 끄덕이거나 몸을 앞으로 기울였단 말이야. 그런데도 자신을 쏘지는 않았지. 그 총성은—" 그는 정신을 차리려 고개를 저었다.

"커피나 좀 마시자고." 그가 제안했다. "뜨겁고 진한 커피로 말이야. 자네 혹시— 아니, 아직 그 머리띠를 하고 있잖아. 커피 좀 달라고 해 봐. 제발 이번에는 조심해서 말이야."

나는 "뜨겁고 진한 커피 두 잔을 가져다 줘"라고 말하고 고개를 끄덕였지만, 아무 일도 일어나지 않았다. 왠지 그럴 줄 알고 있었다는 기분이었다.

찰리는 내가 쓰고 있는 머리띠를 잡아챘다. 그리고 자기 머리에 쓴 다음 직접 시도해 보았다.

내가 말했다. "예후디는 죽었어. 자기를 쏴 버렸다고. 이제 그 물건은 못 쓰게 된 거야. 그러니까 내가 커피를 타 오지."

나는 전열기 위에 주전자를 올리며 말했다. "찰리, 생각해 보라고. 그런 일을 하던 것이 예후디라고 가정해 보자는 말이야. 그렇다면 그 친구의 한계가 어디까지인지 어떻게 알 수 있지? 이봐, 잘하면 실제로 릴리를 데려올 수도 있었을—"

"닥쳐." 찰리가 말했다. "지금 생각 중이라고."

나는 그가 생각할 수 있도록 얌전히 입을 닫쳤다.

그리고 커피가 준비되었을 즈음에는, 내가 얼마나 한심한 헛소리를 하고 있었는지를 깨닫게 되었다.

커피를 가져오니 찰리는 작은 상자의 뚜껑을 열고 안을 점검하고 있었다. 스위치 역할을 하는 작은 진자와 잔뜩 얽혀 있는 전선들이 보였다.

그가 말했다. "이해가 안 되는데. 망가진 부분이 없어."

"건전지 문제일 수도 있잖아."

나는 손전등을 가져와서 그 안의 전구로 장치의 작은 건전지를 시험해 보았다. 전구는 환하게 빛을 뿜었다.

"이해가 안 되는데." 찰리가 말했다.

그리고 내가 입을 열었다. "처음부터 시작해 보자고, 찰리. 처음에 작동했잖아. 칵테일에 들어갈 물건들을 가져왔지. 칵테일 두 잔을 만들었고. 그런 다음에는—"

"나도 그 생각을 하고 있었어." 찰리가 말했다. "자네가 '이거 놀라 자빠지겠는데'라고 말하고 술잔을 집으려고 몸을 기울였을 때, 무슨 일이 일어났지?"

"바람 같은 것이 느껴졌어. 말 그대로 나를 바람으로 자빠뜨린 거야, 찰리. 내가 그런 일을 스스로 할 수 있겠어? 그리고 행동 주체의 차이를 생각해 보라고. 그때는 '놀라 자빠지겠는데'라고 말했지만, 나중에는 '자살이나 하라고'라고 말했지. 내가 '자살을 시켜 줘'라고 말했다면, 어쩌면—"

다시 한번 오싹한 기운이 등골을 타고 흘러내렸다.

찰리는 어안이 벙벙한 모양이었다. "하지만 나는 과학적인 원리를 응용해서 이 장치를 만든 거라고, 행크. 우연히 만든 게 아니란 말이야. 틀렸을 리가 없어. 그러니까 자네 말은— 그건 말도 안 된다고!"

나 역시 바로 그 생각을 하고 있었다. 그러나 내 관점은 조금 달랐다. "생각해 봐. 자네의 장치가 두뇌에 영향을 끼치는 역장을 만들어 낸다는 사실은 인정하지. 하지만 일단 가정 삼아서, 자네가 그 역장의 성질을 잘못 이해했다고 생각해 보자고. 생각을 현실로 투사하는 역장이었다고 가정해 보자는 말이야. 그리고 자네는 예후디 생각을 하고 있었지. 장난삼아 예후디 장치라고 불렀을 때 분명 그 생각을 했을 거야. 따라서 예후디는—"

"말도 안 돼." 찰리가 말했다.

"그럼 더 나은 가설을 세워 봐."

그는 전열기 쪽으로 가서 커피를 한 잔 더 따랐다.

그때 문득 한 가지 생각이 들었다. 나는 타자기가 놓인 책상으로 가서 단편 소설을 집어든 다음, 첫 페이지가 맨 위로 오도록 정렬하고 읽기 시작했다.

찰리의 목소리가 들렸다. "어때, 괜찮은 이야기가 나왔어?"

나는 말했다. "세, 세, 세, 세, 세, 세상에—"

찰리는 내 표정을 보더니 방을 가로질러 달려와서 내 어깨 너머로 이야기를 읽었다. 나는 그에게 '예후디 장치'라는 제목이 적힌 첫 페이지를 넘겨주었다.

이야기는 이렇게 시작했다.

'나는 미쳐 가고 있다.

찰리 스완 역시 미쳐 가고 있다. 아마 나보다 더 심할 것이다. 애초에 그 친구의 묘한 장난감에서 시작한 일이었으니까. 그러니까, 그 친구가 그걸 만들었고 그 정체와 작동 원리를 알고 있다고 생각했다는 말이다.'

나는 이야기를 읽으면서 읽은 대로 한 장씩 찰리에게 넘겼다. 그래, 바로 이 단편이었다. 지금 여러분이 읽고 있는 이야기. 내가 지금 이렇게 설명하고 있는 부분까지 포함해서 말이다. 마지막 대목의 일이 벌어지기 전에 기록된 것이다.

찰리는 전부 읽고 자리에 주저앉았고, 나 역시 마찬가지였다.

그는 나를 바라보았고, 나는 그를 바라보았다.

찰리는 입을 끔벅거리다가 다무는 짓을 두어 번 반복하고는 간신히 말을 이었다. "시, 시간이야, 행크. 시간하고도 관련이 있는 것이 분명하다고. 방금 일어난 일을 미리 기록한 거잖아. 행크, 다시 작동하게 만들겠어. 다시 작동하게 해야만 해. 이건 정말 대단한 거라고. 이건—"

"엄청나게 대단한 물건이지." 내가 말했다. "하지만 두 번 다시 작동하지 않을 거야. 예후디는 죽었어. 층계에서 자살해 버렸다고."

"자네 미쳤군." 찰리가 말했다.

"아직은 아니야." 나는 그가 다시 건네준 원고를 내려다보며 읽었다.

"나는 미쳐 가고 있다."

나는 미쳐 가고 있다. (1944)

웨이버리

The Waveries

다음은 웹스터-햄린 사전 학생용 축약판 1998년 판본에서 가져온 정의다.

웨이버리: 명사. 베이더의 속어.

베이더: 명사. 라디오강에 속하는 부생물의 일종.

부생물: 명사. 실체가 없는 존재. 베이더.

라디오: 명사. 1. 부생물의 분류 단위. 2. 광선과 전기 사이에 존재하는 에테르 파장. 3. (사어) 1957년까지 사용된 통신 수단.

수백만 명의 사람들이 침략의 첫 신호탄을 들었지만, 사실 그리 큰 소리는 아니었다. 그 수백만의 사람들 중에서 조지 베일리라는 사람이 있었다. 내가 조지 베일리를 고른 이유는 그가 침략자의 정체에 대해서 10의 100제곱 광년 정도는 떨어져 있어도 어쨌든 가장 가까운 추측을 한 사람이었기 때문이다.

조지 베일리는 취해 있었다. 그러나 그가 처한 상황을 고려하면 책망할 수는 없는 노릇이었다. 가장 끔찍한 부류의 라디오 방송을 듣고 있었으니까. 당연한 소리지만 자기가 듣고 싶어서는 아니었다. 그의 상관인 MID 방송국의 J. R. 맥기가 그 방송을 들으라고 시켰기 때문이었다.

조지 베일리는 라디오 광고 작가였고, 광고보다 더 싫어하는 것은 라디오뿐이었다. 그런데 지금 그는 자기 시간을 들여서 라이벌 방송사의 집요하고 역겨운 광고에 기를 기울이고 있어야 하는 신세가 된 것이다.

그의 상사인 J. R. 맥기는 이렇게 말했다. "베일리, 자네는 라이벌들이 일하는 방식을 좀 알아둘 필요가 있어. 특히 여러 네트워크에서 걸쳐 방송하는 우리 광고에 대해서는 정보를 얻어야 하지 않겠나. 내가 진심으로 권하고 싶은 일이 하나 있는데…"

주급 2백 달러짜리 직업을 유지하기 위해서는 고용주의 진심 어린 권유를 거슬러서는 안 되는 법이다.

그러나 라디오를 듣는 동안 위스키 사워를 곁들이는 정도야 뭐 어떻겠는가. 조지 베일리는 그렇게 했다.

그리고 광고와 광고 사이에는 메이시 헤터먼과 진 러미 게임을 즐겼다. 그녀는 방송국에서 일하는 작고 귀여운 빨강머리 타자수였다. 장소는 메이시의 아파트이며 라디오도 메이시의 물건이었지만 (조지 본인은 라디오나 텔레비전을 집에 들여놓지 않는 것을 신조로 삼고 있었다) 술을 가져온 것은 조지 쪽이었다.

"—최고급의 담배만을 여러분께 선사합니다." 라디오가 지껄였다. "이 나라에서 딧—딧—딧 가장 사랑받는 담배를 구입—"

조지는 라디오를 물끄러미 바라보았다. "마르코니로군." 그는 말했다.

당연하지만 '모스'라고 말하려 한 것이었다. 그러나 그는 위스키 사워에 살짝 정신이 나가 있는 상태였고, 덕분에 이 순간 다른 누구보다 더 옳은 추측을 내리게 되었던 것이다. 어떻게 보면 마르코니라고 할 수 있었으니까. 매우 독특한 시점으로 본다면.

"마르코나라고?" 메이시가 물었다.

라디오 소리를 배경으로 말하는 것을 싫어하는 조지는 몸을 뻗어 라디오를 껐다.

"모스라고 말하려고 했어. 거 있잖아, 보이스카우트나 군 통신에 사용하는 모스 부호. 나도 한때는 보이스카우트였던 적이 있거든."

"꽤나 변한 건 확실하네." 메이시가 말했다.

조지는 한숨을 쉬었다. "누군가 불벼락을 맞겠는데. 저 주파수에서 모스 부호를 방송하다니 말이야."

"무슨 뜻이야?"

"무슨 뜻이냐니? 아, 방금 그 부호가 무슨 뜻이냐는 말이로군. 그게… S지. 글자 S. 딧—딧—딧이 S야. SOS는 딧—딧—딧 다—다—다 딧—딧—딧이고."

"O가 다—다—다 라고?"

조지는 웃음을 머금었다. "한 번 더 해봐, 메이시. 마음에 드는데. 그리고 너도 꽤 다—다—다 한 것 같아."

"조지, 어쩌면 진짜 SOS 신호였을 수도 있잖아. 다시 틀어 봐."

조지는 다시 라디오를 켰다. 담배 광고가 아직도 이어지고 있었다. "최고의 딧—딧—딧 취향을 가진 신사분들이야말로 딧—딧—딧 담배의 고급스러운 맛을 선호합니다. 담배를 딧—딧—딧 하고 아주 신선하게 유지해 주는 고급스러운 담뱃갑에—"

"SOS가 아닌데. 그냥 S만 반복되고 있잖아."

"찻주전자 넘치는 소리 같네. 아니면… 있잖아, 조지. 어쩌면 광고에 농담을 넣으려 한 걸지도 몰라."

조지는 고개를 저었다. "상품 이름이 들어갈 자리에 농담을 넣는 친구가 있을 리 있나. 잠깐만 기다려 보면 내가—"

그는 손을 뻗어 라디오 다이얼을 살짝 오른쪽으로, 그리고 살짝 왼쪽으로 돌려 보았다. 그의 얼굴에 믿을 수 없다는 표정이 떠올랐다. 그는 다이얼을 최대한 왼쪽으로 돌려 보았다. 그 주파수를 사용하는 방송국은 없었다. 심지어는 반송파의 웅웅거리는 소리조차 들리지 않았다. 그러나…

"딧—딧—딧." 라디오에서는 이런 소리가 들렸다. "딧—딧—딧."

그는 다이얼을 오른쪽 끝까지 돌렸다. "딧—딧—딧."

조지는 라디오를 끄고는 메이시에게 아무런 주의도 기울이지 않고 그쪽을 바라보았다. 그 자체가 꽤나 힘든 일이기는 했지만.

"뭔가 잘못된 거야, 조지?"

"그랬으면 좋겠는데." 조지 베일리가 말했다. "제발 그랬으면 좋겠어."

그는 빈 잔을 채우려 손을 뻗다가 이내 마음을 바꾸었다. 문득 뭔가 중요한 일이 일어나고 있다는 예감이 들었고, 그럴 경우 맨정신으로 음미하고 싶었던 것이다.

물론 그는 이 사건이 얼마나 거대한 것인지 짐작조차 하지 못하고 있었다.

"조지, 그게 무슨 말이야?"

"나도 내가 무슨 소리를 하는 건지 모르겠어. 하지만 메이시, 일단 방송국으로 가 보자고. 알겠지? 뭔가 흥미로운 일이 벌어지고 있을 거야."

1957년 4월 5일. 그날 밤, 웨이버리들이 찾아왔다.

처음에는 여느 때와 다름없는 저녁나절이었다. 그러나 이제는 아니었다.

조지와 메이시는 택시를 기다렸지만 한 대도 오지 않았고, 결국 그들은 지하철을 타기로 했다. 아, 그래. 당시에는 아직 지하철이 다니고 있었으니까. 그들은 지하철을 탔고, MID 방송국에서 한 블록 떨어진 곳의 역으로 나왔다.

건물 안은 정신병원을 방불케 했다. 조지는 만면에 미소를 띤 채로, 메이시와 팔짱을 끼고 느긋하게 로비를 가로질러 승강기를 타고 5층으로 올라갔다. 아무 이유 없이 승강기를 조작하는 아이에게 1달러를 건네기까지 했다. 지금까지 살아오면서 승강기 보이에게 팁을 건넨 것은 이번이 처음이었다.

아이는 그에게 감사 인사를 했다. "거물들한테 가까이 가지 않는 게 좋으실 거예요, 베일리 씨. 눈만 마주쳐도 귀를 물어뜯어 버리려고 단단히 벼르고 있거든요."

"끝내주는군." 조지가 말했다.

그는 승강기에서 내려 곧장 J. R. 맥기 본인의 사무실로 향했다.

유리문 안쪽에서는 성난 승강이질 소리가 들려오고 있었다. 조지는 문고리로 손을 뻗었고, 메이시는 그를 말리려 했다. "하지만 조지, 그랬다간 해고당할 거야!" 그녀는 속삭였다.

"해고를 감수해야 할 때도 있는 법이지." 조지는 말했다. "문에서 물러나 있어, 내 사랑."

그는 부드럽지만 단호하게 그녀를 안전한 곳으로 옮겨 놓았다.

"하지만 조지, 지금 대체 무슨—"

"잘 보라고." 그가 말했다.

문을 쾅 차서 열자 방 안에는 순간 정적이 찾아왔다. 복도에서 방 안으로 고개를 빼꼼 들이미는 조지에게 모두의 시선이 모였다.

"딧—딧—딧." 그는 말했다. "딧—딧—딧."

그리고 조지는 날아오는 문진과 잉크병과 그에 맞아 깨진 유리 조각을 피해 간신히 고개를 집어넣을 수 있었다.

그는 메이시를 붙들고 계단으로 달리기 시작했다.

"이제 한잔하자고." 그는 말했다.

방송국 건물 건너편의 술집은 붐비고 있었지만, 묘하게도 모두가 조용했다. 고객 대부분이 라디오 방송국에서 일한다는 점을 감안하여, 가게에는 티브이 대신 커다란 설치형 라디오가 하나 놓여 있었다. 대부분의 사람들은 그 주변에 모여 있었다.

"딧." 라디오 소리가 들렸다. "딧—다—다아—딧—다딧다 딧—"

"아름다운 소리 아니야?" 조지가 메이시에게 속삭였다.

누군가 다이얼을 만지작거렸다. 그리고 누군가 물었다. "방금 그건 어디야?" 누군가 대답했다. "경찰 주파수야." 누군가 말했다. "외국 주파수로 돌려 봐." 누군가 그 말에 따랐다. "이 주파수가 부에노스아이레스일 텐데." 누군가 말했다. "딧—다아—딧—" 라디오가 말했다.

누군가 머리를 뒤로 넘기며 말했다. "그 빌어먹을 것 꺼 버려." 누군가 라디오를 다시 켰다.

조지는 웃으며 뒤편 좌석으로 이동하다가, 피트 멀버니가 술병 하나를 앞에 놓은 채 홀로 앉아 있는 모습을 발견했다. 그와 메이시는 피트의 앞자리로 들어갔다.

"안녕." 그는 진중하게 말했다.

"안녕은 얼어죽을." 피트가 말했다. 그는 MID의 기술 연구원이었다.

"아름다운 밤 아닌가, 멀버니." 조지가 말했다. "밤하늘에 깔린 양떼구름 사이로 항해하는 달의 모습은 보았나? 마치 거칠게 몰아치는 포말을 헤치고 나아가는 금빛 갤리온처럼—"

"닥쳐. 생각하는 중이라고." 피트가 말했다.

"위스키 사워로." 조지는 웨이터에게 이렇게 말하고 탁자 건너편에 앉아 있는 남자에게 시선을 돌렸다. "그럼 소리 내서 생각 좀 하라고, 우리도 들을 수 있게 말이야. 하지만 우선, 대체 길 건너편 정신병동에서는 어떻게 벗어난 건가?"

"딱지맞고, 해고되고, 쫓겨났지."

"우선 악수부터 하지. 그럼 이제 설명해 보게. 설마 자네도 놈들 면전에 대고 딧—딧—딧이라고 말한 건가?"

피트는 순간 존경하는 눈빛으로 조지를 바라보았다. "자네가 그랬단 소리야?"

"증인도 있다고. 자네는 뭘 했는데?"

"신호의 정체에 대한 내 생각을 설명했더니 미친 놈 취급을 하더 군."

"자네 미친 건가?"

"그래."

"훌륭하군." 조지가 말했다. "그럼 어디 한번 미친 소리를 들어 볼 까—" 그러다 문득 그는 손가락을 퉁겼다. "티브이 쪽은 어때?"

"똑같아. 음향 쪽은 똑같은 소리가 들리고, 화면은 점이나 선이 들 리는 소리에 맞추어 깜빡이거나 희미해지지. 지금쯤은 아마 아무것 도 보이지 않을걸."

"훌륭하군. 그럼 이제 뭐가 문제인지 말해 달라고. 사소한 헛소리 가 아닌 이상 무슨 소리를 해도 괜찮으니까. 뭐든 알고 싶다고."

"내 생각에는 우주 문제인 것 같아. 우주 공간이 왜곡된 거지."

"우리 정겨운 옛 친구 우주 말이지." 조지 베일리가 말했다.

"조지, 좀 닥쳐 줄래. 난 이야기를 듣고 싶거든." 메이시가 말했다.

"우주는 유한한 공간이지." 그는 자기 잔에 술을 한 잔 더 따랐다. "어느 쪽으로든 계속 움직이면 결국 시작점으로 돌아오게 된단 말이 야. 사과 위를 걷는 개미처럼."

"오렌지로 하자고." 조지가 말했다.

"좋아, 오렌지로 하던가. 이제 우리가 처음 쏘아 보낸 전자파가 방 금 우주를 빙 돌아왔다고 가정해 보잔 말이야. 56년 만에."

"56년이라고? 하지만 전파는 광속과 같은 속도로 이동하는 줄 알 았는데. 그게 사실이라면 56년이라고 해 봤자 56광년밖에는 이동하 지 못할 거 아니야. 그 정도로는 우주를 일주할 수 있을 리가 없다고.

수백만, 아니 어쩌면 수십억 광년 떨어진 곳에 있는 은하계가 알려져 있으니까. 정확한 수치는 기억이 안 나긴 하는데 말이야, 피트, 우리 은하계만 해도 56광년보다는 훨씬 큰 것이 분명하다고."

피트 멀버리는 한숨을 쉬었다. "그래서 우주 공간이 왜곡돼 있다고 말했던 거야. 어딘가 지름길이 있는 게 분명하다고."

"그 정도로 엄청난 지름길이? 그럴 리가 없잖아."

"하지만 조지, 지금 수신기에 잡히는 소리를 들어 보라고. 자네 모스 부호 읽을 줄 알아?"

"이젠 못 하지. 적어도 바로 이해가 될 정도로 빠르게는 못 해."

"뭐, 나는 할 수 있거든." 피트가 말했다. "저건 초기 미국의 햄HAM 방송이야. 사용하는 용어나 그런 게 전부 일치해. 정규 방송이 시작되기 전에 대기 중을 메우고 있던 것들이라고. 헛간이나 다락방에서 아마추어들이 모스 부호를 두들기며 보내던 그 당시의 용어와 약어들이란 말이야. 마르코니 검파기나 페선던 무선기 따위를 사용해서 말이야. 그리고 이제 곧 바이올린 솔로 연주가 들릴 거야. 어떤 작품일지 내가 예측해 보지."

"뭔데?"

"헨델의 〈라르고〉야. 처음 방송을 탄 축음기 음반이지. 1906년에 브랜트 락에서 페선던 무선기로 방송했어. 곧 CQ—CQ 소리가 들릴 거라고. 술 한 잔 걸고 내기하는 게 어때."

"좋아. 하지만 맨 처음 들렸던 딧—딧—딧 소리는 뭐였는데?"

멀버니는 웃음을 지었다. "마르코니라고, 조지. 세상에서 가장 강력한 신호를 보낸 게 누구였고 언제 벌어진 일이겠어?"

"마르코니라고? 그 딧—딧—딧이? 56년 전에?"

"우등상을 줘야겠군. 최초의 대서양 횡단 무선 통신을 보낸 게 1901년 12월 12일의 일이지. 폴두에 있는 마르코니의 대형 전신국에서, 200피트 높이의 송전탑 꼭대기에서 불규칙적으로 S를, 그러니까 딧—딧—딧을 송신했어. 그러는 동안 뉴펀들랜드에서는 마르코니와 조수 두 명이 수신기를 단 연을 공중 400피트로 날려 보내서 마침내 신호를 받았지. 생각해 보라고, 조지, 대서양 건너편 폴두에서는 커다란 라이덴병 안에서 불꽃이 튀고 있고, 거대한 연에 달린 2만 볼트짜리 전해액이 출렁이는 가운데—"

"잠깐 기다려 봐, 피트. 자네 이야기에는 문제가 있다고. 그게 1901년에 있었던 일이고 최초의 방송이 1906년이라면 폐선던 무전기에서 나온 방송이 도착할 때까지 5년이 걸려야 하는 거 아니야. 게다가 우주에서 56년짜리 지름길을 타고 도착했다고 해도, 그 과정에서 전파가 산란되지 않고 우리가 들을 수 있을 정도로 보존될 리가 없다고. 그건 미친 소리야."

"미친 소리라고는 이미 말했을 텐데." 피트는 우울하게 대꾸했다. "그래, 그렇게 먼 거리를 이동한 신호는 산란 정도가 심할 테니 실제로는 존재하지도 않는 것이나 다름없게 되겠지. 게다가 마이크로웨이브 이상의 모든 주파수에서 신호음이 잡히고 있고, 모든 주파수에서 동일한 강도를 가지고 있다고. 그리고 자네도 지적했듯이, 지난 2시간 안에 5년 분량을 따라잡은 셈이야. 말도 안 되는 일이지. 미친 소리라는 건 인정했다고."

"하지만—"

"쉬이이잇. 들어 봐." 피트가 말했다.

불분명하기는 해도, 무선 신호와 뒤섞여 사람의 목소리가 라디오에서 흘러나오고 있었다. 그리고 음악이 이어졌다. 희미하고 지직거리기는 했지만, 바이올린 소리가 분명했다. 헨델의 〈라르고〉였다.

문제는 갑자기 음이 높아지기 시작해서, 옥타브를 조율하는 것처럼 계속 음정이 올라가더니 귀가 아플 정도의 소리가 되어버렸다는 것이다. 소리는 그렇게 계속 높아져, 마침내 가청 영역을 벗어나 더 이상 아무 소리도 들리지 않게 되었다.

누군가 말했다. "제발 그 빌어먹을 물건 좀 꺼 줘." 누군가 그 말에 따랐고, 이번에는 아무도 다시 켤 생각조차 하지 않았다.

피트가 말했다. "나 자신도 별로 믿고 있지 않았는데. 그리고 내 가설에 어긋나는 증거가 하나 더 있어, 조지. 저 신호는 티브이에도 영향을 끼치잖아. 전파는 파장이 달라서 티브이로는 수신할 수 없다고."

그는 천천히 고개를 저었다. "다른 설명이 있을 거야, 조지. 생각을 하면 할수록 내가 틀린 것 같다는 생각만 들어."

그가 맞았다. 그의 생각은 틀렸던 것이다.

"이건 비상식적인 소리야." 오길비 씨가 말했다. 그는 안경을 벗고 심하게 눈살을 찌푸린 다음 다시 안경을 썼다. 그리고 안경을 통해 손에 들고 있는 복사용지 여러 장을 훑어본 다음 책상 위에 함부로 내던졌다. 종이는 삼각형 명판 위로 떨어져 내려 한쪽으로 얌전히 쌓였다. 명판에는 이렇게 적혀 있었다.

B. R. 오길비
편집국장

"이건 비상식적인 소리라고." 그는 다시 말했다.

그가 보유한 최고의 기자인 케이시 블레어는 담배 연기로 고리를 만든 다음 검지로 그 가운데를 찔렀다. "왜 그렇게 생각하십니까?" 그가 물었다.

"왜냐하면… 그거야, 당연히 말도 안 되는 소리니까 그렇지."

케이시 블레어가 말했다. "이제 오전 3시입니다. 다섯 시간 동안 간섭이 지속되고 있고, 티브이에도 라디오에도 프로그램 하나 제대로 방송을 못하고 있어요. 전 세계의 주요 음성 또는 영상 방송국이 전부 방송을 손 놓은 상태란 말입니다.

이유는 두 가지입니다. 첫 번째로, 해 봤자 그저 전기 낭비일 뿐이니까요. 두 번째로, 각국 정부의 방송 관련 부처에서 전파의 방향성을 추적하기 위해 방송을 자제해 달라고 요청했기 때문입니다. 간섭이 시작된 지 다섯 시간이 흘렀고, 그쪽 사람들은 온 힘을 다해 일하고 있는 모양이더군요. 그래서 무얼 발견했는지 보셨지요?"

"비상식적인 소리야!" 편집장이 소리쳤다.

"분명 그렇지만, 그게 사실입니다. 뉴욕 시간으로 오후 11시에, 그리니치 천문대에서—이후로는 전부 뉴욕 시간 기준으로 설명하지요—포착된 신호의 방향성은 마이애미 쪽을 가리켰습니다. 그리고 그대로 북쪽으로 올라가기 시작해서, 2시에는 버지니아 주 리치몬드에 도달했지요. 샌프란시스코에서는 오후 11시쯤 대략 덴버 부근의 위치에서 방향성을 포착했습니다. 3시간 후에는 남쪽으로 내려가 투손 근처에 도달했지요. 남반구의 상황을 볼까요. 남아프리카 케이프타운에서 포착한 방향성은 부에노스아이레스에서 시작해서, 1천 마일 북쪽에 있는 몬테비데오로 이동했습니다.

11시에 뉴욕에서는 마드리드 방향에서 약한 방향성을 감지했습니다. 그러나 2시경에는 더 이상 아무것도 감지하지 못했지요." 그는 다시 담배 연기로 고리를 만들어 보였다. "천문대에서 사용하는 루프 안테나는 수평으로만 움직이지 않던가요?"

"헛소리야."

케이시는 말했다. "저는 '비상식적'이라는 쪽을 더 선호합니다만, 오길비 씨. 비상식적이긴 하지만 헛소리는 아니니까요. 저는 완전히 겁에 질려 있습니다. 이런 경로들, 그리고 그 외에 제가 들은 모든 방향성은 동일한 곳을 가리킵니다. 지표 위에서 곡선을 그리며 움직이는 것이 아니라, 지구 밖의 다른 곳에서 방사되는 것으로 간주한다면 말입니다. 저는 작은 지구본과 천체도를 가지고 확인을 해 보았습니다. 그 모든 신호는 사자자리 쪽에서 오고 있습니다."

그는 몸을 기울여 방금 제출한 기사의 표지를 검지로 톡톡 두드렸다. "사자자리 바로 아래 있는 관측소에서는 어떤 방향성도 감지하지 못합니다. 해당 지점이 지구의 경계면에 가까운 관측소일수록 더 강한 방향성을 감지하지요. 제 말 잘 들으세요. 이 기사를 싣기 전에 천문학자를 한 사람 수배해서 제 계산 결과를 확인하는 편이 좋을 겁니다. 하지만 빨리 하세요. 다른 신문에서 같은 기사를 읽고 싶지 않다면 말입니다."

"하지만 헤비사이드 전리층이 있지 않나, 케이시. 모든 전파가 거기 막혀서 되돌아가게 되어 있는 것 아니었나?"

"물론 그렇겠지요. 하지만 새어 들어오는 틈이 존재할지도 모릅니다. 아니면 안에서 밖으로 나갈 수는 없어도 밖에서 안으로 들어올 수는 있을지도 모르지요. 물리적인 방벽은 아니지 않습니까."

"하지만—"

"저도 압니다, 비상식적인 소리죠. 하지만 실제로 일어나고 있는 일 아닙니까. 그리고 이제 인쇄에 들어가려면 한 시간밖에 안 남았어요. 우선 이 기사를 빨리 보내서 조판을 시작하고, 조판 작업을 하는 동안 기사의 사실 관계와 전파의 방향에 대해 확인해 줄 사람을 찾아야 할 겁니다. 게다가 편집장님이 확인해 주셨으면 하는 일이 한 가지 더 있거든요."

"뭔가?"

"행성의 위치 자료는 가지고 있지 않아서 말입니다. 사자자리는 황도면에 있는 별자리 아닙니까. 사자자리와 지구 사이에 행성이 있었을 수도 있어요. 화성이라든가."

오길비의 눈이 번득였다가 다시 흐릿해졌다. "블레어, 자네가 틀렸다면 우리는 전 세계의 웃음거리가 될 거야."

"만약 제가 옳다면요?"

편집장은 전화 수화기를 들고 명령을 내렸다.

〈뉴욕 모닝 메신저〉 지의 4월 6일자 최종 조간 판본(6 A. M.)의 헤드라인은 다음과 같았다.

외계에서 찾아온 라디오 간섭
시발점은 사자자리

태양계 밖의 지성체에 의한
통신 시도일 수 있음

모든 텔레비전과 라디오 방송이 중단되었다.

라디오와 텔레비전 관련주는 전일 대비 몇 포인트 떨어진 상태로 시작되어, 정오가 될 때까지 급격히 떨어졌다가 약간의 반등세를 보이며 다시 몇 포인트 회복했다.

대중의 반응은 혼란스럽기만 했다. 라디오가 없는 이들이 라디오를 사러 몰려들면서 순간적으로 수요가 폭발했다. 특히 휴대용과 탁자용 라디오가 인기가 좋았다. 반면 텔레비전은 전혀 팔리지 않았다. 텔레비전 방송이 중단된 이상, 이제 화면에는 흐릿한 영상조차도 수신되지 않았던 것이다. 그리고 음향 부분은 틀 때마다 라디오 수신기와 동일한 헛소리만 쏟아냈다. 피트 멀버니가 조지 베일리에게 지적했듯이, 이런 일은 불가능한 것이었다. 전자파는 텔레비전의 음향 회로를 작동시킬 수 없기 때문이다. 그러나 실제로 그런 일이 벌어지고 있었다.

라디오에서는 전파처럼 행동하고 있었지만, 모든 것이 끔찍하게 뒤섞여 있었다. 그 소리를 오래 듣고 있을 수 있는 사람은 아무도 없었다. 아, 물론 한순간 또는 몇 초 동안, 윌 로저스나 제럴딘 파라의 목소리, 또는 뎀프시와 카펜티어의 권투 시합이나 진주만 공습을 알리는 흥분된 목소리를 알아들을 수도 있었다. (진주만을 기억하는가?)

그러나 약간이라도 들을 만한 가치가 있는 내용은 그리 많지 않았다. 대부분은 라디오 드라마, 광고, 그리고 한때 음악이었던 음정이 나간 쇳소리가 뒤섞인 의미 없는 소음일 뿐이었다. 도저히 알아들을 수도 없고, 도저히 오랜 시간 동안 귀를 기울이고 있을 수도 없었다.

그러나 호기심이란 강력한 동인이다. 며칠 동안은 라디오가 불티나게 팔렸다.

보다 설명하거나 분석하기 힘든 다른 물건들도 호황을 맞았다. 1938년의 웰스-웰스 화성인 침략 사건*을 떠올렸는지, 산탄총과 휴대용 화기의 판매량이 급증했다. 성경이 천문학 관련 서적만큼이나 잘 팔렸다. 그리고 천문학 서적은 핫케이크처럼 팔려나갔다. 특정 지역에서는 갑자기 피뢰침에 큰 관심을 보이기 시작했다. 건축업자들에게 즉시 피뢰침을 설치해 달라는 요구가 쏟아져 들어왔다.

명확히 설명되지 않은 이유 때문에, 앨라배마 주 모바일에서는 낚싯바늘이 불티나게 팔렸다. 모든 공구점과 스포츠 용품점에서 몇 시간 만에 동이 나고 말았다.

도서관과 서점에서는 점성술과 화성에 대한 책이 인기를 끌었다. 그래, 화성 말이다. 그 당시 화성은 태양 건너편에 있었으며, 이 주제를 다룬 모든 신문에서 지구와 사자자리 사이에 다른 행성이 없다는 사실을 강조했는데도 말이다.

---

* H. G. 웰스의 『우주 전쟁』을 오선 웰스의 라디오 드라마로 방송했을 때 벌어진 사건. 첫 40분 분량이 뉴스 속보의 형식을 띠고 있었기 때문에 청자들의 혼란과 분노를 불러왔다.

이상한 일이 벌어지고 있는 상황인데도 신문 말고는 새로운 소식을 접할 길이 없었다. 사람들은 신문사 건물 밖에 진을 치고 서서 신문이 나오기를 기다렸다. 유통 담당 직원들은 돌아버릴 지경이었다.

묘한 일이지만, 잠잠해진 방송사와 기지국 주변에도 사람들이 드문드문 모여 서 있었다. 마치 초상집에 오기라도 한 듯 숨죽인 목소리로 이야기를 나누고 있었다. MID 방송국의 문은 굳게 잠겨 있었다. 문제의 해결책을 찾으려 애쓰는 기술자들을 들여보내기 위해 도어맨은 아직 서 있었지만 말이다. 기술자 중 일부는 어제 근무를 시작한 이래 24시간째 눈 한 번 붙이지 못한 상태였다.

조지 베일리는 살짝 두통을 느끼며 정오 무렵이 되어 깨어났다. 그는 면도를 하고 샤워를 한 다음, 나가서 가벼운 해장술을 하고 정신을 차렸다. 그는 석간 초판을 사들고 읽은 다음 웃음을 지었다. 그의 추측이 옳았다. 뭐가 잘못된 것인지는 몰라도 분명 사소한 일은 아니었다.

하지만 대체 뭐가 잘못된 것일까?

이후의 석간 판본에는 그 해답이 실려 있었다.

지구 침공, 과학자가 말하다

인쇄소에서는 보유하고 있는 가장 큰 활자인 36호 활자를 사용했다. 그날 가정으로는 단 한 부의 신문도 배달되지 않았다. 배달에 나선 신문 배달부 소년들이 말 그대로 습격을 당했기 때문이다. 배달하는 대신 그 자리에서 팔아버리는 수밖에 없었다. 영리한 녀석들은 한 부에 1달러씩을 받아 챙겼다. 원래 고객에게 가야 하기 때문에 팔 수 없다고 대답한 어리석고 정직한 녀석들은 결국 목적지에 도달하기 전에 모든 신문을 잃어버렸다. 사람들이 그대로 낚아채 가 버렸던 것이다.

석간 최종 판본의 헤드라인은 아주 약간만 바뀌어 있었다. 물론 여기서 약간이란 조판 쪽의 관점에서 보았을 때의 이야기이다. 그러나 그 뜻은 엄청나게 달라져 있었다.

지구 침공, 과학자들이 말하다

명사 하나가 복수형이 된 것만으로 얼마나 많은 차이가 생기는지 놀라울 지경이었다.

카네기홀은 그날 저녁 선례를 깨고 자정에 강연회를 열었다. 예정에도 없고 광고도 하지 않은 강연이었다. 헬메츠 교수는 11시 30분에 기차에서 내렸고, 수많은 기자들의 무리가 그를 기다리고 있었다. 하버드 대학의 헬메츠 교수는 처음의 그 단수형 머리기사를 만들어 낸 과학자였다.

카네기 홀 이사회의 위원장인 허비 앰버스 씨가 군중을 헤치고 앞으로 나왔다. 안경도 모자도 잃어버리고 숨이 턱까지 닿아 있는 상태였지만, 그는 다시 말을 할 수 있게 될 때까지 헬메츠의 팔을 붙들고 늘어졌다. "카네기에서 강연을 해 주었으면 좋겠소, 교수." 그는 헬메츠의 귀에 대고 소리쳤다. "침략자들에 대한 강연을 하면 5천 달러를 주겠소."

"물론이죠. 내일 저녁이면 되겠습니까?"

"지금 당장 말이오! 택시를 잡아 놓았소. 갑시다."

"하지만―"

"청중은 알아서 모아 주겠소. 갑시다!" 그는 군중을 향해 돌아보며 말했다. "좀 지나가게 해 주시오. 여기서는 아무도 교수의 말을 들을 수 없지 않소. 카네기 홀로 오면 강연을 해 줄 거요. 그리고 오면서 소식을 퍼뜨려 주시오."

소식이 너무 훌륭하게 퍼져 버려서, 교수가 입을 막 열려는 시점이 되자 카네기 홀은 사람들로 입추의 여지도 없이 꽉 들어차 있었다. 잠시 후 카네기 홀에서는 확성기 스피커를 설치해 밖에 모인 사람들도 들을 수 있게 해 주었다. 새벽 1시가 되자 사방 몇 블록 안쪽까지 사람으로 가득 차 버렸다.

백만 달러를 가지고 있는 사람이라면 누구라도 이 강연의 중계권을 확보하기 위해 백만 달러를 기꺼이 지불했을 것이다. 그러나 텔레비전으로도, 라디오로도 이 강연은 방송되지 않았다. 양쪽 회선 모두 가득 차 있었기 때문이다.

"질문 있으십니까?" 헬메츠 교수가 물었다.

맨 앞줄에 앉아 있던 기자가 가장 먼저 반응했다. "교수님, 말씀하신 오늘 오후에 일어난 변화가 지구상의 모든 관측소에서 확인된 겁니까?"

"그래요, 분명합니다. 정오 즈음이 되어 모든 관측소에서 방향성이

약해지기 시작했습니다. 그리고 동부표준시로 2시 45분이 되었을 때 모든 방향성이 완전히 사라졌지요. 그때까지 전파는 하늘 위에서 발산되고 있었기 때문에, 지표면을 기준으로 삼으면 계속해서 방향이 바뀌었지만 지속적으로 사자자리의 특정 지점을 가리키고 있었습니다."

"사자자리의 어느 별입니까?"

"우리 천체도에는 존재하지 않는 별입니다. 우주 공간의 특정 지점이든가, 아니면 우리 망원경으로는 확인할 수 없을 정도로 희미한 별이겠지요.

하지만 오늘, 아니 이제 자정이 지났으니 어제 오후 2시 45분부터, 모든 방향성 탐색기는 침묵하기 시작했습니다. 하지만 신호가 사라진 것은 아닙니다. 모든 방향에서 동일한 강도로 들어오기 시작한 것뿐이지요. 침략자들이 모두 도착한 겁니다.

다른 결론을 내릴 수가 없습니다. 지구는 이제 포위당했습니다. 완벽하게 감싸인 겁니다. 시작 지점이 존재하지 않는 전파, 끊임없이 지구를 휘돌며 원하는 대로 모습을 바꿀 수 있는 전파에 말입니다. 놈들은 아직도 지구에서 발산한 전파를 흉내 내고 있습니다. 아마 우리의 전파가 그들의 관심을 끌어 이리 오게 만든 것이겠지요."

"그곳에 우리가 볼 수 없는 별이 존재한다고 생각하십니까, 아니면 그저 우주 공간의 한 지점이었을 뿐이라고 생각하십니까?"

"아마 우주 공간의 한 지점이겠지요. 안 될 게 있습니까? 물질로 이루어진 생명체도 아닌데 말입니다. 별에서 왔다면 육안으로 확인할 수 없으니 아주 어두운 별이겠지요. 비교적 가까운 거리에 있으니 말입니다. 고작해야 28광년일 텐데, 그 정도면 별의 거리치고는 꽤 가까운 거죠."

"거리는 어떻게 아는 겁니까?"

"그들이 우리 전파 신호를 처음 발견하자마자 우리 쪽으로 움직이기 시작했다고 가정을 한 겁니다. 꽤나 합리적인 가정이죠. 그러니까, 마르코니가 56년 전 S—S—S 신호를 처음 방송했을 때 말입니다. 그들이 처음 도착했을 때의 형태가 그 신호인 것으로 보아, 신호와 접촉하자마자 우리를 향해 이동을 시작했다고 간주할 수 있겠지요. 마르코니의 신호는 광속으로 움직여서 28년 전에 28광년 거리의 특정 지점에 도달했을 겁니다. 마찬가지로 침략자들 역시 광속으로 움직이므로, 우리에게 도착할 때까지 동일한 시간이 걸렸겠지요.

예상할 수 있듯이, 처음 도착한 자들만 모스 부호의 형태를 가지고 있었습니다. 이후 도착한 자들은 자기네가 지구로 오면서 만나고 지나친, 어쩌면 흡수한 전파의 형태를 가지고 있는 거지요. 이제 그들은 지구상을 떠돌고 있습니다. 고작해야 며칠 전에 방송한 프로그램 조각의 형태를 가지고 말입니다. 분명 최후의 방송 분량도 그들의 일부가 되어 있겠지만 아직 확인된 바는 없습니다."

"교수님, 이 침략자들의 모습을 묘사해 주실 수 있으십니까?"

"전파를 묘사하는 것과 동일하게는 설명할 수 있지만, 그 이상으로는 할 도리가 없지요. 사실 그들은 전파일 뿐입니다. 그저 방송국에서 송출되는 것이 아닐 뿐이죠. 우리와 같은 생물이 물질의 진동으로 이루어진 존재인 것과 마찬가지로, 그들은 전파의 진동으로 구성된 생물인 겁니다."

"다양한 크기가 존재하는 겁니까?"

"그렇습니다. 크기라는 단어를 두 가지로 생각해 볼 수 있겠지요. 전파를 측정할 때는 진동의 극대점 사이의 거리를 측정합니다. 이 거리를 파장이라고 부르지요. 침략자들이 우리 라디오와 텔레비전의 모든 주파수를 점거하고 있다는 점을 생각해 볼 때, 다음 두 가지 중 하나는 사실일 겁니다. 모든 종류의 파장을 가진 서로 다른 개체가 존재하거나, 아니면 각 개체가 수신기에 맞추어 자신의 파장을 마음대로 바꿀 수 있다는 겁니다.

그러나 이건 파장의 문제일 뿐입니다. 어떻게 보면 전파의 길이란 그 전파가 지속되는 기간에 달려 있다고도 할 수 있겠지요. 만약 방송국에서 1초 분량의 방송을 내보내면, 그 프로그램을 담은 전파는 1초 길이인 겁니다. 대략 18만 7천마일 정도가 되지요. 마찬가지로 30분 동안 지속되는 방송은 광속으로 30분을 이동한 것과 동일한 길이의 전파가 되는 겁니다.

이런 식의 길이 개념을 사용한다면, 특정 침략자의 길이는 몇 분의 1초 분량 전파의 수천 마일에서 몇 초짜리 전파의 수십만 마일 사이일 것이라고 생각할 수 있습니다. 지금까지 특정 방송이 끊기지 않고 유지된 최대 기간은 7초 정도였습니다."

"하지만 헬메츠 교수님, 왜 그 전파가 살아 있다고, 일종의 생물이라고 생각하시는 겁니까? 그저 단순한 전파일 수도 있지 않습니까?"

"방금 사용하신 표현대로 '단순한 전파'라면 일정한 법칙을 따라야 하기 때문입니다. 생명이 없는 물체가 자연법칙에 따라 움직이듯이 말입니다. 예를 들어, 동물은 비탈을 올라갈 수 있습니다. 돌은 외부에서 힘이 작용하지 않는 한 비탈을 올라갈 수 없습니다. 이들 침략자가 생명체인 이유는 자신의 행동을 결정할 수 있으며 이동 방향을 바꿀 수 있고, 또한 개별적인 정체성을 유지하기 때문입니다. 하나의 라디오 수신기에서 두 신호가 혼합되어 들리는 일은 없었습니다. 다른 전파의 뒤를 따라가기는 하지만, 동시에 들어가지는 않는 겁니다. 같은 파장을 가진 전파가 그러는 것처럼 뒤섞인 신호가 되지 않아요. '단순한 전파'가 아닌 겁니다."

"지성을 가지고 있다고 할 수 있을까요?"

헬메츠 박사는 안경을 벗어서 세심한 손길로 닦고는 말을 이었다. "우리가 그걸 알게 될지 모르겠군요. 그런 존재에게 지성이 존재한다면, 아마도 우리와는 완벽하게 다른 차원에 있는 지성일 겁니다. 우리가 교류를 할 수 있는 그 어떤 접점도 없다고 할 수 있겠지요. 우리는 물질의 존재이고, 그들은 실체가 없는 존재입니다. 공통점이라고는 전혀 없어요."

"하지만 지성을 가지고 있다면—"

"개미도 일종의 지성을 가지고 있다고 할 수 있습니다. 본능이라고 부를 수도 있겠지만, 본능 또한 지성의 일종입니다. 적어도 지성으로 할 수 있는 일부 작업을 본능을 통해서도 할 수 있지 않습니까. 하지만 우리는 개미와 소통을 할 수는 없습니다. 그리고 이들 침략자와 의사소통을 할 수 있을 가능성은 그보다 훨씬 낮다고 할 수 있지요. 개미의 지성과 우리의 지성 사이의 차이는 침략자에게 존재할 수 있는 지성과 우리의 지성 사이의 차이에 비교하면 아무것도 아닙니다. 그래요, 소통을 하게 될 것 같지는 않군요."

교수의 말에는 일리가 있었다. 실제로 베이더와의—당연하지만 침략자invader를 줄인 은어이다—의사소통은 마지막까지 이루어지지 않았던 것이다.

다음 날 라디오 관련주는 안정세를 보였다. 그러나 그다음 날 누군가 헬메츠 박사에게 아주 중요한 질문을 던졌고, 신문은 일제히 그 답변을 수록했다.

"방송을 재개한다? 그런 일이 과연 가능할지 모르겠군요. 당연한 이야기지만 침략자들이 가 버릴 때까지는 불가능할 텐데, 과연 그들이 이곳을 떠날 이유가 있을까요? 다른 머나먼 행성에서 라디오 방송 기술이 발달해서 그쪽으로 이끌리지 않는다면 말입니다.

하지만 그런다고 해도, 우리가 방송을 재개하자마자 그들 중 일부는 다시 이쪽으로 돌아오겠지요."

한 시간 만에 라디오와 텔레비전 관련 주식은 말 그대로 0으로 떨어져 버렸다. 그러나 거래소가 광란의 도가니로 변해 버리는 일은 벌어지지 않았다. 미쳤든 아니든 아예 사는 사람이 없었기 때문에, 주식을 팔려고 난리를 치는 사람도 존재하지 않았기 때문이다. 라디오 관련주는 아예 거래가 이루어지지 않았던 것이다.

라디오나 텔레비전 관련 직업 종사자와 방송 출연자들은 다른 직업을 찾기 시작했다. 방송 출연자들은 딱히 직업을 찾는 일이 어렵지 않았다. 다른 모든 종류의 오락 활동이 선풍적인 인기를 끌기 시작했기 때문이다.

"둘 끝났군." 조지 베일리가 말했다. 바텐더는 그 말이 무슨 뜻인지 물었다.

"나도 모르겠어, 행크. 그냥 그런 예감이 들어."

"무슨 예감?"

"그것도 모르겠다니까. 한 잔 더 섞어 줘. 그거 마시고 집에 가야지."

전기 셰이커가 작동하지 않아서, 행크는 손으로 술을 섞어야 했다.

"자네한테 딱 필요한 일이로군. 운동 말이야." 조지가 말했다. "그걸로 자네도 지방이 좀 줄어들지 않겠어."

행크는 끙 하고 신음소리를 냈고, 셰이커를 기울여 술을 따르자 얼음이 즐겁게 잘그랑거렸다.

조지 베일리는 천천히 술을 음미한 다음 4월의 소나기가 쏟아지는 속으로 걸어 나갔다. 그는 차양 아래 서서 택시를 기다렸다. 노인 한 명이 그와 같은 차양 아래 서 있었다.

"날씨가 엄청나군요." 조지가 말했다.

노인은 그를 보며 웃었다. "혹시 그쪽도 눈치를 챈 거요?"

"네? 뭐를 눈치챈다는 말입니까?"

"잠시 보고 있으시오, 선생. 잠시 보고 있어요."

노인은 자리를 떴다. 빈 택시는 한 대도 오지 않았고, 조지는 한참을 그렇게 서 있다가 마침내 깨달아 버렸다. 그는 입을 벌렸다 다시 다물고, 그대로 술집으로 돌아갔다. 그는 공중전화 박스로 들어가서 피트 멀버니에게 전화를 걸었다.

세 번 틀린 다음에야 간신히 피트의 번호를 눌렀다. 피트의 목소리가 들렸다. "여보세요?"

"조지 베일리야, 피트. 내 말 좀 들어 봐. 날씨가 뭐가 이상한지 눈치챘어?"

"당연하지. 번개가 안 친다고. 이 정도의 폭풍우라면 당연히 번개가 있어야 하는데."

"이게 대체 무슨 의미야, 피트? 베이더의 짓인가?"

"당연하지. 그리고 만약 이게 놈들의 짓이라면 다른 문제가—" 달각이는 소리가 나며 피트의 목소리가 흐릿해졌다.

"어이, 피트. 내 말 들려?"

바이올린 소리가 들렸다. 피트 멀버니는 바이올린 연주 따위는 하지 않는데도.

"이봐, 피트, 이게 대체 무슨—?"

다시 피트의 목소리가 들렸다. "이쪽으로 건너오라고, 조지. 전화도 이제 얼마 남지 않았어. 올 때—" 지직거리는 소리에 이어 다른 사람의 목소리가 들려왔다. "카네기 홀로 오십시오. 세계 최고의 음악이—"

조지는 쾅 하고 수화기를 내려놓았다.

그는 피트의 집까지 비를 뚫고 걸어갔다. 가다가 잠시 들러 스카치를 한 병 샀다. 피트는 올 때 뭔가 가져오라고 말하려 했고, 아마 술을 말한 것이었을 테니까.

그의 짐작이 맞았다.

그들은 각자 한 잔씩 따라서 건배를 했다. 조명이 잠깐 깜빡이다 나가 버리더니 이내 다시 흐릿하게 들어왔다.

"번개가 사라지다니." 조지가 말했다. "번개도 사라졌고, 조금 있으면 조명도 사라질 거란 말이지. 이미 전화를 점령해 버렸어. 번개를 가지고 뭘 할 생각일까?"

"먹어치우는 거 아니겠어. 전기를 먹는 거겠지."

"번개가 사라진다라." 조지가 중얼거렸다. "젠장, 전화는 없어도 살 수 있고, 양초나 기름 램프 조명도 나쁘지는 않지만— 번개는 그리울 거야. 나는 번개를 좋아하거든. 젠장."

조명이 완전히 나가 버렸다.

피트 멀버니는 어둠 속에 앉아 술을 홀짝였다. 그가 말했다. "전구, 냉장고, 전기 토스터, 진공청소기—"

"주크박스도 있지." 조지가 말했다. "생각해 보라고, 이제 빌어먹을 주크박스도 작동이 안 된단 말이야. 확성 장비도 사용할 수 없겠지. 그리고… 잠깐, 영화는 어떻게 되는 거지?"

"영화도 안 되지. 무성영화도 안 될 거야. 기름 램프로 프로젝터를 돌릴 수는 없잖아. 하지만 이걸 들어 보라고, 조지. 자동차도 끝이야. 가솔린 엔진도 전기가 없으면 작동할 수 없으니까."

"안 될 건 뭔데? 점화장치 대신에 손으로 크랭크를 돌리면 되잖아."

"전기 불꽃이 필요하다고, 조지. 그것도 전기란 말이야."

"그렇군. 그러면 비행기도 뜰 수가 없겠어. 제트 비행기는 어떻지?"

"글쎄… 제트 비행기 중 일부는 전기를 사용하지 않고도 뜰 수 있도록 개조할 수 있기는 하겠지. 하지만 그래봤자 별 소용은 없을 거야. 제트 비행기에는 동력계 말고도 수많은 기계가 존재하는데, 그게 전부 전기로 작동하니까. 그리고 비행기를 적당히 눈대중으로 이착륙시킬 수는 없는 노릇 아니야."

"레이더도 없지. 하지만 레이더가 어차피 무슨 소용이겠어? 한동안 전쟁 따위는 일어나지도 않을 텐데."

"아주 한동안 그렇겠지."

조지는 갑자기 몸을 똑바로 세우고 앉았다. "잠깐, 피트. 핵분열은 어떻게 되지? 원자력은? 아직 작동을 하려나?"

"그럴 것 같지는 않은데. 아원자 단위의 현상은 기본적으로 전기적이야. 놈들이 중성자도 먹어버릴 거라는 데 10센트 걸지." (그리고 그는 내기에서 이긴 셈이었다. 정부에서 숨기기는 했지만, 그날 네바다에서 시험한 원자폭탄은 물에 젖은 폭죽처럼 피시식 꺼져버렸고 원자로도 작동을 멈췄던 것이다.)

조지는 어안이 벙벙해져서 천천히 고개를 저었다. "전차도 버스도 대양 정기선도… 피트, 이건 우리가 애초에 사용했던 마력의 근원, 그러니까 말로 돌아가야 한다는 소리잖아. 투자를 하려면 말을 사야겠군. 특히 암말을 말이야. 새끼를 낳을 수 있는 암말은 몸무게의 천 배의 백금 더미하고 똑같은 가치를 가질 테니."

"그렇지. 하지만 증기를 잊지 말라고. 아직 증기 엔진은 돌아갈 거야. 고정형이든 이동형이든."

"그래, 자네 말이 맞아. 원거리에는 강철의 말이 다시 등장하는 셈이로군. 단거리에는 말을 타고. 자네 말 탈 줄 아나, 피트?"

"예전에는. 하지만 이제 나이를 꽤 먹은 편이라, 자전거로 만족해야겠어. 생각해 보니, 자네 내일 아침이 되면 사람들이 몰려들기 전에 우선 자전거부터 한 대 사라고. 나도 그럴 테니까."

"좋은 충고야. 예전에는 나도 자전거를 꽤 잘 탔다고. 귀찮게 구는 자동차들이 없으면 자전거 타고 다니는 것도 나쁘지 않겠어. 그리고—"

"뭔데?"

"코르넷도 하나 장만할까봐. 어릴 적에는 불 줄 알았거든. 이제 다시 시작할 수 있겠지. 그리고 어딘가 적당히 틀어박혀 소설이나— 잠깐, 출판은 어떻게 되는 거지?"

"전기를 쓰기 한참 전에도 책은 찍어냈다고, 조지. 출판업계를 재정비하려면 시간은 좀 걸리겠지만, 책은 계속 유통될 거야. 적어도 그건 신께 감사하자고."

조지 베일리는 웃으며 몸을 일으켰다. 그리고 창가로 가서 밤거리를 내다보았다. 비는 그치고 하늘은 맑아져 있었다.

바깥 거리에는 불도 켜지 않은 전차 한 대가 그대로 멈춰서 있었다. 자동차 한 대가 멈췄다 다시 천천히 움직이다 다시 멈추는 모습이 보였다. 전조등이 빠르게 희미해지고 있었다.

조지는 하늘을 바라보며 자기 잔을 홀짝였다.

"번개가 없어지는 건가." 그는 우울하게 중얼거렸다. "그리울 거야."

전체적인 변환 과정은 사람들이 생각한 것보다 훨씬 매끄럽게 이루어졌다.

정부는 비상대책회의를 열고 현명한 결정을 내렸다. 하나의 정부 기관에 완벽하게 무제한적인 권한을 부여한 다음, 그 아래에는 하부 부처를 세 개만 두기로 한 것이다. 주무부서는 경제재정비부라는 이름이었고, 7명의 인원만이 소속되어 세 개의 하부 부처의 업무를 거부권 없이 빠르게 조율하고, 그들 사이의 갈등을 해결하는 역할을 했다.

하부 부처 중 첫 번째는 교통부였다. 교통부에서는 즉각 일시적으로 모든 철도 업무를 인계받았다. 디젤 기관차를 전부 측선으로 옮기라는 명령을 내린 후, 증기 기관차의 효율적 배치를 감독하고 전신과 전기 신호 없이도 철도 업무가 매끄럽게 돌아가도록 하는 작업에 착수했다. 그런 다음에는 운송 우선권을 처리해야 했다. 식량이 가장 먼저, 다음으로 석탄과 연료용 석유, 그다음으로는 필수 공산품들이 중요도에 따라 차례로 목록에 올랐다. 신형 라디오며 전기 조리기며 냉장고 따위의 쓸모없는 물건들은 철도 옆에 마구 내던져 놓았다. 나중에 해체해서 자원을 회수할 예정이었다.

모든 말은 정부의 관할로 들어갔고, 능력에 따라 등급이 매겨진 다음 작업용과 번식용으로 분류되었다. 짐말은 반드시 필요한 경우에만 사용되었다. 정부는 번식 계획 쪽에 최대한 집중하는 쪽을 택했다. 부서의 발표에 따르면 2년 안에 말의 개체 수는 두 배로 불어날 것이며, 3년 안에 네 배로 불어나고, 6년에서 7년이 지나면 나라 안의 모든 차고마다 말을 한 마리씩 공급할 수 있을 것이라고 했다.

잠시 동안 말을 빼앗기고 트랙터는 들판에서 녹슬어 가는 신세가 된 농부들은 쟁기질이나 운송과 같은 농장 업무에서 소를 사용하는 방법을 교육받았다.

두 번째 부서인 인력재배치부는 명칭을 보면 짐작할 수 있는 업무를 수행했다. 이 부서에서는 일시적으로 일자리를 잃은 수백만의 사람들에게 실업급여를 제공하고 새로운 직업을 주는 일을 담당했다. 수많은 분야에서 인간의 노동력이 엄청나게 필요해졌기 때문에 그리 어려운 일은 아니었다.

1957년 5월에는 3500만 명의 노동력이 실업 상태였다. 10월에는 그 수가 1500만 명으로 줄었다. 그리고 1958년 5월에는 500만이 되었다. 1959년에 접어들자 상황은 완전히 통제에 들어갔으며, 노동력의 부족이 불러온 경쟁을 통해 임금이 상승하는 수준에 이르렀다.

세 번째 부서가 가장 어려운 작업을 수행했다. 그 부서의 이름은 공업재정비부였다. 이 부서에서는 전기로 작동하는 기계, 그것도 대부분 다른 전기로 작동하는 기계를 만드는 용도인 기계들로 가득한 공장을 전용해 전기를 사용하지 않는 생필품을 전기 없이 만드는 공장으로 바꾸는 업무를 맡았다.

초기에는 즉시 사용 가능한 얼마 안 되는 고정형 증기기관이 인력 교대를 통해 24시간 내내 돌아갔다. 그리고 가장 먼저 부여된 업무는 더 많은, 다양한 크기의 고정형 증기기관을 만들어내기 위해 필요한 선반과 압출기와 삭반과 프레이즈반을 만드는 것이었다. 그리고 이렇게 만들어낸 새로운 증기기관 역시 더 많은 증기기관을 만들어내는 일에 투입되었다. 번식에 투입된 말의 경우와 마찬가지로, 증기기관 또한 두 배로, 네 배로 수가 계속 불어났다. 동일한 원칙이 적용되었다. 처음의 증기기관은 종마나 다름없는 역할을 수행했고, 사실 많은 사람들이 그렇게 불렀다. 어쨌든 제작에 필요한 금속은 넘치도록 많았다. 공장마다 재활용할 수 없는 금속들이 가득 쌓여 용광로에 들어갈 준비를 하고 있었던 것이다.

새로운 공업의 기반이 될 증기기관 생산이 안정세에 들어가고 나서야, 다른 물품의 제작에 증기의 힘이 투입되었다. 기름 램프, 의복, 석탄 난로, 석유난로, 욕조와 침대 따위.

모든 대형 공장이 이런 식으로 전용된 것은 아니었다. 재정비 사업이 진행되는 동안, 수천 명의 개인 수공업자들이 등장했다. 한두 사람이 작업하는 작은 가게에서 가구를 수리하고, 신발이나 양초 등 복잡한 기계 없이도 만들 수 있는 물건들을 만들어내기 시작했다. 처음에는 이런 가게들은 대기업과의 경쟁이 없었기 때문에 꽤나 재산을 모아들였다. 나중에는 소형 기계를 돌리기 위한 소형 증기기관을 구입해서 입지를 유지하며, 고용과 구매력의 상승에 맞추어 세를 확장해 갔다. 그렇게 점차 크기를 키워 나가다 대형 공장을 생산력이나 품질 측면에서 앞서는 곳도 생겨났다.

물론 경제 재정비 과정은 고통스러운 것이었다. 그러나 1930년대 초반의 대공황 정도로 심각하지는 않았다. 그리고 회복 과정은 훨씬 신속했다.

이유는 자명했다. 대공황 당시의 입법 기관은 암흑 속을 헤매고 있었다. 그 원인조차 알 수가 없었다. 원인을 설명하는 서로 상충하는 수많은 이론들만 알고 있을 뿐이었다. 해결책 역시 알 수가 없었다. 그저 모든 것이 일시적인 현상이며 그냥 놔두면 알아서 제자리를 찾을 거라고 여길 뿐이었다. 단순명쾌하게 말해서, 당시 사람들은 대체 무슨 일이 벌어지고 있는지도 알지 못했고, 이런저런 실험을 하는 동안 피해는 눈덩이처럼 불어나기만 했다.

그러나 1957년에 미국과 다른 모든 나라들이 마주한 상황은 명쾌하고 확실했다. 전기가 사라졌다. 증기기관과 말의 힘으로 재정비를 해야 한다.

이렇게 단순한 사실만이 존재할 뿐, 만약이나 하지만 따위는 존재할 여지가 없었다. 그리고 항상 존재하는 일부 불평분자들을 제외한 모든 사람들이 정부를 후원해 주었다.

1961년에 이르자—

4월의 어느 비 오는 날, 조지 베일리는 코네티컷 주 블레이크스타운의 작은 역사 처마 아래에서 기차를 기다리고 있었다. 3시 14분 기차를 타고 오는 승객을 확인하려는 생각이었다.

3시 25분이 되자 기차가 들어와 헐떡이며 멈췄다. 객차 3량과 화물차 1량이 달려 있었다. 화물차가 멈추며 우편물 자루가 밖으로 던져졌고, 문은 다시 닫혔다. 개인 짐이 없는 것을 보니 아마 승객도 없을 것 같고—

그러나 다음 순간, 그는 훤칠한 갈색 피부의 남자가 뒤편 객차에서 승강장으로 내려오는 모습을 보며 기쁨의 환성을 올렸다. "피트! 피트 멀버니! 이게 대체 무슨—"

"베일리! 원 세상에! 자네 여기서 뭘 하고 있는 건가?"

조지는 피트의 손을 굳게 잡았다. "나? 나는 여기 살고 있지. 2년 됐어. 1959년에 〈주간 블레이크스타운〉 지를 헐값에 인수했거든. 이제 내가 경영하고 있지. 편집자 겸 기자 겸 수위야. 인쇄일을 도와줄 사람이 한 명 있고, 사회면은 메이시가 담당하고 있지. 메이시는—"

"메이시? 메이시 헤터면 말이야?"

"이제 메이시 베일리라고. 신문사를 인수해서 이리 이주해 오면서 결혼을 했어. 자네는 여기서 뭘 하고 있나, 피트?"

"사업차 왔지. 하룻밤 자고 갈 거야. 윌콕스라는 사람을 만나러 왔어."

"아, 윌콕스. 우리 마을 괴짜 양반 말이로군. 아니, 그런 뜻은 아니야. 똑똑한 친구는 분명하거든. 뭐, 그 친구는 내일 만나도 되지 않겠나. 지금은 같이 우리 집으로 가서, 저녁식사를 하고 하룻밤 머물다 가라고. 메이시도 자네를 보면 기뻐할 거야. 자자, 내 마차가 저기 있다고."

"물론 좋지. 자네 일은 다 끝난 건가?"

"그럼, 그냥 기차를 타고 온 사람은 없는지 확인하러 온 것뿐이야. 그리고 자네가 도착했으니, 그걸로 다 끝난 셈이지."

그들은 작은 마차에 올라탔고, 조지는 고삐를 잡고 말했다. "이랴, 베시. 자네는 요새 뭘 하고 있나, 피트?"

"연구원이야. 가스 공급 회사에서 일해. 보다 효율적인 연료를 개발하는 일을 하고 있어. 더 밝고 오래 가는 기름 말이야. 이 윌콕스라는 친구가 우리한테 그런 쪽으로 괜찮은 물건을 만들었다고 편지를 썼거든. 회사에서는 나를 보내서 확인하라고 시켰어. 만약 그 친구가 주장하는 대로의 물건이라면, 나는 그 친구를 뉴욕으로 데려가서 회사 변호사들의 손에 넘겨버리면 되는 거지."

"그쪽 사업은 대충 어떤가?"

"아주 끝내준다고, 조지. 이제는 가스 사업이 대세가 될 거야. 신축 주택에는 전부 가스관이 들어가고 있다니까. 옛날 주택에도 꽤나 많이 설치하고 있고. 자네도 하나 어떤가?"

"벌써 있어. 운 좋게도 신문사에 가스버너로 녹여서 사용하는 구식 식자기가 하나 있어서 가스관이 들어오고 있었거든. 그리고 우리 집은 사무실과 인쇄실 바로 옆에 붙어 있으니까, 그냥 가스관 하나 추가로 연결하는 걸로 다 끝났지. 정말 대단한 물건이더군, 가스라는 거. 뉴욕 사정은 어떤가?"

"나쁘지 않아, 조지. 인구는 백만 명으로 줄었지만, 이제 안정세에 들어갔지. 사람도 북적이지 않고 살 공간도 많고. 공기는… 뭐, 적어도 가솔린 매연이 자욱한 애틀랜틱시티보다는 낫다고 해 두지."

"아직 말을 타고 다닐 정도는 아닌 건가?"

"꽤 늘어나긴 했어. 하지만 지금은 자전거가 붐이라서. 공장에서 생산해내는 양으로는 도저히 수요를 맞출 수가 없는 모양이야. 거의 모든 블록마다 자전거 클럽이 있고, 건강한 사람은 모두 자전거로 통근을 하지. 몸에도 좋으니까, 몇 년 안에 의사들도 밥벌이가 힘들어질걸."

"자네도 자전거 있나?"

"당연하지, 베이더 이전 시대 물건이야. 그걸로 하루에 5마일은 달린다고. 그리고 말처럼 음식을 먹어치우지."

조지 베일리는 가볍게 웃었다. "메이시한테 오늘 저녁 식사에 건초를 넣어 달라고 말해야겠군. 자, 다 왔네. 멈춰, 베시."

2층의 창문이 열리고 메이시가 아래를 내려다보았다. 그녀는 소리쳤다. "안녕, 피트!"

"접시 하나 더 준비해 줘, 메이시." 조지가 소리쳤다. "말을 넣어 놓고 피트한테 아래층을 보여준 다음에 바로 올라갈게."

그는 마구간에서 피트를 데리고 돌아와 신문사 뒷문으로 들어갔다. "이게 우리 식자기라네!" 그는 자랑스럽게 손가락으로 가리키며 말했다.

"저거 어떻게 돌아가는 거야? 증기기관은 어디 있어?"

조지는 웃음을 지었다. "아직 돌아간다고 할 정도는 아니야. 손으로 식자 작업을 하거든. 증기기관을 한 대밖에 손에 넣을 수가 없었는데, 우선 인쇄기에 써야 했거든. 하지만 리노에 한 대 주문을 해 놓았으니 한두 달 안에 도착할 거야. 그게 도착하면 우리 인쇄공인 젠킨스 아저씨가 나한테 사용법을 가르쳐 주고 퇴직할 거고. 식자기가 움직이기 시작하면 전부 나 혼자서 처리할 수 있거든."

"젠킨스 아저씨한테는 안된 일이로군."

조지는 고개를 저었다. "아니, 그날을 기다리고 있지. 69세라서 은퇴하고 싶어하거든. 그저 내가 처리할 수 있게 될 때까지만 근무할 뿐이야. 여기 이게 인쇄기야. 미흘 사의 귀여운 물건이지. 물론 약간 개조를 했어. 그리고 이 앞쪽이 편집부라네. 엉망이지만 효율적이지."

멀버니는 주변을 둘러보고는 웃음을 머금었다. "조지, 자네한테 딱 맞는 일을 찾은 모양이군. 자네는 작은 마을 신문 편집장이 천직이야."

"딱 맞는 일 정도가 아니지. 아예 미쳐 있다고. 다른 사람들보다 훨씬 즐겁게 살고 있지. 믿을 수가 없는 일이긴 한데, 죽도록 일하는데도 그게 마음에 든다니까. 2층으로 가자고."

층계참에서 피트는 물었다. "자네가 쓰려고 했던 그 소설은?"

"반쯤 끝났는데, 나쁘지 않아. 하지만 내가 쓰려던 소설은 아니야. 당시에 나는 비꼬는 일에만 능숙했으니까. 지금은—"

"조지, 아무래도 웨이버리 놈들이 자네에게는 최고의 친구였던 모양이야."

"웨이버리는 또 뭐야?"

"원 참, 속어가 뉴욕에서 여기 시골구석까지 도달하려면 대체 얼마나 걸리는 거야? 당연히 베이더를 말하는 거지. 베이더를 전문으로 연구하는 교수 한 사람이 놈들을 에테르 안에 존재하는 물결이라고 묘사해 버려서, '웨이버리'라는 표현이 굳어 버렸어. 아, 안녕, 메이시. 정말 끝내주게 좋아 보이는데."

그들은 여유롭게 식사를 즐겼다. 조지는 거의 죄책감을 느끼는 표정으로 차가운 맥주병을 가져왔다. "미안, 피트. 이것보다 더 센 술이 없어. 최근에는 술을 마시지 않아서. 그게—"

"자네 설마 술을 끊은 건가, 조지?"

"엄밀하게 말하자면 끊은 건 아니야. 딱히 선언을 하거나 한 거는 아니라서. 거의 1년 동안 독한 술은 입에 대지도 않았거든. 이유는 모르겠지만—"

"나는 알 것 같은데." 피트 멀버니가 말했다. "자네가 술을 마시지 않는 이유를 정확하게 알고 있지. 사실 나도 같은 이유 때문에 별로 술을 마시지 않거든. 간단한 이유지. 마실 필요가 없으니까. 잠깐, 저기 저거 라디오 아니야?"

조지는 가볍게 웃었다. "기념품 같은 거지. 얼마를 줘도 안 팔 거야. 가끔 저걸 바라보면서 저 물건 때문에 뱉어내야 했던 끔찍한 헛소리를 추억하곤 하지. 그러다 저 앞으로 가서 스위치를 올려도 아무 일도 일어나지 않아. 침묵뿐이지. 때론 침묵이야말로 세상에서 가장 훌륭한 것이라네, 피트. 물론 저게 실제로 작동한다면 켤 생각도 하지 못하겠지. 베이더들이 몰려들 테니까. 놈들은 여전히 예전처럼 빠릿하게 직무를 수행 중인가?"

"그래. 정부 연구 부서에서 매일 확인을 한다더군. 증기 터빈을 사용해서 소형 발전기로 전류를 생산하는 거지. 하지만 소용없는 일이야. 베이더들이 전기가 만들어지자마자 그대로 흡수해 버리니까."

"녀석들이 가 버릴 때가 올까?"

멀버니는 어깨를 으쓱했다. "헬메츠는 안 그럴 거라고 생각하던데. 그 사람 말에 따르면, 놈들은 존재하는 전류의 양에 맞추어 증식을 한다는 거야. 우주 어디선가 전파 통신 기술을 개발해서 그쪽으로 이끌려 가게 된다고 해도, 일부는 여기 남아 있겠지. 그리고 우리가 전기를 다시 사용하는 순간 파리처럼 불어날 거라고. 우리가 전기를 쓰지 않는 동안은 대기 중의 정전기를 먹고 살아갈 테고. 이 동네에서 저녁에는 뭘 하나?"

"뭘 하냐고? 책을 읽고, 글을 쓰고, 서로를 방문하고, 아마추어 모임에 참석하지. 메이시는 블레이크스타운 연극 협회의 회장이고, 나도 가끔 출연을 한다네. 영화가 없어지니 다들 연극을 관람하기 시작했고, 진짜 재능 있는 친구들도 꽤 있다네. 체스와 체커 클럽도 있고, 자전거 여행과 소풍도 있고. 시간이 부족할 지경이야. 음악은 말할 것도 없지. 모두가 악기를 하나씩 연주하거나, 적어도 배우려고 한다네."

"자네도?"

"물론이지. 코르넷이야. 실버 콘서트 밴드의 1번 코르넷 주자라네. 독주도 한다고. 그리고… 세상에! 오늘이 리허설인데. 일요일 오후에 연주회가 있거든. 자네를 두고 가고 싶지는 않지만, 일단―"

"나도 따라가서 어울리면 안 되나? 저기 서류가방 안에 내 플루트가 있다고."

"플루트? 우리 악단에 플루트가 부족한데. 그런 물건을 들고 우리 지휘자인 사이 퍼킨스 주변을 어정거렸다가는, 그 친구가 자네를 납치해서 일요일 연주회가 열릴 때까지 말 그대로 감금해 놓을 거야. 생각해 보니 고작해야 사흘인데, 안 될 것 없잖아? 얼른 꺼내 보라고. 연습 삼아 옛날 노래 좀 연주해 보는 게 어때. 이봐, 메이시, 설거지는 관두고 이리 와서 피아노 좀 쳐 봐!"

피트 멀버니가 응접실로 나가서 서류가방에서 플루트를 꺼내는 동안, 조지 베일리는 피아노 위에 놓인 코르넷을 들어 부드럽게 구슬픈 단조 가락을 불어 보았다. 종소리처럼 청명했다. 오늘은 입술 놀림이 나쁘지 않은 모양이었다.

그리고 반짝이는 은빛 악기를 손에 든 채로, 그는 창가로 걸어가 밤하늘을 바라보며 섰다. 비가 그치고 땅거미가 깔리고 있었다.

말발굽이 높이 치솟았다 땅을 찍는 소리가 들렸고, 자전거 벨소리가 딸랑거렸다. 길 건너편에서는 누군가 기타를 연주하며 노래를 부르고 있었다. 그는 깊이 숨을 들이마셨다가 천천히 내뱉었다.

축축한 공기를 타고 달콤하고 부드러운 봄내음이 몸으로 스며들었다.

평화로운 어스름 속에서.

멀리 천둥소리가 들렸다.

그는 생각했다. '젠장, 번개 한 조각만 있었더라도.'

그는 번개가 그리웠다.(1945)

하늘의 혼란
Pi in the Sky

로저 제롬 플러터는 그 사건이 일어났을 때 콜 천문대에서 연구원으로 일하고 있었다. 이상한 이름이기는 하지만, 이 친구의 실제 이름이라는 것 말고는 변명할 거리가 없을 듯하다.

딱히 두뇌가 비상하지는 않은 젊은이였지만, 매일 주어진 업무를 열심히 능률적으로 처리하고 집에 돌아가서는 매일 밤 미적분학을 공부하며, 언젠가는 어딘가 중요한 천문대의 수석 천문학자가 되겠다는 꿈을 가지고 있는 친구였다.

어쨌든 지금 이야기하려는 사건은 1987년 3월 하순에 일어났으며, 시작점은 바로 이 로저 플러터라는 친구가 될 것이다. 그가 그 천체의 이상 활동 현상을 처음 관측한 사람이라는 사실만으로도 그 이유는 충분할 것이다.

그럼 로저 플러터를 만나보기로 하자.

훤칠한 키에, 실내에서 시간을 너무 보내서 창백한 피부, 두꺼운 뿔테안경, 1980년대의 유행에 따라 짧게 친 검은 머리, 딱히 잘 차려입었다고도, 형편없다고도 말하기 애매한 옷차림, 상당한 골초…

그날 오후 4시 45분경, 로저는 두 가지 작업에 동시에 매진하고 있었다. 하나는 점멸 현미경으로 어젯밤 쌍둥이자리의 일부를 촬영한 건판을 확인하는 것이었다. 다른 하나는 지난주 받은 주급이 3달러 남은 상태에서, 엘시에게 전화를 걸어 어딘가 놀러 가자고 말해야 할 것인가를 판단하는 일이었다.

후자의 작업에 있어서는 모든 일반적인 젊은 남성들이 한 번쯤은 같은 고민에 빠져본 적이 있을 것이다. 그러나 점멸 현미경의 조작법은 그 정도로 익숙한 일은 아니다. 따라서 엘시보다는 쌍둥이자리 쪽으로 관심을 돌려보도록 하자.

점멸 현미경은 천구 위의 같은 지점을 서로 다른 시간에 촬영한 건판 두 장을 비교하는 일을 도와주는 도구다. 두 장의 건판을 병렬로 배치하고 접안렌즈를 통해 초점을 맞춘 다음, 셔터를 통해 양쪽을 번갈아 위로 올리며 비교하는 것이다. 양쪽 건판이 동일하다면 셔터를 조작해도 아무것도 변하지 않는다. 그러나 두 번째 건판의 점이 첫 번째 건판과 다른 위치에 있다면, 셔터를 조작할 때마다 위치 변화를 확인할 수 있게 되는 것이다.

로저가 셔터를 돌리자, 점 하나가 움직였다. 로저 역시 흠칫 몸을 움직였다. 엘시에 대해서는 완전히 잊어버린 채로, 그는 다시 셔터를 움직였다. 점은 다시 움직였다. 거의 10분의 1초 정도 위치가 달라져 있었다.

로저는 몸을 세우고 머리를 긁적였다. 그리고 담배에 불을 붙이고 그대로 재떨이 위에 내려놓은 다음, 다시 점멸 현미경을 들여다보았다. 셔터를 조작할 때마다 점이 계속 움직였다.

저녁 당번인 해리 웨슨이 막 사무소로 들어와서 외투를 옷걸이에 걸고 있었다.

"잠깐요, 해리!" 로저가 말했다. "점멸 현미경에 뭔가 문제가 있는 것 같아요."

"그래?" 해리가 말했다.

"네, 폴룩스가 10분의 1초만큼 움직였어요."

"그래?" 해리가 말했다. "관측 시차를 생각하면 대충 맞는 것 같은데. 폴룩스는 32광년 떨어져 있으니까, 시차는 0.101이잖아. 그러면 10분의 1초를 살짝 넘는 정도니까, 지구가 궤도의 반대편에 있는 6개월 전에 찍은 거랑 비교하면 대충 맞는 셈일 텐데."

"하지만 해리, 지금 비교한 건판은 하루 전에 찍은 거예요. 24시간 차이밖에 안 난다고요."

"뭔 헛소리야."

"직접 보세요."

아직 5시는 안 됐지만, 해리 웨슨은 관대하게 그 사실을 무시하고는 점멸 현미경 앞에 자리를 잡았다. 셔터를 조작하자 폴룩스가 움직이는 모습이 명확하게 보였다.

그 점이 폴룩스라는 사실에는 의심의 여지가 없었다. 건판 위에서 비교가 불가능할 정도로 가장 밝은 점이었으니까. 폴룩스는 1.2등성으로, 천구에서 가장 밝은 스무 개의 별 중 하나이며 쌍둥이자리에서는 가장 밝은 별이다. 그리고 주변의 흐릿한 별들은 조금도 움직이지 않았다.

"음." 해리 웨슨이 말했다. 그는 얼굴을 찌푸리며 다시 들여다보았다. "건판 하나에 날짜가 잘못 적힌 거겠지. 그게 전부야. 내가 다시 살펴보지."

"날짜가 잘못 적힌 건 아니에요." 로저가 항변했다. "제가 직접 적었다고요."

"그게 증거가 되겠군." 해리가 말했다. "이제 집에 가라고. 5시야. 어젯밤 폴룩스가 10분의 1초만큼 움직였다면, 내가 알아서 돌려놓을 테니까."

그래서 로저는 천문대를 떠났다.

어쩐지 이유를 알 수 없는 불길한 느낌이 들었다. 명확하게 걱정이 되는 부분이 어딘지를 짚을 수는 없었지만. 그는 버스를 타는 대신 걸어서 집으로 돌아가기로 마음먹었다.

폴룩스는 움직이는 항성이 아니었다. 24시간 동안 10분의 1초나 움직일 리가 없었다.

"어디 보자… 32광년 거리지." 로저는 혼잣말로 중얼거렸다. "10분의 1초. 젠장, 그러면 광속의 몇 배는 되는 속도로 움직이고 있다는 소리잖아. 말도 안 되는 일이야!"

그렇지 않은가?

그날 밤은 별로 공부나 독서를 하고 싶은 기분이 아니었다. 3달러로 엘시를 불러낼 수 있을까?

공 세 개가 그려진 전당포 간판이 앞쪽에 어른거렸고, 로저는 유혹에 굴복했다. 그는 손목시계를 잡힌 다음 엘시에게 전화를 걸었다. 저녁식사 하고 공연 어때?

"어머, 물론 좋아, 로저."

그래서 1시 30분이 되어서 그녀를 집으로 바래다줄 때까지, 그는 천문학에 대해서는 완전히 잊고 있을 수 있었다. 딱히 이상한 일은 아니다. 기억을 할 수 있었다면 그쪽이 더 이상한 일 아니었겠는가.

하지만 엘시와 헤어지자마자, 로저는 다시 초조함을 느끼기 시작했다. 처음에는 이유가 기억나지 않았다. 그저 아직은 집으로 돌아가고 싶지 않다는 느낌이 들 뿐이었다.

길모퉁이의 술집이 아직 문을 열고 있었고, 그는 잠시 들러서 한 잔 걸치기로 했다. 두 번째 잔을 들이키던 중 뭐가 문제인지가 기억이 났다. 그는 세 번째 잔을 주문했다.

"행크." 그는 바텐더에게 말했다. "폴룩스 알아요?"

"폴룩스? 성이 뭔데?" 행크가 되물었다.

"됐어요." 로저가 말했다. 그는 한 잔 더 마신 다음 생각을 곱씹어 보았다. 그래, 어딘가 실수를 저지른 것이 분명했다. 폴룩스가 움직일 리가 없었다.

그는 밖으로 나와서 집으로 걸어가기 시작했다. 집에 거의 다 왔을 때, 문득 고개를 들어 폴룩스를 바라보자는 생각이 들었다. 물론 육안으로 10분의 1초 정도 어긋난 것을 확인할 수 있을 리는 없었지만, 그저 흥미가 동했던 것이다.

그는 하늘을 바라보며 사자자리의 낫 모양 원호를 발견해 방향을 잡은 다음, 그 연장선을 따라 쌍둥이자리로 눈을 돌렸다. 딱히 천체 관측에 좋은 밤은 아니었기 때문에, 쌍둥이자리에서 보이는 것이라고는 카스토르와 폴룩스뿐이었다. 두 별은 찾았지만, 왠지 평소보다 거리가 조금 더 떨어진 것처럼 보였다. 말도 안 되는 소리다. 육안으로 알아볼 수 있으려면 초나 분이 아니라 도 단위로 위치가 달라졌어야 한다.

그는 멍하니 쌍둥이자리를 바라보다가, 북두칠성 쪽으로 시선을 옮겼다. 다음 순간 그는 그 자리에서 걸음을 멈추었다. 그리고 눈을 질끈 감았다가 다시 조심스럽게 떠 보았다.

북두칠성의 모습이 이상했다. 일그러져 있었다. 국자 손잡이의 알리오트와 미자르 사이의 거리가 미자르와 알카이드보다 더 벌어져 있었다. 국자 아랫부분의 페크다와 메라크는 더 가까워져서, 국자의 아랫부분과 앞부분의 경사가 더 가파르게 변해 있었다. 상당히 심하게.

그는 자기 눈을 믿지 못하는 채로 메라크와 두브헤의 연장선을 따라 시선을 옮기며 북극성을 찾았다. 그의 시선은 곡선을 그렸다. 어쩔 수 없는 일이었다. 직선으로 움직였다면 북극성에서 거의 5도는 떨어진 곳을 보게 되었을 테니까.

숨을 가쁘게 몰아쉬며, 로저는 안경을 벗어서 조심스레 손수건으로 닦았다. 다시 안경을 썼지만, 북두칠성은 여전히 비뚤어져 있었다.

다시 눈을 돌려서 본 사자자리도 마찬가지였다. 적어도 레굴루스는 원래 있어야 하는 위치에서 1~2도 정도 움직여 있었다.

1~2도라고! 레굴루스 정도 떨어져 있는 별이! 65광년이었던가? 그 정도 거리였던 것 같은데.

그리고 로저는 자신이 술을 마시고 있었다는 사실을 때맞춰 기억해내고 간신히 제정신을 유지할 수 있었다. 그는 다시 하늘을 바라볼 엄두도 내지 못한 채 집으로 돌아갔다. 그리고 잠자리에 들었지만, 잠을 이룰 수는 없었다.

술기운은 조금도 느껴지지 않았다. 정신이 생생한 채로, 계속 흥분이 더해갈 뿐이었다.

천문대에 전화를 걸어도 될지 고민이 되었다. 술에 취했다는 걸 전화로도 알 정도면 어쩌지? 젠장, 내 목소리가 어떻게 들리든 무슨 상관이야. 그는 마침내 결단을 내리고, 잠옷을 입은 채로 전화 앞으로 갔다.

"죄송합니다." 교환원이 말했다.

"무슨 말이에요, 죄송하다니?"

"전화번호를 알려드릴 수 없습니다." 교환원은 감미로운 목소리로 말했다. "죄송합니다. 관련 정보는 가지고 있지 않습니다."

그는 상급자를 불러달라고 해서 정보를 알아냈다. 아마추어 관측자들이 콜 천문대에 계속해서 전화를 걸어대는 바람에, 천문대 측에서 들어오는 모든 전화 연결을 끊어달라고 회사에 부탁을 했다는 거였다. 다른 천문대에서 오는 장거리 전화만 제외하고 말이다.

"고맙습니다." 로저가 말했다. "그러면 택시 좀 불러주실 수 있나요?"

묘한 요구였지만, 상급자는 그의 부탁을 받아들여 택시를 불러 주었다.

콜 천문대는 정신병원을 방불케 하는 상황이었다.

다음 날 조간신문은 대부분 이 소식을 다루었다. 대부분 눈에 잘 안 띄는 곳에 2~3인치 정도 크기의 기사로 실렸을 뿐이었지만, 어쨌든 사실 관계는 정확했다.

그 사실이란 몇 개의 별, 일반적으로 가장 밝은 별들에서, 지난 48

시간 동안 눈에 띌 정도의 고유운동이 관측되었다는 것이었다.

뉴욕의 〈스포트라이트〉 지는 이렇게 첨언했다. "과거에 이 별들이 고유하지 않은 운동을 보였다는 뜻이 아니다. 천문학에서 사용하는 '고유운동'이라는 용어는 천구상의 다른 항성과 비교해 봤을 때 위치가 변하는 것을 일컫는다. 지금까지 가장 큰 고유운동을 보였던 항성은 뱀주인자리에 있는 '버나드 별'이라는 이름의 항성으로, 1년 동안 1.25초의 속도로 움직였다. '버나드 별'은 육안으로 관측할 수 없다."

아마 그날 밤 잠자리에 든 천문학자는 한 사람도 없었을 것이다.

천문대에서는 직원들을 전부 안으로 모아들인 다음 문을 잠그고, 가끔 찾아오는 신문기자들만 받아들였다. 그들은 한동안 천문대 안에 있다가 어안이 벙벙해져서 나가곤 했다. 적어도 뭔가 기묘한 일이 벌어지고 있다는 정도는 깨달은 채로.

점멸 현미경이 계속 깜빡이는 것에 맞추어 천문학자들도 계속 눈을 깜빡였다. 엄청난 양의 커피가 소모되었다. 미국에 있는 여섯 군데 천문대에서 경찰의 폭동 진압반을 불렀다. 두 군데는 문을 부수고 들어오려는 아마추어 관측가들을 진압하기 위해서였고, 다른 네 군데는 천문대 내부에서 의견 차이 때문에 벌어진 주먹다짐을 진압하기 위해서였다. 릭 천문대의 사무소는 박살이 났으며, 영국 왕립천문학회 회장인 제임스 트루웰은 가벼운 뇌진탕을 입고 런던 병원으로 실려 갔다. 분노한 부하 직원이 묵직한 건판으로 그의 머리를 후려갈긴 덕분이었다.

그러나 이런 사고는 예외일 뿐이었다. 대부분의 천문대는 질서 잡힌 정신병동 정도의 수준을 유지했다.

세간의 시선은 동반구의 동업자들의 소식을 전해주는 소식통으로 쏠렸다. 모든 천문대가 이제 밤으로 들어간 지구의 절반 쪽으로, 아직 현상을 관측할 수 있는 곳으로 귀를 기울이고 있었던 것이다.

싱가포르, 상하이, 시드니에 있는 천문학자들은 즉시 관측에 착수했고, 이내 전화 회사를 통해 서반구와 장거리 통화에 들어갔다.

특히 주목을 끈 것은 시드니와 멜버른에서 들어온 보고였다. 밤이 되어도 유럽이나 북미에서는 관측할 수 없는 남반구의 밤하늘에 대한 정보가 있었기 때문이다. 그 보고에 따르면 남십자성은 더 이상 십자 형태가 아니었다. 알파성과 베타성이 북쪽으로 이동했기 때문이었다. 켄타우로스자리의 알파와 베타성, 카노푸스와 아케르나르 모두 상당한 고유운동을 보이고 있었다. 전반적으로 모두 북쪽으로 이동하고 있었다. 남쪽삼각형자리와 대소 마젤란성운은 움직이지 않았다. 희미한 남극성인 팔분의자리 시그마성 역시 움직이지 않았다.

그렇다면 남반구 천구의 변화는 북반구에 비해 그리 심각하지는 않은 셈이었다. 적어도 움직임을 보이는 별의 숫자를 기준으로 삼는다면 말이다. 그러나 움직임을 보이는 별들이 고유운동을 한 거리는 더 길었다. 전반적인 이동 방향은 북쪽을 향하고 있었지만, 그대로 정북으로 이동을 시작한 것은 아니었다. 물론 천구 위의 특정한 점을 향하는 것도 아니었다.

미국과 유럽의 천문학자들은 이런 관측 결과를 곱씹으며 더 많은 커피를 들이켰다.

석간신문, 특히 미국 쪽의 석간신문에는 하늘에서 뭔가 묘한 일이 벌어지고 있다는 것을 인지한 기사의 양이 늘어났다. 대부분 기사를 1면으로 옮겼지만 헤드라인은 차지하지 못했으며, 전체 상황을 개괄하는 절반 크기의 지면을 받았다. 기사 분량은 편집자가 천문학자의 견해를 운 좋게 얻어냈는지의 여부에 따라 결정되었다.

물론 천문학자의 견해는 대부분 사실에 관한 것일 뿐, 해석에 대한 것은 아니었다. 이들 학자들은 이미 벌어지고 있는 사건만으로도 충분히 놀라우며 섣불리 해석하려 드는 것은 아직 성급한 일이라고 말하곤 했다. 일단 지켜봅시다. 지금 사태가 상당히 빠르게 진행되고 있으니까.

"얼마나 빠른 겁니까?" 편집자가 물었다.

"가능하리라 생각한 것보다 훨씬 빠릅니다." 이런 대답이 돌아왔다.

상황이 이렇게 돌아가고 있었던 만큼, 어떤 편집자도 해석에 대한 견해를 수집하려 애쓰지 않았다고 매도하는 것은 불공평한 일일지도 모른다. 〈시카고 블레이드〉 지의 열정적인 편집자인 찰스 원그렌은 장거리 전화에 매달려 상당한 돈을 쏟아부었다. 거의 60번에 걸친 시도에서, 그는 마침내 다섯 군데 천문대의 소장과 통화를 할 수 있었다. 그는 그들 모두에게 같은 질문을 했다.

"소장님이 보시기에, 지난 이틀 동안 일어난 천체 이동의 원인으로 추측할 수 있는 요인에는 어떤 것이 있습니까?"

그는 결과를 모아 보았다.

"나도 알았으면 좋겠소." — 제프리 F. 스텁스, 롱아일랜드 트립 천문대

"누구 또는 무언가가 미친 모양이지. 웬만하면 그게 나였으면 좋겠군." — 헨리 콜리스터 매캐덤스, 보스턴 로이드 천문대

"지금 이런 사건은 불가능한 겁니다. 원인이 있을 리가 없어요." — 레튼 티슈어 티니, 앨버커키 버고인 천문대

"지금 점성술 전문가를 모집하는 중인데. 혹시 아는 사람 있소?" — 패트릭 R. 휘터커, 버몬트 루카스 천문대

목록을 훑어본 후, 윈그렌은 장거리 통화 비용을 자비로 지불하겠다는 영수증에 서명을 하고 목록을 쓰레기통으로 던져버렸다. 세금을 포함해서 187달러 35센트가 들어간 목록이었다. 그는 평소에 과학 분야 기사를 쓸 때 연락하곤 하는 공상과학 소설 작가에게 전화를 걸었다.

"연작 기사 좀 써 줄 수 있나? 한 번에 2~3천 단어 정도로 말이야. 이번 천문학적 사태에 대해서."

"물론이지." 작가가 말했다. "근데 무슨 사태?" 잠시의 대화를 통해 그가 방금 낚시 여행에서 돌아온 참이라 여태껏 신문을 읽거나 밤하늘을 바라보지 않았다는 사실이 밝혀졌다. 그래도 어쨌든 그는 기사를 썼다. 심지어는 일러스트를 통해 섹스어필을 추가하기도 했다. 고대의 성좌도에서 가져온 단정치 못한 별자리 그림을 사용하거나, 〈은하수의 기원〉과 같은 명화를 수록하거나, 망원경을 들고 수영복 차림으로 앉아서 싸돌아다니는 별들을 관찰하고 있는 소녀의 사진을 넣는 식으로 말이다. 〈시카고 블레이드〉 지의 판매량은 그날 21.7 퍼센트 상승했다.

콜 천문대에는 다시 5시가 찾아왔다. 모든 소동이 벌어진 후 정확

히 24시간하고도 15분이 지난 후였다. 로저 플러터는—그래, 이제 다시 이 친구에게 돌아와 보자—누군가 어깨에 손을 올리는 바람에 화들짝 놀라 잠에서 깨어났다.

"집에 가게, 로저." 그의 상급자인 머빈 암브러스터가 친절하게 말했다.

로저는 얼른 몸을 세우고 바로 앉았다.

"그게 암브러스터 씨, 졸아서 죄송합니다."

"허튼소리. 여기 영원히 있을 수는 없지 않나. 우리 누구도 그럴 수는 없어. 일단 퇴근하게." 암브러스터가 말했다.

로저 플러터는 집으로 향했다. 그러나 목욕을 하고 나왔는데도 졸음보다는 초조함이 더 크게 느껴졌다. 아직 6시 15분밖에는 되지 않았다. 그는 엘시에게 전화를 걸었다.

"정말 미안해, 로저. 하지만 다른 약속이 있거든. 무슨 일이 난 거야, 로저? 그러니까, 별들 말이야."

"세상에, 엘시. 별이 움직이고 있잖아. 모르는 사람이 없을 텐데."

"하지만 별은 전부 원래 움직이는 줄 알았다구." 엘시가 항변했다. "태양도 별 아니야? 언젠가 태양이 삼손자리 쪽을 향해서 움직이고 있다고 얘기해 줬잖아."

"헤라클레스자리야."

"그럼 뭐 헤라클레스라고 하고. 어쨌든 모든 별이 원래 움직이는 건데, 대체 왜 다들 흥분하는 거야?"

"이번 일은 달라." 로저가 말했다. "카노푸스를 예로 들어 보면, 그 별은 지금 하루에 7광년의 속도로 움직이고 있다고. 말도 안 되는 일이야!"

"왜 안 되는데?"

"왜냐하면" 로저는 참을성 있게 설명했다. "어떤 물체도 빛보다 빠르게 움직일 수는 없거든."

"하지만 실제로 그렇게 움직이고 있다면 가능하다는 소리잖아." 엘시가 말했다. "아니면 너희 망원경이 망가지거나 그런 걸 수도 있고. 어쨌든 꽤 멀리 떨어져 있는 별 아니야?"

"150광년 떨어져 있어. 너무 멀어서 150년 전의 모습이 우리 눈에 보이는 거지."

"그럼 어쩌면 움직이지 않고 있는 걸 수도 있겠네." 엘시가 말했다. "그러니까 내 말은, 150년 전에 이미 움직임을 멈췄는데, 너희 쪽 사람들은 멈춰서 아무 영향도 없는 일 가지고 난리법석을 떠는 걸 수도 있다는 말이야. 아직 나 사랑하지?"

"물론이야, 내 사랑. 약속 취소할 수 없어?"

"유감이지만 안 돼, 로저. 나도 그럴 수 있었으면 좋겠네."

그 정도로 만족할 수밖에 없었다. 그는 식사를 하러 주택 지구까지 걸어가기로 했다.

이른 저녁 시간이라 아직 별이 뜨기에는 너무 일렀다. 맑은 하늘에 땅거미가 깔리기 시작하고는 있었지만. 로저는 오늘 밤에 별이 뜨면 대부분의 별자리를 알아볼 수 없을 거라는 사실을 이미 알고 있었다.

그는 걸음을 옮기며 엘시의 말을 곱씹어보다가, 그녀의 논점이 콜 천문대에서 나왔던 의견들만큼이나 지적으로 가치가 있다는 결론을 내렸다. 어떻게 보면 지금까지 생각하지 못했던 관점을 떠올리게 해준 셈이었는데, 덕분에 상황은 더욱 이해하기 힘들어졌다.

모든 별들이 같은 날 움직이기 시작했지만, 사실 그렇지 않은 셈이었다. 켄타우로스자리의 별들은 4년 전에 움직이기 시작했을 테고, 리겔은 크리스토퍼 콜럼버스가 아직 반바지를 입고 돌아다니고 있을 무렵인 540년 전에 움직이기 시작했을 것이다. 그리고 베가는 로저가 태어난 해인 26년 전에 움직이기 시작했을 것이다. 수백 개의 별들이 지구에서의 거리에 맞추어 일제히 움직이기 시작한 것이다. 광속을 염두에 두고 정확하게 일제히 움직이는 것처럼 보이도록. 전날 밤 촬영한 건판을 판독한 결과, 모든 항성들은 그리니치 시간으로 오전 4시 10분에 일제히 움직이기 시작했다. 정말로 말도 안되는 일이 아닌가!

물론 광속이 사실은 무한하다는 가정도 해볼 수 있을 것이다.

만약 광속이 무한하지 않다면… 로저는 당황스럽게도 이런 가정이 무슨 뜻이 되는지조차 생각해 낼 수가 없었다. 만약 그렇다면 무슨 일이 일어난다는 말인가? 모든 것이 여전히 혼란스럽기만 했다.

다른 무엇보다 이런 사태가 발생했다는 사실 자체에 분노가 치밀 지경이었다.

그는 식당으로 들어가 자리를 잡고 앉았다. 라디오에서 새로운 디사리듬 곡조가 흘러나오고 있었다. 최신 4분음 댄스곡 장르로, 목관악기의 반주에 맞추어 톰톰을 정신없이 두드려 가락을 넣는 음악이었다. 한 곡이 끝나면 다음 곡이 시작하기 전까지 열정적인 아나운서가 등장해 특정 상품의 장점을 정신없이 칭찬해 댔다.

로저는 샌드위치를 우물거리며 디사리듬 곡에 귀를 기울이고 광고 내용은 흘려 넘겼다. 1980년대의 지적인 사람들은 개방형 스피커에서 들려오는 라디오에서 인간의 목소리를 걸러내 듣는 기술을 이미 습득하고 있었다. 광고 사이로 들리는 음악은 나름 즐길 수 있었지만 말이다. 광고 경쟁이 극에 달한 이 시대에는 인구 밀집 지대에서 몇 마일을 나가도 전단이 붙지 않은 벽이나 광고판이 없는 공터를 찾아볼 수가 없을 지경이었다. 부분적으로 맹인이나 귀머거리가 되어 계속해서 감각기관에 쏟아져 오는 공격을 무시하지 않으면 일상생활을 영위하기가 힘들 지경이었다.

바로 그 때문에 로저는 디사리듬 프로그램에 이어 방송된 뉴스의 내용 중 상당수를 놓치고 말았다. 귀에 흘러들어오는 내용이 특허를 받은 아침식사용 식품에 대한 찬사가 아니라는 사실을 깨닫기 전까지.

어딘가 귀에 익은 목소리였다는 생각이 들었고, 이어지는 한두 문장을 듣자 그 목소리의 주인이 밀턴 헤일이라는 사실이 명백해졌다. 최근 과학계에 상당한 논쟁을 불러일으킨 불확정성 원리에 대한 새로운 이론을 내놓은 저명한 물리학자였다. 라디오 아나운서가 헤일 박사와 인터뷰를 하는 모양이었다.

"─따라서 천체는 위치나 속도 둘 중 하나는 가질 수 있지만, 특정한 시공간 좌표 내에서 동시에 위치와 속도 모두를 가지고 있다고는 말할 수 없을 수도 있다는 겁니다."

"헤일 박사님, 가능하시다면 일반적인 언어로 설명해 주실 수 있으시겠습니까?" 아나운서가 달달하고 부드러운 목소리로 말했다.

"이게 일반적인 언어입니다, 선생. 과학적으로 표현하자면, 하이 젠베르크의 수축 이론에 n의 7제곱을 대입하는 경우를 가정해 보면 됩니다. 디드리히 양자론 정수의 의사위상을 질량의 7차 곡률 반경 계수에 도입하여 생각한다면—"

"감사합니다, 헤일 박사님. 하지만 우리 청자들이 이해하기에는 다 소 힘겨운 내용인 듯싶군요."

'당신 자신한테도 그렇겠지.' 로저 플러터는 생각했다.

"헤일 박사님, 아마 우리 청자들이 가지는 가장 큰 의문은 이런 전 례 없는 천체의 운동이 실제로 일어나는 일인지, 아니면 환상인지일 텐데요?"

"양쪽 모두입니다. 공간 좌표 내에서는 현실이지만, 시공간 좌표를 생각해 보면 그렇지 않은 셈이지요."

"조금 더 상세하게 설명해주실 수 있으십니까, 박사님?"

"그럴 수 있을 것 같습니다. 어렵게 느껴지는 것은 온전히 인식론 적인 문제일 뿐입니다. 인과율의 관점에서 보자면, 거시적 규모의 충 격은—"

'—슬리시한 토브는 자이어하고 웨이브 속에서 김블했겠지.'* 로 저 플러터는 생각했다.

"—엔트로피의 증감과 평행으로 존재한다고 볼 수 있는 겁니다."

"하!" 로저는 큰 소리로 외쳤다.

---

* 『거울나라의 앨리스』에 등장하는 '자바워키의 노래'의 일부. 말이 안 되는 헛소리 를 말한다.

"방금 뭐라고 하셨나요, 손님?" 웨이트리스가 물었다. 로저는 그 순간까지 그녀가 존재한다는 것조차 깨닫지 못하고 있었다. 작고 금발에 귀엽게 생긴 아가씨였다. 로저는 그녀를 보고 웃음을 지었다.

"현상의 관측자가 위치한 시공간 좌표에 따라 달라진답니다." 그는 단호하게 말했다. "어렵게 느껴지는 것은 인식론적인 문제일 뿐이라고요."

자신의 행동에 대해 사과하기 위해, 그는 필요 이상의 팁을 남기고 자리를 떴다.

결국 세상에서 가장 저명한 물리학자조차도 지금 이 사건에 대해서는 일반 대중보다도 더 아는 것이 없다는 소리였다. 일반 대중은 적어도 별이 움직이거나 움직이지 않거나 둘 중 하나라는 정도는 알고 있었다. 그러나 헤일 박사는 그조차도 알지 못하는 모양이었다. 학위라는 연막 뒤에 숨어서, 헤일은 별이 두 가지를 동시에 하고 있다고 슬쩍 힌트만 던지고 있는 것이었다.

로저는 하늘을 올려보았지만 이른 저녁의 하늘에는 수많은 네온 사인과 간판의 불빛 속에서 희미한 별 몇 개만이 보일 뿐이었다. 아직 너무 이른 모양이었다.

근처 바에 들어가 술을 한 잔 시켰지만, 맛이 어딘가 이상해서 끝까지 마시지 않고 가게를 나오게 되었다. 본인은 무엇이 잘못되었는지 알지 못했지만, 사실 그는 수면 부족으로 그로기 상태였던 것이다. 로저는 그저 더 이상 졸리지 않다고만 느끼며 이대로 졸음이 올 때까지 계속 걸어 다니자고 생각하고 있었다. 말랑한 블랙잭으로 머리를 한 대 때려주면 그에게 정말로 큰 도움이 되었겠지만, 구태여 그런 수고를 해 주는 사람은 아무도 없었다.

계속 걸음을 옮기던 로저는 이윽고 환한 불빛이 가득한 시네플러스 영화관의 로비로 들어섰다. 표를 끊고 자리를 찾아 앉았을 즈음에는 3연속 상영작의 첫 번째 영화가 막 끝나고 있었다. 여러 편의 광고가 흘러갔지만, 그는 보면서도 보지 않으며 그대로 흘려보냈다.

"다음으로 런던의 밤하늘을 촬영한 영상을 특별 방송해 드리겠습니다. 현지 시각은 오전 3시입니다." 화면이 이렇게 말했다.

화면이 까맣게 변하고 수백 개의 작은 점으로 보이는 별들이 떠올랐다. 로저는 몸을 앞으로 내밀고 모든 내용을 자세히 보고 들으려 했다. 이건 장황한 광고 따위가 아니라 사실을 알려주는 영상과 음성 방송이 분명했다.

화살표가 떠올랐고, 화면은 설명을 이어갔다. "이 화살표는 북극성을 가리키고 있습니다. 이제 천구의 북극에서 큰곰자리 쪽으로 10도 기울어 있지요. 큰곰자리, 그러니까 북두칠성 자체는 이미 국자 모양이 아닙니다. 이제 화살표가 원래 국자를 이루었던 별들 쪽으로 이동할 겁니다."

로저는 숨도 제대로 쉬지 못한 채 화살표와 목소리를 쫓았다.

"알카이드와 두브헤는 더 이상 고정되어 있지 않지만—" 갑자기 화면이 현대적인 주방의 모습으로 바뀌었다. "스텔라 사의 스토브의 품질과 훌륭함은 절대 변하지 않습니다. 진동을 이용하는 초전열기 조리법은 언제나 훌륭한 맛을 제공합니다. 스텔라 스토브는 변하지 않습니다."

로저 플러터는 경쾌하게 자리에서 일어나 통로를 걸어 나갔다. 화면 앞에 도달한 그의 손에는 주머니칼이 들려 있었다. 한 번 가볍게 뛰자 낮은 무대 위에 올라올 수 있었다. 그가 화면의 캔버스 천을 향해 칼을 휘두르는 동작에서 분노는 찾아볼 수 없었다. 침착하고 효율적으로, 최소의 노력으로 최대의 피해를 입히기 위해 지능적으로 계산한 움직임이었다.

상당한 피해를 입힌 후에야 세 명의 건장한 안내원이 그 주변으로 모여들었다. 로저는 그들 중 누구에게도, 그리고 이윽고 인계받은 경찰에게도 전혀 반항을 하지 않았다. 한 시간 후 야간법정에서, 그는 자신의 죄목을 침착하게 듣고 있었다.

"유죄를 인정하는가?" 재판장이 물었다.

"판사님, 그건 전부 인식론적인 문제입니다." 로저는 진지하게 설명했다. "고정된 항성들은 움직이지만, 세계 최고의 아침거리인 코니토스티는 여전히 7차 곡률 반경 계수에 대하여 디드리히 양자론 정수의 의사위상을 나타내거든요!"

10분이 지나자 그는 아주 편안히 잠들어 있었다. 물론 감방이기는 했지만 어쨌든 편안히 잠들어 있다는 점만은 사실이었다. 경찰은 그를 그대로 내버려두었다. 잠이 필요한 사람이라는 사실을 깨달았기 때문에…

그날 밤 일어난 작은 비극 중에는 캘리포니아 연안을 항해하던 란사간셋 호 사건도 있었다. 사실 연안에서 한참 떨어져 있었지만! 갑자기 비바람이 불어닥쳐 원래 항로에서 몇 마일을 떨어져 나와 버린 것이다. 얼마나 떨어졌는지는 항해장도 그저 추측만 할 뿐이었다.

란사간셋 호는 미국 선박이며, 독일 승무원들이 탑승하고 있었고,

선적은 베네수엘라에 있었다. 바하 캘리포니아의 엔세나다에서 주류를 실은 다음, 한창 금주법 시행으로 괴로워하고 있는 캐나다 연안으로 올라가는 중이었다. 란사간셋 호는 네 개의 엔진과 신용하기 힘든 나침반이 달려 있는 낡은 선박이었다. 폭풍에 휘말린 이틀 동안, 이 배의 1955년제 고물 라디오 수신기는 1등 항해사 그로스의 능력으로는 수리하기 힘들 정도로 맛이 가 버렸다.

그러나 이제 폭풍은 안개로 잦아들었고, 바람이 그마저도 쓸어가 버리고 있었다. 한스 그로스는 낡은 천문의를 들고 갑판에 나와 기다리고 있었다. 주변은 칠흑처럼 컴컴했다. 연안 경비대의 눈을 피하기 위해 조명을 전부 끄고 항해하고 있었기 때문이다.

"하늘이 개고 있나, 그로스 씨?" 아래 선실에서 목소리가 들렸다.

"네, 선장님. 구름이 빠르게 사라지고 있습니다."

선실에 있는 랜딜 선장은 다시 2등 항해사와 기관장과 함께 벌이는 블랙잭 판으로 돌아갔다. 유일한 평선원인 목제 의족을 단 바이스라는 이름의 독일인 노인은 음료수통 뒤에서 잠들어 있었다. 물론 그 통에 무엇이 들어 있는지는 알 길이 없지만.

30분이 흘렀다. 한 시간이 흘렀고, 선장은 기관장인 헬름슈타트에게 상당한 돈을 잃고 있었다.

"그로스 씨!" 그가 다시 소리쳤다.

대답은 들리지 않았다. 다시 불러도 여전히 응답은 없었다.

"잠깐만 기다려 보게, 내 고결한 친구들이여." 그는 2등 항해사와 기관장에게 이렇게 말하고는 갑판으로 올라가는 계단에 발을 올렸다.

그로스는 입을 떡 벌린 채로 하늘을 쳐다보며 서 있었다. 안개는 이미 걷혀 있었다.

"그로스 씨." 랜딜 선장이 말했다.

1등 항해사는 대답하지 않았다. 선장은 그가 자리에 선 채로 천천히 몸을 돌리고 있다는 사실을 깨달았다.

"한스!" 랜딜 선장이 말했다. "대체 자네 어떻게 된 건가?" 그러다 문득, 선장 역시 하늘을 올려다보았다.

흘깃 보아서는 완벽하게 정상적으로 보였다. 천사들이 날아다니는 것도 아니었고, 비행기 엔진 소리가 들려오지도 않았다. 북두칠성은— 랜딜 선장은 천천히, 하지만 한스 그로스보다는 빠르게 몸을 돌렸다. 북두칠성이 어디 갔단 말인가?

그리고 얘기가 나온 김에 하는 말인데, 다른 별자리들은 전부 어디로 가 버린 것인가? 알아볼 수 있는 별자리가 하나도 보이지 않았다. 사자자리의 낫도, 오리온자리의 삼태성도, 황소자리의 두 뿔도 보이지 않았다.

더 끔찍한 일이 한 가지 있었다. 여덟 개의 밝은 별이 한 곳에 모여 있었는데, 대충 팔각형을 이루고 있는 모양이 아무리 봐도 별자리여야 마땅한 모습이었다. 그러나 희망봉과 케이프 혼을 돌아본 적이 있는 그도 본 적이 없으니, 그런 별자리가 존재할 리가 없었다. 아니, 그쪽으로 생각해 보자면… 역시 아니다. 남십자성이 보이지 않는데!

랜딜 선장은 정신을 차리지 못하고 승강구 계단 쪽으로 걸어갔다.

"바이스코프 씨, 헬름슈타트 씨, 갑판으로 올라와 보게."

그들 역시 위로 올라와 하늘을 바라보았다. 그리고 한동안 아무 말도 하지 못했다.

"헬름슈타트 씨, 엔진을 꺼 주게." 선장이 말했다. 헬름슈타트는 난생처음으로 경례를 붙인 후 아래로 내려갔다.

"선장님, 바이스 노인을 깨울까요?" 바이스코프가 물었다.

"무엇 때문에?"

"저도 모르겠습니다."

선장은 잠시 생각에 잠겼다. "깨우도록 하게."

"우리가 화성에 와 있는 게 아닐까요." 그로스가 말했다.

그러나 선장은 이미 그 생각을 검토하고 아니라는 결론을 내린 후였다.

"그럴 리가 없지." 그는 단호하게 말했다. "태양계의 어느 행성에서 봐도 별자리는 거의 비슷한 모습을 하고 있을 테니까."

"그렇다면 우리가 우주로 나와 있다는 겁니까?"

갑자기 엔진의 소음이 멈추었고, 파도가 나직하게 뱃전에 철썩이는 소리와 익숙한 배의 흔들림만이 느껴졌다.

바이스코프가 바이스와 함께 돌아왔고, 헬름슈타트는 갑판으로 돌아와 다시 경례를 붙였다.

"그럼 이제 어떻게 하죠, 선장님?"

랜덜 선장은 방수천 아래 주류 상자가 가득 쌓여 있는 후갑판 쪽으로 손짓을 했다. "화물을 풀게." 그는 이렇게 지시를 내렸다.

블랙잭 게임은 거기서 끝났다. 동이 트자, 다시는 보지 못할 거라고 생각했던 태양의 햇살 아래에서—사실 그 선원들은 그 순간 보지 못하기는 했다—인사불성이 된 다섯 남자는 연안 경비대의 손에 의해 배에서 샌프란시스코 항구 유치장으로 이송되었다. 밤 동안 란사 간셋 호는 금문교 안쪽으로 흘러들어와 버클리 부두의 선착장에 부드럽게 충돌했던 것이다.

배의 선미 쪽에는 커다란 방수천이 있었고, 후돛대에 밧줄로 묶여 있는 작살 하나가 방수천을 갑판 위에 꽂아 고정시켜 놓고 있었다. 대체 무슨 일이 벌어진 것인지 명확하게 설명할 수 있는 사람은 아무도 없었지만, 며칠 후 랜들 선장이 그날 밤 항유고래 한 마리를 작살로 잡은 기억이 흐릿하게 난다고 말하기는 했다. 그러나 바이스라는 이름의 건장하고 나이 든 선원은 자기 의족이 어쩌다 사라졌는지 결국 알아낼 수 없었는데, 사실 모르는 쪽이 더 나을지도 모르겠다.

저명한 물리학자인 밀턴 헤일 박사는 녹음을 마쳤고, 라디오 방송이 전파를 타고 흘러나가기 시작했다.

"정말 감사합니다, 헤일 박사님." 라디오 진행자가 말했다. 노란 조명이 들어왔다. 마이크가 꺼졌다. "어⋯ 창구에 가보시면 출연료 수표가 나와 있을 겁니다. 그게⋯ 어딘지는 아시겠지요."

"알고 있지요." 물리학자가 말했다. 땅딸막하고 유쾌해 보이는 작은 키의 남자였다. 숱이 많은 하얀 수염 덕분에 휴대용 산타클로스처럼 보이는 모습이었다. 눈은 반짝이고, 입에는 작고 뭉툭한 파이프를 물고 있었다.

그는 방음 설비가 된 스튜디오를 떠나 기운찬 발걸음으로 복도를 따라 걸어가 서무계 창구로 향했다. "안녕하시오, 아가씨." 그는 창구에 앉아 있는 아가씨를 향해 말했다. "헤일 박사 이름으로 수표가 두 장 나와 있을 텐데."

"당신이 헤일 박사님이라고요?"

"나도 가끔 의심이 들기는 하는데," 땅딸막한 남자가 말했다. "그래서 증명하려고 항상 신분증을 들고 다닌다오."

"두 장이라고요?"

"두 장이지요. 같은 방송이지만 특별 출연이었으니까. 그건 그렇고, 오늘 저녁 마브리 극장에서 훌륭한 레뷔 공연이 있다고 하던데요."

"그런가요? 자, 여기 수표예요, 헤일 박사님. 하나는 75달러고 다른 하나는 25달러네요. 금액은 맞나요?"

"아주 만족스럽게도 딱 맞는군요. 그럼 마브리 극장의 레뷔 쪽은?"

"원하신다면 남편을 불러서 한번 물어볼게요." 아가씨가 말했다. "저기 서 있는 도어맨이거든요."

헤일 박사는 깊은 한숨을 쉬었지만, 눈은 여전히 반짝이고 있었다. "아마 동의해줄 것 같은데. 여기 표 받아요, 아가씨. 그리고 남편 분도 데리고 가고. 오늘 저녁에는 할 일이 있어서 말이지요."

여자의 눈이 커졌지만, 어쨌든 표는 받아 챙겼다.

헤일 박사는 공중전화 박스로 가서 집으로 전화를 걸었다. 그의 집과 헤일 박사 본인 양쪽을 보살피는 누님이 전화를 받았다. "애거서 누님, 오늘 저녁에는 사무실에 가 있어야겠어요." 그가 말했다.

"밀턴, 우리 집 서재에서도 충분히 일할 수 있잖니. 네 방송 들었단다, 밀턴. 정말 끝내줬어."

"완전히 헛소리만 늘어놓은 거라고요, 누님. 정말 쓰레기였어요. 내가 뭐라고 말했죠?"

"글쎄다, 그러니까 너는… 어… 별들이… 그러니까, 네가 말한 건 아니고…"

"바로 그거예요, 누님. 저는 그저 대중의 혼란을 막으려고 지껄인 것뿐이라고요. 진실을 말해 주었다면 다들 근심에 빠졌을 테니까요. 거만하게 과학 용어를 들먹여서 모든 일이 예상대로 흘러가고 있다는 느낌을 준 것뿐이에요. 누님, 엔트로피의 증감과 평행으로 존재한다는 말이 무슨 소리인지 알아요?"

"글쎄다… 정확하게는 모르겠구나."

"저도 그래요."

"밀턴, 혹시 술 마신 거니?"

"아직— 아뇨, 안 마셨어요. 오늘 밤에는 집에서 일을 할 수가 없어요, 누님. 대학 도서관에서 참조할 문헌이 있어서 대학 연구실에서 일해야 해요. 성좌도도 필요하고요."

"하지만 밀턴, 오늘 방송 출연료는 어떻게 하고? 지금처럼… 그런 기분일 때는 주머니에 큰돈을 가지고 있으면 안전하지 않을 텐데."

"현금이 아니에요, 누님. 수표라고요. 그리고 사무실로 가기 전에 누님 쪽으로 우편으로 부칠게요. 내가 직접 환전하지 않고요. 그럼 되겠죠?"

"글쎄… 도서관을 써야 한다면야 어쩔 수 없겠구나. 조심하거라, 밀턴."

헤일 박사는 길 건너 잡화점으로 향했다. 그리고 우표와 봉투를 사고 25달러 수표를 환전했다. 75달러 수표는 봉투에 넣고 우편으로 부쳤다.

그는 우체통 옆에 서서 이른 저녁 하늘을 바라보고는, 이내 몸을 떨며 시선을 땅으로 돌렸다. 그는 최대한 빠른 경로를 이용해 가장 가까운 술집으로 들어가서 스카치 더블을 주문했다.

"꽤나 오랜만에 뵙는군요, 헤일 박사님." 바텐더인 마이크가 말했다.

"한참 안 들렀지, 마이크. 한 잔 더 주게."

"물론입죠, 이번에는 제가 사겠습니다. 방금 전까지 박사님 방송을 듣고 있었거든요. 아주 끝내줬어요."

"그렇지."

"정말로요. 아들놈이 비행기를 몰아서 하늘에서 무슨 일이 일어나는지 꽤나 걱정했거든요. 하지만 박사님 같은 과학자분들이 사태를 확실히 파악하고 계시다면야, 뭐 별 문제 있겠습니까. 정말 훌륭한 설명이었어요, 박사님. 하지만 한 가지 질문이 있는데요."

"그럴까봐 두려웠지." 헤일 박사가 말했다.

"저 별들 말입니다. 움직여서 어디론가 가고 있는 것 아닙니까. 하지만 어디로 가는 거죠? 그러니까, 박사님 말씀처럼 움직이고 있다면 말입니다."

"그걸 명확하게 판별할 수 있는 방법은 없다네, 마이크."

"모든 별들이 직선으로 움직이고 있는 것 아니었던가요?"

저명한 과학자는 아주 잠깐 멈칫했다.

"글쎄, 그렇기도 하고 아니기도 하지, 마이크. 스펙트럼 편광 분석 결과에 따르면, 모든 별들은 우리와 동일한 거리를 유지하고 있다네. 따라서 실제로는—물론 실제로 움직일 경우의 이야기지만—우리 주변에서 원을 그리며 이동하는 셈이지. 하지만 원도 최단거리이니 직선이라 부를 수 있지 않은가. 그러니까 내 말은, 우리가 원의 중심에 있기 때문에 움직이는 별들이 더 멀어지지도 가까워지지도 않는다는 소릴세."

"그 원을 직선으로 표시할 수 있나요?"

"천구상에서는 가능하지. 이미 시도해 본 일일세. 모든 별이 하늘의 특정 위치로 이동하고 있지만, 점 하나를 목표로 삼고 있는 것은 아니야. 다른 말로 하자면 경로가 겹치지 않는다는 걸세."

"하늘의 어느 부분으로 가고 있는 겁니까?"

"대충 큰곰자리와 사자자리 사이라네, 마이크. 멀리 있는 별일수록 더 빨리 움직이고, 가까운 별일수록 천천히 움직이고 있지. 젠장, 마이크, 나는 별에 대해 잊으려고 온 거라고, 별에 대해 말하려 온 게 아니라. 한 잔 더 주게."

"금방 드립죠, 박사님. 그 구역에 도착하면 멈추는 겁니까, 아니면 계속 움직이는 겁니까?"

"내가 그걸 대체 무슨 수로 알겠나, 마이크? 모든 별이 갑자기, 동시에 움직이기 시작했는데. 그리고 시작점에서 보여준 등속 운동을 지금까지 유지해 왔으니—그러니까, 처음과 지금의 속도가 같다는 말일세. 예열 따위는 하지도 않았다는 소리야—언제든 갑작스럽게 멈출 수 있지 않겠나."

그는 별들이 그러하듯이 갑작스레 말을 멈추었다. 그리고 바 뒤에 걸려 있는 거울을 난생처음 보는 양 물끄러미 바라보았다.

"왜 그러세요, 박사님?"

"마이크!"

"네, 박사님?"

"마이크, 자네는 천재야."

"저요? 농담이시겠죠."

헤일 박사는 신음 소리를 냈다. "마이크, 이걸 확인하러 대학으로 가 봐야겠네. 그곳의 도서관과 천구의를 사용해야 하거든. 자네가 내 거짓말을 진실로 만들어 줬어, 마이크. 이게 어떤 종류의 스카치인지는 모르지만, 한 병 포장해 주게."

"타탄 플레이드인데요. 쿼트 한 병 드려요?"

"쿼트로, 빨리 해 주게. 개의 별 때문에 만나볼 사람이 있어."

"농담이죠, 박사님?"

헤일 박사는 큰 소리를 내어 한숨을 쉬었다. "알아서 농담을 만드는군, 마이크. 그래, 개의 별이란 시리우스를 말하는 걸세. 이 가게에는 괜히 왔어, 마이크. 몇 주 만에 처음으로 외출을 하는 건데, 자네가 다 망쳐 버렸거든."

그는 택시를 타고 대학으로 가서 정문을 통과해 들어간 다음, 개인 연구실과 도서관의 조명을 켰다. 그리고 타탄 플레이드를 한 잔 쭉 들이켠 다음 작업을 시작했다.

그는 우선 전화 교환국의 상급자에게 자신이 누구인지를 설명하고 한참 실랑이를 벌인 끝에 콜 천문대의 소장과 전화 통화에 들어갔다.

"헤일인데, 암브러스터." 그가 말했다. "한 가지 생각이 떠올랐는데, 작업에 들어가기 전에 확인을 좀 해 보고 싶어서. 마지막으로 받은 정보에 의하면, 새로운 고유운동을 보이는 항성은 모두 468개였지. 아직 그 수치에 변화는 없나?"

"그렇네, 밀턴. 움직이는 별들은 아직 움직이고 있고, 다른 별들은 꼼짝도 안 하고 있다네."

"좋아, 그러면 내가 가지고 있는 목록이 맞는 셈이로군. 그중에서 이동 속도에 변화를 보이는 별은 없었나?"

"아니, 불가능한 일이 명백하지만, 전부 등속 운동을 하고 있다네. 자네 생각이라는 게 뭔가?"

"우선 내 가설을 확인해 봐야겠어. 뭔가 결과가 나오면 바로 전화를 하겠네." 물론 그는 자신의 약속을 잊어버렸다.

길고 고통스러운 작업이었다. 우선 큰곰자리와 사자자리 사이의 성도를 준비한 다음, 그 위로 이상 운동을 보이는 468개의 별의 경로를 직선으로 표시했다. 그리고 성도의 가장자리, 각각의 직선이 시작되는 부분에, 그는 각 별의 외견상 속도를 적어 넣었다. 시속 광년이 아니라 도 단위로, 소수점 아래 다섯 자리까지.

그리고 그는 생각을 시작했다.

"동시에 시작된 움직임이 동시에 끝난다고 가정해 보자고." 그는 이렇게 혼잣말을 했다. "그러면 시간을 추측해 보는 거야. 어디 내일 밤 10시로 해 볼까."

그는 작업을 한 다음 성도 위에 펼쳐진 별의 위치를 확인해 보았다. 아니었다.

오전 1시로 시도해 보았다. 이번에는… 뭔가 나오는 느낌이었다!

그럼 자정으로.

바로 이것이었다. 어쨌든 이 정도면 거의 흡사했다. 고작해야 몇 분 정도의 오차일 테고, 정확한 시간을 알아내는 일에는 아무런 의미도 없었다. 이런 믿을 수 없는 사실을 깨달은 상황에서는.

그는 다시 한 잔 들이켜고 우울한 얼굴로 성도를 바라보았다.

도서관에서 헤일 박사는 필요한 다음 정보를 찾아낼 수 있었다. 주소!

이렇게 해서 헤일 박사의 영웅적인 여정이 시작되었다. 물론 결국에는 쓸모없는 여정이기는 했지만, 적어도 영웅적이었다는 점만은 분명했다.

그는 우선 스카치부터 한 잔 걸쳤다. 그리고 암호를 알고 있다는 사실을 이용해, 대학 총장의 사무실 금고를 털었다. 금고에 남겨놓은 쪽지는 가히 간결함의 극치라 부를 만했다. 내용은 다음과 같았다.

'돈 가져갑니다. 설명은 나중에.'

그리고 그는 한 잔을 더 들이켠 다음 병을 주머니에 넣었다. 그는 밖으로 나가 택시를 불러 세운 다음, 안으로 들어갔다.

"어디로 모실까요, 손님?" 기사가 물었다.

헤일 박사는 주소를 말했다.

"프레몬트 가?" 기사가 말했다. "죄송합니다만 손님, 그게 어디인지 모르겠습니다."

"보스턴이오." 헤일 박사가 말했다. "미리 말했어야 했는데, 보스턴으로 가야 해요."

"보스턴? 그러니까, 매사추세츠 주 보스턴 말입니까? 여기서 가기에는 꽤 먼 것 같은데요."

"그러니까 즉시 출발하는 편이 좋을 겁니다." 헤일 박사는 논리정연하게 답변했다. 이어 재정적인 토의를 거치고 대학 금고에서 빌려온 돈의 힘으로 기사의 마음을 평온하게 만들어준 다음, 그들은 보스턴을 향해 출발했다.

3월치고는 지독하게 추운 날이었고, 택시의 히터는 그다지 만족스럽게 작동하지 않았다. 그러나 타탄 플레이드는 헤일 박사와 기사양쪽에 기대 이상의 효과를 보였다. 뉴 헤이븐에 도착할 즈음에는두 사람 모두 흘러간 옛 노래를 즐겁게 목청 높여 부르고 있었다.

"우리는 달려간다네, 끝없이 펼쳐진 그대의 황야로…" 두 사람의목소리가 차 안을 가득 메웠다.

진위 여부를 판단할 수 없는 한 애석한 보도에 따르면, 하트퍼드에서 헤일 박사가 창밖으로 몸을 내밀고는 심야 전차를 기다리는 한젊은 여성에게 보스턴으로 갈 생각이 없는지 물어봤다고 한다. 그러나 권유는 실패로 돌아간 모양이었다. 오전 5시에 보스턴의 프레몬트 가 614번지에 택시가 도착했을 때, 택시 안에는 헤일 박사와 기사밖에 타고 있지 않았기 때문이다.

헤일 박사는 차에서 내려 저택을 바라보았다. 백만장자의 소유물인지라, 저택을 둘러싼 높은 철제 울타리에는 전기 철조망까지 덧씌워져 있었다. 울타리 가운데 문은 잠겨 있었고, 초인종 따위도 보이지 않았다.

그러나 저택 건물은 인도에서 돌을 던지면 닿을 정도의 거리였고, 헤일 박사는 여기서 포기할 생각은 조금도 없었다. 그는 돌을 던졌다. 이어서 하나 더. 그리고 마침내 창문 하나를 깨뜨리는 데 성공했다.

잠깐 시간이 흐른 후, 한 사람이 창문으로 모습을 보였다. 헤일 박사는 그 남자가 집사일 거라 추측했다.

"나는 밀턴 헤일 박사요." 그가 소리쳤다. "러더퍼드 R. 스니블리 씨를 즉시 만나야 해요. 중요한 일입니다."

"스니블리 씨는 지금 출타중이십니다, 선생님." 집사가 말했다. "그리고 창문 말인데―"

"창문 따위는 얼어죽을." 헤일 박사가 소리쳤다. "스니블리 어디 있어?"

"낚시 여행을 가셨습니다."

"어디로?"

"그에 대한 정보는 알려주지 말라는 명령을 받았습니다."

아무래도 헤일 박사는 조금 취해 있었던 모양이다. "그래도 알려줘야 할걸. 미합중국 대통령의 이름으로 말이야." 그는 소리쳤다.

집사는 소리 내 웃었다. "대통령 각하께서 계시지는 않은 것 같습니다만."

"곧 보게 될 거야." 헤일이 말했다.

그는 다시 택시에 올라탔다. 기사는 잠들어 있었지만, 헤일이 그를 흔들어 깨웠다.

"백악관으로." 헤일 박사가 말했다.

"음?"

"워싱턴의 백악관 말입니다." 헤일 박사가 말했다. "서둘러요!" 그는 주머니에서 백 달러 지폐를 한 장 꺼냈다. 기사는 지폐를 물끄러미 보고는 신음 소리를 냈다. 그리고 받아 자기 주머니에 넣고는 시동을 걸었다.

눈이 조금씩 내리기 시작했다.

택시가 멀어져 가는 것을 보면서, 러더퍼드 R. 스니블리는 웃으면서 창가에서 물러났다. 스니블리 씨는 집사를 쓰지 않았다.

헤일 박사가 괴짜로 알려진 스니블리 씨의 괴벽에 대해 조금 더 잘 알고 있었더라면, 스니블리가 프레몬트 가 614번지의 저택에서 입주 하인을 두지 않고 홀로 산다는 사실도 알고 있었을 것이다. 매일 오전 10시가 되면 한 무리의 하인들이 저택으로 행진해 들어가서는 최대한 빨리 모든 일을 마친 다음, 정오가 되자마자 퇴근해 버렸다. 이 두 시간을 제외하면, 스니블리 씨는 오로지 홀로 사치를 만끽하며 살았다. 사회적 관계를 맺고 있는 사람도 거의 없었다.

미국 최고의 제조업체 중 하나를 경영하느라 보내는 하루 몇 시간 정도를 제외하면, 스니블리 씨의 시간은 오로지 혼자만의 것이었고, 그는 남은 시간의 대부분을 작업실에 틀어박혀 온갖 괴상한 도구를 만들며 보냈다.

스니블리는 딱 잘라 명령을 내리기만 하면 즉시 불붙은 시가를 대령하는 재떨이, 정말로 섬세하게 조율해서 스니블리가 스폰서를 하는 프로그램이 시작하면 자동으로 켜지고 끝나면 자동으로 꺼지는 라디오를 가지고 있었다. 안에 들어앉아 노래를 시작하면 오케스트라 규모로 반주를 넣어 주는 욕조, 삽입구에 책을 넣기만 하면 큰 소리로 읽어주는 기계도 있었다.

고독한 삶이었다는 것은 사실이지만, 온갖 물질적 편의로 가득하기는 했다. 괴팍한 것은 사실이지만, 1년에 4백만 달러를 벌어들이는 사람인 만큼 내키는 대로 괴짜로 살 수 있었다. 선적 사무원의 아들로 시작한 것치고는 나쁘지 않은 삶이었다.

스니블리 씨는 멀어져 가는 택시를 보며 가볍게 웃은 다음, 침대로 돌아와 근심 걱정 없이 다시 잠을 청했다.

"그래서 누군가 19시간 전에 알아채기는 한 모양이로군." 그는 생각했다. "뭐, 그렇다고 해서 딱히 달라질 것은 없겠지!"

어차피 그의 행동을 처벌할 수 있는 법은 존재하지도 않는다…

서점에서는 천문학 관련 서적이 기록적인 판매량을 보였다. 처음에는 무심했던 대중은 이제 이 문제에 깊이 관심을 쏟고 있었다. 심지어 뉴턴의 『프린키피아』의 곰팡내 나는 판본까지도 특가로 팔려나가고 있었다.

하늘의 새로운 장관에 대한 언급이 방송 주파수를 가득 메웠다. 물론 그 언급은 전문적, 심지어는 지적이라 할 만한 것도 되지 못했다. 그날 천문학자들은 대부분 잠들어 있었기 때문이다. 현상이 시작하고 나서 48시간 동안은 어떻게든 깨어 있었지만, 사흘째에 접어들자 다들 정신과 육체 모두 탈진해 버렸고, 별들 문제는 자기네들끼리 알아서 처리하라고 하고 자기네들은—별이 아니라 천문학자들 말이다—일단 수면을 취하는 쪽을 택했던 것이다.

온갖 방송국에서 그들 중 일부를 붙들어 강연을 시키려 제안을 했지만, 그들의 시도는 차라리 잊어버리는 쪽이 더 나을 끔찍한 결과만을 불러오고 말았다. KNB에서 방송을 하던 카버 블레이크 박사는 근지점과 원지점 사이에서 그대로 곯아떨어지고 말았던 것이다.

물리학자 역시 수요가 급등했다. 그러나 그중 가장 저명한 사람은 그대로 모습을 감추어버리고 말았다. 밀턴 헤일 박사의 실종에 대한 유일한 단서, 즉 '돈 가져갑니다. 설명은 나중에'라는 쪽지는 딱히 도움이 되지 않았다. 누나인 애거서는 최악의 사태를 걱정하기 시작했다.

사상 처음으로 천문학계의 뉴스가 신문의 헤드라인을 장식했다.

이른 아침부터 북부 대서양 연안 지대에서 눈이 내리기 시작했고, 이제 갈수록 눈발이 거세어지고 있었다. 코네티컷 주 워터버리 근처에 도착하자, 헤일 박사의 택시 기사는 점차 기력을 잃기 시작했다.

그는 애초에 보스턴까지 갔다가 쉬지도 않고 다시 워싱턴으로 가는 건 사람이 할 짓이 아니라고 생각하기 시작했다. 설령 백 달러를 받는다고 해도.

그것도 이런 눈보라가 몰아치는 속에서. 이제는 눈발 때문에 시계가 10미터 정도밖에 되지 않는 상황이었다. 물론 눈을 제대로 뜨고 있을 수 있다면 말이지만. 그의 승객은 뒷좌석에서 얌전히 잠들어 있었다. 어쩌면 여기서 잠시 멈춰서 한 시간 정도 잠을 청해도 눈치채지 못할 것이다. 딱 한 시간만. 저 사람은 알지도 못할 것이다. 애초에 정신이 나간 것이 분명해 보이지 않는가. 제정신인 사람이라면 비행기나 기차를 이용하지 않았겠는가?

물론 생각이 떠올랐더라면 헤일 박사도 그렇게 했을 것이다. 그러나 그는 별로 여행을 해 본 사람이 아니었고, 덤으로 타탄 플레이드의 영향도 있었다. 어딜 가든 택시가 제일 쉬운 방법이라고 생각했던 것이다. 표나 연착이나 역 따위를 걱정하지 않아도 되니까. 돈은 문제가 아니었고, 플레이드의 정신적 영향이 택시를 이용한 장거리 여행에 수반되는 인간 자원의 문제를 간과하게 만들었던 것이다.

몸이 거의 얼어버린 상태로 서 있는 택시에서 깨어났을 때에서야 인간 자원의 문제가 헤일 박사의 뇌리를 강타했다. 기사는 너무 깊이 잠들어 있어서 아무리 흔들어도 깨어날 기색도 보이지 않았다. 손목시계도 멈춰버렸기 때문에 지금 어디인지, 몇 시인지 알아낼 도리가 없었다.

불운하게도 그는 운전하는 법도 몰랐다. 그는 얼어 죽지 않기 위해 다시 한 잔을 홀짝인 다음 택시에서 나왔고, 그와 동시에 차 한 대가 멈추어 섰다.

경찰이었다. 단순한 경찰이 아니라, 백만 명 중에 하나 있을 만한 경찰이었다.

헤일은 눈보라에 맞서 손을 흔들며 소리를 쳤다.

"나는 헤일 박사입니다. 길을 잃었어요. 여기가 대체 어딥니까?"

"얼어 죽기 전에 들어와요." 경찰이 말했다. "혹시 밀턴 헤일 박사이신 겁니까?"

"그런데요."

"선생님 책은 전부 읽었습니다, 헤일 박사님." 경찰이 말했다. "취미로 물리학 공부를 하거든요. 항상 뵙고 싶었습니다. 양자의 수정값에 대해 질문을 드리고 싶었거든요."

"이건 생사가 달린 문제입니다." 헤일 박사가 말했다. "어서 가장 가까운 공항까지 데려다주실 수 있나요?"

"물론이죠, 헤일 박사님."

"그리고 그게— 저 택시 안에 기사가 있습니다. 도움을 청하지 않으면 그대로 얼어 죽고 말 거예요."

"제 경찰차 뒷좌석에 태우고 택시는 한쪽 길가로 옮겨다 놓지요. 나머지 조처는 나중에 해도 될 겁니다."

"제발 서둘러 주세요."

경찰은 그의 말에 따라 서둘렀다. 그는 차로 돌아와서 시동을 걸었다.

"양자의 수정값에 대해 말하자면." 헤일 박사는 이렇게 말문을 떼다가 이내 멈추어 버렸다.

헤일 박사는 완전히 곯아떨어졌다. 경찰은 워터버리 공항으로 차를 몰았다. 1960년대에서 70년대에 걸쳐 뉴욕 시티를 벗어나 북쪽으로 향한 인구 이동 덕분에 교통의 중심지가 된 세계 최대 규모의 공항 중 하나였다. 매표소 앞에 와서, 경찰은 부드럽게 헤일 박사를 흔들어 깨웠다.

"공항에 도착했습니다, 선생님." 그가 말했다.

헤일 박사는 말이 끝나기도 전에 차에서 내려 비틀거리며 건물로 들어갔다. 뒤를 돌아보며 "고맙습니다"라고 소리치고, 그러느라 거의 넘어질 뻔하면서.

활주로에 서 있는 성층권 항공기의 모터가 예열을 하며 돌아가는 소리가 그의 발걸음에 힘을 주었고, 그는 매표소 창구를 향해 달려갔다.

"저 비행기는 어디 가는 겁니까?" 그가 소리쳤다.

"워싱턴 특급입니다. 1분 안에 출발하는데요. 제시간에 탑승하기는 힘드실 것 같습니다만."

헤일 박사는 백 달러 지폐를 창구 안으로 밀어넣었다. "표 줘요." 그는 헐떡이며 말했다. "거스름돈은 가지시고."

그는 표를 들고 달려가서, 문이 닫히기 직전에 간신히 비행기에 올랐다. 여전히 표를 손에 쥔 채로, 그는 자리에 털썩 앉았다. 그리고 승무원이 눈보라 속 이륙을 대비해 안전띠를 둘러 주기도 전에 이미 깊이 잠들어 있었다.

아주 잠깐 후, 승무원이 그를 깨웠다. 승객들이 내리고 있었다.

헤일 박사는 서둘러 비행기에서 내린 다음, 활주로를 가로질러 공항 건물로 달려갔다. 커다란 시계를 보니 시간은 9시였고, '택시'라고 적힌 문으로 나가고 있자니 희열마저 느껴질 지경이었다.

그는 가장 가까운 택시에 올라탔다.

"백악관으로." 그는 기사에게 말했다. "얼마나 걸립니까?"

"10분이면 되지요."

헤일 박사는 안도의 한숨을 쉬고 쿠션에 몸을 묻었다. 이번에는 잠들지는 않았다. 완전히 정신이 말짱한 상태였다. 그러나 그는 사태를 설명할 말을 고르기 위해 눈을 감고 있었다.

"다 왔습니다, 손님."

헤일 박사는 기사에게 요금을 지불하고 서둘러 택시에서 내려 건물로 들어갔다. 그가 상상한 것과는 다른 모습이었지만, 어쨌든 프런트는 있었고, 그는 그쪽으로 향했다.

"대통령 각하를 만나야 합니다. 빨리요. 아주 중요한 일입니다."

"무슨 대통령이요?" 사무원은 눈살을 찌푸렸다.

헤일은 눈을 크게 떴다. "그야 당연히— 잠깐, 이 건물 뭡니까? 그리고 여긴 어디죠?"

사무원의 얼굴은 더한층 일그러졌다. "백악관 호텔입니다. 워싱턴 주 시애틀이고요."

헤일 박사는 졸도해 버렸다. 그리고 세 시간 후 병원에서 정신을 차렸다. 때는 이미 태평양 시간으로 자정이었다. 즉 동부 연안 시간으로는 새벽 3시였다는 뜻이다. 사실은 시애틀로 향하는 워싱턴 특급을 탔을 때 이미 워싱턴 D. C.와 보스턴은 자정이었던 것이다.

헤일 박사는 창가로 달려가 주먹을 쥐고 흔들었다. 양쪽 주먹을 모두 꾹 쥔 채로, 하늘을 향해서. 헛된 반항이었다.

그러나 다시 동부로 돌아와 보자면, 해질 무렵 눈보라는 잦아들어 옅은 안개만 남았다. 별에 관심이 생긴 대중은 기상청에 정신없이 전화를 걸어 안개가 언제 걷힐지를 문의하기 시작했다.

"바다에서 가벼운 바람이 불어올 겁니다." 이런 답변이 돌아왔다. "사실 지금 불기 시작하는 참이니, 한두 시간이면 안개는 전부 사라질 겁니다."

11시 15분이 되자 보스턴의 하늘은 활짝 개었다.

수천의 사람들이 매서운 추위를 무릅쓰고 밖으로 나와 이제 영원하지 않은 별의 행진을 올려다보고 있었다. 마치 엄청난 일이 곧 일어나기라도 할 것만 같았다.

그러다 어느 순간, 사람들이 웅성거리기 시작했다. 11시 45분이 되자 상황은 명백해졌고, 웅성거림은 잦아들었다가 이내 더 크게 일어나서, 자정이 다가올수록 더 커져만 갔다. 물론 예상대로 사람마다 제각기 다른 반응을 보이기는 했다. 웃음을 보이는 사람도, 분노를 보이는 사람도 있었다. 냉소를 곁들여 즐거워하는 사람도 있었고, 공포와 충격에 휩싸이는 사람도 있었다. 열광하는 사람마저 있었다.

이내 보스턴의 특정 구역에서, 프레몬트 가의 주소지를 아는 사람들을 중심으로 일련의 집합적 움직임이 발생했다. 사람과 차들과 대중교통이 한데 뒤얽혔다.

11시 55분에 러더퍼드 R. 스니블리는 저택에 홀로 앉아 있었다. 마지막 순간이 찾아와 작품이 완성된 다음에 하늘을 올려다볼 생각이었다.

모든 것이 잘되어 가고 있었다. 저택 밖에 모여든 사람들이 웅성거리는, 대부분 분노로 가득한 소리를 통해 그 사실을 확인할 수 있었다. 자신의 이름을 외치는 것이 들렸다.

소리에는 조금도 개의치 않은 채, 그는 시계의 열두 번째 종소리가 끝나기를 기다린 다음 발코니로 나섰다. 정말로 하늘을 바라보고 싶었지만, 그는 자신을 억누르고 우선 거리 쪽을 내려다보았다. 성난 군중이 정신없이 몰려들고 있었다. 그러나 스니블리에게는 모두 경멸스러워 보일 뿐이었다.

경찰차도 도착하고 있는 모양이었고, 그중 한 대에서 보스턴 시장이 내리는 것이 보였다. 경찰국장이 그와 함께 있었다. 하지만 그래 봤자 별 수 있겠는가? 이런 행동을 처벌할 수 있는 법이 있는 것도 아닌데.

궁극의 즐거움을 위해 충분히 기다렸다는 생각을 하면서, 그는 눈을 들어 고요한 하늘을 바라보았다. 그곳에 있었다. 468개의 밝은 별로 이루어진 글자가.

스니벨리

비누를

사용하세요

그러나 그의 만족감은 단 한순간으로 끝나버렸다. 그의 얼굴이 극도로 벌겋게 달아오르기 시작했다.

"이런 세상에! 스펠링이 틀렸잖아!" 스니블리 씨는 이렇게 말했다.

얼굴이 계속 벌겋게 달아오르던 그는 마침내 나무가 쓰러지듯이 뒤로, 창문 안쪽으로 쓰러져 버리고 말았다.

구급차가 쓰러진 거물을 인근 병원으로 후송했지만, 병원에 도착하자마자 뇌졸중으로 인한 사망 판정이 내려졌다.

그러나 스펠링이 틀렸든 어쨌든, 별들은 계속해서 그날 자정의 위치를 지켰다. 고유운동은 끝나고 별들은 다시 고정되었다. '스니벨리 비누를 사용하세요'라는 글자 모양 그대로!

물리학이나 천문학에 약간이라도 지식이 있는 사람들은 제각기 오만가지 해석을 쏟아냈지만, 그중에서 뉴욕 천문학회의 명예 회장인 웬델 메한이 내놓은 해석이 가장 명쾌한—또는 가장 진실에 가까운—것이었다.

"물론 이 현상은 굴절을 이용한 착시입니다." 메한 박사가 말했다. "인간이 만들어낼 수 있는 어떤 힘으로도 항성을 움직일 수는 없지요. 따라서 별들은 여전히 원래의 자리를 굳건히 지키고 있을 겁니다.

제 생각에 스니블리는 별의 빛을 굴절시키는 방법을 찾아낸 것 같습니다. 지구의 대기층 바로 위에서 굴절시켜 위치가 변한 것처럼 보이도록 하는 거겠지요. 아마 전자파나 그와 비슷한 복사파를 사용했을 겁니다. 지구상에 있는 하나의 전자파 발생 장치, 또는 468개의 발생 장치에서 고정 주파수를 쏘아 보냈겠지요. 어떤 방식을 사용했는지 명확하게 알 수는 없겠지만, 프리즘이나 중력으로도 빛을 휘게 할 수 있으니 전자파로도 가능하리라고 생각할 수 있을 겁니다.

스니블리가 위대한 과학자는 아니었던 만큼, 그의 발견은 논리보다는 경험에 의존한 것이었을 겁니다. 우연에 의한 발견이라는 거지요. 그의 발생 장치를 발견하더라도 현대 과학의 힘으로는 그 비밀을 밝혀내지 못할 수도 있습니다. 야만스러운 원주민이 라디오를 분해한다고 해도 그 작동 원리를 이해할 수 없는 것과 마찬가지로 말이지요.

제가 이런 주장을 하는 이유는 여기서 빛의 굴절이 4차원에서 일어나는 현상이 분명하기 때문입니다. 그렇지 않다면 이런 현상은 지구의 일부 지역에서만 관찰할 수 있었겠지요. 4차원에서 빛을 굴절시킬 경우에만…"

아직 한참 남았지만, 이 정도로 하고 마지막 문단으로 바로 넘어가는 편이 나을 듯싶다.

"이런 효과가 영구적일 리는 없습니다. 적어도 그 원인이 되는 전자파 발생 장치의 수명이 다하면 효과도 끝나겠지요. 곧 스니블리의 기계를 발견해서 전원을 내리게 될 것이고, 아니면 자기가 알아서 망가지거나 닳아 없어질 겁니다. 물론 부품으로 진공관을 사용했을 테니, 우리 라디오의 진공관처럼 언젠가는 터져 버리겠지요…"

메한 씨의 분석이 얼마나 훌륭했는지 확인된 것은 두 달하고도 여드레가 지난 다음이었다. 보스턴 전력 회사가 대금 체납 때문에 스니블리 저택에서 열 블록 떨어진 곳에 있는 웨스트 로저스 가 901번지의 어떤 주택의 전력 공급을 중단한 것이었다. 공급을 중단하자마자, 지구의 밤 쪽에서 별들이 즉시 원래 있던 위치로 돌아갔다는 흥분에 찬 보고가 들어오기 시작했다.

수사 결과에 따르면, 6개월 전 그 주택을 구입한 엘머 스미스라는 인물의 인상착의는 러더퍼드 R. 스니블리와 일치했다. 엘머 스미스와 러더퍼드 R. 스니블리가 동일인물이라는 점에는 의심의 여지가 없었다.

다락방에서 468개의 라디오 안테나가 복잡하게 뒤얽힌 전기 회로가 발견되었다. 모든 안테나의 길이가 서로 달랐고, 전부 다른 방향을 향하고 있었다. 안테나가 연결되어 있는 기계 자체는 어디서나 볼 수 있는 라디오 송출기보다 딱히 더 크지도 괴상하지도 않은 물건이었다. 게다가 전력 회사의 기록에 따르면, 딱히 더 많은 전기를 사용하는 물건도 아니었다.

미합중국 대통령의 특별 명령에 따라, 그 송출기는 내부 구조를 확인하지 않은 채로 파괴되었다. 이런 고압적인 지시에 대한 격렬한 항의가 사방에서 일어났다. 그러나 이미 송출기가 부서진 마당에 항의를 해 봤자 별 소용이 있을 리가 없었다.

결과적으로 심각한 악영향은 놀라울 정도로 거의 남지 않았다.

사람들은 전반적으로 별에 대해 더 많은 관심을 보이게 되었지만, 더 이상 예전만큼 신뢰를 보내지는 않았다.

로저 플러터는 유치장에서 풀려나 엘시와 결혼했다. 밀턴 헤일 박사는 시애틀이 마음에 들었는지 그곳에 정착하기로 했다. 애거서 누님으로부터 2천 마일 떨어진 곳에 오고 나서야 처음으로 누님에게 제대로 반항하기 시작한 셈이었다. 그의 삶은 한층 즐거워졌지만, 애석하게도 집필량은 줄어들 모양이었다.

생각하기에도 고통스러운 영향이 한 가지 더 남기는 했다. 고통스러운 이유는 바로 그것이 인류의 기초적인 지능에 대해 많은 것을 알려주기 때문이다. 어쩌면 과학계의 항의에도 불구하고 대통령의 특별 명령이 정당한 것이었음을 보여주는 증거가 될지도 모르겠다.

굴욕적이지만 동시에 많은 것을 깨우쳐 주는 일이다. 스니블리의 기계가 작동하고 있던 두 달 여드레 동안, 스니블리 비누의 판매량은 915퍼센트 상승했던 것이다! (1945)

노크
Knock

문장 두 개로 이루어진 짧고 훌륭한 공포 이야기가 하나 있다.

'지구 최후의 남자가 방 안에 홀로 앉아 있었다. 누군가 문을 두드리는 소리가 들렸다…'

문장 두 개와 생략을 위해 사용된 점 세 개뿐이다. 물론 여기서 공포를 불러오는 요소는 이야기 안에 존재하지 않는다. 생략된 부분 속에 암시되고 있는 것이다. 무엇이 문을 두드렸는가. 알 수 없는 존재와 마주하면 인간의 정신은 막연히 끔찍한 무언가를 그려내기 마련이다.

그러나 그 실제 정체는 그다지 끔찍하지 않았다.

지구 최후의 남자는 방 안에 홀로 앉아 있었다. 사실 엄밀히 말해 우주 최후의 남자라고 할 수도 있었을 것이다. 꽤나 기묘한 방이었다. 그는 방의 묘한 성질에 자극을 받아 방 안을 둘러보고 있었다. 그리고 그가 내린 결론은 두려운 것은 아니었다. 불쾌한 것이기는 했지만.

이틀 전 네이던 대학이 완전히 소멸되어 버리기 전까지 인류학 부

교수였던 월터 플렌은 쉽사리 겁을 먹는 사람이 아니었다. 물론 아무리 상상력을 펼쳐 보아도 주인공에 어울리는 사람도 아니었다. 왜소한 체구에 온화한 기질의 남자였다. 전반적으로 딱히 눈에 띄는 사람은 아니었고, 본인도 그 사실을 잘 알고 있었다.

지금 이 순간에 외모 때문에 걱정을 하는 것은 아니었다. 지금 당장은 그리 감정이랄 것이 남아 있지 않았다. 이틀 전 고작 한 시간 만에 인류가 멸종해 버렸다는 사실을 어렴풋이 깨닫고 있었으니까. 그 자신과 어딘가에 있을지 모르는 여자 한 사람만이 살아남은 것이다. 어차피 월터 플렌에게는 아무 상관없는 일이었다. 아마도 평생 그 여자는 만나지 못할 것이고, 그렇다고 해서 딱히 신경이 쓰이는 것도 아니었다.

1년 반 전에 마사가 죽은 이후로, 월터의 삶에서 여성은 그다지 큰 비중을 차지하지 않았다. 마사가 좋은 아내가 아니었다는 것은 아니다. 조금 쥐고 흔들려는 경향이 있기는 했지만. 그는 깊고 고요한 방식으로 마사를 사랑했다. 이제 마흔밖에 되지 않았고, 마사가 죽었을 때는 서른여덟 살이었지만, 그저… 그 이후로는 여자에 대해서 별로 생각을 하지 않았던 것이다. 그의 삶에서 가장 중요한 것은 책이었다. 그가 읽은 책, 그가 쓴 책. 이제 책을 쓰는 일에는 별 의미가 없겠지만, 남은 평생 책을 읽으며 보낼 수는 있을 터였다.

물론 말동무가 있으면 좋기야 하겠지만, 없어도 버틸 수는 있었다. 시간이 흐르고 나면 잔 한두 마리와 가볍게 어울릴 수 있을지도 모른다. 조금 상상하기 어려운 일이기는 했지만. 그들의 사고방식은 너무 이질적이라 제대로 된 토의가 가능한 공통된 주제를 찾는 일 자체를 상상할 수가 없었다. 다른 시각으로 보면 지성을 가지고 있다고 할 수도 있겠지만, 그건 개미도 마찬가지다. 인간은 개미와 의사소통을 이루지 못했다. 월터는 잔을 일종의 슈퍼 개미로 여겼다. 개미처럼 생기지는 않았지만. 그리고 그는 잔이 인류에 대해 가지는 인식이 인류의 평범한 개미에 대한 인식과 비슷하다는 느낌을 받았다. 그들이 지구에 한 짓이 인간이 개밋둑에 하는 짓과 흡사하다는 점을 볼 때 있음직한 일이었다. 그리고 수행에 있어서는 훨씬 능률적이었다.

그러나 그들은 책을 잔뜩 가져다주기는 했다. 원하는 것을 말하자마자 바로 가져다주다니, 나름 친절한 태도였다. 자신이 남은 평생을 이 방 안에서 홀로 보내게 될 것이라는 것을 깨닫자마자, 그는 책을 주문했다. 남은 평생, 또는 잔들의 묘한 표현 방식에 따르자면, 영―원―히.

뛰어난 정신 능력의 소유자조차도 그 나름의 괴벽이 있는 법이다. 그리고 잔은 두말할 나위 없이 뛰어난 정신의 소유자였다. 잔들은 몇 시간 만에 지구의 영어를 완벽하게 익혔지만, 언제나 음절을 하나씩 나누어 발음했다. 다시 이야기로 돌아가 보자.

누군가 문을 두드리는 소리가 들렸다.

이걸로 전부 말한 셈이다. 생략을 위해 사용한 점 세 개만 빼고 말이다. 그리고 이제 그 생략된 내용을 상세하게 기술하여, 나머지 내용이 그리 끔찍한 일이 아니었다는 사실을 보여줄 생각이다.

월터 플렌은 소리쳤다. "들어와요." 그리고 문이 열렸다. 물론 잔한 마리일 뿐이었다. 다른 잔들과 똑같은 생김새였다. 개체간의 차이가 있을 수도 있겠지만, 적어도 월터는 아직 발견하지 못했다. 키는 약 4피트에 지구상의 그 어떤 생물과도 비슷하지 않은 생김새였다. 그러니까, 잔들이 찾아오기 전에 지구에 있었던 생물 중에서 말이다.

월터가 말했다. "안녕, 조지." 잔들에게 이름이 없다는 사실을 알게 되자, 그는 모든 잔을 '조지'라고 부르기로 마음먹었다. 그들도 딱히 신경을 쓰지 않는 모양이었다.

잔이 말했다. "안-녕, 월-터." 문을 두드리고 인사를 하는 행동은 일종의 절차일 뿐이었다. 월터는 그대로 기다렸다.

"첫 번째. 지금부터 의자를 반대쪽으로 돌리고 앉아줄 수 있겠나."

월터가 말했다. "그럴 줄 알았지, 조지. 저쪽 벽면은 반대쪽에서는 투명하게 보이는 거지. 그렇지 않나?"

"그래, 투명하다."

월터는 한숨을 쉬었다. "그럴 줄 알았어. 평범하게 텅 빈 벽인데 그쪽에 붙어 있는 가구는 하나도 없으니까. 게다가 다른 벽들과는 다른 물질로 만들어져 있고. 만약 내가 계속 등을 돌리고 앉아 있으려 한다면 어떻게 할 건가? 죽일 건가? 그래줬으면 해서 묻는 건데."

"책들을 가져갈 거다."

"이거 꼼짝없이 당했군, 조지. 알았어, 앉아서 책을 읽을 때는 그쪽을 보도록 하지. 당신네 동물원에 나 말고 다른 동물이 몇 마리나 되는 건가?"

"이백열여섯 마리다."

월터는 고개를 저었다. "대단치는 않군, 조지. 마이너리그 급의 동물원이라도 그거보다는 많을 텐데. 아니, 그러니까, 많았을 텐데라고 해야겠지. 동물원이 남아 있을 경우의 이야기니까. 그럼 여기 우리들은 그냥 무작위로 고른 건가?"

"무작위 표본, 맞다. 모든 종을 포획하면 너무 많았을 것이다. 일백 종류의 동물에서 암수 각각 한 쌍씩이다."

"먹이는 뭘 주는 거지? 그러니까, 육식동물 말이야."

"우리가 사료를 만든다. 합성한다."

"멋지군. 그럼 식물은? 너희들이라면 식물도 수집을 해 놓았겠지?"

"진동으로 식물은 죽지 않는다. 식물은 그대로 자라고 있다."

"식물들에게는 잘된 일이군. 동물에게 한 것처럼 가혹하게 굴지는 않은 모양이야. 그래, 조지. 아까 '첫 번째'로 시작했지. 그렇다면 어딘가에 두 번째 지시사항이 숨어 있을 거라고 추측할 수 있는데. 말해 보지 그래?"

"이해가 되지 않는 일이 하나 있다. 다른 동물 두 마리가 잠들어서 일어나지 않는다. 차가워졌다."

"가장 정비가 잘된 동물원에서도 일어나는 일이야, 조지. 동물들이 죽었다는 것 말고는 별 문제 없는 일 같은데."

"죽어? 그 말은 정지했다는 뜻이다. 그러나 정지시킨 자는 아무도 없다. 둘 다 독방에 있었다."

월터는 잔을 물끄러미 바라보았다. "그러니까 조지, 너희는 자연적인 죽음이 뭔지 모른다는 건가?"

"죽음이란 살해를 당하여 생명이 정지하는 것을 의미한다."

월터 플렌은 눈을 깜빡였다. "너는 나이가 얼마나 되지, 조지?"

"십육— 이건 너희들이 이해하지 못하는 단어이다. 내가 태어난 이후로 너희 행성은 태양 주위를 7천 번밖에 돌지 않았다. 나는 아직 젊은 존재다."

월터는 가볍게 휘파람을 불었다. "요람의 아기로구먼." 그는 잠시 동안 열심히 머리를 굴렸다. "이거 봐, 조지. 지금 너희가 도착한 행성에 대해 한 가지 알아둘 게 있는데. 저 아래에는 너희 고향에는 없는 친구가 하나 있어. 수염을 기르고 커다란 낫과 모래시계를 든 늙은이인데, 너희들 진동으로도 죽지 않은 모양이거든."

"그는 무엇인가?"

"우리는 그자를 사신이라고 불러, 조지. 죽음의 노인이지. 우리 행성의 사람과 동물들은 죽음이라는 늙은이가 찾아와서 생명을 끝낼 때까지만 살거든."

"그가 동물 두 마리를 정지시킨 것인가? 더 많이 정지시키게 되나?"

월터는 대답을 하려고 입을 열었다가 다시 다물었다. 잔의 목소리를 들으니, 만약 표정을 알아볼 수 있는 얼굴이 달려 있었더라면 걱정에 찌푸린 얼굴이 되었을 것이라는 느낌이 들었기 때문이다.

"깨어나지 않는 그 동물들을 나한테 한번 보여보는 건 어때?" 월터가 물었다. "그러면 규칙을 어기는 건가?"

"따라와라." 잔이 말했다.

이게 두 번째 날 오후에 있었던 일이다. 다음 날 아침이 되자 잔들이 돌아왔다. 이번에는 여러 마리였다. 그들은 월터 플렌의 책과 가구들을 옮기기 시작했다. 일이 끝나자 이번에는 월터 자신을 옮겼다. 그는 100야드 떨어진 곳에 있는 훨씬 큰 방으로 들어가게 되었다.

이번에도 그는 자리에 앉아 기다렸다. 이번에 문에 노크 소리가 들렸을 때는 누가 온 것인지 짐작이 갔고, 따라서 그는 자리에서 일어나 정중하게 말했다. "들어오시죠."

잔 하나가 문을 열고는 비켜섰다. 여자가 문으로 들어왔다.

월터는 살짝 고개를 숙였다. "월터 플렌입니다. 조지가 제 이름을 일러주지 않았을 경우에 대비해 말하는 겁니다만. 조지는 예의를 차리려 하기는 해도 우리들의 습속을 모두 아는 게 아니라서요."

여자는 차분해 보이는 모습이었다. 월터는 그 사실에 마음이 가벼워졌다. 그녀가 말했다. "내 이름은 그레이스 에번스예요, 플렌 씨. 이게 대체 무슨 일이죠? 나를 왜 이리로 데려온 건가요?"

월터는 그녀의 말을 들으며 관찰을 하고 있었다. 거의 월터와 비슷할 정도로 키가 큰 여자였고, 몸매도 좋았다. 삼십대 초반 정도, 마사가 살아 있었을 때와 비슷한 나이대로 보였다. 마사에게서 좋아했던 점인 차분한 자신감을 갖추고 있었다. 항상 그 자신의 가벼운 무례함과 대조가 되어 보이기는 했지만. 사실 마사와 꽤나 닮은 여인이라고 생각하고 있었다.

"왜 우리를 이리 데려왔는지는 짐작하고 계실 거라고 생각하지만, 잠깐 시간을 돌려 보지요." 그가 말했다. "다른 사람들에게 무슨 일이 벌어졌는지는 알고 계시겠지요?"

"그러니까… 놈들이 모두를 죽였다는 말인 건가요?"

"그렇습니다. 부디 앉아 주시죠. 저들이 어떤 수단을 썼는지는 알고 계십니까?"

그녀는 가까운 곳의 안락의자에 몸을 던졌다. "아뇨." 그녀가 말했다. "짐작도 안 가네요. 사실 별로 중요한 이야기도 아니잖아요?"

"크게 중요하지는 않지요. 하지만 제가 저들 중 하나와 대화를 나누어 정보를 알아낸 다음, 나름 그 내용을 짜맞춰 유추한 내용은 다음과 같습니다. 저들의 수는 그리 많지 않아요— 적어도 이곳에는. 저들이 온 곳에 얼마나 많은 수가 있는지, 또는 그곳이 어디인지는 알 수가 없지만, 제 짐작으로는 우리 태양계 밖일 것 같습니다. 저들이 타고 온 우주선을 보셨습니까?"

"그래요. 산처럼 크던데요."

"거의 그 정도 크기죠. 어쨌든, 우주선에는 일종의 진동을 일으키는 장치가 실려 있습니다… 저들은 우리 언어로 '진동'이라고 부르지만, 제가 보기에는 음파의 진동보다는 전자파가 아닐까 싶군요. 그 진동은 모든 동물의 생명을 앗아갑니다. 우주선에는 그 진동에 대한 방어 장치가 있고요. 그 사정거리가 행성을 한 번에 감쌀 정도가 되는지, 아니면 지구 주변을 돌면서 진동파를 계속 내보낸 것인지는 알 수가 없습니다. 하지만 그 진동이 모두를 한순간에 죽여 버렸습니다. 고통이 없었기를 바랄 뿐입니다. 우리와 그 외의 2백여 마리 동물들이 여기 동물원에 살아남아 있는 이유는 우리가 우주선 안에 있기 때문입니다. 우리는 견본으로 채집된 셈이니까요. 이곳이 동물원이라는 사실은 알고 있겠지요?"

"그… 그럴 것이라 짐작은 했어요."

"이쪽 정면의 벽은 외부에서 보기에는 투명합니다. 잔들은 사각형 우리를 그 안의 생물의 생태 환경과 유사하도록 훌륭하게 꾸며 놓았어요. 이 사각형 우리는 플라스틱으로 되어 있고, 기계로 10분에 하나씩 찍어낼 수가 있습니다. 지구에 이런 기계와 기술이 있었더라면 주택 부족 사태는 벌어지지 않겠지요. 글쎄요, 이제는 주택 부족 사태 따위 일어날 리가 없지만 말입니다. 게다가 이제 인류는—정확하게 말하자면 당신과 나는—수소폭탄이나 다음 세계대전 따위는 걱정할 필요도 없을 것 같군요. 이 잔이라는 친구들은 확실히 수많은 문제를 거뜬히 해결해 줬습니다."

그레이스 에번스는 희미하게 웃음을 지었다. "수술은 성공했지만 환자는 사망한 좋은 사례가 하나 더 생긴 셈이네요. 실제로 상황이 아주 엉망이기는 했죠. 잡혔을 때 기억이 나세요? 나는 기억이 안 나요. 잠들었다 일어나보니 이 우주선의 우리 안에 있었죠."

"저도 기억이 나지 않는군요." 월터가 말했다. "제 생각에는 처음에는 전자파를 약하게 발사해서 우리 모두를 기절시키기만 한 것 같습니다. 그런 다음에는 유유히 돌아다니며 동물원에 필요한 만큼의 동물을 무작위로 채집한 거지요. 자기네한테 필요한, 또는 우주선의 공간이 허용하는 수를 전부 채운 다음에는 그대로 출력을 최대로 올려버린 겁니다. 그걸로 모두 끝난 거지요. 그리고 어제가 되어서야 자기네가 우리를 과대평가했다는 사실을 깨달은 겁니다. 저들은 우리가 자신들처럼 불사의 몸이라고 생각했거든요."

"우리가… 뭐라고요?"

"저들은 살해당할 수는 있지만, 자연적인 죽음이 무엇인지는 모릅니다. 적어도 어제까지는 그랬죠. 어제 우리들 중에서 둘이 죽어버렸거든요."

"우리들 중이라니… 아!"

"그래요, 저들의 동물원에 있는 우리 동물 중 두 마리가 말입니다. 두 종의 동물이 영원히 사라져 버리게 된 겁니다. 그리고 잔이 시간을 헤아리는 방식으로 생각해 보면, 각 동물 종은 그들의 시간으로 고작 몇 분밖에 살지 못하는 겁니다. 자기네들은 영구적인 표본을 채집했다고 생각했겠지요."

"우리가 얼마나 짧은 생명을 가진 존재인지 이해하지 못했다는 건가요?"

"바로 그겁니다." 월터가 말했다. "그들 중 하나는 7천 살인데 아직 젊은이라고 내게 말했습니다. 자웅동체이기는 하지만 아마 1만 년 주기로 생식을 할 겁니다. 어제 지구의 생물들이 얼마나 짧은 삶을 가진 존재인지를 알고 나서, 아마 영혼의 근본까지 충격을 받았을 겁니다. 저들에게 영혼이라는 게 있다면 말이지만요. 어쨌든 그래서 저들은 동물원의 구조를 변경하기로 한 겁니다. 하나씩이 아니라 둘씩 짝지어 수용하는 쪽으로요. 개체 단위로 오래 생존할 수 없다면 적어도 종이라는 단위가 더 오래 보존되는 쪽을 택한 거지요."

"아!" 그레이스 에번스는 살짝 얼굴을 붉히며 자리에서 일어섰다. "설마 당신… 설마 저들이…" 그녀는 문 쪽을 향해 돌아섰다.

"잠겨 있을 겁니다." 월터 플렌은 차분하게 말했다. "하지만 걱정하지 마시죠. 저들은 그런 생각을 할지도 모르지만, 저는 아닙니다. 제가 지구 최후의 남자라고 해도 저를 선택하지 않을 거라고 군이 입밖에 내어 말씀하실 필요도 없습니다. 이런 상황에서 그런 진부한 짓거리를 하고 싶지는 않군요."

"하지만 이렇게 작은 방에 우리 둘을 함께 넣어둘 생각인 걸까요?"

"그리 좁지는 않습니다. 어떻게든 해 나갈 수 있겠지요. 저기 과도하게 푹신한 의자에서라면 충분히 잠을 청할 수 있습니다. 그리고 제가 그쪽과 완벽하게 똑같은 의견이라는 사실을 알아주셨으면 합니다. 개인적인 문제는 차치하고라도, 인류를 위해 우리가 할 수 있는 최소한의 기여는 동물원의 구경거리로 전락하는 것이 아니라, 그대로 우리 대에서 인류라는 종이 사멸되도록 하는 것일 테니까요."

"그거 고맙군요." 그녀는 거의 들릴락 말락 한 소리로 말했다. 얼굴의 홍조는 사라져 있었다. 눈에는 분노가 서려 있었지만, 월터는 그 분노가 자신을 향한 것이 아니라는 사실을 알고 있었다. 저렇게 눈을 빛내고 있으니 꽤나 마사와 비슷해 보인다는 생각이 들었다.

월터는 그녀를 향해 웃으며 덧붙였다. "물론 당신 쪽에서 생각이 다르다면야—"

그녀는 자리에서 벌떡 몸을 일으켰고, 그는 순간 그녀가 다가와서 뺨을 때릴 것이라 생각했다. 그러나 그녀는 지친 표정으로 다시 의자에 주저앉았다. "당신도 남자라면 뭔가 방법을… 생각했겠죠? 놈들도 죽기는 한다고 했잖아요?" 그녀의 목소리에는 분노가 서려 있었다.

"잔 말입니까? 아, 물론이죠. 지금까지 그들을 연구해 왔습니다. 외형은 끔찍할 정도로 우리와 다르지만, 제가 보기에는 거의 비슷한 신진대사, 동일한 형태의 순환계, 그리고 아마 동일한 형태의 소화기관을 가지고 있다고 생각합니다. 따라서 우리를 죽일 수 있는 수단이라면 놈들도 죽일 수 있겠지요."

"하지만 당신은—"

"아, 물론 차이점도 존재하지요. 그들에게는 인간에게 노화를 일으키는 요소가 존재하지 않습니다. 아니면 인간에게는 없는 분비선이 있어서, 거기서 세포를 재활성시키는 뭔가가 나오는 걸지도 모르지요. 적어도 7년에 한 번보다는 더 많이 말입니다."

그녀는 이제 분노를 잊어버린 모양이었다. 그녀는 몸을 가까이 숙이며 말했다. "그 말이 맞는 것 같네요. 하지만 놈들은 고통을 느끼지는 못하는 것 같아요."

그가 원하던 단서였다. "그렇게 생각하는 이유가 뭐지요?"

"내 감방의 책상에서 찾아낸 철사 조각을 곧게 펴서 문 아래에 고정시켜 놓았거든요. 걸려서 넘어지라고요. 그래서 넘어졌는데, 철사에 다리가 베인 거예요."

"붉은 피가 나오던가요?"

"그랬어요. 하지만 조금도 신경을 쓰지 않는 모습이었어요. 화도 내지 않고, 딱히 언급을 하지도 않고, 그냥 철사를 치우기만 하더라고요. 몇 시간 후에 다시 들어왔을 때는 상처도 사라져 있었어요. 아니, 거의 사라져 있었다고 할까요. 동일한 자라는 것을 알 수 있을 정도로 흉터가 남아 있었거든요."

월터 플렌은 천천히 고개를 끄덕였다. "물론 화를 낼 수는 없을 겁니다. 저들에게는 감정이 없으니까요. 우리가 한 마리를 죽이더라도 벌을 내리지도 않을 겁니다. 그저 쪽문으로 음식을 넣어주면서 가까이 가지 않으려 하겠지요. 동물원에서 사육사를 죽인 짐승을 다루듯할 겁니다. 그저 다른 사육사에게 덤벼들지 못하게만 해 놓겠지요."

"놈들이 몇 마리나 있을까요?"

월터가 말했다. "아마 이 우주선에는 2백 마리 정도가 있을 겁니다. 하지만 분명 저들의 고향에는 더 많은 수가 있겠지요. 제 짐작으로는 이 우주선은 잔들이 살 수 있도록 행성을 청소하기 위해 도착한 선발대일 뿐일 것 같습니다."

"정말로 청소 한 번 끝내주게 하기는 했—"

누군가 문을 두드렸고, 월터 플렌은 소리쳤다. "들어오세요." 잔 한 마리가 문을 열고 문가에 섰다.

"안녕, 조지." 월터가 말했다.

"안녕, 월터." 같은 방식의 인사였다. 같은 개체일까?

"무슨 이유로 온 거지?"

"다른 생물이 잠들어 일어나지 않는다. 족제비라고 부르는 털북숭이 생물이다."

월터는 어깨를 으쓱했다. "어쩔 수 없는 일이라고, 조지. 사신 노친네야. 그 사람에 대해서는 이야기해 줬잖아."

"더 끔찍하다. 잔이 하나 죽었다. 오늘 아침에."

"그게 더 나쁜 건가?" 월터는 아무렇지도 않은 표정으로 그를 바라보았다. "이봐, 조지, 이 동네에 머물 생각이면 그런 일에 익숙해져야 할 텐데."

잔은 아무 말도 하지 않고 그대로 그 자리에 서 있었다.

마침내 월터가 먼저 입을 열었다. "그래서?"

"그 족제비에 대해서도. 같은 일을 하는 편이 좋은가?"

월터는 어깨를 으쓱했다. "아마 별 소용없을 거야. 하지만 나쁠 건 없겠지?"

잔은 자리를 떠났다.

월터는 멀어져 가는 잔의 발소리에 귀를 기울이다가, 이내 웃음을 지었다. "어쩌면 먹힐지도 모르겠어, 마사."

"마사라니… 내 이름은 그레이스인데요, 플렌 씨. 뭐가 먹힌다는 거죠?"

"내 이름은 월터입니다, 그레이스. 서로 익숙해지는 편이 좋지 않겠습니까. 그게, 그레이스, 당신을 보고 있으면 마사 생각이 많이 납니다. 아내였지요. 2년쯤 전에 죽었습니다."

"유감이네요. 하지만 뭐가 먹힌다는 거죠? 잔 놈들한테 뭐라고 말해 준 거예요?"

"내일이면 알게 될 겁니다." 월터가 말했다. 그리고 그레이스는 그로부터 한마디도 더 끌어낼 수가 없었다.

잔에게 사로잡혀 지낸 지 사흘째 되는 날이었다. 그다음 날이 마지막 날이 되었다.

거의 정오가 되어 잔 한 마리가 방으로 들어왔다. 예식을 거친 후, 그는 문가에서 그 어느 때보다 이질적인 모습으로 서 있었다. 그 모습을 자세히 묘사할 수 있다면 참으로 흥미롭겠지만, 애석하게도 그럴 만한 단어가 존재하지 않는다. 그가 말했다. "우리 간다. 회의를 해서 결정을 내렸다."

"한 명이 더 죽었나?"

"어젯밤이었다. 이곳은 죽음의 행성이다."

월터는 고개를 끄덕였다. "너희도 꽤나 기여를 했지. 우리 말고 213마리의 동물을 남겨 놓고 가지만, 수십억을 죽였잖나. 너무 빨리 돌아오지 말라고."

"우리가 할 수 있는 일이 없나?"

"있지. 빨리 가 버려. 그리고 우리 방문은 열어놔도 되지만, 다른 녀석들 문은 잠가 놔. 우리가 다른 녀석들을 돌볼 테니까."

잔은 고개를 끄덕이고 자리를 떠났다.

그레이스 에번스는 눈을 빛내며 자리에 서 있었다. 그녀가 물었다. "어떻게─? 무슨─?"

"기다려요." 월터가 주의를 주었다. "저들이 떠나는 로켓 분사음을 들어야 합니다. 잘 듣고 기억하고 싶은 소리니까요."

그 소리는 몇 분 안에 들려왔다. 그리고 월터 플렌은 지금까지 자신이 얼마나 긴장하고 있었는지를 깨달으며 그대로 의자에 주저앉았다.

그는 나직한 소리로 말했다. "그레이스, 에덴동산에 있던 뱀은 우리에게 골칫거리만 안겨줬지요. 하지만 이곳의 뱀은 우리를 구원하고 문제를 해결해 줬습니다. 그저께 죽은 뱀의 배우자를 말하는 겁니다. 방울뱀이었거든요."

"방울뱀이 잔 두 마리를 죽였다는 건가요? 하지만 ─"

월터는 고개를 끄덕였다. "그래요, 뱀이 범인이었습니다. 처음에 '잠들어서 일어나지 않는' 동물들을 보니 그중 하나가 방울뱀이더라고요. 그걸 보고 착안한 겁니다. 어쩌면 독을 가진 생물 자체가 지구에만 있는 독특한 존재이며, 잔에게는 낯선 존재일 수도 있다는 생각을 한 거죠. 또한 우리와 신진대사가 유사하니 독에 당할지도 모르지 않습니까. 어차피 시도해 본다고 해서 잃을 것도 없으니까요.

그리고 두 가지 가정 모두 옳은 것으로 밝혀진 겁니다."

"어떻게 살아 있는 방울뱀을—"

월터 플렌은 웃음을 지었다. "애정이라는 개념을 설명했지만, 이해하지를 못하더군요. 하지만 남은 한쪽의 생물을 최대한 오래 보존해서, 죽기 전에 사진을 찍고 녹음을 하는 일에는 관심이 있었습니다. 그래서 짝을 잃었으니 다른 쪽도 즉시 죽을 것이라고 대답해 주었지요. 계속해서 애정을 담아 쓰다듬어주지 않으면 말입니다.

그리고 짝을 잃은 다른 동물인 오리를 이용해서 그 방법을 보여주었지요. 다행히도 집오리라 가슴팍에 안고 쓰다듬는 법을 시연해 줄 수 있었습니다. 그런 다음에 나머지 업무를 넘겼지요. 방울뱀도 함께요."

그는 자리에서 일어나 기지개를 펴고, 조금 더 편한 자세로 다시 의자에 앉았다. "자, 이제 우리 세계를 계획해야겠군요. 방주에서 동물들을 내보내야 하는데, 몇 가지 고려한 다음에 결단을 내려야 할 겁니다. 야생 초식동물들은 바로 내보내서 운에 맡기고 살아가게 하면 되겠지요. 가축은 그대로 우리가 돌보는 편이 좋을 겁니다. 필요하게 될 테니까요. 하지만 육식동물, 포식자의 경우에는… 결단을 내려야겠지요. 하지만 유감스럽게도 결국 죽음을 주게 될 것 같군요. 저들이 합성 식품을 만들 때 사용했던 기계를 찾아서 작동시킬 수 없다면 말입니다."

그는 그녀를 바라보았다. "그리고 인류 문제도 있지요. 그쪽 문제도 결정을 내려야 합니다. 꽤나 중요한 결정이죠."

어제와 마찬가지로 그녀의 얼굴이 다시 살짝 달아올랐다. 그녀는 의자에 꼿꼿이 앉아 있었다. "안 돼요." 그녀가 말했다.

그는 그녀의 말을 듣지 못한 모양이었다. "승자는 없지만 괜찮은 경주였지요. 이제 우리가 마음만 먹으면 처음부터 다시 시작하게 될 겁니다. 안정될 때까지 한동안은 후퇴하겠지만, 책을 모으면 대부분의 지식을 보존할 수 있을 겁니다. 적어도 중요한 것들은요. 우리는―"

그녀가 자리에서 일어나 문으로 가는 모습을 보며, 그는 말을 멈췄다. 사귈 때, 결혼하기 전에 마사가 했음직한 일이라고, 그는 생각했다.

"천천히 시간을 들여 잘 생각해 봐요. 돌아오는 걸 잊지 말고."

문이 쾅 하고 닫혔다. 그는 해야 할 온갖 일들을 생각하며 그대로 앉아서 기다렸다. 일단 시작할 경우의 일이지만. 하지만 서두를 필요는 없었다.

그리고 잠시 후, 그녀의 머뭇거리는 발소리가 돌아오는 것이 들렸다.

그는 슬쩍 웃음을 지었다. 내 말이 맞지 않는가? 별로 끔찍한 이야기는 아니라고.

지구 최후의 남자가 방 안에 홀로 앉아 있었다. 문 두드리는 소리가 들렸다…(1948)

모든 선량한 벌레눈 괴물들이
All Good Bems

안드로메다 II에서 온 우주선이 강력한 힘에 휘말려 팽이처럼 회전했다. 조종석에 고정되어 있는 다섯 팔 안드로메다인은 머리 하나에 달린 세 개의 툭 튀어나온 눈을 돌리며 우주선 곳곳의 좌석에 안전장치로 묶여 있는 네 명의 다른 안드로메다인들을 바라보았다. *"거친 착륙이 될 거야."* 그 말대로였다.

엘모 스콧은 타자기의 탭 키를 누르고, 용지걸이가 원래 위치로 돌아가며 나는 종소리에 귀를 기울였다. 괜찮은 소리라는 느낌에 한 번 더 해 보았다. 물론 아직 종이 위에는 단 한 글자도 찍히지 않은 상태였다.

그는 다시 담배에 불을 붙이고 물끄러미 들여다보았다. 그러니까, 담배가 아니라 종이를 말이다. 아직도 종이 위에는 어떤 글자도 찍히지 않은 상태였다.

그는 의자를 뒤로 기울이고 고개를 돌려 깔개의 수학적 중심에 정확하게 엎드려 있는 검은색과 갈색 점박이 무늬의 늘씬한 도베르만 핀처를 바라보았다. "이 운 좋은 녀석." 도베르만은 뭉툭한 꼬리를 흔들 뿐, 딱히 다른 반응을 보이지는 않았다.

엘모 스콧은 다시 종이를 바라보았다. 아직도 아무것도 적혀 있지 않았다. 그는 키보드 위에 손가락을 올리고 이렇게 쳤다. '지금이야말로 모든 선량한 사람들이 그들을 도우러 모일 때이다.' 그는 자기가 쓴 글자를 물끄러미 바라보다가, 아주 희미한 아이디어의 숨결이 자기 볼을 스치고 지나가는 것을 느꼈다.

그는 "투츠!" 하고 소리쳤고, 푸른색 격자무늬 치마를 입은 작고 귀여운 갈색머리 여성이 부엌에서 나와서 그의 옆에 섰다. 그는 여자의 허리에 팔을 두르며 말했다. "아이디어가 하나 떠올랐어."

그녀는 타자기의 종이에 적힌 글귀를 읽었다. "지난 사흘 동안 당신이 쓴 글 중에서 가장 좋은 것 같네요. 〈다이제스트〉 지 구독 연장 요청서만 빼면 말이에요. 그쪽이 더 나았던 것 같은데."

"그 귀여운 입 좀 다물어 봐." 엘모가 말했다. "지금 이 문장을 어떻게 바꿀 건지를 말하려고 한 거라고. 이제 이 문장에서 딱 한 단어만 고쳐서 과학소설 플롯으로 바꿔 놓을 테니까. 실패할 리가 없어. 잘 보라고."

그는 아내의 허리를 두르고 있던 팔을 빼서는 첫 문장 아래에 이렇게 썼다. '지금이야말로 모든 선량한 벌레눈 괴물들이 그들을 도우러 모일 때이다.' 그리고 그는 말했다. "무슨 생각인지 알겠지, 투츠? 벌써 과학소설의 느낌이 딱 나잖아. 우리 친숙한 벌레눈 괴물 말이야. 줄여서 벰(Bem: Bug-eyed monster)이라고 할까. 그럼 다음 단계로 가 보지."

그는 첫 문장과 두 번째 문장 아래에 이렇게 썼다. '지금이야말로 모든 선량한 벌레눈 괴물들이―' 그는 종이를 물끄러미 바라보았다. "어느 쪽으로 할까, 투츠? '은하'랑 '우주' 중에서?"

"당신이 알아서 하는 편이 나을 것 같은데요. 그 단편을 마무리 지어서 2주 안에 보수가 들어오지 않으면, 우린 이 오두막집을 잃고 도시까지 걸어서 돌아가는 신세가 될 거예요. 그리고 당신은 전업 작가를 관두고 신문사로 돌아가야 할 테고―"

"그만하라고, 투츠. 나도 다 안다고. 너무 잘 알지."

"안다고 달라질 건 없어요, 엘모. 이렇게 하는 건 어때요. '지금이 야말로 모든 선량한 벌레눈 괴물들이 엘모 스콧을 돕기 위해 모일 때이다.'"

깔개 위의 커다란 도베르만이 몸을 뒤척이고는, 이렇게 말했다. "그럴 필요 없어요."

인간 두 명의 머리가 개를 향해 휙 돌아갔다.

작은 갈색머리 여자가 가녀린 발을 굴렀다. "엘모! 그런 장난이나 치고. 글 쓰는 시간을 전부 그런 식으로 낭비해 버린 거로군요. 복화술 따위나 배우고!"

"아니에요, 투츠." 개가 말했다. "그런 게 아닙니다."

"엘모! 당신 어떻게 저 아이의 입을 움직이게 만든―" 그녀는 개의 얼굴에서 엘모의 얼굴로 시선을 옮기다가 말을 멈추었다. 엘모 스콧이 공포에 질려 뻣뻣하게 굳어버린 것이 아니라면 모리스 에번스보다 더 훌륭한 배우임이 분명했기 때문이다. 그녀는 다시 "엘모!"라고 말했지만, 이번에는 겁에 질린 나직한 비명 쪽에 가까운 목소리였다. 또한 발을 구르는 대신 그대로 남편의 무릎 위로 쓰러졌고, 엘모가 붙들지 않았더라면 그대로 바닥으로 고꾸라져 버렸을 것이다.

"겁먹지 말아요, 투츠." 개가 말했다.

약간의 이성을 되찾은 엘모 스콧이 말했다. "네가 뭔지는 몰라도, 내 아내를 투츠라고 부르지 마. 이 사람 이름은 도로시야."

"하지만 당신은 투츠라고 부르잖아요."

"그건— 그건 경우가 다르지."

"그런 모양이로군요." 개가 말했다. 웃는 것처럼 입술이 위로 말려 올라간 채였다. "'아내'라는 단어를 사용할 때 당신의 마음속에 떠오른 개념은 제법 흥미로웠어요. 그렇다면 이 행성에는 두 가지의 성별이 존재하는 모양이로군요."

엘모가 말했다. "우리 행성에는… 어, 잠깐. 지금 무슨 소리를 하는 거야?"

"우리 안드로메다 II에는 성별이 다섯 가지가 있거든요. 하지만 우리 종족은 고도로 발전한 종족이지요. 당신들은 고도로 원시적인 종족이고요. 당신들의 언어에는 혼란스러운 함축적 요소가 아주 많아요. 논리적이지 못하죠. 보아하니 아직 두 가지 성별을 가지고 있는 모양이니 별 수 있겠어요. 단성 존재였던 시기에서 얼마나 흐른 거죠? 그런 적 없었다고 부인할 생각은 말아요. 당신 정신 속에서 '아메바'라는 단어를 읽을 수 있으니까."

"내 마음을 읽을 수 있다면 내가 왜 말을 해야 하는 거지?"

"투츠— 아니, 도로시 생각도 해야죠." 개가 말했다. "당신 둘 사이에는 정신 감응이 없으니까 셋이서 대화를 나눌 수가 없잖아요. 게다가 조금만 있으면 우리 쪽 동료들이 대화에 참여할 거라서요. 동료들을 불렀거든요." 개는 다시 소리 내 웃었다. "어떤 형태로 나타나든 너무 놀라지 말도록 해요. 다들 그저 '벰'일 뿐이거든요."

"벰?" 도로시가 물었다. "그러니까, 버, 벌레눈 괴물을 말하는 거야? 엘모가 벰이라고 쓰면 그런 뜻이겠지만, 너는—"

"그런 존재가 맞아요." 개가 말했다. "물론 당신들은 실제 나를 보는 게 아니지만요. 우리 동료들도 실제 모습으로 보지는 못할 테고요. 다들 나처럼 낮은 지능을 가진 생명체들의 몸을 움직이고 있을 뿐이거든요. 우리의 원래 몸이라면 분명 벰이라고 생각하게 될 거예요. 사지가 다섯 개에 머리가 두 개고, 머리 하나마다 촉수눈이 세 개씩 달려 있거든요."

"너희 진짜 몸은 어디 있는데?" 엘모가 물었다.

"전부 죽었어요. 잠깐, 그 단어가 내 생각보다 더 큰 의미를 가지는 모양이네요. 지금 당장은 들어갈 수가 없어서 가사 상태에 있고, 수리가 필요할 뿐이에요. 이쪽 우주에서 행성에, 그러니까 이 행성에 너무 가까운 곳으로 워프해 나오는 바람에 우주선 동체가 융합되어 버렸어요. 그래서 조난을 당한 거죠."

"어디? 그러니까 이 근처에 진짜 우주선이 있단 소리야? 어디에?" 개에게 질문을 던지는 엘모는 거의 눈이 튀어나올 듯한 표정이었다.

"그건 당신이 신경 쓸 일이 아니에요, 지구인 양반. 당신들이 그걸 찾아내서 분석하면 결국 준비도 되지 않은 우주여행 기술을 손에 넣을 뿐 아니겠어요. 그러면 우주 전체의 계획이 어그러질 거예요." 그가 으르렁거렸다. "지금도 우주 전쟁은 충분히 많거든요. 우리는 베텔기우스 인의 함대에서 도망치다가 당신네 우주로 워프해 들어온 거예요."

"엘모." 도로시가 물었다. "베텔 뭐시기가 이 이야기랑 무슨 상관이 있는 거예요? 그런 이야기가 나오지 않아도 충분히 미쳐 돌아가는 것 같은데요?"

"아니, 아직 부족한 모양이야." 엘모는 체념한 듯 말했다. 바로 그 순간, 칸막이문 아래의 구멍으로 다람쥐 한 마리가 비집고 들어왔기 때문이다.

다람쥐가 말했다. "어이 칭구들, 안녕이야. 칭구들한테 말은 다 했는지 몰겠는뎅, 1호."

"무슨 뜻인지 알겠지?" 엘모가 말했다.

"전부 괜찮아요, 4호." 도베르만이 말했다. "이 사람들은 우리 목적에 완벽하게 도움이 될 겁니다. 엘모 스콧과 도로시 스콧이에요, 인사하세요. 투츠라고 부르지는 말고요."

"예써, 예썸. 만나서 찡하게 반갑구만용."

도베르만이 다시 웃으며 입술을 말아 올렸다. 이번에는 의심할 여지가 없었다.

"아무래도 4호의 억양에 대해 설명을 해야 할 것 같군요." 그가 말했다. "우리는 서로 흩어져 각자 지능이 낮은 생명체에 들어간 다음, 그 지점에서 행성을 지배하는 종족의 일원과 접촉을 했습니다. 그들의 정신으로부터 언어와 지능 단계와 상상력의 척도를 확인한 거지요. 당신의 반응을 보니 4호는 당신들과 살짝 다른 언어를 사용하는 정신으로부터 언어를 배운 것 같네요."

"당빠 그랬쭁." 다람쥐가 말했다.

엘모는 살짝 몸을 떨었다. "딱히 권하는 것은 아니지만, 왜 바로 지능이 높은 생물을 조종하지 않은 건지가 궁금한데."

도베르만은 충격을 받은 표정이 되었다. 엘모는 개가 놀란 표정을 지을 수 있는지조차 알지 못했지만, 이 녀석은 어떻게든 그 일을 해내 보였다.

그는 단호하게 말했다. "상상조차 할 수 없는 일이에요. 우주의 도덕률은 4레벨을 넘는 지능을 가진 존재의 정신을 조종하는 것을 금지합니다. 우리 안드로메다인들은 23레벨이고, 당신들 지구인들은—"

"잠깐!" 엘모가 말했다. "말해 주지 마. 열등감으로 콤플렉스가 생길지도 모르니까. 그럴 수도 있겠지?"

"완전 그럴 것 같은데용." 다람쥐가 말했다.

도베르만이 말했다. "이제 우리 벰들이 과학소설이라 부르는 것을 쓰는 작가인 당신 앞에 나타난 것이 우연이 아니라는 사실을 아시겠지요. 우리는 여러 정신을 탐구해 보았지만, 안드로메다에서 찾아온 방문자라는 개념을 받아들일 수 있는 정신은 당신뿐이었어요. 예를 들어, 여기 4호가 자신이 연구한 여성에게 상황을 설명하려 했다면, 그 여자는 정신이 나가 버렸을 수도 있겠지요."

"당빠 그랬겠죵." 다람쥐가 말했다.

닭 한 마리가 문의 구멍으로 머리를 들이밀고는 꼬꼬댁 소리를 내더니 다시 머리를 빼냈다.

"부디 3호를 들여보내 주시겠어요." 도베르만이 말했다. "유감스럽게도 3호와는 직접 대화를 나누실 수 없을 것 같네요. 그가 들어간 존재의 발성 기관을 말할 수 있도록 개조하는 일이 상당히 복잡한 모양이라서요. 어차피 상관은 없지요. 우리 중 하나와 정신 감응으로 대화를 한 다음, 우리가 그 내용을 여러분에게 말해 주면 되니까요. 지금은 여러분을 만나서 반갑고 문을 열어줬으면 한다고 말하고 있네요."

꼬꼬댁거리는 소리가 화난 느낌이 들어서(엘모가 확인한 바에 의하면 크고 검은 암탉이었다), 엘모는 이렇게 말했다. "문을 열어주는 편이 좋겠어, 투츠."

도로시 스콧은 그의 무릎에서 일어나 문을 열었다. 그녀는 낙담한 표정으로 엘모 쪽으로, 그리고 도베르만 쪽으로 시선을 옮겼다.

"암소 한 마리가 이리 걸어오고 있는데요. 혹시 그녀가—"

"그라고 해야 하지 않을까요." 도베르만이 지적했다. "그래요, 2호지요. 그리고 성별이 두 가지밖에 없는 여러분의 언어로는 부족할 수밖에 없으니, 골치를 썩이지 않도록 우리 모두를 '그'라고 불러서도 좋아요. 아까 설명한 대로, 우리 종족에는 다섯 가지 성별이 있으니까요."

"설명 안 했는데." 엘모가 흥미가 동한 얼굴로 말했다.

도로시는 엘모를 노려보았다. "설명 안 해도 돼요. 다섯 가지 성별이라니! 게다가 모두 한 우주선 안에서 살았다는 거죠. 그렇다면 당신들 다섯이 모두… 함께…"

"바로 그겁니다." 도베르만이 말했다. "그럼 부디 2호를 위해 문을 열어 주시겠어요. 제가 보증합니다만—"

"안 열 거예요! 이 안에 암소를 들여놓으라고요? 내가 미친 줄 알아요?"

"열게 만들 수도 있습니다." 개가 말했다. 엘모는 개와 아내를 번갈아 바라보았다.

"문을 열어주는 편이 좋겠어, 도로시." 그가 말했다.

"훌륭한 충고입니다." 도베르만이 말했다. "우리는 절대 여러분의 호의를 강요하지도, 호의에 기대어 불합리한 부탁을 하지도 않을 겁니다."

도로시가 문을 열자 암소가 어슬렁거리며 걸어 들어왔다.

그는 엘모를 보며 말했다. "요호, 맥. 사는 게 어떠신가?"

엘모는 눈을 감았다.

도베르만이 암소에게 물었다. "5호는 어디 있지요? 그와 연락이 되었습니까?"

"그럼." 암소가 말했다. "오고 있지. 내가 관찰한 친구는 떠돌이더라고, 1호. 여기 얼간이들은 뭐하는 친구들이야?"

"바지를 입은 쪽은 작가입니다." 개가 말했다. "치마를 입은 쪽은 그의 아내고요."

"아내는 또 뭐야?" 암소가 말했다. 그는 도로시 쪽을 향해 추파를 던졌다. "치마 쪽이 더 마음에 드는데. 요호, 아가씨."

엘모는 자리에서 벌떡 일어나 암소를 노려보았다. "잘 들어, 네놈이—" 그는 여기까지밖에 말할 수 없었다. 다음 순간 그는 웃음을, 거의 히스테릭한 웃음을 터트리며 다시 의자에 주저앉아 버렸다.

도로시는 분개한 표정으로 남편을 바라보았다. "엘모! 당신 지금 암소가 나한테 추파를 던지고 있는데—"

엘모와 눈을 마주친 순간, 그녀는 미처 뱉지 못한 말이 목에 걸려 숨이 넘어갈 뻔했다. 그녀 역시 웃음을 터트렸다. 너무 웃다가 엘모의 무릎에 털썩 주저앉는 바람에 엘모의 입에서 신음소리가 흘러나왔다.

도베르만 역시 분홍빛 혀를 길게 빼고 웃고 있었다. "여러분이 유머감각이 있어서 다행이네요." 그는 마음에 든다는 듯 이렇게 말했다. "사실 우리가 여러분을 선택한 이유도 바로 그것이라서요. 하지만 이제 진지한 이야기로 들어가지요."

이제 그의 목소리에는 웃음기가 조금도 남아 있지 않았다. 그가 말했다. "여러분 모두 절대 피해를 입을 일은 없을 테지만, 감시는 할 거예요. 우리가 여기 있는 동안 전화기 근처로 가거나 집을 떠나지 말아 주셨으면 합니다. 이해가 되시나요?"

"여기 얼마나 있을 생각인데?" 엘모가 물었다. "음식이 며칠분밖에 안 남았다고."

"그 정도면 충분할 겁니다. 몇 시간 정도면 새 우주선을 만들 수 있을 테니까요. 놀란 것 같군요. 우리가 느린 차원에서 작업을 할 수 있다고 말해 두지요."

"이해가 되는군." 엘모가 말했다.

"지금 무슨 소리를 하는 거예요, 엘모?" 도로시가 물었다.

"느린 차원이야." 엘모가 말했다. "예전에 내 글에서 써먹었던 적이 있지. 시간의 흐름이 다른 차원으로 들어가는 거지. 거기서 한 달을 쓰고 돌아와도, 자신의 차원에서는 고작 몇 분이나 몇 시간 정도밖에는 흐르지 않은 거야."

"당신 혼자서 그런 걸 생각해 낸 거예요? 엘모, 정말 대단하네요!"

엘모는 도베르만을 보며 웃음을 지었다. "그럼 원하는 건 그게 전부인가? 새 우주선이 완성될 때까지 여기 머무는 정도면 되는 거지? 간섭하지 말고, 아무에게도 너희가 여기 있다는 것을 알리지 말고?"

"바로 그거지요." 개는 활짝 웃는 표정을 지었다. "그리고 필요 이상으로 여러분에게 폐를 끼치지는 않겠습니다. 하지만 감시는 해야겠지요. 5호나 내가 감시를 맡을 겁니다."

"5호? 그 친구는 어디 있는데?"

"겁먹지 말아요. 지금 당신 의자 아래 있어요. 하지만 여러분을 해치지는 않을 겁니다. 조금 전에 문의 구멍으로 들어왔지만 여러분은 보지 못했겠지요. 5호, 엘모와 도로시 스콧에게 인사하세요. 그리고 투츠라고 부르지는 말아요."

의자 아래에서 방울뱀이 꼬리를 흔드는 소리가 들렸다. 도로시는 비명을 지르며 엘모의 무릎 위로 발을 올렸다. 엘모 역시 그리로 발을 끌어올리려 했고, 덕분에 꽤나 혼란스러운 결과물이 만들어졌다.

의자 아래에서 슛슛 소리가 섞인 웃음이 들렸다. 바람 새는 목소리가 말했다. "걱정하지 말게, 친구들. 자네들 마음을 읽기 전까지는 꼬리를 이렇게 흔드는 일이 내가— 단어를 좀 떠올려 주겠나? 고맙네. 공격을 할 것이라는 경고라는 사실조차도 알지 못하고 있었거든." 5피트 길이의 방울뱀이 의자 아래에서 기어 나와 도베르만 옆에 똬리를 틀었다.

"5호는 여러분을 해치지 않을 겁니다. 우리 모두 마찬가지죠." 도베르만이 말했다.

"당빠 안 해쳐용." 다람쥐가 말했다.

소는 벽에 기대어 앞발을 꼰 채로 말했다. "그 말 대로야, 맥." 그, 또는 그녀, 또는 그것은 도로시를 바라보았다. "그리고 아가씨, 지금 하고 있는 그런 걱정은 안 해도 된다고. 나는 배변 훈련이 잘 돼 있거든." 그는 평화롭게 되새김질을 하다가 멈추고 덧붙였다. "또한 젖통 쪽도 문제는 없을 거야."

엘모 스콧은 살짝 몸을 떨었다.

"당신도 이보다 고약한 농담을 해본 적이 있을 텐데요." 도베르만이 말했다. "게다가 방금 배운 언어로 농담을 던지는 일은 쉽지 않습니다. 당신의 마음속에 한 가지 질문이 떠올랐군요. 높은 지능을 가진 존재는 항상 유머 감각을 가지는 것인가라. 조금만 생각해 보아도 답은 명백합니다. 여러분의 유머 감각은 보다 낮은 지능을 가진 존재에 비해서는 고도로 발전되어 있지 않습니까?"

"그렇지." 엘모도 인정했다. "좋아, 방금 다른 질문이 하나 생각났는데. 안드로메다는 별자리지 별이 아니잖아. 그런데 너희는 너희 행성이 안드로메다 II라고 했단 말이야. 이게 어떻게 된 거지?"

"사실 우리는 안드로메다자리에 있는 항성 중 하나의 행성에서 왔습니다. 여러분이 이름을 붙이지 않은 별이에요. 여러분의 망원경으로 관찰하기에는 너무 먼 곳에 있지요. 그저 여러분에게 친숙한 호칭을 사용하고 싶었을 뿐입니다. 여러분을 위해 별자리의 이름을 따와서 별을 부른 거지요."

엘모 스콧이 품고 있던 작은 의심(정확히 어떤 의심인지는 본인도 몰랐지만)마저도 전부 사라져버렸다.

소는 꼬고 있던 앞발을 풀었다. "근데 지금 뭘 기다리고 있는 거야?" 그가 물었다.

"딱히 더 기다릴 건 없겠지." 도베르만이 말했다. "5호와 내가 번갈아 보초를 서지."

"그럼 어서 시작하게나." 방울뱀이 말했다. "내가 첫 순번을 맡지. 30분이면 그쪽에서는 한 달이 지나갈 테니까."

도베르만은 고개를 끄덕였다. 그는 자리에서 일어나 문으로 걸어가서, 꼬리로 빗장을 들어올린 다음 주둥이로 문을 열었다. 다람쥐, 닭, 소가 그 뒤를 따랐다.

"또 보자고, 아가씨." 암소가 말했다.

"당빠 그래야죵." 다람쥐가 말했다.

두 시간이 흐른 후, 보초를 서고 있던 도베르만이 문득 고개를 들었다.

"저기 가는군." 개가 말했다.

"무슨 소리야." 엘모 스콧이 말했다.

"그들이 새로 만든 우주선이 방금 떠났어요. 이쪽 우주에서 워프로 빠져나가 안드로메다로 돌아가고 있어요."

"그들이라고 했지, 방금. 너는 따라가지 않은 건가?"

"나요? 당연하죠. 나는 당신의 개 렉스예요. 기억하죠? 지금까지 내 몸을 사용하고 있던 1호는 가 버렸고, 나한테 지금까지의 상황에 대한 이해와 낮은 수준의 지성을 남겨줬어요."

"낮은 수준?"

"대충 당신하고 비슷한 수준이요, 엘모. 시간이 지나면 사라질 거라고 하지만, 상황을 전부 당신에게 설명해 줄 시간은 있을 거예요. 하지만 일단 사료 좀 주는 건 어때요? 배가 고픈데. 사료 좀 가져다 주겠어요, 투츠?"

엘모가 말했다. "내 아내를 투츠라고 부르지― 잠깐, 네가 정말로 렉스라고?"

"당연히 렉스죠."

"사료 좀 가져다줘, 투츠." 엘모가 말했다. "한 가지 생각이 떠올랐어. 함께 부엌으로 가면서 계속 이야기를 하자고."

"캔 두 개 먹어도 돼요?" 도베르만이 물었다.

도로시는 찬장에서 먹이를 꺼내고 있었다. "물론이지, 렉스." 그녀가 말했다.

도베르만은 문간에 앉았다. "우리도 뭔가 좀 먹는 건 어떨까, 투츠?" 엘모가 제안했다. "배가 고프거든. 이봐, 렉스, 그 친구들 죄다 작별 인사도 하지 않고 그런 식으로 떠나버렸다는 말이야?"

"작별 인사를 하라고 나를 남겼죠. 그리고 엘모, 그들도 당신네의 친절함에 보답하기 위해 한 가지 선물을 하고 갔어요. 1호가 당신의 머릿속을 들여다보고 단편의 줄거리를 떠올리지 못하게 막고 있던 정신적 장애물을 제거해 줬거든요. 이제 다시 글을 쓸 수 있을 거예요. 아마 예전보다 나은 글은 아니겠지만, 적어도 멍하니 백지를 바라보다가 설맹증雪盲症에 걸리는 일은 막을 수 있겠죠."

"그건 됐고." 엘모가 말했다. "그들이 타고 온 우주선은? 그건 남기고 갔어?"

"물론이죠. 하지만 자기네 몸은 꺼내서 수리했어요. 근데 정말로

뱀이던데요. 머리가 두 개에, 사지는 다섯 개고… 게다가 다섯 개를 모두 팔이나 다리로 사용할 수 있었어요. 머리 하나에 세 개씩 총 여섯 개의 눈이 긴 촉수 끝에 달려 있고요. 정말 볼만한 모습이던데."

도로시는 식탁에 찬 음식을 올려놓았다. "점심은 찬 음식으로 해도 되겠죠, 엘모?" 그녀가 물었다.

엘모는 아내 쪽을 멍하니 바라보며 "허?" 하고 말하고, 다시 도베르만 쪽으로 시선을 돌렸다. 도베르만은 문가에서 일어나 도로시가 방금 바닥에 내려놓은 개먹이 접시 쪽으로 가 있었다. 녀석은 "고마워요, 투츠" 하고는 크게 쩝쩝 소리를 내며 사료를 먹었다.

엘모는 샌드위치를 만들어서 우물거리기 시작했다. 도베르만은 식사를 끝내고 물을 몇 번 할짝인 다음 다시 문가의 깔개로 돌아갔다.

엘모는 그를 바라보았다. "렉스, 그 친구들이 남기고 간 우주선을 찾아낼 수 있다면 더 이상 글을 쓸 필요가 없을지도 몰라. 그 안에서 발견한 물건만 있으면… 좋아, 제안을 하나 하지."

"무슨 제안을 할지 알아요." 도베르만이 말했다. "그 우주선의 위치를 설명해 주면, 나하고 함께 지낼 도베르만 핀처를 한 마리 사 주고, 도베르만 강아지들도 길러 주겠다고 하겠죠. 글쎄, 사실 아직 당신은 모르겠지만 어차피 그런 일을 하게 될 거예요. 1호라는 이름의 뱀이 당신 마음속에 그런 생각을 심었거든요. 나도 이번 일에서 뭔가 얻는 것이 있어야 한다고 하더군요."

"좋아, 어쨌든 우주선의 위치를 알려줄 거지?"

"물론이죠, 이제 그 샌드위치를 다 먹어버렸으니까요. 데친 햄 위에 있었는데, 아마 먼지 한 톨 정도로밖에 보이지 않았을 거예요. 거의 현미경으로 봐야 할 수준이었죠. 당신이 방금 먹어버렸어요."

엘모 스콧은 손으로 머리를 감쌌다. 도베르만은 입을 헤 벌리고 있었다. 혀를 축 늘어뜨린 꼴이 마치 그를 비웃는 것만 같았다.

엘모는 도베르만을 손가락질하며 말했다. "그러니까 남은 생애 동안 계속 글을 쓰며 살아야 한다는 소리야?"

"나쁠 건 없잖아요?" 도베르만이 말했다. "그들은 그러는 쪽이 당신에게 더 행복할 거라고 생각했어요. 정신적 장애물도 제거해 줬으니 그리 어려울 것도 없을 테고요. 처음부터 시작할 필요도 없잖아요. '이제 모든 선량한 사람들이―'였던가요. 그리고 사실 사람을 뱀으로 바꾼 것도 우연이 아니었어요. 1호의 아이디어였죠. 그때는 이미 내 안에 들어와서 당신을 관찰하고 있었거든요. 그리고 재빨리 개입을 한 거죠."

엘모는 자리에서 일어나 초조하게 이리저리 걸음을 옮겼다. "모든 면에서 나를 앞질러 버린 모양이군. 단 하나만 제외하면 말이야, 렉스." 그는 중얼거렸다. "네가 협조만 해 준다면 한 가지 남은 수단이 있어."

"그게 뭔데요?"

"너를 사용해서 떼돈을 벌수가 있지. 세상에 단 하나뿐인 말하는 개 아니야. 렉스, 다이아몬드가 박힌 목줄을 걸어주고 잘 숙성된 스테이크를 먹여 주고, 네가 원하는 것은 뭐든 해 주지. 그러니 협조해 주겠어?"

"뭘요?"

"말을 하라고."

"멍." 도베르만이 말했다.

도로시 스콧이 엘모 스콧을 바라보았다. "왜 그러는 거예요, 엘모? 밥 줄 때가 아니면 짖으라고 시키지 말라고 나한테 그랬으면서. 방금 밥 줬잖아요."

"나도 모르겠는데." 엘모가 말했다, "왜 그랬는지 잊어버렸어. 뭐, 일단 다시 단편을 시작하러 돌아가 봐야겠군." 그는 바닥에 누워 있는 개를 넘어서 다른 방에 있는 타자기 앞으로 돌아갔다.

그는 타자기 앞에 앉아서 소리쳐 불렀다. "잠깐, 투츠." 도로시가 방에 들어와 그의 옆에 섰다. "아이디어가 하나 떠올랐어. 아까 말한 '지금이야말로 모든 선량한 벌레눈 괴물들이 엘모 스콧을 돕기 위해 모일 때이다.' 말인데, 그 안에 아이디어가 하나 숨어 있는 것 같거든. 제목도 만들 수 있을 것 같아. 〈모든 선량한 벌레눈 괴물들이〉로 할까. 어떤 작가가 SF 단편을 쓰려고 하고 있는데, 갑자기 그의… 흠, 개가 어떨까. 렉스처럼 도베르만으로 만들 수도 있겠군… 자, 일단 쓸 테니까, 직접 읽어보고 이야기하자고."

그는 새 종이를 타자기에 끼우고는 제목을 치기 시작했다.

모든 선량한 벌레눈 괴물들이 (1949)

광기에 빠져라
Come and Go Mad

I

그날 아침 일어났을 때부터 어쩐지 알고 있었다. 편집국 창문 너머에, 이른 오후의 비스듬한 햇빛을 받아 빛과 그림자의 무늬가 아로새겨진 건물들을 보고 있자니 느낌은 더욱 확실해졌다. 잠시 후에, 어쩌면 바로 오늘, 뭔가 중요한 일이 일어날 것이 분명했다. 좋은 일일지 나쁜 일일지는 알 수 없었지만, 딱히 좋은 쪽은 아닐 듯했다. 나름 그렇게 생각하는 이유는 있었다. 애초에 갑작스럽게 일어나는 중요한 일 가운데 좋은 것이 별로 없지 않은가. 재난은 셀 수도 없이 다양한 방법으로, 모든 방향에서 찾아올 수 있는 법이지만.

목소리가 들렸다. "저기요, 바인 씨." 그는 천천히 창문에서 눈을 돌렸다. 애초에 천천히 움직이는 사람이 아니었기 때문에 그 자체도 이상한 일이었다. 그는 작고 정력적인 사람이었다. 항상 고양이처럼 재빨리 반응하고 움직이곤 했다.

그러나 이번에는 무엇 때문인지 천천히 고개를 돌렸다. 마치 이른 오후의 빛과 그림자가 만드는 무늬를 두 번 다시 보지 못하게 될 거라고 생각하는 양.

그가 말했다. "안녕, 레드."

얼굴에 주근깨가 가득한 심부름꾼 소년이 말했다. "나리께서 좀 뵙자시는데요."

"지금?"

"아뇨. 편하신 시간에요. 아마 다음 주쯤 가시면 되지 않을까요. 바쁘면 약속 남기시던가요."

그는 레드의 볼에 주먹을 대고 꾹꾹 눌렀고, 소년은 아픈 척 비틀거리며 뒤로 물러섰다.

그는 정수기 쪽으로 걸음을 옮겼다. 엄지로 버튼을 누르자 쿨럭거리는 소리와 함께 종이컵에 물이 차올랐다.

해리 월러가 어슬렁거리며 걸어와서는 말했다. "여어, 나피. 무슨 일이야? 혼나러 불려가시나?"

그가 대답했다. "글쎄, 봉급 인상 아닐까."

그는 물을 마시고 종이컵을 구겨 쓰레기통으로 던졌다. 그리고 집무실이라고 적힌 문으로 가서 안으로 들어갔다.

편집국장인 월터 J. 캔들러가 책상 위에 놓인 서류를 보고 있다가 고개를 들고 사근사근한 투로 말했다. "일단 앉게, 바인. 조금만 기다려 주게나." 그러고는 다시 시선을 책상 위로 돌렸다.

그는 캔들러 건너편 의자에 자리를 잡고는, 초조한 손으로 셔츠 주머니에서 담배 하나를 꺼내 불을 붙였다. 그리고 편집국장이 읽고 있는 종이의 뒷면을 눈으로 훑었다. 뒷면에는 아무 것도 적혀 있지 않았다.

편집국장은 종이를 내려놓고는 그를 바라보았다. "바인, 조금 기묘한 건수가 들어왔어. 자네는 기묘한 건수를 다루는 솜씨가 좋잖아."

그는 천천히 편집국장을 보고 웃음을 지으며 말했다. "칭찬으로 하시는 말씀이라면, 고맙습니다."

"물론 칭찬이지. 자네 꽤나 힘든 사건에 뛰어들어 성과를 올렸잖아. 이번에는 약간 문제가 달라. 지금까지 나라면 하지 않을 일을 기자에게 강요한 적은 없다네. 이번 건은 나라면 하지 않을 일이고, 따라서 자네에게 강요하지도 않을 걸세."

편집국장은 지금까지 읽던 종이를 집어 들더니, 제대로 쳐다보지도 않고 다시 책상에 내려놓았다. "엘스워스 조이스 랜돌프가 누구인지 알고 있나?"

"정신병원 원장 아닙니까? 당연히 알죠. 한 번 만난 적도 있습니다."

"자네가 보기에는 그 사람, 괜찮아 보이던가?"

편집국장이 강렬하게 쏘아보는 눈빛이 느껴졌다. 가볍게 던지는 질문이 아닌 모양이었다. 그는 방어에 나섰다. "무슨 말씀이십니까? 어떤 면에서요? 개인적으로, 아니면 정치적으로 좋은 사람이냐는 겁니까? 아니면 정신과 의사치고는 환자 다루는 솜씨가 좋은지를 물으시는 겁니까?"

"내 말은, 그 사람이 얼마나 제정신인 것으로 보이냐는 거야."

그는 캔들러를 물끄러미 바라보았지만, 농담을 하는 기색은 아니었다. 캔들러는 완벽하게 진지한 얼굴이었다.

그는 웃기 시작하다 곧 멈췄다. 그리고 캔들러의 책상 위로 상체를 숙였다. "엘스워스 조이스 랜돌프라. 지금 엘스워스 조이스 랜돌프 말씀을 하시는 것 맞습니까?"

캔들러는 고개를 끄덕였다. "오늘 아침 랜돌프 박사가 여기에 왔었다네. 꽤나 이상한 이야기를 해 주었지. 지면에 신기를 원하지는 않았다네. 그저 우리 신문사 최고의 기자를 파견해서 확인해 주기만을 원했지. 만약 그게 사실이라고 밝혀진다면 120호 활자로 전면 인쇄를 해도 좋다고 했네. 붉은색 잉크로." 캔들러는 삐딱하게 웃음을 지었다. "충분히 할 수 있을 법한 건수더군."

그는 담배를 끄고 캔들러의 표정을 살폈다. "하지만 그 이야기 자체가 워낙 말도 안 되는 것이라서, 혹시 랜돌프 박사 본인이 정신이 나간 것은 아닐지 염려가 되신다는 겁니까?"

"바로 그걸세."

"그 일이 뭐가 힘든 겁니까?"

"박사 말로는, 정신병원 내부에서 보아야 사실을 확인할 수 있을 거라고 하더군."

"그러니까, 간수나 뭐 그런 걸로 위장해 들어가라는 겁니까?"

캔들러가 말했다. "후자일세."

"아."

그는 자리에서 일어나 창가로 가서는, 편집국장에게서 등을 돌리고 창밖을 내다보았다. 태양은 거의 움직이지 않았다. 그러나 길거리의 그림자 무늬는 어딘지 모르게 다른 모습이 되어 있었다. 그의 마음속 그림자 무늬 역시 달라져 있었다. 일어날 일이란 바로 이것이었던 것이다. 그는 편집국장을 돌아보며 말했다. "아뇨. 절대 안 합니다."

캔들러는 보일락 말락 하게 어깨를 으쓱해 보였다. "책망할 생각은 없네. 아직 해 달라고 부탁하지도 않았잖나. 나라도 안 할 일이야."

그는 물었다. "엘스워스 조이스 랜돌프가 자기 정신병원 안에서 무슨 일이 벌어지고 있다고 생각하는 겁니까? 랜돌프 본인의 정신상태를 의심하실 정도면 꽤나 정신 나간 주장을 하는 모양인데요."

"말해줄 수 없다네, 바인. 말하지 않겠다고 했거든. 자네가 이 일을 맡든 맡지 않든 관계없이 말이야."

"그러니까, 제가 일을 맡겠다고 하더라도 뭘 찾아내야 하는지 알려주지 않겠다는 겁니까?"

"바로 그걸세. 그러면 선입견이 생기지 않겠나. 객관적인 자세를 유지할 수가 없겠지. 그 뭔가를 찾아 나설 테고, 실제 존재 여부와 별개로 찾아냈다고 생각하게 될 걸세. 아니면 그런 것은 없을 거라는 선입견이 생겨서, 기삿거리가 직접 찾아와 자네 다리를 물어뜯어도 인정하지 않을 수도 있겠지."

그는 창가에서 책상으로 돌아와서는 주먹으로 책상을 내리쳤다.

"젠장, 캔들러, 왜 납니까? 3년 전에 나한테 무슨 일이 있었는지 알고 있지 않습니까."

"물론이지. 기억상실증."

"물론이지, 기억상실증. 아주 간단하군요. 하지만 저는 아직도 기억상실증이 치료되지 않았다는 사실을 숨긴 적이 없습니다. 전 이제 서른 살이에요… 하지만 실제로도 그럴까요? 제 기억은 과거 3년간의 것뿐입니다. 3년 이전의 기억이 텅 빈 벽면처럼 느껴지는 일이 어떤 기분인지 알기나 합니까?

아, 그래요, 그 벽 반대편에 뭐가 있는지는 알고 있지요. 다른 사람들이 말해주기 때문에 아는 겁니다. 10년 전에 이곳에서 심부름꾼으로 일을 시작했다는 사실을 알고 있습니다. 언제 어디서 태어났는지, 부모님 두 분 모두 돌아가셨다는 사실도 알고 있습니다. 부모님의 모습도 알고 있지요. 사진을 보았으니까요. 아내와 자식이 없다는 사실도 압니다. 나를 아는 모든 사람들이 없다고 말해 주었으니까요. 이 부분이 중요한 겁니다. 내가 아는 모든 사람이 아니라, 나를 아는 모든 사람인 겁니다. 나는 아무도 모르거든요.

그래요, 그때부터 지금까지 제법 잘해 왔지요. 퇴원한 후로—애초에 병원에 들어가게 만든 그 사고에 대해서도 기억하지 못하지만 말입니다—여기 돌아와서 제법 잘해 왔습니다. 기사를 쓰는 법은 기억하고 있었으니까요. 사람들 이름은 하나도 기억 못해서 처음부터 다시 배워야 했지만 말입니다. 새 도시에 처음 도착한 신입 기자 정도의 어려움만 겪었을 뿐입니다. 그리고 모두가 아주 친절하게 도와주었고요."

캔들러는 손을 들어 끝없이 쏟아지는 말의 흐름을 멈추려 했다. "알겠네, 나피. 하지 않겠다고 했으니 그 정도면 충분하네. 그런 일이 이 건과 무슨 관계가 있는지는 모르겠지만, 그냥 안 하겠다고만 말하면 끝나는 일일세. 그러니 그만 잊어버리게."

그러나 아직 그의 신경은 가라앉지 않았다. "그런 일이 이 건과 무슨 관계가 있는지 모르겠다고요? 지금 요청하신 게—아, 그래요, 요청이 아니라 제안이었지요—정신병을 앓고 있다는 진단을 받은 다음 환자로서 병원에 들어가라는 것 아닙니까. 학교에 갔던 기억도, 매일 함께 일하는 사람들을 처음 만난 기억도, 지금 하는 일을 시작했던 기억도 없는… 3년 이전의 일은 조금도 기억하지 못하는 사람이 자신의 정신 상태에 대해 얼마나 확신을 가지고 있을 것 같습니까?"

그는 다시 한번 주먹으로 책상을 내리치고는, 곧 후회하는 표정이 되었다. "죄송합니다. 이렇게 흥분하려는 생각은 아니었습니다."

캔들러가 말했다. "자리에 앉게."

"여전히 할 생각은 없습니다."

"어쨌든 앉게."

그는 자리에 앉은 다음 떨리는 손으로 담배를 꺼내서는 불을 붙였다.

캔들러가 말했다. "이런 말을 할 생각은 아니었지만, 이렇게 된 이상 어쩔 수가 없군. 자네가 그런 식으로 말한 이상 말이야. 나는 자네가 그때의 기억상실증에 대해 그렇게 느끼고 있는 줄은 전혀 몰랐다네. 다 지나간 일인 줄로만 알았지.

잘 듣게. 랜돌프 박사가 잠입 취재를 할 만한 적임자에 대해서 물어봤을 때, 나는 자네 이야기를 꺼냈다네. 자네의 배경이 어떤지도. 그 사람도 이내 자네를 만났던 기억을 떠올리더군. 하지만 자네가 기억상실증을 겪고 있다는 사실은 몰랐다고 했네."

"그래서 저한테 제안을 하신 겁니까?"

"일단 내 말을 마저 들어 보게. 그 사람은 자네가 병원에 들어와 있는 동안 최신식의 가벼운 충격 요법을 자네에게 시행해 보겠다는 이야기를 했다네. 그러면 자네의 잃어버린 기억을 되찾을 수도 있다는 거야. 시도해 볼 가치가 있다고 말했다네."

"효과가 있을 거라고는 하지 않았겠죠."

"있을 수도 있다고 했지. 그리고 부작용은 전혀 없을 거라고 했네."

그는 겨우 세 모금 피웠을 뿐인 담배를 눌러 껐다. 그리고 캔들러를 노려보았다. 그가 무슨 생각을 하고 있는지는 구태여 입 밖에 낼 필요도 없었다. 편집국장도 충분히 짐작할 수 있었으니까.

캔들러가 입을 열었다. "진정 좀 하게. 자네 스스로 기억의 장벽 때문에 고통을 겪고 있다는 말을 하기 전까지는 이야기를 꺼내지도 않았지 않나. 유리한 패로 쓰려고 간직하고 있던 것도 아니야. 그저 자네가 그런 식으로 말했으니, 공정성을 기하기 위해 말해준 것뿐이지."

"이게 공정한 겁니까!"

캔들러는 어깨를 으쓱했다. "자네는 하지 않겠다고 했지. 나는 받아들였네. 그런데도 자네는 나를 향해 이성을 잃고 소리를 지르기 시작했고, 나는 결국 하지 않으려 했던 말까지도 할 수밖에 없었던 걸세. 이제 됐네. 그 직권 남용 건에 대한 기사는 어떻게 되어 가고 있나? 새로운 단서가 나온 게 있나?"

"다른 사람을 그 정신병원 건에 투입할 겁니까?"

"아니. 자네가 유일한 적임자였으니까."

"대체 그 문제라는 게 뭡니까? 랜돌프 박사의 정신 건강을 의심할 정도면 꽤나 허황된 소리일 것 아닙니까. 자기 환자들이 의사들과 자리를 바꿔야 한다고 생각하기라도 하는 겁니까?"

그리고 그는 대답을 기다리지 않고 크게 웃었다. "그래요, 말씀하실 수 없겠죠. 정말 훌륭한 이중 미끼로군요. 호기심에 추가로 기억상실의 벽을 무너뜨릴 수도 있으리라는 희망까지. 그래서 하지 않은 이야기는 뭡니까? 받아들이겠다고 말하면, 저는 어떤 조건 아래에서 거기 얼마나 있게 되는 겁니까? 무사히 나올 확률은 얼마나 됩니까? 애초에 어떻게 들어가죠?"

캔들러는 천천히 입을 열었다. "바인, 아무래도 자네가 맡지 않는 것이 좋을 것 같다는 생각이 드네. 그냥 전부 없던 일로 하도록 하세."

"그런 식으로 나오지 마세요. 적어도 내 질문에 전부 대답해 준 다음에 그러던가요."

"알겠네. 자네는 익명의 환자로서 잠입하게 될 걸세. 기삿거리가 사실로 밝혀지지 않더라도 자네 기록에 남지 않도록 말일세. 만약 사실로 밝혀진다면 모든 것을 밝히면 그만이지. 랜돌프 박사가 잠입의 공모자라는 사실까지 포함해서 말이야. 그러면 아무것도 숨길 필요가 없게 될 테니까.

필요한 정보는 아마 며칠이면 얻을 수 있을 걸세. 그리고 어떻게 되어도 한두 주 이상 병원에 머무를 필요는 없을 테고."

"병원에서 랜돌프 외에 내가 잠입한 기자라는 사실을 아는 사람이 얼마나 있게 됩니까?"

"아무도 모르겠지." 캔들러는 몸을 앞으로 기울이고는 왼손 손가락 네 개를 들어 보였다. "이 일을 알고 있는 사람은 네 명이 될 걸세.

우선 자네." 그는 손가락 하나를 꼽았다. "나." 손가락 두 개. "랜돌프 박사." 손가락 세 개. "그리고 우리 신문사의 다른 기자 한 명."

"딱히 반대하는 것은 아닙니다만, 그 기자는 뭘 하는 겁니까?"

"다리 역할을 하겠지. 두 가지 면에서 말일세. 우선 자네와 함께 정신과 의사를 찾아가야 할 걸세. 랜돌프가 비교적 속이기 쉬운 의사를 한 명 소개해 줄 테고, 그 기자가 자네 형제 역을 맡아서 자네에게 검진과 확인이 필요하다고 주장할 걸세. 자네는 정신과 의사에게 가서 미친 척을 하고, 그 의사에게서 입원이 필요하다고 확인을 받아내면 되는 걸세. 물론 정신병원에 들어가려면 의사 두 명의 검진이 필요하지. 랜돌프가 두 번째가 되어 줄 걸세. 자네의 가짜 형제가 랜돌프를 두 번째 의사로 해 달라고 요청할 테니까."

"이걸 전부 가명을 사용해서 하는 겁니까?"

"자네가 원한다면. 물론 딱히 그래야 할 이유가 있는 것은 아닐세."

"저도 그렇게 생각했습니다. 물론 제 쪽에 기록이 남지는 않는다는 점은 있겠죠. 직장 동료들에게 변명을 할 필요도—한 사람만 빼고—잠깐, 그런 문제라면 굳이 가짜 형제를 만들 필요도 없습니다. 유통부에 있는 찰리 도어가 제 사촌이고 아직 생존해 있는 가장 가까운 친척이거든요. 그 친구면 충분하지 않겠습니까?"

"물론이지. 그리고 이후로도 계속 다리 역할을 하게 될 걸세. 정신병원에 자네 면회를 가고, 자네한테서 필요한 정보를 받아오는 식으로 말이야."

"그리고 2주 동안 아무것도 발견하지 못하면 빼내주는 거겠죠?"

캔들러는 고개를 끄덕였다. "랜돌프에게 전언을 보낼 걸세. 그러면 자네와 면담을 한 다음, 치료가 끝났다고 진단하고 내보내 주겠지. 자네는 직장에 복귀하는 거고, 그동안은 휴가 갔던 것으로 처리하는 걸세. 그게 다야."

"어떤 종류의 정신병이 있는 척하면 될까요?"

그는 캔들러가 의자에서 슬쩍 몸을 뒤척이는 것을 눈치챘다. "글 쎄― 그 나피 쪽을 사용하면 자연스럽지 않겠나? 그러니까, 랜돌프 박사의 말에 따르면 편집증은 아무런 육체적 징후도 보이지 않는 정신병이라고 하더군. 그저 체계적인 합리화를 바탕으로 한 망상일 뿐이라는 거지. 편집증이 있는 사람은 단 한 가지를 제외하면 모든 면에서 정상이라고 하네."

그는 입가에 가볍게 일그러진 미소를 띤 채로 캔들러를 바라보았다. "자신이 나폴레옹이라고 생각한다든가, 뭐 그러라는 겁니까?"

캔들러는 가볍게 손을 저었다. "자네 망상이 뭔지는 알아서 선택하게나. 하지만 그쪽이 자연스럽지 않겠나? 사실 사무실 친구들도 항상 자네를 나피라는 별명으로 부르지 않나. 게다가…" 그는 어물거리며 말을 맺었다. "…뭐 이것저것 있잖나."

그리고 캔들러는 그를 정면으로 바라보았다. "하고 싶은가?"

그는 자리에서 일어섰다. "그런 것 같습니다. 일단 하룻밤 생각해 보고 내일 아침에 확실히 말씀드리죠. 하지만 비공식적으로는, 그래요, 할 생각입니다. 이 정도면 충분하겠죠?"

캔들러는 고개를 끄덕였다.

그가 말했다. "그럼 오후에는 조퇴하겠습니다. 도서관에 가서 편집증에 대해 조사를 해야 하니까요. 어차피 딱히 할 일도 없었고요. 그리고 오늘 저녁에 찰리 도어에게 말하겠습니다. 괜찮겠지요?"

"괜찮군. 고맙네."

그는 캔들러를 보며 웃음을 짓고는, 책상 위로 몸을 기울이고 말했다. "일이 이렇게까지 되어버렸으니 한 가지 비밀을 알려 드리죠. 다른 사람들한테는 말하지 마십쇼. 사실 저는 나폴레옹입니다!"

딱 좋은 퇴장 대사였으므로, 그는 그대로 방을 나갔다.

II

그는 모자와 외투를 챙기고 밖으로 나갔다. 냉방이 잘 되어 있는 실내에서 뜨거운 햇살 아래로. 마감 시간이 지난 신문사라는 조용한 정신병동에서, 무더운 7월 오후의 길거리라는 더 조용한 정신병동으로.

그는 파나마모자를 뒤로 눌러 쓰고 손수건으로 이마를 훔쳤다. 어디로 가야 할까? 편집증에 대해 조사하러 도서관으로 갈 생각은 아니었다. 그건 조퇴를 하기 위해 꾸며낸 우스꽝스러운 변명일 뿐이었다. 도서관에 있는 편집증에 대한 모든 서적, 덤으로 연관 주제에 대한 모든 서적까지 독파한 것이 고작해야 2년 전의 일이었으니까. 그는 편집증에 대해서는 전문가나 다름없었다. 이 나라의 어떤 정신과 의사를 마주하더라도 자신이 정상이라고, 또는 정상이 아니라고 속일 자신이 있었다.

그는 북쪽의 공원으로 걸음을 옮겨 그늘에 있는 벤치에 자리를 잡고 앉았다. 그리고 모자를 옆에 놓고 다시 이마를 훔쳤다.

그는 햇살을 받아 녹색으로 빛나는 잔디밭을, 바보처럼 머리를 앞뒤로 흔들며 걸음을 옮기는 비둘기들을, 나무 한쪽에서 내려와 그를 살펴보다가 같은 나무의 반대쪽으로 올라가 버리는 붉은다람쥐를 물끄러미 바라보았다.

그리고 3년 전에 생긴 기억상실의 장벽을 다시금 떠올렸다.

그 벽은 처음부터 벽이 아니었다. 마음에 드는 표현이었다. 벽이 아닌 벽. 잔디밭의 비둘기들. 벽이 아닌 벽.

애초에 벽이 아니었다. 전이일 뿐이다. 갑작스런 변화였을 뿐이다. 두 삶을 가르는 하나의 선일 뿐이었다. 사고가 벌어지기 전에 살았던 27년의 삶. 사고 이후에 살아온 3년의 삶.

그 두 삶은 같은 것이 아니었다.

아무도 모르는 일이었다. 오늘 오후 전까지, 그는 누구에게도 사실을 털어놓지 않았다… 물론 그게 사실이라면 말이지만. 캔들러의 사무실을 나설 때 그 말을 퇴장 대사로 사용한 것은 캔들러가 농담으로 받아들일 것이라는 사실을 알았기 때문이었다. 하지만 그럴 경우에도 조심해야 한다. 농담이라도 그런 말을 너무 많이 하고 다니면 사람들은 의심을 하기 마련이니까.

정신병원에 수감되는 운명을 피할 수 있었던 것은 순전히 사고로 입은 심각한 부상 중에 턱뼈 골절이 포함되어 있었기 때문이었다. 도시에서 10마일 떨어진 곳에서 그의 차가 트럭과 정면충돌을 한 지 48시간 만에 정신이 들었을 때, 그의 턱은 이미 깁스로 고정되어 있었고, 덕분에 3주 동안 말을 할 수가 없었다.

그리고 그 3주가 다 끝나갈 무렵, 그는 고통과 혼란에도 불구하고 상황을 나름대로 정리할 수 있었다. 그는 기억상실의 벽을 고안해 냈다. 기억상실증이라는 장치는 편리함과 동시에 그가 알고 있는 사실보다 훨씬 믿어 줄 만한 것이었다.

하지만 그가 알고 있는 것이 과연 사실이기는 할까?

3년 동안, 하얀 방의 하얀 조명 속에서 깨어나서 낯선 옷을 입은 낯선 사람이 지금까지 어떤 야전병원에서도 본 적이 없는 형태의 침대 옆에 앉아 있는 모습을 본 순간 이래로, 이 질문은 끊임없이 그를 괴롭혀 왔다. 침대의 머리 위에는 커다란 구조물이 달려 있었다. 낯선 사람에게서 시선을 돌려 자신의 몸을 보자 다리 하나와 양쪽 팔 모두에 깁스가 되어 있었고, 다리의 깁스는 천장에 달린 도르래에 밧줄로 연결되어 허공으로 들려 있는 모습이 보였다.

입을 열고 여기가 어딘지, 무슨 일이 벌어진 것인지를 물어보려 했지만 소용없는 일이었다. 그저 자신의 턱에도 깁스가 되어 있다는 사실을 발견했을 뿐이었다.

그는 낯선 이가 필요한 정보를 제공해 줄 정도로 상식 있는 사람이기를 바라며 그쪽을 물끄러미 바라보았다. 그는 웃음을 지으며 말했다. "안녕, 조지. 다시 우리 쪽으로 돌아온 모양이지? 다 괜찮을 거야."

그의 말을 듣고 있자니 어딘가 묘한 느낌이 들었다… 그리고 이내 그 이유를 깨달았다. 영어였던 것이다. 설마 영국인들의 손아귀에 떨어지고 만 것인가? 게다가 잘 모르는 언어인데도 이 낯선 남자의 말은 완벽하게 이해할 수 있었다. 그리고 이 사람은 왜 그를 조지라고 부르는 것일까?

아무래도 그런 의심, 격렬한 당황이 눈빛 속에 비쳤던 모양이다. 낯선 남자는 침대 쪽으로 몸을 숙였다. "아무래도 아직 혼란스러운 모양이야, 조지. 너 꽤나 심하게 박살이 났다고. 쿠페를 몰고 건설용 트럭 정면으로 돌진했어. 그게 이틀 전 일이고, 이제 처음으로 정신이 든 거야. 몸은 괜찮지만 한동안 병원 신세는 져야 할 걸. 부러진 뼈가 붙을 때까지는 말이지. 심각한 부상을 입은 곳은 없대."

그리고 고통의 물결이 밀려와 혼란을 쓸어가 버렸다. 그는 눈을 감았다.

방 안의 다른 목소리가 말했다. "피하 주사를 놓겠습니다, 바인 씨." 그러나 그는 다시 눈을 뜨지 않았다. 고통과 싸울 때는 눈을 감고 있는 편이 나았다.

상완부에 바늘을 찌르는 느낌이 들었다. 그리고 곧 모든 것이 사라져 버렸다.

다시 정신이 들었을 때—훗날 알게 된 바에 의하면 12시간 후였다고 한다—그는 여전히 같은 하얀 방의 같은 괴상한 침대 위에 있었지만, 이번에 방 안에 있는 사람은 여자였다. 기묘한 하얀 제복을 입은 여자가 침대 발치에 서서 판자 위에 고정시켜 놓은 종이를 살펴보고 있었다.

그녀는 그가 눈을 떴다는 사실을 알고 그에게 미소를 지어 보였다. "좋은 아침이에요, 바인 씨. 기분이 좀 나아지셨는지 모르겠네요. 홀트 박사님께 깨어나셨다고 알리고 올게요."

그녀는 자리를 떠났다가 곧 마찬가지로 묘한 복장의 남자와 함께 돌아왔다. 자신을 조지라고 불렀던 남자와 전반적으로 비슷한 복장이었다.

의사는 그를 바라보고는 웃음을 지었다. "마침내 말대답을 못하는 환자분이 들어오셨군. 게다가 글도 쓸 수 없어 보이고." 이내 그의 표정이 진지해졌다. "고통은 없소? 고통이 없으면 눈을 한 번 깜빡이고, 있으면 눈을 두 번 깜빡이시오."

이번에는 그리 심하지 않았기 때문에, 그는 눈을 한 번 깜빡였다. 의사는 만족스러운 듯 고개를 끄덕였다. "당신 사촌이 계속 전화를 해 왔소. 이제 대화를 할⋯ 수는 없어도 들을 수는 있는 상태가 되었다는 것을 알면 기뻐할 거요. 오늘 저녁에 잠시 면회해도 별 문제는 없을 것 같군."

간호사가 그의 환자복을 정돈해 준 다음 다행히도 두 사람 모두 방을 나가 버렸다. 혼란스러운 생각을 정리할 수 있도록.

정리를 해? 3년이나 흘렀는데도 아직도 무슨 일이 벌어진 것인지 영문을 모르겠는데.

의문은 한두 가지가 아니었다. 우선 죄다 영어를 사용하고 있는데도 그 야만적인 언어를 완벽하게 이해할 수 있다는 점. 예전에는 거의 모르다시피 한 언어였는데. 사고를 겪었다고 해서 거의 몰랐던 언어에 갑작스레 유창해지는 일이 가능한 것일까?

사람들이 다른 이름으로 자신을 불렀다는 점. 어젯밤 침대 옆에 있었던 남자는 그를 '조지'라고 불렀다. 간호사는 '바인 씨'라고 불렀다. 조지 바인이라, 확실히 영국인의 이름이기는 하다.

그러나 그런 것들보다 천 배는 더 놀라운 사실이 하나 있었다. 어젯밤에 곁에 있었던 낯선 남자가 (혹시 의사가 말한 '사촌'이 그 자인 걸까?) 사고에 대해 설명해 주지 않았던가. '쿠페를 몰고 건설용 트럭으로 그대로 돌진했다'고.

놀라운 사실은, 정말로 말도 안 되는 사실은, 그가 '쿠페'가 뭔지, 그리고 '트럭'이 뭔지를 알고 있었다는 점이다. 양쪽 모두 몰아본 기억도 없고, 사고 자체의 기억도 없고, 아니 로디의 막사 안에 앉아 있던 이후의 기억은 전혀 존재하지도 않지만… 하지만 쿠페의 모습이, 단 한 번도 떠올려 본 적이 없는 가솔린 엔진으로 움직이는 탈것의 모습이 그 단어를 듣자마자 머릿속에 떠올랐던 것이다.

두 세계가 광기 속에서 뒤섞이는 것만 같았다. 하나는 확실하고 선명하고 명확했다. 그가 27년 동안 살았던 세계, 27년 전인 1769년 8월 15일 코르시카에서 태어났던 세계였다. 막사에서 잠을 청하던 기억이 어젯밤 있었던 일처럼 생생했다. 로디의 막사에서, 이탈리아 원정군의 지휘관으로서 첫 야전의 승리를 거둔 날 밤이었다.

그리고 그가 정신을 차린 기묘한 세계가 있었다. 사람들이 영어로 말하는 백색의 세계가. 생각을 더듬어 보니 이들이 사용하는 말은 그가 브리엔에서, 발랑스에서, 툴롱에서 들었던 영어와는 다른 종류의 영어였다. 그러나 그는 이 언어를 완벽하게 이해할 수 있었고, 턱이 고정되어 있지 않았더라면 유창하게 말할 수 있으리라는 사실도 본능적으로 알고 있었다. 사람들이 그를 조지 바인이라고 부르는 세계였다. 그리고 이곳의 사람들은 그가 알지 못하는 단어, 알 리가 없는 단어를 사용했다. 하지만 정말로 기묘하게도 그 단어를 들으면 머릿속에 모습이 떠올랐다.

쿠페, 트럭. 두 가지 모두 자동차의 일종이었다. 자동차라는 단어 역시 즉각 떠올랐다. 자동차가 무엇인지, 그리고 그 작동 원리에 대해 생각을 집중하자, 그에 관한 정보 역시 머릿속에서 발견할 수 있었다. 실린더 구조, 가솔린 기체의 폭발로 움직이는 피스톤, 발전기의 전기 불꽃으로 점화가 되는…

전기. 그는 눈을 뜨고 천장의 가리개 속에서 빛나는 조명을 바라보았다. 그리고 어떻게인지는 몰라도 그것이 전기의 불빛이라는 사실, 그리고 전기가 전반적으로 어떤 것인지가 머릿속에 떠올랐다.

갈바니라는 이탈리아인이 기억났다. 그래, 갈바니의 실험에 대해서는 읽은 적이 있었다. 그러나 그의 전기는 저런 조명을 만들 정도로 실용적인 단계에는 이르지 못했다. 그리고 천장의 조명을 보고 있자니, 그 뒤편에서 수력으로 돌아가는 발전기, 수 마일에 걸쳐 뻗어 있는 송전선, 전동기의 모습이 떠올랐다. 그는 자신의 머릿속에서, 아니 머릿속 일부에서 저절로 떠오른 그 개념들에 숨이 막히는 기분이 들었다.

약한 전류로 개구리의 다리를 움찔거리게 만들었던 그 조악한 갈바니의 실험이, 천장에서 빛나는 저 수수께끼가 아닌 수수께끼의 조명으로 발전할 것이라고 상상이나 할 수 있었겠는가. 그러나 가장 이상한 일은 바로 이것이었다. 그의 정신 일부는 천장의 조명을 수수께끼라고 생각하고 있지만, 다른 일부는 당연한 것으로 받아들이고 그 작동 원리를 대략적으로나마 이해하고 있었던 것이다.

어디 보자. 그는 생각을 정리해 보았다. 전구는 토머스 앨버 에디슨이 발명한 물건이고… 말도 안 돼. 방금 1900년 근방이라고 생각하려 했다. 지금은 1796년밖에 되지 않았는데!

다음 순간 아주 끔찍한 사실이 떠올라서, 그는 고통에 몸부림치며 자리에 일어나 앉으려 헛된 몸부림을 쳤다. 기억에 따르면, 1900년은 이미 지나간 후였다. 에디슨은 1931년에 죽었다. 그리고 나폴레옹 보나파르트라는 이름의 남자는 그보다 110년 일찍, 1821년에 죽었던 것이다.

이 시점에서 그는 거의 미쳐버릴 뻔했다.

미쳤든 제정신이었든, 당시 그가 정신병원으로 이송되지 않은 것은 오로지 말을 할 수 없는 상태였기 때문이었다. 덕분에 생각을 정리할 시간이 생겼고, 결국 정신병원에 들어가지 않고 이 상황을 무사히 넘기려면 기억상실증을 가장해야 한다는, 사고 이전의 삶을 전혀 기억하지 못한다고 위장해야 한다는 결정을 내릴 수 있었다. 기억상실증에 걸린 사람을 정신병원에 집어넣지는 않는다. 그저 환자가 어떤 사람이었는지를 말해주고, 그가 예전에 살았다고 간주되는 삶으로 돌려보내줄 뿐이다. 기억을 되찾을 수 있도록, 실마리를 수집하여 과거를 엮어내도록 내버려둘 뿐이다.

이 모든 것이 3년 전의 일이었다. 그런데 이제 내일이 되면 정신과 의사를 찾아가서 자기가 나폴레옹이라고 털어놓을 생각인 것이다!

Ⅲ

햇살이 한참 기울었다. 커다란 새처럼 생긴 비행기가 하늘을 가로질렀고, 그는 고개를 들다가 문득 나직하게 웃음을 터트렸다. 광기로 인한 웃음은 아니었다. 나폴레옹 보나파르트가 저런 비행기를 탈 수 있다고 생각하니 그 자체의 부조리 때문에 저절로 웃음이 터진 것이다.

문득 기억하는 한도 내에서는 비행기를 타본 적이 없다는 사실이 떠올랐다. 어쩌면 조지 바인은 타본 적이 있을지도 모른다. 조지 바인이라면 27년을 살아오는 동안 적어도 한 번은 타 보았을 것이다. 그러나 그걸 자신이 비행기를 타본 적이 있는 것으로 간주할 수 있는가? 물론 이는 다른 큰 질문 속에 포함되는 작은 질문일 뿐이었다.

그는 벤치에서 일어나 다시 걸음을 옮겼다. 이제 거의 5시가 되었다. 곧 찰리 도어도 신문사를 떠나 저녁식사를 하러 집으로 갈 것이다. 어쩌면 찰리에게 전화를 걸어 오늘 밤에 집에 있을 생각인지 물어보는 편이 나을지도 모른다.

그는 가장 가까운 술집으로 들어가 전화를 걸었다. 간신히 찰리가 나가기 전에 연결이 되었다. "조지인데. 오늘 저녁에 집에 있을 거야?"

"물론이지, 조지. 포커나 하러 갈 생각이었는데, 네가 올 거라고 해서 취소해 버렸어."

"내가 올 거라는 걸 언제— 아, 캔들러가 말한 모양이지?"

"그래. 네가 전화할 줄 몰랐어. 알았더라면 마지한테 먼저 알렸을 텐데, 어쨌든 저녁이나 같이 하는 건 어때? 마지는 별로 개의치 않을 거야. 올 생각이면 지금 일러두면 되지."

그는 말했다. "고맙지만 괜찮아, 찰리. 저녁 약속이 있거든. 그리고 카드 하러 가도 별 상관은 없을 거야. 7시 정도에 그쪽에 가면 되고, 저녁 내내 붙들어 둘 건 아니니까. 한 시간 정도면 될 거야. 어차피 8시 전에 떠날 생각은 아니잖아."

찰리가 말했다. "그런 걱정은 안 해도 돼. 어차피 그렇게 가고 싶었던 것도 아니고, 우리 집에 들른 지도 한참 됐잖아. 그럼 7시에 보는 걸로 하지."

그는 공중전화 박스를 나와서, 바 앞으로 가서 맥주 한 잔을 주문했다. 왜 저녁식사 초대를 거절했는지 본인도 알 수가 없었다. 아마도 다른 사람과 대화를 나누기 전에 혼자서 한두 시간 정도 더 생각을 정리하고 싶었기 때문일 것이다. 설령 그 사람이 찰리와 마지라도.

될 수 있으면 한 잔으로 오래 버티고 싶어서 그는 천천히 맥주를 홀짝였다. 오늘 밤은 제정신으로 버텨야 했다. 아직 마음을 바꿀 시간은 있었다. 작기는 해도 빠져나갈 구멍은 마련해 놓았으니까. 아침에 캔들러를 찾아가서 하지 않기로 결정했다고 말하기만 하면 되는 것이다.

술잔 너머로 바 뒤편에 걸린 거울에 자신의 모습이 비쳐 보였다. 작은 키에 밝은 빛의 머리카락, 코 주변에는 주근깨가 난 땅딸막한 남자. 작은 키에 땅딸막하다는 점은 잘 맞아떨어졌다. 그러나 나머지는 그렇지 않았다. 조금도 닮은 구석이 없었다.

그는 두 잔째 맥주를 천천히 들이켰다. 그걸로 5시 반이 되었다.

그는 다시 밖으로 나가 걸음을 옮기기 시작했다. 이번에는 시내 쪽을 향해서. 〈블레이드〉 신문사 건물을 지나치며, 그는 캔들러가 자신을 찾았을 때 밖을 내다보고 있던 3층의 창문을 올려다보았다. 다시 저곳에 앉아 햇빛에 물든 오후 풍경을 바라볼 수 있을지 궁금해졌다.

그럴 수도 있겠지. 아닐 수도 있고.

그는 클레어를 떠올렸다. 오늘 밤 그녀를 만나고 싶은가?

글쎄, 아니. 솔직히 말해서 만나고 싶지 않았다. 그러나 작별 인사도 하지 않고 2주 동안 모습을 감추어 버리면 그녀와의 관계는 완전히 끝나 버릴 것이다.

만나는 편이 좋을 것이다.

그는 잡화점에 잠깐 들러 그녀의 집에 전화를 걸었다. "나 조지야, 클레어. 할 말이 있는데. 내일 업무 때문에 이 도시 밖으로 나가야 할 일이 생겼어. 얼마나 오래 가 있게 될지는 모르겠어. 며칠이 걸릴지, 몇 주일이 걸릴지 알 수가 없는 일이야. 오늘 밤에 만나서 잠깐 안부 인사나 해도 될까?"

"그럼, 당연히 되지, 조지. 언제쯤?"

"9시 넘어서, 하지만 너무 늦게는 안 돼. 그 정도면 될까? 먼저 업무 때문에 찰리를 만나봐야 하거든. 9시 이전에는 빠져나오지 못할지도 몰라."

"그럼, 조지. 편할 때 와."

그는 햄버거 가판대 앞에서 걸음을 멈추었다. 배는 딱히 고프지 않았지만, 샌드위치 하나와 파이 한 조각을 입에 쑤셔 넣었다. 그걸로 6시 15분이 되었고, 이제 걸어서 가면 시간을 딱 맞춰 찰리네 집에 도착할 수 있을 듯했다. 그래서 그는 계속 걸었다.

찰리가 문가로 나와 그를 맞이해 주었다. 찰리는 입술에 손가락을 댄 채로 마지가 설거지를 하고 있는 부엌 쪽으로 고개를 까닥여 보였다. "마지한테는 말하지 않았어, 조지. 걱정할 것 같아서." 그는 이렇게 속삭였다.

찰리에게 대체 왜 마지가 걱정을 할지, 걱정을 해야만 하는 건지 물어보고 싶었지만, 그는 그 질문을 입에 올리지 않았다. 어쩌면 답변을 듣는 게 겁이 난 걸지도 모른다. 마지가 이미 그에 대해 걱정을 하고 있었다는 뜻이라면 분명 나쁜 징조일 테니까. 지금까지 3년 동안 꽤나 잘해왔다고 생각했는데 말이다.

찰리가 데려간 곳이 부엌에서도 소리를 다 들을 수 있는 거실이었던 만큼 물어볼 겨를도 없었다. 그리고 찰리는 이렇게 말하고 있었다. "체스 한 판 두러 와 주다니 정말 기쁜데, 조지. 마지는 오늘 밤 외출을 할 거라서. 근처 극장에서 보고 싶던 영화를 틀어준대. 카드는 자기방어를 위해 가려던 거였지, 솔직히 딱히 가고 싶던 건 아니었어."

그는 옷장에서 체스판과 말을 꺼내 와서는, 커피 탁자 위에서 준비를 시작했다.

마지가 차가운 맥주잔 두 개가 담긴 쟁반을 들고 와서는 체스판 옆에 내려놓았다. "안녕, 조지. 몇 주 동안 출장을 간다면서요."

그는 고개를 끄덕였다. "어딘지는 모르지만요. 캔들러─편집국장 말입니다─가 도시 밖으로 출장을 갈 수 있느냐고 말해서 당연히 된다고 했더니, 내일 찾아오면 어디로 갈지 알려준다고 했어요."

찰리는 양손에 폰을 하나씩 쥐고 손을 내밀었고, 그는 왼손을 골라서 하얀색으로 게임을 하게 되었다. 킹 앞의 폰을 두 칸 앞으로 움직이자, 찰리는 여왕 앞의 폰을 같은 식으로 움직였다.

마지는 거울 앞에 서서 모자를 가지고 실랑이를 벌이고 있었다. "돌아왔을 때 이미 떠났을 지도 모르니까 말해 두는 거지만요, 조지. 잘 다녀와요. 행운을 빌어요."

"고마워요, 마지. 잘 다녀와요."

몇 번 더 말을 움직이고 나자, 외출 준비를 마친 마지가 다가와 찰리에게 작별 키스를 한 다음, 그의 이마에도 살짝 입을 맞추었다. "몸조심해요, 조지."

그녀의 옅은 푸른색 눈과 마주친 아주 잠깐 동안, 그는 생각했다. 나를 걱정하고 있어. 살짝 두려움이 일었다.

문이 닫히고 나서 그는 말했다. "이번 판은 이대로 끝내지 말고 놔두자고, 찰리. 슬슬 의논을 시작해야겠어. 9시에 클레어를 만나기로 했거든. 얼마나 가 있게 될지 모르니까, 작별 인사 정도는 해 놓고 가는 편이 나을 것 같아서."

찰리는 고개를 들고 그를 바라보았다. "클레어하고는 진지하게 사귀는 거야, 조지?"

"나도 모르겠어."

찰리는 자기 맥주를 들고 한 모금 홀짝였다. 그러고는 갑자기 활기차고 업무에 어울리는 목소리로 말했다. "좋아, 그럼 일 얘기로 들어가 볼까. 내일 오전 11시에 어빙이라는 친구하고 면담을 잡아 놨어. W. E. 어빙 박사라고, 애플턴 블록에 사는 사람이야. 정신과 의사지. 랜돌프 박사가 추천해 줬어.

캔들러한테서 이야기를 듣고 나서 오늘 오후에 전화를 했지. 캔들러는 벌써 랜돌프에게 전화를 했더군. 본명을 대고, 이런 이야기를 했어. 최근 묘한 행동을 보이는 사촌이 한 명 있어서 상담을 좀 받았으면 좋겠고, 그 사촌의 이름은 대지 않겠다고. 어떤 식으로 묘하게 행동하는지는 이야기하지 않았어. 질문을 회피하고 의사 본인이 선입견 없이 직접 판단했으면 좋겠다고만 했지. 너를 설득해서 의사를 만나보겠다고 하게는 만들었는데, 내가 아는 정신과 의사는 랜돌프밖에 없었고, 랜돌프한테 전화를 걸었더니 개인 진료는 하지 않는다고 하면서 어빙을 추천했다고 말했지. 내가 생존해 있는 가장 가까운 친척이라고 했고.

이렇게 하면 두 번째 확진은 랜돌프한테 받을 수 있을 거야. 네가 진짜 미쳤고 정신병원에 들어가야 하는 사람이라고 어빙을 납득시킨 다음에는, 처음 진료를 원했던 랜돌프한테 확인을 받고 싶다고 계속 주장하면 되니까. 그리고 이번에는 물론 랜돌프도 동의하겠지."

"내가 어떤 정신병을 앓고 있다고 생각하는지에 대해서는 전혀 말하지 않았고?"

찰리는 고개를 젓고는 말했다. "자, 그래서, 내일은 우리 둘 다 〈블레이드〉로 출근하지 않을 거야. 마지한테 의심을 받으면 곤란하니까 정시에 집에서 나서기는 하겠지만, 시내로 나가서 너하고 합류해야겠지. 보자, 크리스티나 호텔 로비에서 11시 15분 전에 보지. 그리고 자네를 수감해야 한다고―이 표현이 맞던가?―어빙을 설득할 수만 있다면, 즉시 랜돌프를 불러서 내일 안에 모든 일을 마무리 지을 거야."

"그리고 내가 마음을 바꾸면?"

"그러면 면담 약속을 취소해야지. 그게 다야. 이거 보라고, 딱히 더 논의할 것도 없지 않아? 체스나 마저 두자고. 아직 7시 20분밖에 안 됐잖아."

그는 고개를 저었다. "이야기나 좀 더 하자고, 찰리. 한 가지 빼놓은 것이 있기는 하잖아. 내일 이후의 일 말이야. 캔들러에게 보낼 보고를 받으러 얼마나 자주 들를 생각이지?"

"아, 물론이지, 그걸 빼먹었군. 면회 시간이 허용되는 한은 최대한 자주 들러야지. 일주일에 3일이야. 월요일, 수요일, 금요일 오후. 내일이 금요일이니까, 들어가게 되면 월요일에 처음 보게 되겠군."

"좋아. 있잖아, 찰리. 혹시 캔들러가 내가 그 안에서 알아내야 하는 것이 뭔지 힌트라도 준 거 없어?"

찰리 도어는 천천히 고개를 저었다. "전혀 말해주지 않던데. 뭔데 그래? 너무 비밀이라 이야기 못 하는 거야?"

그는 멍하니 생각에 잠겨 찰리를 바라보았다. 그리고 문득 진실을, 자신도 모른다는 사실을 털어놓아서는 안 될 것 같다는 느낌이 들었다. 그러면 정말 한심해 보일 테니까. 캔들러가 말해줄 수 없는 이유를 댔을 때는 이 정도라는 생각은 안 들었는데, 지금 여기서 자신이 털어놓으면 확실히 한심하게 들릴 것이다.

그는 말했다. "캔들러가 말하지 않았으면 나도 말하지 않는 편이 낫겠어, 찰리." 딱히 신빙성 있게 들리는 소리가 아닌지라, 그는 덧붙였다. "캔들러한테 그러겠다고 말했거든."

이쯤해서 맥주잔은 양쪽 모두 비어 버렸고, 찰리는 잔을 다시 채우려 부엌으로 향했다.

그는 찰리를 따라갔다. 어쩐지 부엌의 격의 없는 분위기가 더 마음에 들었던 것이다. 그는 등받이에 팔꿈치를 올린 채 부엌 의자에 걸터앉았고, 찰리는 냉장고에 기대어 섰다.

찰리가 말했다. "건배!" 맥주를 함께 들이켠 후, 찰리가 물었다. "어빙 박사한테 꾸며댈 이야기는 준비 됐어?"

그는 고개를 끄덕였다. "캔들러가 내가 무슨 소리를 할지 말해 줬나?"

"아, 네가 나폴레옹이라는 거 말이지?" 찰리는 가볍게 웃었다.

진심이 담긴 웃음처럼 들리지 않는가? 완벽하게 말도 안 되는 생각이라는 것을 알면서도, 그는 찰리를 바라보았다. 찰리는 공정하고 정직한 사람이었다. 찰리와 마지는 그의 가장 친한 친구였다. 3년 동안 알게 된 사람들 중에서 가장 친한 친구였다. 찰리에 따르면 그보다 전부터, 훨씬 오래전부터 그런 사이였다. 그러나 그 3년 이전의 일은… 완전히 다른 문제였다.

단어가 목구멍에서 떨어져 나오지 않는 양, 그는 헛기침을 했다. 그러나 반드시 해야 하는 질문이었다. 확신을 해야 했다. "찰리, 아주 괴상한 질문을 하나 하려고 하는데. 이번 일에 딱히 다른 뜻은 없는 거겠지?"

"허?"

"괴상한 질문이라는 건 알아. 하지만… 생각해 보라고. 너하고 캔들러가 내가 미쳤다고 생각하는 건 아니겠지? 둘이서 너무 늦기 전에 나를 고통 없이, 무슨 일이 일어나는지도 모르게 정신병원에 집어넣으려고—아니면 적어도 검사를 받게 하려고—꾸민 일은 아니겠지?"

찰리는 그를 물끄러미 바라보고 있었다. "세상에, 조지. 내가 너한테 그런 일을 할 거라고 생각을 하는 거야?"

"아니, 그건 아니야. 하지만… 나를 위해서 하는 일이라고 생각할 수도 있잖아. 그렇다면 가능할 수도 있으니까. 이거 봐, 찰리. 만약 그런 거라면, 그렇게 생각한다면, 나를 제대로 평가할 수 있는 상황이 아니라는 걸 지적하고 싶은데. 나는 내일 정신과 의사한테 가서 거짓말을 할 거야. 최선을 다해 망상에 빠져 있는 척할 거라고. 정직하게 다 털어놓을 생각이 아니란 말이야. 그러니 나한테는 정말로 공정하지 못한 상황일 거라고. 무슨 말인지 알겠지, 찰리?"

찰리의 안색이 조금 창백해졌다. 그는 천천히 말했다. "조지, 신께 맹세하건대, 절대 그런 일이 아니야. 내가 아는 건 캔들러하고 네가 설명해 준 것밖에 없어."

"내가 제정신이라고 생각하는 거 맞지? 완벽하게 정상이라고?"

찰리는 입술을 핥았다. "솔직하게 말해 줄까?"

"응."

"바로 이 순간 전까지는 조금도 의심해 본 적이 없어. 딱 하나… 뭐, 사실 기억상실도 정신적 이상의 한 종류이기는 할 테고, 그게 치료가 안 된 건 사실이니까. 하지만 그걸 말하는 건 아닐 거 아니야?"

"아니지."

"그러면 바로 이 순간 전까지는… 조지, 방금 한 말은 피해망상처럼 들린다고. 방금 그게 진심으로 한 소리라면, 너를 정신병원에 집어넣으려고 음모를 꾸미다니— 딱 봐도 말도 안 되는 소리라는 걸 알 거 아니야. 캔들러나 내가 대체 왜 거짓말까지 해서 너를 정신병원에 들어가게 만들려고 하겠어?"

그는 말했다. "미안해, 찰리. 순간 이상한 생각이 들어서 그랬어. 물론 그런 생각은 안 하지." 그는 손목시계를 확인했다. "체스나 마저 두자고. 어때?"

"좋지. 맥주 다시 채워서 가져갈 테니까, 조금만 기다려."

그는 대충 체스의 말을 옮겼고, 15분 안에 지는 데 성공했다. 그리고 복수를 노려보라는 찰리의 제안을 거절하고 그대로 의자에 몸을 묻었다.

그가 말했다. "찰리, 적흑 말로 구성된 체스 세트에 대해 아는 거 있어?"

"음, 아니. 내가 본 거는 전부 흑백이나 적백이었는데. 왜?"

"글쎄—" 그는 웃음을 지었다. "방금 내 정신 상태에 대해 의심하게 만든 다음에 이런 소리를 해도 될지는 모르겠는데, 요즘 들어 계속 같은 꿈을 꾸거든. 평범한 꿈보다 딱히 더 이상할 건 없는데, 같은 내용이 계속 반복된단 말이지. 그중 하나가 적색과 흑색이 게임을 벌이는 거거든. 사실 체스인지 아닌지도 모르겠어. 너도 알겠지만, 꿈속에서는 무슨 일이 벌어지든 사리에 맞는 것 같은 느낌이 들잖아. 꿈속에서는 그 적흑 사이의 게임이 체스인지 아닌지 궁금증도 들지 않아. 그냥 아는 것 같거든. 하지만 그 지식이 남아 있지를 않는단 말이야. 무슨 말인지 알겠지?"

"물론이지. 계속해 봐."

"그래서 찰리, 혹시 이런 꿈이 지금까지 넘어서지 못한 기억상실의 장벽 저편과 관련이 있지 않은가 하는 생각이 들었단 말이야. 내 평생— 아니, 뭐 사실 평생까지는 아닐지 모르지만, 적어도 내가 기억하는 3년 동안 같은 꿈을 계속 꾼 적은 없단 말이지. 혹시 내… 내 기억이 그 건너편으로 넘어가지 않으려고 애쓰는 건 아닐까 싶어서.

혹시 내가 예전에 적흑 체스 세트를 가지고 있던 건 아니지? 아니면 내가 다녔던 학교에서 적색과 흑색으로 구성된 교내 야구나 농구 시합을 열었다던가?"

찰리는 한참 생각을 하다 이내 고개를 저었다. "아니. 그런 건 없었어. 적흑으로 구성된 거라면 룰렛이 있지. 트럼프 카드도 두 가지 색으로 구성되어 있고."

"아냐, 카드나 룰렛하고 관계가 없다는 건 확실해. 그건… 그건 그런 게 아냐. 적색과 흑색이 대결하는 게임이라고. 각자 한쪽을 맡고 있단 말이야. 잘 생각해 봐, 찰리. 자네가 아니라 내가 이런 인상을 받았을 만한 곳을 떠올려 보라고."

그는 찰리가 기억을 더듬느라 애쓰는 모습을 지켜보았다. 마침내 그는 말했다. "됐어, 너무 머리 짜내느라 애쓰지 말라고, 찰리. 이건 어때. '찬연하게 반짝이는 것.'"

"찬연하게 반짝이는 뭐?"

"그냥 그게 다야. 찬연하게 반짝이는 것. 혹시 떠오르는 거 없어?"

"없는데."

"그럼 됐어. 잊어버려."

IV

일찍 도착했기 때문에, 그는 클레어의 집을 지나쳐 교차로의 커다란 느릅나무 아래까지 가서 우울한 기분으로 남은 담배를 태웠다.

사실 딱히 더 생각할 것도 없었다. 그저 작별 인사만 하면 된다. 간단한 일이다. 그리고 어디로 가는 것인지, 얼마나 가 있을 것인지를 물어본다면 지연 전술을 사용하면 되는 것이다. 별일 아닌 것처럼 감정을 보이지 않고 조용히 대응하면 된다. 서로에게 아무 의미도 없는 사소한 일인 것처럼.

그래야만 했다. 클레어 윌슨과 알게 된 지도 1년 반이 되었고, 그동안 계속 기다리게 만들었다. 공정한 행동이 아니었다. 그녀를 위해서라도 이걸로 끝내야 한다. 자신을 나폴레옹이라 생각하는 광인 주제에, 어떻게 여인에게 청혼을 할 수 있겠는가!

그는 꽁초를 떨어트리고 뒷굽으로 보도에 대고 밟아 뭉갠 다음, 클레어의 집으로 돌아가서 현관의 초인종을 울렸다.

클레어가 직접 문가로 나왔다. 뒤편의 복도 조명 때문에 금빛 머리카락이 금실로 짠 머리띠처럼 그림자에 묻힌 얼굴 주변을 둘렀다.

꼭 끌어안고 싶은 충동이 너무 강해서, 팔을 올리지 않기 위해 주먹을 꾹 쥐어야 할 지경이었다.

그는 얼빠진 질문을 던졌다. "안녕, 클레어. 별일 없지?"

"글쎄, 잘 모르겠어, 조지. 그쪽은 별일 없는 거야? 안 들어올 생각이야?"

그녀는 그가 들어올 수 있도록 문가에서 몸을 비켰고, 이제 불빛은 아름답고 근심 어린 그녀의 얼굴로 내리쬐었다. 뭔가 일이 생겼다는 사실을 알고 있는 거라고, 그는 생각했다. 표정과 목소리에 명백하게 드러나 있었다.

그는 안으로 들어가고 싶지 않았고, 그래서 이렇게 말했다. "아름다운 밤이잖아, 클레어. 산보나 하자고."

"알았어, 조지." 그녀는 현관으로 나왔다. "날씨 좋네. 별빛도 예쁘고." 그녀는 몸을 돌려 그를 바라보았다. "혹시 당신이 가진 별은 없어?"

그는 순간 흠칫하고는, 이내 앞으로 나와서 그녀의 팔꿈치를 잡고, 현관 계단을 내려오는 것을 도와주었다. 그리고 경쾌하게 말했다. "사실 전부 내 별이지. 하나 사고 싶어?"

"공짜로 주지는 않는 거야? 아주 작은 꼬마 별 정도는 괜찮지 않아? 망원경이 없으면 보이지도 않는 별 정도는?"

그들은 집에 말소리가 들리지 않을 정도로 거리를 벌렸다. 그리고 순간 그녀의 목소리가 변했다. 경쾌한 기색이 사라진 목소리로, 그녀는 다른 질문을 던졌다. "뭔가 잘못된 거야, 조지?"

그는 아무 문제도 없다고 대답하려 입을 열었다가, 아무 말도 못하고 다시 다물었다. 그녀에게 거짓말을 할 수는 없었고, 그렇다고 진실을 털어놓을 수도 없었으니까. 그녀 쪽에서 직접 질문을 꺼냈으니 말하는 일은 더 쉬워져야 마땅했다. 그러나 오히려 더 어려워지는 기분이었다.

그녀는 다른 질문을 했다. "작별 인사를… 그러니까, 헤어지자고 말하려고 온 거지, 그런 거 아니야, 조지?"

그는 말했다. "맞아." 입이 바싹 말라 있었다. 이 간단한 단어를 제대로 발음한 것인지 확신하지 못해서, 그는 입술을 축인 후 다시 시도했다. "맞아, 미안해, 클레어."

"왜?"

그는 정면을 보고 있었다. 얼굴을 돌려 그녀를 마주할 수가 없었다. "이… 이유는 말할 수 없어, 클레어. 하지만 내가 할 수 있는 건 이것뿐이야. 우리 둘 모두를 위한 일이야."

"한 가지만 말해 줘, 조지. 정말 어딘가로 가 버리는 거야? 아니면 그냥 핑계였던 거야?"

"사실이야. 가야 해. 얼마나 걸릴지는 모르지만. 하지만 어디로 가는지는 묻지 말아 줘. 그건 대답할 수가 없어."

"내가 대답할 수 있을지도 모르겠네, 조지. 내가 말해도 될까?"

상관없다는 기분이었다. 처참한 기분이었다. 그러나 그렇다고 말할 수는 없지 않은가? 그는 아무 말도 하지 않았다. 괜찮다고 말할 수도 없었기 때문에.

두 사람은 이제 공원을 지나고 있었다. 겨우 한 블록 떨어진 곳에 있는 작은 공원이라 딱히 내밀한 이야기를 할 만한 곳은 아니었지만, 적어도 벤치 정도는 있었다. 그리고 그는 그녀를 이끌어—아니면 그녀가 그를 이끌었는지도 모른다. 그로서는 어느 쪽인지 판별할 수 없었으니까—공원으로 들어가 벤치에 앉았다. 다른 사람들도 있었지만, 적어도 가까운 곳에는 없었다. 그리고 그는 여전히 대답을 하지 않았다.

그녀는 그의 옆으로 붙어 앉았다. "당신 정신 문제 때문에 고민해

왔잖아. 안 그래, 조지?"

"그게… 맞아. 어떤 면으로는 맞아. 그랬지."

"그리고 그 문제 때문에 어디론가 가는 거겠지. 아니야? 진단이나 치료를 받으러 가는 거지. 양쪽 다일 수도 있고."

"비슷한 일이야. 그렇게 단순하지는 않지만, 클레어… 무슨 일인지 말할 수는 없어."

그녀는 무릎에 놓인 그의 손에 자신의 손을 포갰다. "그런 일일 거라고 생각했어, 조지. 나한테 전부 털어놓으라고 말하지는 않을게.

다만… 지금 하려고 했던 말은 아직 꺼내지 마. 이별이 아니라 작별 인사로 끝내는 거야. 원하지 않는다면 편지도 안 써도 돼. 하지만 고상한 척하면서 나를 위해 여기서 전부 끝내자고 말하지는 않았으면 좋겠어. 적어도 지금 가려는 그곳에 다녀올 때까지는 기다려도 되잖아. 그래줄 거지?"

그는 마른침을 삼켰다. 그렇게 복잡한 일을 이토록 단순하게 정리할 수 있다니. 그는 비참한 기분으로 말했다. "알았어, 클레어. 당신이 그러기를 원한다면."

갑자기 그녀는 자리에서 일어섰다. "돌아가자, 조지."

그 역시 그녀를 따라 일어섰다. "아직 이른 시간인데."

"나도 알아. 하지만 때로는… 글쎄, 심리적으로 데이트를 끝내야 하는 순간이 있는 법이잖아, 조지. 바보처럼 들린다는 건 알지만. 하지만 이런 대화를 하고 나서, 더 이상 뭔가 하면… 비장감이 떨어진달까…"

그는 가볍게 웃었다. "무슨 말인지 알겠어."

그들은 아무 말 없이 그녀의 집까지 걸었다. 그는 이 침묵이 기꺼운지 불편한지 알 수가 없었다. 감정이 너무 뒤얽혀 있었다.

그림자 속의 현관에서, 문 앞에서, 그녀는 몸을 돌려 그를 마주했다. "조지." 그녀는 입을 열었지만, 침묵만이 이어졌다.

"아, 빌어먹을, 조지. 고상한 척이든 뭐든, 그런 건 관두란 말이야. 물론 당신이 나를 사랑하지 않는다면 얘기는 다르지만. 이게 전부… 빙 둘러서 나를 떠나기 위한 복잡한 계획이 아니라면 말이야. 그런 거야?"

그가 선택할 수 있는 방도는 두 가지뿐이었다. 하나는 죽어라 도망가는 것이었다. 다른 하나는 그가 택한 것이었다. 그는 그녀를 끌어안고 키스를 했다. 탐욕스럽게.

어느 정도 시간이 흘러 모든 것이 끝났을 때, 그는 숨이 가쁘고 정신이 살짝 멍해진 상태였다. 덕분에 그는 조금도 할 생각이 없던 말을 해 버렸다. "사랑해, 클레어. 사랑해. 정말로 사랑해."

그리고 그녀는 말했다. "나도 당신을 사랑해. 나한테 돌아올 거지?" 그리고 그는 대답했다. "돌아올게. 돌아올 거야."

그녀의 집에서 그의 하숙집까지는 4마일이나 떨어져 있었지만, 그는 걸어서 집으로 향했다. 고작해야 몇 초밖에 걸리지 않은 것처럼 느껴졌다.

그는 불 꺼진 방의 창턱에 앉아 생각에 잠겼다. 그러나 그 생각은 지난 3년 동안과 같은 경로를 반복해 돌기만 했다.

이제 목을 내밀고 불구덩이로 들어간다는 사실을 제외하면, 새로 추가된 요인은 단 하나도 없었다. 어쩌면, 가능성은 희박하지만, 이번에는 모든 일이 어떤 식으로든 매듭을 짓게 될지도 모른다.

창밖에는 별들이 하늘의 다이아몬드처럼 밝게 빛나고 있었다. 저 중에 그의 운명을 좌우하는 별이 있을까? 그렇다면 그 별을 따라갈 것이다. 만약 그 끝에 정신병원이 있다고 하더라도. 그는 거짓을 가장한 채 진실을 털어놓게 된 이번 일이 단순한 사고가, 우연의 일치가 아니라고 마음속 깊은 곳에서 믿고 있었다.

운명의 별.

찬연하게 반짝이는? 아니다. 꿈속에서 들었던 구절은 별을 의미하는 것이 아니었다. 다른 존재를 수식하는 형용사가 아니라 명사였다. 찬연하게 반짝이는 것. 찬연하게 반짝이는 것이 무엇일까?

그리고 적흑의 게임은? 그는 찰리가 언급한 모든 것을, 그 이상의 것들까지 고려해 보았다. 예를 들어 체커라든가. 하지만 그것도 아니었다.

붉은색과 검은색.

답이 무엇이든, 이제 그는 그곳을 향해 전력으로 돌진해 가는 중이었다. 도망치는 것이 아니라.

잠시 후 그는 잠자리에 들었지만, 잠이 들기까지는 꽤나 오랜 시간이 필요했다.

V

찰리 도어는 사무실이라 적힌 내실에서 나와서 손을 내밀었다.

"행운을 빌어, 조지. 의사 선생은 면담을 시작할 준비가 되었다고 하는군."

그는 찰리와 악수를 나누고는 말했다. "너도 슬슬 가 보는 게 어때. 첫 면회일인 월요일에 보자고."

"여기서 기다리지 뭐." 찰리가 말했다. "어차피 하루 휴가를 낸 참이니까. 기억하지? 게다가 입원은 안 해도 될지도 모르잖아."

그는 찰리의 손을 놓고는 얼굴을 빤히 바라보았다. "그게 무슨 소리야, 찰리. 입원은 안 해도 될지도 모른다니."

"무슨 소리냐니—" 찰리는 영문을 모르겠다는 얼굴이었다. "아니, 어쩌면 아무 문제도 없다고 할지도 모르고, 괜찮아질 때까지 방문 치료만 하면 된다고 할지도 모르고, 아니면—" 찰리는 어물거리며 말을 맺었다. "—뭐 다른 게 있을 수도 있잖아."

그는 믿지 못하겠다는 얼굴로 찰리를 바라보았다. 우리 둘 중 누가 미친 건지 모르겠다고 말하고 싶었지만, 이 상황에서는 정말 미친 소리로 들릴 것이었다. 하지만 찰리가 어쩌다 본심을 드러낸 것이 아닌지 확인을 해야 했다. 어쩌면 의사와 대화를 나누고 나온 참이니 너무 역할에 몰입한 것일지도 모른다. 그는 입을 열었다. "찰리, 너 혹시 기억하는지 모르겠지만—" 그러나 질문의 나머지 부분조차 정신이 나간 것처럼 느껴졌다. 찰리가 멍한 표정으로 그를 바라보고 있는 상황에서는. 질문의 답은 찰리의 얼굴에 떠올라 있었다. 굳이 입술을 통해 들을 필요도 없었다.

찰리는 다시 말했다. "당연히 기다려야지. 잘 해봐, 조지."

그는 찰리의 눈을 바라보며 고개를 끄덕인 다음, 몸을 돌려 사무실이라고 적힌 문으로 들어갔다. 그는 방에 들어와 문을 닫으며, 책상 뒤에 앉아 있다가 그가 들어오자 몸을 일으킨 남자를 살펴보았다. 덩치가 좋은 남자였다. 떡 벌어진 어깨에 강철 같은 회색 머리카락.

"어빙 박사님이십니까?"

"그렇습니다, 바인 씨. 부디 앉아 주시겠습니까?"

그는 의사의 책상 건너편에 놓인 푹신하고 편안한 안락의자에 자리를 잡았다.

의사는 말했다. "바인 씨, 이런 첫 번째 면담은 항상 조금 어려운 법입니다. 그러니까, 환자 쪽에게 말이지요. 의사와 조금 더 친숙해지기 전까지는 자신에 대해 언급하기가 쉽지 않은 법이니까요. 직접 자신에 대해 말씀해 보시겠습니까, 아니면 제가 질문을 드리도록 할까요?"

그는 두 가지 방안을 고려해 보았다. 무슨 말을 할지 준비는 다 끝내고 왔지만, 대기실에서 찰리와 나눈 짧은 몇 마디 대화가 모든 것을 바꾸어 버렸다.

그는 말했다. "질문을 해 주시는 편이 좋을 것 같군요."

"좋습니다." 어빙 박사는 연필을 들고 있었고, 그의 앞 책상에는 종이가 놓여 있었다. "생년월일과 고향부터 말씀해 주십시오."

그는 심호흡을 했다. "제가 알고 있는 한은, 코르시카에서 1769년 8월 15일에 태어났습니다. 물론 실제로 태어난 순간을 기억하지는 못하지요. 하지만 코르시카에서 보낸 유년기는 기억합니다. 제가 열 살이 될 때까지 그곳에서 살았고, 그 이후에는 브리엔의 기숙학교로 보내졌죠."

의사는 내용을 받아적는 대신 연필 끝으로 종이 위를 가볍게 두드렸다. "지금이 몇 년 몇 월이지요?"

"1947년 8월입니다. 그래요, 그렇다면 제가 170살이 넘었다는 말이 된다는 것도 알고 있습니다. 제가 그 사실을 어떻게 해석하는지를 알고 싶으시겠죠. 저도 모릅니다. 마찬가지로 나폴레옹 보나파르트가 1821년에 죽었다는 사실 역시 어떻게 해석해야 할지 모르겠습니다."

그는 의자에 몸을 기대고 팔짱을 끼면서 천장을 올려다보았다. "제가 겪는 패러독스나 불일치점을 감히 해석할 생각은 없습니다. 그대로 받아들일 뿐이죠. 하지만 제 기억에 따르면, 논리적인 옳고 그름을 떠나서, 저는 27년 동안 나폴레옹이었습니다. 그동안 벌어진 일을 하나씩 열거하지는 않겠습니다. 역사책을 뒤져보면 다 나오는 내용이니까요.

하지만 1796년 이탈리아 원정군을 이끌고 로디 전투를 끝낸 직후, 저는 잠자리에 들었습니다. 제가 아는 한은 언제 어디서든 누구나 할 법한 행동이었죠. 그러나 잠에서 깨어나 보니—참고로 말하자면, 얼마나 잠들어 있었는지에 대해서는 전혀 인지하지 못했습니다—바로 이 도시의 병원에 있었던 겁니다. 게다가 제 이름이 조지 바인이고 지금은 1944년이라고 하더군요. 그리고 저는 27세였습니다.

27세라는 점은 같았지만 공통점은 그게 끝이었습니다. 전혀 아무것도 없었죠. 조지 바인의 삶에 대해서는 아무것도 기억하지 못했습니다. 그가—제가—사고를 당하고 병원에서 깨어나기 전까지는 말이지요. 이제 그의 이전 삶에 대해서도 꽤나 잘 알고 있지만, 그건 제가 다른 사람들에게 들었기 때문인 겁니다.

그가 언제 어디서 태어났는지, 그가 어느 학교를 다녔는지, 언제 〈블레이드〉 지에서 일을 시작했는지도 알고 있습니다. 입대했으나 다리 부상의 후유증으로 무릎이 나빠져 1943년에 제대했다는 사실도 알고 있습니다. 전투 중 부상 때문은 아니었고, 저의—그의—제대가 정신적 문제 때문이었던 것도 아닌 모양입니다."

의사는 연필을 두드리는 일을 멈추고는 물었다. "3년 동안 그런 생각을 하면서도 비밀로 하고 있었다는 겁니까?"

"그렇습니다. 사고가 일어난 후 생각을 가다듬을 시간이 있었습니다. 그리고 당시에는 사람들이 말해주는 내 신원을 받아들이기로 했지요. 안 그랬으면 나를 정신병원으로 보냈을 테니까요. 이후 계속해서 해답을 찾아내려 애썼습니다. 던의 시간에 대한 이론을 연구했지요. 찰스 포트도요!" 그는 문득 웃음을 머금었다. "캐스퍼 하우저*에 대해 읽어보신 적 있으십니까?"

어빙 박사는 고개를 끄덕였다.

"어쩌면 그 친구도 저처럼 모두를 속이고 있었을지도 모릅니다. 다른 기억상실증 환자들 중에서도 특정 일시 이전에 벌어진 일을 기억하지 못하는 척하고 있는 사람이 있을 수 있겠지요. 현실과 명확하게 다른 기억을 소유하고 있다고 인정하는 대신 말입니다."

---

* 19세기 초 독일 바이에른 지방에서 발견된 고아 소년. 자신의 과거에 대해 아무것도 기억하지 못하고 말도 제대로 하지 못했다. 이후 정체불명의 습격자에게 살해당해 그 정체는 영원히 수수께끼로 남았다.

어빙 박사는 신중하게 말을 골랐다. "사촌분의 말씀에 따르면 사고가 일어나기 전에 나폴레옹에 대해서 꽤나… 잘 알고 계셨다고 하던데 말입니다. 그 사실에 대해서는 어떻게 생각하십니까?"

"해석을 할 생각은 없다고 이미 말씀드렸을 텐데요. 하지만 찰리 도어의 말이 사실이라는 점은 확인해 드릴 수 있습니다. 아무래도 저는—조지 바인 쪽의 저 말입니다, 제가 조지 바인이었던 적이 있다면 말이지만—나폴레옹에 대해 꽤나 관심이 많았던 모양입니다. 책으로 읽은 다음 영웅으로 여기면서 자주 이야기를 하고 다녔던 모양이죠. 〈블레이드〉의 동료들이 그에게 '나피'라는 별명을 붙였다는 점만 봐도 확실하지 않습니까."

"당신 자신과 조지 바인을 구별해서 말씀하시고 있군요. 당신은 조지 바인이 아닌 겁니까?"

"3년 동안은 조지 바인이었지요. 그 전에는— 조지 바인이었던 기억이 없습니다. 그랬다고 생각하지 않아요. 제 생각에는—적어도 제 생각이라는 것이 있다면—저는 3년 전에 조지 바인의 몸에 들어와 깨어난 것 같습니다."

"그럼 170년이 넘도록 무엇을 하고 있었던 겁니까?"

"짐작도 가지 않습니다. 일단 이 육신이 조지 바인의 것이라는 점에는 의심의 여지가 없습니다. 그리고 육신과 함께 그의 지식도 물려받았지요. 개인적인 기억만 제외하고 말입니다. 예를 들어, 저는 신문사에서 그의 업무를 하는 법을 알고 있습니다. 그곳에서 함께 일하는 동료들은 한 명도 기억하지 못하지만요. 또한 영어에 대한 지식이나 글 쓰는 능력도 가지고 있습니다. 타자기 사용법도 알고 있습니다. 필체 역시 그와 동일하지요."

"만약 본인이 바인이 아니라고 생각하신다면, 그 사실을 어떻게 해석하고 계십니까?"

그는 몸을 앞으로 내밀었다. "제게는 조지 바인인 부분과 그렇지 않은 부분이 함께 존재한다고 생각합니다. 일반적인 인간이 경험할 수 없는 일종의 인격 전이가 일어났다는 겁니다. 굳이 초자연적인 현상으로 해석할 필요는 없을 겁니다. 제가 정신 이상이라는 뜻도 아닐 테고요. 그렇지 않습니까?"

어빙 박사는 그 질문에는 대답하지 않았다. 대신 그는 이런 질문을 던졌다. "3년 동안 비밀로 해 오신 것도 충분히 이해할 만하군요. 그런데 이제 털어놓기로 하신 것을 보니 다른 이유가 생긴 모양입니다. 그 다른 이유는 뭡니까? 어째서 마음을 바꾸신 거지요?"

그를 괴롭히고 있던 질문이 바로 그것이었다.

그는 천천히 말했다. "제가 우연을 믿지 않기 때문입니다. 상황 자체가 변했기 때문입니다. 편집증 환자로서 감금되는 것을 감수하고서라도 진실을 찾아내기로 마음먹었기 때문입니다."

"상황이 어떻게 변했다는 겁니까?"

"어제 제 상급자가 특정 이유 때문에 광기를 가장하는 것이 어떻겠느냐는 제안을 했습니다. 그것도 바로 제가 가지고 있을지도 모르는 특정 종류의 질환을 말이지요. 물론 제가 정신 질환을 앓고 있을지도 모른다는 가능성을 배제할 생각은 없습니다. 하지만 저 자신은 그렇지 않다고 간주하고 행동할 수밖에 없어요. 선생님은 자신이 윌리어드 E. 어빙 박사라는 사실을 알고 계십니다. 따라서 그 가정을 기반으로 행동하실 수밖에 없지요. 하지만 자신이 자기 생각대로의 존재라는 사실을 어떻게 확신할 수 있겠습니까? 미쳤을 수도 있지만, 미치지 않았을 거라고 가정하고 행동할 수밖에 없지 않겠습니까."

"그렇다면, 음, 그 상급자가 당신을 겨냥한 음모의 일부라고 생각하고 있는 건가요? 당신을 요양원에 넣으려는 음모가 존재한다고 생각하는 겁니까?"

"모르겠습니다. 어제 정오 이후로 이런 일들이 벌어졌습니다." 그는 심호흡을 한 다음, 모든 것을 털어놓았다. 그는 어빙 박사에게 캔들러와 나눈 대화에 대해서, 캔들러가 랜돌프 박사에 대해 한 말에 대해서, 어젯밤 찰리 도어와 나눈 대화와 대기실에서 찰리가 보인 영문을 모르겠다는 얼굴에 대해서 전부 말했다.

모든 것을 털어놓은 후 그는 말했다. "이게 답니다." 그는 호기심보다는 우려를 담은 눈으로 어빙 박사의 무표정한 얼굴을 바라보며 그 속의 감정을 읽어내려 했다. 그러고는 나름 가벼운 목소리로 덧붙였다. "물론 제 말을 믿지 않으시겠죠. 제가 미쳤다고 생각하실 테니까요."

그는 어빙의 눈을 노려보며 말했다. "다른 도리가 없으실 겁니다. 제가 자신이 미쳤다고 믿게 하려고 아주 복잡한 일련의 거짓말을 늘어놓고 있다고 믿는 쪽을 택하지 않으신다면요. 즉 과학자이자 정신과 의사의 입장에서는, 제가 믿는 내용이—알고 있는 내용이—객관적 진실일 수 있다는 가능성조차 인정할 수 없으실 겁니다. 제 말이 맞지요?"

"유감이지만 그렇습니다. 그래서요?"

"그러니 이제 확진서에 서명을 해 주시지요. 이대로 상황을 끝까지 따라가 볼 생각입니다. 엘스워스 조이스 랜돌프가 두 번째 확진서에 서명을 하는 부분까지 말이죠."

"반대는 안 하시는 겁니까?"

"제가 반대한다고 뭐 달라질 게 있습니까?"

"한 가지 달라질 것은 있습니다, 바인 씨. 만약 환자가 특정 정신과 의사에 대하여 편견을—또는 망상으로 인한 우려를—가지고 있다면, 그 특정 정신과 의사의 진료는 받지 않는 편이 낫다는 겁니다. 만약 랜돌프 박사가 당신을 겨냥한 음모에 가담하고 있다고 생각하신다면, 저는 다른 의사를 추천하고 싶습니다만."

그는 나직하게 말했다. "제가 랜돌프 박사를 선택한다고 하더라도요?"

어빙 박사는 손을 내저었다. "물론 당신과 도어 씨 모두 랜돌프 박사를 선호한다면—"

"선호합니다."

의사는 엄격한 회색 머리를 엄숙하게 끄덕였다. "물론 한 가지는 확실히 이해하고 계시겠지요. 랜돌프 박사와 제가 요양원에 보내겠다고 결정한다면, 단순한 관리 목적이 아닐 겁니다. 완치를 목적으로 치료에 들어갈 겁니다."

그는 고개를 끄덕였다.

어빙 박사는 자리에서 일어섰다. "잠시 실례해도 되겠습니까? 랜돌프 박사와 통화를 해 보지요."

그는 어빙 박사가 문을 통해 내실로 들어가는 모습을 바라보며 생각했다. 여기 책상 위에도 전화가 있잖아. 내가 대화를 엿듣기를 원하지 않는 모양이야.

그는 어빙 박사가 돌아올 때까지 아주 조용히 자리에 앉아 있었다. 어빙이 말했다. "랜돌프 박사는 일정이 없으시답니다. 그리고 그쪽으로 함께 가기 위해서 택시도 불렀습니다. 잠시 또 실례해도 되겠습니까? 사촌분과 이야기를 좀 해야겠습니다. 도어 씨와요."

그는 뒤편 문을 통해 대기실로 나가는 의사 쪽으로 고개를 돌리지 않고 자리에 그대로 앉아 있었다. 문가로 가면 두 사람이 나직하게 나누는 대화를 엿들을 수도 있겠지만, 구태여 그런 일을 할 생각은 없었다. 등 뒤에서 대기실 문이 열리고 찰리의 목소리가 들릴 때까지 그는 얌전히 앉아 있었다. "가자고, 조지. 아래에서 택시가 기다리고 있을 거야."

승강기를 타고 내려가자 택시가 있었다. 어빙 박사가 주소를 댔다.

택시를 타고 목적지까지 절반쯤 갔을 때, 그는 입을 열었다. "아름다운 날이야." 찰리는 목청을 가다듬고 대답했다. "그렇군." 남은 여정 동안 그는 더 이상 대화를 시도하지 않았고, 다른 이들도 아무 말도 하지 않았다.

VI

회색 바지와 회색 셔츠였다. 옷깃은 열려 있는 채였고, 목을 매달

수 있는 넥타이 같은 물건은 주지 않는 모양이었다. 같은 이유로 허리띠도 지급되지 않았다. 바지가 허리에 너무 편안하게 맞아서 흘러내릴 염려는 없었지만 말이다. 창문을 통해 투신할 염려도 없어 보였다. 창문마다 창살이 달려 있었으니까.

그러나 병실에 수감된 것은 아니었다. 그는 3층의 널찍한 구역에 배정되었다. 구역에는 다른 남자가 일곱 명 있었다. 그는 눈을 돌려 사람들을 훑어보았다. 두 명은 바닥에 앉아서 판을 놓고 체커 게임을 벌이고 있었다. 한 명은 허공에 시선을 고정한 채 의자에 앉아 있었다. 두 명은 열려 있는 창문의 창살에 기대어 서서, 밖을 내다보며 정상적이고 가벼운 대화를 나누고 있었다. 한 명은 잡지를 읽고 있었다. 한 명은 한쪽 구석에 앉아서 유려한 아르페지오를 연주하고 있었다. 존재하지 않는 피아노로.

그는 벽에 기대어 서서 다른 일곱 명을 관찰하고 있었다. 들어온지 두 시간이 지났다. 2년처럼 여겨지는 두 시간이.

엘스워스 조이스 랜돌프와 가진 면담은 매끄럽게 흘러갔다. 어빙과 나눈 면담과 거의 완벽하게 동일했다. 그리고 당연하게도, 랜돌프 박사는 지금까지 그에 대해서는 들어본 적도 없다고 했다.

그 역시 그가 기대한 대로였다.

이제 매우 차분한 기분이 되었다. 한동안은 생각을 하지 않기로 마음먹었다. 걱정도 하지 않고, 심지어는 감정조차 느끼지 않을 생각이었다.

그는 한쪽으로 걸어가 체커 게임을 구경하기 시작했다.

미치지 않은 체커 게임이었다. 모든 규칙을 준수하는.

한 사람이 고개를 들고 물었다. "자네 이름이 뭔가?" 완벽하게 정상적인 질문이었다. 잘못된 점은 딱 하나뿐이었다. 그가 이곳에 있었던 두 시간 동안, 동일한 사람이 동일한 질문을 네 번째 하고 있다는 점.

"조지 바인입니다." 그가 대답했다.

"내 이름은 배싱턴일세. 레이 배싱턴. 레이라고 부르게. 자네 미쳤나?"

"아니오."

"여긴 미친 사람도 있고 미치지 않은 사람도 있지. 저 친구는 미쳤어." 그는 상상 속의 피아노를 연주하는 사람을 바라보며 말했다. "체커 둘 줄 아나?"

"별로 잘 두지는 못합니다."

"그거 좋군. 곧 식사를 할 거야. 뭔가 알고 싶은 게 있으면 묻기만하게."

"어떻게 하면 여기서 나갈 수 있습니까? 잠깐, 농담이나 뭐 그런걸 기대하는 게 아닙니다. 진지하게 묻는 겁니다. 절차가 어떻게 됩니까?"

"한 달에 한 번 심사위원들 앞에 나가지. 질문을 던지고는 나갈지머무를지를 결정하는 거야. 가끔은 주사를 놓기도 하지. 무슨 이유로들어온 건가?"

"이유라니요? 무슨 뜻입니까?"

"정신박약, 조울증, 정신분열, 퇴행성 울증…"

"아, 편집증인 모양입니다."

"그거 좋지 않군. 그러면 저들이 자네한테 주사를 놓을 거야."

어디선가 종소리가 들렸다.

"저녁식사 종이잖아." 체커 상대방이 말했다. "자살을 시도한 적이 있나? 다른 사람을 죽이려 들거나?"

"아니오."

"그러면 A 테이블에서 먹겠군. 나이프와 포크도 줄 테고."

구역의 문이 열리고 있었다. 문은 밖으로 열렸고, 밖에 서 있던 간수가 말했다. "좋아." 의자에 앉아서 멍하니 허공을 바라보던 사람만 제외하고 모두가 밖으로 나갔다.

"저 사람은 어떻게 합니까?" 그는 레이 배싱턴에게 물었다.

"오늘은 식사 안 할 걸. 조울증이거든. 방금 울증 상태로 들어간 참이지. 한 끼까지는 식사를 걸러도 돼. 다음번에도 안 나가면 저들이 데려가서 강제로 먹이지. 자네 조울증 있나?"

"아니오."

"운이 좋군. 기분이 추락하면 끝이 없다고. 자, 저쪽 문으로 들어가면 돼."

커다란 방이었다. 탁자와 벤치는 그와 같은 회색 셔츠와 회색 바지를 입은 남자들로 붐비고 있었다. 문을 통해 들어가자 간수가 그의 팔을 붙들고 말했다. "저쪽이다. 저쪽 자리로."

문 바로 옆의 자리였다. 음식이 엉망으로 놓인 금속 식판이 있고, 그 옆에는 숟가락이 하나 놓여 있었다. 그는 물었다. "나이프하고 포크는 없습니까? 제가 듣기로는—"

간수는 그를 자리 쪽으로 밀치며 말했다. "관찰 기간이다. 7일. 관찰 기간이 끝나기 전까지는 식기를 주지 않는다. 자리에 앉도록."

그는 자리에 앉았다. 그와 같은 탁자를 쓰는 사람들은 아무도 다른 식기를 가지고 있지 않았다. 모두가 식사를 하고 있었다. 몇 명은 시끄럽게 소리를 내며 지저분하게 먹었다. 입맛은 별로 없었지만, 그는 어쨌든 자기 식판으로 시선을 돌렸다. 그리고 숟가락으로 음식을 깨작거리다 스튜에 들어 있는 감자를 조금 입에 넣고, 거의 쭉정이나 다름없는 고기 조각을 한두 개 주워 먹었다.

커피는 금속 컵에 담겨 나왔다. 그는 이유를 생각해 보다가, 이내 평범한 컵이 얼마나 깨지기 쉬운지, 그리고 싸구려 식당에서 사용하는 묵직한 머그잔이 얼마나 훌륭한 흉기가 될 수 있는지를 깨달았다.

커피는 연하고 미지근했다. 도저히 마실 수 없을 지경이었다.

그는 의자에 등을 기댄 채 눈을 감았다. 다시 눈을 뜨자 눈앞의 식판과 컵은 텅 비어 있었고, 왼쪽에 앉은 사람은 엄청난 속도로 자기 음식을 해치우고 있었다. 존재하지 않는 피아노를 연주하던 사람이었다.

그는 생각했다. 이곳에 오래 있으면 저걸 먹어치울 정도로 배가 고파지겠지. 그 정도로 오래 있고 싶은 기분은 전혀 들지 않는 곳이었다.

잠시 후 종이 울렸고, 사람들은 그가 눈치채지 못한 신호를 따라 테이블 하나씩 일어나 방에서 나갔다. 그가 있는 탁자는 맨 마지막에 채워졌기 때문에, 맨 처음으로 나갈 수 있었다.

층계 근처까지 오자 레이 배싱턴이 그를 따라잡았다. 그가 말했다. "익숙해질 걸세. 이름이 뭐라고 했더라?"

"조지 바인입니다."

배싱턴은 크게 웃었다. 모두 들어오자 문이 닫히고, 열쇠 돌리는 소리가 들렸다.

이제 밖은 어두워져 있었다. 그는 창가로 가서 창살 사이로 밖을 내다보았다. 단 하나의 별이 정원의 느릅나무 바로 위에서 반짝이고 있었다. 그의 별일까? 글쎄, 여기까지 따라오기는 했으니까. 구름이 별을 가리며 흘러갔다.

누군가 그의 옆에 와 있었다. 고개를 돌리자 피아노를 연주하던 사람이 서 있었다. 갈색 피부에 이국적인 생김새, 강렬한 검은 눈을 가진 남자였다. 마치 내밀한 농담을 함께 나누는 것처럼 웃음을 머금고 있었다.

"당신 신입이지요? 아니면 그냥 이쪽 구역으로 이송된 겁니까? 어느 쪽이죠?"

"신입입니다. 이름은 바인이고요."

"바로니입니다. 음악가죠. 적어도 예전에는 그랬습니다. 지금은… 관두죠. 이곳에 대해 알고 싶은 것이 있습니까?"

"물론이죠. 나가는 법을 알고 싶군요."

바로니는 소리 내 웃었다. 딱히 재밌어하는 것은 아니지만, 쓴웃음 또한 아니었다. "우선 자기가 제정신이 되었다고 믿게 만들어야겠지요. 어디가 잘못된 건지 말해줄 수 있으십니까? 개의치 않는 사람도 있고 신경 쓰는 사람도 있거든요."

그는 자신이 어느 쪽인지 고민하며 바로니를 바라보았다. 마침내 그는 입을 열었다. "개의치 않는 쪽인 것 같군요. 나는… 내가 나폴레옹이라고 생각합니다."

"그래서, 그게 사실인가요?"

"뭐라고요?"

"당신이 진짜 나폴레옹이냐는 말입니다. 아니라면 별 상관없지요. 아마 6개월 정도면 나가게 될 겁니다. 만약 진짜 나폴레옹이라면— 고약하게 됐어요. 아마 여기서 늙어 죽을 겁니다."

"왜요? 그러니까 내가 진짜 나폴레옹이라면, 그건 내가 제정신이 라는 소리고—"

"그게 중요한 게 아닙니다. 저들이 당신이 제정신이라고 생각하는 지가 중요한 거죠. 저들의 생각에 따르면, 자신을 나폴레옹이라고 생 각하는 사람은 제정신이 아닌 겁니다. Q. E. D.* 여기 계속 있게 되 겠지요."

"자신이 조지 바인이라고 생각한다고 말해도 말입니까?"

"여기 친구들은 예전에도 편집증을 다루어 본 적이 있어요. 그리 고 분명 당신도 편집증 진단을 받고 여기 왔겠지요. 편집증 환자는 이곳에 질리면 항상 빠져나가려 시도를 하거든요. 저들은 풋내기가 아니에요. 그 사실을 안다는 말입니다."

"물론 그렇겠죠. 하지만 어떻게—"

순간 싸늘한 기운이 등골을 타고 흘렀다. 질문을 마저 할 필요도 없었던 것이다. 주사를 놓기도 하지. 레이 배싱턴이 말했을 때는 무 슨 뜻인지 짐작도 하지 못했었다.

---

* quod erat demonstrandum. '증명 끝'이라는 뜻의 라틴어.

갈색 피부의 남자는 고개를 끄덕였다. "자백제를 씁니다. 편집증 환자가 진심으로 치료되었다고 말하는 단계에 이르면, 그 사실을 명확하게 확인한 다음에야 내보내 주는 거지요."

그는 자신이 정말로 훌륭한 함정에 빠지고 말았다는 사실을 깨달았다. 여기서 생을 마감하게 될 것이 분명해 보였다.

그는 차가운 쇠창살에 머리를 대고 눈을 감았다. 멀어져 가는 발소리가 이제 홀로 남았다는 사실을 알려주었다.

그는 눈을 뜨고 어둠 속을 내다보았다. 이제 구름이 달조차 가려버리고 말았다.

클레어. 그는 생각했다. 클레어.

함정이야.

하지만— 함정이 존재한다면, 함정을 놓은 사람 역시 존재할 것이다.

그는 제정신이거나 미쳤거나 둘 중 하나였다. 만약 그가 제정신이라면, 그는 함정에 빠진 것이다. 그리고 함정이 있다면, 당연히 함정을 놓은 사람, 또는 사람들이 존재할 것이 분명했다.

만약 그가 미쳤다면—

신이시여, 제발 내가 미친 것이기를. 그렇다면 모든 것이 즐거울 정도로 단순해질 것이다. 언젠가 여기서 나갈 수 있을 것이다. 일터인 〈블레이드〉지로 돌아갈 수 있을 것이다. 어쩌면 그곳에서 일한 모든 기억을 가진 채로. 또는 그곳에서 일한 조지 바인의 기억을 가진 채로.

바로 그게 문제였다. 그는 조지 바인이 아니었다.

한 가지 문제가 더 있었다. 그는 미치지 않았다.

차가운 쇠창살이 그의 이마를 짓눌러 왔다.

잠시 후 그는 문이 열리는 소리를 듣고 주변을 둘러보았다. 간수 두 명이 방 안으로 들어와 있었다. 이유 모를 격렬한 희망이 순간 그의 내면에서 타올랐다. 그러나 얼마 가지 못했다.

"거기 너희들, 취침 시간이다." 간수 한 명이 말했다. 그는 조울증 발작을 일으키는 중인 남자가 의자에 꼼짝도 않고 앉아 있는 모습을 보고 말했다. "젠장. 이봐, 배싱턴, 이 친구 침대에 좀 집어넣게 도와 줘."

덩치가 좋고 레슬러처럼 짧게 머리를 깎은 다른 간수가 창가 쪽으로 다가왔다.

"어이, 너 신입이지. 바인이라고 했던가?"

그는 고개를 끄덕였다.

"문제를 일으키고 싶나, 아니면 얌전히 굴겠나?" 간수는 오른손 주먹을 꾹 쥐고는 뒤로 슬쩍 뺐다.

"문제는 됐습니다. 이미 충분하거든요."

간수는 슬쩍 몸의 힘을 뺐다. "좋아, 그 말만 잘 지키면 아무 문제 없을 거다. 저쪽 침대가 비어 있어." 그는 손가락으로 한쪽을 가리켰다. "오른쪽이야. 아침에 자기 침구 정리는 스스로 하도록. 침대에 들어가 있기만 하면 혼자 뭘 하든 상관없다. 이 구역에서 큰 소리가 들리거나 문제가 생기면, 우리가 들어와서 우리 방식대로 처리할 거다. 마음에 들지 않을 거야."

입이 자신의 명령에 복종할 것 같지 않아서 그는 그저 고개만 끄덕였다. 그리고 간수가 가리킨 방의 문으로 들어갔다. 방 안에는 침대가 두 개 있었다. 의자에 앉아 있던 조울증 환자가 다른 침대에 꼼짝도 않고 누워서, 눈을 크게 뜨고 천장을 멍하니 바라보고 있었다. 사람들이 신발은 벗겨 주었지만, 나머지 옷은 그대로 입은 채였다.

그는 자기 침대로 향했다. 다른 침대에 누운 남자를 위해 해줄 수 있는 일은 없었다. 조울증 환자에게 간헐적으로 찾아오는 동반자인, 공허한 절망이라는 이름의 뚫을 수 없는 방벽 너머로는 어떤 도움의 손길도 미칠 수 없으니까.

회색 담요를 벗기자 단단하고 매끈한 패드 위에 다른 회색 담요가 한 겹 덮여 있는 모습이 보였다. 그는 셔츠와 바지를 벗어서 침대 발치에 있는 고리에 걸었다. 다음으로 천장의 조명을 끄려고 주변을 둘러보았지만 스위치 같은 것은 보이지 않았다. 그러는 동안 조명이 알아서 꺼졌다.

바깥 구역 내실에는 아직 조명이 하나 켜져 있었고, 그는 그 불빛에 의지해 신발과 양말을 벗고 침대로 들어갔다.

한동안 아무 소리도 내지 않고 누워 있었다. 멀리서 희미하게 두 가지 다른 소리가 들렸다. 구역 너머의 어딘가 다른 방에서 누군가 콧노래를 흥얼거리고 있었다. 가사 없이 가락만 있는 노래였다. 다른 어딘가에서 누군가 흐느끼고 있었다. 이 방에서는 심지어 같은 방 동료의 숨소리조차 들리지 않았다.

그리고 숨죽인 발소리가 이어지더니, 누군가 열려 있는 방문 앞으로 와서 말했다. "조지 바인."

그가 말했다. "네?"

"쉬잇. 큰 소리 내지 말라고. 배싱턴이야. 아까 그 간수 녀석에 대해 말해주려고 왔어. 미리 말해줬어야 하는데. 그 작자하고는 절대 실랑이를 벌이지 마."

"안 그랬습니다."

"나도 들었어. 영리하게 잘하던데. 조금이라도 핑계를 주면 그대로 작살이 날 정도로 구타를 할 거야. 그놈 가학성애자라고. 꽤 많은 간수들이 그래. 그러려고 정신병원 간수 일을 하는 거지. 너무 난폭하게 굴다가 한 곳에서 해고를 당하면 그냥 다른 병원으로 옮겨가거든. 아침이 되면 다시 올 거야. 미리 경고를 해 두려고 왔어."

문가의 그림자는 곧 사라졌다.

그는 희미한 조명 속, 거의 암흑이나 다름없는 어둠 속에 누워 있었다. 생각하기보다는 느끼고 있었다. 의문을 곱씹고 있었다. 미친 사람들은 자기가 미쳤다는 사실을 알고 있을까? 그런 판단이 가능할까? 자신이 확신하고 있는 것처럼, 그들도 모두 확신을 하고 있을까—?

옆 침대에 미동도 없이 조용히 누워 있는, 병에 걸린 것이 분명한 사람, 정상인은 이해할 수 없는, 인간의 손길이 미치지 못할 정도의 근원적인 절망에 빠져 있는 저 사람조차도—

"나폴레옹 보나파르트!"

명료한 목소리였다. 하지만 그의 마음속 소리였을까, 아니면 바깥의 소리였을까? 그는 침대에 일어나 앉았다. 어둠 속의 문가에는 어떤 형체도, 어떤 그림자도 보이지 않았다.

그는 말했다. "네?"

VII

그렇게 침대에서 일어나 앉아 "네"라고 대답한 다음에야, 그는 그 목소리가 자신을 어떤 이름으로 불렀는지를 깨달았다.

"일어나라. 옷을 입어라."

그는 침대 한쪽 옆으로 다리를 내리고는 자리에서 일어섰다. 그리고 셔츠를 가져와서 팔을 끼우다 말고 물었다. "왜요?"

"진실을 배우기 위해서다."

"당신은 누구입니까?" 그가 물었다.

"큰 소리를 내지 말도록. 네 말은 들을 수 있으니. 나는 네 안에도 있고 밖에도 있는 존재다. 내게는 이름이 없다."

"그럼 당신은 뭡니까?" 그는 생각할 겨를도 없이 소리 내어 이렇게 물었다.

"찬연하게 빛나는 존재의 전령이다."

들고 있던 바지가 손에서 떨어졌다. 그는 조심스레 침대에 앉아서 몸을 굽히고 바닥을 더듬어 바지를 찾았다.

그의 정신 역시 더듬거리고 있었다. 자신도 모르는 무언가를 찾아내려고 애쓰며. 마침내 그는 한 가지 질문을, 유일한 질문을 찾아냈다. 이번에는 크게 소리 내 말하지 않았다. 바지를 제대로 들고 다리를 넣는 일에 집중하면서 그저 생각만 했을 뿐이었다.

"내가 미친 겁니까?"

질문에 대한 답변 — '아니다'는 소리 내어 말한 것처럼 명확하게 들렸다. 그러나 실제로 말한 것일까? 아니면 그의 정신 속에서만 소리로 들린 것일까?

그는 신발을 찾아서 발에 끼웠다. 신발 끈으로 매듭 비슷한 모양을 만들려고 애쓰면서, 그는 생각했다. "찬연하게 빛나는 것은 누구입니까? 뭡니까?"

"찬연하게 빛나는 존재는 지구 그 자체다. 우리 지구의 지성을 말하는 것이다. 태양계에 있는 세 개의 지성체 중 하나이며 우주에 존재하는 수많은 지성체 중 하나이다. 바로 그 지구를 찬연하게 빛나는 것이라 부르는 것이다."

"이해가 안 됩니다." 그는 생각했다.

"이해하게 될 것이다. 준비는 끝났나?"

그는 반대쪽 신발의 매듭을 마무리하고 자리에서 일어섰다. 목소리가 말했다. "이리 오라. 조용히 걸음을 옮겨라."

거의 암흑에 가까운 어둠 속으로 이끌려 걸어가는 느낌이었다. 실제로 물리적인 접촉을 느끼지는 못했지만. 자신 외의 다른 존재는 느껴지지 않았다. 그러나 그는 발소리를 죽인 채이기는 했지만 자신감 있게 걸었다. 발이 걸리지도 더듬거리게 되지도 않을 것이라 확신하고 있었으니까. 구역 내실을 가로질러 걸어와서, 그는 손을 뻗어 문고리를 잡았다.

그는 부드럽게 문고리를 돌렸고, 문은 안쪽으로 열렸다. 불빛에 눈이 부셨다. 목소리가 말했다. "기다려라." 그래서 그는 꼼짝도 않고 기다렸다. 밖에서, 불이 환한 복도에서, 종이 부스럭거리는 소리, 책장 넘기는 소리가 들렸다.

그리고 복도 건너편에서 오싹한 비명이 들려왔다. 의자 끄는 소리에 이어 발소리가 복도에 울려 퍼졌다. 비명이 들린 쪽을 향하고 있었다. 문이 열리고 닫히는 소리가 났다.

목소리가 말했다. "가자." 그는 문을 마저 열고 밖으로 나갔다. 구역의 문 바로 밖에 있던 책상과 빈 의자를 지나쳐서.

다른 문, 다른 복도가 이어졌다. 목소리가 말했다. "기다려라." 목소리가 말했다. "가자." 이번에는 간수 한 명이 잠들어 있었다. 그는 살금살금 간수를 지나쳤다. 계단을 내려갔다.

그는 마음속으로 질문을 떠올렸다. "지금 뭐하러 가는 겁니까?"

"미치러." 목소리가 대답했다.

"하지만 내가 미치지 않았다고—" 그만 목소리가 흘러나왔고, 자신의 목소리에 그는 마지막 질문에 대한 답변만큼이나 놀라 버렸다. 뒤이은 침묵 속에서, 계단 아래 모퉁이 너머에서 배전반이 찰각이는 소리가 들렸다. "네? … 알겠습니다, 선생님. 바로 올라가지요." 그리고 발소리와 승강기 문이 닫히는 소리가 들렸다.

그는 남은 계단을 내려가 모퉁이를 돌아 중앙 로비로 나왔다. 한쪽에 배전반이 옆에 있는 책상이 보였다. 그는 책상을 지나쳐 정문으로 향했다. 문에는 빗장이 걸려 있었다. 그는 빗장을 풀었다.

그리고 밤하늘 아래로 걸음을 옮겼다.

그는 시멘트 위를, 그리고 자갈밭 위를 걸어갔다. 마침내 잔디밭에 도착해서 더 이상 발소리 걱정은 할 필요가 없게 되었다. 이제 주변은 코끼리 뱃속만큼이나 어두컴컴했다. 근처에 나무가 있는 것이 느껴졌고, 나뭇잎이 드문드문 그의 얼굴을 스쳤다. 그러나 그는 빠르게, 자신감 있게 걸음을 옮겼다. 그리고 부딪히기 직전에 손을 뻗어 벽돌담을 짚었다.

손을 올리자 담의 맨 윗부분이 만져졌다. 그는 몸을 훌쩍 끌어올려 담을 넘었다. 담 위의 평평한 부분에는 부서진 사금파리가 박혀 있었다. 옷과 피부가 심하게 찢어졌다. 그러나 고통은 느껴지지 않았다. 그저 축축하고 끈적한 피의 감촉만 느껴질 뿐이었다.

그는 가로등 불빛을 받으며 길을 따라 걸음을 옮겼고, 인적 없는 어두운 거리를 지나서 이내 더 어두운 골목으로 접어들었다. 눈앞에 보이는 정원 뒷문을 열고 들어가 집의 뒷문으로 걸음을 옮겼다. 그리고 문을 열고 집 안으로 들어갔다. 눈앞에 환히 불이 켜진 방이 보였다. 복도 끝에 직사각형의 빛이 있었다. 그는 복도를 지나 불이 켜진 방으로 들어갔다.

책상 앞에 앉아 있던 사람이 자리에서 일어섰다. 남자였다. 알고 있는 얼굴이지만 누구인지는 기억이—

"그렇지." 남자는 웃으며 말했다. "나를 알겠지만 알지 못할 거야. 자네 정신의 일부를 조작해서 나를 알아보는 부분의 발현을 막고 있거든. 그래도 그것과 무통각증만 제외하면—벽 위의 사금파리에 심하게 다쳤지만 전혀 고통을 느끼지 못하는 상태니까—자네 정신은 정상이고 미치지도 않았다네."

"이게 대체 무슨 일이죠?" 그가 물었다. "나를 왜 여기로 데려온 겁니까?"

"자네가 미치지 않았기 때문이지. 정말로 유감이야. 자네가 정상이어서는 곤란하거든. 전이를 마친 다음에 전생의 기억이 남은 정도는 사실 별거 아니야. 그런 일은 종종 일어나지. 문제는 자네가 알아서는 안 되는 것을 알고 있다는 거야. 찬연하게 빛나는 존재에 대해서, 그리고 적색과 흑색이 벌이는 놀이에 대해서. 바로 그 때문에—"

"바로 그 때문에, 뭡니까?" 그가 물었다.

그가 알면서 동시에 알지 못하는 남자는 부드럽게 웃었다. "바로 그 때문에 자네는 나머지를 알아야 하는 걸세. 그를 통해 아무것도 알지 못하도록 되기 위해서. 모든 것이 아무것도 남지 않을 테니까. 진실이 자네를 미치게 만들 테니까."

"그건 믿을 수가 없군요."

"물론 믿을 수 없겠지. 자네가 예상할 수 있는 진실이라면 그 정도에 미치지도 않을 테니까. 하지만 자네는 이 진실을 조금도 예상할 수 없을 걸세."

그의 내면에서 강렬한 분노가 끓어올랐다. 그는 알면서 동시에 알지 못하는 친근한 얼굴을 노려보고, 자신을 내려다보았다. 찢어지고 피에 젖은 회색 제복을, 찢어지고 피에 젖은 두 손을. 손이 살의로 가득한 발톱처럼 갈고리 모양으로 휘었다. 누군가를, 그의 눈앞에 서 있는 누군지 모를 사람을 향한 살의였다.

그는 물었다. "당신은 누구지?"

"나는 찬연하게 빛나는 존재의 도구일세."

"나를 이리 데려온 작자와 동일인인가, 아니면 다른 사람인가?"

"하나가 모두이고, 모두가 하나지. 전체와 그에 속한 부분 사이에는 아무런 차이도 없다네. 한 도구는 다른 도구이고, 붉은 말은 검은 말이고, 검은 말은 하얀 말이고, 아무런 차이도 없다네. 찬연하게 빛나는 존재는 지구의 영혼이야. 여기서 영혼이라는 표현은 자네의 어휘 체계에서 가장 비슷한 용어를 사용한 것뿐이라네."

증오가 밝은 빛처럼 달아올랐다. 이제 거의 의지할 수 있을 정도로, 몸무게를 실을 수 있을 정도로 굳건한 존재가 되었다.

그는 물었다. "찬연하게 빛나는 것이 대체 뭐지?" 그는 욕설을 하듯이 그 이름을 내뱉었다.

"그걸 알면 자네는 미칠 텐데. 알고 싶은가?"

"그래." 그는 이 단순하고 부드러운 소리에 감정을 실어 내뱉었다.

빛이 사그라들고 있었다. 아니면 그의 눈이 문제일까? 방 전체가 어두워지며, 동시에 흐릿해지고 있었다. 희미한 작은 입방체가 멀리 밖에서 보고 있는 것처럼 갈수록 멀어져갔다. 머나먼 어둠 속에서 보는 것처럼 끝없이 작아지다 마침내 빛의 점이 되어 버렸다. 그리고 그 빛 속에서 그가 증오하는 존재, 그 남자―아니, 인간이 맞기는 하던가?―가 책상 옆에 서 있었다.

그는 어둠 속으로, 우주로, 지구를 떠나 계속해서 상승했다. 지구는 밤하늘에 떠 있는 희미한 구체가 되어, 끝없이 펼쳐진 영원한 우주와 그 안에서 반짝이는 별들을 배경으로 점차 멀어져 가고만 있었다.

지구가 후퇴를 멈췄다. 시간이 멈췄다. 우주의 시계 자체가 멈춰버린 것만 같았다. 그의 옆 공허 속에서, 찬연하게 빛나는 자의 목소리가 말했다.

"잘 보라, 지구의 존재를."

그는 보았다. 외면이 아니라 내면의 변화였다. 그의 감각이 지금까지는 감지할 수 없었던 무언가를 느낄 수 있도록 변화하는 것만 같왔다.

지구였던 구체가 빛을 발하기 시작했다. 찬연하게 빛나기 시작했다. "그대는 지구를 다스리는 지성을 보고 있도다." 목소리가 말했다. "검은색과 하얀색과 붉은색의 총합이로다. 뇌의 반구가 나뉘어 있듯이, 하나이지만 분할되어 있을 뿐이로다. 세 존재가 하나를 이룰지니."

빛나는 구체와 그 너머의 별들의 빛이 사라졌고, 어둠은 더욱 깊은 어둠이 되었다. 그리고 희미한 빛이 점점 밝아지다가, 그는 책상 옆에 서 있는 남자 앞으로 돌아오게 되었다.

그가 증오하는 남자가 입을 열었다. "보고서도 이해하지 못하는 모양이로군. 지금 무엇을 보았는지, 찬연하게 빛나는 존재가 무엇인지를 묻는 건가? 찬연하게 빛나는 존재란 집단 지성이다. 지구에 존재하는 유일한 진정한 지성이지. 태양계에 셋밖에 없는 지성 중 하나이며, 우주의 수많은 지성 중 하나이지."

"그렇다면 인간이란 무엇인가? 인간은 게임의 말일 뿐이라네. 적색과 흑색 세력, 백색과 흑색 세력이 유희를 위해 벌이는 믿을 수 없을 정도로 복잡한 게임의 말이지. 지성체의 한쪽 일부가 다른 쪽 일부와 벌이는, 영원 속 찰나를 스쳐 지나가는 게임이라네. 더 큰 규모의 게임, 은하계 사이에서 벌어지는 게임도 있지. 하지만 인간은 아니야."

"인간은 지구에만 존재하는 기생충이다. 지구는 그 존재를 아주 잠시 참아주고 있을 뿐이지. 우주 다른 어느 곳에도 존재하지 않으며, 이곳에도 그리 오래 존재하지는 못할 것이다. 잠시 있으면서 체스판 위의 전쟁을, 자기네들은 스스로 벌인다고 생각하는 전쟁을 치를 뿐이지. 조금이나마 이해가 되기 시작하는 모양이군."

책상 옆의 남자는 웃음을 지었다.

"자신에 대해 알고 싶은 모양이로군. 참으로 사소한 일이라 생각하지 않는가. 로디 전투 전에 말을 움직일 차례가 되었다네. 적색 측에서 움직일 차례였지. 보다 강인하고 잔혹한 개체가 필요했다네. 역사 속에서, 즉 게임 속의 전환점이 필요했던 거지. 이제 이해가 되는가? 나폴레옹이라는 이름의 대타를 사용하기로 한 걸세."

그는 간신히 두 단어를 입 밖에 냈다. "그러고 나서는?"

"찬연하게 빛나는 존재는 목숨을 앗아가지는 않는다네. 자네를 다른 시간대 어딘가에 데려다 놓아야 했지. 먼 훗날 조지 바인이라는 이름의 사람이 사고로 목숨을 잃었다네. 그래도 아직 육신은 사용할 만했지. 조지 바인은 미친 건 아니었지만 나폴레옹 컴플렉스가 있었다네. 아주 즐거운 전이 과정이었지."

"물론 그랬겠지." 그러나 책상 옆의 남자에게는 아직도 손이 닿지 않았다. 증오 그 자체가 그들 사이에 벽을 이루고 있었다. "그럼 조지 바인은 죽은 건가?"

"그렇지. 그리고 자네는 아주 약간이지만 너무 많이 알기 때문에, 아무것도 모르는 자가 되도록 미쳐줘야겠네. 진실을 알면 자네는 광기에 빠질 걸세."

"안 돼!"

도구인 존재는 웃음을 지을 뿐이었다.

VIII

방이, 빛으로 가득한 입방체가, 다시 희미해졌다. 한쪽으로 기울기 시작했다. 그는 뒤로 넘어졌다. 이제 그의 몸은 수직으로 서 있는 것이 아니라 수평으로 누워 있었다.

이제 몸무게가 등에 실린 것이 느껴졌고, 아래에 부드럽고 매끈하고 딱딱한 침대가, 뻣뻣한 회색 담요가 느껴졌다. 그리고 이제 몸을 움직일 수 있었다. 그는 자리에 일어나 앉았다.

꿈을 꾼 것일까? 아니면 정말로 병원 밖으로 나갔다 온 것일까? 그는 손을 들고, 한쪽 손으로 다른 손을 만져보았다. 끈적한 느낌이 들었다. 그의 셔츠 앞섶과 바지 허벅지와 무릎 부분도 마찬가지였다.

그리고 아직 신발을 신고 있었다.

벽을 오를 때 흘린 피였다. 그리고 이제 무감각증이 사라진 모양인지, 손과 가슴과 복부와 다리로 통증이 돌아오고 있었다. 찌르듯 날카로운 통증이었다.

그는 큰 소리로 말했다. "나는 미치지 않았어. 나는 미치지 않았어." 거의 비명처럼 들리지 않는가?

목소리가 말했다. "그래, 아직은 아니지." 아까 이 방에서 들었던 그 목소리일까? 아니면 빛이 가득한 방에 서 있던 남자의 목소리일까? 아니면 그 둘이 같은 목소리였을까?

목소리가 말했다. "질문해라. '인간이란 무엇인가?'"

그는 기계적으로 목소리의 질문을 따라 읊었다.

"인간이란 진화의 막다른 골목에 다다른 존재다. 경쟁에 뛰어들기에는 너무 늦은 시기에 태어났으며, 항상 찬연하게 빛나는 존재에 의해 조종당하는 노리개였다. 찬연하게 빛나는 존재는 인간이 직립하기 전부터 이미 나이 들고 현명한 존재였으니.

인간은 이미 거주민으로 가득한 행성에 등장한 기생충 같은 존재이다. 하나이자 수많은 존재, 수억 개의 세포로 구성되어 있지만 단일한 정신을 가진 존재, 단일한 지성, 단일한 의지를 가진 존재가 거주하는 이 행성에… 우주의 다른 모든 지성이 존재하는 행성에도 이와 같은 존재들이 거주하고 있도다."

"인간은 장난감, 어릿광대, 기생충이로다. 아무것도 아닌 존재로다. 아니 그 이하의 존재로다."

"이리 와서 광기에 빠져라."

그는 다시 침대에서 나왔다. 걸음을 옮기고 있었다. 침실의 문을 나와서, 구역을 가로질렀다. 복도로 나가는 문 앞에 이르렀다. 문 아래로 가늘게 빛이 새어나오고 있었다. 그러나 이번에는 손을 뻗어 문고리를 잡지 않았다. 대신 그는 그대로 문을 마주하고 서 있었다. 문이 빛나기 시작했다. 문이 천천히 빛을 발하며 모습을 드러내고 있었다.

어디선가 보이지 않는 스포트라이트가 내리쬐는 것처럼, 주변의 어둠 속에서 네모난 문만 밝게 빛나기 시작했다. 문 아래의 빛의 선처럼 확실하게.

목소리가 말했다. "네 앞에 보이는 것은 너희들을 다스리는 존재의 세포 하나이다. 그 자체로서는 지성을 가지고 있지 않지만 지성을 가진 조직의 일부이며, 그 조직은 또한 지구를, 그리고 너를 다스리는 지성체를 구성하는 1조 개의 조직 중 하나이다. 그리고 지구에 퍼져 있는 지성은 우주를 다스리는 백만 개의 지성 중 하나일 뿐이다."

"문을 말하는 건가? 말도 안 되는—"

목소리는 더 이상 들리지 않았다. 그대로 사라져 버렸다. 그러나 그의 마음속에는 소리 없는 웃음의 메아리가 아직 남아 있었다.

그는 문에 몸을 기대고 가까이 시선을 옮겨, 그가 보아야 하는 것을 보았다. 개미 한 마리가 문을 기어오르고 있었다.

그는 눈길을 움직여 개미를 좇았다. 이내 견딜 수 없는 공포가 그의 등골을 타고 올라왔다. 지금까지 보고 들은 수많은 내용이 하나의 형상으로 맞추어졌다. 순수한 공포 그 자체의 형상으로. 흑색, 백색, 적색의 존재들. 검은 개미, 흰개미, 불개미. 인간을 가지고 게임을 벌이는 존재들. 하나의 집단지성을 이루는 뇌의 반구와 같은 존재들. 인간은 실수이고, 기생충이고, 게임의 말일 뿐이다. 우주에 존재하는 백만 개의 행성에는 그 행성의 유일한 지성인 곤충 종족이 살고 있다. 그리고 그 모든 지성이 한데 모여서 단 하나의 우주적 지성을 만든다. 바로 신을!

그 단음절의 단어는 그의 입에서 흘러나오지 못했다.

대신 그는 미쳐 버렸다.

그는 피투성이가 된 손으로 다시 어두워진 문을 두드렸다. 무릎으로, 얼굴로, 온몸을 던져서. 이미 그 이유는 잊은 지 오래였다. 무엇을 파괴하고 싶은지도 잊은 지 오래였다.

구속 재킷을 입어서 그 육신이 평온으로 잦아들었을 때, 그는 발작성 광기에 빠져 있었다. 편집증이 아니라 정신분열증이었다.

11개월 후 완치 판정을 받고 해방되었을 때, 그는 고요한 광기에 빠져 있었다. 정신분열증이 아니라 편집증이었다.

알겠지만 편집증이란 꽤나 묘한 질병이다. 육체적 증상은 전혀 존재하지 않으며, 그저 특정한 환각이 계속해서 존재할 뿐인 상태이다. 일련의 메트라졸 충격이 정신분열증을 완전히 치료해 주었고, 이제 그에게 남은 것은 자신이 조지 바인이라는 이름의 기자라는 망상, 즉 편집증뿐이었다.

정신병원 관리자들 또한 그가 조지 바인이라고 생각했기 때문에 그의 망상은 망상으로 치부되지 않았으며, 따라서 그는 광기가 치료되었다는 확인을 받고 사회로 복귀했다.

그는 클레어와 결혼했다. 그리고 여전히 〈블레이드〉 지에서 일한다. 캔들러라는 이름의 남자 밑에서. 그는 여전히 사촌인 찰리 도어와 체스를 둔다. 그리고 주기적으로 검진을 위해 어빙 박사와 랜돌프 박사를 방문한다.

그들 중 내심 미소를 짓고 있는 자는 누구인가? 당신이 그걸 안다고 해서 무슨 소용이 있을까?

상관없는 일이다. 이해할 수 없나? 어찌되든 아무 상관없다고! (1949)

진실 탐지기

Crisis, 1999

듬성듬성한 회색 머리카락에 별 특색 없는 밝은 붉은색 정장을 입은 한 작은 남자가 스테이트 가와 랜돌프 가의 교차점에서 걸음을 멈추고는 마이크로뉴스를 샀다. 1999년 3월 21일자 시카고 선 트리뷴이었다. 교차로의 가게로 들어가 빈자리를 찾아 앉는 그의 행동에 주의를 기울이는 사람은 아무도 없었다. 남자는 커피 슬롯에 25센트 동전 하나를 넣은 다음, 컨베이어 벨트를 타고 커피가 도착하는 동안 3x4인치 크기의 작은 종이에 적힌 기사 제목을 훑어보았다. 도구의 도움 없이 제목을 읽는 것으로 보아 비상하게 눈이 좋은 사람인 모양이었다. 그러나 처음의 한두 페이지에는 그의 눈길을 끄는 기사가 딱히 보이지 않았다. 국제 정세, 세 번째 금성 로켓, 아홉 번째 달 탐사대에서 들어온 비관적인 소식 따위만 보였다. 그러나 세 번째 페이지에는 범죄에 관한 기사가 보였다. 그는 작은 마이크로 판독기를 주머니에서 꺼내서 초점을 맞춘 다음, 커피를 마시며 기사를 읽어 내려갔다.

키 작은 남자의 이름은 벨라 조드였다. 공식적인 이름 말이다. 워낙 많은 곳에서 서로 다른 이름을 사용하고 있어서, 그 모든 이름을 외우려면 초인적인 기억력이 필요할 것이다. 그리고 그는 초인적인 기억력의 소유자였다. 실제로 인쇄 매체에 오른 적이 있는 이름은 하나도 없고, 사방에 존재하는 카메라에 그의 얼굴이나 목소리가 기록된 적도 없었다. 열 명도 안 되는 각 경찰국의 수장들만이 벨라 조드가 세계 최고의 탐정이라는 사실을 알고 있었다.

그는 어느 경찰국에도 고용되지 않았다. 봉급이나 경비를 받지도 않고, 보수를 요구하는 법도 없었다. 제대로 된 직업은 따로 있고 탐정일은 그저 취미로만 즐기는 것일지도 모른다. 어쩌면 지하세계와 싸우면서도 동시에 먹잇감으로 삼아서, 범죄자들로 하여금 범죄자를 상대로 벌이는 전쟁을 지원하게 만드는 것일지도 모른다. 어느 쪽이든 그는 누구에게도 고용되지 않았다. 그저 범죄와 싸울 뿐이었다. 가끔은 해당 도시의 경찰국장과 미리 의논을 하기도 했고, 때로는 아무도 모르게 먼저 일을 해치운 다음 범죄자를 체포해서 자백을 받아내기에 충분한 증거를 손에 쥔 채로 국장의 사무실을 방문하기도 했다.

그 자신은 증언을 한 적도, 심지어는 법정에 발을 들인 적조차 없었다. 그 자신은 열 개가 넘는 도시의 모든 주요 범죄자를 알고 있었지만, 그를 아는 범죄자는 아무도 없었다. 가끔씩 사용하는 임시 신원으로 희미하게 기억하는 정도를 제외한다면.

아침 커피를 마시며, 벨라 조드는 마이크로 판독기로 선 트리뷴지에서 흥미를 끄는 기사 두 개를 읽어 내려갔다. 하나는 얼마 되지 않는 실패 중 하나였던 컬럼비아 대학의 범죄학 교수인 에른스트 채플 교수의 실종, 또는 납치 사건과 관련된 기사였다. 표제는 '채플 사건의 새로운 실마리'였지만, 기사 내용을 자세히 읽어보니 언론 입장에서나 새로운 실마리인 모양이었다. 2년 전 채플이 행방불명이 된 직후, 그는 바로 그 실마리를 따라가다 막다른 골목에 부딪혔다. 다른 기사는 어제 재판에서 폴 '집' 지라르가 시카고 북부의 도박장을 장악하려고 라이벌 한 명을 살해한 혐의에 대해 무죄 판결을 받았다는 내용이었다. 조드는 기사 내용을 꼼꼼히 읽었다. 여섯 시간 전 서독 뉴 베를린의 비어가르텐에서 영상 뉴스로 무죄 방면에 대한 소식을 들었지만, 자세한 내용은 확인할 수 없었다. 그는 바로 성층권 비행기를 타고 시카고로 날아왔다.

마이크로뉴스를 전부 읽고 나서, 그는 손목형 시계라디오의 버튼을 건드렸다. 시계라디오는 자동으로 가장 가까운 시간기지국과 연결되더니 그만이 들을 수 있을 정도의 음량으로 "9시 4분"이라고 말했다. 그렇다면 다이어 랜드 국장은 사무실에 있을 것이다.

그가 가게를 떠나는 모습에 주의를 기울인 사람은 아무도 없었다. 아침 인파를 뚫고 랜돌프 가를 따라 걸어가, 클라크 가의 교차로에 있는 새 경찰국 건물로 들어가는 모습을 눈치챈 사람도 없었다. 랜드 국장의 비서는 다시 한 번 쳐다볼 생각도 않고 그의 이름을 보고는 들여보냈다. 진짜 이름은 아니지만, 랜드가 보면 바로 알아차릴 수 있는 이름이었다.

랜드 국장은 책상 너머로 손을 뻗어 악수를 나눈 다음, 경찰국 내부 통신기의 버튼을 눌러 비서의 책상에 있는 푸른색 등을 켜서 아무도 방해하지 못하게 하라는 신호를 보냈다. 그리고 의자에 몸을 기댄 다음 보수적인 느낌을 줄 정도로 좁은 (1인치 가량의) 자주색과 노란색 셔츠 위에서 손가락을 놀렸다. 그가 말했다. "짐 지라르가 무죄 판결을 받았다는 사실은 알고 있나?"

"그래서 여기 온 거요."

랜드는 입술을 내밀었다가 다시 오므렸다. "자네가 보내 준 증거물은 완벽하게 훌륭했다네, 조드. 그 정도면 충분했음 직하지. 하지만 튜브로 보내지 말고 자네가 직접 와 주었으면 좋았을 텐데. 아니면 자네에게 연락할 수단을 마련해 주었거나 말일세. 그랬다면 자백을 얻어낼 수 없을 거라고 자네에게 말해줬을 테니까. 조드, 뭔가 끔찍한 일이 일어나고 있다네. 자네가 유일한 희망일 것 같아. 자네에게 연락을 할 방법만 있었더라면—"

"2년 전에 말이오?"

랜드 국장은 화들짝 놀랐다. "왜 그런 말을 하는 건가?"

"2년 전에 채플 박사가 뉴욕에서 실종되었기 때문이오."

"아." 랜드가 말했다. "아니, 그 사건과는 연관이 없네. 2년 전이라기에 뭔가 알고 있는 줄 알았지. 2년 전은 아니지만, 그와 근접할 정도로 오래된 일일세."

그는 기묘하게 생긴 플라스틱 책상 뒤에서 일어나 사무실 안을 이리저리 걷기 시작했다.

"조드, 작년에 말일세— 거의 2년 전에 시작된 일이지만, 일단 작년을 살펴보도록 합세. 작년 시카고에서 일어난 강력 범죄 10건 중 7건이 미제 사건으로 남았다네. 물론 기술적으로 미제일 뿐이지. 7건 중 5건은 범인을 알지만 증명할 수가 없었다네. 자백을 받아낼 수가 없었거든.

지하세계 놈들이 우리를 앞지르고 있는 거라네, 조드. 75년 전 금주법 시대 이래로 최악의 사태야. 이런 일이 계속 일어나면, 우리는 그 시대로, 아니 그보다 더 끔찍한 상황으로 퇴보하고 말 걸세.

지난 20년 동안 우리는 모든 강력 범죄 사건의 8할에서 자백을 받아냈다네. 심지어는 20년 이상 전에도, 그러니까 법정에서의 거짓말 탐지기 사용이 합법화되기 전에도, 지금보다는 더 나은 상황이었다네. 1970년대를 예로 들어도 지금 우리보다 두 배는 더 자백을 받아냈다네. 10건 중 6건에서 자백을 받아냈으니까. 작년에는 10건 중 3건이었지 않은가.

그리고 나는 그 이유를 알고 있다네. 하지만 어떻게 대처해야 할지 모르겠어. 그 이유란 바로 지하세계 놈들이 거짓말 탐지기를 속이는 방법을 알아냈다는 것일세!"

벨라 조드는 고개를 끄덕이고는 나직한 목소리로 대꾸했다. "탐지기에 걸리지 않는 사람은 항상 있어 왔소. 완벽한 물건이 아니지. 판사는 항상 배심원들에게 거짓말 탐지기란 완벽한 물건이 아니며, 높은 확률로 맞히지만 실패할 가능성도 있다고, 참조 자료 정도는 되지만 결정적 증거로는 사용할 수 없다고, 다른 증거가 뒷받침을 해주어야 한다고 말하지 않소. 그리고 탐지기를 붙인 상태로 터무니없는 소리를 지껄여도 바늘이 흔들리지도 않는 사람은 항상 있어 왔소."

"1천 명 중 하나 꼴이라면야 그렇겠지. 하지만 조드, 최근의 지하세계 거물들은 거의 대부분 거짓말 탐지기에 걸리지 않게 되었단 말일세."

"아마추어가 아니라 프로 범죄자를 말하는 것인 듯한데."

"바로 그걸세. 지하세계의 정식 멤버, 프로, 항상 범죄를 저지르는 자들 말이네. 그조차도 아니었더라면, 나는… 어떻게 받아들였어야 할지도 모르겠군. 탐지기의 원리 자체가 잘못된 것이라고 생각했을지도 모르지."

벨라 조드가 말했다. "그런 사건에서 거짓말 탐지기를 사용하지 않으면 되는 일 아니오. 탐지기를 사용하기 전에도 자백은 받아내지 않았소. 사실 그게 발명되기 전에도 말이오."

다이어 랜드는 한숨을 쉬고는 다시 공기 의자에 몸을 묻었다. "물론, 할 수 있다면야 그렇게 하겠지. 지금은 탐지기가 발명되거나 합법화되는 일 자체가 일어나지 않았다면 하고 바랄 지경이라네. 하지만 합법화 덕분에 양쪽 모두 법정에서 탐지기를 요청할 수 있게 되었다는 사실을 잊지 말게나. 탐지기를 속일 수 있다는 확신만 있다면 우리가 요청하지 않더라도 범죄자 측에서 요청하지 않겠나. 게다가 피고가 탐지기를 요청한 다음에 그 탐지기가 무죄 쪽 손을 들어 준다면 배심원들이 우리 편을 들어 줄 것 같나?"

"그럴 가능성은 별로 없겠지."

"별로 없는 정도가 아니라네, 조드. 어제 있었던 집 지라르 사건만 해도 그렇다네. 나는 그가 피트 베일리를 살해했다는 사실을 알고 있어. 자네도 알고 있지. 자네가 보내준 증거는 일반적인 상황에서는 충분히 결정적이었을 거야. 하지만 나는 우리가 패배할 거라는 사실을 알고 있었다네. 단 한 가지 이유를 제외하면 재판까지 끌고 가지도 않았을 걸세."

"그 이유란?"

"자네를 불러오기 위해서였다네, 조드. 자네에게 연락할 수단은 하나도 없지만, 만약 자네가 지라르의 무죄 판결에 대한 소식을 읽으면, 증거를 건네준 입장이니 이리 와서 무슨 일이 벌어졌는지 확인하려 할 거라고 생각했다네."

그는 다시 자리에서 일어나 방 안을 오락가락하기 시작했다. "조드, 미칠 지경이라네. 대체 어떻게 지하세계 놈들이 탐지기를 속일 수 있는 거지? 자네가 이 문제를 해결해 줬으면 좋겠네. 자네가 맡아 본 사건 중 가장 큰 건일 거야. 1년이든 5년이든 얼마가 걸리든 상관없으니 해결만 해 주게나, 조드.

법 집행의 역사를 생각해 보게. 과학 분야에서 법은 항상 범죄자들보다 한 발짝 앞서 있었다네. 그런데 이제 범죄자들이―적어도 시카고에서는―우리보다 한 발짝 앞서 버린 거라네. 이런 일이 계속돼 해답을 찾지 못한다면 우리는 새로운 암흑시대를 맞게 될 걸세. 안심하고 거리를 걸어 다닐 수 없는 때가 찾아올 거야. 사회가 기초부터 흔들릴 수도 있네. 아주 사악하고 강력한 존재가 우리 앞을 막아서고 있는 거야."

벨라 조드는 책상 위 자동 기계에서 담배를 하나 뽑아들었다. 그가 담배를 들자 자동으로 불이 붙었다. 녹색 담배에서 빨아들인 녹색 연기를 코로 뿜으며, 그는 얼핏 무심해 보이는 목소리로 물었다. "짐작 가는 곳은 없소, 다이어?"

"두 가지 있었네만, 두 가지 가능성 모두 배제한 것 같네. 하나는 기계를 조작했을 가능성이고, 다른 하나는 기술자에게 손을 뻗쳤을 가능성이지. 하지만 가능한 모든 각도에서 인간과 기계 모두를 확인해 봤는데도 아무것도 찾을 수 없었다네. 큰 사건에서는 특히 주의를 기울이지. 예를 들어, 지라르 재판에서 사용한 탐지기는 신품이었고, 바로 이 사무실에서 직접 확인을 했다네." 그는 웃음을 덧붙이며 말을 이었다. "버크 경감을 탐지기 아래 앉히고 아내에게 충실하게 지내는지 물어봤지. 그렇다고 대답하니 바늘이 부러질 정도로 격렬하게 움직이더군. 그런 다음에 특별 경호를 붙여 법정으로 가져갔다네."

"그럼 그걸 사용한 기술자는 어떻소?"

"내가 직접 사용했다네. 4개월 동안 야간 사용법 강습에 나갔거든."

벨라 조드는 고개를 끄덕였다. "그렇다면 기계도 사용자도 아닌 셈이로군. 그런 가능성은 배제하고 시작할 수 있을 것 같소."

"얼마나 걸리겠나, 조드?"

붉은 양복을 입은 남자는 어깨를 으쓱했다. "짐작도 안 가는군."

"내가 도울 수 있는 일이 있겠나? 일을 시작할 때 필요한 것은 없나?"

"한 가지 있소, 다이어. 지금까지 탐지기를 속여 넘긴 범죄자들의 목록과 그자들에 대한 모든 자료를 주시오. 당신이 경찰로서 볼 때 용의자로서 해당 범죄에 대해 유죄가 확실한 자들로만 말이오. 합리적인 의심을 할 여지가 있으면 목록에 넣지 말고. 얼마나 걸리겠소?"

"이미 준비가 끝나 있네. 자네가 이리 올지도 모르다고 생각해서 미리 만들어 놨지. 그리고 분량이 꽤 되기 때문에 자네를 위해 마이

크로 압축을 해 놨다네." 그는 벨라 조드에게 작은 봉투를 건넸다. 조
드는 말했다. "고맙소. 뭔가 알아내거나 협력이 필요한 상황이 오기
전까지는 연락하지 않겠소. 우선 살인을 한 건 일으킨 다음, 당신이
그 살인자를 심문하게 할 생각이오."

다이어 랜드의 눈이 휘둥그레 해졌다. "누구를 죽게 만들 생각인
가?"

조드는 웃으며 말했다. "나요."

그는 랜드가 건네준 봉투를 들고 호텔로 돌아와서, 휴대용 마이크
로 판독기로 마이크로필름의 내용물을 몇 시간 동안 읽으며 내용을
모두 암기했다. 그러고는 필름과 봉투 양쪽을 모두 태웠다.

벨라 조드가 호텔 요금을 지불하고 사라진 후, 벨라 조드와 아주
약간 닮은 다른 사람이 마틴 블루라는 이름으로 싸구려 방을 하나
빌렸다. 그 방은 시카고 지하세계의 심장부인 레이크 쇼어 드라이브
에 있었다.

지난 50년 동안, 시카고의 지하세계는 사람들이 생각한 만큼 변하
지는 않았다. 인간의 악덕은 변하지 않거나 아주 천천히 변하기 때
문이다. 물론 특정 종류의 범죄는 꽤나 감소하기는 했지만, 도박만은
증가했다. 지금까지 알려진 다른 어떤 나라보다도 안정된 사회 보장
제도가 하나의 요인이 되었을 것이다. 과거처럼 노후를 걱정할 필요
가 없어졌기 때문이다.

도박은 사기꾼들의 풍요로운 농장이었고, 그들은 자기네 텃밭을
잘 관리했다. 기술 발전으로 인해 도박의 종류가 다양해졌고, 사기도
박의 효율성 또한 증가했다. 지하세계에서 사기도박은 대규모 사업

이었고, 구역을 차지할 권리를 놓고 전쟁과 살인이 횡행했다. 금주법 시대에 왕좌를 차지하고 있던 알코올 사업이 그랬던 것처럼. 알코올 사업도 여전히 존재했지만 이 시대에는 중요성이 떨어져 버렸다. 사람들이 음주를 절제하는 법을 터득했기 때문이다. 마약은 유행에서 밀려나 버렸다. 아직 제법 유통하는 사람들이 있기는 했지만.

절도와 강도 또한 존재했지만, 50년 전만큼 흔하게 일어나지는 않았다.

살인은 조금 더 흔해졌다. 사회학자와 범죄학자들은 이런 유형의 범죄가 증가한 이유에 대해 여러 가지 의견을 제시하고는 했다.

물론 지하세계의 무기도 진보하기는 했지만, 원자력 무기까지 등장하지는 않았다. 모든 원자력과 준원자력 무기는 군에서 엄격하게 관리하고 있었으며, 경찰이나 범죄자들은 손댈 수 없도록 되어 있었다. 너무 위험하기 때문이다. 원자력 무기를 소지하고 있다 적발되는 사람은 반드시 사형 판결을 받았다. 그러나 1999년의 지하세계에서 사용하는 화기들도 꽤 훌륭한 물건이었다. 작고 간단하게 숨길 수 있으며 완벽한 무음인 데다. 총신과 탄창 양쪽 모두 초경화 마그네슘으로 만들어 놀랍도록 가벼웠다. 가장 흔한 총은 .19구경 권총이었다. 초소형 탄환이 폭발하기 때문에 과거의 .45구경만큼이나 살상력이 뛰어난 물건이었다. 게다가 주머니에 들어갈 정도로 작은 권총에도 50에서 100발 정도의 탄환을 장전할 수 있었다.

하지만 일단 마틴 블루의 이야기로 돌아가 보도록 하자. 우연의 일치로 벨라 조드가 호텔에서 사라진 것과 동시에 지하세계에 등장한 사람 말이다.

이내 밝혀진 바에 의하면, 마틴 블루는 그리 훌륭한 사람이 아니었다. 도박 말고는 딱히 제대로 된 수입이 없는 모양이었고, 적은 금액이기는 해도 돈을 따는 일보다 잃는 경우가 약간 더 많았다. 한번은 손실을 만회하려고 지불한 부도 수표 때문에 위험에 처할 뻔했지만, 수표를 제대로 된 걸로 바꿔서 간신히 제거되는 일은 면할 수 있었다. 유일한 독서라고는 〈레이싱 마이크로폼〉뿐이었고, 술은 대부분 술집에서 (뒤편의 도박판에서 벌어지는 떠들썩한 소리를 들으며), 그것도 너무 많이 마셨다. 그 술집은 과거 집 지라르가 운영하던 곳이었다. 한번은 지금의 가게 주인이 집 지라르가 배짱을 잃고 정직한 장사로 돌아섰다고 매도하는 앞에서 집의 편을 들다가 흠씬 두들겨 맞은 적도 있었다.

한동안 행운이 마틴 블루에게 등을 돌렸는지, 그는 이내 완전한 빈털터리가 되어 미시간 대로 도박장의 바깥방에서 웨이터 노릇을 해야 했다. 사람들은 그곳을 '슬로피 조'라고 불렀는데, 그곳의 경영자인 조 자텔리가 시카고에서 가장 세련되게 옷을 입는 사람이기 때문이었다. 그것도 표범가죽 양복(합성이지만 진품 표범 가죽보다 더 훌륭하고 비싼 물건인)을 10센트에 열 벌은 살 수 있고 평범한 비단 속옷 따위는 한물 간 시대인 세기말의 유행 속에서 말이다.

그러다 마틴 블루에게 한 가지 묘한 일이 일어났다. 조 자텔리가 그를 살해한 것이다. 영업시간이 끝난 다음에 계산대를 털다 걸렸고, 마틴 블루가 들킨 것을 알고 돌아보자마자 자텔리가 그를 쏴 버린 것이었다. 그것도 세 발이나. 그리고 공범 따위는 신용하지 않는 자텔리는 자기 차에 시체를 싣고 가서 텔레 극장 뒷골목에 버리고 왔다.

마틴 블루의 시체는 자리에서 일어나 다이어 랜드 국장을 만나러 갔고, 랜드에게 지금까지 한 일에 대해 설명을 했다.

"그렇게까지 운에 기댈 필요는 없지 않았나." 랜드가 말했다.

"딱히 운은 아니었소." 블루가 말했다. "사용할 거라고 확신한 총에 미리 공포탄을 넣어 놓았지. 다른 사람을 그 총으로 죽일 생각을 하지 않는 한, 남은 탄환이 공포탄이라는 사실도 알아채지 못할 거요. 겉보기로는 그렇게 보이지 않으니까. 그리고 내 양복 아래에는 제법 특수한 조끼를 입고 있었고. 뒷면은 견고하지만 앞면에는 맨살처럼 느껴지도록 부드러운 재료를 덧댄 물건이지. 하지만 그 위로 심장 박동은 느낄 수 없었을 거요. 게다가 탄환이 외부 구조물을 관통하면 폭발성 탄환과 비슷한 소리를 내도록 장치가 되어 있소."

"하지만 그러다 총이나 탄환을 바꿨다면?"

"아, 그 조끼는 핵무기 급이 아니면 뭐든 막아줄 수 있소. 문제는 시체를 기묘한 방법으로 처리하려 들면 어쩌나 하는 것이었지. 물론 그랬더라도 내 한 몸 건사할 수는 있었겠지만, 계획은 전부 엉망이 되고 석 달 동안 잠복하느라 들어간 비용을 날리게 되었을 거요. 하지만 그 친구의 스타일을 알고 있으니 대충 예측할 수는 있었지. 그러면 이렇게 해 주었으면 하는데, 다이어…"

이튿날 아침, 신문과 영상방송은 일제히 어떤 뒷골목에서 신원미상의 남자 시체가 발견되었다는 뉴스를 보도했다. 오후가 되자 그 시체가 환락가의 중심인 레이크 쇼어 드라이브에 사는 잔챙이 사기꾼인 마틴 블루라는 보도가 이어졌다. 그리고 저녁때가 되자 경찰이 블루의 고용주였던 조 자텔리를 의심하고 있으며, 그를 잡아들여 심문할지도 모른다는 소문이 지하세계로 퍼져나갔다.

평복 형사들이 자텔리의 가게 주변을 살피고 있었다. 정문과 뒷문 양쪽에서, 그가 나간다면 어디로 향하는지를 확인하려는 생각이었다. 정문 쪽을 지키는 사람은 벨라 조드나 마틴 블루와 흡사한 체구의 작은 남자였다. 그러나 애석하게도 자텔리는 뒷문을 이용해 가게를 나갔고, 뒤를 쫓는 형사들을 따돌리는 데 성공했다.

어쨌든 다음 날 아침 경찰이 그를 체포해서는 그대로 경찰 본부로 데려왔다. 그들은 거짓말 탐지기를 장착한 다음 마틴 블루에 대해 물었다. 그는 자신이 블루를 고용했다는 사실은 인정했지만, 마지막으로 블루를 본 것은 살인이 일어난 날 밤에 가게를 떠났을 때라고 말했다. 탐지기는 이 진술이 거짓이 아니라고 말했다.

그다음으로는 극약 처방을 시도했다. 마틴 블루가 자텔리가 심문을 받고 있는 방 안으로 걸어 들어온 것이다. 그러나 이 속임수는 실패로 돌아갔다. 자텔리가 완전히 분노한 얼굴로 블루와 심문하는 경찰들을 번갈아 보며 이렇게 말하는 동안에도, 눈금은 1밀리미터의 반의반만큼도 움직이지 않았던 것이다. "이게 무슨 짓이지? 죽지도 않은 사람을 죽였냐고 묻고 있었던 거요?"

그들은 자텔리를 붙들어 놓은 채로 그가 저질렀을 법한 다른 범죄에 대해서도 물어보았지만, 그의 대답과 탐지기의 대답에 따르면 그 중에서 그가 저지른 범죄는 단 한 건도 없는 모양이었다. 경찰은 그를 풀어주었다.

물론 이걸로 마틴 블루는 끝이었다. 본부에서 자텔리 앞에 얼굴을 내민 이상, 원래 의도대로 뒷골목에 널브러져 있는 것이나 다를 바 없는 상태가 된 것이다.

벨라 조드는 랜드 국장에게 말했다. "자, 뭐 어쨌든, 이제 알게 된 셈이오."

"뭘 알았다는 건가?"

"탐지기를 속일 수 있다는 것이 확실해졌지. 예전에 잘못된 수사를 연속으로 했을 가능성도 있었지 않소. 지라르에 대해 내가 건넨 증거조차도 잘못된 것이었을 수 있지. 하지만 이제 자텔리가 탐지기를 속일 수 있다는 점이 분명해졌소. 자텔리가 정문으로 나와서 내가 추적을 할 수 있었으면 좋았을 텐데. 그랬더라면 음모의 일부가 아니라 전체를 캐낼 수 있었을 텐데 말이오."

"돌아갈 셈인가? 다시 처음부터 시작한다고?"

"똑같은 방식으로 하지는 않을 거요. 이번에는 살인 사건의 반대편 쪽에 서야겠소. 그리고 그러려면 당신 도움이 필요할 거요."

"물론 그렇겠지. 하지만 무슨 생각을 하는지는 말해주지 않을 생각이겠지?"

"유감스럽지만 그렇소, 다이어. 사실 직감에 따라서 요행수를 노리는 거니까. 사실은 이 건을 시작했을 때부터 한 가지 짐작이 가는 것이 있었소. 어쨌든 한 가지 추가로 도와줄 수 있소?"

"물론이지. 뭔가?"

"부하 한 사람을 자텔리에게 붙여서, 이후 무슨 일을 하는지 전부 파악해 주시오. 집 지라르에게도 한 사람 붙여 주고. 사실 지난 한두 해 동안 탐지기를 속여 넘긴 작자들 모두에게 인력이 되는 한도 내에서 한 사람씩 붙여 줬으면 좋겠소. 반드시 일정한 거리를 두고, 감시당하고 있다는 사실을 알지 못하게 하면서 말이오. 해 줄 수 있겠소?"

"자네가 무얼 쫓고 있는지는 모르겠지만, 여하튼 해 보겠네. 그런데 정말 아무 말도 해 주지 않을 건가? 조드, 이건 중요한 일이야. 단순한 사건 하나가 아니라, 법의 집행 기구 자체를 파괴할 수도 있는 중대한 문제란 말일세."

벨라 조드는 웃음을 지었다. "그 정도까지는 아니지 않소, 다이어. 지하세계에 관여하는 쪽에서는 그럴 수도 있지. 하지만 전문 범죄자가 아닌 쪽의 범죄에서는 자백률이 평소와 비슷하지 않소."

다이어 랜드는 혼란스러운 표정이 되었다. "그게 이 일과 무슨 상관인가?"

"모든 면에서 상관이 있을 수도 있소. 그래서 아직 아무것도 말할 수가 없는 거요. 하지만 걱정은 하지 마시오." 조드는 책상 너머로 손을 뻗어 국장의 어깨를 두드려 주었다. 본인은 몰랐지만, 폭스테리어가 에어데일에게 앞발을 내미는 듯한 모습이었다. "걱정 마시오, 다이어. 해답을 가져올 거라고 약속하겠소. 어쩌면 그 해답을 당신 혼자만 간수하게 하지는 못할지도 모르지만."

"정말로 뭘 찾는지 알고 있는 건가?"

"그렇소. 나는 2년 전에 실종된 범죄학자를 찾고 있소. 에른스트 채플 박사 말이오."

"혹시 그 사람이—?"

"그렇소. 그 때문에 채플 박사를 찾고 있는 거요."

하지만 다이어가 알아낼 수 있는 내용은 그게 전부였다. 벨라 조드는 다이어 랜드의 사무실을 나와 지하세계로 돌아갔다.

그리고 시카고의 지하세계에 새로운 별이 떠올랐다. 어쩌면 단순한 별이 아니라 초신성이라고 불러야 할지도 모르겠다. 엄청난 속도로 유명세를, 아니 악명을 떨치게 되었으니까. 체구 자체는 작은 편으로, 벨라 조드나 마틴 블루보다 딱히 더 크지 않았다. 그러나 그는 조드처럼 온화한 사람도, 블루처럼 약해빠진 얼뜨기도 아니었다. 자신의 위험을 감수하고, 패를 내걸고 협상을 할 줄 아는 남자였다. 작은 나이트클럽을 운영하고는 있었지만 그저 위장일 뿐이었다. 위장 뒤편에서는 온갖 일이 벌어졌다. 딱히 그에게 혐의를 둘 수도 없고, 사실 경찰 측에서는 아예 알지도 못하는 것으로 보이는 일들이었다. 그러나 지하세계 사람들은 알고 있었다.

그의 이름은 윌리 엑스였고, 이 지하세계에 발을 들였던 그 어떤 사람보다 빠른 속도로 친구와 적을 만들어나가는 사람이었다. 그에게는 양쪽 모두가 잔뜩 있었다. 전자는 강한 이들이었고, 후자는 위험한 이들이었다. 말하자면 양쪽 모두 같은 부류의 사람들이었다는 뜻이다.

그의 짧은 경력은 정말로—별과 초신성에 이어 천문학적 비유를 이어간다면—유성처럼 화려했다. 그리고 이 진부하고 옳지 못한 표현은 이번만은 적절하게 쓰였다고 할 수 있을 것이다. 유성에 대해 공부한 사람이면 누구나 알고 있듯이, 유성은 솟구치는 천체가 아니기 때문이다. 유성은 둔탁한 소리를 내며 땅에 처박힌다. 그리고 올라갈 대로 올라간 윌리 엑스에게도 바로 이런 일이 일어났다.

3일 전, 윌리 엑스의 최악의 적수가 모습을 감췄다. 그의 졸개 두 명은 경찰이 나타나서 그를 데려갔다는 소문을 퍼트렸지만, 그에게 복수를 했다는 사실을 감추기 위해 지어낸 허튼소리가 분명했다. 다음 날 아침 그 악당의 시체가 발견되었다는 기사가 언론에 등장하자 그 사실은 명백해졌다. 워싱턴 공원의 블루 라군 연못에서 몸에 추를 매단 채로 발견되었던 것이다.

그리고 저녁나절이 되자 경찰 측에서 시체를 제조한 작자에 대해 꽤나 정확한 정보를 가지고 있다는 소문이 식당에서 식당으로 옮겨 다니기 시작했다. 그것도 금지된 원자력 무기를 사용해서. 윌리 엑스를 체포해 심문을 할 거라는 소문도 들려왔다. 이런 소문은 굳이 퍼트릴 목적이 아니었더라도 널리 퍼져나가는 법이다.

이틀째가 되자 노스 클라크 가의 싸구려 호텔에 있는 윌리 엑스의 은신처로 한 사람이 찾아왔다. 승강기와 창문이 있는 구식 호텔로, 윌리의 신임을 받는 몇 안 되는 사람들만이 위치를 알고 있는 곳이었다. 그 사람은 특정한 방식으로 문을 두드렸고, 곧 안으로 발을 들여놓을 수 있었다.

그 신임받는 사람의 이름은 마이크 리어리였고, 윌리의 절친한 친구이자 블루 라군에서 발견되었다고 신문에서 보도한 신사 양반의 적이기도 했다.

그가 입을 열었다. "골치 아픈 상황에 처한 것 같던데, 윌리."

"—, 맞아." 윌리 엑스가 말했다. 얼굴 탈모제를 이틀 동안 사용하지 않은 상태였다. 자라나기 시작한 수염 때문에 얼굴이 파리했고, 공포가 그 윤곽을 두드러지게 만들고 있었다.

마이크가 말했다. "빠져나갈 방법이 있어, 윌리. 1만 정도 들 거야. 그 정도 모을 수 있겠어?"

"돈은 있지. 빠져나갈 방법이 뭔데?"

"사람이 하나 있거든. 접촉하는 방법을 알고 있어. 직접 해 보지는 않았지만, 자네처럼 빠져나갈 구멍이 없어지면 꼭 찾아갈 거야. 그 친구가 자네를 도와줄 수 있어, 윌리."

"어떻게?"

"거짓말 탐지기를 속이는 방법을 알려준다고. 이리 불러와서 자네를 도와주게 할 수 있어. 그러고 나면 경찰이 자네를 잡아가서 심문하게 하면 되는 거지. 그러면 혐의를 취하할 거야. 아니면 법정으로 데려간다 해도 무죄 판결을 받아낼 수 있고."

"만약 놈들이 내가 한… 아니, 됐어. 내가 했을 수도 있는 다른 일에 대해서 물으면?"

"그 사람이 알아서 처리해 줄 거야. 5천이면 완벽하게 깨끗한 상태로— 빌어먹게 깨끗한 상태로 탐지기 아래 들어가게 해 줄 수 있다고."

"1만이라 하지 않았나."

마이크 리어리는 웃음을 지었다. "나도 먹고 살아야 하지 않겠어, 윌리? 그리고 1만이 있다고 했으니까, 자네에게는 그 정도로 가치가 있는 일이기는 하겠지?"

윌리 엑스는 항의했지만, 별 소용이 없었다. 그는 마이크 리어리에게 천 달러 지폐 다섯 장을 넘겼다. 사실 어찌되든 상관없는 일이었다. 상당히 특수한 천 달러 지폐였으니까. 며칠만 있으면 지폐의 녹색 잉크는 보라색으로 변해 버릴 것이다. 1999년이라고 해도 보라색 천 달러 지폐는 사용할 수 없는 법이다. 따라서 그런 일이 일어나면 아마 마이크 리어리의 얼굴도 보랏빛으로 변해 버릴 테지만, 그때쯤에는 그로서는 손쓸 도리가 없을 것이다.

그날 저녁 늦은 시간, 누군가 윌리 엑스의 호텔 방문을 두드렸다. 그는 문의 한쪽 면만 투명하게 만드는 버튼을 눌렀다.

그리고 문 밖에 서 있는 평범해 보이는 남자를 자세히 살펴보았다. 얼굴 윤곽이나 지저분한 노란 양복에는 조금도 신경을 쓰지 않았다. 눈은 약간 보기는 했지만, 대부분 귀의 형태와 위치를 살펴보며 예전에 철저하게 연구했던 사진의 귀와 비교해 볼 뿐이었다. 그런 다음 윌리 엑스는 총을 주머니에 넣고 문을 열었다. 그는 말했다. "들어오시오."

노란 양복의 남자는 방 안으로 들어왔고, 윌리 엑스는 조심스레 문을 닫은 다음 단단히 잠갔다.

그리고 그는 입을 열었다. "이렇게 뵙게 되어 영광이오, 채플 박사."

진심인 것처럼 들리는 목소리였고, 사실 진심이었다.

벨라 조드가 다이어 랜드의 아파트 문 앞에 모습을 드러낸 것은 새벽 4시가 되어서였다. 국장이 침대에서 나와 문까지 와서 단면 투명 문을 작동시켜 손님을 확인하는 동안, 그는 그대로 조명이 흐릿한 복도에 서서 기다려야 했다.

이내 자기식 자물쇠가 부드럽게 슉 소리를 내며 문이 열렸다. 랜드는 흐릿한 눈에 머리카락은 헝클어진 모습이었다. 발에 붉은색 플라스틱 슬리퍼를 대충 꿰고 네오나일론 잠옷을 입고 있는 것으로 보아 지금까지 푹 잠들어 있던 모양이었다.

그는 한쪽으로 비켜서며 벨라 조드를 들여보내 주었고, 조드는 방 가운데로 걸어와서 흥미를 보이며 주변을 둘러보았다. 랜드의 사적인 공간에 와 보는 것은 이번이 처음이었다. 아파트 자체는 요즘 시대의 부유한 독신자들이 살 만한 그런 곳이었다. 가구는 튀지 않고 기능적인 것들이었고, 모든 벽면을 서로 다른 부드러운 색조로 칠해 놓았으며, 은은한 형광과 적당한 온기가 뿜어져 나오고 있었다. 거기다 약한 자외선을 계속 방사하여, 이런 아파트를 감당할 수 있을 만큼 부유한 거주자들에게 적절한 태양빛 효과를 공급해 주는 것도 잊지 않았다. 양탄자는 1제곱피트 크기의 크림색과 회색 사각형으로 이루어진 바둑판 무늬였는데, 사각형을 따로 움직여 모든 부분이 균일하게 마모되도록 만들어진 제품이었다. 그리고 물론 천장은 흔히 그렇듯이 공간을 널찍해 보이게 만들기 위한 통으로 된 거울이 뒤덮고 있었다.

랜드가 말했다. "좋은 소식이 있나, 조드?"

"그렇소. 하지만 지금 이건 비공식적 면담이 될 거요, 다이어. 지금 말하는 내용은 우리 둘 사이의 비밀이 될 테니까."

"그게 무슨 소린가?"

조드는 그를 바라보았다. "아직 잠이 다 깨지 않은 모양이오, 다이어. 커피 한 잔 하지. 당신도 정신이 들 테고, 나도 커피가 도움이 될 테니까."

"알겠네." 다이어가 말했다. 그는 소형 주방으로 들어가서 커피잔의 전기 코일에 열을 가하는 버튼을 눌렀다. "알코올을 조금 넣는 편이 낫겠나?" 그가 물었다.

"물론이오."

1분도 지나지 않아 그는 김이 모락모락 올라오는 카페 로얄 두 잔을 들고 돌아왔다. 눈에 띄게 초조한 모습으로, 그는 편안하게 자리를 잡고 앉아 두 사람 모두 커피를 한 모금 마실 때까지 기다린 다음 물었다. "그래서 뭔가, 조드?"

"지금 내가 하는 말은 모두 비공식적인 거요, 다이어. 진심으로 하는 소리요. 모든 것을 알려줄 수 있지만, 이제부터 내가 하는 말을 전부 잊어버리고 다른 사람에게 절대 말하지 않으며, 그 사실을 이용해 다른 행동을 벌이지 않을 거라고 동의해 준 다음에야 말해줄 거요."

다이어 랜드는 놀란 눈으로 자신의 손님을 바라보았다. "그런 약속은 할 수 없네! 나는 경찰국장이야, 조드. 내 직업과 시카고 시민들을 위해 최선을 다할 의무가 있는 사람이란 말일세."

"바로 그 때문에 당신 사무실이 아니라 아파트로 직접 찾아온 거요. 지금은 근무 중이 아니지 않소, 다이어. 사적인 시간을 보내는 중이지."

"하지만—"

"약속하겠소?"

"당연히 못 하지."

벨라 조드는 한숨을 쉬었다. "그렇다면 잠을 깨워서 미안하게 됐소, 다이어." 그는 잔을 내려놓고 자리에서 일어서기 시작했다.

"잠깐! 이럴 수는 없어. 자네 이렇게 나를 내버려두고 걸어 나갈 생각인가!"

"내가 이럴 수 없다고 생각하시오?"

"좋아, 좋아, 약속하겠네. 자네라면 분명 제대로 된 이유가 있어서 하는 소리겠지. 그렇지 않나?"

"그렇소."

"그러면 자네 말을 믿기로 하겠네."

벨라 조드는 웃음을 지었다. "좋소. 그렇다면 내 마지막 사건에 대해 보고를 할 수 있을 것 같군. 이번이 내가 맡는 마지막 사건이 될 테니 말이오, 다이어. 새로운 직종으로 옮겨갈 생각이거든."

랜드는 놀라서 그를 바라보았다. "뭐라고?"

"이제부터는 악당 놈들에게 거짓말 탐지기 속이는 방법을 가르칠 생각이오."

다이어 랜드 국장은 천천히 잔을 내려놓고 자리에서 일어섰다. 그는 몸무게가 자기 절반도 안 되는 작은 남자를 향해 한 발짝을 내딛었다. 조드는 팔걸이 없는 푹신한 의자에 나른하게 앉아 있기만 했다.

벨라 조드의 얼굴에는 여전히 웃음기가 떠올라 있었다. "그런 시도는 하지 마시오, 다이어. 이유는 두 가지요. 첫 번째로, 당신 능력으로는 나를 해칠 수 없으며, 나는 당신을 해치고 싶지 않지만 해칠 수밖에 없는 상황이 벌어질 것이기 때문이오. 두 번째로, 이게 나쁜 일이 아니기 때문이오. 오히려 갈수록 좋아지기만 할 뿐이지. 자리에 앉으시오."

다이어 랜드는 자리에 앉았다.

벨라 조드가 말했다. "이번 사건이 중대하다고 말했을 때, 당신은 실제로 이 사건의 중요성을 제대로 짐작도 하지 못하고 있었소. 게다가 사태는 앞으로 커져만 갈 거요. 시카고는 그저 시작일 뿐이니까. 그리고 내가 요구한 보고서 내용도 모두 감사하오. 내가 기대한 대로의 내용이더군."

"보고서? 하지만 그건 아직 본부의 내 책상 위에 있을 텐데."

"그랬었지. 내가 전부 읽은 다음 파기해 버렸소. 당신의 사본도 전부. 다 잊어버리시오. 그리고 현재의 통계 상황에는 크게 신경 쓸 필요 없고. 나도 읽었으니까."

랜드는 얼굴을 찌푸렸다. "내가 왜 그 내용을 잊어야 한다는 건가?"

"오늘 저녁에 어니 채플이 말해준 내용과 일치하는 보고였기 때문이오. 다이어, 작년에 중범죄의 발생률이 중범죄 자백률이 내려간 것보다 더 많이 내려갔다는 사실을 알고 있소?"

"나도 알고 있네. 그럼 그 두 수치가 연관되어 있다는 건가?"

"명백하게 그렇소. 대부분의 범죄는 매우 높은 비율로 프로 범죄자, 재범들이 저지르는 것이오. 그리고 다이어, 사실 그 이상이오. 매년 일어나는 수천 건의 중범죄 중에서 90퍼센트 가량은 수백 명의 프로 범죄자들이 저지르는 거요. 그리고 지난 2년 동안 시카고의 프로 범죄자의 수가 3분의 2로 줄어들었다는 사실을 알고 있소? 실제 일어난 일이오. 바로 그 때문에 중범죄 발생률이 줄어든 거요."

벨라 조드는 다시 커피를 한 모금 홀짝이고는 랜드 쪽으로 몸을 기울였다. "당신 보고서에 따르면, 집 지라르는 이제 웨스트사이드에서 비타민 음료 매점을 운영하고 있소. 거의 1년 동안 범죄를 저지르지 않았지. 당신의 거짓말 탐지기를 속인 다음에 말이오." 그는 다른 손가락을 꼽았다. "한때 니어 노스 사이드에서 가장 거친 작자였던 조 자텔리는 이제 깨끗하게 레스토랑을 운영하고 있소. 캐리 허치. 와일드 빌 윌러— 구태여 전부 들먹일 필요도 없겠지. 당신 목록이 완벽한 것도 아니오. 어니 채플을 만나서 탐지기를 속이는 방법을 전수받은 다음에 체포되지 않은 사람도 있으니까. 그리고 그런 사람들 중 열에 아홉은—이것도 최대한 신중하게 계산한 수치요, 다이어—그 후로 단 한 번도 범죄를 저지르지 않았소!"

다이어 랜드가 말했다. "계속하게. 듣고 있네."

"처음 채플 사건을 조사하며 알게 된 사실은, 그가 자발적으로 모습을 감추었다는 것이었소. 그리고 나는 그 사람이 선량하고 훌륭한 사람이라는 사실을 알고 있었지. 범죄학자이며 동시에 심리학자이기도 하기 때문에 정신이 건전하다는 사실도 알고 있었소. 심리학자는 정신이 건전해야만 하는 직업이니까. 따라서 나는 그가 모습을 감추어야만 하는 이유가 있었을 거라고 짐작하고 있었소.

그리고 아홉 달쯤 전 시카고에서 벌어지는 일에 대한 당신 쪽 설명을 듣게 되었을 때, 나는 채플이 이곳에 와서 뭔가를 꾸미고 있는 것은 아닌지 의심하기 시작했소. 슬슬 상황이 이해가 가시오?"

"어느 정도는."

"뭐, 아직은 놀랄 단계는 아니니까. 심리학자가 어떤 식으로 악당이 탐지기를 속이도록 도와줄 수 있는지를 알아챘다면 이야기는 다르지만. 혹시 알아챈 거요?"

"그게 설마—"

"바로 그거요. 최면요법의 가장 기초적인 치료법, 50년 전까지는 자격증이 있는 심리학자라면 누구나 할 수 있던 일이오. 채플의 고객들은—물론 채플이 누구인지, 어떤 일을 하는 사람인지는 모르겠지. 그저 탐지기를 속이게 해 주는 수수께끼의 지하세계 인물일 뿐이니까—상당한 돈을 지불하고, 체포당했을 때 경찰에서 물어볼 만한 질문을 알려주는 거요. 채플은 지금까지 있었던 모든 구역에서 저지른 모든 범죄의 이야기를 들려달라고 요청하지. 경찰에서 과거의 범죄 내역을 파헤치지 못하도록 하기 위해서라고 말이오. 그런 다음에—"

"잠깐 기다려 보게." 랜드가 말을 끊었다. "어떻게 그렇게까지 악당들의 신뢰를 받아낼 수가 있단 말인가?"

조드는 짜증이 나는 듯 손짓을 했다. "단순한 거요. 정확하게 자신의 범죄를 고백하라면 그에게도 하지 않겠지. 그는 그저 그들이 저지른 '모든' 범죄가 포함되어 있는 목록을 요구하는 거요. 가짜 범죄를 섞어 넣어도 알아볼 수 없도록 말이오. 그렇게 하면 별 상관없지 않겠소.

그런 다음 가벼운 최면 상태에 빠지게 하고, 그들이 범죄자가 아니며 지금부터 읽을 목록 중에는 당신이 저지른 일이 없다고 말한 다음 내용을 읽어주는 거요. 그게 전부지.

따라서 탐지기 아래 앉힌 다음 이런저런 일을 했느냐고 물어도, 그들은 자기가 실제로 믿는 대로 저지른 적이 없다고 말하는 거요.

그래서 탐지기의 계기가 움직이지 않는 거지. 조 자텔리가 마틴 블루가 들어오는 것을 보고도 조금도 놀라지 않은 이유가 바로 그거요. 블루가 죽었다는 사실을 몰랐으니까. 신문에서 읽은 내용을 제외하고는 말이오."

랜드는 몸을 기울였다. "에른스트 채플은 어디 있나?"

"체포하고 싶지 않을 텐데, 다이어."

"체포하고 싶지 않다고? 그 작자는 지금 살아 있는 모든 사람 중 가장 위험한 작자야!"

"누구에게?"

"누구에게냐니? 자네 미쳤나?"

"나는 미치지 않았소. 그 사람은 지금 살아 있는 모든 사람 중 가장 위험한 사람이오. 지하세계에 대해서 말이오. 생각해 보시오, 다이어. 범죄자가 체포될지도 모른다는 공포에 빠지면 항상 어니를 부르거나 어니를 찾아가게 되는 거요. 그러면 어니는 그 사람을 눈보다 더 하얗게 씻어내 주고, 그 과정에서 그가 범죄자가 아니라고 최면을 심어놓는 거요.

그 결과로 인해, 최소한 열 명 중 아홉은 범죄자의 일을 관두는 거요. 10년이나 20년이 지나면 시카고에는 지하세계 자체가 사라질 거요. 프로 범죄자가 저지르는 조직범죄는 사라져 버리겠지. 물론 잔챙이들은 항상 존재하겠지만, 비교적 사소한 일이지 않소. 카페 로얄한 잔 더 주겠소?"

다이어 랜드는 소형 주방으로 들어가 커피를 가져왔다. 이제는 잠이 완전히 깬 상태였지만, 걸음걸이는 여전히 몽유병자처럼 보였다.

그가 돌아오자 조드는 말을 이었다. "그래서 이제 나는 어니와 함께 움직일 생각이오, 다이어. 언급할 가치가 있는 규모의 지하세계가 존재하는 세계의 모든 대도시에 발을 뻗을 거요. 숙련된 자원자를 받을 수도 있겠지. 당신 부하 중에서 눈독을 들인 친구가 한둘 있는데, 어쩌면 곧 당신에게서 빼내가게 될지도 모르겠소. 하지만 일단 확인을 해 봐야지. 우리의 뜻을 전할 사도들은—한 열두 명 정도로 할까?—아주 공들여 선발할 생각이오. 일을 하기에 적합한 사람들이 와야 할 테니까."

"하지만 조드, 온갖 범죄가 제대로 처벌을 받지 못하게 되지 않겠나!" 랜드는 항변했다.

벨라 조드는 남은 커피를 마시고 자리에서 일어섰다. "그래서 어느 쪽이 더 중요한 거요? 범죄를 처벌하는 것과 범죄를 없애는 것 중에서? 그리고 도덕적인 관점에서 보자면, 범죄를 저질렀다는 것을 기억하지도 못하는, 더 이상 범죄자가 아닌 사람을 처벌하는 것을 정당한 일이라고 할 수 있겠소?"

다이어 랜드는 한숨을 쉬었다. "자네가 이긴 것 같군. 약속은 지키겠네. 그리고 아무래도… 자네를 다시 보기는 힘들겠지?"

"만나지 않는 편이 서로에게 좋을 거요, 다이어. 그럼 당신이 다음에 할 말을 맞혀 보기로 하지. 그래, 작별의 잔을 나누지. 커피 없이, 술로만."

다이어 랜드는 유리잔을 가져왔다. "어니 채플을 위해 건배를 해야 할까?"

벨라 조드는 웃음을 지었다. "그 친구도 건배에 끼워 주도록 하지,

다이어. 하지만 자신의 직업을 잃는 날을 위해 일하는 모든 사람들을 위해 건배하는 것은 어떻겠소. 모든 사람이 건강해져서 더 이상 의사가 필요 없어질 날을 위해 일하는 의사들을 위해. 소송이 필요 없어질 날을 위해 일하는 법률가들을 위해. 그리고 범죄가 더 이상 존재하지 않아서 실직자가 될 날을 위해 일하는 경찰과 탐정과 범죄학자들을 위해."

다이어 랜드는 진심으로 고개를 끄덕이고는 잔을 들어올렸다. 그리고 함께 잔을 비웠다.(1949)

불사조에게 보내는 편지
Letter to a phoenix

여러분에게 하고 싶은 이야기가 너무 많아서, 어디부터 시작해야 할지도 모르겠습니다. 다행스럽게도, 제게 일어났던 일들은 대부분 잊어버렸지만요. 다행스럽게도, 정신이 기억할 수 있는 용량에는 한도가 존재하니까요. 18만 년 동안 겪은 세세한 일을 전부 기억하고 있었더라면 정말로 끔찍했을 겁니다. 1차 핵 대전 이후 경험한 4천 번의 인생을 말입니다.

진실로 위대한 순간까지 잊어버렸다는 말은 아닙니다. 첫 화성 탐사대, 그리고 세 번째 금성 탐사대의 일원이었던 일은 기억합니다. 또한, 아마도 3차 대전 때였던 것 같은데, 핵융합과 비교하자면 우리 태양과 초신성 정도의 차이가 나는 힘으로 스코라를 폭발시켜 버렸던 일도 기억합니다. 당시 저는 두 번째로 찾아온 은하 외부의 침략자에 맞서 싸우는 하이퍼 A급 우주 순양함의 부함장으로 있었지요. 우리가 존재를 눈치채기도 전에 목성의 위성에 기지를 마련하고, 그들이 도저히 견디지 못하는 무기를 발견하지 못했더라면 우리 쪽이 태양계에서 완전히 몰려나 버렸을 바로 그 침략자 말입니다. 어쨌든 그들은 우리가 추적할 수 없는 은하계 밖으로 도망쳐 버리고 말았지요. 1만 5천 년 후에 추적해 보니 이미 사라지고 없더군요. 그때 기준으로 3천 년 전에 멸종해 버린 모양이었습니다.

제가 말씀드리고자 하는 것이 바로 이것입니다. 강대한 종족과 다른 모든 이들은— 아니, 우선 저 자신에 대한 이야기부터 하도록 하지요. 제가 이 모든 것을 어떻게 알게 되었는지를 알려드리기 위해서 말입니다.

저는 불사의 몸이 아닙니다. 우주에 불사의 존재는 단 하나밖에 없습니다. 그 이야기는 곧 하기로 하죠. 그에 비하면 저는 전혀 중요하지 않은 존재입니다. 하지만 저에 대해 설명하지 않으면 여러분은 제 이야기를 이해하지도, 믿어 주지도 않을 테지요.

이름이란 그다지 중요한 것이 아닙니다. 다행스러운 일이지요. 저는 제 이름을 기억하지 못하니까요. 18만 년이란 꽤나 긴 시간이며 그동안 제가 이름을 천 번도 넘게 바꾸었다는 사실을 감안하면 그리 이상하게 여길 만한 일도 아닙니다. 그리고 18만 년 전 부모님이 지어주신 이름 따위가 대체 뭐가 중요하겠습니까?

저는 돌연변이가 아닙니다. 이 일이 제게 일어난 것은 스무 살 무렵, 1차 핵 대전 때였으니까요. 1차 핵 대전이라고 부르는 이유는 처음으로 전쟁의 양쪽 당사자 모두가 핵무기를 사용한 전쟁이었기 때문입니다. 물론 그 뒤에 만들어진 것들에 비하면 하잘것없는 무기이기는 했지요. 원자폭탄을 발견하고 20년도 지나지 않아 벌어진 전쟁이었습니다. 최초의 핵무기는 제가 어린아이였을 적에 벌어진 사소한 전쟁에서 처음 사용되었다고 합니다. 한쪽만 핵무기가 있어서 그걸로 전쟁이 그대로 끝나버렸다고 하더군요.

1차 핵 대전은 그리 나쁘지 않았습니다. 처음에는 항상 그런 법이지요. 저는 나름 운이 좋았습니다. 만약 그 전쟁이 고약한 전쟁, 그러니까 문명을 완전히 끝장내 버리는 전쟁이었다면, 제게 일어난 생물학적 사고에도 불구하고 살아남을 수 없었을 테니까요. 문명이 종말을 맞았다면 그로부터 30년 후에 있었던 16년의 수면 기간 동안 생명을 유지할 수 없었을 겁니다. 이거 또 이야기가 앞서가고 있군요.

개전 당시 아마 스무 살이나 스물한 살이었을 겁니다. 건강한 몸이 아니었기 때문에 바로 징집되어 가지는 않았지요. 저는 뇌하수체 쪽의 희귀병을 앓고 있었습니다. 누군가의 증후군인가 그런 병명이었는데, 사람 이름이 기억이 나지 않는군요. 여러 증상 중에는 비만도 있었습니다. 키에 따른 정상 체중보다 50파운드는 더 나갔고, 체력은 거의 없다시피 했지요. 두말할 필요 없이 바로 부적격자 판정이 나왔습니다.

2년이 지나자 제 병세도 약간 악화되었지만, 그 외의 상황은 훨씬 더 악화되었습니다. 그 즈음에는 군에서도 닥치는 대로 병사를 모으기 시작했지요. 싸울 의지만 있다면 외팔 외다리에 맹인이라도 기꺼이 받았을 겁니다. 그리고 저는 싸울 의지가 있었습니다. 분진에 가족을 잃었고, 군수 공장에서 일하는 것이 싫었으며, 의사들의 말에 따르면 제 병은 불치병이라서 어떻게 하든 어차피 한두 해밖에는 더 살지 못할 상황이었거든요. 그래서 저는 군대랍시고 남은 조직에 자원했고, 군대랍시고 남은 조직은 즉각 저를 받아들여서 가장 가까운 전선으로 보냈습니다. 고작 10마일 떨어진 곳이었죠. 입대한 바로 다음 날 전투에 투입된 겁니다.

저와는 아무 관계가 없었다는 것 정도는 알 만큼 기억하고 있기는 합니다만, 제가 입대한 바로 그때가 국면의 전환점이었습니다. 상대방은 폭탄과 분진이 동이 났고, 포탄과 총탄도 떨어져 가고 있었습니다. 우리도 폭탄과 분진이 다 떨어진 것은 마찬가지였지만, 우리 쪽의 생산 설비는 전부 파괴되지 않았던 반면 상대방 쪽은 거의 괴멸된 상태였습니다. 우리에게는 또한 폭탄을 나를 비행기와 비행기를 적절한 장소로 보낼 수 있는 조직 비슷한 것도 남아 있었습니다. 뭐, 적절한 장소 근처라고 해야 할까요. 가끔가다 실수로 아군 부대와 너무 가까운 곳에 폭탄을 투하하기도 했으니까요. 저는 전투에 투입되고 나서 일주일도 지나지 않아 다시 전투에서 빠져나오게 되었습니다. 1마일쯤 떨어진 곳에 투하된 아군의 소형 폭탄에 당해버린 것이었죠.

2주 후 군 기지 병원에서 깨어났을 때는 심각한 화상을 입은 상태였습니다. 전쟁은 끝나고 남은 것은 뒤처리와 질서 회복과 세계를 다시 움직이게 만드는 일뿐이었죠. 절멸 전쟁이라고까지는 할 수 없는 전쟁이었습니다. 정확한 수가 기억나지 않으니 짐작일 뿐입니다만, 세계 인구의 4분의 1에서 5분의 1 정도가 목숨을 잃었지요. 생산 능력은 충분히 남아 있었고, 그 생산 설비를 돌리기에 충분한 수의 사람들도 남아 있었습니다. 암흑기가 수세기 동안 이어지기는 했어도, 야만으로 돌아가서 처음부터 시작한 것은 아니었습니다. 조명을 촛불에 의지하고 나무를 연료로 사용하기는 했어도, 전기를 쓰는 법이나 석탄을 캐는 법을 모르기 때문은 아니었습니다. 그저 연이은 혼란과 혁명 때문에 동요했을 뿐이었지요. 지식은 질서가 돌아올 때까지 고스란히 살아남아 있었습니다.

지구, 또는 지구와 기타 행성 거주지의 모든 인구의 9할이 목숨을 잃는 절멸 전쟁과는 달랐습니다. 그런 일이 일어나면 세계가 그대로 야만으로 돌아가서, 수많은 세대가 지나야 창끝에 금속 촉을 붙이는 방법을 재발견하게 되거든요.

또 이야기가 새고 있군요. 병원에서 정신이 든 이래, 저는 오랫동안 고통에 시달렸습니다. 그때쯤에는 진통제도 더 이상 남지 않았지요. 방사능으로 인한 심각한 화상 때문에 처음 몇 달은 거의 견딜 수 없는 고통에 휩싸여 있었습니다. 그러다 상처는 차차 아물어 갔지요. 묘한 일은, 제가 잠을 자지 않게 되었다는 것이었습니다. 당시에는 끔찍한 일이기도 했지요. 제 몸에 무슨 일이 일어났는지 이해하지 못했고, 알 수 없는 일은 항상 두려움을 불러오기 마련이니까요. 의사들은 거의 주의를 기울이지 않았습니다. 화상이나 다른 부상을 입은 환자가 수백만 명이 있었으니까요. 게다가 전혀 잠을 잘 수가 없다는 제 진술도 믿지 않는 것 같더군요. 제대로 잠을 이루지 못하는 정도를 가지고 과장하거나 의도치 않은 착각을 하고 있다고 생각한 모양입니다. 하지만 저는 정말로 한숨도 자지 못했습니다. 회복되어 병원을 떠난 후에도 한참을 잠들지 못했지요. 덤으로 뇌하수체의 병도 나아 버렸고, 체중이 정상으로 돌아오니 건강도 완벽해졌습니다.

저는 30년 동안 잠들지 못했습니다. 그러다 한번 잠이 들자 16년 내내 잠을 잤지요. 그리고 그렇게 46년 주기가 한차례 지나간 후에도 제 육체 연령은 여전히 23세의 청년이었습니다.

당시에 제가 그랬듯이 이제 여러분도 무슨 일이 일어난 것인지 깨달았을 겁니다. 방사선이, 또는 여러 종류의 방사선이 혼합된 효과가, 제 뇌하수체의 작동 방식을 극단적으로 바꾸어 버린 것입니다. 다른 여러 요인도 복합적으로 작용했습니다. 15만 년 전쯤에 내분비학을 공부한 적이 있는데, 그때 제 상황에 대해 많은 것을 알아냈지요. 제 계산이 옳다면 이런 일이 일어날 확률은 수십억 분의 일밖에 되지 않습니다.

물론 쇠락과 노화가 온전히 사라진 것은 아닙니다. 다만 그 진행 속도가 15만 배 정도 늘어난 것뿐이지요. 저는 45년이 지날 때마다 하루씩 나이를 먹습니다. 따라서 불사신은 아닌 셈이지요. 지난 18만 년 동안 제 육체는 11년의 나이를 먹었습니다. 지금 제 육체 연령은 34세입니다.

그리고 45년이 제게는 하루와 같습니다. 대략 30년 정도 잠들지 않고 살다가, 15년을 잠든 채로 보내는 겁니다. 처음의 '며칠' 동안이 완벽한 사회 해체나 야만 상태가 아니었다는 점은 다행이었습니다. 그랬더라면 수면 주기 동안 살아남지 못했겠지요. 그러나 처음 며칠을 버티고 나니 자신의 생존을 위한 시스템을 습득하게 되었습니다. 그 이후로 지금까지 약 4천 번 정도 수면 주기에 들어갔고, 매번 살아남았지요. 어쩌면 언젠가는 불운이 찾아올지도 모릅니다. 여러 안전장치에도 불구하고, 제가 봉인되어 있는 토굴이나 격납고를 발견해서 침입하는 사람이 등장할지도 모릅니다. 하지만 그리 가능성이 높지는 않겠지요. 안전한 장소를 준비할 시간은 충분하고, 4천 번의 수면 주기 동안 쌓인 경험도 가지고 있습니다. 수천 번을 지나쳐도 그런 장소가 존재한다는 것조차 알아채지 못할 것이며, 낌새를 챈다

해도 들어오지 못할 겁니다.

아니, 사실 의식이 없는 동안 제가 살아남을 확률 쪽이 깨어 움직이는 시간 동안 살아남을 확률보다 훨씬 높을 겁니다. 지금까지 생존의 기술을 제법 익히기는 했지만, 아직 살아남았다는 것 자체가 어쩌면 기적일지도 모르겠습니다.

그리고 제 생존 기술은 꽤 훌륭합니다. 지금까지 저는 일곱 번의 대형 또는 초대형 핵전쟁을 견뎌냈습니다. 지구의 인구가 아직 살 만한 일부 지역의 모닥불 가에 둘러앉은 한 줌의 야만인으로 줄어들게 만드는 전쟁 말입니다. 그리고 다른 때 다른 시대에는 다른 은하다섯 군데를 방문해 보기도 했습니다.

지금까지 수천 명의 아내를 가졌지만, 한 번에 한 사람과만 결혼했습니다. 일부일처제의 시대에 태어난지라 그 습관이 남았기 때문이겠지요. 그리고 수천 명의 자식을 키웠습니다. 물론 어느 아내 곁에도 30년 이상 머무를 수는 없었고, 때가 되면 모습을 감춰야 했지요. 하지만 30년이면 양쪽 모두에게 충분했습니다. 특히 아내가 정상적으로 나이를 먹고, 저는 눈에 띄지 않을 정도로 나이를 먹는 상황에서는 말입니다. 아, 물론 문제가 생기기는 했지요. 하지만 해결할 수 있는 문제였습니다. 결혼을 할 때면 항상 최대한 어린 아가씨와 결혼을 해서, 나이 차이가 눈에 띄지 않게 했습니다. 제가 서른 살이라면 열여섯 소녀와 결혼하는 겁니다. 그러면 제가 떠나야 할 때가 찾아와도 그녀는 46세고 저는 여전히 30세인 거지요. 그리고 깨어난 다음에는 서로를 위해 다시 그녀를 찾아가지 않습니다. 아직 살아 있다면 60세를 넘었을 테고, 죽었다고 여긴 남편이 여전히 젊은 얼굴로 돌아오면 주변은 물론이고 그녀 자신에게도 별로 안 좋을 테니까요. 그리고 항상 아내에게 많은 유산을 물려주어 부유한 과부로 만들어 놓고 떠났습니다. 돈이나 그 시대에 통용되는 부의 기준이 되는 다른 물건으로 말이지요. 구슬과 화살촉일 때도 있었고, 곳간에 가득한 곡물일 때도 있었고, 어떤 묘한 문명에서는 생선 비늘이기도 했습니다. 돈이나 그와 유사한 재화를 모으는 일에 어려움을 겪은 적은 한 번도 없었습니다. 수천 년 정도 이런 일을 반복하다 보면, 오히려 다른 쪽이 어려워집니다. 과도하게 부를 축적해서 주의를 끄는 일이 없도록 멈출 때를 파악하는 일 말입니다.

당연하게도 저는 항상 그 일에 성공할 수 있었습니다. 이유는 아시겠지만 저는 권력을 원한 적도 없었고, 적어도 처음 수백 년이 지난 다음에는 제가 다른 사람들과 다르다는 의심을 받은 일도 없었습니다. 매일 밤 몇 시간 동안 자리에 누워서 자는 척하며 생각에 잠겨 있기도 했지요.

하지만 제가 중요한 사람이 아닌 것과 마찬가지로, 이런 일은 사소한 것에 지나지 않습니다. 제 이야기를 이렇게 시시콜콜 늘어놓는 이유는, 여러분에게 제가 어떻게 깨달음에 도달하게 되었는지를 이해시키기 위해서일 뿐입니다.

여러분을 설득하려는 것이 아닙니다. 원한다고 해도 바꿀 수 없는 것이니까요. 그리고 제 이야기를 이해하고 나면, 여러분도 바뀌고 싶지는 않을 겁니다.

여러분에게 영향력을 행사하거나 인도하고 싶은 것이 아닙니다. 4천 번의 인생을 사는 동안, 저는 지도자를 제외한 다른 모든 존재가 되어 보았습니다. 지도자만은 피하려 했지요. 아, 물론 야만인들 사이에서 신과 같은 존재가 된 적은 종종 있었습니다. 하지만 그건 생존을 위해 필요한 일이었습니다. 그들이 마법이라 생각하는 힘을 사용한 이유는 최소한의 질서를 유지하기 위해서였지, 그들을 이끌거나 정체시키기 위한 것이 아니었습니다. 활과 화살을 사용하는 법을 가르쳐 준 이유는 사냥감이 부족하고 굶주림이 찾아왔으며 내 생존이 그들의 생존에 달려 있었기 때문입니다. 순환 주기가 반드시 필요하다는 것을 알게 된 이후로, 저는 절대 그것에 간섭한 적이 없습니다.

지금 여러분에게 들려주는 이야기도 주기 자체에는 영향을 끼치지 않을 겁니다.

요지는 이겁니다. 인간 종족이야말로 우주에서 유일한 불사의 생명체라는 것.

다른 종족도 존재했고, 지금도 우주 여기저기에 다른 종족들이 있지만, 그들은 모두 멸종했거나 훗날 멸종하게 될 겁니다. 10만 년 전쯤에 우주의 여러 종족을 탐지한 적이 있습니다. 생각이나 지성의 존재를 탐색하는 기계를 사용했지요. 아무리 이질적인 지성이라도 거리와 관계없이 탐지할 수 있으며, 그 정신의 등급과 질을 확인할 수 있는 물건이었습니다. 그리고 5만 년이 지난 후 그 기계가 재발견되었습니다. 종족의 수는 예전과 동일했지만, 5만 년 전부터 존재했던 종족은 여덟에 지나지 않았습니다. 그리고 그 여덟 종족도 노쇠하여 사멸을 앞두고 있었지요. 전성기가 지나 쇠락의 길에 접어들었던 겁니다.

그들은 가능성의 한계에 도달했기 때문에, 그리고 항상 한계가 존재하기 때문에, 사멸할 수밖에 없었던 겁니다. 삶은 역동적이어야 합니다. 정지한 존재는 그 수준이 높든 낮든 생존할 수 없는 겁니다.

제가 하고 싶은 말은, 여러분은 그런 운명을 두려워할 필요가 없다는 겁니다. 자신의 존재와 자신이 이룩한 모든 발전을 주기적으로 파괴하는 종족, 그리고 다시 처음으로 돌아가는 종족만이, 어림잡아 6만 년 이상의 세월을 지성을 가진 종족으로 살아남을 수 있으니까요.

높은 수준의 지성에 도달했는데도 고차원의 정신적 건전성을 획득하지 못한 종족은 전 우주에서 인간이 유일합니다. 우리는 단 하나뿐인 존재입니다. 정신적으로 건전하지 못하기 때문에, 우리는 이미 다른 어떤 종족보다 다섯 배는 더 오래 존재해 왔습니다. 인간은 종종 광기가 바로 신성이라는 점을 어렴풋이 깨닫고는 합니다. 그러나 인간 종족 전체가 총체적으로 광기에 빠져 있다는 사실은 높은 수준의 문화에 도달한 다음에야 비로소 알 수 있는 겁니다. 스스로와 싸우고, 그렇게 자신을 파괴한 다음— 잿더미에서 다시 날아오르는 겁니다.

주기적으로 모닥불에 뛰어들어 자신의 몸을 태운 다음, 새로 태어나 천 년을 살아가는 불사조에 대한 이야기가 있지요. 불사조의 전설은 은유일 뿐입니다. 실제로 존재하는 불사조는 단 하나뿐입니다.

여러분이 불사조입니다.

그 무엇도 여러분을 파괴할 수 없습니다. 지금까지 수많은 위대한 문명이 성쇠를 반복하는 동안, 여러분의 씨앗은 수천 개의 항성계에,

백여 개의 은하에 퍼져 나갔고, 이제는 그곳에서 주기를 반복하고 있습니다. 18만 년 전에 시작된 그 주기를 말입니다… 제 짐작일 뿐이지만요.

한 문명이 쇠락하고 다음 문명이 일어나기까지 걸리는 2~3만 년 동안 이전 문명의 모든 흔적이 사라지는 모습을 직접 목격한 입장에서, 제 생각에 확신을 가질 수는 없습니다. 2~3만 년이 지나면 기억은 전설이 되고, 전설은 미신이 되고, 결국 미신조차 사라지게 됩니다. 금속은 녹이 슬어 대지로 돌아가고, 비바람과 정글이 돌을 깎아 내리고 뒤덮어 버립니다. 대륙의 모습조차 바뀌게 되고, 빙하가 내려왔다 물러가고, 2만 년 전에 도시였던 곳은 지하나 해저 수 킬로미터 아래로 가라앉아 버리게 됩니다.

따라서 확신을 할 수는 없습니다. 어쩌면 제가 알고 있는 첫 절멸 전쟁이 처음이 아닐지도 모르지요. 제가 살던 시대 이전에 문명이 번성했다가 사라졌을지도 모릅니다. 그렇다고 해도 인류가 제가 아는 18만 년보다 더 오래 생존했을지도 모른다는, 제가 처음 불사조의 모닥불을 발견한 이후 일어난 여섯 번보다 더 많은 절멸 전쟁에서 살아남았을지도 모른다는 가설은, 오직 제 주장을 더욱 강력하게 뒷받침해줄 뿐일 테지요.

그러나 과거는 아무 상관도 없습니다. 우리가 전 우주에 씨앗을 퍼뜨렸기 때문에 우리 태양이 죽거나 초신성이 되어도 종족이 소멸하지 않으리라는 것을 제외하면 말입니다. 루르, 카드라, 스라간, 카아, 무, 아틀란티스… 제가 경험한 문명은 이 여섯 가지였고, 이들 문명은 모두 지금의 문명이 2만 년 후에 그러할 것처럼 완벽하게 사라져 버렸습니다. 그러나 인류 종족은 이곳에서든 다른 은하에서든 살아남아 영원히 존재할 겁니다.

지금 1954년을 맞은 여러분의 시대에 위안이 되는 이야기를 한 가지 해 드릴까 합니다. 제가 아는 바에 의하면, 아마도 여러분의 세대에서 일어날 임박한 핵전쟁은 절멸 전쟁까지는 되지 않을 겁니다. 너무 빨리 찾아왔기 때문에, 과거에 인류가 자주 만들어냈던 제대로 된 파괴 병기를 개발해 내기에는 시간이 부족하니까요. 물론 퇴보하기는 하겠지요. 한 세기, 또는 여러 세기 동안 암흑기가 찾아올 겁니다. 그리고 여러분이 제3차 세계 대전이라 부르게 될 그 전쟁을 경고로 삼아, 인류는 항상 가벼운 전쟁을 겪은 다음 그러했듯이 스스로의 광기를 다스렸다고 생각하게 될 것입니다.

순환 주기가 이번에도 동일한 양상을 보인다면 한동안은 제어할 수 있겠지요. 다시 별을 향해 날아가서, 그곳에 이미 인류가 존재한다는 것을 발견하게 될 겁니다. 앞으로 5백 년이면 다시 화성에 도착할 테니, 저도 그곳에 가서 옛날에 건설을 도왔던 운하를 다시 봐야겠군요. 8만 년이나 화성에 가 보지 못했으니 그곳에 들러서 세월의 흐름을 겪은 운하가 어떤 모습이 되었는지, 그리고 인류가 마지막으로 우주 동력 기술을 잃었을 때 그곳에 남겨두고 온 사람들이 어떻게 변했는지를 확인하고 싶습니다. 물론 그들 역시 주기를 겪었겠지만, 그 속도가 항상 일정하리라는 법은 없으니까요. 최고점을 제외한 어느 단계에 있을지 알 수가 없지요. 만약 그들이 주기의 최고점에 있다면 굳이 만나러 갈 필요도 없을 겁니다. 그들이 우리를 찾아올 테니까요. 물론 지금쯤이면 당연히 그렇겠지만, 자신들을 화성인이라고 생각하면서 말이죠.

이번에는 여러분이 얼마나 높이 올라갈지 궁금합니다. 스라간 정도로 높이 올라가지는 않았으면 좋겠군요. 스라간 사람들이 스코라의 식민 행성에 사용한 무기를 재발견하는 모습은 보고 싶지 않거든요. 스라간 사람들이 산산조각내서 일군의 소행성으로 만들어 버리기 전까지, 스코라는 우리 태양계의 다섯 번째 행성이었습니다. 물론 그런 무기는 은하 간 여행이 일반적이 되고 나서도 한참이 지나서야 만들어질 테니, 그런 일이 생기면 우리 은하를 떠날 생각입니다. 하지만 정말 그러고 싶지는 않습니다. 저는 지구를 좋아하고, 여생을 지구에서 보내고 싶으니까요. 물론 지구가 그때까지 남아 있다면 말입니다만.

설령 그렇지 않더라도 인류는 계속 존재할 겁니다. 모든 곳에서, 영원히. 인류는 광기를 벗어날 수 없으며, 광기야말로 유일한 신성이니까요. 지금까지 이룩한 모든 것과 자기 자신까지 파괴하는 자는 오직 광인뿐입니다.

그리고 영원히 사는 존재는 불사조뿐이지요. (1949)

밋키, 다시 우주로
Mitkey Rides Again

벽 안의 어둠 속에서 무언가 움직였다. 평범한 회색 생쥐로 돌아온 밋키는 벽 아래 널빤지의 구멍을 향해 쪼르르 달려갔다. 밋키는 배가 고팠고, 구멍 바로 밖에는 교수의 냉장고가 있었다. 그리고 냉장고 아래에는 항상 치즈가 있었다.

밋키는 살찐 작은 생쥐가 되었다. 교수의 관대함 덕분에 예전 몸매를 완전히 잃어버린 미니만큼이나 뚱뚱해져 버렸다.

"냉장고 아래에는 언제나 치즈가 있을 커다, 밋키야. 언제나" 예전에 오베르부르커 교수는 이렇게 말했다. 그 말대로 거기에는 항상 치즈가 있었다. 평범한 치즈만 있는 것도 아니었다. 로크포르, 비어카세, 핸드 치즈, 카망베르, 거기다 때로는 이미 안에 생쥐들이 살고 있는 것처럼 구멍이 가득하고, 생쥐들의 천국 같은 맛이 나는 수입산 스위스 치즈도 있었다.

그래서 미니와 밋키는 먹고 또 먹었다. 벽과 판자에 뚫린 구멍이 큼지막해서 다행이었다. 그렇지 않았더라면 작고 오동통한 몸을 끌고 들어갈 수 없었을 테니까.

하지만 밋키의 변화는 살집뿐이 아니었다. 만약 선량한 교수가 알았다면 기뻐하면서도 동시에 걱정에 휩싸였을 사건이 하나 더 벌어지고 있었다.

벽 안을 바삐 돌아다니는 생쥐처럼, 밋키의 정신 속에서도 뭔가 부산하게 움직이고 있었다. 묘한 기억, 세계와 의미의 기억, 로켓 안의 어두컴컴한 탑승 공간에서 들었던 귀가 먹먹해지는 굉음의 기억, 치즈와 미니와 어둠보다 더 중요한 무언가의 기억이 들썩이기 시작했다.

밋키의 기억과 지성이 돌아오고 있는 것이었다. 천천히.

냉장고의 그늘 아래에서, 밋키는 숨을 죽이고 귀를 기울였다. 건너편 방에서 오베르부르커 교수가 작업을 하고 있었다. 언제나처럼 혼잣말을 지껄이면서.

"크럼 이체 착륙용 날개를 붙여 보도록 할카. 이케 있으면 훨씬 나을 커야. 달에 도착햇서 공키가 있으면 부드럽케 착륙할 테닛카 말이지."

밋키는 교수의 말을 거의, 아주 거의 알아들을 것만 같았다. 들어본 적 있는 단어였고, 그 단어들이 작은 회색 머릿속에 개념과 심상을 불러일으켰다. 밋키는 수염을 실룩거리며 교수의 말을 이해하려고 끙끙댔다.

교수의 육중한 발소리가 바닥을 울렸다. 그는 부엌 문간에 서서 벽 아랫단 판자에 뚫린 쥐구멍을 물끄러미 바라보고 서 있었다.

"밋키야, 다시 쥐덫을 놓아서 너를 잡키만 하면— 아니, 안 되지. 안 돼. 밋키야, 우리 꼬마 스타 마우스야. 이제 평화와 안식을 얻은 컷 아니냐? 평화와 치즈를. 달로 보낼 두 번째 로켓에는 다른 생쥐를 태워야겠지. 크래."

로켓. 달. 냉장고 아래 치즈 접시 옆에 웅크리고 있는, 그림자 속에 숨어 보이지 않는 꼬마 회색 생쥐의 정신 속에서 다시 뭔가가 요동쳤다. 거의, 이제 거의, 기억이 났다.

교수의 발소리가 멀어져갔다. 밋키는 치즈 쪽으로 머리를 돌렸다. 이해할 수 없는 초조함에 사로잡혀 여전히 귀를 쫑긋 세운 채였다. 딸깍 소리가 들렸다. 교수의 목소리가 숫자를 불렀다.

"하트포트 연쿠소 맞습니카? 오베르부르커 쿄수인데요. 생쥐가 필요합니다. 잠칸, 아뇨, 한 마리면 됩니다. 한 마리면… 뭐라코요? 크래요, 흰쥐도 괜찮습니다. 색칼은 상콴없어요. 보라색 생쥐라코 해도… 네? 아뇨, 보라색 생쥐가 없다는 컨 압니다. 크냥 이 동네엣서 농담이라코 부르는 컬 해본 컨데… 언제냐코요? 서두를 컨 없습니다. 적어도 일추일은 더 있어야 완성이 될— 아니, 아무컷도 아닙니다. 크냥 편할 때 생쥐 한 마리 보내 추시면 됩니다."

다시 딸깍 소리가 들렸다.

그리고 냉장고 아래 숨어 있는 생쥐의 머릿속에서도 딸깍 소리가 났다. 밋키는 치즈를 갉작이다 말고 문득 그 물체를 바라보았다. 이걸 표현할 단어가 있었다. 치즈.

밋키는 아주 조용히 중얼거렸다. "치즈." 찍찍 소리와 인간의 언어의 중간 정도로 들리는 소리였다. 한참 동안 프룩슬 인이 준 성대를 사용하지 않았기 때문이다. 그러나 두 번째로 시도하자 조금 나은 소리가 났다. "치즈."

이어 딱히 떠올리려 애쓴 것도 아닌데 제대로 된 문장이 입에서 튀어나왔다. "저건 치즈야."

덕분에 밋키는 살짝 겁을 먹고 벽의 구멍 속으로, 마음이 편안해지는 어둠 속으로 달려 돌아갔다. 그러나 다음 순간 그곳 역시 살짝 무서워지고 말았다. 자신의 위치를 나타내는 단어가 떠올랐기 때문이다. "벽. 벽 안이야."

이제 벽과 어둠은 더 이상 마음속의 형체가 아니었다. 그 대상을 가리키는 소리가 존재했다. 정말 혼란스러운 일이었다. 그리고 기억을 되찾아 갈수록 혼란은 더욱 심해지기만 했다.

교수의 집 밖에도 밤의 어둠이 깔렸고, 벽 안의 어둠은 여전했다. 그러나 교수의 작업실에는 여전히 환히 불이 밝혀져 있었고, 그림자 속에 자리를 잡고 그 모습을 바라보고 있는 밋키의 마음속에서도 희미한 빛이 자라나고 있었다.

작업대 위의 반짝이는 금속 원통. 예전에 비슷한 물건을 본 적이 있었다. 또한 저 물건을 나타내는 단어도 알고 있었다. 로켓.

그리고 쉬지 않고 혼잣말을 지껄이며 로켓 위를 굽어보며 작업하고 있는 덩치 큰 생물은…

밋키는 거의 소리를 지를 뻔했다. "쿄수님!"

그러나 생쥐 종족 특유의 조심성이 밋키의 말문을 막았고, 그는 계속 귀를 기울였다.

이제 밋키의 기억은 비탈을 굴러 내려가는 눈덩이처럼 불어나고 있었다. 교수의 혼잣말을 듣고 있자니 단어와 그 의미가 밀물처럼 밀려들었다.

제멋대로 생긴 퍼즐의 조각들이 하나씩 자리를 찾아 온전한 그림이 되는 것과 흡사했다.

"크리고 생쥐 한 마리카 탈 탑승 콩간이 있치. 유압식 충격 흡수장치카 있으닛카 생쥐는 부드럽코 안전하케 착륙할 수 있을 커야. 크리고 단파 라디오로 소리를 들으면 생쥐카 달의 대기 속에서 살 수 있는지 확인할 수 있을 테코…"

"크래, 대기 말이지." 교수의 목소리에 경멸이 묻어났다. "달에 대기카 없다고 말하는 크 바보들 같으니. 분광기로 확인한 결콰만 카지고—"

그러나 교수의 목소리에서 느껴지는 약간의 씁쓸한 느낌은 밋키의 작은 머릿속에서 점점 커져가는 씁쓸함에 비하면 아무것도 아니었다.

이제 밋키는 다시 밋키가 된 것이다. 약간 혼란스럽고 빠진 부분이 있기는 했지만, 모든 기억이 돌아왔다. 마우스트레일리아를 건설하겠다는 야심까지도.

돌아온 후 처음으로 미니를 보고, 그녀에게 다가가려다 그만 전류가 흐르는 은박지 위로 발을 들여놓아 모든 것을 잊게 되었던 기억이 났다. 그걸로 꿈이 끝나버렸다. 함정이었던 것이다! 모든 것이 함정이었다!

교수가 배신한 것이다. 일부러 전기 충격을 가해 밋키의 지성을 파괴했다. 어쩌면 죽어도 괜찮다고 생각한 것일지도 모른다. 지성을 가진 생쥐들로부터 덩치 크고 굼뜬 인간 종족을 보호하기 위해서!

아, 그래, 교수는 교활한 작자였다. 밋키는 배신감을 삼키며 생각했다. 처음 충동이 들었을 때 "쿄수님"이라고 소리쳐 부르지 않은 것이 정말 다행이었다. 교수는 그의 적이니까!

어둠 속에서 홀로 작업을 시작해야 했다. 물론 미니부터. 프록슬인들이 제작법을 알려준 X-19 기계를 하나 만들어서 미니의 지능 수준을 올리는 것이다. 그런 다음에는 둘이 함께―

교수의 도움을 받지 않고 비밀리에 그 기계를 만들기는 꽤나 힘들 것이다. 하지만 어쩌면…

작업대 아래 바닥에 전선 조각이 보였다. 그걸 본 밋키의 작은 눈이 반짝이고 콧수염이 씰룩거렸다. 밋키는 오베르부르커 교수가 다른 쪽을 볼 때까지 기다렸다가, 발소리를 죽이고 전선을 향해 달려갔다. 그리고 그걸 입에 물고는 재빨리 벽의 구멍으로 퇴각했다.

교수는 그의 모습을 보지 못했다.

"크럼 이제 큭초단파 발신키를…"

밋키는 전선 조각을 물고 안전하게 어둠 속으로 돌아왔다. 이걸로 시작이다! 전선이 더 필요할 것이다. 고정 콘덴서도― 분명 교수라면 하나 가지고 있을 것이다. 손전등용 전지는 다루기 힘들 것이다. 교수가 잠들었을 때 바닥에 굴려서 가져와야 할 것이다. 다른 재료도 필요했다. 족히 며칠은 걸리겠지만, 시간은 문제가 아니었다.

교수는 그날 밤 아주 늦은 시간까지 일했다.

그러나 마침내 작업실에도 어둠이 찾아왔다. 아주 바쁜 꼬마 생쥐 한 마리와 함께.

그리고 화창한 아침과 함께 초인종 소리가 찾아왔다.

"소포입니다. 그러니까, 어… 오베르부르커 교수님."

"크래? 무슨 물컨인카?"

"몰라요. 하트퍼드 연구소에서 왔는데요. 조심해서 다루라던데요."

소포에는 구멍이 뚫려 있었다.

"야, 생쥐카 왔쿠나."

교수는 서명을 한 다음 소포를 작업실로 가져가 포장을 풀고 나무 우리를 꺼냈다.

"아, 흰쥐로쿠만. 꼬마 생쥐야, 너는 아주 머나먼 킬을 떠나게 될 커란다. 너를 뭐라코 부를카? 화잇티 어떠냐? 치즈 좀 먹켔냐, 화잇티?"

화잇티는 치즈를 기꺼이 받아들였다. 녀석은 잘 빠지고 말쑥하게 생긴 꼬마 생쥐로, 서로 바짝 붙은 동그란 두 눈에 건방지게 생긴 수염을 달고 있었다. 거만한 생쥐를 떠올릴 수 있다면 바로 그런 모습이었다. 전형적인 도시 출신 생쥐. 지금까지 치즈 따위는 입에 대본 적도 없는, 고귀한 혈통의 연구소 출신 생쥐. 그의 비타민 가득한 식단에는 치즈처럼 평범하고 서민적인 음식은 들어갈 자리가 없었다.

그러나 화잇티가 맛본 치즈는 고귀한 혈통에게도 나쁘지 않은 카망베르였다. 그리고 딱히 치즈를 싫어하는 것도 아니었다. 화잇티는 훌륭한 교육을 받은 쥐답게 우아하게 치즈를 갉작였다. 만약 생쥐가 웃을 수 있다면, 그는 웃음을 지었을 것이다.

미소를 짓고 또 짓는 자라도 악당일 수는 있는 법이나니.

"그럼 화잇티야, 이체 해 보자. 네 우리 옆에 수신기를 놓을 테니카, 네카 식사를 하는 작은 소리카 들리는지 확인해 보자쿠나. 자. 여킬 조절하면—"

구석에 놓인 탁자 위의 스피커에서 괴물이 우적거리는 소리가 들렸다. 생쥐가 치즈 먹는 소리를 천 배로 증폭한 결과물이었다.

"좋아, 제대로 작동하는구나. 있잖냐, 화잇티야, 내가 설명을 해 주마. 로켓이 달에 도착하면 탑승 공간의 문이 열릴 거란다. 하지만 아직 나갈 수는 없단다. 발사 목재로 만든 창살이 있을 테니까. 갉을 수 있는 재질이니까 갉고 나가게 되겠지. 아직 살아 있다면 말이야. 알겠니?

크리코 네가 창살을 갉는 소리가 내가 맞춰 놓은 주파수로 극초단파를 타코 전해질 거란다. 알겠니? 그래서 로켓이 착륙한 다음에 수신키에서 네가 갉작이는 소리가 들리면, 네가 살아서 착륙했다는 사실을 알 수 있게 되겠지."

교수가 무슨 말을 하는지 이해할 수 있었더라면 겁을 먹었을 것이 분명하지만, 화잇티는 당연하게도 알아들을 수 없었다. 그저 축복에 가까운 무지 속에서 거만하고 무심하게 카망베르를 오물거릴 뿐이었다.

"그러면 대기에 대한 내 생각이 옳은지를 확인하게 될 거란다, 화잇티야. 로켓이 착륙하코 객실 문이 열리면 공기가 새어나갈 테니까. 달에 대기가 없다면 너는 5분 정도밖에 살지 못할 거란다.

만약 5분이 흐른 후에도 네가 발사 목재를 갉고 있다면, 그건 달에 대기가 있코 천문학자들과 분광기가 잘못됐다는 뜻이 되겠지. 스펙트럼에서 라이프니츠 쿨절선을 뺄 줄도 모른다면 정말 한심한 노릇 아니겠냐?"

342

라디오 스피커의 진동판 위에 치즈를 씹는 굉음이 울렸다.

그래, 수신기는 훌륭하게 작동하고 있었다.

"크럼 이제 이컬 로켓에 설치해 볼카…"

낮과 밤이 지나갔다. 다시 낮과 밤이 찾아왔다.

인간 한 명이 로켓을 만들고 있었다. 그리고 그 뒤의 벽 너머에서는 생쥐 한 마리가 훨씬 작지만 거의 비슷하게 복잡한 물건을 완성하기 위해 그보다 더 열심히 작업하고 있었다. 생쥐들의 지능 수준을 올리는 X-19 방사기를 만드는 것이다. 우선 미니의 지능부터.

훔쳐온 몽당연필이 흑연으로 된 심을 가진 코일이 되었다. 심 위에는 훔쳐온 콘덴서를 마이크로패럿 단위까지 정확하게 갈아내어 달아 놓았고, 콘덴서에는 전선을 연결해서— 그러나 밋키조차도 자신이 만드는 물건을 이해하지는 못했다. 제작법의 청사진은 머릿속에 있었지만, 작동 원리는 들어 있지 않았던 것이다.

"크럼 이제 훔쳐온 손전등 전지를—" 그래, 밋키 역시 작업을 하는 동안 쉬지 않고 혼잣말을 지껄였다. 교수가 듣지 못하게 작은 소리로 중얼거리기는 했지만.

그리고 벽 쪽에서는 더 굵고 낮은 독일인의 목소리가 들려왔다.

"크럼 이제 탑승 콩간에 수신기를 설치하면—"

인간과 생쥐. 어느 쪽이 더 바쁜지는 판별하기 힘들어 보였다.

먼저 작업을 끝낸 쪽은 밋키였다. 작은 X-19 방사기는 별로 훌륭한 생김새는 아니었다. 솔직히 말하자면 전기공의 작업 부산물을 한데 뭉쳐 놓은 듯한 모양새였다. 벽 너머 방 안에 있는 로켓처럼 반짝이고 유선형인 물건은 분명 아니었다. 루브 골드버그 장치에 더 가까웠다.

그러나 작동할 것이다. 중요한 부분에서는 프륵슬 인 과학자들이 알려준 내용을 완벽하게 따랐으니까.

마지막 전선을 연결했다.

"크럼 이제 우리 미니를 데려오기만 하면…"

미니는 가장 외딴 구석에 처박혀 웅크리고 있었다. 머릿속에서 이상한 짓을 하는 묘한 신경 진동으로부터 최대한 멀리 떨어져 있는 것이었다.

밋키가 다가가자 그녀의 눈에는 공포가 떠올랐다. 완전히 어찌할 바를 모르고 있었다.

"우리 미니, 컵먹을 일은 아무컷도 없어. 방사기에 가카이 오키만 하면— 크럼 너도 지능을 카진 생쥐카 되는 커야, 내 사랑 미니. 지큼 나처럼 영어를 잘할 수 있케 될 커고."

미니는 이미 며칠 동안 겁에 질리고 영문을 모르는 상태였다. 남편의 이상한 행동, 입에서 나오는 정상적인 찍찍 소리가 아닌 이상한 소리가 모두 공포를 불러일으켰다. 이제 남편은 자신을 향해 그 이상한 소리를 내고 있었다.

"내 사랑 미니, 다 퀜찮다니카. 저 기켸에 가카이 카기만 하면 너도 말을 할 수 있케 될 커야. 커의 나만큼, 미니. 크래, 프륵슬 인들이 내 성대를 코쳤으니 내 목소리카 훨씬 좋켔지만, 크런 컬 하지 않아도 어느 정도는—"

밋키는 조심스레 미니 뒤편으로 파고들어간 다음, 그녀를 구석에서 밀어내 옆방 벽 뒤에 있는 기계 쪽으로 몰아내려 했다.

미니는 찍 소리를 내고는 달리기 시작했다.

그러나 애석하게도, 미니는 방사기 쪽으로 고작 몇 피트 달려간 다음 직각으로 방향을 틀어 벽 아래 판자에 뚫린 구멍으로 들어가 버리고 말았다. 그리고 부엌을 가로질러 달려가 부엌문 방충망의 구멍을 통해 나가 버렸다. 밖으로, 손질하지 않은 정원의 키 큰 잔디 속으로.

"미니! 내 사랑 미니! 돌아와!"

밋키는 아내를 쫓았지만, 이미 너무 늦은 후였다.

1피트 높이의 잔디와 잡초 속에서, 밋키는 흔적조차 찾지 못하고 미니를 놓치고 말았다.

"미니! 미니!"

아, 가련한 밋키. 미니가 아직 한 마리 생쥐일 뿐이라는 점을 떠올렸더라면, 그리고 이름을 부르는 대신 찍찍거렸다면, 숨어 있는 그녀를 불러낼 수도 있었을 텐데.

밋키는 우울하게 돌아와서 X-19 방사기의 전원을 내렸다.

나중에, 그녀가 돌아오면, 돌아오기만 한다면, 다른 방법을 생각해 낼 수 있을 것이다. 잠들어 있을 때 방사기를 옆으로 가져가는 것은 어떨까. 신경 진동 때문에 잠에서 깰 수도 있으니, 만약을 대비해 우선 발을 묶어놓아야 할지도 모른다…

밤이 흘러갔지만 미니는 돌아오지 않았다.

밋키는 한숨을 쉬며 기다렸다.

벽 바깥에서는 교수의 목소리가 우렁차게 울리고 있었다.

"어잇쿠, 이제 빵도 남지 않았쿤. 음식이 없으니 외출해서 상점에 들러야겠어. 음식이라, 중요한 작업을 하는 중인데토 식사를 해야 한타니 참 퀴찮은 일 아닌카. 하지만— 어잇쿠, 모자를 어디다 뒀더 라?"

그리고 문이 열리고 닫히는 소리가 났다.

밋키는 쥐구멍 쪽으로 기어갔다. 작업장 안을 둘러보고 미니의 작고 가녀린 발을 묶을 수 있는 부드러운 끈 조각을 찾기에는 딱 좋은 기회였다.

조명은 켜져 있고 교수는 나가 버린 뒤였다. 밋키는 방 가운데로 달려가서 주변을 둘러보았다.

로켓이 있었다. 밋키의 눈에는 완성된 것처럼 보였다. 아마 교수는 로켓을 발사하기에 적절한 시간을 기다리고 있을 것이다. 한쪽 벽에는 로켓이 착륙한 후 자동으로 발신될 방송을 수신하기 위한 라디오 장비가 기대어 있었다.

작업대 위에는 로켓 본체가 보였다. 교수의 계산이 옳다면 이 아름답게 빛나는 원통이 인간이 달로 보내는 최초의 물체가 될 것이다.

밋키는 로켓을 보며 숨을 삼켰다.

"아름다운 못습 아니야?"

밋키는 공중으로 족히 1인치는 뛰어올랐다. 교수의 목소리가 아니었다! 목을 긁는 찍찍 소리가 섞인 괴상한 목소리였다. 인간의 후두에서 나는 소리라기에는 한 옥타브 정도 높게 들렸다.

새된 웃음소리가 들렸다. "나 태문에 놀란 컨가?"

밋키는 다시 주변을 돌아보다가, 이번에는 목소리가 나오는 곳을 알아챘다. 작업대 위의 나무 우리였다. 그 안에 있는 하얀 무언가였다.

하얀 앞발이 창살 사이로 나와 문의 빗장을 열었고, 흰쥐 한 마리가 밖으로 나왔다. 반짝이는 동그란 눈이 살짝 경멸하는 눈빛을 담은 채 아래 바닥에 있는 꼬마 회색 생쥐를 내려다보았다.

"네가 쿄수가 항상 말하던 밋키인 모양이로쿤?"

"크래." 밋키는 어안이 벙벙한 채로 대답했다. "크리고 너는… 아흐, 크래, 어떻케 된 컨지 알겠어. X-19 방사기야. 네 우리 바로 옆의 벽 뒤에 있었으니카. 크리고 나처럼 쿄수님의 말을 들었키 태문에 영어를 배운 커지. 넌 이름이 뭐야?"

"쿄수는 이 몸을 화잇티라고 부르터쿤. 크 이름을 쓰면 되겠지. X-19 방사기라는 컨 뭐지, 밋키?"

밋키는 설명을 했다.

"으으음. 카능성이 카득하쿤. 아주 많아. 달 여행을 카는 컷보다 훨씬 낫겠어. 넌 그 방사기를 어떻케 사용할 생칵이지?"

밋키는 자신의 계획을 설명했다. 화잇티의 동그랗고 반짝이는 눈이 더 휘둥그레지고, 더 반짝이기 시작했다. 그러나 밋키는 눈치채지 못했다.

"달로 칼 생칵이 없다면 이리 내려와. 벽 안쪽 어디에 숨어야 하는지 알려줄케." 밋키가 말했다.

"아직은 때카 아니야, 밋키. 로켓이 이륙하는 컨 내일 새벽이니카,

아직 시간이 충분하다고. 서두를 필요 없어. 곧 교수가 집으로 돌아올 거야. 이 주변에서 작업을 하면서 말을 하고, 나는 그 말을 듣지. 더 많은 컷을 배울 수 있어. 그리고 새벽이 되기 전에 잠을 자러 갈 테니카, 그때 도망치면 되지. 쉬운 일이야."

밋키는 고개를 끄덕였다. "영리한 계획인데. 하지만 교수를 믿지 말라고. 너한테 지능이 생긴 컬 알아차리면 너를 죽이거나 도망치지 못하케 만들 테니카. 지성을 가진 생쥐를 두려워하커튼. 아흐, 발소리잖아. 우리 안으로 돌아카. 그리고 조심하라고."

그리고 밋키는 쥐구멍으로 달려 돌아가다가, 끈 조각에 대해 기억하고는 다시 작업대 쪽으로 돌아갔다. 오베르부르커 교수가 방 안으로 들어오는 동시에 밋키의 꼬리도 쥐구멍 속으로 사라졌다.

"치즈다, 화잇티야. 치즈를 가져왔단다. 그리고 여행 도중 먹으라코 로켓 캡실에도 실어줄 커란다. 착한 코마 생쥐답케 얌전히 있었지, 화잇티야?"

"찍."

교수는 우리 안을 들여다보았다.

"콕 내케 대답한 컷 칼쿠나, 화잇티야. 대답한 커 맞지?"

침묵이 흘렀다. 나무 우리 안에서는 아무 소리도 나지 않았다…

밋키는 기다리고 또 기다렸다.

미니는 모습을 보이지 않았다.

"정원에 숨어 있잖아." 밋키는 스스로를 납득시키려는 양 말했다. "낮에는 밖으로 나오면 위험하다는 컬 알코 있는 커야. 캄캄해지키만 하면—"

어둠이 찾아왔다.

미니는 나타나지 않았다.

이제 바깥도 벽 뒤쪽만큼이나 어두워졌다. 밋키는 부엌문으로 살금살금 다가가서 문이 열려 있는지, 그리고 방충망 아래에 여전히 구멍이 뚫려 있는지를 확인했다.

밋키는 구멍으로 머리를 빼꼼 내밀고 소리쳤다. "미니! 내 사랑 미니!" 그러다 미니가 아직 영어를 하지 못한다는 사실을 기억해 내고, 대신 그녀를 찾아 찍찍거렸다. 옆방에 있는 교수가 자신의 소리를 듣지 못하도록 나직하게.

답은 없었다. 미니는 나타나지 않았다.

밋키는 한숨을 쉬며 부엌으로 돌아와, 어두운 구석에서 구석으로 재빨리 움직이다 마침내 안전한 쥐구멍 속으로 돌아왔다.

그리고 안에서 기다렸다. 기다리고 또 기다렸다.

눈꺼풀이 무겁게 내리눌렀다. 밋키는 깊은 잠에 빠졌다.

누군가 그를 건드려 깨웠다. 밋키는 깜짝 놀라 일어났다. 화잇티였다.

"쉿." 흰쥐가 말했다. "쿄수는 잠들어 있어. 새벽이 커의 다 됐코, 한 시칸 후에 자명종이 울릴 커야. 크러면 내카 사라진 컬 알케 되켔지. 내 대신 사용할 생쥐를 찾으려 할지도 모르니카, 이 안에 숨어서 밖으로 나카지 않는 케 좋켔어."

밋키는 고개를 끄덕였다. "정말 영리하쿠나, 화잇티. 하지만 우리 미니는! 우리 미니는…"

"우리카 할 수 있는 일은 없어, 밋키. 잠칸, 숨키 전에 그 X-19라는 키계 춤 보여주코 사용법도 알려추는 케 어때."

"빨리 보여줄케. 크리고 나서 쿄수가 캐어나키 전에 미니를 찾으러 나카야켔어. 여키 있어."

밋키는 기계를 보여 주었다.

"크럼 출력을 줄일 수도 있어, 밋키? 생쥐들이 우리만큼 똑똑해지지 않을 정도로?"

"이렇케 하면 돼." 밋키가 말했다. "큰데 크컨 왜?"

화잇티는 어깨를 으쓱했다. "크냥 쿵큼해서. 밋키, 쿄수가 아주 특별한 치즈를 하나 줬어. 새로운 종류라서 조큼 먹어 보라코 카져왔는데. 맛 좀 봐. 그리고 미니 찾는 일을 도와줄케. 아직 한 시간 정도 남아 있잖아."

밋키는 치즈의 맛을 보았다. "새로운 컨 아닌데. 림버거잖아. 하지만 림버거 치코도 맛이 쾌나 독특한데."

"어느 쪽이 더 좋은테?"

"잘 모르켔어, 화잇티. 내 입에는 펼로 안 맞는 컷 같은데ㅡ"

"이케 숙성된 맛이라코, 밋키. 훌륭하타니카. 전부 먹으면 마음에 들 커야."

그래서·예의를 차리고 말다툼을 피하기 위해서, 밋키는 남은 치즈를 전부 먹었다.

"나프지는 않은데. 크럼 미니를 찾으러 카자."

그러나 눈꺼풀이 무거워지고 하품이 나왔다. 밋키는 간신히 쥐구멍 근처까지 걸음을 옮겼다.

"화잇티, 잠깐만 쉬어야겠어. 5분만 있다카 깨워 주면—"

그러나 밋키는 말을 채 끝맺기도 전에 잠들어 버렸다. 지금까지 어느 때보다도 더 깊이, 푹 잠들어 버렸다.

화잇티는 입가에 미소를 머금고는 바쁘게 움직이기 시작했다.

자명종이 울렸다.

오베르부르커 교수는 잠에 취한 눈을 뜨고 상황을 기억해 낸 다음, 서둘러 침대에서 나왔다. 30분만 있으면 때가 되는 것이다.

그는 집 뒤로 돌아가서 발사대를 확인했다. 모든 것이 제대로 되어 있었고, 로켓도 마찬가지였다. 당연하지만 객실 문이 열려 있는 것만 빼고. 마지막 순간이 되기 전에 생쥐를 넣어 놓을 필요는 없었으니까.

교수는 다시 실내로 들어가서 로켓을 들고 발사대로 돌아왔다. 그리고 아주 신중하게 발사대에 로켓을 올려놓은 다음, 점화 핀을 확인했다. 모두 정상이었다.

10분 남았다. 생쥐를 데려올 때였다.

흰쥐는 나무 우리 안에서 깊이 잠들어 있었다.

오베르부르커 교수는 조심스레 우리 안으로 손을 뻗었다. "자, 화잇티야. 이제 머나먼 여행길에 오를 때란다. 불쌍한 코마 생쥐야, 카능하면 깨우지 않도록 하마. 이륙할 때의 충격으로 깰 때카지는 잠들어 있는 편이 나을 테니카."

교수는 아주 부드럽게 잠들어 있는 승객을 정원으로 데리고 나와서 탑승 공간 안에 넣었다.

문 세 개가 닫혔다. 내부 문, 다음으로 발사 목재로 만든 창살, 그리고 외부 문이 차례로 닫혔다. 로켓이 착륙하면 발사 창살을 제외한 다른 문들은 자동으로 열릴 것이다. 그리고 라디오 수신기에서는 생쥐가 발사 창살을 쏠아서 밖으로 나가는 소리가 들릴 것이다.

달에 대기가 있다면 말이다. 만약 생쥐가 살아남지 못한다면—

교수는 손목시계의 분침에 시선을 고정한 채로 기다렸다. 이윽고 시선이 초침으로 옮겨갔다. 지금이다—

정확하게 시간을 맞춘 지연 점화 버튼을 누른 후, 교수는 집 안으로 달려 들어갔다.

푸슝!

로켓이 있던 곳에는 하늘로 솟구치는 화염의 궤적만이 남았다.

"잘 카커라, 화잇티야. 불쌍한 코마 생쥐야. 언젠가 너도 유명해질 커란다. 거의 우리 스타 마우스 밋키만큼이나 유명해질 커야. 언젠카 내 실험 결콰를 출판할 수 있게 되면—"

이제 일지에 로켓 발사를 기록할 때였다.

교수는 펜으로 손을 뻗다가 문득 자기 손 안쪽을 바라보았다. 생쥐를 잡았던 손이었다.

하얀색이었다. 당황한 교수는 불빛 아래에서 손을 자세히 살펴보았다.

"흰색 페인트잖아. 어딜 짚었킬래 흰색 페인트카 묻은 커지? 카지고 있키는 한데 쓴 적은 없는데. 로켓에도, 방이나 정원에도 칠한 적이 없는데—"

"생쥐인카? 화잇티라코? 화잇티를 손에 쥐키는 했지. 하지만 연쿠소에서 하얀 색을 칠한 생쥐를 보낼 리가 있나? 어떤 색이든 상관없다코 했는데—"

교수는 어깨를 으쓱하고는 손을 씻으러 갔다. 정말로 영문을 알수 없는 일이었지만, 사실 딱히 중요한 일도 아니었다. 하지만 대체 연구소에서 왜 그런 짓을 벌인 것일까?

그러나 로켓은 굉음을 울리며 하늘로 솟구쳐 오르고 있었다. 달을 향해서. 그리고 객실 안은 어두컴컴했다.

약을 탄 림버거 치즈.

검은 배신.

하얀 페인트.

아, 불쌍한 밋키! 달을 향해 돌아올 수 없는 여행길에 오르게 되다니.

밤이 찾아왔고, 하트퍼드에는 계속 비가 내렸다. 덕분에 교수는 망원경으로 로켓을 추적할 수 없었다.

그러나 로켓은 그대로 힘차게 날아가고 있었다.

라디오로 수신한 소리를 들으면 알 수 있었다. 제트 분사 소리가 너무 커서 로켓 안의 생쥐가 살아 있는지를 확인할 수도 없었다. 하지만 아마 아직 살아 있을 것이다. 밋키도 프록슬까지 무사히 도착하지 않았던가?

결국 교수는 전등을 끄고 의자에 앉아 잠시 졸기로 했다. 일어나보면 비가 그쳐 있을지도 모르니까.

고개를 꾸벅이더니 눈꺼풀이 감겼다. 잠시 후, 그는 다시 눈을 뜨는 꿈을 꾸었다. 눈앞에 펼쳐진 광경 때문에 꿈이라는 사실을 확실히 알 수 있었다.

작은 하얀 점 네 개가 바닥을 가로질러 문으로 가고 있었다.

생쥐일 수도 있었지만, 그럴 리가 없었다. 꿈속의 생쥐가 아닌 한은 말이다. 놈들이 행군을 하는 것처럼 정확하게 직사각형을 이루어 움직이고 있었기 때문이다. 꼭 병사들처럼.

그리고 너무 작아서 정체를 알 수 없는 소리가 들렸고, 네 개의 하얀 점은 순식간에 일렬로 정렬하더니 하나씩 정확한 간격을 두고 벽 아래 판자 안으로 사라져 버렸다.

교수는 잠에서 깨어나 가볍게 웃었다.

"이케 뭔 쿰이람! 흰쥐와 손에 묻은 하얀 페인트 생칵을 하다카 잠들었터니 이런 쿰을—"

그는 기지개를 키고 하품을 하며 자리에서 일어섰다.

그러나 작은 하얀 점 하나가, 하얀 무언가가 벽 아래 판자 앞에 다시 나타났다. 다른 하나가 그 뒤를 따랐다. 교수는 눈을 끔뻑이며 그 광경을 바라보았다. 설마 일어선 채로 꿈을 꾸고 있는 걸까?

뭔가를 긁는 소리가 들렸다. 바닥 위에서 뭔가를 밀고 있는 모양이었다. 처음 두 개의 하얀 점이 벽에서 앞으로 나오며 다른 점 두 개가 뒤를 따랐다. 다시 직사각형 대형을 취한 채로, 하얀 점들은 바닥을 가로질러 문 쪽으로 향했다.

그리고 긁는 소리는 계속되었다. 마치 점들이—설마 진짜로 흰쥐인 걸까?—뭔가를 움직이고 있는 듯한 모양새였다. 둘은 끌고, 둘은

밀고.

하지만 말도 안 되는 소리였다.

교수는 옆을 더듬어 전등 스위치를 찾아 불을 켰다. 빛 때문에 순간 앞이 보이지 않았다.

"멈춰!" 높고 날카로운 명령이 들렸다.

다시 주변을 볼 수 있게 된 교수의 눈앞에 진짜로 네 마리 하얀 생쥐가 보였다. 뭔가를 나르는 중이었다. 연필형 손전등 전지에 이것저것 붙여놓은 모양의 기묘한 물체였다.

그리고 이제 생쥐 중 세 마리는 서둘러 운반 작업으로 돌아갔고, 남은 한 마리는 묘한 물체 앞을 가로막으며 나섰다. 그리고 작은 총신처럼 생긴 물체로 교수의 얼굴을 겨누었다.

"움직이면 죽일 커다." 총을 든 생쥐는 새된 소리로 소리쳤다.

교수를 그 자리에 얼어붙게 만든 것은 총구의 위협만이 아니었다. 다른 무엇보다 너무 놀라서 움직일 수가 없었다. 총을 들고 있는 저 흰쥐는 화잇티가 아닌가? 화잇티처럼 생기기는 했지만 사실 흰쥐는 전부 비슷비슷하게 생겼다. 게다가 화잇티는 달로 가고 있는 중이고.

"하지만 뭘— 누카— 왜—?"

세 마리 흰쥐는 부엌 방충망 구멍을 통해 물건을 들고 나가는 중이었다. 남은 한 마리도 그들을 따라 후퇴하기 시작했다.

방충망 앞에서 흰쥐는 걸음을 멈추었다.

"당신은 바보야, 쿄수. 인칸은 모두 바보지. 우리 생쥐들이 크 문제를 처리해 주도록 하치."

그리고 녀석은 총신을 떨어트리고 그대로 구멍으로 나가 버렸다.

교수는 천천히 그쪽으로 걸어가 흰쥐가 떨어뜨린 무기를 집어 들었다. 성냥개비였다. 총신도 무기도 아니고, 그저 다 타버린 안전성냥 한 개비일 뿐이었다.

교수는 말했다. "하지만 어떻케— 왜—?"

그는 성냥이 뜨겁기라도 한 듯 바닥에 떨어뜨리고는, 커다란 손수건을 꺼내 이마를 훔쳤다.

"하지만 어떻케— 크리고 왜—?"

그는 한참을 그대로 서 있다가, 천천히 냉장고 쪽으로 가서 문을 열었다. 한쪽 구석 깊숙이 술병이 있었다.

교수는 술을 입에도 대지 않는 사람이었지만, 때론 금주가도 술이 필요할 때가 있는 법이다. 지금이 바로 그런 때였다.

교수는 술을 한 잔 가득 따랐다.

밤이었고, 하트퍼드에는 비가 내리고 있었다.

하트퍼드 연구소의 나이 든 경비원인 마이크 클리어리 역시 술을 걸치고 있었다. 이런 날씨에는 뼈에 류머티즘이 느껴지는 사람이라면 빗속에서 마당을 가로지른 다음에는 술로 속을 데워줄 필요가 있었기 때문이다.

"오리들이나 좋아할 날씨로구먼." 마이크는 이렇게 말하고는, 첫 모금이 아니었기 때문에 자신의 재치에 스스로 감탄하며 껄껄 웃었다.

그는 3번 건물로 들어가서 화학물질 저장고를, 전기 배선실을, 배송실을 지나쳤다. 허리춤에 매달려 덜렁거리는 손전등이 그의 뒤편으로 기괴한 그림자를 드리웠다.

그러나 마이크 클리어리는 이런 그림자에 겁을 먹지 않았다. 밤마다 그림자를 쫓아 이 건물 안을 돌아다닌 지도 10년이 되었으니까.

그는 사육실 문을 열고 안을 들여다보다, 그대로 문을 활짝 연 채로 놔두고 안으로 걸음을 옮겼다. "세상에, 어쩌다 이런 일이 벌어진 거야?"

흰쥐를 사육하는 커다란 우리 두 개의 문이 활짝 열려 있었다. 두 시간 전에 마지막으로 순찰을 돌 때는 열려 있지 않았는데도.

그는 조명을 높이 들고 우리 안을 들여다보았다. 전부 텅 비어 있었다. 양쪽 모두 생쥐는 한 마리도 보이지 않았다.

마이크 클리어리는 한숨을 쉬었다. 분명 내 탓이라고 하겠지, 저 작자들은.

뭐, 그러라고 하지. 봉급에서 깎기는 하겠지만 흰쥐 몇 마리 정도는 얼마 하지도 않는다. 그래, 내 탓이라고 생각한다면 얼마든지 가져가라고 하지.

상사에게는 이렇게 말할 것이다. "윌리엄스 씨, 처음에 순찰을 돌 때는 문이 닫혀 있었는데, 두 번째 순찰 때는 열려 있었습니다. 그리고 제가 보기에는 생쥐들을 잡으려고 해 봤자 그럴 가치도 없고 별 소용도 없을 듯하니, 제 탓으로 돌리고 싶으시다면, 선생, 그냥 생쥐 값을 제 봉급에서—"

뒤편에서 작은 소리가 들려서 마이크는 몸을 돌렸다.

방구석에 흰쥐 한 마리가, 아니 흰쥐로 보이는 생물이 하나 있었다. 하지만 놈은 셔츠와 바지를 입고 있었고—

"신이시여." 마이크 클리어리는 거의 경건하게 들릴 지경인 말투로 말했다. "설마 내가 알코올중독으로 환각을—"

문득 다른 생각이 머릿속을 스쳤다. "아니면 혹시 선생, 실례지만 설마 요정님 아니십니까?"

이렇게 말하며 그는 떨리는 손으로 모자를 벗어 예를 표했다.

"헛소리!" 흰쥐가 말했다. 그리고 다음 순간 총알처럼 사라져 버렸다.

마이크 클리어리의 이마에는 식은땀이 맺혀 있었다. 진땀이 등을 타고, 겨드랑이 사이로 흘러내렸다.

"찾았어. 우리가 요정을 찾았다고!" 그가 소리쳤다.

그렇게 굳게 믿고 있는 것치고는 꽤나 비논리적인 행동이지만, 그는 뒤춤 주머니에서 파인트 술병을 꺼내 남은 내용물을 단숨에 비워 버렸다.

어둠, 그리고 굉음.

굉음이 갑자기 사라진 이후의 정적이 밋키를 깨웠다. 비좁은 공간을 가득 메우는 칠흑같은 어둠이 그를 맞이했다. 머리가 쑤시고 속이 거북했다.

그러다 문득 밋키는 자신이 어디 있는지를 깨달았다. 로켓 안이었다!

제트 분사가 멎은 것이다. 그렇다면 지금은 한계선을 넘어 달로 낙하하는 중이라는 뜻이었다.

하지만 어떻게—? 왜—?

밋키는 로켓의 소리를 교수의 극초단파 수신기로 전송하는 집음기를 기억해 내고, 다급하게 소리쳤다. "교수님! 오베르부르커 교수님! 도와주세요! 저는—"

다음 순간, 다른 소리가 밋키의 목소리를 파묻어 버렸다.

로켓이 공기 중을, 대기권을 뚫고 낙하할 때만 날 수 있는 날카로운 휘파람 소리였다.

달인가? 교수의 추측이 옳았고, 천문학자들이 틀렸던 것일까? 아니면 다시 지구로 낙하하고 있는 것일까?

어쨌든 이제 착륙용 날개가 작동하고 있었고, 로켓은 분명 감속하는 중이었다.

갑자기 충격이 찾아와 숨이 막힐 뻔했다. 낙하산 날개가 열린 것이다. 만약 저게 제대로 작동한다면—

쾅!

그리고 다시 한번 밋키의 눈앞만이 아니라 눈 뒤편까지도 깜깜해졌다. 어둠 속에서 기절한 것이다. 문 두 개가 열려서 발사 창살 사이로 빛이 들어오기 시작했지만, 밋키는 그 모습을 보지 못했다.

적어도 처음에는. 이윽고 밋키는 정신을 차리고 신음을 냈다.

그의 눈이 처음에는 발사 재질의 창살에, 다음으로는 그 너머의 풍경에 초점을 맞췄다.

"달이잖아." 밋키는 중얼거렸다. 그는 발사 창살 너머로 손을 뻗어 걸쇠를 풀었다. 그리고 두려움을 느끼면서도 작은 회색 코를 문 너머로 내밀고 주변을 둘러보았다.

아무 일도 벌어지지 않았다.

그는 다시 안으로 고개를 들이고 몸을 돌려 마이크를 향했다.

"쿄수님! 제 말 들리세요, 쿄수님? 저예요, 밋키예요. 화잇티가 우리를 배신했어요. 제 몸에 흰색 페인트를 칠한 컬 보니 무슨 일이 일어났는지 알겠어요. 쿄수님이 한 일이라면 저한테 페인트를 칠하지 않았을 테니카요.

배신을 한 커예요, 쿄수님! 동족인 생쥐에케 배신을 당했어요. 크리고 화잇티는— 쿄수님, 이제 놈이 X-19 방사기를 카지코 있어요! 무슨 켸획을 쿠미는 컨지 모르켔어요. 나픈 일이 아니라면 나한테도 알려췄켔죠?"

이어지는 침묵 속에서, 밋키는 생각에 빠졌다.

"쿄수님, 저는 돌아카야 해요. 저 자신을 위해서카 아니라, 화잇티를 막키 위해서요! 쿄수님이 도와주실 수 있을 컷 같아요. 여키 송신 장치를 수신기로 바쿨 수 있을 컷 같아요. 수신기 쪽이 더 단순하니카 어렵지 않켔죠? 크리고 쿄수님은 서둘러서 극초단파 송신기를 만들어 추세요.

크럼 시작할케요. 잘 있어요, 쿄수님. 이제 전선 배열을 바쿨 커예요."

"밋키야, 내 말 들리니, 밋키야?"

"밋키야, 잘 듣커라. 지큼부터 30분마다 지시 사항을 방송해 줄 커다. 네카 한 번에 다 알아듣지 못할 수도 있으니카.

일단 지시 사항을 전부 들은 다음에는 장치를 꺼 놓커라. 전력을 아켜야 하니카. 다시 시동을 켤려면 전지에 남은 전력을 전부 사용해야 할 커야. 크러니 다시 메시지를 보내지는 말커라. 내 말에 답할 필요 없어.

조준하코 계산 문제는 나중에 하자쿠나. 우선 발사관에 남은 연료를 확인해 보커라. 필요한 양보다 더 많이 넣었고, 달의 낮은 중력에서 탈출할 때는 지쿠를 떠날 때보다 적은 양이면 될 테니 내 생칵에는 충분할 커다. 크리고…"

교수는 이 모든 내용을 반복하고 또 반복해 말했다. 모든 것을 말해줄 수는 없었고, 자기가 직접 가지 않고는 도저히 처리할 수 없는 내용도 있었지만, 밋키라면 해답을 찾을 수도 있을 것이라고 생각했다.

그는 계속해서 로켓의 미세 조정 방법을, 발사 각도를, 발사 시점을 반복해 설명했다. 밋키 혼자 힘으로 로켓의 방향을 돌리고 조준할 방법 말고는 모든 것을 말해 주었다. 그러나 교수는 밋키가 영리한 생쥐라는 사실을 알고 있었다. 지레를 사용하면 어떻게 될지도 모른다. 물론 지렛대를 찾을 수 있어야 가능한 얘기지만—

선량한 교수의 목소리는 계속해서 밤하늘로 뻗어 나갔다. 점차 목이 쉬고 목소리에는 피로가 차올랐고, 마침내 열아홉 번째 방송을 하던 도중, 교수는 잠들어 버리고 말았다.

교수가 밝은 햇빛 속에서 눈을 떴을 때, 선반의 시계는 11시를 알리고 있었다. 그는 자리에서 일어나 기지개를 켜며 뭉친 근육을 푼 다음, 다시 자리에 앉아서 마이크 위로 몸을 기울였다.

"밋키야, 내 말 들리니—"

아니, 이제는 아무 소용없는 일이었다. 밋키가 전날 밤의 통신을 듣지 못했다면 전부 늦어버렸을 것이다. 아직 통신기가 연결되어 있다면 밋키의, 그러니까 로켓의 전지는 이미 모두 닳아버렸을 것이기 때문이었다.

이제는 기다리며 희망을 가지는 것밖에는 할 수 있는 일이 없었다. 힘겨운 희망이었고, 기다리는 일은 더욱 힘겨웠다.

밤. 낮. 밤. 그리고 밤과 낮이 번갈아 흘러 일주일이 지나갔다. 여전히 밋키는 돌아오지 않았다.

예전과 마찬가지로, 교수는 철제 우리가 달린 쥐덫을 놓아 미니를 잡았다. 그리고 예전과 마찬가지로 미니를 잘 돌보아 주었다.

"우리 미니야, 어쩌면 너의 밋키가 곧 돌아오게 될지도 모른단다."

"하지만 미니야, 왜 아직도 밋키처럼 말하지 못하는 커니? 에크스—19 방사기를 만들었다면 왜 크걸 너한테 써 주지 않은 커니? 이해를 못 하겠쿠나. 왜지?"

그러나 미니는 이유를 알려주지 않았다. 자신도 모르고 있었기 때문이다. 경계하는 눈으로 교수를 바라보고 목소리에 귀를 기울이기는 해도, 말은 하지 않았다. 적어도 밋키가 돌아오기 전까지는 그 이유를 알 수 없을 터였다. 그것도 묘하게도, 밋키에게 지금까지 흰색 페인트를 지울 시간이 없었다는 이유에서였다.

밋키는 성공적으로 착륙했다. 로켓에서 기어나올 수 있었고, 잠시 후에는 다시 걸을 수 있게 되었다.

그러나 로켓의 착륙 위치는 펜실베이니아였고, 하트퍼드로 돌아오는 데만 이틀이 걸렸다. 물론 걸어서 온 것은 아니었다. 주유소에 숨어서 코네티컷 번호판을 가진 트럭이 지나갈 때까지 기다린 다음, 가솔린을 채우는 동안 차에 오른 것이었다.

마지막 몇 마일은 걸어서 가야 했다. 그리고 마침내—

"교수님! 저예요, 밋키예요."

"밋키! 우리 밋키야! 이젠 커의 포키하코 있었탄다. 어떻케 돌아왔는지 말해 주—"

"나중에요, 교수님. 나중에 전부 말해 드릴케요. 크보다 미니는 어디 있어요? 미니 데리코 케신 커죠? 제카 떠날 때에는 보이지 않아서—"

"우리 안에 있탄다, 밋키야. 너를 위해 안전하케 데려다 놓았지. 크럼 이제 풀어줘도 되켔지?"

그리고 교수는 철창 문을 열었다. 미니가 머뭇거리며 밖으로 나왔다.

"츄인님." 미니가 말했다. 그녀의 눈은 밋키를 바라보고 있었다.

"뭐라코?"

그녀는 했던 말을 반복했다. "츄인님. 츄인님은 흰쥐십니다. 저는 츄인님의 노예입니다."

"뭐라코?" 밋키는 다시 이렇게 말하며 교수를 바라보았다. "어떻케 된 커예요? 말을 하키는 하지만, 이컨—"

교수 역시 놀라서 눈을 휘둥그레 뜨고 있었다. "나도 모르켔쿠나, 밋키야. 나한테는 한마디도 안 했커든. 미니가 말할 줄 아는지도 모르코 있었—잠칸, 흰쥐에 대해 말했던 컷 같은데. 어쩌면 혹시—"

"미니." 밋키가 말했다. "내가 누쿤지 모르켔어?"

"츄인님은 흰쥐십니다. 크래서 저는 츄인님케 말합니다. 우리는 흰쥐카 아닌 자들에케는 말하지 않습니다. 크래서 지큼카지 말하지 않은 컵니다."

"우리? 미니, 흰쥐한테밖에 말하지 않는다는 우리카 누쿠야?"

"우리 회색 생쥐들입니다, 츄인님."

밋키는 오베르부르커 교수를 돌아보았다. "쿄수님, 어떻케 된 컨지 이해카 되는 컷 같아요. 제카 생칵한 컷보다 훨씬— 미니, 회색 생쥐들은 흰쥐에케 뭘 해 줘야 하지?"

"뭐든 해야 합니다, 츄인님. 우리는 츄인님들의 노예입니다. 우리는 노동자이며 병사입니다. 우리는 황제 폐하와 다른 흰쥐들에케 복종합니다. 크리고 우선 다른 모든 회색 생쥐들에게 일하코 싸우는 법을 카르쳐야 합니다. 크런 다음에는—"

"잠칸만, 미니. 한 카지 생칵이 났어. 2 더하키 2는 얼마지?"

"4입니다, 츄인님."

"크럼 13 더하키 12는 얼마지?"

"모르켔습니다, 츄인님."

밋키는 고개를 끄덕였다. "다시 우리로 돌아카 있어."

그는 다시 교수를 돌아보았다. "아시켔죠? 크 녀석은 회색 생쥐들의 지능을 아주 약칸만 올린 커예요. 자키 지능은 0.2 등큽이죠. 크러니카 자키는 다른 흰쥐들보다 초큼 더 똑똑하코, 평범한 생쥐들보다는 몇 배는 똑똑한 상태인 커예요. 크리고 평범한 생쥐를 병사와 노동자로 부리는 커고요. 정말 악마 같은 놈 아닌카요?"

"크렇쿠나, 밋키야. 나, 나는 생쥐가 크렇게 비열한 행동을 할 수 있을 커라고는 생각도 못했단다. 커의 일부 인칸들만큼이나 비열하지 않니, 밋키야."

"쿄수님, 우리 종족이 부크러워졌어요. 이제 마우스트레일리아의 쿰이, 인칸과 생쥐카 평화롭게 살 수 있다는 쿰이 얼마나 허황된 것인지 알켔어요. 제카 틀렸어요, 쿄수님. 하지만 지큼은 쿰 이야기를 하코 있을 때카 아니에요. 지큼은 행동으로 맞서야 해요!"

"어떻케 말이냐, 밋키야? 켱찰에 전화를 해서 체포를 하라코—"

"안 돼요. 인칸의 힘으로는 막을 수 없어요, 쿄수님. 생쥐들은 인칸의 눈을 피해 숨는 법을 알아요. 평생 몸을 숨키고 살아왔으니카요. 켱찰이, 쿤인이 백만 명이 와도 화잇티 1세를 찾을 수 없을 커예요. 제카 직접 해야 해요."

"너 혼자서 말이냐, 밋키야?"

"크래서 제카 달에서 돌아온 커예요, 쿄수님. 저는 녀석만큼 머리카 좋커든요. 화잇티만큼 머리카 좋은 유일한 생쥐일 커예요."

"하지만 놈은 흰쥐들을— 다른 흰쥐들을 데리코 있지 않니. 큰위병을 데리코 다닐지도 몰라. 혼자서 할 수 있켔니?"

"키계를 찾으면 돼요. 지능을 올려준 에크스 19 방사기 말이에요. 아시켔어요?"

"하지만 밋키야, 크 키계로 뭘 할 수 있는데? 이미 지능은 올라카 있코—"

"회로를 합선시킬 커예요, 쿄수님. 단자를 커쿠로 돌린 다음에 합선을 시키면 전기카 사방으로 뻗어나칼 커예요. 크러면 1마일 안에 있는 인콩적으로 지능을 올린 생쥐들은 모두 정상으로 돌아카켔죠."

"하지만 밋키야, 너도 커키 있을 커 아니니. 네 지능도 사라져 버릴 커야. 크런데도 크렇게 하겠다는 말이니?"

"할 커예요. 해야만 해요. 세계를 위해, 평화를 위해서요. 하지만 비장의 수카 하나 있어요. 어쩌면 지능을 다시 찾케 될지도 몰라요."

"어떻케 말이냐, 밋키야?"

작은 회색 머리의 남자가 흰색 페인트칠을 한 꼬마 회색 생쥐 위로 몸을 숙인 채, 고결한 영웅적 행위와 세계의 운명을 논하고 있었다. 그러나 어느 쪽도 이 상황이 우습다고 생각하고 있지는 않았다. 아니, 하고 있었으려나?

"어떻케 말이냐, 밋키야?"

"우선 흰색 페인트를 다시 칠해야 해요. 크래야 놈들을 속여넘키고 큰위병을 통콰할 수 있을 테니카요. 하트포트 연쿠소 안이나 큰처로 카 볼 생칵이예요. 화잇티는 커키서 왔코, 커키서라면 함께 일할 흰쥐들을 잔뜩 찾을 수 있을 테니카요.

크리고 두 번째로, 여킬 나서키 전에, 다른 방사기를 하나 만들어 놓을 커예요. 아시켔죠? 크리고 미니의 지성 수준을 저와 캍은 정도카지 올리고, 미니한테 방사기를 사용하는 방법을 알려줄 커예요. 아시켔죠?

크리고 제카 합선을 시키다카 지능을 잃케 돼도, 평소의 지능하고 본능은 남아 있잖아요. 크커면 우리 집, 우리 미니 켵으로 돌아올 수 있을 커라고 생칵해요!"

교수는 고개를 끄덕였다. "홀륭하쿠나. 크리고 연쿠소는 여기서 3마일 떨어져 있으니카, 합선이 일어나도 미니한테는 영향이 없겠지.

크러면 미니가 네 지능을 되돌려 줄 수 있을 테고. 크렇지?"

"맞아요. 우선 쿄수님이 카지고 있는 것 중에서 제일 카는 전선이 필요해요. 크리고—"

이번 방사기는 빠른 속도로 완성되었다. 이번에는 숙련된 도우미가 존재했고, 필요한 물건이 있으면 야음을 틈타 훔치는 대신 바로 부탁하면 그만이었으니까.

작업을 하는 동안 교수는 한 가지를 떠올렸다. "밋키야!" 그는 문득 소리쳤다. "너 달에 캇다오지 않았니! 크곳이 어땠는지 물어보지도 못할 뻔했쿠나. 달은 어떤 콧이더냐?"

"쿄수님, 돌아오려코 너무 걱정을 하느라 제대로 보지도 못했어요. 주변을 둘러보는 컬 잊어버렸다코요!"

마지막 배선 작업은 밋키 자신이 직접 하겠다고 주장했다.

"신뢰하지 못해서 크러는 컨 아니에요, 쿄수님." 밋키는 진지하게 설명했다. "하지만 이컨 이 키계 만드는 방법을 카르쳐 준 프륵슬의 콰학자들하고 한 약속이에요. 케다가 저도 이 키계의 작동 원리를 모르고, 아마 쿄수님이 보셔도 알아내지 못하실 커예요. 인칸과 생쥐의 콰학 수준을 뛰어넘는 물컨이커든요. 하지만 약속을 했으니, 마지막 연켤은 혼자 하케 해 주세요."

"잘 알켔다, 밋키야. 괜찮단다. 하지만 다른 방사기, 네카 합선을 일으키고 남은 키계는 어떻케 하지? 누쿤카 크걸 찾아서 합선을 코칠 수도 있지 않켔니?"

밋키는 고개를 저었다.

"소용없는 짓이에요. 한번 망카지면 아무도 크걸 어떻케 코쳐야 하는지 알아내지 못할 커예요. 심지어 교수님조차도요."

다시 문이 닫힌, 미니가 들어 있는 우리 근처였다. 마지막 연결이 끝나고, 딸각 소리가 들렸다.

그리고 천천히 미니의 눈빛이 변했다.

밋키는 빠른 속도로 그녀에게 설명을 시작했다. 현 상황과 그가 세운 계획에 대해서…

하트퍼드 연구소 본관의 바닥 아래는 어두웠다. 그러나 틈새로 들어오는 약간의 빛만으로도, 밋키의 날카로운 눈은 방금 자신의 앞을 막아선 생쥐가 작은 곤봉을 들고 있는 흰쥐라는 사실을 알 수 있었다.

"누쿠냐?"

"나야." 밋키가 말했다. "방큼 위층의 돼지우리에서 탈출해 왔어. 어떻케 된 커야?"

"좋아." 흰쥐가 말했다. "모든 생쥐를 다스리는 황제 폐하케 데려카 주지. 크분과 크분이 만드신 키계가 지능을 주었으니 충성을 바쳐야만 해."

"크분이 누군데?" 밋키가 아무것도 모르는 척 물었다.

"화잇티 1세 폐하시다. 흰쥐의 황제이시며 모든 생쥐의 지배자이시며 훗날에는 모든 — 아니, 어차피 충성을 맹세하면서 다 알케 되어 있어."

"키계 얘키를 했잖아. 크컨 뭐코, 어디에 있어?"

"지큼 너를 데려칼 본부 안에 있지. 이쪽이다."

밋키는 흰쥐를 따라 걸음을 옮겼다.

따라가는 동안 그는 질문을 계속했다. "우리처럼 지능이 생긴 흰쥐가 몇 마리나 있는 거야?"

"네카 스물 한 마리째다."

"크럼 다른 스무 마리는 전부 여키 있어?"

"크래. 그리고 회색 생쥐로 이루어진 노예 병단을 훈련시키코 있치. 우리를 위해 일하코 싸워 줄 커야. 벌써 백 마리카 있다코. 놈들은 병영에서 살아."

"병영은 본부에서 얼마나 떨어져 있는데?"

"10야드, 아니 12야드츰 되려나."

"괜찮은데." 밋키가 말했다.

마지막 통로를 지나가자 기계와 화잇티가 보였다. 다른 흰쥐들은 그 주변으로 반원을 그리고 앉아 그의 말에 귀를 기울이고 있었다.

"—크리코 우리의 다음 행동은— 무슨 일인카, 큰위병?"

"신입입니다, 황제 폐하. 방큼 도망쳐 왔는데 우리와 합류하코 싶다코 합니다."

"좋아." 화잇티가 말했다. "세계 정복 계획을 세우던 중이지만, 충성 맹세를 끝낸 이후에 계속해도 되겠지. 키계 옆에 서서, 한 손을 원통에 대코 다른 손을 내 쪽으로 들어라. 손바닥을 위로 카케 해서."

"알켔습니다, 황제 폐하." 밋키는 이렇게 말하며 반원을 그리며 앉은 흰쥐들을 피해 기계 쪽으로 걸어갔다.

"크래, 크렇게." 화잇티는 말했다. "손은 더 높이. 크래, 됐다. 크럼 내 말을 따라 해라. 흰쥐는 세계의 치배자다."

"흰쥐는 세계의 치배자다."

"회색 생쥐와 인칸을 포함한 다른 동물들은 흰쥐의 노예카 될 컷이다."

"회색 생쥐와 인칸을 포함한 다른 동물들은 흰쥐의 노예카 될 컷이다."

"반항하는 자는 코문과 처형으로 다스릴 컷이다."

"반항하는 자는 코문과 처형으로 다스릴 컷이다."

"크리고 화잇티 1세는 모든 것을 지배할 컷이다."

"크컨 네 생칵이고." 밋키는 이렇게 말하며 X-19 방사기의 전선 속으로 손을 뻗어, 그중 두 개를 이어 버렸다…

교수와 미니는 기다리고 있었다. 교수는 의자에 앉아서, 미니는 탁자 위의 새 방사기 옆에 앉아서. 밋키가 떠나기 전에 만들어 놓은 물건이었다.

"세 시간 20분이 지났쿤." 교수가 말했다. "미니야, 뭔카 잘못되었으면 어떻케 해야 할카?"

"안 크랬으면 좋켔어요, 쿄수님… 쿄수님, 생쥐카 지성을 카지면 더 행복해지는 컬카요? 생쥐카 지능을 카지면 불행해지는 컷 아닐카요?"

"불행하다코 생칵하코 있니, 우리 미니야?"

"저도 크렇코 밋키도 크래요, 쿄수님. 느킬 수 있어요. 지능은 컥정커리와 문제를 불러올 뿐이에요. 크리고 벽 속에 살면서 쿄수님이 냉장고 아래 치즈를 놓아주시는 컷만으로도 우리는 정말로 행복했커든요, 쿄수님."

"그럴 수도 있겠지, 미니야. 어쩌면 지능은 콜칫커리일 뿐일지도 모르겠쿠나. 인칸들에게도 크렇거든, 미니야."

"하치만 인칸은 어쩔 도리가 없잖아요, 쿄수님. 애초에 크렇게 태어났으니카요. 똑똑해질 운명을 카지고 있었더라면, 생쥐도 애초에 크렇게 태어나지 않았을카요?"

교수는 한숨을 쉬었다. "어쩌면 너는 밋키보다도 똑똑한 생쥐일지도 모르겠쿠나. 크리고 계속 걱정이 되는데, 미니야… 잠칸, 저키 돌아왔쿠나!"

작은 회색 생쥐 한 마리가 보였다. 페인트는 대부분 벗겨지고, 남은 것도 더러워져 원래의 회색과 별 차이가 없어 보이는 생쥐가 벽을 따라 살금살금 걸어오고 있었다.

그리고 쏙 하고 벽 아래 판자의 쥐구멍으로 들어가 버렸다.

"미니야, 밋키카 맞아! 성콩한 모양이로쿠나! 이제 쥐덫을 다시 놓아야겠쿠나. 탁자의 키계 옆에 놓키만 하면— 아니다, 크럴 필요도 없지. 스위치를 올리면 벽 너머의 밋키에케도 효력을 발휘할 테니카. 크냥 스위치를 올리키만 하면—"

"안녕히 케세요, 쿄수님." 미니가 말했다. 그녀는 기계로 발을 뻗었고, 교수가 미니의 의도를 알아챘을 때는 이미 너무 늦은 후였다.

"찍!"

작은 회색 생쥐 한 마리가 탁자 위를 정신없이 돌아다니며 내려갈 길을 찾고 있었다. 그리고 탁자 가운데에는 작고 복잡한, 합선을 일으켜 두 번 다시 작동하지 않을 기계만이 놓여 있었다.

"찍!"

교수는 미니를 부드럽게 들어올렸다.

"미니야, 우리 미니야! 크래, 네 말이 옳다. 너와 밋키는 이쪽이 더 행복할 커야. 하지만 조큼만 더 키다려 주었으면 좋았을 컷을. 밋키와 다시 이야키를 나누코 싶었는데 말이댜, 미니야. 하지만—"

교수는 한숨을 쉬며 회색 생쥐를 바닥에 내려놓았다.

"자, 미니야, 크럼 이제 너희 밋키를 찾아카커라—"

미니가 그 말을 이해할 수 있었더라도, 애초에 너무 늦었고 딱히 할 필요도 없는 말이었다. 꼬마 회색 생쥐는 어느새 벽 아래 판자의 쥐구멍을 향해 쏜살같이 달려가고 있었으니까.

그리고 벽 안쪽 깊은 곳의 아늑한 어둠 속에서, 행복한 생쥐 두 마리의 찍찍거리는 소리가 교수의 귓가에 들려왔다…(1950)

녹색의 땅
Something Green

커다란 선홍색의 태양이 자줏빛 하늘에서 내리쬐고 있었다. 드문 드문 갈색 수풀이 돋아 있는 갈색 평원 저 멀리로 붉은빛 정글이 보였다.

맥개리는 정글을 향해 걸음을 옮겼다. 붉은 정글을 탐색하는 일은 힘들고 위험하지만 반드시 해야 하는 일이었다. 게다가 이미 지금까지 천 개에 달하는 정글을 탐색해 왔다. 이걸로 하나 추가될 뿐이다.

그는 입을 열었다. "자, 시작하자꾸나, 도로시. 준비는 다 됐지?"

어깨에 올라타 있는 다리 다섯 개 달린 작은 생물은 대답하지 않았다. 어차피 그녀가 대답하는 일 따위는 없었으니까. 말을 할 수는 없지만, 말을 걸 대상으로는 충분했다. 동료였다. 크기와 무게가 적당해서, 누군가 어깨에 손을 올린 것과 놀랍도록 비슷한 느낌이 들었다.

도로시를 데리고 다닌 지가… 얼마나 되었더라? 짐작이 맞는다면 4년 정도일 것이다. 기억에 따르면 이곳에 온 지도 거의 5년이 지났고, 이 아가씨를 발견한 것이 1년 지난 뒤였으니까. 어쨌든 그는 도로시를 보다 부드러운 성의 일원이라고 여겼다. 자신의 어깨 위에 여성의 손처럼 부드럽게 앉아 있다는 것만으로도 이유는 충분했다.

"도로시." 그가 말했다. "문제가 생길지도 모르니 대비를 해야겠어. 저 안에 사자나 호랑이가 있을지도 모르니까."

그는 권총집의 단추를 풀고는 태양전지 총의 손잡이에 손을 올려 놓아 빠르게 뽑을 준비를 했다. 우주선의 잔해에서 태양전지 총을 건져낼 수 있었다는 사실에 대해 지금까지 적어도 천 번은 행운의 여신에게 감사를 드렸을 것이다. 이 총은 충전이나 탄환 없이 말 그 대로 무한정 사용할 수 있는 유일한 무기였다. 태양전지 총은 태양 에서 에너지를 흡수하고, 방아쇠를 당기면 모아들인 에너지를 방출 한다. 다른 무기였더라면 여기 크루거 III 행성에서 1년도 버티지 못 했을 것이다.

붉은 정글의 가장자리에 도착하기도 전에 이미 사자 한 마리가 눈 에 띄었다. 물론 지구에 사는 사자와는 완전히 다른 생물이었다. 진 한 자주색이라 몸을 숨기고 있는 보라색 덤불과 간신히 구별이 갈 정도였다. 관절 따위는 하나도 없는 여덟 개의 다리는 코끼리의 코 처럼 유연하고 강하게 움직였다. 그리고 비늘투성이 머리에는 큰부 리새와 닮은 부리가 달려 있었다.

맥개리는 그걸 사자라고 불렀다. 어차피 이름 따위를 붙인 사람이 없는 이상, 그에게는 마음 내키는 대로 부를 권리가 있었다. 이름을 붙인 친구가 있다 해도 지구로 돌아가서 크루거 III의 동식물에 대해 보고하지는 못했을 테니까. 맥개리 이전에 이 행성에 착륙한 우주선 은 하나뿐이었고, 기록에 따르면 그 우주선은 다시 이륙하지 못했다. 그는 지금 그 우주선을 찾아다니는 중이었다. 이곳에서 보낸 5년 동안, 그 우주선을 찾아 사방을 샅샅이 뒤지고 있었다.

어쩌면, 정말 어쩌면, 그 안에 자신의 우주선이 추락했을 때 부서진 전자 트랜지스터 부품이 온전하게 남아 있을지도 모른다. 충분한 양이 남아 있다면 지구로 돌아갈 수 있을지도 모른다.

그는 붉은 정글의 기슭에서 열 발짝 떨어진 곳에서 걸음을 멈추고는, 사자가 숨어 있는 수풀 쪽으로 태양전지 총을 겨누었다. 방아쇠를 당기자 밝은 초록색의 섬광이 번쩍였다. 짧지만 아름다운 빛이었다. 아아, 너무 아름다웠다. 수풀은 사라져 버렸고, 사자 역시 마찬가지였다.

맥개리는 가볍게 너털웃음을 터트렸다. "방금 봤니, 도로시? 그게 초록색이란다. 너희 빌어먹을 붉은 행성에는 존재하지 않는 색이지. 우주에서 가장 아름다운 색깔이란다, 도로시. 초록색! 그리고 내가 온통 초록색으로 가득한 행성을 하나 알고 있거든. 그곳으로 갈 거야. 우리 둘이서 말이야. 물론 그래야지. 내가 그곳에서 왔거든. 우주에서 가장 아름다운 곳이란다, 도로시. 너도 마음에 들 거야."

그는 고개를 돌려 갈색 수풀이 돋은 갈색 평원과 그 위의 보라색 하늘과 선홍색 태양을 바라보았다. 언제나 선홍색인 항성 크루거는 행성의 이쪽 면에서는 절대 지평선 아래로 내려가지 않았다. 지구의 달이 항상 한쪽 면을 지구로 향하는 것처럼, 이 행성 역시 항상 한쪽 면을 태양으로 향하고 있었기 때문이다.

낮과 밤이 존재하지 않는다. 물론 경계면을 지나 밤 쪽으로 들어가지 않는다면. 그쪽은 지독하게 추워서 생명이 살 수가 없다. 계절도 없다. 기온은 항상 동일하며 변하지 않는다. 바람도 폭풍도 존재하지 않는다.

천 번째인지 백만 번째인지는 모르겠지만, 살기에 그리 나쁘지 않은 행성이라는 생각이 들었다. 그저 지구처럼 녹색이라면, 가끔씩 번쩍이는 태양전지 총의 섬광 말고도 초록색이 존재하기만 한다면. 호흡 가능한 대기가 존재하고, 기온은 그림자 선 근처에서는 화씨 40도 정도에 빛이 직선으로 내리쬐는 붉은 태양 아래는 화씨 90도 정도였다. 식량도 풍부했고, 그는 한참 전에 먹을 수 있는 생물과 배가 아파지는 생물을 분류해 놓은 상태였다. 입에 대 본 것들 중에서 독성이 강한 것은 하나도 없었다.

그래, 훌륭한 세계였다. 이제는 자신이 행성의 유일한 지성체라는 사실에조차 익숙해졌다. 도로시의 존재가 도움이 되었다. 말을 하지는 못해도 말을 걸 상대는 되어 주었으니까.

단 하나 부족한 점이 있다면—아, 제발—초록색 세상을 다시 보고 싶을 뿐이었다.

지구, 우주에 단 하나뿐인 초록색이 세상을 지배하는 행성. 엽록소를 기반으로 하는 식물이 존재하는 유일한 행성.

태양계에 있는 지구의 이웃 행성들에조차, 희귀한 광물이 만드는 녹색 광맥이나 녹갈색이라고 불러줄 수도 있는 작은 생명체의 미묘한 색 정도밖에는 존재하지 않았다. 지구를 제외한 우주의 어느 행성에서도, 아무리 오래 머물러도 초록색을 볼 수는 없는 것이다.

맥개리는 한숨을 쉬었다. 지금까지는 혼자 생각하고 있었지만, 이제는 도로시를 향해 소리를 내어 쉴 새 없이 생각을 털어놓고 있었다. 어차피 도로시는 딱히 신경 쓰지도 않았으니까. "그래, 도로시.

지구야말로! 살 가치가 있는 유일한 행성이란다. 초록색 들판, 잔디밭, 푸른 나무. 도로시, 이번에 돌아가면 두 번 다시 떠나지 않을 거야. 숲 속에, 나무들로 둘러싸인 공터에 움막을 지을 거란다. 하지만 풀이 자라기 힘들 정도로 빽빽한 숲은 곤란하겠지. 초록색 풀이야. 그리고 움막도 녹색으로 칠할 거란다, 도로시. 지구에는 무려 녹색 염료도 있거든."

그는 한숨을 쉬고는 눈앞에 펼쳐진 붉은 정글을 바라보았다.

"방금 뭐라고 물어본 거니, 도로시?" 도로시가 딱히 뭔가를 물어본 것은 아니었다. 그녀가 대꾸를 했다고 간주하는, 제정신을 유지하기 위한 놀이의 하나였을 뿐이다. "돌아가면 결혼할 거냐고? 방금 그걸 물어본 거니?"

그는 잠시 생각에 잠겼다. "글쎄, 말하자면 이런 거란다, 도로시. 그럴 수도 있고, 아닐 수도 있어. 있잖아, 사실 네 이름은 지구에 두고 온 어떤 여인한테서 따온 거란다. 결혼하기로 약속한 아가씨지. 하지만 5년이면 긴 시간 아니니, 도로시. 그동안 실종신고가 접수되었을 테고, 다들 아마 내가 죽었다고 생각하고 있겠지. 그 아가씨가 이렇게 오래 기다려 주고 있을 것 같지는 않구나. 그래, 물론 기다려 줬다면 당연히 결혼을 해야겠지, 도로시."

"기다리지 않았다면 어쩔 거냐고? 글쎄다, 잘 모르겠구나. 그런 문제는 돌아갈 때까지 걱정하지 말기로 하자꾸나, 알겠지? 물론 초록색 여인이나, 아니면 적어도 머리카락만이라도 녹색인 아가씨를 발견한다면 온몸을 다 바쳐 사랑하겠지. 하지만 지구에서는 거의 모든 것이 녹색이지만 아가씨들만은 예외라서 말이다."

그는 자기 말에 너털웃음을 흘리고는 태양전지 총을 손에 들고 정글로 들어갔다. 자신의 총구가 뿜는 섬광을 제외하면 녹색이라고는 전혀 없는 붉은 정글로.

그게 웃기는 일이었다. 지구에서는 태양전지 총에서 보라색 광선이 나간다. 그러나 이곳의 붉은 태양 아래서는 쏠 때마다 녹색 빛이 나간다. 사실 설명하자면 단순한 일이다. 태양전지 총은 가까운 항성의 에너지를 받아들이기 때문에, 발사할 때의 섬광은 항성의 에너지 색의 보색인 것이다. 노란 항성인 태양에서 에너지를 얻으면 보라색 섬광이 나간다. 붉은 항성인 크루거에서 에너지를 얻으면 녹색 섬광이 번쩍이게 된다.

그는 생각했다. 어쩌면 그 섬광이야말로 도로시의 존재와 더불어 이성을 유지할 수 있게 해 준 한 가닥 끈일지도 모른다고. 하루에 몇 번 정도는 녹색 섬광을 보게 되니까. 녹색이 어떤 색이었는지를 계속 떠올리게 되니까. 다시 그 색깔을 볼 수 있게 될 때에 대비해 눈이 적응하게 되니까.

이번 정글도 크루거 III의 정글이 흔히 그렇듯 꽤 작은 편이었다. 이 행성에는 이런 작은 정글이 수백만 개가 존재한다. 아니, 농담이 아니라 말 그대로 수백만 개일지도 모른다. 크루거 III는 목성만큼이나 큰 행성이다. 다행스럽게도 행성의 밀도가 낮기 때문에 중력은 견딜 수 있을 정도였다. 사실 행성의 표면 전체를 탐사하려면 한 사람의 일생 정도의 시간으로는 부족할 것이다. 그도 그 사실은 알고 있었지만, 구태여 떠올리지는 않으려 했다. 찾고 있는 우주선이 어두운 쪽, 즉 추위로 뒤덮인 쪽에 착륙했을 가능성 역시 마찬가지였다.

또한 그런 우주선을 찾는다 해도 자신의 우주선을 다시 움직이는 데 필요한 트랜지스터를 찾지 못할 가능성에 대해서도 지금은 생각하지 않으려 했다.

이번 정글은 1제곱마일 정도 넓이에 지나지 않았지만, 탐사를 마칠 때까지 수면을 한 번 취하고 여러 번 식사를 해야 했다. 사자 두 마리와 호랑이 한 마리를 죽였다. 그리고 탐사를 마친 후에는 정글 주변을 돌며 기슭에 있는 커다란 나무를 여러 그루 불태워 놓았다. 다시 이 정글을 탐사하러 들어가는 일이 없도록 말이다. 나무의 육질은 부드러웠다. 주머니칼로도 감자를 깎는 것만큼 손쉽게 껍질을 벗기고 분홍색 속살을 드러내게 할 수 있었다.

그리고 그는 다시 지겨운 갈색 평원을 가로지르기 시작했다. 이번에는 총을 허공으로 향하고 충전을 하면서.

"저 정글은 아니었어, 도로시. 어쩌면 다음번에는 성공할지도 모르지. 저기 지평선 근처에 보이는 거 말이야. 어쩌면 저기 있을지도 몰라."

보라색 하늘, 붉은 태양, 갈색 평원.

"지구의 초록색 언덕이야, 도로시. 아, 너도 정말 마음에 들 텐데."

끝없이 펼쳐진 갈색 평원.

조금도 변하지 않는 보라색 하늘.

방금 무슨 소리가 들렸나? 그럴 리가 없는데. 이곳에 소리라고는 없으니까. 그러나 그는 고개를 들었다. 그리고 목격했다.

작고 검은 점이 보라색 하늘 높은 곳에서 움직이고 있었다. 우주선이다. 우주선일 수밖에 없어. 크루거 III에는 새가 없으니까. 그리고 새들은 제트 엔진의 불꽃을 꽁무니에 매달고 다니지 않으니까—

무엇을 해야 하는지는 잘 알고 있었다. 우주선이 보이면 어떻게 신호를 보낼지를 수백만 번은 생각했으니까. 그는 태양전지 총을 들어 보라색 하늘을 겨냥하고는 그대로 방아쇠를 당겼다. 우주선의 높이에서 보면 그리 큰 섬광은 아니겠지만, 녹색 섬광이 나온다. 파일럿이 보고 있거나 시야에서 벗어나기 전에 한번 내려다보기만 한다면, 녹색이 전혀 존재하지 않는 행성에서 보이는 녹색 섬광을 알아채지 못할 리가 없다.

그는 다시 방아쇠를 당겼다.

그리고 우주선의 파일럿이 그를 보았다. 제트 엔진에서 세 번 불꽃을 뿜어서 구난 신호에 대한 통상 응답을 보낸 다음, 선회하는 모습이 보였다.

맥개리는 그대로 몸을 떨면서 서 있었다. 정말 오래 기다렸는데, 이토록 갑작스레 끝나버리다니. 그는 왼쪽 어깨로 손을 뻗어 다리 다섯 개 달린 애완동물을 만졌다. 그의 손에도, 드러나 있는 어깨에도 여인의 손처럼 느껴지는 그 동물을.

"도로시, 나는—"그는 더 이상 말을 잇지 못했다.

이제 우주선은 착륙을 위해 다가오고 있었다. 맥개리는 자신을 내려다보고는 문득 부끄러운 마음이 들었다. 이제 구원자를 만나게 될 참인데, 총집과 주머니칼과 다른 몇 가지 물건이 매달려 있는 벨트 말고는 아무것도 입고 있지 않았던 것이다. 더러운 몰골인 데다 자신은 맡지 못하지만 아마 냄새도 지독할 것이다. 그리고 지저분한 진흙 아래로는 마르고 수척한 몸이 보였다. 거의 노인의 몸처럼 보일 지경이었다. 그러나 이는 영양실조 때문이 분명했다. 몇 달 정도 제대로 된 음식을, 지구의 음식을 먹기만 하면 다 해결될 것이다.

지구! 지구의 푸른 언덕!

너무 서두르다 발을 헛딛기도 하며, 그는 이제 착륙 지점으로 달려가고 있었다. 자기가 타고 온 우주선처럼 1인용인 모양이었다. 그러나 별 상관은 없는 일이었다. 위급 상황에서는 두 명을 태울 수도 있으니까. 적어도 지구로 돌아가는 교통편을 탈 수 있는 근처 행성까지는 갈 수 있을 것이다. 푸른 언덕으로, 푸른 초원으로, 푸른 계곡으로.

달려가면서 기도를 약간, 욕설을 약간 내뱉었다. 뺨 위로 눈물이 흘러내리는 것이 느껴졌다.

기다리고 있자니 우주선의 문이 열리고, 그 안에서 우주 순찰대 제복을 입은 크고 늘씬한 젊은이가 걸어 나왔다.

"나를 돌려보내 줄 건가?" 그가 소리쳤다.

"당연하죠." 젊은이가 차분하게 말했다. "여기 오래 계셨습니까?"

"5년이야!" 눈물이 쏟아지는 것을 느끼면서도 도저히 멈출 수가 없었다.

"원 세상에!" 젊은이가 말했다. "아처 중위입니다. 물론 같이 돌아가야지요. 이륙할 수 있을 정도로 제트 엔진이 식으면 말입니다. 어쨌든 알데바란 II에 있는 카르타고 기지까지는 데려다 드릴 수 있습니다. 거기서는 어디로든 우주선을 타고 갈 수 있지요. 당장 필요한 건 없으십니까? 음식? 물?"

맥개리는 멍하니 고개를 저었다. 음식이니 물이니, 그런 것이 이제 무슨 소용이겠는가?

지구의 푸른 언덕! 그곳으로 돌아가게 된 것이다. 중요한 것은 오직 그것뿐이었다. 이렇게 오래 기다렸는데 이렇게 갑작스레 끝나다니. 보라색 하늘이 일렁이기 시작하다 갑자기 어두워졌고, 다리의 힘이 풀리는 것이 느껴졌다.

땅에 반듯이 누운 채로, 그는 젊은이가 입가에 대 준 수통에서 뜨거운 액체를 한동안 받아마셨다. 자리에 일어나 앉으니 기분이 조금 나아졌다. 그는 우주선이 아직 있는지를 확인하기 위해 주변을 둘러보았다. 우주선은 여전히 있었고, 기분은 최고였다.

젊은이가 말했다. "기운 내시죠, 아저씨. 30분이면 출발할 겁니다. 여섯 시간이면 카르타고 기지에 도착할 수 있어요. 몸을 추스르는 동안 이야기라도 좀 하시겠습니까? 지금까지 무슨 일이 있었는지 전부 말씀해 주실 수 있으십니까?"

그들은 갈색 덤불의 그늘에 자리를 잡고 앉았고, 맥개리는 지금까지 있었던 일을, 모든 일을 털어놓았다. 이 행성에 추락했다고 읽었던 우주선을 찾으러 5년 동안 수색했으며, 그곳에 자기 우주선에 쓸 수 있는 온전한 부품이 있을지도 모른다는 이야기. 기나긴 수색. 어깨에 올라앉아 있는 도로시에 대해서, 그리고 나름 말을 걸 만한 존재가 되어 주었다는 것까지도.

그러나 맥개리가 이야기를 이어가는 동안, 아처 중위의 안색은 조금씩 변해갔다. 더욱 침통해지고, 더욱 동정심에 찬 표정으로 바뀌고 있었다.

"아저씨, 이곳에 도착한 게 몇 년도의 일이었습니까?" 아처가 부드럽게 물었다.

맥개리는 올 것이 왔다는 생각을 했다. 태양도 계절도 변하지 않는 행성에서 어떻게 시간을 측정할 수 있겠는가? 영원한 낮, 영원한 여름의 행성에서—

그는 마음을 다잡으며 딱 잘라 말했다. "2242년에 왔지. 내 계산이 얼마나 틀린 건가, 중위? 내가 지금 몇 살인 거지— 내 생각대로 서른 살은 아닌 모양인데?"

"올해는 2272년입니다, 맥개리 씨. 30년 전에 이곳에 온 겁니다. 아저씨는 55세예요. 하지만 그리 걱정하지는 않아도 됩니다. 의학 기술도 진보했으니까요. 아직 오래 살 수 있을 겁니다."

맥개리는 나직하게 중얼거렸다. "55살이라고. 30년이 지났다고."

중위는 동정하는 표정으로 그를 바라보다가, 이내 입을 열었다. "아저씨, 한 번에 남은 나쁜 소식을 전부 듣고 싶으십니까? 나쁜 소식이 꽤 여러 가지 있거든요. 제가 심리학자 같은 것은 아니지만, 어쩌면 지금 한 번에 전부 듣는 편이 나을지도 모른다는 생각이 들어서요. 돌아갈 수 있다는 사실을 균형추 삼아 이겨낼 수 있으시지 않겠습니까. 견딜 수 있겠습니까, 맥개리?"

지금 들은, 이곳에서 인생의 30년을 소모해 버렸다는 사실보다, 더 나쁜 소식이 있을 리가 없었다. 그래, 물론 남은 인생을 즐길 수는 있을 것이다. 지구로, 초록색 지구로 돌아갈 수만 있다면.

그는 멍하니 보랏빛 하늘을, 붉은 태양을, 갈색 평원을 둘러보았다. 그러고는 아주 작은 소리로 중얼거렸다. "견딜 수 있네. 말해 보게."

"30년이나 버티다니 정말로 대단한 일입니다, 맥개리. 말리의 우주선이 크루거 III에 추락했기 때문이라고 믿었기 때문이니, 신께 감사드릴 일이지요. 그 우주선은 크루거 IV에 추락했습니다. 이 행성에서는 절대 그 우주선을 찾지 못했을 겁니다. 하지만 말씀하셨듯이, 그런 탐색 작업 덕분에 제정신을 유지하실 수 있었을 테지요. 어느 정도는 말입니다." 그리고 그는 잠시 머뭇거리더니, 더 부드러운 목소리로 말을 이었다. "맥개리, 당신 어깨 위에는 아무것도 없습니다. 그 도로시라는 존재는 당신의 상상일 뿐이에요. 하지만 걱정하지는 않으셔도 됩니다. 아마도 그 망상 덕분에 완전히 광기에 빠지지 않을 수 있었을 테니까요."

맥개리는 손을 올렸다. 손은 그대로 어깨에 닿았다. 다른 아무것도 존재하지 않았다.

아처가 말했다. "세상에, 원 참, 그 외에는 정신이 온전하다니 정말 대단한 일입니다. 30년이나 홀로 보냈는데요. 거의 기적이나 다름없는 일입니다. 그리고 제가 말했는데도 그 한 가지 망상이 계속 남아 있다면, 카르타고나 화성에 돌아가면 그곳의 심리학자가 순식간에 치료해 줄 수 있을 겁니다."

맥개리는 느릿하게 중얼거렸다. "남아 있지 않다네. 이제 없어졌어. 이… 이제 내가 실제로 도로시의 존재를 믿었는지조차 확신할 수가 없어졌네, 중위. 내가 일부러 만들어 낸 것 같아. 대화를 나눌 존재를 만들어서, 그 외에는 제정신을 유지할 수 있도록 말이야. 그 아이는… 꼭 여자의 손길 같은 느낌이었다네. 중위. 그 이야기를 했던가?"

"하셨습니다. 그럼 나머지도 마저 듣고 싶으십니까, 맥개리?"

맥개리는 멍하니 중위를 바라보았다. "나머지? 나머지가 뭐가 더 있단 말인가? 나는 서른 살이 아니라 쉰다섯 살이야. 스물다섯일 때부터 다른 행성에 착륙한 발견될 리 없는 우주선을 찾아다니며 30년을 보냈어. 딱 한 가지뿐이기는 하지만, 내내 정신이 나가 있었지. 하지만 이제 지구로 돌아갈 수 있게 되었는데 대체 무슨 상관이겠나."

아처 중위는 천천히 고개를 젓고 있었다. "지구로 돌아가는 게 아닙니다, 아저씨. 원하신다면 화성으로는 돌아갈 수 있어요. 화성의 아름다운 갈색과 노란색의 언덕으로요. 열기를 견딜 수만 있다면 자주색 금성으로도 돌아갈 수 있습니다. 하지만 지구는 안 됩니다, 맥개리. 이제 지구에는 아무도 살지 않아요."

"지구가… 사라졌단 말인가? 그런 말도 안—"

"사라진 것은 아닙니다, 맥개리 씨. 여전히 있어요. 하지만 이제는 검게 불타버린 황무지만이 남아 있을 뿐입니다. 20년 전에 아크투루스 인들과 전쟁이 있었지요. 놈들이 선제공격을 해서 지구를 박살냈습니다. 우리는 놈들을 잡았고, 승리했고, 멸절시켰지만, 지구는 우리가 전쟁을 시작하기도 전에 날아가 버렸지요. 유감입니다만, 다른 곳에 정착하셔야 할 겁니다."

맥개리가 말했다. "지구가 없다고." 목소리에는 어떤 감정도 실려 있지 않았다. 전혀, 그 어떤 감정도.

아처가 말했다. "그렇게 된 겁니다, 아저씨. 하지만 화성도 그리 나쁘지는 않아요. 익숙해질 겁니다. 이제는 화성이 태양계의 중심이고, 30억의 지구인이 살고 있습니다. 물론 초록색 지구가 그리워지기는 하지만, 그리 나쁘지는 않아요."

맥개리가 말했다. "지구가 없다고." 목소리에는 어떤 감정도 실려 있지 않았다. 전혀, 그 어떤 감정도.

아처는 고개를 끄덕였다. "어떻게든 받아들이셨으니 다행이군요, 아저씨. 꽤나 충격이었을 텐데요. 뭐, 그럼 이제 출발할 수 있을 것 같군요. 이제 분사구도 충분히 식었을 겁니다. 확인 좀 해 보지요."

그는 자리에서 일어나 작은 우주선을 향해 걸어가기 시작했다.

맥개리의 태양전지 총이 총집에서 빠져나왔다. 한 번 섬광이 번득이자 아처 중위는 더 이상 그곳에 존재하지 않았다. 맥개리는 자리에서 일어나 작은 우주선으로 다가갔다. 그는 우주선에 총을 겨누고 방아쇠를 당겼다. 우주선의 일부가 사라져 버렸다. 대여섯 발을 더 쏘자 우주선은 완전히 사라져 버렸다. 한때 우주선이었을 작은 원자들과 한때 아처 중위였을 작은 원자들이 대기 중에서 춤추고 있었겠지만, 어쨌든 눈에 보이지는 않았다.

맥개리는 총을 집어넣고 지평선 근처에 붉은색 반점으로 보이는 정글을 향해 걸음을 옮기기 시작했다.

어깨로 손을 올려 도로시를 만지자, 그녀는 그곳에 있었다. 지금까지 크루거 III에서 보낸 4~5년 동안 계속 그래 왔듯이. 그의 손가락과 드러나 있는 어깨 양쪽 모두에 여인의 손처럼 느껴졌다.

그는 말했다. "걱정하지 말거라, 도로시. 찾아낼 수 있을 거야. 어쩌면 다음 정글에 있을지도 모르지. 그리고 찾아내기만 하면—"

이제 그는 정글의 기슭에 도착했다. 붉은 정글. 호랑이 한 마리가 그를 잡아먹으려 달려왔다. 여섯 개의 다리와 술통처럼 생긴 머리가 달린 연보라색 호랑이였다. 맥개리는 태양전지 총을 겨누고 방아쇠를 당겼다. 녹색 섬광이, 짧지만 아름다운, 아, 너무나 아름다운 빛이 번득였다. 그리고 호랑이는 더 이상 그곳에 존재하지 않았다.

맥개리는 가볍게 웃었다. "방금 봤니, 도로시? 그게 녹색이란다. 우리가 곧 가게 될 행성을 제외하고는 우주 어느 곳에서도 찾아보기 힘든 색깔이야. 우리 항성계에 녹색 행성은 딱 하나 있는데, 내가 바로 그곳에서 왔단다. 너도 정말 마음에 들 거야."

그녀가 말했다. "분명 마음에 들 거예요, 맥." 살짝 허스키하고 낮은, 익숙한 목소리가 대답했다. 이제는 자신의 목소리처럼 익숙해진 목소리였다. 그녀는 항상 그렇게 대답해 왔으니까. 그는 손을 뻗어 자신의 드러난 어깨에 앉아 있는 그녀를 어루만졌다. 여인의 손처럼 느껴졌다.

그는 고개를 돌려 갈색 덤불이 돋아 있는 갈색 평원을, 그 위의 보랏빛 하늘을, 선홍색 태양을 바라보았다. 그는 그 모든 것을 향해 웃음을 보냈다. 광기에 찬 웃음이 아니라 부드러운 웃음이었다. 곧 우주선을 찾아서 지구로 돌아가게 될 테니, 모든 것을 견딜 수 있었다.

녹색 언덕으로, 녹색 들판으로, 녹색 계곡으로. 그는 다시 한번 어깨의 손을 다독인 다음 말을 걸고, 대답에 귀를 기울였다.

그리고 총을 단단히 잡은 채로 붉은 정글로 들어섰다. (1951)

인격 교환기
The Switcheroo

맥기는 책상 위에 내가 막 올려놓은 기사를 제대로 훑어보지도 않고 둘로 찢어 쓰레기통으로 던져 버렸다. "네놈한테 기자 일을 시킨 게 대체 누구냐, 프라이스?" 이렇게 버럭 소리를 지르면서. "우리 글로브 지에서는 이딴 헛소리를 실어주지 않는다고. 네놈도 잘 알고 있을 텐데."

맥기는 내가 겪어 본 사회부장 중에서 가장 잔혹한 사람이었고, 더욱 끔찍한 사실은 짖는 소리보다 물어뜯는 이빨이 더 끔찍하다는 것이다. 당시 나는 너덜너덜하게 뜯겨나간 기자라는 직업의 마지막 한 가닥을 붙들고 있었고, 이 일자리는 도저히 놓칠 수 없었다. 스프링필드에 있는 다른 두 신문사에서는 이미 해고당한 상태였기 때문에, 맥기까지 나를 해고해 버리면 다른 도시로 가서 일자리를 찾아야 하는 상황이었기 때문이다. 그리고 당시에는 그럴 수 없는 나름의 이유가 있었다.

그래서 혐오스러운 맥기의 욕설을 들으면서도, 나는 분노를 꾹 눌러 참으며 온화하게 말했다. "독자의 흥미를 끌 수 있을 거라고 생각했는데요. 좋아요, 제가 잘못 생각했다면 죄송합니다. 다른 기삿거리는 없습니까?"

그는 자기 달력을 바라보면서 으르렁거렸다. "가서 타킹튼 퍼킨스를 만나고 와. 어쩌면 뭔가 생겼을지도 모르지."

내가 말했다. "죄송합니다만 기억에 없는 사람인데—"

"자기 이름도 제대로 기억하지 못하면서 무슨 소리냐, 머저리 같으니. 넉 달 전에 짧은 기사로 다뤘던 정신 나간 발명가 놈이다. 물의 값싼 대체재를 연구하고 있었지. 나중에 그 결과나 새로운 연구 주제에 대한 후속 기사를 쓰겠다고 메모를 해 놓았더라고. 가서 하나 따 와봐."

"알겠습니다." 나는 이렇게 말하고 물러났다. 맥기의 명령에는 거스르지 않는 편이 좋다.

나는 자료부에서 타킹튼 퍼킨스의 주소를 얻은 다음 전차에 올랐다. 그리고 긴 전차 여행 동안 맥기에게 벌어질 수 있는 온갖 불행한 일들을 상상하며 행복한 시간을 보냈다. 최근 하는 행복한 생각이라고는 오로지 이런 것들뿐이었다. 불행하게도 내가 상상한 일들은 단하나도 현실에서는 일어나지 않았다.

나는 자료부 파일을 뒤져 얻은 주소지 앞에서 초인종을 눌렀다. 그리고 문이 열리자 나는 한 발짝 뒤로 물러섰다. 문을 열어준 사람은 지금까지 내가 마주친 모든 여성 중에서 가장 혐오스러운 존재라 부를 만했다. 적어도 250파운드는 나가 보였으며, 싸움을 고대하고 있는 적국 소속의 전함처럼 보이는 모습이었다. 맥기보다도 고약해 보이는 여자가 그와 똑같은 방식으로 나를 노려보고 있었다.

나는 더 이상 후퇴하지는 않기로 마음먹고 이렇게 물었다. "혹시 여기가 타킹튼 퍼킨스 씨 댁입니까?"

"그 작자한테 뭘 원하는 건데?"

나는 재빨리 대답했다. "글로브 지에서 왔습니다. 최근 연구하고 계신 발명품에 대해 이야기를 나누고 싶은데요. 저기… 가능하다면요."

내가 자기네 집에 빈대라도 옮기려고 온 것처럼 여기는 눈빛이었지만, 그래도 문가에서 물러서며 길을 열어주기는 했다. "그 버러지는 지하실에 있어." 그 사실이 내 탓이기라도 한 듯 고약한 말투였다.

그 여자는 혐오스러운 머리를 문으로 들이밀고 소리쳤다. "타크! 머저리 한 놈이 널 보고 싶어한다."

그리고 그녀는 고개를 돌려 나를 보며 으르렁거렸다. "배관공이나 은행 강도나 뭐 그런 남자들도 있는데. 어쩌다가 발명가 따위와 결혼하게 된 건지." 나를 노려보는 눈빛을 보아하니, 발명가는 아무래도 신문사 직원만큼이나 고약한 직종인 모양이었다.

나는 그녀와 닿지 않게 조심스럽게 피해서 안으로 들어간 다음, 그녀가 시야에서 사라지자마자 몸을 부르르 떨고, 그대로 지하실 계단으로 내려갔다.

작업대 위에 몸을 수그리고 있는 왜소한 체구의 남자는, 확실히 방금 내가 도망쳐 온 여자와 오랜 결혼생활을 보낸 것처럼 보이는 모습이었다. 내가 다가가도 그는 고개를 들지 않았다. "10센트 동전 하나 있습니까?" 그는 차분한 목소리로 이렇게 물었다.

"예?" 내가 말했다.

"25센트도 됩니다. 은화가 필요하거든요."

나는 주머니를 뒤져 10센트 동전 하나를 찾았다. 그는 내 쪽을 보지도 않고 동전만 받아들었지만, 적어도 나는 그의 모습을 살펴볼 수 있었다. 타킹튼 퍼킨스는 두툼한 외투를 입고 손에 서류가방을 들면 자기 아내의 절반 몸무게는 될 듯해 보이는 남자였다. 얼굴은 은유적인 표현이 아니라 실제로 깔개로 쓰였던 것 같아 보였다. 이내 그는 고개를 돌리더니 내 쪽으로 둥글고 퀭한 눈을 깜빡여 보였다.

"안녕하세요." 그가 말했다. "어… 혹시 실례를 했다면 죄송한데…" 감히 더 말을 잇지는 못했지만, 나는 그가 위층에 있는 셔면 탱크에 대해 말하고 있다는 사실을 짐작했다. 왠지 그와 공감할 수 있을 것만 같았다. 우리 사회부장도 저 정도까지는 아니지만 비슷하게 끔찍하다는 사실을 알려주고 싶었지만, 지금 이 상황에서 꺼낼 이야기는 아닌 듯했다.

그래서 그냥 웃음을 지으며 이렇게 대답하기로 했다. "천만에요." 무슨 뜻으로 받아들였을지는 모르겠지만. "저는 글로브 지에서 나온 제이크 프라이스입니다. 저희 부장님이 흥미로운 물건을 연구하고 계신다고 해서 왔습니다. 그게… 물의 대체재였던가요, 제 기억으로는."

"아, 그거요. 그건 두 달 전에 포기했어요. 대체재를 만들기는 했지만 더 싸지는 않더군요. 그 후로는 독중콜알 음료를 만드는 일에 시간을 쏟고 있습니다."

"죄송합니다만, 다시 한번 말씀해 주실 수 있으십니까—?"

"독중콜알이요. 알콜중독을 거꾸로 쓴 겁니다. 효과도 거꾸로 발현되거든요."

"그러니까 그 말씀은—"대체 그게 무슨 소리인지 짐작도 가지 않았지만, 나는 이렇게 운을 떼었다.

"효과가 반대 순서로 난다는 겁니다. 그러니까, 먼저 숙취를 겪은 다음에 다음 날 아침이면 기분이 좋아지는 거지요. 아주 끝내주는 기분이, 그러니까…"

"흠뻑 취하게 된다는 거겠지요."

"그래요, 고맙습니다. 한잔 들어 보시겠어요?"

뭔가 얼이 빠져 있었던 모양이다. 한잔하고 싶은 것은 사실이었고, 내 정신은 방금 나눈 대화와 그가 제공하겠다는 술 사이의 연결 관계를 파악하는 데 실패했다. 그래서 나는 기꺼이 한잔하겠다고 말했고, 그는 정체불명의 병 하나와 잔을 가져와서 마음껏 들라고 말했다. 그제야 대화를 기억해 낸 나는 맛을 보기 전에 우선 냄새부터 맡아 보았지만, 아무리 살펴봐도 평범한 위스키로밖에 보이지 않았다. 그래서 나는 한 잔을 쭉 들이켰다.

그는 말을 이었다. "하지만 그건 며칠 전까지의 이야기일 뿐입니다. 지금은 새로운 발명품에 몰두하고 있고, 선생님이 들어오셨을 때는 거의 완성된 상태였지요. 사실 선생님이 주신 그 은화 덕분에 완성된 겁니다. 이건 인격 교환기예요."

내가 대답했다. "그거 훌륭하군요. 그런데… 선생님은 안 드십니까?"

그는 얼굴을 찌푸렸다. "저도 마시고 싶긴 하지만—"그의 눈이 무의식적으로 천장 쪽을 향했다. 그의 눈동자 속에 서린 공포는 그 어떤 변명보다도 설득력이 있었다. "신경 안 쓰시고 마음껏 드셔도 됩니다. 그리고 10센트 은화 감사합니다. 언젠가는 꼭 갚지요."

"신경 쓰지 마십시오, 퍼킨스 씨." 나는 관대하게 말했다. 어쨌든 처음 마신 위스키 한 잔으로도 50센트는 족히 됐을 것이 분명했고, 이제 한 잔을 더 따르고 있었기 때문이다. "아까 말씀하신, 방금 완성한 발명품이라는 게―"

"인격 교환기지요. 그냥 편하게 부르는 이름일 뿐입니다. 정식 명칭은 정신교열자율변환기지요."

"아." 내가 말했다. "이 위스키 아주 훌륭한데요, 퍼킨스 씨. 정말로 제가 마음껏 마셔도―"

"괜찮습니다. 원하신다면 부디 전부 드셔 주세요."

"뭘 하는 물건인 겁니까?"

"말씀드렸다시피, 우선 숙취부터 겪고 나서, 다음 날 아침이면 행복하게 술 취한 상태가 되는 겁니다."

"아니, 그러니까 저 정신교열… 인격 교환기 말입니다."

"당연히 인격을 교환하는 거지요."

나는 그를 물끄러미 바라보며 그 끝내주는 위스키를 한 잔 더 따른 다음 병을 비울 때까지는 함께 어울려 줘야겠다고 마음먹었다. 묘하게도 스트레이트로 네 잔째인데도 술기운은 조금도 느껴지지 않았다. 나는 같은 값이면 항상 스트레이트로 마시는 편이다.

그의 흥분된 얼굴에는 얼른 계속 이야기해 달라고 청하는 표정이 떠올라 있었다. 나는 계속 말해 달라고 부탁하고 다섯 번째 잔을 직접 따랐다. 이번에도 스트레이트로.

"두 사람의 뇌에 들어 있는 인격을 바꾸는 겁니다. 특정 인물을 떠올리며 여기 작은 스위치를 누르면 그 사람의 몸으로 인격이 옮겨가는 거지요. 반대도 마찬가지고요."

"반대도 마찬가지라고요?" 내가 물었다.

"반대도 마찬가지죠." 그가 대답했다.

나는 처음으로 우리 앞의 작업대에 놓여 있는 물건을 바라보았다. 손전등과 자명종 시계와 과학상자 부품을 조립해 놓은 모양이었다. 내가 준 10센트 은화는 그가 가리키고 있는 스위치 바로 뒤편에서 손전등과 자명종을 연결하는 접합용 부품으로 사용되고 있었다.

나는 말했다. "그러니까 저 도구를 겨누는 것만으로 다른 사람과 두뇌를 바꿀 수 있다는 겁니까?"

그는 항의하듯 격렬하게 고개를 흔들었다. "두뇌가 아니라 정신을 바꾸는 거예요. 당신의 인격이 대상의 두뇌를 덮어쓰는 겁니다. 반대도 마찬가지고요. 그리고 그 사람을 겨눌 필요도 없습니다. 손전등이 자기 얼굴을 향하게 하고 스위치를 누르기만 하면 됩니다. 인격을 교환하고 싶은 사람을 생각하고 있기만 하면 돼요. 그러니까 만약 제가 주지사가 되고 싶다면, 그냥 주지사를 생각하기만 하면 됩니다. 그럼 저는 그 저택에 있는 그의 몸에 들어갈 테고, 그는 제가 될 겁니다. 그러니까, 여기로 와서 마사와 함께 살아야 할 거라는 거지요." 그는 이런 말을 하며 동경하듯 눈을 반짝였다.

그리고 그는 차분하게 덧붙였다. "제대로 작동한다면 말이지만요. 거리는 관계가 없습니다. 하지만 처음 사용할 때는 가까운 곳으로 하고 싶군요. 만약을 대비해서요."

"누구 가까운 데요?" 내가 물었다.

"주지사요."

나는 베티 그레이블*을 떠올렸다. "당신은 주지사가 되시죠. 나는 해리 제임스** 쪽을 택하겠습니다."

나는 다시 한 잔을 따랐다. 묘하게도 전혀 취한 느낌이 들지 않았다. 조금씩 신경이 예민해지고 있었고, 지하실의 공기도 그리 좋지 못한 모양인지 살짝 두통이 오고 있었다.

엄청난 괴성이 갑자기 지하실로 쏟아져 들어오는 바람에 사태가 악화되었다. "어이, 타크! 설거지 할 시간이야. 쓸데없는 기자는 내보내고 일을 하라고."

그는 사과하듯 나를 향해 웃으며 말했다. "죄송합니다만, 그게―제 상황이 어떤지는 아시겠지요."

"물론이죠." 나는 이렇게 대답한 다음, 위스키를 한 잔 가득 따라서 병을 거의 비웠다. 어디까지나 한 잔 더 마시면 두통과 예민해진 신경에 도움이 될까 하는 생각에서였다. 그런 다음 나는 위층에서 기다리는 벌레눈 괴물의 경로를 피해서 그대로 거리로 달려 나갔다.

나는 신문사로 돌아가 맥기의 사무실로 들어갔다.

---

* Elizabeth Ruth 'Betty' Grable (1916~1973). 미국의 여배우. 1940~50년대에 걸쳐 배우와 모델로 전성기를 누렸으며, 당대의 섹스 심벌이었다.

** Harry Haag James (1916~1983). 재즈 음악가. 1943년에 베티 그레이블을 두 번째 아내로 맞이했다.

나를 노려보는 눈길은 여전했지만, 이번에는 아까만큼 나쁘지는 않았다. 타킹튼 퍼킨스의 아내가 더 고약했기 때문이다. 그가 말했다. "가관이군, 갑자기 숙취라도 생긴 건가. 내 방을 나갈 때만 해도 적어도 정신은 말짱했던 것 같은데. 아니었냐?"

나는 손떨림을 들키지 않으려고 주머니에 손을 찔러 넣고, 눈을 깜빡여 초점이 안 맞는 눈을 가다듬으려 애쓰면서, 동시에 꼬마 난쟁이가 내 목뼈 사이를 두들기고 있다는 사실을 들키지 않으려 노력했다.

그리고 대답했다. "제정신입니다. 지금도 제정신이고요. 하지만 내일 아침이면—"

"내일 아침 따위는 잊어버려. 그 정신 나간 발명가가 뭘 만들고 있었지?"

나는 인격 교환기에 대해 떠올리고, 지금 이 시점에서 그걸 언급하는 일은 안전하지 못하리라는 생각을 했다. 그래서 나는 위스키와 완벽하게 똑같은 맛이 나는 독중콜알 음료에 대해 설명했다. 순간 나는 그 발명품이 진짜라는 사실을 믿게 되었다. 아직 정신만은 말짱했던 것이다.

다음 순간, 나는 맥기의 고함 소리 덕분에 거의 사무실 밖으로 날아가 버릴 뻔했다.

"프라이스." 알아들을 수 있는 말을 할 정도로 이성을 되찾은 다음, 그는 말했다. "이게 마지막 기회야. 그러니까, 내일이 마지막 기회라는 소리다. 이제 거의 5시야. 집에 가서 푹 자서 떨쳐 버리고, 내일 아침에 술 깬 상태로 출근하든가 아니면 두 번 다시 면상 들이밀지 말라고."

다음 날 아침 나는 흠뻑 취한 상태로 깨어났다. 내가 기억하는 한 최고로 끝내주는 상태였다. 나른하게 행복하고 행복하게 나른했지만, 지금까지 익숙해져 있던 만취 상태와는 조금 다른 느낌이었다. 노력한다면 그 사실을 감추고 멀쩡한 척할 수 있을 것 같았다. 맥기의 사무실로 불려갔을 때, 나는 그 사실을 감추고 멀쩡한 척했다.

그는 나를 노려보았다. "그 타킹튼 퍼킨스 말이야. 뭘 하고 돌아다녔길래 놈이 정신이 나간 것도 깨닫지 못한 거냐?"

나는 그 질문을 곱씹어 보았지만, 제대로 생각을 가다듬기도 전에 맥기가 소리를 질러댔다. "또 기삿거리를 놓쳤잖아, 이 머저리 자식. 지금 그놈 정신병원에 들어가 있다고. 어젯밤에, 그러니까 네놈이 인터뷰를 하고 몇 시간도 지나지 않아서 그리로 이송됐단 말이다."

뭔가 말을 하기는 했지만, 무슨 말을 했는지는 기억이 나지 않는다. 전반적으로 행복한 상태임에도 불구하고 퍼킨스에게 그런 일이 벌어진 것은 유감이라는 생각이 들었다. 그 왜소한 사내가 꽤나 마음에 들었고, 나름 동정하고 있었기 때문이다.

그가 말했다. "어젯밤에 일어난 일이니 조간신문에서 앞질러 버렸지만, 일단 가서 추가 기삿거리를 찾아보라고. 어쨌든 기사로 다루기는 해야 할 테니까."

"무슨 일이 일어난 겁니까?" 내가 물었다.

"어젯밤 주지사 저택의 정원에서 발견됐어. 자기가 주지사고 누군가 자기 몸을 훔쳐갔다고 소리치고 있었다더군."

나는 눈을 질끈 감았다.

다시 눈을 떴을 때는 맥기의 사무실에서 안전하게 탈출한 후였다. 일단 나는 자리에 앉아서 조간 쪽으로 전화를 걸었다. 그리고 퍼킨스 사건을 취재한 기자가 내 친구라는 사실을 발견하고 전화를 통해 자세한 이야기를 들었다. 맥기가 말한 것과 대략 비슷한 내용이었다. 나는 추가로 물었다. "주지사한테는 무슨 일 없었어?"

"허?" 그가 대답했다. "그게 무슨 상관이야? 주지사는 오늘 아침 일찍 대통령과 약속이 있어서 워싱턴으로 떠났는데."

"아." 나는 말했다.

정신병원으로 가서 퍼킨스나 그를 이송 및 진찰한 사람들을 취재할 생각은 없었다.

나는 주지사의 저택으로 가서 경비병에게 언론사 신분증을 들이밀어 타킹튼 퍼킨스가 발견되고 구속된 위치로 안내를 하게 만들었다. 그리고 주변 수풀을 맴돌다 내가 찾던 물건을 발견했다. 손전등과 자명종 시계와 과학상자 부속으로 만든 작은 장치였다.

그 물건을 보고 있자니 나와 타킹튼 퍼킨스와 이 장치 중에서 어느 쪽이 미친 것인지가 궁금해졌다.

손전등 렌즈를 들여다보아도 다른 손전등과 딱히 다를 것이 없어 보였다.

내가 살짝 취해 있었다는 사실을 기억해 주길 바란다. 그렇지 않았더라면 주지사의 몸에 들어가 있는 타킹튼 퍼킨스가 대통령과 면담을 할 것이며, 뭔가 잘못되었다는 사실을 대통령이 눈치챌 수 있을지를 생각하는 동안—그러니까 다른 말로 하자면, 대통령에 대해 생각하는 동안—실수로 그 도구의 스위치를 올리는 일은 없었을 테니까 말이다.

순간 밝은 빛에 눈앞이 깜깜해졌다. 정상적인 손전등이라면, 그러니까 핵에너지를 동력원으로 사용하는 것이 아닌 보통 손전등이라면 낼 수 없는 빛이었다. 순간 나는 눈이 멀었고 음악 소리가 들렸다. 마음을 움직이는 천상의 음악이었다. 감동스럽기는 했지만 보통 내가 즐겨 듣는 부류의 음악은 아니었다. 내 취향은 해리 제임스 쪽이었으니까. 대통령이 아니라 해리 제임스에 대해 생각하고 있었더라면 좋았을 텐데. 그러나 이미 후회해도 소용없는 일이었다.

그리고 어쨌든 마음을 울리는 음악이기는 했다. 너무 울려서 최소한 수백 마일은 날아가 버린 모양이었다.

눈을 뜨자 나는 타원형 모양의 방*에 앉아 있었다. 눈에 익은 방이었다. 워싱턴에 갔을 때 들러본 적이 있었다. 당시에는 대통령이 다른 도시로 나가 있어서 텅 비어 있었고, 나는 백악관을 방문한 신문사 기자 자격으로 견학하는 중이었을 뿐이지만.

그러나 지금은 대통령이 다른 도시로 나가 있는 상황이 아니었다. 내가 여기 있었으니까.

대통령의 비서관이 내 앞에서 인사를 하고 있었다. 그가 말했다. "대통령 각하, 약속을 잡으신 주지사가 면담을 하러 도착해 있습니다. 그런데… 음… 만나 보시는 것이 좋을지 확신이 안 서는군요. 거동이 약간 수상해 보입니다."

"우리 모두 그렇지 않은가?" 나는 이렇게 물었다.

---

* 백악관에 있는 미국 대통령의 공식 집무실 이름이 Oval Office이다.

"무슨 말씀이신지, 각하?"

"아무것도 아니야." 내가 말했다. "부디 앤드레슨 주지사를 들여보내 주게. 그리고 오늘 잡힌 다른 일정은 전부 취소해 주고."

"하지만 대통령 각하, 발루키스탄에서 온 사절이—"

나는 발루키스탄 사절에게 뭐라고 말할지를 일러주었고, 비서관은 제법 충격을 받은 표정으로 자리를 떴다. 그러나 그는 잠시 후 앤드레슨 주지사와 함께 돌아왔다.

나는 주지사에게 손짓으로 책상 건너편 자리에 앉으라고 청한 다음 비서관이 떠날 때까지 기다렸다. 그런 다음 나는 그를 손가락질하며 말했다.

"타킹튼 퍼킨스. 그런 짓을 벌이고 무사히 넘어갈 수 있으리라 생각했나?"

사람이 그렇게 순식간에 쭈그러드는 모습은 여태껏 본 적이 없었다. 다시 한번 그에게 미안한 마음이 들었다.

나는 다시 입을 열었다. "걱정하지 말게, 타크. 곤란하게 만들지는 않을 테니까. 내가 전부 바로잡아 주겠네."

"하지만 대통령 각하, 대체 어떻게 그걸 알아내신—?"

"F. B. I.에서는 모든 것을 보고, 모든 것을 알고, 모든 것을 내게 보고하지. 타크, 유감이지만 이런 식으로 해서는 곤란하다네. 이런 일을 벌이면 수많은 사람들이 심각하게 곤란한 상황에 처할 수 있다고. 전쟁이 일어날 수도 있고, 심지어 선거에서 패배할 수도 있지. 그 점은 이해하고 있겠지?"

그는 거의 입속에서 중얼거리는 소리로 그렇다고 대답했다.

나는 수화기를 들었다. 그리고 누군지는 몰라도 대답하는 사람에게 이렇게 말했다. "즉시 스프링필드로 가는 비행기를 수배하게. 승객은 두 명."

"알겠습니다, 대통령 각하. 하지만… 음… 전용기가 있으신데요. 전용기가 마음에 안 드십니까?"

"사소한 문제로 귀찮게 굴지 말고." 내가 말했다. "어떤 비행기든 상관없네. 백악관 정원으로 헬기를 불러서 바로 타고 공항으로 갈 수 있게 해 주게. 백악관 주소는 알고 있겠지?"

"그야— 물론이지요, 대통령 각하."

"그러면 어서 헬기 프로펠러를 돌리러 가게나." 나는 쾌활하게 명령했다.

그리고 수화기를 쾅 내려놓은 다음 다시 들고는 말했다. "스프링필드 경찰국장 크랜덜을 연결해 주게. 지금 당장. 개인 회선으로 연결해 주게."

수화기를 계속 들고 있자니 3분 만에 크랜덜 국장이 연결되었다. 내가 싫어하는 작자였다. 기자를 혐오하는 친구였기 때문이다.

나는 말했다. "크랜덜 씨, 미합중국 대통령이오. 백악관에서 전화하는 거요." 나는 모든 글자를 대문자로 쓰는 것처럼 하나하나 힘을 실어 말했다.

상대방은 적절하게 두려움에 사로잡힌 모양이었다.

나는 말을 이었다. "크랜덜 씨, 당신이 언론에 대해 부당한 태도를 취한다는 항의가 꽤나 많이 들어왔소. 지역 언론사와 전혀 협력하지 않는다고 하던데. 심지어 협력을 하는 쪽이 공공의 이익에 어긋나지 않는 경우에도 말이오."

거의 울기 일보 직전의 목소리가 들렸다.

"크랜덜 씨, 스프링필드에서 처리해야 하는 매우 중요하고 비밀 엄수가 필요한 일이 한 가지 있소. 내가 직접… 앤드레슨 주지사를 대동하고 몇 시간 안에 그리로 날아갈 거요. 그리고 당신이 우리가 도착하기 전에 몇 가지 일을 만족스럽고 비밀스럽게 처리해 줄 수 있다면, 방금 말한 내용은 넘어가고 다음 선출 때도 지원해 주겠소."

"물론입니다, 대통령 각하. 뭐든 하겠습니다."

"우선" 나는 말했다. "주지사 저택의 정원을 수색해 보시오. 북쪽 끝의 화단 가장자리에 보면 손전등과 자명종 시계를 붙여서 다듬은 것처럼 생긴 도구가 있을 거요. 스위치도 달려 있을 테고. 그 물건을 찾아서 내가 도착하기 전까지 보관해 놓으시오. 무슨 일이 있어도 그걸 작동시키거나 스위치를 누르려고 시도해서는 곤란하오. 알겠소?"

"물론입니다, 대통령 각하."

"두 번째로, 앤드레슨 주지사와 내가 도착하면 만날 수 있도록 두 사람을 데려와 주었으면 하오. 한 사람은 타킹튼 퍼킨스라는 이름의 남자요. 지금 정신병동에 있을 거요. 어젯밤에 체포되어 그리로 보내졌지. 다른 사람은 글로브 지의 기자인 제이크 프라이스라는 남자요. 그 역시 정신분열증을 겪고 있을 수 있소. 이미 자신이 다른 사람이라고 주장했다는 이유로 구금되었을 가능성이 있을 거요." 그리고 나는 웃으며 덧붙였다. "미합중국 대통령이라든가 말이오."

"지금 여기 데리고 있습니다, 대통령 각하. 지금 막 병동으로 보낼 참이었는데—"

"당장 중지하시오. 친절하게 대해 주고. 그 사람과 퍼킨스 씨를 칼튼 호텔 객실에 넣고 우리가 도착할 때까지 거기 가두어 놓으시오. 최대한 모든 편의를 제공해 주되, 도망치지만 못하게 하시오. 그리고 그 인겨… 내가 언급한 기계도 그쪽으로 가져다 놓으시오."

정확하게 네 시간 후, 미합중국 대통령과 우리 주지사와 타킹튼 퍼킨스와 나 자신은 칼튼 호텔의 최고급 객실에 우리끼리만 남게 되었다. 그리고 내 손에는 그 기계, 즉 인격 교환기가 들려 있었다.

나는 상황을 설명하고 제안을 했다. 내 제안은 받아들여졌고, 지금까지의 행동에 대한 완벽한 사면도 약속되었다. 우리는 제각기 방을 떠났다. 대통령은 워싱턴으로 돌아갔고, 뭔지는 몰라도 원래 논의해야 하는 사안이 있던 주지사도 함께 떠났다. 타킹튼 퍼킨스는 집으로 돌아갔다. 셔먼 탱크에게 어떻게 변명을 했을지는 알 도리가 없지만.

제이크 프라이스— 그러니까 원래 모습으로 돌아온 나는 글로브 신문사로 향했다. 도구는 아직 내 손에 들려 있었다.

나는 그 도구를 맥기의 책상에 놓았다.

맥기는 그 물건과 나를 번갈아 바라보았다. 이미 턱 근처부터 피부색이 분홍색으로 달아오르고 있었다. 그는 "이건 뭐지?"라고 말하며 그 물건에서 내 쪽으로 시선을 옮겼다. 그러고는 소리쳤다. "그런 단순한 일거리를 가지고 대체 일곱 시간 동안 어디서 뭘 하고 있던 거야?"

나는 말했다. "좀 들어보십시오, 맥기 씨—"

"들을 생각 없어. 네놈은 해고야. 당장 여기서 꺼져! 내 눈앞에서 사라지라고!"

이제 술은 완전히 깬 상태였다. 평생 마셔본 것 중에서 유일하게 숙취가 없는 술이었으니까. 정신은 말짱했고 아이디어가 하나 떠올랐다. 끝내주는 아이디어였다.

부드러운 말은 쥐새끼도 잠재우는 법이고, 맥기는 내가 지금까지 만나본 사람들 중 가장 고약한 쥐새끼였다. 그래서 나는 부드럽게 대꾸했다. "알겠습니다, 맥기 씨. 나가지요. 죄송하지만 그 전화를 잠깐만 써도 되겠습니까? 한 가지 확인하고 싶은 것이 있어서요."

"그러게." 그는 나를 노려보며 말했다.

나는 타킹튼 퍼킨스의 번호를 찾아 그리로 전화를 걸었다. 메두사가 전화를 받았다. 내가 타크를 바꿔달라고 하자 그녀는 이렇게 말했다. "직접 통화는 안 돼. 나하고만 말할 거야. 내가 전달해 주지—"

내가 알고 싶은 것은 그게 전부였기 때문에, 나는 수화기를 내려놓았다. 그리고 도구를 집어 들고 맥기의 얼굴에 손전등을 겨눈 다음 말했다. "맥기, 저한테 누굴 취재하라고 하셨었죠?"

"허? 이 작자가 미쳤나? 당연히 타킹튼 퍼—"

나는 스위치를 눌렀다. 정확하게 한 번. 그리고 안전을 위해 장치를 파괴했다.

나는 맥기의 몸에 들어온 타킹튼 퍼킨스에게 상황을 설명했다. 그리고 우리 둘은 인생 최고의 밤을 보내기 위해 함께 사무실을 나섰다.

슬쩍 들어서 맥기와 타킹튼 퍼키스 부인 사이에 무슨 일이 벌어졌는지 확인하고 싶은 마음도 있었지만, 어차피 핵전쟁 같은 것이야 실제로 일어나면 원하지 않아도 목격하게 되지 않겠는가. 나는 그때까지 기다릴 용의가 있다. (1951)

무기
The Weapon

해질녘의 적막에 휩싸인 방 안은 고요했다. 매우 중요한 프로젝트의 핵심 연구진인 제임스 그레이엄 박사는 애용하는 의자에 앉은 채생각에 잠겨 있었다. 너무나도 조용해서, 옆방의 아들이 그림책 책장을 넘기는 소리까지 들을 수 있었다.

그레이엄의 최고의 성과, 가장 창의적인 착상은 종종 이런 상황에서 떠오르곤 했다. 하루 업무를 끝낸 후 자신의 아파트의 어둑한 방안에 홀로 앉아 있는 동안에 말이다. 그러나 오늘 밤에는 건설적인 생각은 조금도 떠오르지 않았다. 대부분의 생각은 옆방에 있는 정신 박약아인 외아들 쪽으로 쏠려 있었다. 물론 그 생각이란 몇 년 전 아이의 문제를 처음 발견했을 때의 비통한 격정이 아니라 사랑으로 가득한 것이었다. 아들은 계속 행복할 것이다. 중요한 것은 결국 그 사실 아니겠는가? 그리고 항상 어린아이로 남아 있는, 절대 떠나지 않는 아들을 가질 수 있는 남자가 얼마나 되겠는가? 물론 자기합리화일 뿐이었다. 그러나 이런 경우에는 자기합리화도 그리 나쁠 건…
초인종이 울렸다.

그레이엄은 자리에서 일어나 거의 암흑뿐인 방에 조명을 켠 다음 복도를 따라 문가로 향했다. 방해받아 짜증난 것은 아니었다. 오늘 밤 바로 이 순간만은, 자신의 생각을 멈추게 해줄 수 있는 것이라면 뭐든 기꺼이 받아들일 수 있었다.

그는 문을 열었다. 낯선 남자가 그곳에 서 있었다. "그레이엄 박사님이십니까? 제 이름은 니만트입니다. 대화를 나누고 싶습니다만. 잠깐 들어가도 되겠습니까?"

그레이엄은 그를 바라보았다. 왜소한 체구에 딱히 눈에 띄는 구석이라고는 없는, 명백하게 무해한 사람이었다. 아마 기자나 보험 외판원일 것이다.

그러나 누구인지는 상관없는 일이었다. 그레이엄은 자신도 모르게 이렇게 말하고 있었다. "물론이오. 들어오시오, 니만트 씨." 그러면서 잠시 대화를 나누면 생각의 방향을 돌리고 정신을 가다듬을 수 있을 것이라고 자기합리화를 했다.

"앉으시오." 거실에 도착하자 그는 말했다. "뭐라도 한잔하시겠소?"

니만트가 말했다. "아뇨, 괜찮습니다." 그는 의자에 앉았다. 그레이엄은 소파에 자리를 잡았다.

왜소한 남자는 손깍지를 끼고 몸을 앞으로 수그렸다. 그리고 그는 입을 열었다. "그레이엄 박사님, 박사님께서 하고 계시는 연구의 결과는 다른 어떤 사람의 행동보다도 인류의 생존에 큰 영향을 미칠 수 있습니다."

미친놈이로군. 그레이엄은 이렇게 생각했다. 집 안으로 들이기 전에 용건을 물었어야 한다는 생각이 들었지만, 이미 너무 늦은 상황이었다. 고역스러운 문답이 이어질 것이다. 무례하게 구는 일은 그의 성미에 맞지 않았지만, 무례한 행동만이 효력을 보이는 경우도 있는 법이다.

"그레이엄 박사님, 박사님께서 개발하고 계신 무기는―"

방문자는 말을 멈추고 시선을 돌렸다. 침실로 통하는 문을 통해 열다섯 살 정도의 소년이 방으로 들어오고 있었다. 소년은 니만트의 존재 자체를 눈치채지 못한 듯 그대로 그레이엄에게 달려갔다.

"아빠, 이제 책 읽어줄 거야?" 열다섯 살 소년의 얼굴에 네 살 아이의 해맑은 웃음이 떠올랐다.

그레이엄은 아이를 끌어안았다. 그리고 방문객이 아이에 대해 알고 있었는지를 확인하려 눈길을 돌렸다. 동요하는 표정이 전혀 없는 것으로 보아, 알고 있었던 게 분명하다는 생각이 들었다.

"해리." 애정이 담뿍 담긴 따뜻한 목소리였다. "아빠는 바쁘단다. 조금만 더 참으렴. 방으로 돌아가 있거라. 내가 금방 가서 읽어줄 테니까."

"「치킨 리틀」*? 「치킨 리틀」 읽어줄 거야?"

"그게 좋으면 그래야지. 자, 어서 달려가거라. 아, 잠깐. 해리, 이쪽은 니만트 씨란다."

소년은 방문객을 보며 수줍게 웃음을 지었다. 니만트는 "안녕, 해리" 하고 말하며 아이를 향해 마주 웃고는 손을 내밀었다. 그 모습을

---

* 「치킨 리틀」은 미국의 동화로, 머리에 도토리가 떨어진 병아리 한 마리가 하늘이 무너진다고 여기고는 여러 동물들과 함께 왕에게 알리러 가는 내용이다.

지켜보는 그레이엄은 니만트가 아들에 대해 이미 알고 있었다고 확신했다. 그의 웃음과 몸짓은 소년의 육체 연령이 아니라 정신 연령에 어울리는 것이었기 때문이다.

아이는 니만트의 손을 잡았다. 순간 아이가 니만트의 무릎 위로 기어오르려 하지 않을까 하는 생각이 들었다. 그레이엄은 아이를 부드럽게 뒤로 당겼다. "자, 네 방으로 돌아가거라, 해리."

아이는 깡총거리며 자기 침실로 뛰어 들어갔다. 문도 닫지 않은 채.

니만트는 그레이엄의 눈을 정면으로 바라보며 말했다. "사랑스러운 아이로군요." 명백하게 진심이 담긴 말이었다. 그리고 그는 덧붙였다. "읽어주시는 책의 내용이 항상 진실이었으면 좋겠습니다."

그레이엄은 그의 말을 이해하지 못했다. 니만트는 말을 이었다. "「치킨 리틀」 말입니다. 좋은 동화지요. 하지만 꼬마 병아리가 하늘이 무너진다고 생각하는 부분만은 영원히 착각으로 남았으면 합니다."

아이에 대해 애정을 보인 순간에는 이 사람이 마음에 들었다. 그러나 이제 대화를 빨리 마무리지어야 한다는 생각이 돌아왔다. 그는 손님을 쫓으려는 듯 자리에서 일어섰다. "아무래도 당신과 나 양쪽 모두의 시간을 낭비하고 있는 듯하오, 니만트 씨. 그쪽 논쟁에 대해서는 모두 알고 있고, 당신이 말하려는 내용도 아마 천 번은 들었을 거요. 당신이 믿는 내용에 진실이 담겨 있을 수도 있지만, 그건 내가 상관할 바가 아니오. 나는 과학자이고 오직 과학자일 뿐이니까. 그래, 내가 무기, 그것도 궁극의 무기를 연구하고 있다는 것은 잘 알려진 사실이오. 하지만 개인적인 입장에서는 그 무기 따위는 과학의 발전에 따른 부산물일 뿐이오. 나도 모든 점을 고려해 보았고, 과학의 발전이 내 유일한 관심사라는 결론을 내렸소."

"하지만 그레이엄 박사님, 인류가 궁극의 무기를 가질 준비가 되어 있다고 생각하십니까?"

그레이엄은 얼굴을 찌푸렸다. "니만트 씨, 내 관점은 모두 설명한 것 같소만."

니만트는 천천히 의자에서 몸을 일으키며 말했다. "알겠습니다. 토의를 원하지 않으신다면 더 이상 그쪽으로는 말을 꺼내지 않지요." 그리고 그는 이마에 손을 짚었다. "이만 가보겠습니다, 그레이엄 박사님. 그런데 한 가지… 아까 말씀하신 마실 것에 대해 생각을 바꾸어도 되겠습니까?"

그레이엄의 짜증은 순식간에 사라져 버렸다. 그는 말했다. "물론이오. 위스키 온더록이면 되겠소?"

"좋지요."

그레이엄은 잠시 실례하겠다고 말하고 부엌으로 들어갔다. 그는 유리 물병 하나에 위스키를, 다른 하나에 물을 담고, 얼음과 유리잔과 함께 가지고 돌아왔다.

거실로 돌아왔을 때 니만트는 막 아들의 침실에서 나오는 참이었다. 니만트가 "잘 자거라, 해리"라고 말하고, 해리가 "안녕히 주무세요, 니만트 씨"라고 말하는 소리가 들렸다.

그레이엄은 술을 섞었다. 잠시 후, 니만트는 두 번째 잔을 사양하고는 자리에서 일어섰다.

니만트가 입을 열었다. "주제넘지만 아드님께 작은 선물을 하나

드렸습니다, 박사님. 마실 것을 가져오시는 동안에 말입니다. 용서해주시리라 믿습니다."

"물론이오. 고맙소. 잘 가시오."

그레이엄은 문을 닫고는, 거실을 가로질러 해리의 방으로 향했다. "자, 그럼 해리, 이제 책을 읽어줄—"

순식간에 이마에 땀방울이 송골송골 맺혔다. 그러나 그는 애써 표정을 관리하며, 침대 한쪽으로 몸을 옮기며 최대한 차분한 목소리로 말했다. "그거 좀 봐도 되겠니, 해리?" 그 선물을 안전하게 건네받은 후, 그는 떨리는 손으로 그 물건을 이리저리 살폈다.

그리고 생각했다. 백치에게 총알이 장전된 리볼버를 주다니, 미친 사람이 아니라면 이런 일을 할 수 있겠는가! (1951)

카투니스트
Cartoonist

빌 개리건의 우편함 안에 편지가 여섯 통 보였다. 그러나 겉봉을 얼핏 훑어보기만 해도 그중에 수표가 든 편지는 없다는 것이 분명했다. 유머 작가 지망생들의 유머 지망 문구들. 그리고 그중 9할은 제대로 된 물건이 아닐 게 분명했다.

그는 편지를 바로 뜯지 않고 자기 작업실이라 부르는 누추한 집 안으로 들어갔다. 구질구질한 모자는 석유스토브 위로 던져 버렸다. 그리고 식탁 겸 작업대로 사용하고 있는 흔들거리는 탁자 앞에 앉아서, 식탁용 의자의 다리를 자기 다리로 휘감았다.

마지막으로 작품을 판 지도 한참이 지났기 때문에, 딱히 기대는 하지 않으면서도 이번에는 팔릴 만한 유머가 들어 있기만을 기도하고 있었다. 때론 기적이 일어나곤 하는 법이니까.

그는 첫 봉투를 뜯어 열었다. 오리건에서 주기적으로 편지를 보내는 어떤 남자가 보낸 유머 여섯 편이 있었다. 마음에 드는 것이 있으면 그걸 만화로 그릴 테고, 그게 팔리면 그 남자에게도 일정 비율의 보수가 넘어간다. 빌 개리건은 첫 번째 유머를 훑어보았다. 내용은 다음과 같았다.

남자와 여자가 레스토랑으로 차를 몰고 간다. 남자의 자동차에는 '불 먹는 허먼'이라는 광고 문구가 적혀 있다. 레스토랑 창문을 통해 촛불이 밝혀져 있는 탁자 위에서 음식을 먹는 손님들이 보인다.

남자: "이야, 저것 좀 보라고, 저 식당 꽤나 먹음직스러워 보이는데!"

빌 개리건은 신음을 뱉으며 다음 쪽지로 넘어갔다. 그리고 다음. 또 다음. 그는 다음 봉투를 열었다. 또 다음.

갈수록 형편이 힘들어지고 있었다. 만화는 생계를 꾸려나가기가 상당히 어려운 분야였다. 생활비가 별로 들지 않는 남서부의 작은 마을에 사는 입장에서도 말이다. 게다가 일단 유행에서 밀려나기 시작하면— 뭐, 끔찍한 연쇄 작용이 시작되는 것이다. 대형 매장에서 자기 작품이 갈수록 줄어들기 시작하면, 가장 훌륭한 유머 작가들은 자신의 작품을 다른 곳으로 보내기 시작한다. 결국 찌꺼기밖에 오지 않게 되고, 당연하게도 작품은 더욱 나빠지게 되는 것이다.

그는 마지막 남은 봉투에서 마지막 유머 조각을 꺼내 들었다. 내용은 다음과 같았다.

배경은 다른 행성. 끔찍한 모습의 괴물인 스눅의 황제가 신하인 과학자 몇 명에게 말하고 있다.

황제: "그래, 자네들이 지구를 방문하는 방법을 개발해 냈다는 것은 알겠다. 그러나 거기 살고 있는 그 끔찍하게 생긴 인간

이라는 족속을 상대하고 싶은 자가 있기는 하겠는가?"

빌 개리건은 생각에 잠겨 코끝을 긁었다. 가능성은 있어 보였다. 어쨌든 지금 SF 시장은 눈덩이처럼 불어나는 중이니까. 그리고 이 외계 생물을 유머가 먹힐 정도로 끔찍한 모습으로 그려낼 수만 있다면—

그는 연필과 종이를 찾아서 스케치를 시작했다. 처음 그린 황제와 신하 과학자들의 모습은 충분히 못생겨 보이지 않았다. 그는 종이를 구겨버린 다음 다른 종이쪽을 찾았다.

어디 보자. 괴물에게 머리를 세 개씩 달아주는 거야. 머리 하나마다 튀어나온 커다란 눈이 여섯 개씩 달려 있고. 짤막한 팔도 여섯 개씩. 흠, 나쁘지 않아. 동체를 아주 길게 하고 다리를 아주 짧게 해 볼까. 다리는 네 개에, 앞쪽은 앞으로 굽어 있고, 뒤쪽은 뒤로 굽어 있는 거지. 발은 쩍 벌어져 있고. 그럼 이제 눈 여섯 개 말고 나머지 얼굴은 어떻게 할까. 눈 아래에는 아무것도 없는 걸로 하지. 커다란 입 하나가 가슴팍에 붙어 있는 거야. 그러면 어느 머리로 음식을 먹을지를 놓고 자기네들끼리 다툴 필요도 없을 테니까.

그는 배경 삼아 선 몇 개를 슥슥 덧붙였다. 딱 봐도 마음에 드는 결과물이었다. 어쩌면 너무 훌륭한지도 모르겠다. 편집자들이 자기네 독자가 이런 괴물을 보기에는 너무 소심한 사람들이라는 결론을 내릴지도 모른다. 하지만 괴물을 최대한 끔찍한 모습으로 만들지 않으면 유머가 먹히지 않을 게 아닌가.

사실 조금 더 끔찍하게 만들 수 있을지도 모른다. 그는 시도를 해 보았고, 가능하다는 사실을 발견했다.

그는 유머 문구에서 최대한도로 웃음을 뽑아냈다는 생각이 들 때까지 스케치 작업에 매진한 다음, 봉투를 찾아 자신이 거래하는 가장 훌륭한 판매처의 주소를 썼다. 엄밀하게 말하자면 몇 달 전 유행에서 밀려나기 전까지는 거래했던 곳으로 말이다. 그곳에 뭔가를 팔았던 것은 꼬박 두 달 전의 일이었다. 하지만 이번 만화는 받아줄지도 모른다. 그곳의 편집장인 로드 코리는 약간 괴상한 데가 있는 만화를 좋아하는 사람이었으니까.

거의 6주가 지나 편지봉투가 돌아왔을 때, 빌 캐리건은 그 응모 작품에 대해 거의 까맣게 잊어버리고 있었다.

그는 봉투를 뜯어 열었다. 스케치 한쪽에 붉은 잉크로 큼지막하게 'O.K. 마무리지어서 줘요.'라는 글자가 적혀 있고, 그 아래 'R. C.'라는 서명이 덧붙여 있었다.

굶어 죽는 일은 면했군!

빌은 달음박질치듯 걸어서 우체국에서 돌아와서는, 탁자 위에서 음식 부스러기며 책이며 옷가지를 쓸어내고는 종이와 연필과 펜과 잉크를 찾았다.

그리고 스케치를 우유 깡통과 더러운 접시로 고정시켜 놓고 한참을 바라보다 마침내 처음 착상을 떠올렸을 때의 정신 상태로 돌아갔다.

결과물이 훌륭한 것은 분명했다. 로드 코리는 최고의 물건만을 취급하고, 한 건에 백 달러를 지불하는 유일한 사람이었던 것이다. 물론 최고급 시장에서는 유명 만화가들에게 그보다 더 높은 수당을 지불하기도 하지만, 빌 개리건에게는 자신의 실력에 대한 환상 따위는 조금도 남아 있지 않았다. 그래, 물론 최고의 지위에 오를 수만 있다면 오른팔이라도 내놓겠지만, 그런 일이 벌어질 리가 없었다. 지금 당장 먹고 살 수 있을 만큼만 팔리면 그걸로 충분했다.

최종본을 완성하는 데는 거의 두 시간이 걸렸다. 그는 판지 사이에 조심스레 작품을 끼워서 우체국으로 돌아간 다음, 우편으로 작품을 보내고 만족스럽게 손을 마주 비볐다. 은행에 돈이 들어온다. 고물차의 기어를 수리하면 다시 차를 몰고 다닐 수 있게 될 것이다. 식료품점 외상과 월세도 처리할 수 있게 될 것이다. 우리 친구 R. C.가 고료를 미리 입금하는 사람이 아니라는 점이 유감일 뿐이었지만.

사실을 말하자면 그의 만화가 실린 잡지가 가판대에 놓였을 때까지도 수표는 도착하지 않았다. 그러나 그러는 동안 전문 잡지에 두어 편의 작품을 팔아서 실제로 굶주리는 일은 벌어지지 않았다. 그래도 도착한 수표가 정말로 끝내주게 반가웠던 것은 물론이다.

그는 우체국에서 돌아오는 길에 은행에 들러 수표를 환전한 다음, 세이지브러시 탭에 들러 가볍게 한두 잔 걸쳤다. 너무나도 맛이 끝내주고 기분이 좋아진 덕분에, 그는 주류점에 들러 메탁사 한 병을 집어 들었다. 물론 그가 메탁사를 호기롭게 살 만큼 부자인 것은 아니었다. 세상에 그런 사람이 존재하기는 한단 말인가? 그래도 남자란 때로 적절한 축배 정도는 들 줄 알아야 하는 법이다.

그는 집에 돌아오자마자 귀중한 그리스산 브랜디의 뚜껑을 딴 다음, 두어 모금 홀짝이며 의자에 지친 몸을 누이고 삐걱대는 탁자 위에 신발을 올린 채로 만족 그 자체인 한숨을 쉬었다. 내일이 찾아오면 이 술에 쓴 돈을 후회하게 될 테고, 덤으로 숙취에 시달리는 신세가 될 것이다. 그러나 내일 일은 내일 일이다.

그는 손이 닿는 위치에 있는 유리잔 중 가장 덜 더러운 것을 집어들고 한 잔 가득 따랐다. 어쩌면 명성이란 영혼의 음식일지도 모른다는 생각이 들었다. 앞으로도 결코 유명 만화가는 되지 못할 테지만, 적어도 오늘 오후에는 만화 덕분에 신들의 독주를 얻어 마실 수 있게 되지 않았는가.

그는 입가로 술잔을 들어 올렸지만, 잔은 그의 입술에 도달하지 못했다. 그의 눈이 휘둥그레 커졌다.

눈앞에서 오두막 벽이 일렁이고 떨리고 흔들렸다. 이윽고 작은 균열이 나타났다. 균열은 점차 커지고 넓어지더니, 갑자기 문 정도의 크기로 커졌다.

빌은 비난하는 눈초리로 브랜디를 쏘아보았다. 젠장, 아직 거의 건드리지도 않았는데. 그는 혼잣말을 하면서, 눈앞의 사건을 믿지 못하겠다는 눈으로 벽의 통로를 바라보았다. 지진일지도 모른다. 아니, 사실 그게 분명했다. 지진이 아니라면 대체 무엇이—

팔 여섯 개 달린 괴물 두 마리가 등장했다. 각자 세 개의 머리가 달려 있었고, 머리 하나에는 툭 튀어나온 눈이 여섯 개씩 달려 있었다. 다리는 네 개에, 몸 가운데에 입이 하나 달려 있고—

"아, 안 돼." 빌이 말했다.

괴물들은 보기만 해도 저절로 존경심이 생겨날 것처럼 생긴 총 비슷한 물체를 들고 있었다. 둘 다 빌 개리건을 겨눈 채였다.

"신사 여러분." 빌이 말했다. "이 물건이 지구상에서 가장 독한 술

중 하나라는 사실은 이제 잘 알겠습니다. 하지만 제발, 두 모금 마셨다고 이런 일이 일어나서는 곤란하지 않나요."

괴물들은 그를 바라보고는 몸을 부르르 떨었다. 그리고 열여덟 개의 눈 중에서 하나만 빼고 전부 감아버렸다.

"정말로 끔찍한 몰골이로군." 틈새로 처음 들어온 생물이 말했다. "태양계에서 가장 끔찍한 생물이 분명해. 그렇지 않은가, 아골?"

"저요?" 빌 개리건이 가느다란 목소리로 물었다.

"그래, 너. 하지만 겁낼 필요 없다. 우리는 너를 해치러 온 것이 아니니까. 너를 스눅의 황제, 강대하신 본 위르 3세의 어전으로 데려가서 정당한 포상을 해 주려고 온 것이다."

"어떻게요? 무엇 때문에? 그… 스눅이 어디인데요?"

"질문은 한 번에 하나씩 해 주지 않겠나? 머리 세 개를 이용해서 동시에 전부 답변해 줄 수도 있지만, 유감스럽게도 너는 복수의 의사소통을 동시에 할 수 있는 기관이 없는 것 같으니 말이야."

빌 개리건은 눈을 감았다. "머리는 세 개지만 입은 하나뿐이잖습니까. 어떻게 입 하나로 동시에 세 가지 말을 한다는 겁니까?"

괴물의 입이 소리 내 웃었다. "우리가 입으로 말하고 있다고 생각하는 이유가 뭐지? 입으로는 웃기만 할 뿐이야. 식사는 삼투압을 통해서 하지. 대화는 머리 꼭대기에 달린 판막을 진동시켜서 하고. 자, 그래서 아까 물어본 세 가지 중에 어떤 질문에 대해 대답을 듣고 싶나?"

"무슨 포상을 내린다는 거죠?"

"황제 폐하께서는 아직 말씀해주지 않으셨다. 하지만 어마어마한 포상이라는 건 분명하지. 우리의 임무는 그저 너를 데려가는 것뿐이야. 여기 이 무기들은 네가 저항할 경우를 대비한 물건일 뿐이고. 살상력은 없어. 우리는 문명화된 종족이라 살상을 하지 않으니까. 그저 기절시킬 뿐이지."

"당신들은 진짜 존재하는 게 아니야." 빌이 말했다. 그는 눈을 떴다가 재빨리 다시 감았다. "마리화나에는 손도 대 본 적이 없는데. 환각을 겪은 적도 없고. 그런데 브랜디 두 모금 마셨다고 갑자기 환각 증세가 나타날 리는 없잖아… 아, 바에서 마신 것까지 치면 네 모금이기는 하지만."

"이제 갈 준비가 됐나?"

"어딜 가는데요?"

"스눅에 가는 거지."

"그게 어딘데요?"

"K-14-320-GM 항성계의 5번 역행성이다. 1745-88JHT-97608 우주 연속체에 위치해 있지."

"잠깐, 그게 여기서 얼마나 먼 건데요?"

괴물은 여섯 개의 팔 중 하나로 벽을 가리켜 보였다. "여기 벽에 난 틈새를 통해 가면 금방이야. 준비됐나?"

"아뇨. 대체 무엇 때문에 포상을 받는 겁니까? 만화인가요? 그걸 어떻게 본 거죠?"

"그래, 그 만화 때문이다. 우리는 너희 세계와 문화에 대해 속속들이 알고 있어. 우리 세계와 평행이지만 다른 연속체상에 존재하지. 우리는 유머감각이 뛰어난 종족이거든. 근데 예술가는 있어도 만화가는 없단 말이야. 그쪽으로는 재능이 없지. 네가 그린 만화는 우리들에게는 너무도 재미난 것이었어. 이미 스눅의 모든 사람들이 네 만화 덕분에 웃고 있지. 이제 준비됐나?"

"아뇨." 빌 개리건이 대답했다.

괴물 두 마리가 동시에 총을 들어올렸다. 이어 철컥 하는 소리가 울렸다.

"다시 의식을 찾으신 모양이군요." 어떤 목소리가 말했다. "그럼 오시지요. 알현실은 이쪽입니다."

말다툼을 벌여봤자 소용없을 것이 분명했다. 빌은 그 말에 따랐다. 여기가 어딘지는 몰라도 이미 여기 도착해버린 모양이었고, 얌전히 굴면 그 보상으로 무사히 돌아가게 해줄지도 모른다.

눈에 익은 방이었다. 그가 그린 모습 그대로였다. 게다가 황제의 모습은 어디서 봐도 알아볼 수 있을 법했다. 황제만이 아니라 그와 함께 있는 과학자들까지도.

어쩌면 무의식의 힘으로 실제로 존재하는 풍경과 생물들을 그림으로 옮기게 된 것은 아닐까? 아니면… 무한한 수의 우주와 무한한 수의 우주 연속체가 존재하기 때문에, 상상할 수 있는 모든 존재는 무한한 가능성 중 어딘가에 실제로 존재할 수밖에 없다는 이론을 읽은 적이 있지 않았던가? 읽을 당시에는 말도 안 되는 헛소리라고만 생각했는데, 이제는 확신할 수가 없는 상황이 되었다.

어딘가에서 목소리가 들려왔다. 마치 확성기로 말하는 것처럼 들렸다. "신실한 자들의 목자이시며, 영광의 통솔자이시며, 광명을 받는 자이자 은하계의 주인이시며, 백성 만민의 사랑을 받으시는 위대하신 본 위르 3세 황제 폐하이시다."

목소리가 멈추자 빌은 말했다. "빌 개리건입니다."

황제는 입을 사용해 크게 웃었다. "고맙네, 빌 개리건. 우리 생애 최고의 웃음을 선사해 줘서 말일세. 내 포상을 하려고 자네를 이리 부른 거라네. 여기서 자네에게 황실 만화가의 지위를 내리겠네. 우리 문명에는 만화가가 존재하지 않으니 사실 새로 생긴 직위지만. 자네의 임무는 하루에 한 편의 만화를 그리는 것뿐이라네."

"하루에 한 편이요? 하지만 유머를 얻을 곳이 없는데요?"

"우리가 공급해 주지. 우리는 훌륭한 유머를 창조해 낼 수 있다네. 모든 사람들이 뛰어난 유머 감각을 가지고 있을 뿐더러, 창의적이고 감수성이 풍부하기도 하지. 하지만 우리의 그림은 사물을 그대로 모사해 낼 뿐이라서. 자네는 이 행성에서 나 다음으로 위대한 사람이 될 게야." 그리고 그는 웃었다. "어쩌면 나보다 더 인기를 모을지도 모르지. 우리 백성들은 나를 정말로 사랑하지만 말일세."

"아, 아니, 그건 아니겠지요." 빌이 말했다. "저는 그냥 돌아가고 싶을 뿐… 저기, 그 일이 보수가 얼마나 됩니까? 어쩌면 지구로 돌아가기 전에 잠시 머물면서 돈이나, 뭐 그와 동급의 물건을 모으는 정도는 괜찮을지도 모르겠네요."

"보수는 자네의 탐욕스러운 상상을 훨씬 뛰어넘을 정도일 걸세. 원하는 것은 모두 가질 수 있겠지. 그리고 1년 동안만 받아들여도 괜찮다네. 1년이 지나고 퇴직하겠다면 종신 연금을 지급해 주기로 하지."

"글쎄요—" 빌이 말했다. 그는 자신의 탐욕스러운 상상을 뛰어넘을 정도의 돈이 얼마나 될지를 생각하고 있었다. 아마 끝내주게 많겠지. 부자가 되어 지구로 돌아갈 수 있겠어.

"받아들여 주었으면 하네." 황제가 말했다. "자네가 그리는 모든 만화는—물론 원한다면 하루에 한 편 이상 그려도 된다네—이 행성의 모든 출판사에서 펴내게 될 걸세. 모든 출판사에서 판권료를 받을 수 있을 걸세."

"여기 출판사가 얼마나 되는데요?"

"수십만 개는 되지. 200억 명의 사람들이 자네 책을 읽을 거라네."

"글쎄요." 빌이 말했다. "1년 정도는 해 봐도 될 것 같네요. 하지만… 저…"

"뭐가 문젠가?"

"만화 말고 제가 여기 어떻게 머물 수 있습니까? 그러니까, 여기 분들에게 제가 육체적으로 끔찍한 모습이라는 사실은 알고 있습니다. 여러분이 내게 끔찍해 보이는 것처럼… 그러니까, 친구를 사귈 수도 없을 것 아닙니까. 그러니까, 제 모습으로는 도저히 친구를 사귀기에는—"

"그 문제는 이미 해결해 놓았다네. 내 제안을 받아들여주었으면 하는 마음에서, 자네가 의식을 잃고 있는 동안 말이야. 우리 문명의 외과의와 성형의들은 우주 최고거든. 자네 뒤편에 있는 벽이 거울일세. 몸을 돌리기만 하면—"

빌 개리건은 몸을 돌렸다. 그리고 기절했다.

지금 그리고 있는 만화에 집중하는 데는 머리 하나면 충분했다.

이제는 스케치 따위는 하지 않고 그대로 잉크로 작업하고 있었다. 수많은 각도에서 동시에 작업을 살펴볼 수 있으니 더 이상 스케치부터 할 필요도 없었다.

두 번째 머리는 은행 계좌에 쌓인 엄청난 부와 이곳에서 누리는 무시무시한 권력과 인기를 생각하고 있었다. 물론 이곳의 화폐는 이 행성의 귀금속인 구리로 되어 있지만, 지구에서라도 그 정도 양의 구리를 팔면 부자가 될 수 있을 것이다. 그는 두 번째 머리로 생각했다. 이곳의 권력과 인기를 가져갈 수 없다니 정말 애석한 일이라고.

세 번째 머리는 황제와 담소를 나누고 있었다. 요즘 들어 황제는 가끔 그를 만나러 작업실에 들르곤 했다. 황제는 이렇게 말하고 있었다. "그래, 내일이면 기한이 끝나게 된다네. 하지만 자네를 설득해 계속 머무르게 할 수 있었으면 좋겠군. 물론 자네 선택에 달린 일일세. 그리고 정당하지 못한 수단을 사용할 생각은 없으니, 우리 성형의들이 자네를 원래의… 그… 형상으로 돌려놓을 걸세―"

빌 개리건의 가슴 한복판에 달린 입이 웃음을 지었다. 자신을 이 정도로 좋아해 준다니 정말 끝내주는 일이었다. 최근 출간된 그의 네 번째 단행본은 이 행성에서만 천만 부가 팔렸다. 항성계의 다른 곳으로 수출된 양은 세지도 않았다. 돈이 중요한 것이 아니었다. 돈은 이미 다 쓰지도 못할 만큼 있었다. 그리고 머리 세 개와 팔 여섯 개를 가지는 것의 유용함이란―

그의 첫 번째 머리가 만화 작업판에서 시선을 들어 그의 비서를 향했다. 그녀는 그가 자신을 보고 있다는 것을 알아채고는 수줍게 눈자루를 내리깔았다. 정말로 아름다운 여성이었다. 아직까지는 작업을 걸지 않았다. 우선 지구로 돌아가는 일에 대해 확실하게 결정을 내리고 싶었기 때문이다. 두 번째 머리는 고향 행성에서 알았던 여자아이를 떠올렸다가, 문득 몸을 떨면서 애써 생각을 지우려 했다. 세상에, 정말로 끔찍한 몰골 아닌가.

황제의 머리 하나가 거의 완성된 만화를 훔쳐보았고, 이내 입술 사이를 비집고 격렬한 웃음이 새어나오기 시작했다.

그래, 자신의 작품을 이토록 좋아해 준다니 너무 행복한 일이다. 빌의 첫 번째 머리는 그의 아름다운 비서 트윌을 계속 바라보고 있었다. 그녀는 그의 시선을 받으며 수줍게 희미하지만 아름다운 노란색을 띠었다.

"글쎄요, 폐하." 빌의 세 번째 머리가 황제에게 말했다. "조금 생각해 보지요. 그래요, 진지하게 고려해 보겠습니다." (1951)

돔
The Dome

  카일 브레이든은 편안한 안락의자에 앉아 맞은편 벽에 붙은 스위치를 바라보고 있었다. 백만 번은 했을 고민이었다. 아니, 일억 번은 하지 않았을까? 저 스위치를 당기는 위험을 감당할 수 있을 것인가? 백만 번인지 일억 번인지는 모르지만, 어쨌든 오늘 오후로 30년이 된다는 것만은 분명했다.

  죽음이 찾아올 가능성이 높았지만, 정확히 어떤 식의 죽음이 될지는 알 수가 없었다. 핵으로 인한 죽음은 아닐 것이다. 아주 오래전에 모든 폭탄을 사용해 버렸을 테니까. 지구의 문명을 뿌리째 뽑아버릴 정도는 되었겠지만. 옛날에는 그러고도 남을 만한 양의 폭탄이 있었다. 그리고 30년 전에 치밀한 계산을 통해 도출한 바에 따르면, 남은 인류가 새로운 문명을 시작하려면 거의 1세기에 가까운 시간이 필요할 터였다.

  하지만 지금 이 순간, 그를 공포로부터 보호해 주고 있는 반구 모양의 역장 밖에서는 대체 무슨 일이 벌어지고 있을까? 짐승이 된 인간들이 있을까? 아니면 인류는 완전히 경기장을 떠나고 보다 덜 흉폭한 야만적인 생물들이 떠돌고 있을까? 아니, 인류는 어딘가 살아

남아 있을 것이다. 결국 자신의 지위를 회복하게 될 것이다. 그리고 자기 종족에게 저지른 행동의 기록이 남아서, 적어도 전설로라도 전해지며, 그런 일을 다시 벌이지 못하도록 억제하는 역할을 해 줄 것이다. 아니, 혹시 온전한 기록이 남아도 억제할 수 없는 것은 아닐까?

30년이라. 브레이든은 생각에 잠겼다. 그 끔찍한 세월 앞에서 그는 한숨을 내쉬었다. 그러나 이 안에도 모든 생필품이, 심지어 오랜 세월이 지난 지금까지도 충분히 남아 있었다. 그리고 죽음보다는 고독이 나은 법이다. 살아 있다는 것 자체만으로도 죽음보다는 나은 법이다. 끔찍한 형상으로 찾아오는 죽음보다는.

30년 전, 37세였던 때에는 그렇게 생각했다. 67세가 된 지금도 그렇게 생각하고 있었다. 자신의 행동에는 조금도 후회가 없었다. 그러나 이제 그는 지쳐 버렸다. 백만 번째, 아니 일억 번째로 그는 다시 고민하기 시작했다. 자신이 저 레버를 당길 준비가 되어 있는지.

어쩌면 돔 밖의 인류도 이성이 통할 만한, 농경을 통한 생활까지 진보했을지도 모른다. 그렇다면 그들을 도울 수 있을 것이다. 그들이 필요로 하는 지식과 도구를 전수할 수 있을 것이다. 정말로 나이가 들기 전에, 그들의 감사를 받고 도움을 주었다는 만족감을 만끽할 수도 있을 것이다.

홀로 죽음을 맞이하고 싶지는 않았다. 지금까지 홀로 살아온 삶은 대체로 견딜 만한 것이었다. 그러나 홀로 죽는다는 것은 전혀 다른 문제였다. 이곳에서 홀로 죽는 것은 밖으로 나가 신시대의 야만인들 손에 죽음을 맞는 것보다도 끔찍할 것이라는 생각이 들었다. 아마도 밖의 인류는 그 정도일 것이다. 30년밖에 지나지 않았는데 농경 문명이 등장하리라는 것은 과도한 희망일 뿐이었다.

그리고 오늘이 바로 적시일 것이다. 시간 측정기가 아직 제대로 작동한다면 정확하게 30년째가 되는 날이다. 이렇게 오랜 시간이 흘렀다고 해도 그렇게 많이 어긋나지는 않았을 것이다. 몇 시간만 기다리면 시간까지도 동일해진다. 1분도 틀리지 않고 정확하게 30년이 되는 것이다. 그래, 되돌릴 수 없는 일이라도 그때가 오면 돔을 열 것이다. 지금까지는 저 스위치를 당기면 두 번 다시 돌이킬 수 없다는 사실 때문에 마지막 순간에 손을 멈출 수밖에 없었다.

반구 모양의 역장을 껐다가 다시 켤 수만 있다면, 결정 자체도 훨씬 쉬워졌을 것이고 애초에 한참 전에 시도를 해 보았을 것이다. 아마 10년이나 15년쯤 흐른 다음에. 그러나 반구를 유지하는 데에는 전력이 거의 들지 않지만, 시동을 거는 데에는 엄청난 양의 전력이 필요하다. 처음 반구를 생성했을 때에는 아직 외부 전력을 사용할 수라도 있었다.

물론 반구 자체가 생성되며 외부 전력과의 연결을 차단해 버리기는 했다. 사실 모든 연결을 차단한 셈이었다. 그러나 건물 안에 있는 전력 공급원만으로도 그가 필요로 하는 전력과 역장을 유지하는 데 필요한 얼마 안 되는 전력 정도는 감당할 수 있었다.

그래. 그는 문득 단호하게 결정을 내렸다. 시간이 흘러 정확하게 30년이 되는 순간 스위치를 내릴 것이다. 홀로 보내는 세월은 30년이면 충분했다.

홀로 있고 싶었던 것은 아니었다. 만약 그의 비서 미라가 그를 버리고 가지 않았더라면… 이제 아무 소용도 없었지만, 이미 일억 번은 해본 생각이었다. 왜 그녀마저도 나머지 인류와 운명을 함께하겠다는, 도움을 줄 수 없는 이들을 도와야겠다는 생각에 빠져버린 것일까? 그를 사랑했는데도. 물론 당장에라도 결혼해 줄 것이라는 망상은 너무 무모한 것이기는 했다. 진실을 너무 갑작스럽게 털어놓기는 했다. 충격을 받았을 것이다. 하지만 그녀가 그와 함께 머물러 주었더라면 얼마나 행복했을지.

그가 예상한 것보다 빠르게 사태가 전개된 것도 문제의 하나였다. 그날 아침 그는 고작해야 몇 시간밖에 남지 않았다는 사실을 깨닫고 라디오를 껐다. 미라를 호출하는 버튼을 누르자 그녀가 들어왔다. 언제나와 마찬가지로 아름답고 냉정하고 초연한 모습이었다. 뉴스를 듣거나 신문을 보지 않는, 무슨 일이 벌어지는지 짐작조차 못하는 사람으로 생각하게 하는 모습이었다.

"자리에 앉아, 내 사랑." 그는 이렇게 말했다. 그녀는 예상치 못한 호칭에 살짝 눈을 크게 떴지만, 항상 구술을 할 때마다 앉는 자리에 우아하게 자리를 잡고 앉았다. 그리고 손에 연필을 쥐었다.

"아니, 그게 아니야, 미라." 그가 말했다. "개인적인 용무야. 아주 개인적이지. 당신에게 청혼을 하고 싶어."

그녀의 눈이 정말로 커졌다. "브레이든 박사님, 지금… 농담하시는 거지요?"

"아니, 조금도 농담이 아니야. 내가 당신보다 조금 나이가 많기는 하지만 심각할 정도로 많지는 않다고 생각해. 연구에 매진해 오는 바람에 실제 나이보다 더 들어 보이기는 하지만, 나는 아직 서른일곱 살이야. 당신은… 스물일곱이었나?"

"지난주에 스물여덟 살이 되었습니다. 하지만 나이 때문에 그러는 것은 아니에요. 그저… 글쎄요. '너무 갑작스러운 일이라서요.' 농담 같이 들리겠지만 그게 사실이니까요. 박사님은 전혀—"그녀는 야릇한 미소를 지으며 말을 이었다. "저를 유혹하려는 시도조차 하지 않으셨잖아요. 지금까지 함께 일한 사람들 중 그런 분은 박사님이 처음입니다."

브레이든은 그녀를 보며 웃었다. "미안하군. 당신이 기대하고 있을 줄은 몰랐어. 하지만 미라, 진심으로 하는 말이야. 나와 결혼해 주겠어?"

그녀는 생각에 잠긴 채 그를 바라보았다. "저는… 모르겠습니다. 묘한 사실은 제가 박사님을 조금 좋아하고 있다는 겁니다. 이유는 모르겠네요. 박사님은 너무나 비인간적이고 사무적이고 항상 연구에 매여 있는 분인데요. 제게 키스를 하려 하신 적도, 칭찬의 말을 건네신 적도 없는데 말이지요.

하지만… 글쎄요, 이런 갑작스러운… 그리고 감성이라고는 조금도 없는 청혼은 마음에 들지 않네요. 조금 시간을 두고 다시 시도해 보시는 게 어떠세요. 그리고 그동안에… 그러니까, 저를 사랑한다고 말씀해 보시는 것은 어떨까요. 도움이 될 것 같습니다."

"나는 당신을 사랑하고 있어, 미라. 부디 용서해 줘. 하지만 적어도… 나와 결혼하는 일을 단호하게 거부하는 것은 아니겠지? 거절하는 건 아니겠지?"

그녀는 천천히 고개를 저었다. 그를 바라보는 그녀의 두 눈은 매우 아름다웠다.

"그렇다면 미라, 내가 이렇게 뒤늦고 갑작스러운 청혼을 하는지 이유를 좀 들어 줘. 먼저, 나는 시간에 쫓기며 처절하게 연구에 매달리고 있었어. 내가 무엇을 만들고 있었는지는 알고 있겠지?"

"방어와 관련된 일이라는 것은 압니다. 일종의… 기계라는 것도요. 그리고 제가 잘못 생각한 것이 아니라면, 정부의 지원 없이 개인적으로 작업을 하고 계셨지요."

"그 짐작이 맞아." 브레이든이 말했다. "높으신 양반들은 내 이론을 믿어주지 않았으니까. 그리고 다른 물리학자들도 대부분 나와 의견이 달랐지. 하지만 운 좋게도 몇 년 전 전자기기 분야에서 취득한 특허권 때문에 제법 재산이 있어… 있었다고 해야겠지. 내가 만들고 있던 것은 원자폭탄과 수소폭탄에 대한 방어 장치야. 아니, 그 이상이라도, 지구를 작은 태양으로 만들어버리는 무기가 아니면 뭐든 막을 수 있어. 그 무엇도 뚫을 수 없는 구형의 역장이지."

"그럼 박사님…"

"그래, 이미 완성됐어. 지금이라도 전원을 넣으면 이 건물을 둘러쌀 테고, 내가 원하는 한 언제까지라도 유지할 수 있어. 역장을 유지하는 한 아무것도 역장을 뚫고 들어올 수 없어. 게다가 이 건물에는 엄청난 양의 생필품이 저장되어 있지. 모든 종류의 물건이 말이야. 수경재배를 할 수 있는 화학 약품과 종자도 있지. 두 사람이 평생 살아갈 수 있을 만큼의 생필품을 모아 놓았어."

"하지만… 그 기계를 정부로 넘겨야 하는 것 아닌가요? 만약 그게 수소폭탄을 막아줄 수 있다면…"

브레이든은 얼굴을 찌푸렸다. "그래야겠지. 하지만 유감스럽게도 군사적 가치는 거의 없는 것이나 다름없어. 그 점에서는 높으신 양반들의 생각이 옳았지. 미라, 이런 역장을 생성하는 데 들어가는 전력은 그 크기에 따라 달라져. 이 건물을 둘러싸는 역장은 지름이 80피트 정도 되겠지— 그리고 스위치를 넣으면 클리블랜드 전체의 전력이 전부 빨려 들어갈 거야.

이런 반구를… 글쎄, 아주 작은 마을이나 군사기지 하나에 덮으려고 해도 전국에서 몇 주 동안 소비하는 전력이 들어갈 거야. 그리고 안팎을 왕래하기 위해 역장을 꺼 버리면, 그걸 다시 켜기 위해 같은 양의 엄청난 전력이 소모될 테지.

정부에서 이런 물건을 사용할 만한 용도라고는 지금 내가 하려는 것과 동일한 정도일 거야. 한두 사람, 많아봤자 몇 명의 사람들이 대량 학살과 그 뒤를 따라올 야만의 세계를 버티고 살아남을 수 있도록 하는 거지. 그리고 심지어 그조차도 너무 늦었을지도 몰라."

"너무 늦다니, 왜요?"

"기계를 제작할 시간이 남아 있지 않을 테니까. 내 사랑, 이미 전쟁이 발발했거든."

그를 바라보는 그녀의 얼굴이 창백해지고 있었다.

그는 말을 이었다. "몇 분 전 라디오에서 소식이 들어왔어. 원자폭탄이 보스턴을 파괴했지. 전쟁이 선포되었어." 그의 말이 점점 빨라지고 있었다. "이 모든 소식이 무슨 뜻인지, 어떤 결과를 낳을지는 당신도 알고 있겠지. 나는 역장을 생성하는 스위치를 올릴 거고, 안전해질 때까지 내리지 않을 거야." 평생 동안 다시 안전해지지 않을 거라는 말을 덧붙여서 그녀에게 추가로 충격을 주지는 않았다. "다른 사람들을 도울 방법은 없어. 너무 늦었으니까. 하지만 우리 목숨은 구할 수 있어."

그는 한숨을 쉬었다. "너무 갑작스럽게 이런 소식을 전하게 되어 유감이야. 하지만 이제 이유를 이해할 수 있겠지. 당신이 망설여진다면 당장 결혼하자고 부탁할 생각도 없어. 그저 준비가 될 때까지 이곳에 있어 줘. 내가 했어야 하는 말과 행동을 당신에게 해줄 수 있도록 시간을 줘."

"지금까지는—" 그는 그녀를 보고 웃으며 말했다. "—지금까지는 하루 종일 연구에 매달려 있느라 당신과 사랑을 나눌 시간도 없었지. 하지만 이제는 시간이 많을 거야. 아주 많겠지. 그리고 나는 당신을 사랑하고 있어, 미라."

그녀는 갑자기 자리에서 일어섰다. 주변이 조금도 눈에 들어오지 않는 것처럼, 그녀는 무작정 문으로 걸음을 옮기기 시작했다.

"미라!" 그는 소리쳤다. 그리고 책상을 돌아 그녀를 쫓아가기 시작했다. 그녀는 문가에서 걸음을 멈추고 그에게 다가오지 말라고 손을 뻗었다. 얼굴과 목소리는 상당히 차분했다.

"가야 합니다, 박사님. 약간이지만 간호사 교육을 받았어요. 제 힘이 필요할 겁니다."

"하지만 미라, 밖에서 무슨 일이 벌어질지 생각을 해 봐! 사람들은 짐승으로 변할 거야. 끔찍하게 죽을 거라고. 제발 내 말 들어. 사랑하는 당신이 그런 모습을 마주하게 할 수는 없어. 제발 여기 있어 줘!"

놀랍게도 그녀는 그를 향해 웃어 보였다. "안녕히 계세요, 브레이든 박사님. 유감스럽지만 저는 나머지 짐승들과 함께 죽게 될 것 같네요. 아마 저도 정신이 이상한 모양입니다."

그녀가 나가고 문이 닫혔다. 그녀가 계단을 내려가서 인도에 발을 올리자마자 뛰어가는 모습을, 그는 창문을 통해 바라보았다.

머리 위로 제트기 소리가 들렸다. 이렇게 빨리 들린다면 우리 편 제트기일 수도 있겠다고, 그는 생각했다. 하지만 적기일 가능성도 있었다. 북극을 넘어 캐나다를 가로질러 오는 것이다. 높은 고도를 유지하며 발견되는 것을 피한 다음, 이리 호를 건너며 고도를 낮추는 것이다. 클리블랜드도 목표물 중 하나일 것이다. 어쩌면 그에 대해서, 그의 연구에 대해서 정보를 수집해서 클리블랜드를 주요 목표물로 삼고 있을지도 모른다. 그는 스위치 앞으로 달려가서 그대로 전원을 올렸다.

창밖 20피트 떨어진 곳에서 회색의 공허가 모습을 드러냈다. 밖에서 들려오던 모든 소리가 자취를 감추었다. 그는 집 밖으로 나가서 구체를 바라보았다. 시야에 보이는 회색 반구는 40피트 높이에 80피트 너비로, 집과 연구실이 포함된 거의 정육면체 모양의 2층 건물을 완벽하게 감쌀 수 있을 정도의 크기였다. 그리고 그는 이 반구가 땅속 40피트 깊이까지 파고들어가 온전한 구체를 만들고 있다는 사실을 알고 있었다. 하늘을 나는 존재도, 땅을 파고드는 존재도 이 안으로는 들어올 수 없을 것이다.

30년 동안 아무것도 들어오지 못했다.

글쎄, 지난 30년이 그리 나쁜 것은 아니었다. 책이 남아 있었고, 마음에 드는 책들은 자주 읽어서 거의 외울 정도가 되었다. 실험도 계속했다. 비록 예순을 넘은 지난 7년 동안은 흥미도 창의력도 떨어져서 딱히 성과를 내지는 못했지만 말이다.

역장이나 그 전에 만든 발명품에 필적할 만한 것은 하나도 없었다. 애초에 동기도 부족했다. 그가 만든 물건이 그 자신이나 다른 사람에게 도움이 될 가능성은 거의 없었다. 라디오를 만드는 것은 고사하고 주파수를 맞추지도 못하는 야만인에게 최첨단 전자 장비가 대체 무슨 도움이 되겠는가.

글쎄, 만족스럽지는 못해도 적어도 이성을 유지하는 데는 도움이 되었다.

그는 창가로 가서 20피트 떨어진 곳에 있는 불가침의 회색의 장벽을 물끄러미 바라보았다. 만약 저걸 아주 잠시 내리고, 보일 것이 뻔한 광경을 확인한 다음 다시 올릴 수만 있다면. 그러나 한 번 내려가면 그걸로 모든 것이 끝나는 것이다.

그는 스위치 앞으로 걸어가서 한동안 물끄러미 바라보다가, 갑자기 손을 뻗어 스위치를 내렸다. 그리고 천천히 몸을 돌린 다음, 걸어서, 아니 거의 뛰다시피 해서 창가로 갔다. 회색 벽은 사라져 있었다. 그리고 그 너머에는 도저히 믿을 수 없는 풍경이 펼쳐져 있었다.

그가 알던 클리블랜드가 아니라 아름다운 도시가, 새로운 도시가 펼쳐져 있었다. 좁은 골목길은 널찍한 대로로 변해 있었다. 낯선 건축 양식으로 만들어진 주택과 건물은 청결하고 아름다웠다. 잔디도, 가로수도, 모든 것이 깔끔하게 관리되어 있었다. 무슨 일이 벌어진 것일까— 어떻게 이런 일이 벌어질 수 있지? 핵전쟁 이후의 인류가 이렇게 빨리, 이렇게 고도로 발전하는 것은 불가능한 일이었다. 지금까지의 모든 사회학 연구가 말도 안 되게 잘못된 것이 아니라면 말이다.

그리고 사람들은 전부 어디 있는 걸까? 그 의문에 대답이라도 하듯, 차가 한 대 지나갔다. 저게 차라고? 지금까지 그가 본 자동차와는 완전히 다른 모습이었다. 훨씬 빠르고, 훨씬 늘씬하고, 훨씬 날렵해 보였다. 반중력으로 중량을 없애고 자이로스코프로 평형을 유지하기라도 하는 것처럼, 도로에 거의 닿지도 않은 채 달리고 있었다. 남자와 여자가 각각 한 명씩 타고 있고, 남자 쪽이 차를 몰고 있었다. 남자는 젊고 잘생겼고, 여자는 젊고 아름다웠다.

그들은 모퉁이를 돌다가 그가 있는 쪽을 바라보았고, 순간 남자가 차를 멈추었다. 지금까지 달리던 속도를 고려해 볼 때 놀라울 정도로 순식간에 속도가 0으로 떨어졌다. 당연한 일이지, 브레이든은 생각했다. 예전에 지나갈 때 있었던 회색 반구가 이제 사라져 버렸으니까. 차가 다시 출발했다. 다른 사람에게 알릴 생각인 모양이었다.

그는 문을 열고 아름다운 길거리로 걸어 나왔다. 밖으로 나오자 왜 차도 사람도 별로 보이지 않는지 이유를 알게 되었다. 시간 측정기가 오작동했던 것이다. 30년이 지나는 동안 적어도 몇 시간 정도는 어긋나버린 모양이었다. 아직 이른 아침이었다. 태양의 위치로 보아 오전 6시에서 7시가량으로 보였다.

그는 걸음을 옮기기 시작했다. 이곳에, 돔 아래 30년 동안 있었던 집에 머물러 있으면 방금 지나간 젊은 부부의 보고를 듣고 누군가 도착할 것이다. 물론 그렇게 찾아온 사람이 무슨 일이 벌어졌는지를 설명해 주기는 하겠지만, 그는 자기 힘으로 알아내고 싶었다. 보다 천천히 사실을 받아들이고 싶었다.

그는 계속 걸음을 옮겼다. 아무도 만나지 못했다. 이제 고급 주택가로 보이는 구역에 들어섰고, 아직 꽤 이른 시간이었다. 멀리 몇 명의 사람이 보였다. 그와는 다른 양식의 옷을 입고 있었지만, 그에게 호기심 어린 시선이 집중될 정도로 심각하게 다른 것은 아니었다. 아까와 비슷한 놀라운 자동차들이 몇 대 더 지나갔지만 누구도 그에게 관심을 돌리지 않았다. 속도가 매우 빠르기도 했지만.

마침내 그는 문을 열고 있는 상점을 찾았다. 그는 안으로 들어갔다. 호기심과 흥분 때문에 더는 기다릴 수가 없었다. 곱슬머리 젊은이 한 명이 카운터 뒤에서 물건을 정리하고 있었다. 그는 딱히 주의를 기울이지 않고 브레이든에게 시선을 돌리며 정중하게 물었다. "뭘 도와드릴까요, 선생님?"

"부디 내가 미쳤다고 생각하지 말아 주게. 나중에 설명할 테니. 그냥 질문에 대답 좀 해 주게. 30년 전에 무슨 일이 일어난 건가? 핵전쟁은 어떻게 된 거야?"

젊은이의 눈이 반짝였다. "세상에, 선생님이 저 돔 안에 있다는 그 사람인가보군요. 그렇다면 이해가 되는데…" 그는 당황한 듯 말을 멈추고 머뭇거렸다.

"그렇다네." 브레이든이 말했다. "내가 돔 안에 있던 사람일세. 대체 무슨 일이 일어난 건가? 보스턴이 파괴된 다음에 어떻게 된 건가?"

"우주선이었습니다, 선생님. 보스턴이 파괴된 일은 사고였어요. 알데바란에서 우주 함대가 찾아왔거든요. 우리보다 훨씬 발전했고 자비로운 종족이죠. 우리를 은하 연맹에 받아들이고 도움을 주기 위해 찾아왔던 겁니다. 불행하게도 보스턴에 우주선 한 척이 추락했고, 동력으로 사용하는 원자력 기관이 폭발하는 바람에 백만 명이 목숨을 잃었지요. 하지만 몇 시간 안에 다른 우주선들이 세계 곳곳에 착륙해서 상황을 설명하고 사과를 했고, 간신히 전쟁을 피할 수 있었어요. 미 공군이 이미 출격한 상황이었지만, 아슬아슬하게 도로 불러들일 수 있었지요."

브레이든은 거친 목소리로 물었다. "그럼 전쟁이 일어나지 않았다는 건가?"

"물론이죠. 은하 연맹 덕분에 전쟁이란 과거 암흑기의 잔재가 되었거든요. 이제는 전쟁을 선포할 국가 정부조차도 없는걸요. 전쟁이 존재할 수가 없어요. 그리고 연맹의 도움 덕분에 우리는 뭐랄까… 엄청난 진보를 해 왔고요. 화성과 금성에 식민지를 만들었지요. 다른 거주자도 없었고, 연맹에서 우리가 그 행성들로 진출해도 된다고 허가를 해 줬거든요. 하지만 화성과 금성은 말하자면 교외 지역일 뿐이죠. 다른 별로 여행을 할 수도 있거든요. 우리는 심지어…" 그는 말을 멈추었다.

브레이든은 카운터 모서리를 붙들고 간신히 서 있었다. 그 모든 것을 놓친 것이다. 30년 동안 홀로 지내 이미 노인이 되어 있었다. 그는 입을 열었다. "심지어… 또 뭐가 있단 말인가?" 내면의 소리가 이제 무엇을 듣게 될지를 이미 알려주고 있었다. 자기 목소리조차 제대로 들을 수가 없었다.

"글쎄요, 불로불사라고까지는 할 수 없지만 예전보다는 그쪽에 더 가까워졌다고 해야 할까요. 우리는 이제 몇 세기를 살 수 있습니다.

30년 전에는 선생님보다 별로 젊지도 않은 나이였거든요. 하지만―
유감스럽게도 선생님은 기회를 놓치셨을 것 같군요. 연맹에서 제공
해 준 기술은 중년 정도까지의 인간에게만 효력이 있거든요. 많아봤
자 50세 정도일 겁니다. 그런데 선생님은―"

"예순일곱이지." 브레이든은 뻣뻣하게 대꾸했다. "고맙네."

그래, 모든 것을 놓치고 말았다. 다른 별이라니. 옛날이라면 다른
별에 갈 수만 있다면 거의 모든 것을 내놓았을 테지만, 이제는 가고
싶지 않았다. 그리고 미라…

그녀와 함께 여전히 젊은 모습으로 살아갈 수 있었을 것이다.

그는 상점을 나와 돔 안에 있던 건물 쪽으로 발걸음을 돌렸다. 지
금쯤이면 사람들이 집 앞에서 그를 기다리고 있을 것이다. 그리고
어쩌면 그가 필요로 하는 유일한 것을 제공해 줄 수 있을지도 모른
다. 역장을 다시 생성할 수 있는 전력을. 그 안에서 생을 마무리 지을
수 있도록. 그래, 지금 그가 원하는 단 한 가지는 한때 가장 원치 않
는다고 생각했던 바로 그것뿐이었다. 지금까지 홀로 살아온 것처럼,
홀로 죽음을 맞이하는 것. (1951)

스폰서의 한 마디
A Word from Our Sponsor

어떻게 보면 24시간에 걸쳐 여러 번 반복해 일어났다고도 할 수 있을 것이다. 다른 관점으로 보면 모두 같은 시각에 일어났다고도 할 수 있을 것이다.

그 사건이 일어난 것은 1954년 7월 9일 수요일, 오후 8시 30분이었다. 그 현상을 처음 접한 것은 당연하게도 마셜 제도, 길버트 제도, 기타 날짜변경선 바로 서쪽에 있는 여러 섬들과 바다를 항해하던 선박들이었다. 그리고 24시간 후에는 날짜변경선 바로 동쪽에 있는 여러 섬들과 선박들에서 일어났다.

당연한 소리지만, 그 24시간 안에 동에서 서로 날짜변경선을 지나서 7월 9일 오후 8시 30분을 두 번 겪은 배들은 그 사건 역시 두 번 겪었다. 반대 방향으로 지나서 오후 8시 30분을 겪지 못한 (항해 용어를 사용하자면, 시종이 한 번 울린) 배들은 한 번도 겪지 못했다.

세계 어디서든 오후 8시 30분이 라디오를 듣기에 가장 좋은 시간이라는 사실이 분명 관계가 있었을 것이다. 아니면 누군가, 또는 무언가가 그 일이 전 세계에 정확하게 같은 시각에 일어나게 하기 위해 불필요하고 지독하게 귀찮은 행동을 감수했던가.

1954년 7월 9일 오후 8시 30분에 라디오를 듣고 있지 않았던 사람이라고 해도—듣고 있었을 확률이 더 높기는 하겠지만—분명 그 사건은 기억할 것이다. 세계는 전화에 휩싸이기 직전이었다. 아, 물론 수년 동안 일촉즉발의 상황이기는 했지만, 이번에는 아슬아슬하게 유지되어 오던 균형이 넘어가 버린 상태였다. 특별 회의가 열리기도 했고… 아니, 이 이야기는 나중에 하도록 하자.

브리즈번의 한 술집에서 싸움을 걸고 있던 아일랜드 출신 호주인 술꾼 댄 머피의 경우를 살펴보자. 그의 상대방인 더치라는 별명의 네덜란드인 또한 그대로 맞받아 주먹을 날릴 기세였다. 라디오가 떠들썩하게 울리고 있었다. 바텐더는 싸움을 말리려 하고, 나머지 손님들은 싸움을 부추기려 하고 있었다. 다들 한두 번쯤은 보거나 들은 적이 있을 법한 그런 흔한 상황이었다. 당신이 평소에 부둣가 술집을 피하는 부류의 사람이 아니라면 말이다.

머피는 이미 바에서 떨어져서 지저분한 스웨터 옆구리에 자기 손을 문지르고 있었다. 준비는 끝난 상태였다. 그는 "어쩔 거냐, 이 xxx한 xxx같은 xxx자식아!"라고 소리친 다음 반격을 기다렸다. 상대방은 그를 실망시키지 않았다. "이 xxx가!" 더치는 이렇게 소리쳤다.

이런 일이 일어난 것은 1954년 7월 9일 8시 29분 28초의 일이었다. 댄 머피는 1~2초 정도 행복하게 웃은 다음 주먹을 들었다. 그런데 순간 라디오가 뭔가 이상해졌다. 아주 잠시, 몇 분의 1초 정도, 라디오가 먹통이 되었다. 그러더니 꽤나 차분하고 꽤나 평범한 목소리가 이렇게 말했다. "그럼 스폰서의 한 마디가 있겠습니다." 알 수 없는 묘한 느낌 때문에 방 안의 모두가 목소리에 귀를 기울였다. 댄 머피는 크게 휘두르려던 오른손을 거두어 들였다. 네덜란드인 더치는 뒤로 물러서며 팔을 들어 주먹을 막아낼 준비를 하고 있었다. 바텐더는 바 아래 있는 맥주통 따는 망치를 손에 쥐고 바를 뛰어 넘어가려고 무릎을 굽히고 있었다.

모두가 얼어붙은 가운데 1초가 지나갔고, 라디오에서는 다른 사람의 목소리가 이렇게 말했다. "싸워라."

딱 한 단어였다. '스폰서의 한 마디'가 정말로 한 마디로 끝난 것은 아마도 사상 처음이었을 것이다. 그리고 그 억양은 여기서 묘사하려 시도하지 않겠다. 사람마다 제각기 설명이 다르기 때문이다. 사납고 증오에 찬 목소리였다고 하는 사람도, 차분하고 냉정한 목소리였다고 하는 사람도 있다. 하지만 억양이야 어떻든 그 말이 명령이라는 사실만은 분명했다.

그리고 다시 몇 분의 1초가량의 침묵이 흐른 다음, 원래의 방송이 돌아왔다. 이곳 브리즈번 술집의 경우에는 떠들썩한 하와이풍 연주 음악이었다.

댄 머피는 한 걸음 더 물러서면서 이렇게 말했다. "잠깐 기다려 봐. 방금 그거 뭐였어?"

네덜란드인 더치는 이미 커다란 주먹을 내리고 라디오 쪽을 보고 있었다. 술집 안의 다른 사람들도 이미 모두 그쪽을 보고 있었다. 바텐더는 맥주통 따는 망치에서 손을 떼고는 말했다. "이런 xxx할 xxx 같은 일이 있나. 대체 방금 그 광고 뭐였어?"

"잠깐만 있다 하자고, 더치." 댄 머피가 말했다. "저 xxx할 라디오가 나한테 말을 건 느낌을 받았단 말이야. 나한테만. 저 빌어먹을 무선 라디오가 자기가 뭔 xxx할 xxx라고 나한테 명령을 하는 거야?"

"나도 그랬어." 더치가 말했다. 약간 모호하게는 들려도 진지한 투였다. 그는 바 위에 팔꿈치를 올리고 라디오를 바라보았다. 이제는 하와이풍 앙상블의 평범한 괴성밖에 들리지 않았다.

댄 머피는 그의 옆자리로 와서 이렇게 말했다. "대체 우리가 왜 싸우고 있던 거지?"

"네놈이 나를 xxx한 xxx같은 xxx자식이라고 불렀잖아." 더치가 일깨워 주었다. "그리고 나는 xxx라고 말했고."

"아, 그렇군." 머피가 말했다. "좋아, 그럼 조금만 있다가 네 대가리를 날려주기로 하지. 하지만 지금은 생각을 좀 하고 싶은데. 한잔 어때?"

"좋지." 더치가 말했다.

왠지는 모르겠지만, 그들은 결국 싸움을 벌이지 않았다.

그러면 두 시간 반 뒤 (시각은 여전히 오후 8시 30분이지만) 오클라호마 시티에서 온 웨이드 에번스 씨와 그 부인의 대화로 넘어가 보기로 하자. 당시 그들은 싱가포르 그랜드 호텔에 여장을 풀고 이번 세계일주 크루즈 여행의 기항지 중 가장 로맨틱한 도시에서 나이트클럽에 가 즐기기 위해 외출 준비를 하는 중이었다. 객실의 라디오는 켜져 있었지만 소리는 제법 작았다. (에번스 부인이 남편이 자기가 하는 말을 한마디도 놓치지 않도록 음량을 줄여 놓았기 때문이다. 그리고 할 말이 꽤나 많았다)

"그리고 당신이 어제 저녁 배에서 미스— 아니, 마드모아젤 카르티에- 아니 카-티-예이한테 어떻게 굴었는지 생각해 봐요. 당신 나이 절반밖에 안 되는 여자한테, 게다가 프랑스인이고. 솔직히 웨이드, 당신이 나를 왜 이번 크루즈 여행에 데려왔는지 모르겠네요. 두 번째 신혼여행이라니, 말도 안 되는 소리나 하고!"

"그래서 내가 그 아가씨한테 뭘 어떻게 했는데? 두 번 춤을 춘 것뿐이잖소. 저녁 내내 딱 두 번이라고. 젠장, 아이다, 당신이 이런 식으로 구는 것도 이제 질렸소. 게다가—" 에번스 씨는 말을 이으려다 말고 심호흡을 했고, 덕분에 자신의 공격 기회를 놓치고 말았다.

"나는 먼지 정도로밖에 생각 안 하죠. 돌아가기만 하면—"

"알겠소, 잘 알았다고. 그런 느낌이 든다면 애초에 돌아갈 때를 기다릴 필요도 없겠군. 당신은 내가 즐기고 있다고 생각하는 모양인데 말이야—"

왠지는 모르겠지만 몇 분의 1초 동안의 정적이 그의 말을 멈추게 했다. "그럼 이제 스폰서의 한 마디가 있겠습니다…"

30초 후 라디오가 다시 스트라우스의 음악을 연주하기 시작했을 때도, 웨이드 에번스는 어안이 벙벙해진 상태로 라디오를 바라보고 있었다. 마침내 그가 입을 열었다. "방금 그거 뭐였지?"

아이다 에번스는 휘둥그레진 눈으로 남편을 바라보았다. "있잖아요. 방금 정말 이상하지만 라디오가 우리를 보고, 아니 나한테 말을 거는 느낌이 들었어요. 그러니까 그, 우리한테 계, 계속 이런 식으로 해서 원래 하려던 것처럼 싸움을 시작하라고 말하는 것처럼요."

에번스 씨는 살짝 미심쩍은 투로 웃었다. "나도 그렇소. 우리에게 명령을 하는 것처럼 들리더군. 묘한 점은 이제 싸움을 하고 싶지 않다는 거요." 그는 걸어가서 라디오를 껐다. "아이다, 우리가 굳이 싸울 필요가 있겠소? 우리 두 번째 신혼여행 아니오. 혹시… 잠깐, 아이다. 정말로 오늘 저녁에 나이트클럽에 가고 싶은 거요?"

"글쎄요, 싱가포르를 좀 둘러보고 싶기는 해요. 그리고 여기서는 하룻밤만 보낼 거잖아요. 하지만… 아직 시간이 이르잖아요. 바로 나갈 필요는 없겠죠."

물론 그 라디오 방송을 들은 사람들이 모두 육체적 또는 언어적으로 다툼을 벌이던 중이었거나 싸움 생각을 하고 있었다고 주장하는 것은 아니다. 게다가 라디오가 없거나 라디오를 틀어놓지 않았기 때문에 방송을 듣지 못한 사람도 20억 정도는 되었을 것이다. 하지만 거의 모든 사람이 이 사건에 대한 이야기를 전해 듣기는 했다. 아마 아프리카의 피그미족이나 오스트레일리아의 부시먼들에게까지 전부 퍼지지는 못했겠지만, 문명 또는 반문명 국가의 지성을 가진 모든 사람들은 결국 이 이야기를 듣게 되었고, 대부분 그리 오래 걸리지도 않았다.

그리고 중요한 점이 하나 있다면, 라디오의 소리가 들리는 반경 안에서 싸우고 있거나 싸울 생각을 하고 있던 사람들이 그 소리를 들었다는 사실이었다…

8시 30분은 계속 지구를 돌아 이동해 갔다. 대부분의 경우에는 시간대의 변동을 따라 1시간 단위로 옮겨갔지만, 항상 그런 것은 아니었다. 어떤 경우에는 다른 시스템을 사용하기도 하니까. 싱가포르에서는 30분을 앞서갔고, 캘커타에서는 7분 이른 시간에 들렸다.* 하지

---

* 캘커타와 그 주변 지역에서는 1948년까지 캘커타 타임이라는 인도 표준 시간과 다른 특수 시간대를 사용했다.

만 그 간격이 규칙적이든 불규칙적이든, 결국 전 세계를 동에서 서로 훑으며 모든 곳에서 8시 30분 정각에 같은 현상이 일어났다는 점은 동일했다.

델리, 테헤란, 바그다드, 모스크바는 어땠을까. 1954년의 철의 장막은 예전 그 어느 때보다도 단단하고 뚫기 힘들었다. 따라서 이들 도시에서 방송이 어떤 효과를 보였는지는 알려지지 않았다. 훗날 알게 된 바에 따르면 그런 도시에서도 워싱턴 D. C., 베를린, 파리, 런던에서와 꽤나 비슷한 일이 일어났다고 한다…

워싱턴. 대통령은 내각 일부와 여당과 야당 당수를 불러서 특별 회의를 진행하는 중이었다. 국방부 장관이 매우 나직한 목소리로 이렇게 말하고 있었다. "여러분, 다시 한번 말하지만 우리가 승리하기 위한 최선의 방책, 아니 어쩌면 유일한 방책은 선제공격뿐입니다. 우리가 공격하지 않으면 저들이 공격해 올 겁니다. 대통령 각하께서 가져오신 극비 보고서의 내용은 저들이 공격할 의도가 있다는 명백한 증거입니다. 우리는 반드시—"

절제된 문 두드리는 소리가 들려 그는 도중에 말을 멈추었다.

대통령이 말했다. "월터로군. 방송 때문에 온 거겠지." 그러고는 보다 큰 소리로 덧붙였다. "들어오게."

대통령의 심복 비서관이 방으로 들어왔다. "모든 준비를 마쳤습니다, 대통령 각하. 직접 듣고 싶다고 하셨지요. 다른 분들은…?"

대통령은 고개를 끄덕였다. "다 함께 갈 걸세." 그가 자리에서 일어서자 다른 이들도 그 뒤를 따랐다. "라디오 세트를 몇 벌이나 준비해 놓았나, 월터?"

"여섯입니다. 서로 다른 여섯 군데 방송국에 맞춰 놓았습니다. 두 세트는 같은 시간대인 워싱턴과 뉴욕의 방송국입니다. 두 세트는 국 내의 다른 지역, 덴버와 샌프란시스코입니다. 두 세트는 외국, 파리 와 도쿄에 맞추어 놓았습니다."

"아주 좋아." 대통령이 말했다. "그럼 어디 가서 전 유럽과 아시아 를 흥분시킨 그 수수께끼의 방송을 들어 볼까?"

국방부 장관이 웃음을 지었다. "원하신다면야. 하지만 아무 소리 도 듣지 못할 것이 분명합니다. 우리의 방송국에 문제가 발생할 리 가―" 그는 어깨를 으쓱해 보였다.

대통령이 말했다. "월터, 유럽이나 아시아에서 추가로 들어온 소식 은 없나?"

"새로운 것은 없습니다, 각하. 그쪽 시간으로 8시 30분 이후로는 아무 일도 일어나지 않았습니다. 그러나 그 사건에 대한 확인 보고 는 증가하고 있습니다. 방송국이 같은 시간대에 있는지 여부는 관계 가 없었습니다. 예를 들어, 런던에서 그리스 아테네의 방송에 주파수 가 맞춰져 있던 라디오는 런던 시각, 그러니까 그리니치 시간으로 8 시 30분에 그 내용을 방송했습니다. 같은 방송국의 주파수를 수신하 고 있던 아테네에 있는 라디오는 두 시간 전, 즉 아테네 시간으로 8 시 30분에 같은 내용을 방송했습니다."

여당 당수는 얼굴을 찌푸렸다. "그건 명백하게 불가능한 일이 아 닌가. 그 말은 결국―"

"바로 그거요." 대통령은 무미건조하게 대답했다. "여러분, 그러면 라디오 수신기가 설치되어 있는 방으로 자리를 옮기지 않겠소? 이제

8시 30분까지는 5분밖에 안 남았는데."

그들은 복도를 지나 여섯 벌의 수신 장비가 여섯 개의 다른 프로그램을 방송하는 끔찍한 방 안으로 들어섰다. 3분, 2분, 1분—

갑자기 몇 분의 1초 동안 정적이 흘렀다. 여섯 개의 수신기에서 동시에 인간의 느낌이 없는 목소리가 울려 퍼졌다. "그럼 스폰서의 한마디가 있겠습니다." 그리고 위엄 있는 목소리가 단어 하나로 된 명령을 내렸다.

그리고 다시 여섯 개의 수신기가 여섯 개의 다른 프로그램을 쏟아내기 시작했다. 누구도 그 소리를 뚫고 대화를 나눌 엄두를 내지 못했다. 그들은 다시 회의실로 몰려 들어갔다.

대통령은 국방부 장관 쪽을 바라보았다. "그래, 할 말 있나, 롤린스?"

장관은 창백한 얼굴이었다. "지금 제가 생각할 수 있는 유일한 가능성은—" 여기서 그는 대통령이 다시 재촉할 때까지 말을 잇지 못했다. "뭔가?"

"분명 말도 안 되는 소리로 들리겠지만, 그러니까… 우주선이 아닐까요? 지구의 자전 속도에 맞추어, 시속 1천 마일을 조금 넘는 속도로 세계를 돌고 있는 우주선이 있는 겁니다. 그렇게 일정 지점을 지나갈 때마다, 모든 지역에서 동일한 시각에, 다른 방송국의 전파를 전부 잠재운 다음 자기 방송을 하는 겁니다."

여당 당수가 코웃음을 쳤다. "꼭 우주선이 필요한 거요? 그 정도 속도는 비행기도 낼 수 있을 텐데."

"혹시 레이더라는 물건에 대해 들어보신 적 없습니까? 해안선을 따라 새로 설치한 레이더 덕분에 상공 1백 마일까지의 모든 비행기는 모습이 잡히게 되어 있습니다. 유럽에는 레이더가 없는 줄 아십니까?"

"뭔가 발견했다고 해도 우리에게 일러주리라는 보장이 있소?"

"영국이라면 알려줄 겁니다. 프랑스도 마찬가지고. 그리고 이 방송이 이미 지나간 해역에 있는 우리 해군 선박들도 있지 않습니까?"

"하지만 우주선이라니!"

대통령이 한쪽 손을 들었다. "신사 여러분. 사실을 확인하기 전까지 말다툼은 자중하도록 합시다. 지금도 여러 정보원으로부터 보고가 들어와서 확인과 검증 작업을 거치는 중이오. 지금까지 열다섯 시간이 넘도록 준비를 하던 중이니, 실례지만 잠시 지금까지 확인된 내용에 대해 보고를 들어 보겠소."

그는 긴 회의용 탁자에서 자기 쪽에 놓인 전화를 들더니 짤막하게 몇 마디를 던지고 2분 정도 상대방의 말에 귀를 기울였다. 그리고 "고맙네"라고 말하고 수화기를 내려놓았다.

그리고 그는 회의용 탁자 한복판을 내려다보며 입을 열었다. "모든 레이더 관측소에서 비정상적인 징후는 조금도 목격하지 못했다고 하는군. 희미하거나 떨리는 영상조차도." 잠시 머뭇거린 다음, 그는 말을 이었다. "신사 여러분, 방금 그 방송은 동부 시간대에서도 일광 절약제를 사용하는 모든 지역에서 동시에 확인되었다고 하오. 그리고 일광 절약제를 사용하지 않는 지역에서는 누구도 듣지 못했다는군. 지금 시각이 7시 30분인 지역 말이오."

"말도 안 돼." 국방부 장관이 말했다.

대통령은 천천히 고개를 끄덕였다. "바로 그걸세. 그러나 유럽의 시간대 경계선 지역에서 확인된 보고 때문에 이미 예상은 하고 있었고, 세심하게 확인을 했지. 예를 들어, 볼티모어 시의 경계선을 따라 두 벌의 수신 장치를 준비해 놓았네. 하나는 시 경계선에서 12인치 안쪽에, 다른 하나는 시 경계선에서 12인치 바깥쪽에 놓아두었지. 2피트 떨어져 있던 셈이야. 동일한 제품이었고, 동일한 방송국에 주파수를 맞추어 놓았고, 동일한 전력을 공급받고 있었다네. 하나는 '스폰서의 한 마디'를 받았고, 다른 하나는 받지 못했다네. 하지만 나로서는—" 대통령은 자신의 손목시계를 확인했다. "—지금으로부터 45분 후, 일광 절약제를 사용하지 않는 지역이 8시 30분이 되면 정반대 상황이 일어날 것이라 확신할 수 있네. 일광 절약제 바깥쪽의 수신기는 그 방송을 받을 테고, 바로 안쪽에 있는 유사한 수신기는 받지 못하겠지."

회의실 안을 돌아보는 그의 얼굴은 진지하고 창백했다. "신사 여러분, 오늘 밤 전 세계에서 일어나고 있는 사건은 과학의 이해 범주를 넘은 것이오. 적어도 우리의 과학 수준으로는."

"말도 안 됩니다." 노동부 장관이 말했다. "젠장, 대통령 각하, 분명 뭔가 설명할 길이 있을 겁니다."

"추가 실험을 이미 준비 중일세. 훨씬 섬세하고 명확한 결과를 보여줄 수 있는 것들로 말일세. 특히 태평양시간대의 일광 절약제를 사용하지 않는 지역에서는 아직 준비할 시간이 네 시간은 있으니까. 캘리포니아 최고의 과학자들이 작업에 착수할 걸세." 대통령은 손수건을 꺼내 이마를 훔쳤다. "그러면 내일 새벽에 보고서와 분석 내용이 도착할 때까지는 휴회를 하는 것이 어떻겠소, 신사 여러분?"

국방부 장관이 얼굴을 찌푸렸다. "하지만 대통령 각하, 오늘 밤 회의의 목적은 그 수수께끼의 방송에 대해 의논하는 것이 아니었지 않습니까. 원래 의제로 돌아갈 수는 없겠습니까?"

"오늘 밤에 무슨 일이 일어났는지— 아니, 일어나고 있는지에 대해 숙고를 하지 않고서 그쪽 방향으로 중요한 결정을 내릴 수 있으리라 생각하는 거요?"

"대통령 각하, 우리가 전쟁을 시작하지 않으면 누가 시작할 것인지 잘 알고 계시지 않습니까? 그리고 첫 단계에 먼저 돌입하는, 공세를 점하는 쪽이 얼마나 큰, 아마도 결정적인 우위를 확보하게 될지도 알고 계실 텐데요?"

"그래서 그 방송의 명령에 복종하자는 거요?" 여당 당수가 으르렁댔다.

"안될 건 뭡니까? 어차피 반드시 필요한 일이라 실행에 옮기려던 참 아니었습니까?"

"국방부 장관." 대통령이 천천히 입을 열었다. "그 명령은 우리만을 대상으로 내린 것이 아닐세. 전 세계에서 모든 언어로 방송되고 있는 중이란 말일세. 하지만 그 방송이 여기서만, 우리 언어로만 들렸다고 하더라도, 나는 그 명령을 내린 자가 누구인지를 확인하기 전에는 복종하는 것을 망설일 걸세. 신사 여러분, 우리가 보유한 최고의 과학자들조차 이런 방송이 존재할 수 있는 조건을 재구성할 수 없다는 사실이 무슨 뜻인지 다들 제대로 이해하고 있는 거요? 분명 다음 두 가지 중 하나를 뜻하는 거요. 이런 현상을 일으킨 자가 우리를 넘어서는 과학을 소유하고 있거나, 아니면 이 현상 자체가 초자연적이거나."

통상부 장관이 나직하게 중얼거렸다. "신이시여."

대통령은 그를 바라보았다. "당신이 믿는 신이 마르스나 사탄이 아닌 이상 그건 아닐 거요, 웨더비 씨."

오후 8시 30분이 날짜 변경선에 도착했다 지나가고도 몇 시간이 흘렀다. 물론 세계 어딘가는 오후 8시 30분이겠지만, 더 이상 1954년 7월 9일의 그 시각은 아니었다. 수수께끼의 방송은 종료되었다.

워싱턴 D. C.에는 새벽이 찾아왔다. 대통령은 집무실에서 면담을 계속하고 있었다. 그 현상 때문에 사방에서 소환하여 고속 비행기 편으로 워싱턴으로 데려온 전문가들과의 면담이었다.

대통령의 얼굴에는 피로가 역력했고, 목소리는 살짝 쉬어 있었다.

"애덤스 씨." 그는 이번 면담자를 보며 말했다. "내가 확인한 바에 의하면, 당신은 미국에서 전자공학, 특히 라디오 응용 분야의 최고 전문가요. X가 어떤 방법을 사용해서 이런 일을 해낸 것인지 물리적인 설명을 제공할 수 있겠소?"

"X라니요?"

"미리 설명을 했어야 하는데. 우리는 지금 편의상 그… 음… 방송을 실행한 존재를 가리키기 위해 그런 표현을 사용하고 있소. 단수일지 복수일지, 인간일지, 외계인일지, 아니면 신이나 악마 따위 초자연적인 존재일지는 모르지만."

"알겠습니다. 대통령 각하, 우리가 보유한 과학 지식으로는 불가능한 일입니다. 제가 말할 수 있는 것은 그게 전부입니다."

"그렇다면 당신의 결론은?"

"없습니다."

"그럼 추측이라도 해 보시오."

전문가는 머뭇거렸다. "대통령 각하, 말도 안 되는 것으로 보일지도 모르는 추측이지만, 저는 지구상 어딘가에 우리가 모르는 과학자들의 비밀결사가 존재할지도 모른다고 생각합니다. 비밀을 엄수하며 활동하고, 한 단계, 아니 몇 단계는 발전한 전자 공학을 소유한 상태로 말입니다."

"그렇다면 그들의 목적은?"

"마찬가지로 추측일 뿐입니다만, 제 생각에는 지구에 전쟁을 일으킨 다음 권력을 장악하고 세계를 다스리는 것이 아닌가 합니다. 분명 전쟁 때문에 우리가 약해진 다음에 사용할 다른 장치, 더 치명적인 기계를 가지고 있겠지요."

"그렇다면 당신은 전쟁을 벌이는 일이 현명하지 못한 것이라 생각한다는 거요?"

"세상에, 당연하지요, 대통령 각하!"

"에버렛 씨." 대통령이 말했다. "방금 당신이 언급한 과학자들의 비밀 단체 이야기는 몇 분 전에 당신의 동료 과학자에게서 들은 것과 일치하는 것이오. 단 한 가지만 제외하면 말이오. 그 사람은 그들의 목적이 사악한 것이라고, 전쟁을 촉발한 다음 권력을 쥐기 위한 것이라고 했소. 하지만 내가 이해한 바가 맞는다면, 당신은 그들이 선한 의도를 가지고 있다고 생각하는 모양인데."

"바로 그겁니다, 각하. 우선 전자공학에서 이 정도의 기술력이 있다면 다른 분야에서도 그 정도 능력을 보유하고 있을 겁니다. 그렇다면 세계를 정복하기 위해 굳이 전쟁을 일으킬 필요도 없습니다. 저는 그들이 전쟁을 예방하기 위해 비밀리에 활동하고 있다고, 인류에게 발전할 수 있는 기회를 주려 한다고 생각합니다. 하지만 인간의 본성에 대해 잘 알고 있기 때문에, 인간이란 명령을 받으면 그 반대로 행동한다는 사실을 알고 있는 겁니다. 하지만 이건 심리학 문제라서 제 전공 분야가 아니지요. 물론 각하께서는 심리학자들과도 면담을 하시겠지요?"

"그렇소." 대통령은 지친 목소리로 대답했다.

"그럼 내가 당신의 말을 제대로 이해했다면 말인데, 코비 씨." 대통령이 말했다. "누구인지는 몰라도 그 싸우라는 명령을 내린 자는 정반대의 효과를 불러오리라 기대했다고 생각한다는 거요?"

"물론입니다, 각하. 하지만 동료 심리학자 모두가 제 의견에 동의하는 것은 아니라는 사실은 밝혀 두어야 할 것 같습니다. 예외가 될 상황이 있다는 거지요."

"그 예외 상황이 무엇인지 설명해 주겠소?"

"가능성이 높은 예외 상황은 외계 생명체가 그 방송을 했을 경우입니다. 외계 생명체는 그 명령이 반대 효과를 불러올 수 있으리라는, 아니 거의 확실하게 그럴 것이라는 사실을 모를 수도 있습니다. 인간의 심리에 대한 이해가 부족할 수도 있으니까요. 좀 더 가능성이 낮은 예외 상황은, 그 방송을 제작한 지구 과학자들의 비밀 조직이 정신의 과학보다는 물리적인 과학에 연구를 집중하는 자들이기 때문에, 그 정도로 심리학에 정통하지 못했을 수도 있다는 겁니다.

만약 그렇다면 자신들의 의도와는 다른 효과를 불러온 셈이겠지요."

"전쟁을 시작하려는 의도였다는 거요?"

"제 의견은 아닙니다, 대통령 각하. 그런 생각을 해 본 것뿐이지요. 사실 그들은 전쟁을 막으려 하고 있다고 생각합니다."

"그렇다면 그 명령이 심리학적으로 올바른 것이었다는 말이로군."

"그렇습니다. 그리고 이건 단순한 의견이 아닙니다. 대통령 각하, 사람들은 밤새 눈도 붙이지 않고 평화 단체를 조직하고 있습니다. 여기만이 아니라 전 세계에서 그렇습니다."

"전 세계라고?"

"그게… 물론 철의 장막 뒤편에서 무슨 일이 벌어지는지는 알 수가 없지요. 그쪽에서는 상황이 다를 겁니다. 하지만 제 생각에는 그쪽에서도 평화를 요구하는 운동이 벌어졌을 것 같습니다. 물론 다른 곳에서처럼 조직을 만들거나 할 수는 없겠지만요."

"코비 씨, 당신이 생각하는 선량한 과학자 무리가— 또는 자기네가 선량하다고 생각하는 과학자 무리가 이 일의 배후라고 해 보겠소. 그렇다면 어떻게 해야 하는 거요?"

"어떻게 하다니요? 당연히 전쟁을 시작하지 않는 편이 좋겠지요. 우리만이 아니라 그 누구도 말입니다. 만약 전자공학 기술이 그 정도로 뛰어나다면 분명 다른 장비도 가지고 있을 겁니다. 먼저 공격적인 움직임을 보이는 국가를 완벽하게 파괴해 버리겠지요!"

"그리고 만약 그 조직이 악의를 품고 있다면?"

"농담하시는 겁니까, 대통령 각하? 전쟁을 시작하면 바로 그들의 뜻대로 놀아나는 꼴이 되겠지요. 열흘도 버티지 못할 겁니다."

"라이코프 씨, 당신은 공산주의 치하 러시아인의 심리에 관한 최고 전문가로서 추천을 받았소. 어젯밤 벌어진 사건에 대해 그들이 어떻게 반응할 거라고 생각하시오?"

"자본가들의 음모라고 생각하겠지요. 우리가 벌인 일이라고 생각할 겁니다."

"우리가 무슨 이유에서 그런 짓을 벌였을 거라고 여긴다는 거요?"

"전쟁을 시작하도록 유도하기 위해서라고 생각하겠지요. 분명 머지않아 전쟁을 벌일 생각이었을 겁니다. 그들이 원자력을 개발하고 군비를 확충할 시간을 가진 이후로는 우리 중 누가 먼저 시작하느냐의 문제일 뿐이지 않았습니까. 하지만 지금은 우리 쪽에서 그들이 먼저 행동하기를 원한다고 여기고 있을 겁니다. 이유는 알 수 없지만요. 따라서 그들은 움직이지 않을 겁니다. 적어도 잠시 기다려 보기 전까지는 말입니다."

"윌킨슨 장군." 대통령이 말했다. "아직 유럽과 아시아의 첩보 공작원들로부터 충분한 양의 보고를 받기에는 이르다는 사실은 알고 있소만, 지금까지 들어온 내용에 따르면 상황이 어떤 것 같소?"

"그들 역시 우리와 동일한 행동을 하고 있는 것으로 보입니다, 대통령 각하. 바짝 긴장한 채로 궁금해하고 있습니다. 국경선을 기준으로 전진 또는 후퇴를 비롯한 어떤 종류의 병력 이동도 확인되지 않았습니다."

"고맙소, 장군."

"버크 박사." 대통령이 말했다. "미국 교단 협의회에서 밤새 회의를 가졌다는 이야기를 들었소. 나만큼이나 지친 모습인 것으로 보아 그 정보는 사실인 것 같소만."

미국에서 가장 유명한 목사는 힘없이 웃으며 고개를 끄덕였다.

"그리고 당신의 의견에 따르면— 그러니까, 그쪽 협의회의 의견에 따르면, 어젯밤 일어난 일은 초자연적인 현상이었다는 거요?"

"거의 만장일치였습니다, 대통령 각하."

"그렇다면 소수 의견은 무시하고 거의 만장일치로 믿고 있는 사실에 대해 이야기해 보겠소. 그렇다면 그… 기적이라고 불러도 되겠지. 우리는 그 현상이 초자연적인 기원을 가진 것이라 가정하고 있으니까. 그 기적이 신성과 마성 어느 쪽이 작용한 결과인 거요? 단순하게 말해서, 신이 벌인 일이오, 악마가 벌인 일이오?"

"대통령 각하, 그 부분에 대해서는 의견이 거의 동수로 둘로 나뉘어 있습니다. 약 절반가량은 사탄이 영향을 끼친 것이라 생각합니다. 나머지 절반은 신의 행동이라 생각하지요. 양쪽 분파의 주장을 간략하게 요약해 드릴까요?"

"부탁하오."

"사탄이라 주장하는 쪽에서는 명령 자체가 악한 것이었다는 사실을 지적합니다. 신의 권능이 훨씬 강하기 때문에 사탄의 그러한 행동을 용인하지 않으셨으리라는 지적에 대해서는, 무한한 지혜를 가진 신께서 그런 행동이 사탄의 의도와는 정반대의 결과를 가져올 것이라는 사실을 이미 알고 계셨기 때문에 용인하셨을 수도 있다는 정당한 반박을 합니다."

"알 것 같소, 버크 박사."

"그리고 그 반대파가 있습니다. 그들은 인간의 본성이 뒤틀려 있기 때문에, 결국 그 명령의 결과는 어리석음이 아니라 선을 지향하게 된다는 사실을 지적합니다. 신께서는 선한 목적으로라도 사악한 명령을 내리지 않으실 거라는 사탄 분파의 지적에 대해서는, 인간은 신을 온전히 이해할 수 없기 때문에 그분의 행함과 행하지 않음, 할 수 있는 일과 하지 못하는 일에 대해 제약을 부여할 수 없다고 반박합니다."

대통령은 고개를 끄덕였다. "그래서 두 분파 중에서 명령에 복종하기를 설파하는 이들은 없소?"

"단연코 없습니다. 사탄이 내린 명령이라고 믿는 이들에게는 당연히 복종하면 안 되는 명령입니다. 신께서 내린 명령이라고 믿는 이들은 신앙을 가진 사람이라면 그 명령을 신성한 반어법으로 받아들일 만한 지성과 선의를 가지고 있어야 한다고 주장합니다."

"그렇다면 박사, 사탄 분파의 사람들은 악마가 자신의 명령이 반대 효과를 불러올 것이라는 사실을 모를 정도로 아둔하다고 믿는 거요?"

"악은 항상 어리석은 법입니다, 대통령 각하."

"그렇다면 당신의 개인적 의견은 어떻소, 버크 박사? 아직 당신이 어느 쪽 분파인지는 밝히지 않았지 않소."

목사는 웃음을 지었다. "저는 이번 현상이 신이든 악마든 초자연적인 현상 자체가 아니라고 생각하는 극소수의 분파에 속해 있습니다."

"그렇다면 박사는 그 X가 누구라고 생각하는 거요?"

"저는 X가 외계의 존재라고 생각합니다. 어쩌면 화성처럼 가까운 곳에서 왔을 수도 있고, 다른 은하계처럼 먼 곳에서 왔을 수도 있겠지요."

대통령은 한숨을 쉬고는 말했다. "아닐세, 월터. 지금은 점심을 먹으러 나갈 시간을 낼 수가 없어. 다음 손님에게 양해를 구하고 대화를 나누면서 식사를 할 테니, 샌드위치를 이리 가져다주게. 그리고 커피도. 커피는 잔뜩."

"잘 알겠습니다, 각하."

"잠깐, 월터. 어젯밤 8시 30분 이후로 들어오기 시작한 전보 말인데 — 이제 얼마나 쌓였나?"

"4만 통이 훨씬 넘습니다, 각하. 분류 작업에 매진하고 있습니다만 아직 수천 통 뒤처져 있습니다."

"그리고?"

대통령 비서관이 대답했다. "모든 계층의 사람들이 전보를 보내왔습니다. 사제, 트럭 운전수, 괴짜, 사업가, 말 그대로 모든 사람이 말입니다. 제각기 온갖 가능성 있는 가설을 주장하고 있습니다만, 결국 모두 결론은 동일합니다. 그 방송을 보낸 자가 누구든, 그리고 그 이유가 무엇이라고 생각하든, 모든 사람이 그 명령에 복종하지 않기를 원하고 있습니다. 어제까지는 우리 국민의 9할이 전쟁이 일어날 것이라 낙심하고 있었고, 절반이 넘는 수가 우리가 먼저 시작해야 한다고 생각하고 있었습니다. 하지만 오늘은— 글쎄요, 항상 광기에 사로잡힌 극단주의자는 존재하는 법이지요. 전보 4백통 중에서 1통 비율로 전쟁을 벌여야 한다고 말하고 있습니다. 다른 이들은… 이거, 오늘 전쟁을 선포했다가는 혁명이 일어날지도 모르겠습니다, 대통령 각하."

"고맙네, 월터."

비서관은 문가에서 다시 뒤를 돌아보았다. "병무청에서 보고가 하나 들어왔습니다. 오늘 들어온 입대 신청은 지금까지 15건이었다고 합니다. 전국에서 말입니다. 지난달에는 매일 정오까지 평균 8천 건의 신청이 접수되었습니다. 샌드위치는 곧 들여보내겠습니다, 각하."

"윈슬로 교수, 실례지만 대화를 나누면서 샌드위치 좀 먹겠소. 내가 들은 바에 따르면 당신은 뉴욕대학에서 언어 의미론을 가르치고 있고, 그 분야에서 최고의 전문가라고 하던데."

윈슬로 교수는 비꼬는 웃음을 지어 보였다. "설마 제가 그 말에 동의하리라 기대하시는 것은 아니겠지요, 대통령 각하. 아무래도 어젯밤의… 그… 방송에 대해 질문하고 싶으신 모양입니다만?"

"바로 그렇소. 당신의 결론은 뭐요?"

"'싸워라'라는 단어 자체만으로는 분석이 힘듭니다. 원하는 바가 말 그대로인지 그 반대인지는 심리학자들이 연구할 문제입니다. 그리고 그쪽 친구들도 실제로 명령을 내린 자가 누구인지를 알기 전까지는 결론을 내리기가 정말 힘들 겁니다."

대통령은 고개를 끄덕였다.

"하지만 대통령 각하, 방송의 나머지 부분, 그러니까 명령 이전에 나온 다른 목소리 말입니다. '이제 스폰서의 한 마디가 있겠습니다' 부분은 연구가 가능하겠지요. 특히 여러 언어로 반복하여 말한 자료를 가지고 있고, 모든 단어가 내포하는 의미를 전부 확인한 이상은 말입니다."

"그래서 결론이 뭐요?"

"이것뿐입니다. 모든 단어가 방송자, 또는 방송자들의 신원을 숨기기 위해 치밀하게 준비되어 있습니다. 그리고 상당히 성공적이었지요. 쓸 만한 결론은 조금도 얻어내지 못했습니다."

"에이브럼스 박사, 그쪽이나 다른 천문대에서 이와 관계가 있을 법한 현상이 관측된 것은 없소?"

"전혀 없습니다, 대통령 각하." 회색 염소수염을 기른 키 작은 남자는 조용히 웃었다. "별은 모두 평소대로 움직이고 있습니다. 우주에서 관측할 수 있는 모든 요소가 자기 자리를 지키고 있습니다. 애석하지만 전혀 도움을 드릴 수 없을 듯하군요. 제 개인적인 의견을 말씀드리는 것 이외에는 말입니다."

"그게 뭐요?"

"그 실제 의미나 가부나 싸우라는 명령의 해석 문제와는 상관없이, 시작 문구는 바로 그 말 자체를 의미한다고 생각합니다. 우리에게는 스폰서가 붙어 있는 겁니다."

"누구 말이오? 신인가?"

"저는 불가지론자입니다, 대통령 각하. 하지만 그렇다고 해서 인간이 이 우주의 자연계에서 가장 고등한 존재가 아닐 수도 있다는 가능성을 배제하는 것은 아닙니다. 아시겠지만 우주는 제법 큰 장소니까요. 어쩌면 우리 모두가 누군가의, 다른 차원 어딘가에 있는 존재가 수행하는 실험일 뿐일 수도 있습니다. 어쩌면 우리가 자유롭게 행동할 수 있는 것도 실험의 수행을 위해 허락된 일일 수도 있겠지요. 그러나 이번에는 너무 멀리 나가서 우리 자신을 파괴하고 실험을 끝내기 직전까지 와 버린 겁니다. 그리고 그는 실험을 끝내기를 원치 않았고요. 따라서―" 그는 부드러운 웃음을 지었다. "스폰서께서 한 말씀 하신 거지요."

대통령은 책상 앞으로 너무 몸을 내밀다가 하마터면 커피를 쏟을 뻔했다. "하지만 그게 사실이라고 가정하면, 그 말이 대체 무슨 뜻인 거요?"

"저는 그 단어의 의미는―그러니까, 말씀하신 대로의 의미는― 중요하지 않다고 생각합니다. 만약 우리에게 스폰서가 붙어 있다면, 그는 그 말이 정확하게 어떤 효과를 불러올지를 알고 있었을 테고, 그게 전쟁이든 평화든 결국 자신이 원하는 그대로였을 테니까요."

대통령은 손수건으로 이마를 훔쳤다.

"그렇다면 그… 스폰서가 사람들이 흔히 말하는 신과 어떻게 다르다는 거요?"

작은 남자는 머뭇거렸다. "어떻게 다른지는 잘 모르겠습니다. 저는 무신론자가 아니라 불가지론자라고 말씀드렸을 텐데요. 하지만 적어도 흰 수염을 길게 기르고 구름 위에 앉아 있는 남자라고는 생각하지 않습니다."

"베일러 씨, 우선 여기까지 와 준 것에 대해 감사를 표하고 싶소. 미국 공산당의 당수인 당신이 내가 대표하는 모든 것에 반대한다는 사실은 잘 알고 있소. 하지만 나는 어젯밤 방송에 대해 이곳의 공산 당원들이 어떤 의견을 가지고 있는지를 확인하고 싶소."

"의견의 문제가 아니오. 사실을 알고 있으니까."

"베일러 씨, 당신이 직접 확인해서 알고 있는 거요, 아니면 모스크

바에서 말해 주었기 때문에 알고 있는 거요?"

"그건 관계없는 일이오. 우리는 그 방송이 자본주의 국가들의 선동이라는 사실을 완벽하게 알고 있소. 우리가 전쟁을 시작하도록 하려는 목적으로 말이오."

"우리가 왜 그런 일을 한다는 거요?"

"새로운 뭔가를 손에 넣었기 때문이겠지. 전자공학의 신기술 덕분에 어젯밤과 같은 그런 현상을 일으킬 수 있었던 것이고, 그 신기술은 분명 결정적인 신무기일 것이오. 그러나 당신네 전쟁광들이 계속 요구하는 대로, 그리고 당신네가 계획을 세우고 있던 대로 직접 전쟁을 시작하면 그 무기를 사용할 수 없겠지. 다른 나라들의 여론이라는 게 있으니까. 그래서 우리가 전쟁을 시작해 주면 세계 여론을 등에 업은 채로 신무기를 사용하려는 거요. 하지만 우리는 그런 하찮은 선동에 넘어가지 않을 거요."

"고맙소, 베일러 씨. 추가로 한 가지, 완벽하게 비공식적인 질문을 하나 해도 되겠소? 당신 자신만의 의견, 개인적이고 사적인 관점에서 당신의 의견을 말해 줄 수 있겠소?"

"해 보시오."

"개인적으로, 정말로 우리가 그 방송을 사주했을 거라고 생각하는 거요?"

"그건 모… 모르겠소."

"오후 우편물은 어떤가, 월터?"

"10만 통이 넘습니다, 대통령 각하. 무작위로 몇 통을 추려보는 정도가 고작이었습니다. 전보로 들어온 내용과 거의 비슷한 것 같더군요. 위커셤 장군이 각하와의 면담을 간절히 원하고 있습니다. 장병들에게 성명서를 발표해 주셨으면 한다는군요. 군 사기가 끔찍하게 저하되어 있어서, 각하께서 한 말씀 해 주시기만 하면—"

대통령은 쓴웃음을 머금었다. "무슨 한 말씀 말인가, 월터? 내가 떠올릴 수 있는 단 하나뿐인 중요한 단어는 이미 모두가 들은 참인데. 그리고 그걸로는 사기에 도움이 되지 않았다지 않은가. 위커셤 장군에게는 기다리라고 말해 주게나. 며칠 후에는 면담을 할 수 있을지도 모르겠군. 다음 사람은 누군가?"

"하버드 대학의 그레셤 교수입니다."

"전문 분야는?"

"철학과 형이상학입니다."

대통령은 한숨을 쉬었다. "들여보내게."

"그러니까 교수, 실제로 아무 의견도 없다는 말이오? 그 X가 신이나, 악마나, 다른 은하계에서 날아온 슈퍼맨이나, 지구의 과학자거나, 화성인이거나, 그런 추측조차도—?"

"추측이 무슨 도움이 되겠습니까, 대통령 각하? 제가 확신하는 사실은 하나뿐입니다. 우리가 절대 그 X가 누구인지, 또는 무엇인지를 알 수 없을 것이라는 사실 말입니다. 필멸자일지 불멸자일지, 지구인일지 외부 은하계의 존재일지, 미소 존재일지 우주적인 존재일지, 4차원의 존재일지 12차원의 존재일지는 알 수 없지만, 그는 분명 우리에게 자신의 정체를 밝히지 않을 수 있을 정도로는 영리할 겁니다. 그리고 그의 계획에 따르면 우리가 알지 못하는 것이 중요합니다."

"이유는?"

"우리가 그의 명령에 복종하지 않기를 원한다는 점은 분명하지 않습니까? 게다가 명령을 내린 자가 누구인지 알아내거나 또는 알아냈다고 생각하지 못하는 한, 그 명령에 따르는 인간이 있으리라 보십니까? 명령을 내린 존재의 정체를 알아내지 못한다면 명령을 따라야 할지를 결정할 수도 없는 겁니다. 명령을 내린 자를 모르는 이상, 심리학적 관점에서 볼 때 그 명령을 따르는 일은 불가능한 것이나 다름없습니다."

대통령은 천천히 고개를 끄덕였다. "무슨 말인지 알겠소. 설사 신이 내린 명령이라고 할지라도 자신의 자유 의지에 따라 명령을 따르거나 거부할 수 있겠지. 그러나 명령을 누가 내렸는지 모른다면, 인간으로서 어떻게 그 명령에 복종할 수 있겠소?"

그리고 그는 크게 웃었다. "심지어 공산당 놈들조차도 우리 자본가들이 벌인 일인지 확신하지 못하고 있지. 그리고 확신할 수 없는 이상은—"

"우리가 한 겁니까?"

대통령이 말했다. "나도 그게 궁금하던 참이오. 우리가 한 일이 아니라는 사실을 알고 있다고 해도, 다른 추측보다 딱히 더 말이 안 되는 것처럼 들리지도 않으니까." 그는 의자에 몸을 묻고 천장을 바라보았다. 잠시 시간이 흐른 후 그는 나직하게 말했다. "어쨌든 전쟁이 일어날 것 같지는 않으니까. 어느 쪽이든 미치지 않고는 시작할 엄두를 내지 못할 거요."

전쟁은 일어나지 않았다. (1951)

나와 플랩잭과 화성인
Me and Flapjack and the Martians

우리 플랩잭이 화성인의 손에서 세계를 구한 이야기를 듣고 싶다이거지? 좋아, 친구. 그게 그러니까, 모하비 사막 가장자리, 데스밸리바로 남쪽에서 일어난 일이었다네. 나하고 플랩잭은…

"플랩잭." 나는 불평하는 투로 말했다. "돈을 좀 번 이후로 네놈은전혀 쓸모없게 굴고 있단 말씀이야. 이제 성실하게 사막을 건너는일 따위 하기에는 너무 잘나지셨다, 이거 아니야?"

플랩잭은 대답하지 않았다. 녀석은 나를 무시하고는 못마땅한 얼굴로 끝없이 펼쳐진 모래를, 흙을, 듬성듬성 돋아 있는 선인장 다발을 바라보기만 했다. 물론 딱히 대답할 필요도 없었다. 녀석의 태도만 보아도 크루세로나 비숍으로 돌아가고 싶은 기분이라는 것은 명백했으니 말이다.

나는 놈을 향해 얼굴을 찌푸렸다. "때론 네가 이 일에 전혀 맞지않는다는 생각이 든다고, 플랩잭. 아, 그래, 너도 나와 마찬가지로 인생의 대부분을 사막과 산길에서 보냈지. 어쩌면 나보다 그런 동네에대해 더 잘 알지도 몰라. 저번 광맥을 발견한 게 내가 아니라 너라는 사실은 인정하지. 하지만 아무리 봐도 너는 사막이나 산을 좋아하지 않는 것 같단 말이야.

이런 말을 하는 데는 이유가 있다고, 플랩잭. 저번 광맥 덕분에 주머니에 푼돈 좀 생긴 후로 네가 어떻게 행동했는지 좀 생각해 봐라. 그렇게 상처받은 얼굴 하지 말고. 너도 은행에 돈을 집어넣은 후로 자기가 어떻게 행동해 왔는지 알고 있을 거 아니냐. 정말 방심할 수 없는 놈이라니까. 비숍이나 니들즈에 도착하자마자 너 어떻게 했지? 술집으로 향하는 직선 경로를 잡고 달려가지 않았냐. 마을 사람들에게 우리가 쓸 돈이 있다고 광고라도 하는 양."

플랩잭은 하품을 하며 발밑의 흙을 걷어찼다. 내가 뭐라고 주절거리든 아무 상관도 없는 모양이었다. 사실 사막에서는 뭐든 다른 사람의 말을 듣고 싶어지기는 하지만, 실제 내용에까지 딱히 신경을 쓸 필요는 없는 법이니까. 그러나 그렇다고 해서 입을 다물 생각은 없었다. 나는 비난의 강도를 높였다.

"그리고 술집 하나에서 흥청거리는 걸로는 만족하지 못하지. 맥주 1갤런을 비우면 다음 가게로 옮겨가니까. 덕분에 네 녀석은 소문이 자자하다고, 플랩잭. 하지만 네가 뭐 신경을 쓰기라도 하겠냐. 솔직히 말해서, 내가 누누이 말하지만 그 망할 자존심 때문에 다른 놈들이 뭐라고 하던 눈꼽만큼도 신경 안 쓰잖냐.

일을 그만둘 만큼 돈을 모은 것도 아니잖아. 마을에 정착해서 살려고 했다가는 순식간에 파산해 버릴 거라고. 특히 너처럼 술집을 돌아다니면서 맥주를 들이켰다가는 말이야. 뭐, 적어도 네 녀석은 술집 손님들에게 술을 돌리지는 않으니까. 하지만 그 정도로 내가 불평을 멈추리라고 생각하면 오산이야."

플랩잭은 내 말에 코웃음을 치고는 발을 멈췄다.

"아, 이쯤에서 야영을 해야 한다고 생각하는 거냐?" 나는 이렇게 말하며 주변 지형을 살펴보았다. "좋아, 어디든 별로 다를 것도 없겠 지. 어차피 10마일 안에는 물 한 방울 없을 테니까."

나는 플랩잭의 등에서 짐을 내리고 작은 텐트를 설치하기 시작했 다. 광맥을 발견하기 전에는, 아니 플랩잭이 광맥을 발견해 주기 전 까지는 텐트를 지고 다닐 생각은 한 적도 없었다. 그러나 그 상점의 스페인 친구가 주머니에 돈이 두둑해 마음이 약해진 순간을 노려 나 를 꼬드긴 것이다. 아무 쓸모없는 물건이었지만, 플랩잭에게 짐을 하 나 더 얹어주는 셈이니 나쁠 것은 없었다.

플랩잭은 물끄러미 나를 바라보다가, 사막에서 당나귀들이 흔히 그러듯 뭔가 입에 넣을 것을 찾아 느긋하게 걸음을 옮기기 시작했 다. 녀석이 멀리 가지 않을 것이며, 굳이 지켜보거나 묶어놓을 필요 도 없다는 사실도 잘 알고 있었으므로, 나는 녀석이 알아서 하게 두 고 내 일에나 신경 쓰기로 했다.

녀석에게 한 말은 조금도 과장이 아니었다. 녀석은 실제로 며칠 째 그런 식으로 행동하고 있었고, 그 이유도 명백했다. 플랩잭은 매 일 밤 맥주 보급을 받을 수 있는 곳으로 돌아가고 싶던 것이다. 덤 으로 괜찮은 여물도 얹어서. 바위를 걷어차 은광맥을 발견한 이후로, 녀석은 이 근방 모든 마을의 모든 술집에서 신용 계약을 맺었다. 술 집으로 걸어 들어가면 주인이 양동이에 맥주를 채워 주고, 놈은 그 걸 꿀꺽꿀꺽 마시고는 다음 술집으로 느긋하게 발굽을 옮기는 것이다. 녀석은 맥주를 정말로 좋아한다. 게다가 주량도 꽤 되는 편이다.

어쩌면 애초에 술집에 그런 약속을 해 주지 말았어야 할지도 모르 겠다. 하지만 아까 말했듯이, 광맥을 발견한 것이 플랩잭인 이상 정당한 일이라고 생각했던 것이다. 물론 가끔가다 한 번씩은 후회하기도 하지만 말이다. 크루세로에서 비까번쩍한 술집에 들어갔다가 댄스 플로어 한복판으로 걸어 나왔을 때라던가… 뭐, 당나귀가 애초에 뭘 알겠는가? 게다가 그때 춤을 추는 사람들이 있던 것도 아니었는데 왜 그리 소란을 떨었는지 모르겠다. 재밌게도 플랩잭은 자신을 환영해 주는 술집에서는 그런 소동을 일으킨 적이 한 번도 없다. 덕분에 때로는 묘한 생각이 들기도 한다. 특히 화성인과 그런 일이 있었던 후에는 말이다. 하지만 아직 그 이야기를 할 단계는 아니겠지.

어쨌든 플랩잭에게는 그저 불평을 주절거리고 있었을 뿐이다. 나역시 슬슬 마을로 들어가고 싶은 상태였기 때문에 녀석에게 화풀이를 한 것일지도 모르겠다. 나도 플랩잭만큼이나 마을에 들어가는 걸좋아하지만, 온갖 소음과 사람과 건물과 침대에서 자는 일에 금세질려서 산으로 돌아가고 싶어진다. 나와 플랩잭의 차이점은 그것뿐이다. 녀석은 더 오래 머물고 싶어하는 편이니까.

30분쯤 후 나는 저녁을 짓기 시작했고, 플랩잭은 나 몰래 텐트 안으로 들어가는 데 성공했다고 생각하고 있는 모양이었다. 녀석이 훔칠 물건을 찾아 주변을 살피는 모습이 보였다. 플랩잭은 내가 아는중에서 가장 도벽이 심한 당나귀다. 내가 원하는 물건이라고 생각하면, 녀석은 '원 세상에'라고 말하는 것보다 더 빠르게 그 물건을 훔쳐버린다. 심지어 딱히 자기 마음에 들지 않거나 원하지 않는 물건이라도 말이다. 녀석이 매일 아침 팬케이크를 채가 버리는 것에 질려서 고추를 잔뜩 넣어서 구웠던 적이 있다. 녀석이 찍소리라도 했을 것 같은가? 플랩잭은 그런 놈이 아니다. 내 팬케이크를 낚아챈 것이 너무 기뻐서 맛이 얼마나 끔찍하든 신경도 쓰지 않는 모양이었다.

정말 방심할 수 없는 놈이다. 어쨌든 화성인 이야기를 하려 했었지. 슬슬 시작하는 편이 좋을 것 같다.

다음 날 새벽의 일이었다. 어디 보자, 정확하게 말하자면 8월 6일인가 8월 7일이었을 텐데. 사막에서는 날짜가 흐르는 걸 놓치는 경우가 많아서.

어쨌든 플랩잭이 정말로 분노한 듯 울어대는 소리가 들려 눈을 뜨게 되었다. 뭔가 일이 터진 것이 분명했다. 그렇지 않으면 저런 식으로 울어대는 녀석이 아니니까. 텐트에서 고개를 내밀어 보니 그 모습이 보였다. 그러니까, 처음 생각한 것은 열기구였다. 불이 붙은 열기구 말이다. 기구 아래쪽에서 미친 듯이 불꽃이 쏟아져 나오고 있었다. 금방이라도 폭발해 버릴 듯한 모습이었다.

그러나 기구는 폭발하지 않았다. 그대로 50야드도 떨어지지 않은 곳에 착륙했고, 불꽃은 순식간에 잦아들었다.

"원 세상에." 나는 이렇게 혼잣말을 중얼거리고는 플랩잭을 돌아보았다. "어딘가 축제라도 하는 곳에서 날아온 모양이로구나."

나는 그 물건이 내려앉은 곳으로 가서 살펴볼 생각으로 텐트에서 마저 기어 나왔다. 아래 바구니가 매달린 모습이 보이지 않았기 때문에 사람이 있으리란 생각은 조금도 하지 않았다. 설령 있었다고 해도, 내려오면서 불을 뿜어대던 꼴로 보아 바구니와 사람이 함께 바삭하게 구워졌을 것이 분명했다.

플랩잭에 대해서는 까맣게 잊고 있었다. 녀석이 초조한 기분이 들었다 해도 이해할 만한 일이었다. 하지만 녀석은 달아나는 대신 텐트를 등지고 서 있었다. 그리고 뒤에서 내가 움직이는 소리를 듣자, 녀석은 재빨리 뒷발을 날렸다. 일부러 그랬으리라고는 생각하지 않는다.

하여튼 그 이후로 한동안은 전혀 기억이 나지 않는다.

다시 정신을 차리자 주변이 환하게 밝아져 있었다. 적어도 한 시간, 잘하면 두 시간은 기절해 있었던 모양이었다. 나는 손으로 머리를 짚으며 신음하다가 문득 열기구를 떠올렸다. 그리고 비틀거리며 일어나 그쪽을 바라보았다.

그 기구는 기구가 아니었다. 미주리에 있을 때 축제에서 열기구를 본 적도 있고 다른 기구의 사진도 본 적이 있는데, 그 물건이 뭔지는 몰라도 분명 기구는 아니었다. 그건 확신할 수 있다.

게다가 기구 안에서 사람들이 나온다는 소리를 들어본 적이 있는가?

어쩌면 사람이라는 표현은 어울리지 않을 수도 있겠다. 그 물체의 옆에 달린 문에서 들락날락하는 녀석들은 분명 정상적인 사람은 아니었으니까. 처음 떠오른 생각은 그 물건이 서커스에서 온 것이 아닐까 하는 것이었다. 아주 엄청난 돌연변이와 짐승과 공연 도구를 가지고 있는 것이 분명했다. 문제는 놈들이 돌연변이인지 짐승인지를 판단할 수 없다는 것이었다. 그 두 가지를 반씩 섞어 놓은 것처럼 보였다.

어쨌든 내가 기구라고 생각했던 커다란 공에서 그런 놈들이 들락거리고 있었다. 뒷발로 서기도 하고, 네 발로 걷기도 하면서. 두 발로 서면 키가 4피트 정도였고, 팔은, 그러니까 그 앞발이 팔이라면 말이지만, 상당히 짧았다. 놈들은 온갖 종류의 괴상한 기계를 날라서 나와 공 모양 탈것의 가운데쯤 되는 사막 한복판에 가져다놓고 있었다. 그리고 세 마리가 그곳에 남아 가져온 기계들을 설치하고 있었다.

그러다 나는 플랩잭을 발견했다. 녀석은 조금도 겁을 먹지 않은 채 놈들 근처에 서 있었다. 당나귀들이 으레 그렇듯이 그냥 호기심이 생긴 거겠지.

뭐, 어쨌든 나는 용기를 그러모아 그쪽으로 슬금슬금 다가가며 놈들이 작업을 하고 있는 물건을 살펴보았지만, 알아볼 수 있는 것은 단 하나도 없었다. "이보게" 하고 말을 걸어 보았지만, 놈들은 대답하지 않았다. 아니, 프레리도그 한 마리가 구경을 온 것처럼 여기는지 조금도 주의를 기울이지 않았다.

그래서 나는 놈들과 거리를 두고 빙 둘러 돌아가서, 공 옆으로 가서 손을 뻗어 만져보았다. 원 세상에! 콜트 권총의 총신만큼이나 매끄럽고 단단한 금속으로 만들어져 있는 데다, 2층집 정도로 커다란 물건이었다.

웃기게 생긴 꼬마 괴물 하나가 내 쪽으로 와서는 나를 쫓아냈다. 손에 들고 있는 손전등같이 생긴 물체를 휘두르면서 말이다. 어째 손전등은 아닐 거라는 의심이 들었고, 딱히 그 정체를 알아내고 싶은 마음도 없었다. 휘두르는 것 이상의 일을 했을 때 내게 무슨 일이 벌어질지 알고 싶지 않은 것은 물론이고. 그래서 나는 물러서서, 그대로 20피트 정도 거리를 두고 구경하면서 서 있었다.

얼마 지나지 않아 놈들은 뭔지 모를 물건을 다 만든 모양이었다. 플랩잭은 이제 놈들로부터 고작 몇 피트 떨어진 곳에 있었고, 나는 다시 다가가려다 놈들 중 하나가 손전등을 휘두르는 바람에 다시 물러서고 말았다.

두 마리가 뒷다리로 서서 레버를 당기고 손잡이를 돌리고 있었다. 기계 위에는 확성기 비슷하게 생긴 물체가 달려 있었다. 구식 축음기에 달린 그런 물건 말이다. 갑자기 확성기에서 소리가 울려 퍼졌다. "조율은 제대로 된 것 같은데, 만두."

그 상태에서 돌멩이 하나만 맞았더라도 나는 그대로 쓰러져 버렸을 것이다. 여기 동물원에서 도망친 것처럼 생긴 괴물들이 말하는 기계를 만들어 놓은 것이 아닌가. 나는 바위에 걸터앉아 확성기를 멍하니 바라보았다.

"그런 것 같군." 확성기가 말했다. "이곳의 거주 생물이 우리가 추론한 것과 일치하는 정신을 가지고 있다면 이걸로 의사소통이 가능할 테지."

괴물들은 일제히 기계에서 떨어졌다. 플랩잭을 바라보며 이렇게 말한 한 마리만 제외하고. "반갑네."

"나도 반갑네." 내가 말했다. "그런데 플랩잭은 당나귀거든. 나하고 이야기하는 것이 어떻겠나?"

"거기 아무나." 확성기가 말했다. "부디 그쪽에서 끝내주게 울어대고 있는 가축 좀 얌전하게 만들어 주겠나?"

플랩잭은 내가 들을 수 있는 한 아무 소리도 내고 있지 않았다. 그러나 손전등 불빛이 나를 향해 일렁이는 바람에, 나는 무슨 일이 벌어지고 있는지를 확인하려 입을 다물었다.

확성기가 말했다. "내 생각에는 자네가 이 행성을 지배하는 지성을 가진 종족인 것 같군. 화성의 거주민을 대표해 인사를 전하네."

그 확성기는 꽤나 묘한 물건이었다. 단어 하나까지 말한 대로 정확하게 기억이 나니까 말이다. 아직까지도 어려운 말은 무슨 뜻인지 제대로 짐작이 안 가는데 말이다.

놈들의 말에 어떻게 대답을 해야 할지 고민하고 있는 동안, 플랩잭이 새치기를 해 버렸다. 입을 열고는 이빨을 드러내며 큰 소리로 울어 젖힌 것이었다.

"고맙네." 확성기가 말했다. "그리고 자네의 질문에 대답해 보자면, 이 물건은 음성 정신감응기라네. 말하자면 내 생각을 방사해서 청자의 정신 속에서 자신이 말하고 이해할 수 있는 언어로 바꿔 주는 장치지. 자네가 듣는 소리는 확성기에서 나오는 소리가 아니라네. 확성기의 음파가 자네의 무의식에 작용하여, 반송파의 도움을 받아서 자네의 언어로 된 표현을 들리게 만드는 거라네. 선택적으로 작용하는 것이 아니기 때문에 서로 다른 언어를 가진 다른 개체들이 동시에 내 생각을 이해할 수 있게 되지. 수신 부분은 선택적으로 작용하기 때문에, 자네 한 명의 개인적인 지성 패턴에 맞추어져 있다네."

"뭔 미친 소리야." 나는 소리쳤다. "그 빌어먹을 물건을 고쳐서 내 말을 이해할 수 있게 바꾸는 것이 어때?"

"부디 저 짐승을 조용하게 만들어 주게, 야가를." 확성기가 말했다. 플랩잭은 책망하는 얼굴로 내 쪽을 바라보았다. 딱히 그 때문에 입을 다문 것은 아니다. 손전등을 든 괴물 하나가 다시 내 쪽으로 불빛을 비추어서 조금 걱정이 되었던 것뿐이다. 게다가 확성기가 다시 울리기 시작해서 무슨 말을 하는지 들어보고 싶기도 했다.

"우리 화성인들 역시 같은 문제를 겪고 있지. 다행히도 가축 대신 로봇을 사용해서 문제를 해결할 수 있었지만. 하지만 아무래도 자네들의 경우에는 상황이 다른 모양이로군. 제대로 된 손이나 촉수가 없으니 그런 기관을 갖춘 하등동물을 가축화하는 일이 필수적이었겠지."

플랩잭은 짧은 울음소리를 냈고, 확성기는 말했다. "당연히 우리가 온 이유를 알고 싶겠지. 자네가 우리의 목숨이 달린 문제에 대한 해결책을 제공해 주었으면 하네. 화성은 죽어가는 행성이야. 물도, 대기도, 광물 자원도 완전히 고갈되어 버렸다네. 항성 간 여행 기술을 개발했다면 거주자가 없는 은하계의 다른 행성을 찾아갈 수 있었겠지. 하지만 우리에게는 아직 그런 기술이 없다네. 우리 우주선으로는 태양계 안의 다른 행성으로 갈 수 있을 뿐이고, 완전히 다른 항행 이론을 개발해 내지 못한다면 다른 항성계로는 갈 수가 없어. 아직 그런 이론의 단서조차도 잡지 못했다네.

우리 태양계에서 화성인이 생존할 수 있는 행성은 화성을 제외하면 여기밖에 없다네. 수성은 너무 뜨겁고, 금성에는 육지도 없을 뿐더러 대기에 독성이 있지. 목성에서는 중력 때문에 몸이 으스러질 테고, 그 위성들은 자네 행성의 위성처럼 공기가 없다네. 외행성들은 끔찍하게 춥고.

그래서 우리는 살아남기 위해서 지구로 올 수밖에 없는 상황에 놓였다네. 자네들이 받아들인다면 평화롭게, 힘을 사용해야 한다면 폭력을 동반해서라도. 그리고 우리에게는 며칠 안에 지구의 생물들을 멸종시킬 수 있는 무기가 있다네."

"잠깐 기다려 봐." 나는 소리쳤다. "네놈들이 감히 우리를 박살낼 수 있다고—"

손전등을 겨누고 있던 괴물이 불빛을 무릎께로 낮추었다. 그리고 내가 확성기를 조작하고 있는 괴물에게로 움직이기 시작하는 순간, 놈은 버튼을 눌렀다. 갑자기 다리에 힘이 빠졌고, 나는 그대로 쓰러져 버렸다. 입을 닥친 것은 물론이고.

다리가 전혀 말을 듣지 않았다. 무슨 일이 일어나는지 보기 위해, 팔로 땅을 짚고 일어나 앉을 수밖에 없었다.

플랩잭은 계속 울어대고 있었다.

"그 말이 맞네." 확성기가 말했다. "우리 모두에게 그쪽이 가장 좋은 해결책이겠지. 무력으로든 다른 방식으로든 이미 문명이 존재하는 행성을 점거하고 싶지는 않다네. 만약 자네가 우리 문제를 해결할 다른 방법을 제안해 줄 수 있다면—"

플랩잭은 다시 길게 울음소리를 냈다.

"고맙네." 확성기가 말했다. "분명 그렇게 하면 해결되겠군. 왜 우리가 직접 생각해내지 못했는지 이해할 수가 없네. 자네의 도움에 어떻게 감사를 표해야 할지 모르겠네. 진심으로 감사를 표하네. 그대의 호의를 가슴에 품고 물러나겠네. 두 번 다시 돌아올 일은 없을 걸세."

다시 다리가 움직이기 시작했고, 나는 자리에서 일어났다. 그러나 움직일 생각은 없었다. 다리가 거의 1분 동안 말을 듣지 않았기 때문에, 놈들이 그 불빛을 조금 위로 올려서 심장을 1분 동안 멎게 만들었다면 걱정을 할 새도 없었을 거라는 생각이 들었던 것이다.

플랩잭은 딱 한 번 더 울음소리를 냈다. 이번에는 별로 길지 않았다. 웃기게 생긴 괴물들은 확성기가 달린 기계를 다시 분해해서는 자기네가 타고 온 커다란 공 안으로 하나씩 나르기 시작했다.

기계와 놈들은 10분도 안 돼서 열기구가 아닌 열기구 속으로 말끔하게 돌아가 버렸고, 그대로 문이 닫혔다. 공 아래에서 불이 뿜어져 나오기 시작했고, 나는 텐트로 달려가 그 안에서 밖을 바라보았다. 갑자기 슉 소리와 함께 공이 올라가기 시작하더니, 순식간에 하늘로 치솟아 사라져 버렸다.

플랩잭은 내 쪽으로 어슬렁거리며 걸어왔다. 어째 내 눈을 피하는 느낌이 들었다.

"그래, 넌 자기가 꽤나 영리하다고 생각하고 있는 모양이지?" 나는 녀석에게 물었다.

놈은 대답하지 않았다.

하지만 그렇게 생각하고 있을 게 뻔했다. 그날 녀석은 다시 한번 내 팬케이크를 훔쳤다.

그래, 이게 전부라네, 친구. 이렇게 해서 플랩잭이 화성인들로부터 세상을 구한 거야. 녀석이 무슨 말을 했는지 알고 싶다고? 글쎄, 사실 나도 알고 싶은데, 녀석이 도무지 말을 해 주지 않거든. 어이, 플랩잭, 이리 좀 와 봐. 맥주는 그 정도면 충분히 마셨잖아.

좋아, 친구. 여기 왔네. 직접 물어보게나. 어쩌면 말해줄지도 모르지. 안 해줄 수도 있고. 이놈은 방심할 수 없는 놈이거든. 정말로. 하지만 한번 물어보기나 해 보게. (1952)

어린 양
The Little Lamb

　8시가 될 때까지도 그녀는 저녁을 먹으러 돌아오지 않았고, 나는 냉장고에서 햄을 찾아 샌드위치를 만들었다. 걱정하는 것은 아니었지만 불안이 커져 가고 있었다. 계속 창가로 가서 언덕 아래 마을로 향하는 비탈길을 내려다보았지만, 그녀는 모습을 보이지 않았다. 달빛이 환하게 비추는 청명한 날이었다. 마을의 불빛은 따스해 보였고, 그 너머로는 노란 보름달이 뜬 푸른 하늘에 대비되어 구릉지의 완만하고 검은 윤곽이 도드라져 보였다. 그림으로 옮기고 싶다는 생각이 들었다. 달을 두고 하는 이야기는 아니다. 달을 그림으로 옮기면 진부하고 예쁘장해 보이는 물건이 된다. 반 고흐는 〈별이 빛나는 밤〉에서 예쁘장해 보이지 않는 달을, 무섭게 생긴 달을 그렸다. 그러나 그 친구는 그때 광기에 빠져 있었다. 반 고흐가 제정신이었다면 그 수많은 기행을 저지를 수 없었을 것이다.

　아직 팔레트를 닦지 않았던 참이라, 나는 다시 팔레트를 손에 들고 전날 시작한 그림 작업을 조금 더 진행하려 마음먹었다. 이제 막 윤곽 정도만 잡은 참이라 녹색을 만들어 한 구역을 칠하려 했지만 제대로 된 색이 나오지 않았다. 나는 결국 해가 뜨기를 기다려야 한다는 사실을 깨달았다. 자연광이 존재하지 않는 저녁에도 스케치나 마무리 작업은 할 수 있지만, 색이 중요할 때는 결국 태양의 빛이 필요하다. 아침에 새로 시작하기로 마음먹고 엉망진창인 팔레트와 붓을 닦고 나니 9시가 다 되어 가고 있었고, 그녀는 여전히 돌아오지 않았다.

아니, 걱정할 이유는 조금도 없었다. 어딘가에 친구들과 함께 있을 테고, 괜찮을 것이다. 내 작업실은 마을에서 1마일은 떨어진 언덕 위에 있고, 전화가 없으니 그녀가 상황을 알려올 방법도 없었다. 아마 웨이벌리 여관에서 친구들과 술자리를 가지고 있을 테고, 내가 그녀에 대해 걱정하리라 생각할 만한 이유도 없었다. 우리 둘 모두 시간을 엄수하는 부류는 아니었으니까. 서로 양해하고 있는 일이었다. 조금만 기다리면 귀가할 것이다.

용기에 와인이 절반 정도 남아 있어서, 나는 한 잔 따라서 홀짝이며 마을로 향하는 길을 바라보았다. 등 뒤의 조명을 꺼서 훤한 달밤의 풍경이 좀 더 선명하게 보이도록 해 놓고서. 1마일 밖의 계곡에 웨이벌리 여관의 불빛이 보였다. 지나치게 번쩍이는 모습이 내가 그곳을 꺼리게 만드는 시끄러운 주크박스처럼 보였다. 묘하게도 램은 주크박스를 성가시다고 여기는 적이 없었다. 그녀 역시 나처럼 음악 취향이 괜찮은 편인데도 말이다.

여기저기 다른 불빛이 점점이 보였다. 작은 농장, 다른 작업실 몇 군데. 한스 바그너의 작업실은 여기서 반의반 마일 정도 비탈을 내려간 곳에 있다. 천장에 채광창이 달린 큼직한 건물이다. 그 채광창은 부럽다. 하지만 그의 극도로 학구적인 그림체는 부럽지 않다. 그는 천연색 사진보다 나은 그림을 그린 적이 없다. 솔직히 말하자면, 그는 사진기처럼 사물을 보고 정신이라는 촉매로 걸러내지 않은 채 그대로 화폭에 옮긴다. 훌륭한 장인이기는 하지만 결국 그게 한계다. 하지만 그 친구는 팔리는 그림을 그린다. 그러니 천장에 채광창 같은 것도 달 수 있는 거겠지.

남은 와인을 마저 홀짝이고 나니 뱃속 깊은 곳에 뭔가 얹힌 기분이 들었다. 이유는 모르겠다. 램은 이보다 늦게, 훨씬 늦게 귀가한 적도 있었다. 걱정할 이유는 조금도 없었다.

나는 잔을 창틀 위에 내려놓고 문을 열었다. 그러나 나가기 전에 조명을 다시 켜 놓는 것을 잊지 않았다. 도중에 길이 엇갈리기라도 하면 램을 인도할 불빛이 필요할 테니까. 그리고 그녀가 언덕 위를 올려다보다 불이 꺼진 것을 발견하기라도 하면, 내가 집에 없는 줄 알고 지금 있는 곳에 더 오래 머물려 할 수도 있을 것이다. 아무리 늦더라도 그녀가 돌아오기 전에는 불을 끄지 않으리라는 사실을 알고 있으니까.

바보 같은 짓은 관두자고, 나는 혼잣말을 했다. 아직 늦은 시간도 아니다. 방금 9시가 지났을 뿐이니 아직 이른 시간이었다. 마을을 향해 언덕을 내려가기 시작하자 뱃속의 얹힌 기분은 점점 심해졌고, 나는 그럴 이유가 조금도 없다는 사실을 상기하며 스스로에게 욕설을 퍼부었다. 마을 너머로 보이는 구릉의 윤곽은 내가 내려갈수록 더 높이 올라가서 별에 닿기 시작했다. 별을 별처럼 보이게 그리는 일은 쉽지 않다. 캔버스에 작은 구멍을 뚫은 다음 뒤편에 조명을 설치해야 할 것이다. 나는 이런 생각을 하며 웃었다. 하지만 안 될 이유가 있겠는가? 아직 그런 일을 한 사람이 없을 뿐이고, 그런 문제는 내가 알 바 아니지 않은가. 하지만 잠시 생각해 보니 안 되는 이유가 떠올랐다. 어린애 장난처럼 유치한 작품이 될 것이기 때문이다.

한스 바그너의 작업실을 지나가는 순간, 나는 어쩌면 램이 저기 있을지도 모른다는 생각을 하며 걸음을 늦추었다. 한스는 혼자 살고 있으니, 램은 당연하게도 여관이나 다른 곳에서 어울리던 사람들과 함께 몰려가지 않는 한 저곳에 가지 않을 것이다. 잠시 걸음을 멈추고 귀를 기울여보았지만 소리는 들리지 않았고, 따라서 사람들이 모여 있지는 않은 모양이었다. 나는 걸음을 재촉했다.

갈림길에 도착했다. 여기서는 길이 여러 갈래로 뻗어 있어서 엇갈릴 수도 있었다. 나는 최단 경로를 택하기로 했다. 마을에서 바로 집으로 온다면 택할 가능성이 가장 많은 길로 말이다. 카터 브렌트의 집 앞을 지나갔지만 불이 꺼져 있었다. 하지만 실비아의 집에는 불빛이 보였고 기타 연주도 들렸다. 문을 두드리고 잠시 기다리는 동안, 나는 그 기타 소리가 생음악이 아니라 축음기에서 나오는 것이라는 사실을 깨달았다. 세고비아가 연주하는 바흐의 D단조 샤콘 파르티타였다. 내가 좋아하는 곡이다. 매우 아름답고 섬세한 구조와 선율을 가지고 있다. 램과 마찬가지로.

실비아가 문가로 나와 내 질문에 대답해 주었다. 아니, 램을 보지는 못했다. 그리고 여관이나 다른 곳에 가지도 않고, 오후와 저녁 내내 집에 있었다. 하지만 잠깐 들어와서 한잔하고 가겠는가? 술보다는 세고비아 쪽이 나를 유혹했지만, 나는 사양하고 다시 걸음을 옮겼다.

이쯤하고 발길을 돌려 집으로 돌아갔어야 마땅했을 것이다. 이렇게 끔찍한 기분이 들 이유는 조금도 없었기 때문이다. 그저 램이 어디 있는지를 모르기 때문에 비논리적인 짜증에 휩싸인 것뿐이었다. 지금 그녀를 발견한다면 아마 말다툼을 벌이게 될 것인데, 솔직히 그러고 싶지는 않았다. 우리가 자주 말다툼을 벌인다는 뜻은 아니다. 우리는 서로에게 꽤나 관용적이고 이해해 주는 사이였다. 적어도 사소한 일에서는. 그리고 램이 돌아오지 않았다는 사실은 아직까지는 사소한 문제였다.

여관까지 아직 한참 남았는데도 벌써부터 주크박스가 쿵쾅거리는 소리가 들려오기 시작했고, 그 사실은 내 기분에는 조금도 도움이 되지 않았다. 창문으로 보이는 여관 안쪽 바에는 램의 모습이 보이지 않았다. 그러나 좌석 쪽 자리도 있고, 일단 들어가면 그녀가 어디 있는지 아는 사람이 있을지도 모른다. 바 앞에는 두 쌍의 손님이 있었다. 찰리와 이브 챈들러, 그리고 딕 브리스토와 만나본 적은 있지만 이름은 기억이 나지 않는 로스앤젤레스에서 온 아가씨였다. 할리우드에서 온 영화 관계자처럼 보이려고 애쓰는 듯한 남자 한 명도 있었다. 어쩌면 진짜 할리우드 사람일지도 모르지만.

나는 여관 안으로 들어갔고, 정말 다행스럽게도 문에 들어서자마자 주크박스의 음악이 멎었다. 나는 좌석 쪽을 힐끔거리며 바 앞으로 향했다. 그쪽에도 램은 보이지 않았다.

나는 얼굴을 아는 네 사람 쪽으로 "안녕"이라고 인사하고, 혹시나 그쪽이 정체를 숨기는 데 도움이 될지도 모른다는 생각에서 혼자 있는 남자 쪽으로도 인사를 한 다음, 바 안에 있는 해리를 향했다. "혹시 램 여기 왔었어?" 나는 해리에게 물었다.

"아니. 본 적 없는데, 웨인. 적어도 6시 이후로는. 그때부터 근무를 시작했거든. 한잔할 거야?"

별로 마시고 싶은 생각은 없었지만, 램을 찾으려는 이유만으로 여기까지 내려온 것으로 보이고는 싶지 않았기 때문에 나는 술을 주문했다.

"그림은 어떻게 되어 가나?" 찰리 챈들러가 물었다.

딱히 특정 작품을 집어 물어본 것은 아니었고, 설령 그랬다고 해도 아무것도 알지 못했을 것이다. 찰리는 이 동네에서 서점을 운영하는데, 놀랍게도 토머스 울프의 책과 만화책을 구별할 수 있는 능력을 가지고 있다. 하지만 엘 그레코와 얼 캡은 구별하지 못한다. 오해하지 말기를. 나는 얼 캡을 좋아한다.

그래서 나는 "나쁘지 않아"라고 의미 없는 질문에 항상 하는 답변을 한 다음, 해리가 내 앞에 놓은 술잔을 단번에 비웠다. 그리고 돈을 지불한 다음 램을 찾으러 여기까지 왔다는 사실이 너무 명백해 보이지 않으려면 얼마나 머물러야 할지 머리를 굴리기 시작했다.

왠지 모르겠지만 대화는 멈춘 채였다. 내가 들어오기 전에 이야기를 하던 사람이 있었는지는 모르겠지만, 적어도 지금은 아무도 입을 열지 않았다. 이브 쪽을 흘끔 바라보자 그녀가 마티니 잔 아래쪽으로 마호가니로 만든 바의 표면에 젖은 원을 그리고 있는 모습이 보였다. 잔 안에서 올리브가 쉴 새 없이 흔들리고 있었고, 순간 나는 그 올리브의 색이 한두 시간 전 그림을 그만 그려야겠다고 마음먹었던 순간에 원하던 바로 그 초록색이라는 사실을 깨달았다. 진과 베르무트에 촉촉하게 젖은 올리브의 색깔. 가장 높은 언덕에 딱 맞는 색깔이었다. 오른쪽으로 갈수록 어두워지고, 왼쪽으로 갈수록 밝아질 것이다. 나는 그 색을 바라보며 내일 사용할 수 있도록 머릿속에 새겼다. 어쩌면 오늘 밤 집에 돌아가서 시도해 볼지도 모른다. 이제 햇빛이 없이도 색을 잡아냈으니까. 정확한 색, 바로 그 자리에 있어야 하는 색이었다. 기분이 나아졌다. 나를 뒤덮으려 하던 우울한 기분은 사라져 버렸다.

하지만 램은 어디 있는 거지? 이대로 돌아가도 그녀가 돌아오지 않았다면 그림을 그릴 수 있을까? 아니면 아무 이유 없이 걱정을 시작하게 될까? 다시 속이 얹히는 기분이 들게 될까?

잔은 이미 비어 있었다. 너무 빨리 마신 모양이다. 한 잔 더 하지 않으면 내가 온 이유가 너무 뻔해 보일 것이다. 그리고 사람들이—심지어 이곳의 사람들조차도—내가 램을 의심하거나 질투하고 있다고 생각하게 만들고 싶지는 않았다. 램과 나는 서로를 무조건적으로 신뢰하고 있었다. 그저 그녀가 어디 있는지 알고 싶고 빨리 돌아오기를 원할 뿐이었다. 그녀가 어디 있을지 의심을 하고 있는 것은 아니었다. 하지만 사람들은 그 사실을 모르지 않겠는가.

나는 "해리, 마티니 한 잔 줘"라고 말했다. 술을 많이 마시는 편이 아니니 섞어 마셔도 별 상관없을 것이며, 방금 그 색을 가까운 곳에서 자세히 관찰하고 싶었다. 그 색이 내 그림의 중심 색조가 될 것이다. 다른 모든 것이 그 색을 중심으로 돌아갈 것이다.

해리가 마티니를 건네주었다. 맛이 괜찮았다. 올리브를 휘저어 보았지만 내가 원하던 색이 아니었다. 갈색이 다소 강했다. 하지만 그

색은 여전히 기억하고 있었다. 그리고 램을 찾을 수만 있으면 오늘 밤 바로 작업에 들어갈 생각이었다. 그녀가 있다면 작업을 할 수 있을 것이다. 오늘 그 색을 칠해 놓기만 하면, 내일은 명암을 조절하면서 마음대로 사용할 수 있을 것이다.

하지만 오늘 그녀를 놓친다면, 그녀가 이미 귀가를 했거나 집으로 향하지 않았다면, 그녀를 찾을 가능성은 별로 없었다. 우리가 아는 사람만 해도 수십 명은 족히 되니까 그녀가 있을 만한 모든 곳을 찾아다니며 확인할 수는 없었다. 하지만 확률이 제법 높은 곳이 하나 있기는 했다. 길을 따라 1마일 내려가면 있는, 마을을 중심으로 반대편 외곽에 위치한 마이크의 클럽이다. 자동차 있는 사람이 동행하지 않으면 그리 가는 일은 별로 없지만, 동행이 있었을 수도 있으니까. 전화를 걸어서 확인하면 될 것이다.

나는 마티니를 비우고 올리브를 씹으며 몸을 돌려 전화박스 쪽으로 걸어갔다. 할리우드에서 온 것처럼 생긴 남자가 주크박스 앞에서 바 쪽으로 돌아오고 있었고, 주크박스에서는 음악이 나오기 직전의 판 긁는 소리가 들리고 있었다. 동전을 넣은 모양인지 시끄러운 금관악기 소리가 흘러나오기 시작했다. 폴카, 그중에서도 지독하게 시끄럽고 끔찍한 곡이었다. 놈의 콧잔등을 후려치고 싶은 마음은 가득했지만, 바 쪽으로 돌아와 의자에 앉는 그와 눈도 마주칠 수가 없었다. 게다가 애초에 내가 왜 때리는지도 알지 못했을 테고. 하지만 전화기는 주크박스 바로 건너편에 있기 때문에, 마이크네 클럽에 전화를 걸어도 서로 전혀 소리를 듣지 못할 것이 분명했다.

레코드판 하나가 돌아가는 데는 3분이 걸린다. 1분을 참고 나니 더 이상 견딜 수가 없었다. 어서 전화를 걸고 이곳을 빠져나가고 싶었다. 그래서 나는 전화 쪽으로 걸어가서 주크박스로 손을 뻗어 벽에서 플러그를 뽑았다. 조용히, 난폭하지 않게. 그러나 갑작스러운 정적 자체가 격렬했다. 너무도 격렬해서 이브 챈들러가 찰리 챈들러에게 소리치던 대화의 마지막 몇 단어를 들을 수 있을 정도였다. 금관악기의 소음 속에서 간신히 들릴 정도로 말하고 있었겠지만, 주크박스의 전원을 뽑은 순간에는 확성기를 사용하는 것이나 다름없었다.

"…한스네 집에 있을지도." 할 말이 아직 끝나지 않은 것처럼, 갑작스레 말을 멈추는 것처럼 들렸다.

내 쪽을 보는 그녀의 눈은 겁에 질려 있었다.

나는 이브 챈들러를 돌아보았다. 할리우드의 인기남 쪽으로는 조금도 주의를 기울이지 않았다. 내가 그의 10센트를 날려버린 사실을 가지고 시비를 걸 생각이라면, 그건 그 작자의 문제고 원하는 대로 싸움을 걸도록 해줄 생각이었다. 나는 전화박스 안으로 들어가서 문을 닫았다. 만약 내가 통화를 끝내기 전에 주크박스가 다시 울어대기 시작한다면, 그건 내 문제니 내가 싸움을 걸어줄 것이다. 주크박스는 다시 울지 않았다.

나는 마이크네 번호를 교환원에게 일러주었고, 누군가 전화를 받자 나는 물었다. "거기 램 있나?"

"누구 말하는 겁니까?"

"웨인 그레이야." 나는 참을성을 잃지 않고 말했다. "램버스 그레이 거기 있나?"

"아." 이제 마이크의 목소리라는 사실을 알 수가 있었다. "누군지 못 알아들었어요. 아뇨, 그레이 씨. 아내분은 이곳에 오지 않으셨습니다."

나는 감사를 표하고 전화를 끊었다. 전화박스에서 나오자 챈들러 부부는 자리를 뜬 후였다. 밖에서 시동 거는 소리가 들렸다.

나는 해리에게 손을 흔들어 주고 밖으로 나갔다. 챈들러네 자동차의 후미등이 언덕을 올라가고 있었다. 방향을 보니 한스 바그너의 작업실로 갔을 가능성도 있었다. 램에게 내가 들어서는 안 될 것을 들었다는 사실을 알려주고, 그리로 들이닥칠 수도 있다고 경고하기 위해서 말이다.

하지만 고려해 볼 가치도 없는 말도 안 되는 소리였다. 이브 챈들러가 무슨 이유로 램이 한스와 함께 있을지도 모른다는 엉뚱한 생각을 한 것인지는 모르겠지만, 잘못된 생각이라는 점은 분명했다. 램은 그런 일은 하지 않을 것이다. 어쩌면 언젠가 어디선가 램이 한스와 한잔 걸치는 모습을 보고 그런 생각을 하게 된 것일지도 모른다. 말도 안 되는 소리다. 다른 무엇보다도 램의 취향이 그렇게 형편없을 리가 없다. 한스가 나와 달리 잘생기고 여성에게 인기가 많기는 하지만, 멍청한 데다 제대로 그림을 그릴 줄도 모르는 작자다. 램이 한스 바그너처럼 잰체하는 작자에게 빠졌을 리가 없다.

하지만 이제 집으로 돌아가는 편이 좋겠다는 생각이 들었다. 아내를 찾아 온 마을을 헤집고 있다는 인상을 주고 싶지 않다면, 더 이상 찾아보거나 사람들에게 묻고 다니지 않는 편이 나을 것이다. 사람들이 나라는 사람에 대해 한 인간으로서 또는 화가로서 어떻게 생각하는지는 딱히 신경이 쓰이지 않지만, 램에 대해 어리석은 생각을 품고 있다는 인상을 주고 싶지는 않았다.

　나는 챈들러네 자동차의 뒤를 따르듯 밝은 달빛 속을 걸어갔다. 한스의 집이 보였고, 챈들러네 자동차는 그 앞에 서 있지 않았다. 잠깐 들렀다고 해도 바로 떠난 모양이었다. 물론 이런 상황에서는 당연히 그렇게 했을 것이다. 여기 차를 댄 모습을 내게 보여주고 싶지는 않을 테니까. 안 좋은 상황으로 보였을 테니까.

　불이 켜져 있었지만, 나는 그대로 그곳을 지나쳐 언덕 위의 우리 집으로 걸음을 옮겼다. 어쩌면 지금쯤이면 램이 돌아와 있을지도 모른다. 그랬으면 했다. 어쨌든 한스의 작업실에 들르지는 않을 생각이었다. 챈들러 부부가 들렀을지 여부와는 관계없이.

　한스의 작업실과 우리 집 사이의 길에는 램의 모습이 보이지 않았다. 하지만 내가 여기까지 오기 전에 집으로 돌아갔을 수도 있을 것이다. 혹시라도… 그래, 만약 그녀가 저곳에 있었다고 하더라도. 만약 챈들러 부부가 저곳에 들러서 경고를 해 주었다면.

　여관에서 한스네 집까지는 4분의 3마일 정도 거리다. 한스네 집에서 우리 집까지는 4분의 1마일 거리다. 그리고 램은 달려서 갔을 수도 있다. 나는 걸어서 왔고.

　한스의 작업실, 천장에 채광창이 달린 아름다운 집을 지나가며 나는 질투심을 느꼈다. 집 때문이 아니라, 화려한 가구 때문이 아니라, 오직 그 채광창 때문에. 밖으로 나오면 아름다운 햇빛을 받을 수 있지만, 때맞춰 바람이 불고 먼지가 날린다는 문제가 있다. 그리고 직접 보는 것이 아니라 머릿속에 떠오른 것을 화폭에 옮길 때면 야외에 나가도 아무런 이점이 없다. 그림을 그리는 동안 계속 언덕을 바라보고 있을 필요는 없지 않은가. 이미 언덕의 모습은 알고 있으니까.

비탈길 위에 보이는 우리 집에는 불이 켜져 있었다. 그러나 내가 켜 놓고 나온 이상 램이 집에 있다는 증거는 될 수 없었다. 나는 허덕이며 걸음을 옮겼다. 비탈길을 올라오느라 숨이 가빠진 모양이었고, 순간 내가 너무 빨리 걷고 있었다는 사실을 깨달았다. 뒤를 돌아보자 아까와 동일한 구성이 눈에 들어왔다. 둥근 달이 조금 더 높이 떠서 조금 더 밝게 빛나고 있을 뿐이었다. 가까운 언덕의 검은색은 밝아지고 먼 언덕은 더 어두워져 있었다. 나도 저렇게 할 수 있다는 생각이 들었다. 검은색 위에 회색, 회색 위에 검은색. 그리고 단조롭게 보이지 않도록 노란색 빛을 덧붙이는 것이다. 한스의 작업실에서 흘러나오는 불빛처럼. 한스의 노란 머리카락처럼. 큰 키의 북구 튜튼 인종, 잘생긴 외모. 깎아낸 듯한 이목구비. 그래, 여자들이 매달리는 이유도 이해할 수 있었다. 여자들은 그렇겠지. 램은 아니야.

호흡이 가라앉아서 다시 언덕을 오르기 시작했다. 문가에 도착하자 램의 이름을 불렀지만, 그녀는 대답하지 않았다. 안으로 들어갔지만 그녀는 보이지 않았다.

집 안은 매우 텅 비어 있었다. 나는 와인을 한 잔 따른 다음 윤곽을 잡아 놓은 그림 쪽으로 걸어갔다. 전부 잘못됐다. 아무 의미 없는 그림이었다. 선 자체는 괜찮을지 몰라도 그 안에는 아무런 의미도 없었다. 캔버스를 긁어내고 다시 시작해야 한다. 뭐, 예전에도 종종 있었던 일이다. 성취를 원한다면 이럴 수밖에 없다. 잘못된 것은 냉혹하게 처리해야 한다. 그러나 오늘 밤 다시 시작할 수는 없었다.

양철 시계를 보니 11시 15분 전이었다. 아직 늦은 시간은 아니었다. 생각을 그쪽으로 쏠고 싶지 않았기 때문에 책이나 읽어야겠다고 마음을 먹었다. 시를 읽는 건 어떨까. 나는 책꽂이 쪽으로 걸음을 옮겼다. 블레이크가 보였고, 순간 그의 가장 단순하고 훌륭한 시인 「어린 양」이 떠올랐다. 나는 그 시를 읽을 때마다 램을 떠올린다. '어린 양이여, 누가 그대를 빚어냈는가?' 나는 이 부분을 읽을 때마다 당연하게도 블레이크가 의도하지 않은 숨은 뜻을 담아내며 즐기곤 했다. 그러나 오늘 밤은 블레이크를 읽고 싶지 않았다. T. S. 엘리엇. '광인이 시든 제라늄을 흔드는 것처럼, 자정은 기억을 뒤흔든다.' 하지만 아직 자정도 되지 않았고, 엘리엇을 읽을 기분도 아니었다. 프루프록*조차도 보고 싶지 않았다. '그렇다면 그대와 내가 함께 나섭시다. 탁자 위에 놓인 마취된 환자처럼 저녁이 하늘 아래 누워 있는 곳으로—' 내가 물감으로 하는 일을 단어를 사용해 할 수 있는 사람이었지만, 그 두 가지는 동일한 것이 아니다. 매개체가 다르다. 그림과 시는 식사와 수면만큼이나 서로 다르다. 그러나 두 가지 모두 그 영역이 아주 넓어질 수 있다. 화가는 보나르와 브라크처럼 서로 완전히 다르면서도 동시에 위대할 수 있다. 시인은 엘리엇과 블레이크처럼. '어린 양이여, 누가—' 아니, 책을 읽고 싶지는 않았다.

생각은 이제 됐다. 나는 트렁크를 열고 45구경 자동권총을 꺼냈다. 클립에는 이미 총알이 가득 들어 있었다. 나는 약실에 탄창 하나를 끼운 다음 안전장치를 올렸다. 그리고 총을 주머니에 넣고 밖으로 나갔다. 그리고 문을 닫은 다음 한스 바그너의 작업실을 향해 언

---

* T. S. 엘리엇의 작품 「J. 앨프리드 프루프록의 연가」의 주인공.

덕을 내려가기 시작했다.

챈들러 부부가 저기 들러서 경고를 했는지 궁금해졌다. 만약 그랬다면 램은 서둘러 집으로 갔던가, 그렇지 않으면… 챈들러 부부와 함께 그들의 집으로 갔을 수도 있을 것이다. 그편이 집으로 달려가는 것보다 덜 부자연스러울 것이라 생각했을 수도 있다. 따라서 그녀가 저곳에 없어도 아무런 증거도 되지 못할 것이다. 만약 저곳에 있다면, 챈들러 부부가 들르지 않았다는 증거가 될 것이다.

나는 길을 따라 내려가며 검은 야수처럼 웅크리고 있는 언덕으로, 노란 불빛 쪽으로 시선을 돌리려 시도해 보았다. 그러나 아무것도 나오지 않았다. 아무런 의미도 찾을 수 없었다. 탁자 위에 마취된 채로 누운 환자처럼, 아무 감정도 없고 아무 감정도 주지 않는 존재일 뿐이었다. 빌어먹을 엘리엇, 하고 나는 생각했다. 너무 깊은 곳까지 들여다보는 작자였다. 만질 수는 있지만 결코 가질 수는 없는, 시든 제라늄을 흔드는 황무지의 헛된 분투. 광인처럼. 어린 양. 그녀의 검은 머릿결과 그보다 더 검은 눈과 그 주변을 감싸는 하얀 얼굴. 늘씬하고 아름다운 하얀 육체. 내 머릿결을 쓸어내리는 부드러운 손길과 부드러운 목소리. 그리고 나를 비웃는 달처럼 노란색인 한스 바그너의 머리카락.

나는 문을 두드렸다. 격렬하지도 부드럽지도 않게, 그저 두드릴 뿐이었다.

한스가 나오기까지 너무 오래 걸린 것 아닐까?

겁에 질린 얼굴인가? 알 수가 없었다. 이목구비는 또렷했지만 그 안에 숨겨진 것은 알아낼 도리가 없었다. 얼굴을 구성하는 선과 면을 보면서도 그 안을 읽어낼 수는 없었다. 목소리도 마찬가지였다.

"안녕, 웨인. 들어오게." 한스가 말했다.

나는 안으로 들어갔다. 램은 보이지 않았다. 작업실로 사용하는 큰 방 안에는 없었다. 물론 이 건물에는 다른 방도 있었다. 침실 하나, 부엌 하나, 욕실 하나. 당장 그 모든 방을 둘러보고 싶었지만, 실행에 옮긴다면 미숙한 짓거리일 뿐이었다. 어차피 모두 둘러보기 전에는 떠날 생각이 없었다.

"램 때문에 조금 걱정이 돼서. 이렇게 늦은 시간까지 혼자 밖에 있는 법이 없는데. 혹시 본 적 있나?" 내가 물었다.

한스는 금발의 잘생긴 머리를 가로저었다.

"집으로 오다가 여기 들렀을지도 모른다고 생각했어." 나는 가볍게 말하며 그를 향해 미소를 지었다. "아무래도 외로워서 조금 초조해지고 있는지도 모르겠는데. 나하고 같이 돌아가서 한잔하는 건 어때? 와인밖에 없기는 해도 양은 꽤 된다고."

물론 이렇게 대답할 수밖에 없을 것이다. "그냥 여기서 한잔하는 건 어때?" 그는 그렇게 했다. 심지어 내가 뭘 원하는지를 묻기까지 했다. 나는 마티니라고 대답했는데, 그가 부엌으로 가서 술을 섞는 동안 주변을 둘러볼 기회가 생길 것이기 때문이었다.

"좋아, 웨인. 나도 그걸로 하지." 한스가 말했다. "잠시 실례."

그는 부엌으로 나갔다. 나는 욕실을 슬쩍 본 다음 침실로 들어가서 자세히 살펴보았다. 심지어 침대 밑까지 확인했지만, 램은 보이지 않았다. 마지막으로 나는 부엌으로 들어가서 말했다. "잠깐 잊었는데, 내 건 약하게 해 줘. 집으로 돌아가서 그림을 좀 더 그리고 싶거든."

"물론이지." 그는 말했다.

램은 부엌에도 없었다. 내가 문을 두드리거나 집 안에 들어온 다음에 떠났을 리도 없었다. 한스의 부엌문은 기억하고 있다. 꽤 시끄러운 편인데 소리가 들리지 않았다. 그리고 현관문을 제외하면 그게 유일한 문이다.

어리석은 행동이었다.

물론 램이 이곳에 있다가 경고를 해 주러 온 챈들러 부부와 함께 떠나지 않았다면 말이다. 그들이 여기 들렀다면 말이지만.

나는 채광창이 달린 큰 작업실로 돌아와서 잠시 벽에 걸린 물건들을 구경하며 시간을 보냈다. 그러다 구역질이 날 것만 같아서 자리에 앉아 기다렸다. 아무 문제도 없는 것처럼 보이려면 조금 더 있다가 떠나야 할 것이다. 한스가 돌아왔다.

그는 내게 술잔을 건넸고, 나는 감사를 표했다. 그가 오만하게 서서 기다리는 동안 나는 잔을 홀짝였다. 딱히 신경 쓰는 것은 아니다. 저 작자는 돈을 벌어들이고 나는 그러지 못하니까. 하지만 저 작자가 나에 대해 품고 있는 생각보다 내가 저자에게 품고 있는 생각이 훨씬 고약할 것이다.

"자네 작업은 잘 되어 가나, 웨인?"

"나쁘지 않아." 나는 이렇게 말하며 술을 홀짝였다. 내가 말한 대로 약하게, 베르무트를 많이 넣어서 만들어 준 모양이었다. 그렇게 만들면 맛이 끔찍해진다. 그러나 그 안에 든 올리브는 보다 어두운 색으로, 내가 생각하던 색에 가까운 빛으로 보였다. 어쩌면, 정말 어쩌면,

저 색을 중심으로 그림을 그리면 제대로 될지도 모른다.

"좋은 집인데, 한스." 내가 말했다. "저 채광창 말이야. 나도 저런 게 있었으면 좋겠어."

그는 어깨를 으쓱해 보였다. "어차피 자네는 모델을 쓰지 않잖아? 야외에 나가면 어차피 다를 것도 없는데."

"야외는 마음속에 있는 거지. 다를 게 없다고." 나는 이렇게 말하다가, 애초에 내 말이 무슨 뜻인지 알지도 못할 작자에게 이런 소리를 할 필요도 없다는 생각을 했다. 나는 창문, 내 작업실 쪽을 향하고 있는 창문 앞으로 가서 밖을 내다보았다. 램이 올라가는 모습이 보였으면 했지만 그녀는 그곳에 없었다. 어디에 있단 말인가? 만약 여기 있다가 내가 문을 두드린 순간 떠났다면 지금 올라가고 있어야 했다. 그녀의 모습이 보여야 했다.

나는 몸을 돌리고 그에게 물었다. "혹시 챈들러 부부가 오늘 밤에 여기 왔었나?"

"챈들러 부부? 아니. 이틀 정도 못 본 것 같은데." 그는 자기 잔을 비우고 물었다. "한 잔 더 하겠나?"

나는 사양하겠다고 말하려 했다. 그러나 순간 입이 멈췄다. 순간 우연히, 아주 우연히, 옷장 문에 시선이 멎었다. 예전에 그 안을 본 적이 있었다. 안이 그리 깊지는 않았지만, 남자 한 명 서 있을 정도 크기는 되는 물건이었다. 아니면 여자 한 명이나.

"고맙네, 한스. 한 잔 더 주게."

나는 그에게 걸어가 유리잔을 건넸다. 그는 잔을 들고 부엌으로 건너갔다. 나는 소리를 죽여 옷장 앞으로 걸어가서 문을 열어 보았다.

잠겨 있었다.

그리고 문에는 열쇠가 꽂혀 있지 않았다. 말이 안 되는 일이었다. 집을 떠날 때마다 바깥문과 창문을 전부 잠그는 작자인데, 대체 왜 옷장까지 잠글 필요가 있단 말인가?

어린 양이여, 누가 그대를 빚어냈는가?

한스가 양손에 마티니를 한 잔씩 들고 부엌에서 돌아왔다. 그리고 내가 옷장 문손잡이를 잡고 있는 모습을 보았다.

그는 잠시 꼼짝도 않고 서 있다가, 이윽고 손을 떨기 시작했다. 마티니 두 잔이, 그와 나의 마티니가, 잔 너머로 흘러넘쳐 바닥으로 방울져 떨어지기 시작했다.

나는 경쾌한 투로 그에게 물었다. "한스, 자네 보통 옷장을 잠그고 다니나?"

"그게 잠겨 있어? 아니, 보통은 그러지 않는데." 이렇게 말하고 나서, 그는 잘못 대답했다는 사실을 깨달았는지 보다 격한 투로 덧붙였다. "자네 왜 그러는 거야, 웨인?"

"아무것도 아니야." 나는 말했다. "아무것도 아니지." 그리고 주머니에서 45구경을 꺼냈다. 거리가 꽤 됐기 때문에, 덩치가 좋은 친구지만 나를 덮치려는 생각은 하지 못할 터였다.

나는 그를 향해 웃어 보였다. "열쇠를 넘겨주는 게 어때?"

더 많은 마티니가 타일 위에서 반짝였다. 이런 키 크고 덩치 좋은 잘생긴 금발 친구들은 항상 배짱이 부족하다. 공포에 꼼짝도 못하고 얼어붙어 있다. 그는 목소리를 가다듬으려 애쓰며 말했다. "어디 뒀는지 몰라. 왜 그러는 건데?"

"아무것도 아니야." 나는 말했다. "하지만 거기 그대로 있으라고. 꼼짝도 하지 마, 한스."

그는 움직이지 않았다. 유리잔이 흔들리는데도 올리브는 떨어지지 않았다. 간신히. 나는 계속 그를 바라보면서 큼직한 45구경의 총구를 열쇠구멍에 가져다댔다. 안에 있는 사람이 죽지 않도록 문 중심에서 비껴나가도록 겨누었다. 한스 바그너에게서 눈을 떼지 않으며, 시선 한쪽으로 확인하면서.

방아쇠를 당겼다. 널찍한 방인데도 총성에 귀가 먹을 지경이었지만, 나는 한스에게서 눈을 떼지 않았다. 어쩌면 깜박이기는 했을지도 모르겠다.

뒤로 물러서자 옷장 문이 천천히 열렸다. 나는 45구경의 총구를 한스의 심장에 겨누었다. 옷장 문이 천천히 내 쪽으로 열리는 동안 총은 움직이지 않았다.

올리브가 바닥 타일에 떨어지며, 평소라면 귀에 들리지 않았을 소리를 냈다. 나는 한스를 시선 기장자리에 놓은 채로 완전히 열린 옷장 문 안쪽을 들여다보았다.

램이 그곳에 있었다. 벌거벗은 채로.

나는 한스를 쏘았다. 손이 떨리지 않았기 때문에 한 발이면 충분했다. 넘어지며 심장을 감싸 쥐려는 듯 손을 움직였지만, 목적지에 도달하기에는 시간이 부족했다. 부서지는 소리와 함께 머리가 타일 위를 때렸다. 죽음의 소리였다.

나는 주머니에 총을 집어넣었다. 이제 손이 떨리기 시작했다.

한스의 이젤이 근처에 있었다. 받침대 위에 팔레트 나이프가 보였다.

나는 팔레트 나이프를 손에 들고 나의 램을, 나의 벌거벗은 램을, 캔버스 틀에서 도려낸 다음 둥글게 말아서 꼭 껴안았다. 이런 모습의 그녀는 누구에게도 보여주지 않을 것이다. 우리는 손을 잡고 함께 건물을 나와서 언덕 위의 집으로 돌아가기 시작했다. 나는 환한 달빛 속에서 그녀를 돌아보았다. 내가 웃으니 그녀도 웃었다. 그러나 그녀의 웃음은 은빛 심벌즈 소리처럼 들렸고, 내 웃음은 광인의 제라늄에서 떨어진 시든 꽃잎처럼 들렸다.

그녀의 손이 내 손에서 미끄러져 나왔다. 그녀는 춤을, 희고 가녀린 유령의 춤을 추기 시작했다.

어깨 너머로 찰랑거리는 웃음소리와 함께 그녀의 목소리가 들려왔다. "기억나요, 여보? 내가 한스와 나 사이의 관계에 대해 말했을 때 나를 죽였던 기억이 나요? 오늘 오후에 나를 죽였던 일이 떠오르지 않나요? 안 그래요, 여보? 기억 안 나요?"(1953)

날갯짓 소리
Rustle of Wings

포커가 할아버지의 종교였다고까지 말하기는 애매하지만, 그분 생애의 첫 50년 동안 종교에 가장 가까운 것이 포커이기는 했다. 내가 조부모님과 함께 살게 되었을 때 그분 연세가 대충 그 정도 되었을 것이다. 당시 일에 대해서는 꽤 자세하게 기억하고 있다. 매킨리 대통령이 암살당한 직후였기 때문이다. 매킨리의 암살과 내가 조부모님 댁으로 간 일 사이에 딱히 관계가 있었다는 말은 아니다. 그저 비슷한 시기에 일이 벌어졌을 뿐이다. 내가 열 살 무렵이었다.

할머니는 선량한 여인이며 카드에는 손도 대 본 적이 없는 분이셨다. 할아버지가 다른 곳에 펼쳐놓은 카드를 정리할 때를 제외하면 말이다. 심지어 그럴 때조차 그분은 진지하고 근엄하게, 카드가 폭발하기라도 할 듯이 다루셨다. 그러나 할아버지를 이교의 습속에서 구원해내려는 시도는 오래전에 관두신 모양이었다. 그러니까 적어도 진지한 시도는 말이다. 잔소리는 단 한순간도 포기하지 않으셨으니까.

만약 포기하셨더라면 할아버지는 그 잔소리를 그리워하셨을 것이다. 너무도 익숙해져 계셨으니까. 당시의 나는 두 분이 얼마나 어울리지 않는 한 쌍인지를 알기에는 너무 어렸다. 동네에 이름난 무신론자와 감리교 전도회 회장이라는 조합이었지만, 내게 있어 두 분은 그저 할아버지와 할머니일 뿐이었고, 두 분이 서로를 사랑하며 여러 차이점에도 불구하고 함께 삶을 누린다는 사실은 전혀 어색해 보이지 않았다.

어쩌면 애초에 조금도 이상한 일이 아니었을지도 모른다. 할아버지의 냉소적인 겉껍질 아래에는 선량한 남자가 존재했다. 내가 지금까지 만난 가장 친절하고 자비로운 분이셨다. 심술궂은 모습을 보이시는 것은 오직 미신이나 종교가 관련될 때뿐이었고, 그분은 그 두 가지를 같은 것으로 여기셨다. 사실 친구분들과 포커를 칠 때도 그러시긴 했다. 아니, 사실 말하자면 언제 어디서 누구와든 포커를 칠 때마다 그러셨지만.

게다가 실력도 꽤나 좋은 편이셨다. 잃는 금액보다 따는 금액이 조금 더 많았으니까. 그분은 포커로 벌어들이는 돈이 수입의 1할 정도라고 계산하곤 하셨다. 나머지 9할은 마을 외곽에 있는 채소 농장에서 벌어들이는 돈이었다. 하지만 관점에 따라서는 그분이 따는 만큼 잃는다고 말할 수도 있었을 것이다. 할머니는 꾸준히 헌금을 하는 분이셨고, 감리교 교회와 선교단에 십일조를 꼬박꼬박 바치셨으니까.

어쩌면 그 사실이 할아버지와 같이 살며 겪는 양심의 가책을 달래는 데 도움이 되었을지도 모르겠다. 하지만 내 기억에 따르면 할머니는 돈을 딸 때보다 잃을 때 화를 더 많이 내셨다. 무신론자라는 점을 어떻게 참아 넘기셨는지는 알 도리가 없다. 어쩌면 처음부터 할아버지 말씀을 조금도 믿지 않으셨는지도 모른다. 종교에 대한 그 모든 교조적인 반대 자세를 말이다.

나는 그분들과 3년을 함께 살았다. 큰 변화가 일어났을 당시에는 아마 열세 살 즈음이었을 것이다. 꽤나 옛날 일이지만, 그 변화가 시작된 그날 밤은 잊히지 않는다. 거실에서 피막으로 된 날개가 퍼드덕대는 소리를 들었던 그날 밤. 종자 외판원이 우리와 함께 식사를 하고, 이후 할아버지와 함께 포커를 쳤던 그날 밤의 일이었다.

내가 절대 잊지 못할 그 남자의 이름은 찰리 브라이스였다. 키가 작은 남자였다. 나와 비슷한 키였는데, 당시 내 키는 5피트 더하기 한두 인치 정도밖에 되지 않았다. 몸무게도 100파운드를 살짝 넘는 정도였을 것이다. 짧게 자른 검은 머리카락은 좁은 이마를 상당히 가리고 있었지만, 정수리로 올라가면 1달러 은화 하나 크기만큼 머리가 벗어진 자리가 있었다. 그 벗어진 자리는 아직도 선명하게 기억난다. 포커를 치는 동안 그의 뒤에 한동안 서서, 탁자 위에 놓인 1달러 은화가 그 자리에 딱 맞을 것이라고 생각하고 있었기 때문이다. 그의 얼굴은 전혀 기억나지 않는다.

저녁식사 자리에서 무슨 대화를 했는지는 기억나지 않는다. 아마도 대부분 종자 구매에 관한 것이었을 것이다. 그때까지 할아버지의 주문을 받는 일이 아직 마무리되지 않았었기 때문이다. 외판원이 찾아온 것은 오후 늦은 시간이었다. 할아버지는 트럭에 채소를 잔뜩 싣고는 중개 상인과 함께 마을로 나가신 후였는데, 할머니는 할아버지가 금방 돌아올 것이라고 생각했기 때문에 외판원에게 기다리라고 말씀하셨다. 그러나 할아버지가 트럭을 끌고 돌아오셨을 때는 시간이 너무 늦어버려서, 할머니는 외판원에게 함께 저녁을 들자고 권하셨고, 그는 기꺼이 권유를 받아들였다.

내 기억에 따르면 할아버지와 찰리 브라이스는 여전히 식탁 앞에 앉아 있었고, 나는 할머니가 식탁을 치우시는 것을 돕고 있었다. 그리고 브라이스는 빈 주문서를 앞에 꺼내 놓고는 할아버지의 주문을 마저 받아 적고 있었다.

마지막 접시를 치우고 냅킨을 처리하러 돌아왔을 때에서야 처음으로 포커가 화제에 올랐다. 어느 쪽에서 먼저 포커 이야기를 꺼냈는지는 모르겠다. 그러나 할아버지는 며칠 전 밤에 마지막으로 쳤던 포커에서 손에 들어왔던 패에 대해 열정적으로 설명하고 계셨다. 그리고 낯선 남자는—아무래도 찰리 브라이스가 처음 만난 사람이었다는 사실을 설명하는 것을 잊어버렸던 모양이다. 우리는 예전에 그를 만난 적이 없었고, 이후로도 만난 적이 없는 것으로 보아 바로 다른 지역으로 옮긴 모양이었다—웃음 띤 얼굴로 그분의 말씀을 경청하고 있었다. 그래, 그의 얼굴은 기억나지 않지만, 계속 웃음 띤 얼굴이었다는 사실은 기억이 난다.

나는 냅킨과 고리를 집어 들어 할머니가 식탁보를 빼낼 수 있도록 해 드렸다. 그리고 할머니가 식탁보를 접으시는 동안 그중 세 장, 그러니까 할머니와 할아버지와 나의 냅킨은 고리에 걸고 남은 한 장, 외판원의 냅킨은 세탁물 바구니에 넣었다. 할머니는 다시 특유의 표정을 지으셨다. 카드놀이를 하거나 카드 이야기를 할 때마다 지으시는, 입술을 꾹 다물고 못마땅한 표정을 말이다.

그러다 할아버지가 말씀하셨다. "여보, 카드 어디 있지?"

할머니는 코웃음과 함께 말씀하셨다. "당신이 맨날 넣어두는 장소에 있죠, 윌리엄." 그러자 할아버지는 항상 카드를 두는 찬장 서랍에서 카드를 가져오고 주머니에서 은화를 한 움큼 꺼내신 다음 낯선 남자, 즉 찰리 브라이스와 함께 커다란 정사각형 식탁 한쪽 구석에서 2인 스터드 포커를 치기 시작하셨다.

나는 한동안 부엌에서 할머니의 설거지를 도왔다. 그러다 돌아오자 은화의 대부분이 브라이스 앞에 놓여 있는 것이 보였다. 할아버지 앞자리에 은화가 아닌 달러 지폐가 쌓여 있는 것으로 보아 지갑까지 열어버리신 모양이었다. 당시의 달러 지폐는 지금의 팔랑거리는 작은 종이쪽과는 차원이 다른 큼지막한 물건이었다.

설거지를 끝낸 다음, 나는 한동안 포커판을 구경하며 서 있었다. 양쪽이 손에 들고 있던 패는 전혀 기억나지 않는다. 하지만 판돈이 오락가락하던 모습은 기억난다. 어느 쪽도 10이나 20달러 정도밖에는 앞서거나 뒤처지지 않았지만 말이다. 그리고 잠시 시간이 흐른 후, 낯선 남자가 시계를 바라보며 10시 기차를 타고 싶으니 9시 반이 되면 그만 쳐도 되겠느냐고 말하고, 할아버지가 당연히 괜찮다고 말씀하시던 것이 기억난다.

그렇게 시간이 흘러 9시 30분이 되었을 때 앞서 있는 쪽은 찰리 브라이스였다. 처음 걸었던 돈을 제한 다음에도 은화 더미가 남아 있었고, 그가 남은 은화를 세며 미소를 짓던 모습이 기억난다. 그가 입을 열었다. "정확하게 13달러로군요. 은화 열세 닢입니다."

"빌어먹을 악마놈 같으니." 할아버지가 말씀하셨다. 이게 그분이 가장 자주 사용하시는 감탄사였다.

그리고 할머니는 코웃음을 치셨다. "악마 이야기를 하면 악마의 날갯짓 소리가 들린다는 말 몰라요?"

찰리 브라이스는 작은 소리로 쿡쿡 웃었다. 그는 카드 한 벌을 손에 들고는 부드럽게, 자기 웃음소리만큼 부드럽게 쓸어 넘기며 물었다. "이렇게 말인가요?"

나는 이 시점부터 겁을 먹기 시작했다.

그러나 할머니는 다시 한번 코웃음을 치셨을 뿐이었다. 그분은 말씀하셨다. "그래요, 그렇게요. 그리고 여기 신사분들이 괜찮으시다면 저는 이만 실례하죠… 그리고 조니, 너도 오래 있지 않는 편이 좋을 것 같구나."

할머니는 그대로 2층으로 올라가 버리셨다.

외판원은 가볍게 웃고는 다시 카드를 쓸어 넘겼다. 이번에는 더 큰 소리를 내면서. 카드 넘기는 소리와 딱 맞아 떨어지는 은화 열세 닢, 둘 중 어느 쪽이 문제였는지는 모르지만 여하튼 나는 겁에 질려 있었다. 더 이상 외판원 뒤에 서 있을 수가 없었다. 나는 식탁을 빙 돌아갔다. 그는 내 얼굴을 바라보며 웃음을 짓고는 이렇게 말했다. "꼬마야, 너는 아무래도 악마를 믿는 것 같구나. 그리고 내가 악마라고 생각하고 있고. 그렇지?"

나는 "아뇨, 선생님" 하고 말했지만, 아무래도 그리 신빙성 있게 들리지 않았던 모양이다. 할아버지는 큰 소리로 웃으셨다. 평소에는 그렇게 크게 소리 내어 웃으시는 분이 아니었는데도 불구하고.

할아버지가 말씀하셨다. "정말 놀랍구나, 조니. 정말로 믿는 것처럼 들리는 대답이잖니!" 그리고 그분은 다시 크게 웃어 젖히셨다.

찰리 브라이스는 할아버지를 바라보았다. 두 눈이 반짝이고 있었다. 그는 물었다. "그럼 선생님은 믿지 않으시는 겁니까?"

할아버지는 웃음을 멈추고는 말씀하셨다. "그만두게, 찰리. 아이한테 이상한 생각을 주입하고 있잖은가." 그분은 할머니가 올라가셨는지 확인하려 주변을 둘러보았다. "이 아이가 미신을 믿게 되지는 않았으면 한단 말일세."

"사람이라면 누구든 어느 정도는 미신적인 법이지요." 찰리 브라이스가 말했다.

할아버지는 고개를 저으셨다. "난 아닐세."

브라이스가 말했다. "아니라고 생각하시겠지만, 실제로 시험해 본다면 분명 그런 부분이 있을 겁니다. 내기할 수도 있어요."

할아버지는 얼굴을 찌푸리셨다. "뭘 어떻게 내기를 한다는 건가?"

외판원은 다시 한번 카드를 손으로 훑고는 내려놓았다. 그리고는 은화를 집으며 다시 수를 세었다. "선생님의 1달러에 제 13달러를 걸지요. 선생님 본인이 악마를 믿지 않는다는 사실을 증명하기 두려워하실 것이라는 쪽에 은화 13닢을 걸겠습니다."

할아버지는 지폐를 다 치우신 후였지만, 다시 지갑을 꺼낸 다음 그 안에서 1달러를 꺼내서 두 사람 사이의 식탁 가운데 놓으셨다. 그러고는 말씀하셨다. "찰리 브라이스, 내기를 받아들이겠네."

찰리 브라이스는 그 옆에 은화 무더기를 놓은 다음, 주머니에서 만년필을 꺼냈다. 할아버지가 종자 주문서에 서명을 하신 바로 그 펜이었다. 그걸 기억하는 이유는 내가 처음으로 본 만년필이었으며, 따라서 흥미가 생겼기 때문이었다.

찰리 브라이스는 할아버지에게 만년필을 건넨 다음 주머니에서 깨끗한 종자 주문서 한 장을 꺼내서 할아버지 앞의 탁자에 내려놓았다. 인쇄 내용이 없는 쪽이 위로 가게 해서.

그리고 그는 말했다. "여기에 '13달러에 내 영혼을 판다'라고 적고 서명을 해 주십시오."

할아버지는 크게 웃으며 만년필을 손에 드셨다. 그리고 빠른 속도로 글을 쓰기 시작하셨지만, 이내 속도가 느려지더니 마침내는 멈추고 마셨다. 그분이 얼마나 쓰셨는지는 내 위치에서는 볼 수가 없었다.

그분은 탁자 맞은편의 찰리 브라이스를 바라보시더니, 입을 여셨다. "혹시라도—?" 그리고 그분은 다시 한참 동안 종이를 내려다보시다가, 이윽고 식탁 위의 은화 무더기 쪽으로 시선을 돌리셨다. 14달러. 1달러 지폐와 은화 13닢 쪽으로.

그리고 그분은 웃음을 지으셨다. 열에 달뜬 웃음이었다.

"판돈은 가져가게, 찰리. 아무래도 자네가 이긴 것 같군."

그걸로 끝이었다. 외판원은 웃으며 돈을 집어 들었고, 할아버지는 그를 기차역까지 바래다주셨다.

그러나 할아버지는 그 후로 어딘가 달라지셨다. 아, 포커를 그만두셨다는 말은 아니다. 그쪽으로는 절대 변하지 않으셨으니까. 심지어 할머니와 함께 매주 일요일마다 교회에 나가기 시작하신 다음에도, 그리고 마침내 교구 위원으로 선출되신 다음에도 카드는 계속 치셨다. 그리고 할머니는 그에 대해 잔소리를 멈추지 않으셨다. 할머니의 잔소리에도 불구하고, 할아버지는 내게 포커 치는 법을 가르쳐 주기까지 하셨다.

그 후로 찰리 브라이스는 두 번 다시 모습을 보이지 않았다. 아마 담당 구역이 바뀌었거나 다른 직업을 찾았을 것이다. 그리고 1913년 할아버지의 장례식 날이 되어서야, 나는 할머니가 그날 밤 내기의 전모를 모두 엿들으셨다는 사실을 알게 되었다. 복도의 다용도실에서 옷을 개키느라 아직 2층으로 올라가지 않고 계셨던 것이다. 할머니는 그날 밤으로부터 10년이 지난 후, 장례식을 마치고 집으로 돌아오는 길에서야 내게 그 사실을 알려주셨다.

할아버지가 손을 멈추지 않고 서명을 하려고 하셨다면 바로 들어와 말리셨을지 여쭈어 보았던 기억이 난다. 그러자 할머니는 웃음을 지으며 대답하셨다. "그랬을 리가 없잖니, 조니. 그리고 설령 그랬다고 해도 아무 상관도 없었을 거다. 만약 실제로 악마가 존재한다면, 그렇게 변장하고 돌아다니며 사람을 유혹하도록 신께서 가만 놔두실 리가 없지 않니."

"그럼 할머니였다면 서명하셨을 거예요?" 내가 물었다.

"종이쪽에 장난으로 글을 쓰는 대가로 13달러를 받는 일 아니니, 조니? 당연히 서명해야지. 너라면 어쨌을 것 같으니?"

"모르겠어요." 나는 이렇게 말했다. 오랜 세월이 지난 지금에도, 나는 여전히 그 답을 찾지 못하고 있다. (1953)

거울의 방
Hall of Mirrors

처음에는 일시적인 실명 현상이라는 생각을 한다. 밝은 대낮에 갑자기 사방이 컴컴해졌으니 말이다.

눈이 멀었을 수밖에 없다는 생각이 든다. 방금 전까지 당신의 피부를 태우던 태양이 갑자기 빛을 잃어서 암흑에 휩싸였을 리는 없지 않겠는가?

몸의 감각을 통해 지금 서 있다는 사실을 알게 된다. 방금 전까지만 해도 캔버스 의자에 거의 눕다시피 편안하게 앉아 있었는데 말이다. 베벌리힐스에 있는 친구 집에서. 당신의 약혼녀 바버라와 대화를 나누며. 바버라를, 수영복을 입은 그녀의 몸을, 환한 햇볕에 그을린 그녀의 아름다운 금빛 피부를 바라보면서.

수영복을 입고 있었다. 그러나 지금 수영복의 감각은 느껴지지 않는다. 탄력 있는 고무줄의 느낌이 더 이상 허리에 느껴지지 않는다. 당신은 엉덩이를 더듬어 본다. 벌거벗고 있다. 그리고 자리에서 일어나 있다.

무슨 일이 일어났는지는 몰라도, 단순히 어둠에 휩싸이거나 눈이 멀어버린 것 이상의 일이 벌어졌다는 사실만은 분명하다.

당신은 손을 앞으로 내밀어 더듬어 본다. 평범하고 매끈한 표면이, 벽이 만져진다. 손을 사방으로 움직이다 보니 모서리에 가 닿는다. 천천히 몸을 돌린다. 두 번째 벽, 세 번째 벽, 이어서 문이 나타난다. 당신은 4평방피트 정도 넓이의 옷장 안에 있다.

손이 손잡이를 찾아낸다. 손잡이를 돌리고 문을 밀어서 연다.

이제 빛이 있다. 문이 열리자 조명이 켜진 방이 나타난다… 예전에 본 적이 없는 방이다.

그리 크지는 않지만 깔끔하게 정돈되어 있다. 모든 가구가 당신에게 낯선 형태의 물건이기는 하지만. 당신은 예의를 차려 소리가 나지 않게 조심해서 문을 마저 연다. 그러나 방 안에 사람은 한 명도 존재하지 않는다.

당신은 방 안으로 걸음을 옮기다가, 몸을 돌려 뒤편의 옷장을 바라본다. 이제 방 안의 조명을 받아 안쪽이 환하게 보인다. 옷장이면서 동시에 옷장이 아니다. 옷장 정도의 크기와 형태를 가지고 있지만, 안에는 아무것도 들어 있지 않다. 책 한 권도, 옷을 거는 막대도, 서랍도 보이지 않는다. 폭 4피트 너비 4피트의 아무것도 없이 텅 빈 공간일 뿐이다.

당신은 옷장의 문을 닫고 그 자리에 서서 방 안을 둘러본다. 폭 12피트에 너비 16피트 정도의 방이다. 문이 하나 보이지만 닫혀 있다. 창문은 없다. 가구는 다섯 점 보인다. 네 가지는 어느 정도 알아볼 법한 물건이다. 하나는 매우 실용적인 형태의 책상처럼 보인다. 하나는 분명 의자다… 꽤 편안해 보이는 물건이다. 탁자도 하나 있는데, 물건을 놓는 면이 하나가 아니라 여러 층으로 되어 있다. 다른 하나는 침대거나 소파다. 그 위에 뭔가 반짝이는 물건이 놓여 있다. 당신은 그쪽으로 걸어가서 반짝이는 물건을 집어 확인해 본다. 옷으로 보인다.

벌거벗은 상태이기 때문에, 당신은 그것을 몸에 걸친다. 침대 (또는 소파) 아래 슬리퍼가 반쯤 들어간 상태로 놓여 있고, 당신은 그 안에 발을 집어넣는다. 발에 딱 맞는 데다 따뜻하고, 지금까지 신어 본 그 무엇보다도 편안한 느낌이 든다. 양모와 흡사하지만 그보다 더 부드럽다.

이제 옷을 전부 입었다. 당신은 문을 바라본다. 이 방 안에 존재하는 유일한 문이다. 당신이 들어왔던 옷장 (옷장?) 문을 제외하면 말이다. 문가로 걸어가지만, 손잡이를 돌리기 전 그 바로 위에 붙어 있는 타자기로 친 작은 쪽지에 눈이 가 닿는다.

이 문은 1시간 후에 열리도록 시한 자물쇠가 걸려 있습니다. 이유는 곧 알게 되겠지만, 그 전에는 방을 나서지 않는 편이 좋을 겁니다. 책상 위에 당신에게 보내는 편지가 있습니다. 부디 읽어 주십시오.

서명은 보이지 않는다. 책상 쪽을 보니 봉투가 하나 놓여 있는 것이 보인다.

그러나 바로 책상으로 가서 봉투 안에 들어 있을 편지를 읽어보지는 않는다.

왜? 두렵기 때문이다.

당신은 방 안의 다른 물건들을 둘러본다. 빛을 발하는 물건은 보이지 않는다. 조명의 광원을 찾을 수가 없다. 간접 조명도 아니다. 천장도 벽도 빛을 반사하는 재질은 아니다.

원래 있던 곳에는 이런 식의 조명은 존재하지 않았다. 잠깐, 원래 있던 곳이라니, 방금 왜 그런 생각을 한 것일까?

당신은 눈을 감고 속으로 되뇌인다. 나는 노먼 헤이스팅스다. 남캘리포니아 대학의 수학과 부교수다. 나이는 25세고, 올해는 1954년이다.

당신은 눈을 뜨고 다시 주변을 둘러본다.

1954년의 로스앤젤레스에서는 이런 형태의 가구를 사용하지 않는다. 아니, 사실을 말하자면 당신이 아는 그 어떤 곳에서도 마찬가지다. 저쪽 구석에 놓인 저 가구는— 무엇에 쓰는 물건인지조차 파악할 수가 없다. 할아버지가 당신 정도의 나이였을 때 텔레비전 세트를 보았다면 그런 생각을 했을 것이다.

그리고 자신의 몸을, 당신을 위해 준비되어 있던 의복을 내려다본다. 그리고 엄지와 검지로 만지며 그 재질을 느껴본다.

생전 처음 느끼는 촉감이다.

나는 노먼 헤이스팅스다. 올해는 1954년이다.

문득 당장 알아내야겠다는 생각이 든다.

당신은 책상 앞으로 가서 그 위에 놓인 봉투를 집는다. 봉투에는 당신의 이름이 인쇄되어 있다. 노먼 헤이스팅스.

봉투를 여는 손이 살짝 떨린다. 그러나 탓할 수는 없는 노릇 아니겠는가?

타자로 친 종이가 여러 장 들어 있다. 친애하는 노먼, 이라는 문장으로 편지가 시작된다. 당신은 재빨리 맨 끝으로 넘어가 서명을 확인한다. 서명은 보이지 않는다.

당신은 다시 처음으로 돌아와 편지를 읽기 시작한다.

'겁먹지 마십시오. 두려워할 일은 전혀 없습니다. 설명할 일은 많지만요. 문의 시한 자물쇠가 열리기 전에 여러 가지를 이해해야 합니다. 반드시 받아들이고— 내 말에 따라야 합니다.

지금 미래에 와 있다는 사실은 이미 인지하고 있을 것입니다. 당신에게 있어서는 미래라는 뜻이지요. 의복과 방의 모습을 보고 그 사실은 이미 깨달았을 겁니다. 당신이 갑자기 큰 충격을 받지 않도록 세심하게 준비한 것입니다. 내 편지로 모든 정보를 주입받고 믿지 않게 되는 것보다는 스스로 시간을 두고 방 안을 살펴보면서 깨닫는 쪽이 나을 테니까요.

당신이 조금 전 나온 "옷장"은, 이미 깨달았겠지만 타임머신입니다. 당신은 그 기계를 통해 2004년의 세계로 오게 된 것입니다. 날짜는 4월 7일입니다. 당신이 마지막으로 기억하는 때로부터 정확하게 50년 후입니다.

돌아갈 방법은 없습니다.

당신을 이렇게 만든 사람은 나입니다. 그 때문에 나를 싫어하게 될지도 모르겠군요. 나로서는 알 수 없는 일입니다. 당신 감정은 당신에게 달린 일이고, 나하고는 아무 상관도 없으니까요. 당신만이 아니라 다른 여러 사람에게도 중요한 결정은 따로 있습니다. 나로서는 내릴 수 없는 결정입니다.

이 글을 쓰고 있는 사람이 누구라고 생각하시나요? 아직은 당신에게 말해주지 않는 편이 나을 거 같군요. 이 글을 끝까지 읽고 나면 서명이 없더라도(당신이 서명이 있는지를 찾아보았을 거라는 사실은 알고 있습니다) 굳이 내 정체를 말할 필요는 없을 겁니다. 자연스레 알게 될 테니까요.

내 나이는 일흔다섯입니다. 올해가 2004년이니 '시간'을 연구해온 지도 30년이 되는 셈이로군요. 나는 인류 최초의 타임머신을 완성했습니다. 아직은 그 건조 방법도, 심지어는 완성했다는 사실조차도 나 혼자만 알고 있는 비밀입니다.

당신은 방금 첫 대규모 실험에 참가한 것입니다. 더 이상의 실험이 필요할지, 이 물건을 세계에 공표해야 할지, 또는 파괴해서 두 번 다시 사용할 수 없게 만들지를 결정하는 것이 당신의 책임입니다.'

첫 번째 장은 여기서 끝난다. 당신은 한참 동안 종이를 들여다보며 다음 장으로 넘기지 못하고 머뭇거린다. 이미 무슨 일이 벌어질지를 예상하고 있기 때문이다.

당신은 다음 장으로 넘어간다.

'첫 타임머신을 완성한 것은 1주 전의 일이었습니다. 계산에 따르면 작동할 것은 분명했지만, 어떤 식으로 작동할지는 예측할 수 없었습니다. 처음에는 아무런 문제나 손상 없이 과거로 물건을 보낼 수 있는 기계가 나올 것이라고 기대했습니다. 시간을 거슬러 올라갈 수만 있고 앞지르지는 못하는 기계니까요.

첫 실험을 통해 내가 실수했다는 것을 알게 되었습니다. 타임머신, 그러니까 당신이 조금 전 나온 기계의 축소판에 금속 입방체를 하나 넣은 다음 10년 전으로 눈금을 맞췄습니다. 그리고 스위치를 올리고 입방체가 사라졌을 거라고 기대하며 문을 열었지요. 그러나 그 안에는 가루가 된 금속 입방체가 있을 뿐이었습니다.

다음에는 다른 입방체를 넣고 2년 전으로 조율했습니다. 두 번째 입방체는 기계 안에 그대로 있었습니다. 단지 반짝이는 새 물건이 되어 있을 뿐이었습니다.

나는 이를 통해 해답을 얻었습니다. 입방체가 과거로 돌아가리라 생각을 했고, 실제로 그런 일이 일어났지만, 내가 예상한 것과는 전혀 다른 방식으로 그런 일이 일어났던 겁니다. 실험에 사용한 금속 입방체를 제작한 것은 3년 전의 일이었습니다. 첫 입방체는 그런 형태를 가지게 되기 전의 모습으로 돌아가 버린 것입니다. 10년 전에는 광물 속에 포함되어 있었겠지요. 기계는 입방체를 그때의 상태로 돌려놓은 것입니다.

예전에 세웠던 타임머신에 관한 이론이 어떤 식으로 틀린 것인지 알겠습니까? 2004년에 타임머신에 들어가서 50년을 거슬러 올라가면 1954년의 세상으로 나갈 수 있으리라고 생각했지요… 하지만 타임머신은 그런 식으로 작동하는 것이 아닙니다. 기계는 시간을 거슬러 움직이지 못합니다. 그저 기계 안에 들어있는 물건만이 영향을 받게 되는 겁니다. 그것도 오직 자신만이, 주변의 나머지 우주와는 독립적으로 말이지요.

기니피그를 사용한 실험에서 내 가설을 확인할 수 있었습니다. 6주 된 기니피그를 5주 전으로 보내니 새끼가 되어 나오더군요.

여기서 내 실험을 전부 설명할 필요는 없겠지요. 책상에 실험에 관련된 기록을 전부 넣어 놓았으니 나중에 확인할 수 있을 겁니다.

이제 당신에게 무슨 일이 벌어진 것인지 이해가 되십니까, 노먼?'

당신은 이해하기 시작한다. 그리고 식은땀을 흘리기 시작한다.

지금 읽고 있는 이 편지를 쓴 사람은 당신 본인, 2004년이 되어 75세의 노인이 된 당신인 것이다. 당신은 50년 전의 육체로 돌아간 75세의 노인인 것이다. 50년 동안의 기억을 모두 잃어버린 채로.

당신이 타임머신을 발명한 것이다.

그리고 자신을 이용해 타임머신을 실험하기 전에, 자신을 인도하기 위해 이런 준비를 해 놓은 것이다. 자신을 위해 지금 읽고 있는 이 편지를 쓴 것이다.

하지만 그 50년이 송두리째 사라져 버렸다면, 당신의 친구들, 사랑하던 이들은 어떻게 된 것인가? 부모님은? 결혼할, 아니 결혼할 예정이었던 여인은?

당신은 계속 편지를 읽는다.

'그래요, 무슨 일이 일어났는지 알고 싶을 겁니다. 어머니는 1963년에, 아버지는 1968년에 돌아가셨습니다. 당신은 1956년에 바버라와 결혼했습니다. 이런 말을 하게 되어 유감스럽지만, 바버라는 그로부터 3년 후 비행기 사고로 세상을 떠났습니다. 당신에게는 아들이한 명 있습니다. 아이의 이름은 월터고, 지금 46세이며 캔자스시티에서 회계사로 일하고 있습니다.'

순간 눈물이 앞을 가려 더 이상 편지를 읽지 못한다. 바버라가 죽었다― 45년 전에 목숨을 잃었다. 주관적인 시간으로는 방금 전까지 그녀 옆에 앉아 있었는데. 베벌리힐스의 정원에서 따사로운 햇볕을 받으며…

당신은 자신을 추스르고 다시 편지를 읽기 시작한다.

'일단 발명 이야기로 돌아가지요. 이 기계를 응용할 수 있는 방법이 떠오르기 시작할 겁니다. 그 한계를 생각해 내려면 시간이 필요하겠지만요.

우리가 생각하던 대로의 시간여행을 할 수는 없겠지만, 이 기계를 통해 일종의 불멸성을 획득할 수 있습니다. 내가 우리들에게 부여한 것과 같은 일시적인 불멸성을 말입니다.

이게 좋은 일일까요? 육체를 비교적 젊은 시절로 되돌리는 대신 50년 동안의 기억을 잃는 것이 과연 가치 있는 일일까요? 그것을 알아내려면 직접 시도해 볼 수밖에 없었습니다. 이 편지를 다 쓰고 나머지 준비를 마치는 대로 실행에 옮길 겁니다.

해답은 당신이 알게 될 겁니다.

하지만 결정을 내리기 전에 다른 문제가 하나 존재한다는 사실을 기억하기 바랍니다. 심리적인 문제보다 더 중요할지도 모릅니다. 바로 인구 과잉 문제입니다.

만약 세상에 우리의 발견이 알려지게 된다면, 나이가 들거나 죽음을 맞이하기 직전인 자들이 다시 젊어질 수 있게 된다면, 매 세대가 지나갈 때마다 인구는 거의 두 배씩 불어날 겁니다. 그리고 세계는—심지어 비교적 개화된 우리들의 나라조차도—강제적 출산 제한이라는 해결책을 도입하려 하지 않을 겁니다.

2004년 현재의 세계에 이 발명품을 선사하게 되면, 한 세대도 지나지 않아 기아와 고난과 전쟁이 세상을 휩쓸게 될 겁니다. 문명이 완전히 무너지게 될지도 모릅니다.

그래요, 다른 행성에 도달하기는 했습니다. 그러나 식민지를 만들기에 적합한 행성은 없습니다. 다른 항성에 도달할 수 있다면 해결될지도 모르지만, 아직 우리에게 그런 일은 불가능합니다. 언젠가 그런 일이 가능해지면 거주 가능한 수백만 개의 행성이 우리에게 해답이 될 수 있을지도 모릅니다… 우리의 거주 공간이 될 수 있을 겁니다. 하지만 그런 미래가 오기 전까지 해답이 존재할 수 있겠습니까?

기계를 파괴한다면? 하지만 이 기계로 구할 수 있는 수많은 생명을, 예방할 수 있는 고통을 생각해 보십시오. 암으로 죽어가는 사람에게 이 기계가 어떤 존재일지를 생각해 보십시오. 생각을…'

생각이라. 당신은 편지를 끝까지 읽고 책상 위에 내려놓는다.

당신은 45년 전에 목숨을 잃은 바버라를 떠올린다. 그리고 그녀와 함께 보낸 3년 동안의 결혼생활을, 이제 기억할 수 없는 그 세월이 존재했다는 사실을 떠올린다.

50년을 잃어버렸다. 당신은 일흔다섯 먹은 노인에게, 나이를 먹은 당신이자 당신에게 이런 일을 저지른 존재이자… 당신에게 결정권을 떠넘겨 버린 그 노인에게 욕설을 퍼붓는다.

쓸쓸한 기분으로, 당신은 이미 어떤 결정을 내려야 할지를 알고 있다는 사실을 깨닫는다. 그도 알고 있었을 것이라고, 당신에게라면 안심하고 맡길 수 있다는 사실을 깨달았을 것이라고 생각한다. 빌어먹을 노인네 같으니. 알고 있었을 것이 분명하다.

파괴하기에는 너무 귀중하고, 넘기기에는 너무 위험하다.

그렇다면 남은 해답은 고통스러울 정도로 명백하다.

이 발견의 파수꾼이 되어 인류에게 안전하게 선사할 수 있을 때까지 비밀로 간직해야 한다. 인류가 다른 별로 뻗어나가 거주할 새로운 행성을 찾을 때까지. 아니면 굳이 그러지 않더라도 사고 또는 자의적인 죽음에 맞추어 신생아의 수를 제한할 수 있는 수준의 문명에 도달할 때까지.

만약 50년 안에 이런 일이 벌어지지 않는다면(애초에 그렇게 쉽게 달성할 수가 있겠는가?), 75세가 된 당신은 이와 같은 편지를 한 번 더 써야 할 것이다. 지금 겪은 것과 흡사한 과정을 한 번 더 거쳐야 할 것이다. 그리고 당연하게도 같은 결정을 내릴 것이다.

당연한 일 아닌가? 완벽하게 동일한 사람으로 돌아올 테니까.

그렇게 몇 번이고 반복해서 인류가 준비가 될 때까지 비밀을 간직하는 것이다.

이렇게 책상 앞에 앉아서, 지금 하는 생각을 하며, 지금 느끼는 비탄을 느끼는 일이 앞으로 몇 번이나 반복될까?

문에서 철컥 하는 소리가 들린다. 당신은 시한 자물쇠가 열렸다는 사실을 깨닫는다. 이제 자유롭게 방을 떠날 수 있으며, 이미 삶을 누렸고 잃어버렸던 그 공간에서 자유롭게 새로운 삶을 시작할 수 있는 것이다.

그러나 당신은 서둘러 문을 나서려 하지 않는다.

당신은 그대로 그곳에 앉은 채로 멍하니 앞을 바라본다. 옛날 이발소에서처럼 서로를 마주보게 설치되어 같은 모습을 끝없이 반복해 비추어 주는, 그런 거울의 모습이 당신 마음의 눈앞에 끝없이 펼쳐지고 있다. (1953)

해답
Answer

　드워 에브는 마지막 연결 단자를 장중하게 금으로 용접해 연결했다. 십 수개의 텔레비전 카메라의 눈이 그를 주시하고 있었고, 서브 에테르의 흐름은 그의 모든 움직임을 십 수개의 영상에 담아 우주 곳곳으로 나르고 있었다.

　그는 몸을 일으키고 드워 레인에게 고개를 끄덕인 다음, 회로의 연결을 완료할 스위치 옆으로 걸음을 옮겼다. 이제 이 스위치를 올리면 그 즉시 거주자가 있는 우주의 모든 행성, 960억 개의 행성에 존재하는 모든 초대형 계산 기계들이 하나로 연결될 것이다. 은하 전체에 존재하는 모든 지식을 하나로 모을 수 있는 어마어마한 인공 기계가 완성될 것이다.

　드워 레인은 자신들을 지켜보고 있는 수조 명의 사람들에게 짤막하게 연설을 했다. 잠시 침묵이 흐르고, 이내 그는 입을 열었다. "자, 드워 에브."

　드워 에브는 스위치를 올렸다. 장중한 진동이 땅을 울리기 시작했다. 960억 개의 행성에서 강대한 힘이 흘러들어오고 있었다. 수 마일에 걸쳐 늘어서 있는 패널에서 불빛이 깜빡이다 사라지기를 반복했다.

드워 에브는 한 걸음 물러나며 심호흡을 했다. "첫 질문을 던지는 영예는 그대의 것입니다, 드워 레인."

"고맙네." 드워 레인이 말했다. "지금까지 어떤 인공 기계도 답하지 못했던 질문을 해야겠지."

그는 기계를 돌아보며 물었다. "신은 존재하는가?"

강대한 목소리는 조금도 머뭇거리지 않고 대답했다. 톱니 하나가 돌아갈 만큼의 시간도 걸리지 않았다.

"그렇다. 이제 신은 존재하노라."

순간 드워 에브의 얼굴에 공포의 기색이 스치고 지나갔다. 그는 몸을 날려 스위치로 손을 뻗었다.

구름 한 점 없는 하늘에서 벼락 한 줄기가 뻗어 내려와 그를 태우고, 그대로 스위치를 녹여 고정시켜 버렸다. (1954)

데이지
Daisies

   마이클슨 박사는 아내인 마이클슨 부인에게 자신의 실험실 겸 온실인 복합 구조물을 보여주고 있었다. 그녀가 마지막으로 이곳에 온 것은 몇 달 전의 일이었고, 그동안 새로운 실험 장비가 꽤 늘어나 있었다.

   "그럼 당신 정말로 진지하게 말했던 거로군요, 존," 부인이 마침내 말했다. "꽃하고 대화를 나누는 실험을 하고 있다고 말했을 때 말이에요. 나는 당신이 농담을 하는 줄로만 알았어요."

   "농담이었을 리가 있나." 마이클슨 박사가 말했다. "일반 대중이 믿는 바와는 달리, 꽃들은 적어도 일정 수준의 지능을 가지고 있소."

   "하지만 말을 하지는 못하잖아요!"

   "우리와 같은 방식으로는 못하지. 하지만 일반 대중이 믿는 바와는 달리, 꽃들도 의사소통을 할 수 있다오. 정신 감응과 같은 방식이고, 언어 대신 영상을 사용하는 것뿐이지."

   "자기들 사이에서는 그럴 수 있겠지만, 분명 우리는—"

   "여보, 일반 대중이 믿는 바와는 달리, 꽃과 인간 사이의 의사소통도 가능하다오. 아직까지는 단방향 통신만 성공했지만 말이지. 즉,

나는 꽃들의 생각을 읽을 수는 있지만 내 생각을 꽃들에게 들려주지는 못한다는 말이오."

"하지만— 어떻게 그런 일이 가능한 거죠, 존?"

그녀의 남편이 대답했다. "일반 대중이 믿는 바와는 달리, 인간과 꽃의 생각은 모두 전자파이기 때문에— 잠깐, 여보. 이건 직접 보여주는 편이 더 쉬울 것 같소."

그는 연구실 반대쪽 끝에서 작업을 하고 있는 조수를 불렀다. "윌슨 양, 미안하지만 통신 장치를 좀 가져다주겠나?"

윌슨 양이 통신 장치를 가져왔다. 머리띠에서 전선이 하나 뻗어나와 손잡이가 달린 막대에 연결되어 있는 물건이었다. 마이클슨 박사는 아내의 머리에 머리띠를 씌운 후 손에 막대를 들려 주었다.

"사용법은 꽤나 간단하다오." 박사는 부인에게 이렇게 일렀다. "꽃 근처로 막대를 가져가면, 막대가 꽃의 생각을 수신하는 안테나 역할을 하게 된다오. 그러면 당신도 알게 되겠지만, 일반 대중이 믿는 바와는 달리—"

그러나 마이클슨 부인은 남편의 말을 듣고 있지 않았다. 그녀는 창틀에 있는 데이지 화분 근처에 막대를 대고 있었다. 잠시 후 그녀는 막대를 내려놓고 핸드백에서 작은 권총을 꺼냈다. 그리고 우선 남편을 쏜 다음, 이어 조수인 윌슨 양을 쏘았다.

일반 대중이 믿는 바와는 달리, 데이지는 침묵을 지키지 않는다.

(1954)

대동소이
Pattern

마시 양은 코웃음을 쳤다. "다들 뭘 그리 걱정하는 거람? 우리한테는 아무 짓도 안 하고 있잖아. 안 그래?"

도시 전체가 맹목적인 혼란에 휩싸여 들썩이고 있었다. 그러나 마시 양의 정원은 소동에 휩쓸리지 않았다. 그녀는 차분한 눈으로 수 마일의 키를 가진 거대한 침략자들을 올려다보았다. 지난주에 수백 마일 길이의 우주선을 타고 애리조나 사막에 사뿐히 내려온 이들이었다. 우주선에서 거의 천 명의 침략자들이 나와서 사방을 돌아다녔다.

그러나 마시 양이 지적한 대로, 그들은 사람이든 물건이든 무엇에도 피해를 입히지 않았다. 인간에게 영향을 끼칠 만큼의 실체를 가지지 못했던 것이다. 사람을 밟거나 사람이 들어 있는 집을 밟아도, 다시 발을 움직여 걸어갈 때까지 캄캄해져 아무것도 보지 못할 뿐이었다. 피해라고는 그게 다였다.

그들은 인간에게는 조금도 주의를 기울이지 않았고, 대화를 하려는 모든 시도는 실패로 돌아갔다. 육군과 공군의 공격도 마찬가지였다. 포탄은 그들의 몸속에 들어가자마자 폭발했지만 전혀 피해를 입히지 못했다. 사막을 지나갈 때 수소폭탄을 떨어뜨려 보기도 했으나 신경조차 쓰지 않는 모양이었다.

그들은 우리에게 조금도 관심을 보이지 않았다.

"이거야말로 저이들이 우리에게 해를 입힐 생각이 없다는 증거 아니겠니?" 마시 양은 마찬가지로 마시 양이라는 이름을 가진 동생에게 말했다. 두 사람 다 결혼을 하지 않았기 때문이었다.

"그랬으면 좋겠네, 아만다." 마시 양의 동생이 말했다. "하지만 이제 뭔가 하고 있는 것 같은걸."

맑은 날이었다. 적어도 방금 전까지는. 하늘은 밝은 푸른빛이었고, 1마일 상공에 있는 인간의 형상에 가까운 거인의 머리와 어깨가 뚜렷하게 보였다. 그러나 동생의 시선을 따라 하늘을 바라보니 이제 안개가 드리우고 있었다. 시야에 보이는 거인 두 명은 손에 용기처럼 보이는 물건을 들고 있었고, 거기서 증기처럼 보이는 구름이 뿜어져 나와 천천히 땅으로 내려앉고 있었다.

마시 양은 다시 코웃음을 쳤다. "구름을 만들고 있네. 저러고 노는 모양이지 뭐. 구름이 해를 끼치는 것도 아니잖아. 사람들은 왜 걱정을 하는 거람?"

그녀는 다시 자기 일로 돌아갔다.

"아만다, 지금 뿌리고 있는 거 액체 비료였지?" 동생이 물었다.

"아니, 살충제야." 마시 양이 대답했다. (1954)

예절
Politeness

　3차 금성 탐사대 소속 외계 심리 전문가인 랜스 헨드릭스는 금성인을 찾아서 뜨거운 모래 위로 지친 걸음을 옮기고 있었다. 이번에 찾으면 친교를 맺으려는 다섯 번째 시도를 해볼 참이었다. 지난 네 번의 실패에서 깨달은 대로 별로 가망이 없는 시도이기는 했다. 지난 금성 탐사대의 전문가들 역시 실패만을 거듭해 왔으니 말이다.

　금성인을 찾기 힘들기 때문이 아니라, 금성인이 지구인들에게 조금도 신경을 쓰지 않거나, 또는 친근한 관계를 맺으려는 생각이 아예 없기 때문이었다. 우리의 말을 할 수 있는데도 교감을 나누지 않으려 하다니 꽤나 이상한 일이었다. 금성인들은 일종의 정신 교감 능력을 통해 지구인의 언어를 이해하고, 같은 언어로 대답할 수 있었다. 불친절한 대답이기는 했지만.

　금성인 하나가 삽을 들고 걸어오는 모습이 보였다.

　"안녕하신가, 금성인 친구." 헨드릭스가 경쾌하게 말했다.

　"잘 가게, 지구인." 금성인은 그대로 그를 지나치며 말했다.

　바보가 된 기분이 들고 감정이 상한 헨드릭스는 금성인을 따라갔다. 그의 넓은 보폭에 맞추느라 거의 뛰다시피 하면서. "이봐, 자네들 왜 우리하고 대화를 하려 들지 않는 건가?"

"지금 대화를 하고 있잖나." 금성인이 말했다. "전혀 즐기고 있지는 않지만. 부디 저리 가 주겠나."

금성인은 걸음을 멈추고, 그에게 더 이상 신경을 쓰지 않으며 커빌의 알을 찾아 땅을 파기 시작했다.

헨드릭스는 짜증이 솟구쳐서 금성인을 노려보았다. 어떤 금성인에게 말을 걸어도 항상 이런 식이다. 외계 심리학의 교과서에 실려 있는 접근 방식은 하나같이 실패로 끝나고 말았다.

그리고 발밑의 모래는 뜨거웠고, 공기는 호흡이 가능하기는 했지만 포름알데히드가 살짝 섞여 있어 허파를 쓰리게 하고 있었다. 그는 포기하기로 마음먹었지만, 다음 순간 이성을 잃고 말았다.

"―이나 빨아라(―yourself)." 그가 소리쳤다. 물론 지구인에게 있어서는 생물학적으로 불가능한 일이었다.

그러나 금성인은 자웅동체다. 그 금성인은 기분 좋게 놀라서 그를 돌아보았다. 지구인이 금성 기준으로 지독하게 무례하지 않은 것으로 간주되는 인사를 한 것은 이번이 처음이었던 것이다.

그는 푸른 입을 벌려 활짝 웃으며 칭찬에 답했고, 삽을 내려놓은 다음 자리에 앉아 대화를 시작했다. 지구와 금성 간의 아름다운 우정과 이해의 시작이었다. (1954)

허튼소리
Preposterous

웨더왁스 씨는 세심하게 토스트에 버터를 바르며, 단호한 목소리로 말을 이었다. "여보, 이 아파트에 저런 저열한 서적이 더 이상 들어오지 못하게 해야 한다는 점을 분명하게 이해해 줬으면 하오."

"그래요, 제이슨. 나도 몰랐어요—"

"물론 그랬겠지. 하지만 우리 아들이 무엇을 읽는지를 확인하는 것은 당신의 의무요."

"이제 더 조심해서 살펴볼게요, 제이슨. 애초에 그 아이가 그런 잡지를 가지고 들어온 줄도 몰랐어요. 집안에 그런 물건이 있는 줄도 몰랐다고요."

"나 역시 그랬을 거요. 어젯밤 늦게 들어와서 어쩌다 소파 위의 쿠션을 들추어 보지 않았더라면 말이오. 그 정기 간행물이 쿠션 아래 숨겨져 있더군. 그래서 당연히 나는 그 내용을 살펴보았지."

웨더왁스 씨의 콧수염 끄트머리가 수치심을 이기지 못하고 파르르 떨렸다. "그런 말도 안 되는 착상이라니, 도저히 용납할 수 없는 몽상이야. 〈믿을 수 없는 이야기Astounding Stories〉*라, 그 말 그대로더군!"

그는 마음을 가라앉히려 커피를 한 모금 홀짝였다.

"어리석고 허황된 헛소리야. 공간 워프인지 뭔지를 이용해 다른 은하계로 간다고. 타임머신에 공간 이동에 염동력 따위가 가득하더군. 허튼소리야, 완벽한 헛소리라고."

"여보, 제이슨." 아내가 다시 입을 열었다. 이번에는 살짝 퉁명스러운 말투를 섞어서. "앞으로는 제럴드가 무얼 읽는지 더 세심하게 살펴볼게요. 나도 당신하고 같은 생각이에요."

"고맙소, 여보." 웨더왁스 씨는 다소 진정된 목소리로 말했다. "어린 아이의 마음은 저런 광포한 몽상으로 더럽혀져서는 안 되는 법이오."

그는 손목시계를 확인하고는 서둘러 자리에서 일어나, 아내에게 키스를 하고 집을 나섰다.

아파트 문을 나선 웨더왁스 씨는 반중력 승강기를 통해 순식간에 201층을 내려가 지상에 도달했고, 운 좋게도 바로 원자력 택시를 잡아 탈 수 있었다. "달 공항으로." 그는 로봇 운전수에게 소리치고는, 자리에 기대 앉아 눈을 감은 채 텔레파시 방송을 수신하려 했다. 제4차 화성 전쟁 소식을 잡을 수 있기를 원했지만, 들려오는 것은 불멸의 삶 본부에서 오는 주기적인 보고뿐이었다. 그는 몸을 움츠리며 통신을 끊었다. (1954)

---

* 〈Astounding Stories〉는 1930년에 창간되어 현재까지도 간행되고 있는 미국의 가장 유서 깊은 펄프 매거진. 존 캠벨이 편집을 맡아 SF 황금시대를 이끌었다. 프레드릭 브라운도 이 잡지를 통해 수많은 작품들을 발표했다.

화해
Reconciliation

창밖의 밤하늘은 별이 반짝일 뿐 아무 소리도 들리지 않았다. 거
실에는 긴장된 공기가 감돌고 있었다. 남자와 여자가 몇 피트 떨어
져 선 채로, 눈에 증오를 가득 담은 채 서로를 노려보고 있었다.

남자는 당장이라도 휘두르고 싶은 것처럼 주먹을 꾹 쥐고 있었고,
여자는 손가락을 발톱처럼 굽힌 채 손을 활짝 벌리고 있었다. 그러
나 팔은 두 사람 모두 꼿꼿이 옆구리에 붙이고 있었다. 지금은 이성
적인 대화를 하는 중이었으니까.

여자는 낮은 소리로 말했다. "당신을 증오해. 이제 당신의 모든 점
이 싫어졌어."

"물론 그렇겠지." 남자가 말했다. "당신의 과소비로 내 피를 전부
빨아먹어 버렸으니까. 이제는 당신의 그 이기적이고 좁은 마음이 원
하는 황당한 물건들을 더 이상 사줄 수 없으니까—"

"그게 문제가 아니야. 당신도 그걸 알잖아. 예전처럼 나를 대해 줬
다면 돈 따위는 아무 문제도 아니라는 걸 알 거 아냐. 전부 그… 그
여자 때문이잖아."

남자는 같은 말을 천 번은 들은 사람처럼 한숨을 쉬었다. "당신

도… 그 여자가 나한테는 아무 의미도 없다는 걸 알잖아. 빌어먹을 아무것도 아니라고. 당신이… 내가 그런 행동을 하게 몰아붙인 거라고. 그리고 아무 의미 없는 여자라고 해도 나는 조금도 사과할 생각 없어. 같은 상황이라면 여전히 그렇게 했을 거니까."

"분명 또 그렇게 하겠지. 기회가 생기면 몇 번이든 할걸. 하지만 여기 남아서 그런 꼴을 보면서 모욕을 당할 생각은 없어. 그것도 내 친구들이 보는 앞에서—"

"친구라고! 그 고약한 년들 말이지, 지독한 소리만 늘어놓는데도 당신한테는 그년들이 나보다 훨씬 중요하—"

눈부신 섬광과 이글거리는 열기가 쏟아졌다. 그들은 빛의 정체를 알고 있었고, 앞이 보이지 않으면서도 서로를 향해 걸음을 내딛으며 팔을 부여잡았다. 남은 몇 초 동안, 이제 그들에게 남은 마지막 몇 초 동안, 그들은 절망 속에서 상대를 꼭 붙들었다. "아, 내 사랑, 당신을—" "존, 존, 내 사랑하는—"

그리고 충격파가 그들을 덮쳤다.

방금 전까지 조용한 밤하늘이 펼쳐져 있던 창 밖에서는, 붉은 꽃이 피어나 하늘을 향해 솟구쳐 오르고 있었다. (1954)

탐색
Search

길고 흰 수염을 기른 친절한 남자가 말했다. "천국에 잘 왔다, 피터." 그리고 그는 웃었다. "있잖니, 내 이름도 피터란다. 여기서 아주 행복하게 지내 줬으면 좋겠구나."

이제 네 살이 된 피터는 진주의 문을 지나서 신을 찾아 뛰어갔다.

피터는 휘황찬란한 건물로 가득한 얼룩 하나 없는 거리를 따라, 행복에 겨운 사람들 사이를 헤치고 나아갔다. 그러나 신은 보이지 않았다.

너무 돌아다녀 완전히 지쳐 버렸지만, 그는 계속 움직였다. 누군가 말을 걸기도 했지만 조금도 주의를 돌리지 않았다.

그는 마침내 금빛으로 빛나는 건물 앞에 도착했다. 다른 건물보다 훨씬 웅장해 보였다. 너무 훌륭해서 마침내 신이 살 만한 곳을 찾았다는 생각이 들었다.

건물 앞으로 다가가자 문이 열렸고, 그는 안으로 들어갔다.

커다란 방 한쪽 끝에는 웅장한 금빛 옥좌가 있었다. 그러나 신은 그 위에 앉아 있지 않았다.

바닥에는 부드럽고 매끄러운 양탄자가 깔려 있었다. 방 한가운데,

문에서 옥좌 사이의 절반쯤 되는 곳에서, 피터는 자리에 앉아 신을 기다렸다. 잠시 시간이 흐른 후, 그는 자리에 누워 잠이 들었다.

몇 분인지, 몇 년인지 모를 시간이 흘렀다.

이윽고 부드러운 발소리가 들렸고, 그 소리에 피터는 정신을 차렸다. 신이 오고 있다는 것을 깨닫고 기쁜 마음으로 잠에서 깨어났다.

신이 다가오고 있었다. 피터를 내려다보는 그의 눈에 순간 기쁨의 빛이 넘쳐흘렀다. "안녕, 피트." 그러나 다음 순간, 피터 너머의 옥좌를 바라본 신의 얼굴 표정이 순식간에 변했다.

신은 천천히 무릎을 꿇고 고개를 조아렸다. 거의 두려워하는 듯한 모습이었다. 그러나 신이 대체 누구를 두려워할 수 있겠는가?

피터는 신이 장난을 치고 있다는 사실을 알고 있었지만, 일단은 어울려 주기로 마음먹었다.

그는 신의 장난을 눈치챘다는 뜻으로 뭉툭한 꼬리를 흔들어 보인 다음, 몸을 돌려 금빛 옥좌 위의 눈부신 빛을 향해 가볍게 짖었다.[*]

(1954)

---

[*] 예수의 12제자 중 한 명인 베드로의 영문 이름이 피터이다..

형기
Sentence

한때 지구에 살았던 우주비행사 찰리 달튼은 안타레스의 두 번째 행성에 착륙한 지 한 시간도 지나지 않아 가장 끔찍한 범죄를 저질 렀다. 안타레스인을 살해한 것이다. 대부분의 행성에서 살인은 경범 죄에 지나지 않는다. 일부 행성에서는 칭송받는 행위다. 그러나 안타 레스 II에서 살인은 일급 범죄였다.

"사형 판결을 내리노라." 안타레스인 법관이 장중하게 말했다. "내 일 새벽이 찾아올 때 블라스터의 불길에 죽음을 맞을지니." 이 판결 에는 항소를 할 수도 없었다.

찰리는 사형수 감방으로 이송되었다.

감방에는 열여덟 개의 널찍한 방이 있었고, 그 안에는 제각기 다 양한 음식과 음료수, 푹신한 의자와 기타 그가 원할 만한 모든 물건 이 들어차 있었다. 의자 하나마다 아름다운 여인이 한 명씩 앉아 있 는 것은 물론이고.

"이런 빌어먹을 일이 있나." 찰리가 말했다.

안타레스인 경비병은 고개를 숙여 절하며 말했다. "우리 행성의 관습입니다. 동틀 무렵 처형당하는 사형수는 전날 밤 이런 대접을 받게 되지요. 원할 만한 모든 것을 제공해 주는 겁니다."

"이거 사형도 한번 당해볼 만한데." 찰리가 말했다. "잠깐, 이 사건에 휘말려 들기 전에 행성 안내 책자를 확인해 보지 못했는데. 이곳의 밤이 얼마나 길지? 이 행성이 자전하는 데 몇 시간이나 걸리나?"

"시간?" 경비병이 말했다. "지구의 개념으로 말이겠지요. 왕립 천문학회에 연락을 해서 그쪽 행성과 이곳의 시간을 비교해 보겠습니다."

그는 전화를 걸어 질문을 하고, 답에 귀를 기울였다. 그는 찰리 달튼에게 이렇게 대답했다. "안타레스 II에서 어둠의 시기가 한 번 지나가는 동안, 당신의 행성 지구는 당신의 태양인 솔 주위를 93번 회전합니다. 우리의 하룻밤은 당신의 93년과 같을 겁니다."

찰리는 속으로 가볍게 휘파람을 불고는 자신이 그렇게 오래 살 수 있을지 생각해 보았다. 평균 수명이 2만 년을 살짝 넘는 안타레스인 경비병은 동정심을 담아 깊이 절을 하고 자리를 떴다.

찰리 달튼은 먹고 마시고 기타 여러 행위를 하는 기나긴 밤을 시작했다. 딱히 그 순서대로는 아니었지만. 여인들은 매우 아름다웠고, 그는 우주에서 오랜 세월을 보낸 후였다. (1954)

유아론자
Solipsist

월터 B. 제호바라는 이름의 유아론자가 있었다. 실제로 이것이 그의 이름이었으니, 이름 때문에 사과를 하지는 않겠다. 유아론자라는 단어를 모를 수도 있으니 설명해 보자면, 그는 자신만이 실제로 존재하는 유일한 존재이며 다른 사람들이나 우주의 모든 것은 그저 자신의 상상 속에서만 존재하는 것이라서 상상을 그만두면 즉시 사라져 버릴 것이라 믿는 사람이었다.

어느 날 월터 B. 제호바는 유아론을 실천에 옮기기로 마음먹었다. 지난 한 주 동안 아내는 다른 남자와 눈이 맞아 달아나 버렸고, 운송회사의 회계원 자리를 잃어 실업자 신세가 되었으며, 길 앞을 가로지르는 검은 고양이를 쫓으려다 다리까지 부러져 버리고 말았던 것이다.

그는 병원의 침상에 누워 이 모든 것을 끝내기로 마음먹었다.

창밖의 별들을 올려다보며 별들이 전부 사라져 버리기를 기원하자, 별들이 사라져 버렸다. 이어 다른 모든 사람들이 사라져 버리기를 기원하자, 병원은 병원치고도 기묘할 정도로 조용하게 변해 버렸다. 다음으로 세계가 사라지기를 기원하자, 그는 공허 속에 떠 있는 몸이 되었다. 그는 자신의 육체까지도 쉽사리 없애 버린 다음, 마지막으로 자기 자신의 존재조차 사라지기를 기원했다.

아무 일도 일어나지 않았다.

그는 생각했다. 묘한 일이로군. 유아론에도 한계라는 것이 존재하는 건가?

"그렇다네." 목소리가 말했다.

"당신은 누구요?" 월터 B. 제호바가 물었다.

"나는 방금 자네가 의지의 힘으로 없애 버린 그 우주를 창조한 존재일세. 그리고 이제 자네가 내 자리를 차지한 이상—" 그는 깊은 한숨을 쉬었다. "나도 마침내 내 존재를 끝낼 수 있겠구먼. 망각 속으로 빠져들어 자네에게 자리를 넘겨주겠네."

"하지만— 내 존재를 끝내려면 어떻게 해야 하는 거요? 알겠지만 내가 하려던 일은 바로 그건데."

"그래, 알고 있네." 목소리가 말했다. "자네 또한 나처럼 해야 한다네. 우주를 창조하게. 그 안의 누군가가 자네가 믿은 바로 그걸 진심으로 믿고, 우주를 지워버릴 때까지 기다리게. 그러고 나서야 자리를 물려주고 은퇴할 수 있을 걸세. 그럼 이만."

그리고 목소리는 사라져 버렸다.

월터 B. 제호바는 공허 속에 홀로 남았다. 그가 할 수 있는 일은 하나뿐이었다. 그는 천상과 지상을 창조했다.

모두 합쳐 이레가 걸렸다. (1954)

아이네 클라이네 나흐트무지크
Eine Kleine Nachtmusik

둘리 행크스라는 이름의 그 남자는 우리 중 하나였다. 즉 약간 편집증이 있고, 약간 정신분열증이 있으며, 나머지 부분은 강한 이데픽스idée fixe, 즉 강박관념으로 이루어진 괴짜였다는 뜻이다. 그의 강박증은 언젠가 평생 동안 찾아다니고 있는 단 하나의 소리, 진정한 소리를 찾을 수 있으리라는 것이었다. 여기서 평생이란 20년 전, 그가 십대일 때 클라리넷을 손에 넣고 연주법을 익힌 이후의 삶을 말하는 것이다. 솔직히 말하자면 연주자로서는 평범한 수준일 뿐이었지만, 클라리넷은 말하자면 그를 인도하는 주의 지팡이와 막대 같은 것이었다. 또한 지구 전체를, 모든 대륙을 돌아다니면서 단 하나의 소리를 찾아다닐 수 있게 해주는 마법의 빗자루이기도 했다. 이곳저곳을 떠돌아다니며 연주를 하고, 수중에 몇 달러나 파운드나 드라크마나 루블이 들어오면 그대로 돈이 떨어지기 시작할 때까지 걸어서 여행을 하다가, 돈이 부족해지면 다시 연주할 자리가 있는 근처의 적당한 대도시로 향하는 것이다.

그가 찾는 소리가 어떤 형태를 가지고 있을지는 알 수 없었지만, 일단 들으면 깨닫게 되리라는 점만은 확신하고 있었다. 지금까지 그 유일한 소리를 찾았다고 생각한 적이 세 번 있었다. 처음은 오스트 레일리아에서 불 로어러*의 소리를 처음 들었을 때였다. 두 번째는 캘커타에서 코브라를 홀리는 고행자의 뮈제트** 소리를 들었을 때였 다. 마지막은 나이로비 서쪽에서 하이에나의 웃음소리와 사자의 울 음소리를 겹쳐 들었을 때였다. 그러나 불 로어러 소리는 다시 들어 보니 그냥 소음일 뿐이었다. 파키르에게 20루피를 주고 구입한 뮈제 트는 집에 와서 살펴보니 거슬리는 소리를 내는 조잡한 부류의 피리 로, 음역도 얼마 되지 않고 반음계도 연주할 수 없는 물건이었다. 정 글의 소리는 결국 단순한 사자의 울음소리와 하이에나의 웃음소리 로 분리되어 버렸다. 그가 찾는 유일한 소리는 아니었다.

사실 둘리 행크스에게는 클라리넷보다 훨씬 의미가 클 수도 있는 귀중한 재능이 하나 있었다. 바로 언어의 재능이었다. 그는 수십 가 지의 언어를 알고 있었으며, 그 모두를 그 나라 사람처럼, 이상한 억 양 없이 유창하게 말할 수 있었다. 어느 나라에 가든 몇 주만 머물면 그 나라의 언어를 익혀서 원주민처럼 말할 수 있었다. 그러나 그는 이 재능을 이용해 돈을 벌려고 생각한 적이 없으며, 시도조차 하지 않을 터였다. 음악 재능은 평범했지만 클라리넷이야말로 그의 사랑 이었던 것이다.

---

* bull roarer. 불규칙한 홈이 파인 길쭉한 나무판을 긴 줄에 묶어 돌리면서 소리를 내는 악기 겸 원거리 통신용 도구. 신석기 시대에 전 세계적으로 널리 사용되었으 며, 호주와 뉴기니의 원주민은 근대에 이르기까지 사용했다.
** musette. 피콜로 오보에라고도 불리는 소프라노 음의 목관악기.

얼마 전 그가 완벽하게 익힌 언어는 독일어였다. 서독 하노버의 맥주집에서 작은 악단과 함께 3주 동안 연주를 하며 배운 것이었다. 따라서 지금 그의 주머니에 들어 있는 화폐는 독일 마르크였다. 그리고 폭스바겐을 꽤 오래 얻어 탄 것을 포함해서 하루 종일 하이킹을 하고 난 후, 그는 지금 베저 강의 강둑에 달빛을 받으며 서 있었다. 여행용 복장을 입고, 작업용 복장인 좋은 양복은 등의 배낭에 넣은 채였다. 손에는 클라리넷 케이스를 들고 있었다. 그는 항상 클라리넷을 손에 들고 다녔다. 여행용 가방이나 하이킹을 할 때 쓰는 배낭에 넣는 일은 없었다.

악마에게 쫓기듯 묘한 흥분이, 그가 원하는 유일한 소리를 마침내 찾게 될 것이라는 예감으로밖에 느껴지지 않는 기분이 그를 휘감고 있었다. 몸이 살짝 떨려왔다. 어느 때보다도 강한 예감이었다. 가장 가까운 느낌이었던 사자와 하이에나 때보다 훨씬 강했다.

하지만 어디서? 여기 강물 속에서? 아니면 다음 마을에서? 분명 다음 마을보다 멀지는 않을 것이다. 그 정도로 강한 예감이었다. 몸이 떨릴 정도로 강력했다. 광기 직전에 도달한 느낌이었고, 그는 문득 그 소리를 찾아내지 못하면 자신이 곧 미쳐버릴 것이라는 사실을 깨닫게 되었다. 어쩌면 이미 약간 미쳐 있었는지도 모른다.

달빛에 젖은 강물을 바라본다. 순간 무언가 잔잔한 수면을 뚫고 올라와, 달빛을 받으며 은은하고 창백하게 반짝이고는 다시 사라져버렸다. 둘리는 그 자리를 바라보았다. 물고기였나? 하지만 소리도 없고 물도 튀지 않았다. 손이었나? 북해에서 강을 따라 거슬러 올라온 인어가 손을 내밀어 유혹하는 것일까? 들어와요, 여기 물 좋아요.

(그럴 리가 있나. 이렇게 추운데) 초자연적인 물의 정령은 아닐까? 실수로 베저 강까지 흘러들어온 라인 강의 요정이라든가?

하지만 이게 징표라면 어떻게 하지? 둘리는 이런 생각에 몸을 떨면서 베저 강둑에 서서 상상에 빠졌다… 천천히 강물로 들어가면서, 감정을 터뜨려 클라리넷 곡조를 연주하며, 점점 차오르는 물에 클라리넷이 잠기지 않도록 머리를 한쪽으로 기울이다가, 둘리 본인이 물에 잠기면서 마침내 클라리넷의 끝부분도 물속으로 들어가는 것이다. 그리고 소리가, 부글거리는 물이 만드는 마지막 소리가 그 주변을 감싸는 것이다. 먼저 그의 몸을, 그리고 다음으로 클라리넷을. 사람들이 흔히 하는 근거 없는 소리, 예전에는 한심하게 여겼지만 이제는 거의 받아들일 준비가 된 이야기가 떠올랐다. 익사하는 사람은 생의 피날레를 장식하듯 자신의 일생이 눈앞에 스쳐 지나간다는 이야기 말이다. 정말 엄청난 몽타주 영화 아니겠는가! 마지막으로 물에 젖은 클라리넷 소리를 뱉어내기에는 최고의 영감이 될 것이다. 거칠고 달콤하게 슬픈, 고통으로 가득한 그의 존재를 모두 담아낼 수 있다면. 허파가 애써 마지막 숨을 뱉어내며 최후의 음정을 만들고 이어 차갑고 검은 물이 밀려드는 것이다. 숨 막히는 기대의 전율이 둘리 행크스의 몸을 타고 돌았다. 낡은 클라리넷 케이스의 손잡이를 잡고 있는 손가락이 부르르 떨렸다.

아니, 안 돼. 그는 혼잣말을 했다. 누가 들을 것인가? 누가 알겠는가? 누군가 들어 주는 것이 중요했다. 그렇지 않으면 그의 여정, 그의 발견, 그의 일생은 모두 헛된 것이 될 터이다. 자신의 위대함을 아는 사람이 자신밖에 없다면 불멸성을 획득할 수 없다. 유일한 소리가 불멸이 아니라 죽음만을 가져다준다면 무슨 소용이 있겠는가?

막다른 골목이었다. 이번에도 막다른 골목이었다. 어쩌면 다음 마을에 있을지도 모른다. 그래, 다음 마을에. 이제 예감이 돌아오고 있었다. 스스로 익사할 생각을 하다니, 얼마나 어리석은 짓인가? 유일한 소리를 찾기 위해서라면, 꼭 필요하다면, 살인도 할 수 있었다. 하지만 자살은 안 된다. 그러면 지금까지의 모든 연주의 의미가 사라질 것이다.

비좁은 퇴로 한 줄기만 남은 느낌을 받으며, 그는 몸을 돌려 강둑을 떠났다. 그리고 강과 나란히 뻗어 있는 도로로 돌아가서 다음 마을의 불빛을 향해 걷기 시작했다. 둘리 행크스의 핏줄에 인도인의 피는 흐르고 있지 않았지만, 그는 한쪽 발을 정확하게 다른 발의 앞으로 옮기며 인도인처럼 걸었다. 마치 외줄을 타는 것처럼. 그리고 조용하게, 적어도 하이킹 부츠를 신고서 가능한 한도 내에서 최대한 조용하게, 신발 굽이 땅에 닿기 전에 발 앞부분을 먼저 땅에 내려놓으며 소리를 죽이고 걸었다. 아직 저녁 이른 시간이었기 때문에 걸음은 제법 빨랐다. 호텔에 방을 잡고 배낭을 내려놓은 다음, 보도의 통행을 차단할 때까지 마을을 둘러볼 수 있을 만큼 충분히 시간이 남아 있었다. 안개가 밀려오기 시작했다.

베저 강둑에서 아슬아슬하게 자살 충동을 이겨낸 일 때문에 아직도 걱정이 되었다. 예전에도 있었던 일이지만, 이렇게 강한 충동은 이번이 처음이었다. 마지막으로 느낀 것은 뉴욕에서 엠파이어스테이트 빌딩의 꼭대기, 지상 백 층까지 올라갔을 때였다. 청명한 날이었고 눈앞에 펼쳐진 마법과 같은 풍경이 그를 사로잡았다. 그리고 그는 문득 아까와 같은 광기 속의 환희에 사로잡혔다. 번득이는 영감이 그를 목표로 인도했고, 이제 목적지가 손이 닿을 곳에 와 있다는 생각 말이다. 이제 케이스에서 클라리넷을 꺼내 조립하기만 하면 되는 것이다. 청명한 첫 음이 울려 퍼지면 그 마법의 힘이 주변 관광객들의 경이에 찬 시선을 한데 모을 것이다. 그리고 허공으로 뛰어내리는 순간 무수한 숨 삼키는 소리를 배경으로, 절규와 비명과 한숨이 울리는 소리를 뒤로 하고 거리를 향해 떨어져 내리며 휘도는 무수한 색채에 영감을 받아 연주를 계속할 것이고, 사람들은 공포에 질리고 매료되어 그를, 둘리 행크스를 바라볼 것이며, 그는 유일한 소리를, 자신의 소리를, 포르티시모로 웅장하게 울리는 소리가 자신의 훌륭한 독주를 장식하는 것을 들을 것이다… 그리고 보도의 포석 위로 처박히며 살점과 피와 부러진 뼛조각이 콘크리트에 엉겨 붙고, 생명을 잃은 손가락이 떨어지기 직전의 클라리넷에서 마지막 영광스러운 숨결이 빠져나가며 가혹한 마지막 음이 울릴 것이다. 그러나 그는 몸을 돌려 출구로, 승강기로 달려가서 목숨을 구할 수 있었다.

죽고 싶지는 않았다. 그 사실을 계속 생각하고 있어야 했다. 다른 것은 뭐든 바칠 수 있었다.

이제 마을 안으로 들어온 모양이었다. 어둡고 좁은 골목과 오래된 건물들이 서 있는 구시가였다. 강가에서 밀려온 안개가 거대한 뱀처럼 거리에 낮게 깔려 휘감고 돌다가, 이윽고 천천히 부풀어 올라 그의 시야를 흐렸다. 그러나 안개 사이로, 포석이 깔린 거리 저편에 불이 들어온 호텔 간판이 보였다. Unter den Linden(보리수 아래에서). 작은 호텔치고는 꽤나 허세가 들어간 이름이지만, 그가 찾고 있는 그리 비싸지 않은 호텔로 보였다. 실제로 별로 비싸지 않았고, 그는 방을 잡은 다음 배낭을 들고 방으로 올라갔다. 그리고 여행복에서 좋은 양복으로 갈아입을지 잠시 고민한 다음, 그러지 않기로 결정했다. 오늘 밤은 공연 약속을 잡지는 않을 테니까. 그건 내일 할 일이었다. 그래도 물론 클라리넷은 들고 다닐 것이다. 항상 그랬으니까. 그는 다른 음악가들을 만날 수 있는, 가능하면 동석 권유를 받을 만한 곳을 찾고 있었다. 그리고 물론 이곳에서 공연 일을 얻을 수 있는 최선의 방법을 물어볼 것이다. 음악가들 사이에서는 악기 케이스를 들고 다니면 자동으로 자신을 소개하는 효과를 얻을 수 있다. 독일에서도, 세계 어디에서도 마찬가지였다.

호텔을 나가는 참에, 그는 프런트에 들러 호텔 건물만큼이나 나이 들어 보이는 직원에게 사람이 많은 마을 중심가로 가는 길을 물었다. 밖으로 나와서 노인이 가르쳐 준 방향으로 걸음을 옮기기 시작했지만, 거리는 너무 구불구불하고 안개는 너무 짙어서 몇 블록 걷지도 못하고 자신이 온 방향조차 찾을 수 없게 되었다. 그래서 그는 목표 없이 몇 블록을 더 방황하다가 불길한 느낌이 드는 구역에 발을 들이게 되었다. 이유를 찾을 수 없는 오싹한 느낌 때문에 불안해진 그는 무작정 달려서 최대한 빨리 부근을 벗어나려 시도했다. 그러나 다음 순간, 문득 들려오는 허공을 맴도는 음악 소리가 그의 발을 붙들었다. 묘하게 오싹한 느낌이 드는 가느다란 소리였다. 그는 한참 귀를 기울이다 이윽고 그 근원을 찾아 어두운 거리로 발걸음을 옮기기 시작했다. 악기 하나에서 나는 소리로 들렸다. 클라리넷이나 오보에와는 미묘하게 다른 느낌이 드는 목관악기였다. 소리가 커지다 다시 잦아들었다. 그는 불빛을, 움직임을, 그 소리의 근원을 알려줄 만한 단서를 찾아보았지만, 아무것도 보이지 않았다. 조심스레 발소리를 죽여 원래 자리로 돌아가니 음악 소리는 다시 커졌다. 다시 몇 걸음을 옮기자 소리는 다시 잦아들었고, 둘리는 그 몇 걸음을 되돌아가며 주변의 어둠에 잠긴 음침한 건물들을 살펴보았다. 불빛이 보이는 창문은 하나도 없었다. 그러나 음악이 사방을 감싸고 있는데— 설마 지하에서 나오는 걸까? 보도 아래쪽에서 흘러나오고 있는 걸까?

그는 건물 쪽으로 한 걸음을 내딛다가 조금 전까지 보지 못했던 것을 발견했다. 건물의 정면과 평행으로, 난간도 없이 뻥 뚫려 있는 계단이 아래쪽으로 이어지고 있었던 것이다. 그리고 계단을 끝까지 내려간 곳에는 문이 하나 있고, 그 문을 둘러싸듯 세 줄의 빛이 새어나오고 있었다. 음악은 문 너머에서 들려오고 있었다. 그리고 이제 사람들이 대화를 나누는 소리도 들렸다.

그는 조심스레 계단을 내려가서 문 앞에서 잠시 멈칫거렸다. 문을 두드려야 할지, 아니면 그냥 열고 들어가야 할지를 고민하면서. 간판을 보지는 못했지만 가게가 아닐까? 주민들이 너무 잘 알고 있어서 간판조차 필요 없는 곳은 아닐까? 혹시 사적인 파티 도중에 끼어드는 불청객이 되는 것은 아닐까?

그는 문이 잠겨 있는지 확인해서 답을 얻기로 마음먹었다. 그는 손잡이에 손을 올렸고, 문은 그의 손길 아래 부드럽게 열렸다. 그는 안으로 들어섰다.

음악이 손길을 뻗어 그를 부드럽게 감싸 안았다. 개인 소유 건물은 아닌 듯했다. 와인 저장고처럼 보이는 모습이었다. 큰 방의 반대쪽 끝에는 꼭지가 달린 거대한 와인통이 세 개 놓여 있었다. 탁자마다 남자와 여자들이 앉아 있고, 모든 자리에 와인잔이 하나씩 놓여 있었다. 맥주잔이 보이지 않는 것으로 보아, 와인만 제공하는 모양이었다. 그를 쳐다보는 사람도 있기는 했지만, 불청객을 바라보는 것은 아닌 무심한 눈빛이었다. 사적인 파티가 아닌 것은 분명했다.

방 안에 음악가는 단 한 명뿐이었는데, 한쪽 구석의 높은 의자에 앉아 있었다. 방 안은 안개로 가득한 거리만큼이나 연기가 자욱했고, 둘리의 눈도 그리 좋은 편은 아니었다. 이 정도로 떨어져 있으면 연주자의 악기가 클라리넷인지 오보에인지 다른 무엇인지 판별할 도리가 없었다. 이제 같은 방 안에 있는데도 소리 역시 도움이 되지 못했다.

그는 문을 닫고 탁자 사이를 헤치고 나아가며 최대한 음악가 근처의 빈자리를 찾으려 했다. 음악가로부터 얼마 떨어지지 않은 곳의 자리를 하나 찾아서 그곳에 앉은 다음, 그는 눈과 귀를 사용해 악기를 살펴보기 시작했다. 눈에 익은 악기였다. 저런 악기, 거의 저렇게 생긴 악기를 본 적이 있었다. 하지만 어디서?

"예, 손님?" 귓가에 속삭이는 소리가 들려서 그는 몸을 돌렸다. 레더호젠을 입은 땅딸막한 웨이터가 그의 옆에 서 있었다. "진판델. 부르고뉴. 리슬링."

둘리는 와인에 대해서는 아는 것도 관심도 없었지만, 어쨌든 세 가지 중 하나를 택했다. 그리고 웨이터가 발소리를 죽이며 멀어져 가는 동안, 그는 탁자 위에 마르크 동전 무더기를 올려놓아서 와인이 도착했을 때 다시 방해받는 일이 없도록 했다.

그리고 그는 악기를 다시 살펴보았다. 잠시 동안 소리에는 귀를 기울이지 않고, 어디서 저런 악기를 본 적이 있는지 떠올리는 데에만 집중하려 애썼다. 그의 클라리넷과 비슷한 길이였지만 조금 더 컸고, 끝부분이 더 넓게 벌어져 있었다. 검은 호두나무와 마호가니 사이의 색을 가진 검은색 목재로, 부분을 이어붙인 것이 아니라 통째로 제작했고, 세심하게 광택을 낸 것으로 보였다. 손가락 구멍이 있고 키는 세 개밖에 보이지 않았다. 두 개는 아래쪽에 달려 있어서 반음계 두 개를 내릴 수 있게 되어 있었고, 엄지로 조작하게 되어 있는 꼭대기 키는 옥타브를 조절하는 용도로 보였다.

그는 눈을 감았다. 귀 역시 닫을 수 있었으면 그렇게 했을 것이다. 그리고 저것과 매우 흡사한 악기를 어디서 보았는지를 기억해 내려 애썼다. 어디였더라?

천천히 기억이 떠올랐다. 어느 박물관이었다. 아마 뉴욕일 것이다. 그가 태어나고 자란 곳이 그곳이었고, 스물넷이 될 때까지 떠난 적이 없었으니까. 그리고 그의 기억은 그보다 훨씬 전, 십대 시절의 일이었다. 자연사 박물관이었던가? 어디인지는 중요하지 않았다. 유리로 된 전시장 안에 고대와 중세의 악기들을 진열해 놓은 방이 하나인지, 여러 개인지가 있었다. 비올라 다 감바와 비올라 다모르, 색벗과 팬파이프와 리코더, 류트와 탬부어와 파이프가 있었다. 그리고 샴과 호우보이만 들어 있는 전시장이 하나 있었다. 둘 다 현대 오보에의 조상격인 악기들이었다. 그리고 이 악기, 지금 그를 홀리고 있는 이 악기는 바로 호우보이였다. 샴은 둥근 취주구와 그 안쪽 깊은 곳에 혀가 들어 있는 생김새로 구별할 수 있다. 호우보이는 샴과 오보에의 중간 정도 위치인 악기이며, 키가 없이 손가락 구멍만 있는 것에서 대여섯 개의 키를 가진 것까지 다양한 형태로 존재한다. 그리고 그중에는 세 개의 키를 가진 호우보이도 있었다. 재질이 검은색이 아니라 옅은 계열 색깔이었다는 점이 다를 뿐이다. 그래, 십대 시절, 십대 초반, 고등학교 1학년이었을 때 본 적이 있었다. 막 음악에 관심이 생기고, 아직 첫 클라리넷을 손에 넣지 못했을 때였다. 여전히 어떤 악기를 연주할지를 고민하고 있을 때였다. 바로 그 때문에 고대의 악기와 그 역사에 잠시 매료되어 있었던 것이다. 고등학교 도서관에서 그 주제에 대한 책을 찾아 읽은 적이 있었다. 그 책의 내용에 따르면— 세상에, 그 책에는 호우보이가 낮은 음에서는 거친 소리를 내고 높은 음에서는 날카로운 소리를 낸다고 적혀 있었던 것이다! 만약 저 악기가 일반적인 호우보이라면 그 설명은 완벽한 거짓말이었다. 모든 음역에서 벌꿀처럼 부드러운 소리가 났다. 오보에의 얄팍한 소리와는 비교도 할 수 없을 정도로 풍요롭고 중후한 소리였다. 심지어 클라리넷보다도 나았다. 흔히 샬류모라고 부르는 클라리넷의 최저 음역에 가서야 간신히 근접할 수 있을 정도였다.

그리고 둘리 행크스는 자신이 저 악기를 손에 넣어야 한다는 사실을 확신하고 있었다. 어떤 대가를 치러서도, 어떤 행동을 해서라도, 저 악기를 손에 넣어야 했다.

이렇게 되돌릴 수 없는 결정을 내린 다음, 지금까지 겪은 그 어떤 여자보다도 흥분되는 애무의 선율에 휩싸인 채로, 둘리는 눈을 떴다. 그리고 집중하는 동안 고개를 앞으로 숙이고 있었기 때문에, 처음 그의 눈에 들어온 것은 눈앞에 놓여 있던 레드와인이 가득 든 커다란 와인잔이었다. 그는 잔을 들다가 그 너머의 연주자와 눈을 마주쳤다. 둘리는 아무 말 없이 잔을 들어 조용히 축배를 건네고는 단숨에 잔을 비웠다.

술을 마시고 고개를 내리자—와인은 예상보다 훨씬 맛이 훌륭했다—연주자는 조금 자세를 고쳐 앉아서 다른 쪽을 향하고 있었다. 뭐, 그 덕분에 그 남자를 관찰할 기회가 생긴 셈이었다. 키는 크지만 마른 체구에 연약해 보이는 인상이었다. 나이는 짐작하기 힘들었다. 40세에서 60세 사이 어디에든 들어맞을 것 같아 보였다. 어딘가 초라해 보이는 모습이었다. 낡아서 올이 해진 외투는 헐렁한 바지와 어울리지 않았고, 비쩍 마른 목에는 지나치게 화려한 붉은색과 노란색 줄무늬 머플러를 걸치고 있었다. 눈에 띄게 튀어나온 목젖이 연주를 위해 숨을 들이쉴 때마다 흔들리는 것이 보였다. 헝클어진 머리카락은 다듬을 필요가 있어 보였고, 얼굴은 수척해 보였으며, 눈은 너무 밝은 푸른색이라 색이 바랜 것처럼 보였다. 놀라운 기량의 연주자에 어울리는 모습이라고는 길고 우아하고 가느다란 손가락뿐이었다. 손가락은 리듬에 맞춰 유연하게 움직이며 훌륭한 음악을 빚어내고 있었다.

마지막으로 높고 날카로운 단락을 연주하며 음악이 끝났다. 둘리는 깜짝 놀랐다. 그 악기의 최고 음역이라고 생각했던 것보다 적어도 반 옥타브는 높은 음을 냈는데도 낮은 음역에서의 풍요로운 여운이 살아 있었기 때문이다.

몇 초 동안 충격에서 헤어 나오지 못하는 듯한 정적이 감돌았다.

이내 박수갈채가 시작되더니 점점 커져갔다. 둘리도 박수를 쳤고, 곧 손바닥이 통증 때문에 아파 오기 시작했다. 연주자는 정면을 보고 있어서 그의 존재를 눈치채지 못한 모양이었다. 그리고 30초도 지나지 않아 그는 다시 입가로 악기를 들어 올렸고, 그가 첫 음을 불자마자 박수는 순식간에 잦아들어 버렸다.

누군가 어깨를 가볍게 두드려서 둘리는 고개를 돌렸다. 땅딸막한 웨이터가 돌아와 있었다. 이번에는 속삭이지도 않고 그저 질문을 하듯 눈썹을 가볍게 치켜 올릴 뿐이었다. 웨이터가 빈 와인잔을 가지고 돌아가자, 둘리는 다시 눈을 감고 음악에 온 정신을 쏟았다.

음악? 그래, 음악이었다. 그러나 지금까지 들어본 그 어떤 음악과도 달랐다. 어쩌면 모든 부류의 음악을 한데 섞은 것일지도 모른다. 과거와 현재의 음악, 재즈와 클래식, 교묘하게 한데 뒤엉켜 있는 역설의 덩어리일지도. 아니면 모든 반대되는 개념의 총합일지도 모른다. 달콤함과 씁쓸함, 얼음과 불, 따스한 산들바람과 맹렬한 폭풍, 사랑과 증오.

눈을 뜨자 이번에도 눈앞에 가득 찬 와인잔이 있었다. 이번에는 천천히 그 맛을 음미하며 홀짝였다. 어떻게 지금까지 와인의 맛을 놓치고 살았던 걸까? 아, 물론 가끔씩 한두 잔 마시기는 했지만, 이 와인과 같은 감미로움은 느끼지 못했다. 아니면 저 음악 때문에 이런 맛이 느껴지는 것일까?

음악이 끝났고, 그는 다시 열렬한 박수갈채에 동참했다. 이번에는 연주자도 자리에서 일어나 뻣뻣하게 고개를 숙여 박수에 화답해 보이고는, 그대로 악기를 겨드랑이에 끼고는 몸을 앞으로 기울인 어색

한 걸음걸이로 빠르게 방을 가로질렀다. 불운하게도 둘리의 탁자 옆을 지나가지는 않았지만. 둘리는 고개를 돌리며 눈으로 연주자를 좇았다. 연주자는 반대편 벽 앞에 있는 작은 탁자 앞에 앉았다. 의자가 하나뿐인 것으로 보아 1인석인 모양이었다. 둘리는 자기 의자를 가지고 그쪽으로 갈까 하는 생각을 했으나, 이내 그러지 않기로 마음먹었다. 애초에 혼자 있고 싶은 것이 아니라면 저런 자리를 선택하지 않았을 테니까.

둘리는 한참 주변을 둘러보다가 땅딸막한 웨이터와 눈을 마주치고 그에게 신호를 보냈다. 그리고 웨이터가 다가오자 음악가에게 와인 한 잔을 가져다주라고 부탁하고는, 그러면서 그에게 혹시 합석을 해도 될지 물어봐 달라고, 둘리 본인도 음악가이며 친교를 맺고 싶다고 말해 달라고 청했다.

"허락해 줄 것 같지 않군요." 웨이터가 대꾸했다. "예전에도 그런 시도를 한 손님들이 있었는데 항상 정중하게 거절했으니까요. 그리고 와인이라면 그러실 필요는 없습니다. 저녁 시간 동안 몇 번씩 저 사람을 위해 모금용 모자를 돌리니까요. 지금 또 누가 시작하려는 모양인데, 원하신다면 거기에 동참하셔도 될 것 같습니다."

"물론 그쪽도 하겠네." 둘리가 말했다. "하지만 그래도 일단 와인을 가져다주면서 내 말을 전해 주지 않겠나."

"알겠습니다, 손님."

웨이터는 선불로 1마르크를 받아 챙기고는 세 개의 술통 중 하나로 가서 와인 한 잔을 따라서는 연주자 쪽으로 향했다. 둘리는 웨이터가 연주자의 탁자에 잔을 내려놓고 둘리 쪽을 가리키며 뭔가 말을 하는 모습을 바라보았다. 그가 잘못 알아보지 않도록, 둘리는 자리에서 일어나 그 방향을 향해 가볍게 목례를 했다.

음악가 또한 자리에서 일어나 목례를 했다. 그보다 조금 더 깊숙이, 허리께를 굽히는 인사였다. 그러나 그는 다시 몸을 돌려 자기 자리에 앉았고, 둘리는 자신의 첫 번째 접근 시도가 거부당했다는 사실을 깨달았다. 뭐, 앞으로도 저녁 시간은 많을 것이고, 기회도 많을 것이다. 그래서 아주 약간 좌절한 채로, 그는 다시 자리에 앉아 와인을 한 모금 더 홀짝였다. 그리고 음악 없이도, 아니면 적어도 음악의 여운만 남아 있는 상태로도, 와인은 여전히 맛이 훌륭했다.

무신경하게 생긴 붉은 얼굴의 중산층 남자가 '연주자를 위한' 모금용 모자를 건넸다. 그리고 둘리는 모자 안에 고액권이 없는 것을 확인하고는, 눈에 띄고 싶지 않은 생각에 탁자의 동전 무더기에서 2마르크를 집어 그 안에 넣었다.

그리고 그는 음악가가 연주하던 무대 바로 앞 탁자를 차지하고 있던 한 쌍의 남녀가 자리에서 일어나는 것을 목격했다. 아, 바로 그가 원하던 것이었다. 그는 재빨리 잔을 비우고 동전과 클라리넷을 집어 들고는 남녀가 자리를 뜨자마자 바로 무대 앞으로 이동했다. 여기서라면 좀 더 제대로 보고 들을 수 있을 뿐만 아니라, 다음 연주가 끝난 다음에 걸어가는 연주자를 직접 자리로 초대하기에도 딱 알맞았다. 그리고 그는 클라리넷 케이스를 땅에 내려놓는 대신 눈에 딱 보이게 탁자 위에 올려놓았다. 연주자에게 자신이 동료 음악가라는 흔한 족속을 넘어서, 동료 목관악기 연주자이기도 하다는 사실을 알려주려는 심산이었다.

몇 분 후 그는 웨이터에게 신호를 보내 와인 한 잔을 더 부탁할 수 있었다. 그리고 와인이 오자 그는 땅딸막한 웨이터를 붙들고 질문을 던졌다. "우리 친구가 내 초대를 사양했다는 사실은 안 봐도 알겠네. 혹시 저 사람 이름이 뭔지 알려줄 수 있겠나?"

"오토입니다, 손님."

"오토라, 성은 뭐지? 성이 없는 사람인가?"

웨이터는 눈을 반짝였다. "예전에 물어본 적이 있지요. 저 친구는 자기 성이 니만트라고 대답하더군요. 오토 니만트입니다."

둘리는 가볍게 웃었다. 니만트가 독일어로 '아무도 아님'이라는 뜻이라는 사실을 알고 있었기 때문이다. "저 사람이 여기서 연주를 한 지 얼마나 됐나?"

"아, 그냥 오늘 밤만 하는 겁니다. 여행을 다니거든요. 오늘도 거의 1년 만에 보는 것 같군요. 올 때마다 하룻밤만 연주를 하는데, 우리는 연주를 하게 놔두고는 모금용 모자를 돌려주지요. 보통은 음악가를 고용하지 않습니다. 여긴 그냥 와인 저장고일 뿐이니까요."

둘리는 얼굴을 찌푸렸다. 그렇다면 오늘 밤 안에 어떻게든 말을 붙여야 했다.

"와인 저장고일 뿐이죠." 땅딸막한 웨이터는 자기 말을 반복했다. "하지만 시장하시다면 샌드위치도 서빙해 드릴 수 있습니다. 햄, 크낙부어스트, 맥주 치즈 중에서 내용물을 선택하실 수…"

둘리는 그의 말에 조금도 신경 쓰지 않고 있다가 말을 잘랐다. "그럼 언제 다시 연주하는 건가? 보통 연주 사이에 휴식을 오래 하는 편인가?"

"아, 오늘 밤 연주는 이걸로 끝입니다. 방금 전에 와인을 가져다 드릴 때 보니까 막 자리에서 일어나던데요. 아마 한참 동안 다시 보지 못할 테고…"

그러나 둘리는 이미 클라리넷 케이스를 들고 달리기 시작하고 있었다. 탁자 사이를 이리저리 헤치고 나가며, 가능한 한 최대로 속도를 내고 있었다. 문을 제대로 닫지도 않고 밖으로 나가서, 돌계단을 올라 보도의 포석 위로 나왔다. 이제 짙은 안개는 가시고 군데군데 뿌연 기운이 남아 있을 뿐이었다. 그러나 양쪽을 둘러보아도 니만트의 모습은 보이지 않았다. 그는 모든 움직임을 멈추고 서서 귀를 기울였다. 한동안 들리는 것이라고는 와인 창고의 소음뿐이었지만, 어떤 자비로운 사람이 그가 열어놓고 나온 문을 닫아 주었다. 이어지는 정적 속에서, 그는 오른쪽에서, 자신이 왔던 방향에서 발소리를 들은 것 같은 느낌을 받았다.

더 이상 잃을 것이 없었기 때문에, 그는 그 방향으로 달리기 시작했다. 골목이 급격하게 꺾어지더니 길모퉁이가 나타났다. 그는 걸음을 멈추고 다시 귀를 기울였다. 그리고— 이쪽이었다. 모퉁이 너머에서 다시 발소리가 들렸고, 둘리는 그쪽을 향해 뛰어갔다. 블록을 반쯤 지나자 멀리 사람의 형체가 보였다. 너무 멀어서 누구인지 판별할 수는 없었지만, 키가 크고 홀쭉한 모습이 그 음악가일 수도 있을 것으로 보였다. 그리고 그 인물 너머로, 흐릿한 안개 사이로 불빛과 자동차 소리가 들려왔다. 아무래도 호텔 직원의 안내를 따라서 번화가, 또는 이 정도 크기의 마을에서 번화가에 가장 근접한 장소로 가려다가 놓친 길모퉁이가 바로 이곳인 모양이었다.

이제 거리는 4분의 1블록까지 줄어들었고, 그는 입을 열고 앞에 가는 사람을 불러서 그가 자신이 쫓는 사람이 맞는지를 확인하려 했다. 그러나 소리를 지르기에는 너무 숨이 차다는 사실을 발견했을 뿐이었다. 그는 달리는 속도를 늦추어 걷기 시작했다. 이제 이 정도로 가까워졌으니 놓칠 염려는 없었다. 숨을 고르며, 그는 천천히 앞서 가는 사람과의 거리를 좁혀 나갔다.

다행히 그 음악가가 맞았다. 남자가 포석에서 차도로 내려서서 거리를 대각선으로 가로지르려 했을 때, 둘리는 이제 몇 발짝 떨어진 곳까지 와서, 남은 거리를 좁혀 옆으로 가서 말을 붙이려고 걸음을 서두르고 있었다. 순간 음주운전이 분명한 차 한 대가 그들 뒤편 모퉁이에서 전속력으로 달려 나와서 잠시 비틀거리더니, 아무것도 알아채지 못한 음악가를 향해 그대로 돌진해 갔다. 둘리는 평생 의식적으로 영웅적인 행동을 해 본 적이 없는 사람이었지만, 그 순간 거리로 뛰쳐나가 음악가를 자동차의 경로에서 밀쳐냈다. 그리고 제 힘을 주체 못하고 그대로 음악가 위로 엎어져서 자동차가 지나가는 동안 그를 보호하듯 몸으로 덮고 있었다. 차가 너무 가까이 지나가서 옷 위로 배기가스의 숨결이 느껴질 정도였다. 고개를 든 둘리의 눈에 한 쌍의 붉은 후미등이 한 블록 떨어진 곳의 안개 속으로 사라지는 모습이 보였다.

둘리는 쿵쿵대며 울리는 자신의 심장 박동에 귀를 기울이면서 몸을 한쪽으로 굴려 음악가를 풀어 주었고, 두 남자는 천천히 자리에서 일어섰다.

"내가 위험했던 건가?"

둘리는 힘겹게 침을 삼키며 고개를 끄덕였다. "면도날 하나 차이로 비껴갔어요."

음악가는 외투 아래에서 악기를 꺼내 살펴보기 시작했다. "망가지지는 않았군." 그가 말했다. 그러나 둘리는 자기 손이 비어 있다는 사실을 깨닫고 주변을 둘러보다가 이내 클라리넷 케이스를 발견했다. 손을 들어 음악가를 밀치려 한 순간 떨어트린 모양이었다. 양쪽 끝이 짓이겨져 있는 것으로 보아, 자동차의 앞바퀴와 뒷바퀴가 각각 케이스를 밟고 지나간 것으로 보였다. 클라리넷 케이스와 그 안의 모든 부속이 박살이 나서, 쓸모없는 고물이 되어 있었다. 그는 잠시 클라리넷을 어루만지다가 걸음을 옮겨 그대로 도랑에 떨어뜨렸다.

음악가가 다가와 그의 옆에 섰다. "유감일세." 그가 부드러운 목소리로 말했다. "악기를 잃는 건 친구를 잃는 일과 같지."

둘리는 문득 한 가지 생각을 떠올리고, 그의 말에 대답하는 대신 실제 감정보다 더 슬퍼 보이는 표정을 지었다. 클라리넷을 잃은 건 지갑 사정에 꽤나 타격이 되기는 하겠지만, 돌이킬 수 없을 정도는 아니었다. 당장이라도 품질이 떨어지는 골동품을 살 정도 돈은 있었고, 한동안 열심히 일하고 지출을 줄이면 방금 잃은 악기처럼 정말로 훌륭한 물건을 살 수도 있을 것이다. 마르크가 아니라 달러로 300은 나가는 물건이었지만, 새 클라리넷을 구하는 것 자체는 크게 어렵지 않을 것이다. 그러나 지금 당장은 저 독일인 음악가의 호우보이를, 또는 그와 똑같은 악기를 구하는 쪽에 훨씬 흥미가 있었다. 그것을 위해 지불할 수 있는 대가에 비하면 3백 달러 정도는 아무것도 아니었다. 그리고 만약 저 노인네가 책임감을 느끼고 자기 악기를 건네기라도 한다면…

"길을 잘 살피고 건너지 않은 내 잘못이네." 음악가가 말했다. "새 악기를 살 돈을 줄 수 있었으면 좋겠네만… 그 악기 클라리넷이었지?"

"그렇습니다." 둘리는 인생 최고의 발견을 앞둔 사람이 아니라 절망에 사로잡힌 사람처럼 말하려 애썼다. "뭐, 망가진 건 망가진 거지요. 어딘가 가서 함께 한잔하면서 기분이라도 푸는 건 어떻겠습니까?"

"내 방으로 가지." 음악가가 말했다. "거기 와인도 있거든. 그리고 아무도 없는 곳에서라면 사람들 앞에서는 연주하지 않는 곡으로 한두 곡 정도 연주해 줄 수도 있다네. 자네도 음악가인 것으로 보이니 말이야." 그는 가볍게 웃었다. "〈아이네 클라이네 나흐트무지크〉 어떤가? 말 그대로 작은 밤의 음악 한 편이라네. 하지만 모차르트가 아니라 내가 지은 곡이지."

둘리는 자신의 환희를 숨기려 애쓰며, 별 신경 쓰지 않는 것처럼 고개를 끄덕였다. "알겠습니다, 오토 니만트 씨. 전 둘리 행크스입니다."

음악가는 웃었다. "그냥 오토라고 부르게, 둘리. 성을 쓰지 않거든. 그저 내가 성을 가져야 한다고 말하는 사람들에게 니만트라고 말하고 다니는 것뿐이야. 자, 이리 오게, 둘리. 별로 멀지 않아."

별로 멀지 않았다. 바로 다음 골목에서 한 블록 들어간 곳이었다. 음악가는 낡고 음침한 건물로 걸음을 옮겼다. 그리고 열쇠로 문을 따고 들어가 작은 손전등을 꺼내들고는, 널찍하지만 양탄자는 깔리지 않은 층계를 따라 올라갔다. 그러는 동안 음악가는 이 건물에는 거주자가 없으며 철거 예정일이 잡혀 있기 때문에 전기가 들어오지 않는다고 설명했다. 그러나 집주인이 열쇠를 주면서 건물이 서 있는 동안은 사용해도 좋다고 허가를 했다는 것이었다. 여기저기 가구가 남아 있어서 어떻게든 살 만은 했고, 건물을 통째로 사용할 수 있다는 점이 음악가의 마음에 들었던 모양이다. 잠을 이루려는 사람들을 방해하지 않고도 한밤중에도 연주를 할 수 있었으니 말이다.

그는 방문 하나를 열고 안으로 들어갔다. 둘리는 음악가가 서랍장 위에 있는 기름등잔에 불을 붙일 때까지 문가에 서서 기다린 다음, 방 안으로 따라 들어갔다. 서랍장 옆에는 수직 등받이가 달린 의자 하나와 흔들의자 하나, 침대 하나가 있었다.

"자리에 앉게, 둘리." 음악가가 말했다. "침대 쪽이 저 딱딱한 의자보다 편안할 걸세. 나는 연주를 할 때는 흔들의자 쪽을 선호하거든." 그는 서랍장 맨 위쪽 서랍에서 유리잔 두 개와 술병 하나를 꺼냈다. "실수를 한 모양이군. 떠날 때는 와인이라고 생각했는데 브랜디였어. 하지만 브랜디 쪽이 낫겠지. 아닌가?"

"그래요, 브랜디가 낫습니다." 둘리는 말했다. 바로 호우보이를 연주해 봐도 될지 물어보고 싶어 자신을 억제하기 힘들 지경이었지만, 우선 브랜디가 분위기를 조금 완화시켜 주기를 기다리는 편이 나을 것이라는 생각이 들었다. 그는 침대에 자리를 잡았다.

음악가는 둘리에게 브랜디를 가득 따른 잔을 건넸다. 그리고 서랍장으로 돌아가 자기 잔을 채운 다음, 다른 쪽 손에 악기를 들고 흔들의자 쪽으로 갔다. 그는 잔을 들어올렸다. "음악에 건배, 둘리."

"나흐트무지크에 건배." 둘리가 말했다. 그는 한 모금 크게 들이켰고, 목구멍이 타는 느낌이 들었지만 좋은 브랜디가 분명해 보였다. 그러자 더 이상 참을 수가 없었다. "오토, 혹시 그 악기 좀 봐도 되겠습니까? 그거 호우보이가 맞지요?"

"그래, 호우보이 맞네. 음악가들 중에서도 알아보는 사람이 별로 없는 물건이야. 하지만 미안하네, 둘리. 이걸 건네줄 수는 없다네. 혹시나 자네가 부탁할지 몰라서 미리 말해 두는 거지만, 불어보게 해줄 수도 없다네. 유감이지만 어쩔 수 없는 일이야, 친구."

둘리는 고개를 끄덕이고 침울해지지 않으려 애썼다. 밤은 이제 시작일 뿐이었다. 이 정도로 강한 브랜디를 한두 잔 더 마시면 기분이 풀어질지도 모른다. 그는 그러는 동안 최대한 많은 정보를 얻어내리라 마음먹었다.

"그 물건이, 당신 악기 말인데요, 설마 진짜입니까? 중세에 만들어진 건가요, 아니면 현대에 재현한 물건인가요?"

"내가 직접 내 손으로 만들었다네. 사랑의 결실이지. 하지만 친구, 충고하는데 클라리넷으로 만족하게나. 특히 내게 이것과 똑같은 물건을 만들어 달라고 청하지는 말게. 할 수 없는 일이니까. 공구와 선반을 사용해 본 지 한참 세월이 지났다네. 이제 솜씨가 나오지 않을 거야. 자네 공구 다루는 법은 아나?"

둘리는 고개를 저었다. "못 하나 제대로 박을 줄도 모릅니다. 그러면 그 비슷한 물건이라도 혹시 구할 수 있는 곳이 없겠습니까?"

음악가는 어깨를 으쓱했다. "대부분 박물관에 들어가 있어서 손에 넣을 수가 없지. 개인 소장품이 되어 있는 옛날 악기들이 있기는 하고, 엄청난 가격을 지불하면 살 수도 있을 거야. 심지어는 아직 사용할 수 있는 것도 있겠지. 하지만 친구여, 부디 현명하게 클라리넷으로 만족하게나. 진심으로 충고하는 것일세."

둘리 행크스는 자기 생각을 입 밖에 낼 수 없었고, 따라서 침묵을 지켰다.

"자네를 위한 새 클라리넷을 구하는 이야기는 내일 하도록 하지." 음악가가 말했다. "오늘 밤은 전부 잊어버리는 것이 어떻겠나. 그리고 호우보이에 대한 갈망도 잊어버리게나. 이 악기를 연주하고 싶은 마음도 말일세. 그래, 자네는 물론 만지고 더듬어 보고 싶다고만 말했지만, 손에 든 다음에도 입술을 대 보고 싶은 충동을 이겨낼 수 있겠나? 조금 더 마시고 나서 내가 한 곡 연주해 주겠네. 건배!"

그들은 다시 술을 마셨다. 음악가는 둘리에게 자신에 대해 말해 보라고 청했고, 둘리는 그 말에 따라서 자신의 삶에 대한 중요한 내용을 거의 전부 털어놓았다. 가장 중요한 내용인 자신의 집착과, 다른 방법이 없다면 살인이라도 저지를 마음을 먹었다는 사실만 제외하고.

서두를 필요는 없다고 생각했다. 하룻밤이라는 시간이 있었으니까. 그래서 그들은 이야기를 나누며 술을 마셨다. 세 번째 잔이자 병에 남은 마지막 브랜디를 반쯤 마셨을 때, 마침내 이야깃거리가 떨어졌고 정적이 흘렀다.

그리고 음악가는 부드러운 미소를 흘리며 남은 잔을 비운 다음 내려놓고는, 양손으로 악기를 잡았다. "둘리… 혹시 아가씨들 좋아하나?"

갑자기 취기가 둘리를 습격했다. 그러나 그는 크게 웃었다. "물론 이죠. 방 하나 가득한 아가씨들. 금발, 갈색머리, 빨강머리. 다 좋습니다." 그리고 독일 노인네한테 술로 지고 싶지 않았기 때문에, 그는 남은 브랜디를 마저 들이켜고는 머리와 어깨를 벽에 기댄 채 침대 위에 몸을 눕혔다. "아가씨 좀 데려와 봐요, 오토."

오토는 고개를 끄덕이고 연주를 시작했다. 그러자 갑자기 와인 창고에서 마지막으로 들었던 오싹하고 아름다운 음악이 이곳으로 돌아왔다. 그러나 이번에는 새로운 곡이었다. 경쾌하면서 동시에 관능적인 곡조였다. 너무도 아름다워 고통스러울 지경이었고, 둘리는 순간 격렬한 분노에 휩싸였다. 저 망할 자식, 내 악기를 연주하고 있잖아. 내 클라리넷이 부서졌으니 저걸 내놓아야 하는데. 그리고 순간 마음속에서 질투와 시기심이 불꽃처럼 타올라서, 그는 바로 자리에서 일어나 뭔가 행동을 취할 뻔했다.

그러나 몸을 움직이기 전에, 그는 음악 위에서, 또는 아래에서 들려오는 다른 소리를 눈치채게 되었다. 밖에서, 보도 위에서 들려오는 것처럼 들렸다. 빠르게 또각 또각 또각거리는 소리가 어떻게 들어도 하이힐 소리처럼 들렸고, 이제 소리가 더 가까워지자 실제로 하이힐 소리가 분명해졌다. 수많은 하이힐이 나무 위를, 양탄자가 깔리지 않은 계단 위를, 그리고―그리고 이번에는 음악의 박자에 맞추어―우아하게 문을 두드리는 소리가 들렸다. 둘리는 몽롱한 기분으로 고개를 돌려 문을 바라보았고, 순간 문이 활짝 열리며 아가씨들이 방 안으로 쏟아져 들어와 사방을 둘러싸더니 그를 육체의 온기와 이국적인 향기 속에 파묻었다. 둘리는 눈을 의심하며 행복에 겨워 주변을 둘러보다가, 이윽고 의심을 멈추고 만약 환상이라면 그대로 즐기기로 마음먹었다. 만약… 양손을 뻗어 보았더니, 예상한 대로 보이는 것만이 아니라 만져지기도 했다. 갈색 눈의 갈색머리, 초록 눈의 금발과 검은 눈의 빨강머리가 있었다. 그리고 푸른 눈의 갈색머리, 갈색 눈의 금발과 초록 눈의 빨강머리도 있었다. 작고 귀여운 아가씨에서 크고 당당한 아가씨까지 모든 체구의 아가씨들이 존재했고, 모두 한결같이 아름다웠다.

어떻게 한 것인지는 몰라도 기름등잔이 완전히 꺼지지 않고 은은한 빛을 발하기 시작했다. 그리고 점점 격렬해지는 음악은 음악가가 이 방을 나간 듯 멀리 떨어진 곳에서 들려오는 것처럼 들렸다. 둘리는 음악가가 자신을 배려해 준 것이라 생각했다. 얼마 지나지 않아 그는 아가씨들과 신나게 즐기기 시작했다. 과자가게에 들어간 어린 소년처럼 내키는 대로 이곳저곳에서 한 입씩 맛보고 있었다. 아니면 흥청망청 주연을 펼치는 로마인과 비슷했다고 해도 될 것이다. 하지만 로마인들은 이 정도로 훌륭한 연회는 즐기지 못했을 것이다. 올림포스 산의 신들도 마찬가지고.

마침내 행복하게 지친 채로, 그는 다시 침대에 몸을 뉘었다. 그리고 부드럽고 향긋한 여인들의 살결에 둘러싸인 채로 그대로 잠에 빠졌다.

그리고 갑작스럽게, 완벽하게 제정신인 채로, 그는 정신이 들었다. 시간이 얼마나 흘렀는지는 알 수 없었지만, 방 안은 이제 싸늘해져 있었다. 한기 때문에 잠에서 깬 것일지도 몰랐다. 눈을 뜨고 보니 홀로 침대에 누워 있었고, 등잔은 다시 (아니면 여전히?) 정상적으로 타고 있었다. 음악가 또한 방 안에 있었다. 고개를 들어 보니 흔들의자에 앉은 채로 깊이 잠들어 있는 모습이 보였다. 여전히 양손으로 악기를 꼭 붙들고, 아까의 붉은색과 노란색 줄무늬의 긴 머플러를 가는 목 주변에 두른 채였다. 고개를 젖혀 흔들의자 등받이에 기대고 있었다.

방금 그게 실제로 일어난 일이었을까? 아니면 음악 때문에 잠이 들어서 아가씨들이 나오는 꿈을 꾼 것일까? 그러다 그는 이런 생각을 밀어 놓았다. 중요한 문제가 아니었다. 중요한 것은 저 호우보이를 손에 넣지 않고는 이곳을 떠날 수 없다는 사실이었다. 하지만 그 때문에 살인까지 저질러야만 하는가? 그래, 그럴 수밖에 없었다. 잠든 남자에게서 그냥 훔치기만 한다면 저 물건을 가지고 독일을 벗어날 수 없을 것이다. 오토는 심지어 여권에 적혀 있는 그의 본명까지 알고 있었고, 경찰이 국경에서 대기하고 있을 것이다. 하지만 시체를 남기고 간다면, 철거 예정인 집에 홀로 남은 시체는 몇 주, 아니 몇 달 동안 발견되지 않을 수도 있었다. 그때쯤이면 그는 미국으로 안전하게 돌아간 후일 것이다. 그리고 그때쯤이면 그에게 불리한 증거는 모두, 심지어는 악기를 그가 가지고 있다는 사실조차도, 유럽으로 송환 영장을 발부하기에는 부족할 것이다. 악기의 경우에는 오토의 목숨을 구하려다 부서진 클라리넷을 대신하라고 직접 주었다고 주장할 것이다. 물론 증거는 없지만, 반대 증거 역시 존재하지 않았다.

그는 빠르고 조용히 침대에서 일어나서 흔들의자에 앉은 채 잠들어 있는 남자 앞으로 살금살금 다가간 다음, 그를 물끄러미 내려다보았다. 살해 수단이 바로 눈앞에 있는 이상 손쉬울 것이다. 가느다란 목을 한 바퀴 둘러 앞쪽에서 한 번 교차되어 늘어져 있는 스카프면 충분할 것이다. 둘리는 살금살금 흔들의자 뒤로 돌아가서, 수척한 어깨 너머로 손을 뻗어 스카프 양쪽 끝을 단단히 쥐고 온 힘을 다해 양쪽으로 당겼다. 그리고 그대로 힘을 빼지 않았다. 음악가는 둘리가 생각한 것보다 훨씬 늙고 나약한 모양이었다. 제대로 저항조차 하지 못한 채, 죽어가면서도 한쪽 손으로는 악기를 놓지 않고 남은 손으로만 스카프를 힘없이 당길 뿐이었다. 그의 몸에서 순식간에 생명이 빠져나갔다.

둘리는 우선 심장에 귀를 대고 확실히 숨이 끊어졌는지를 확인한 다음, 악기에서 죽은 이의 손가락을 떼어냈다. 그리고 마침내 자기 품에 안았다.

악기를 들고 있는 손이 열망으로 격렬하게 떨렸다. 어디서 이걸 연주해 보아야 안전할까? 호텔에 돌아가면 곤란할 것이다. 한밤중에 연주하면 다른 손님들이 깨어날 테고, 그에게 관심이 집중될 테니까.

아니, 바로 지금 여기서, 아무도 없는 폐건물에서 하는 편이 가장 안전할 것이다. 지금이 아니면 한동안 제대로 된 기회를 얻기 힘들 것이다. 어쩌면 이 나라를 무사히 떠날 때까지 기다려야 할지도 모른다. 지금 이곳에서, 자신이 만졌을 법한 물건에 남은 지문을 전부 지우고 다른 생각나거나 발견되는 흔적을 전부 없애기 전에 해야 한다. 지금 이곳에서, 하지만 잠들어 있는 이웃을 깨우지는 않을 정도로 조용히 불어야 한다. 이웃들이 그의 첫 번째 시도와 악기의 원래 주인의 연주 사이의 차이를 눈치챌지도 모르니까.

그래서 그는 조용히 악기를 불었다. 적어도 처음에는. 그리고 연주법을 제대로 익히지 않은 악기를 연주하면 바람 새는 소리와 온갖 소음이 날 수 있다는 사실을 기억하고는 손을 멈추었다. 그러나 묘하게도 그런 일이 벌어질 거라는 생각은 들지 않았다. 이미 더블 리드 악기를 연주하는 법은 알고 있었다. 뉴욕에 살 때 오보에 연주자와 같은 아파트에 산 적이 있었는데, 그때 오보에도 배워볼까 하는 생각에 불어본 적이 있었다. 결국 자신이 소규모 악단과 함께 연주하는 쪽을 선호하며, 오보에는 대규모 악단에만 들어간다는 사실 때문에 포기하기는 했지만 말이다. 운지법은 어떤가? 고개를 숙여 보니 손가락이 자연스럽게 손가락 구멍이나 키 위에 자리를 잡고 있는 모습이 보였다. 그가 바라보는 앞에서 손가락들이 마치 의지를 가지고 있는 듯 자연스레 춤추듯 움직였다. 그는 손가락의 움직임을 멈춘 다음, 묘한 기분을 느끼며 악기를 입술에 가져다 대고 부드럽게 숨결을 불어넣었다. 그러자 부드럽게, 맑고 순수한 중음계의 음이 흘러나왔다. 오토가 연주했던 것처럼 풍요롭고 생동감 있는 소리였다. 그는 조심스레 손가락을 하나씩 떼면서 온음계를 연주하기 시작했다. 그리고 충동적으로 손가락에 대해서는 전부 잊어버리고 음계만을 생각하며 손가락이 마음대로 움직이도록 했다. 모든 음이 깨끗했다. 다른 조의 음계를 떠올리자 생각한 대로의 소리가 흘러나왔다. 다음에는 화음을 아르페지오로 연주했다. 운지법은 전혀 모르는데도, 손가락은 이미 알고 있는 것만 같았다.

연주할 수 있다. 연주할 것이다.

엄청난 흥분에도 불구하고, 그는 편안한 자세를 잡아야겠다고 생각했다. 그는 침대로 돌아가 자리를 잡고 누웠다. 음악가가 연주하는 음악을 들을 때와 마찬가지로, 뒤편의 벽에 머리와 어깨를 댄 자세였다. 그리고 그는 악기를 다시 입가로 가져와서 연주하기 시작했다. 이번에는 음량에 신경 쓰지 않았다. 이웃이 듣더라도 오토가 연주하는 것으로 생각할 것이다. 그리고 오토가 밤늦은 시간까지 연주하는 것에는 이미 익숙해 있을 것이다.

와인 창고에서 들었던 곡조를 떠올리자, 손가락이 저절로 연주를 시작했다. 그는 황홀경에 빠져서 긴장을 풀고 클라리넷 따위는 연주해 본 적도 없는 것처럼 연주에 빠져들었다. 오토가 연주했을 때와 마찬가지로 그 풍요롭고 청아한 소리가 그의 마음을 파고들었다. 최저 음역은 그의 클라리넷과 같은 등급이었지만, 최고 음역으로 가면 훨씬 높은 소리까지 연주할 수 있었다.

연주에 따라 천 가지 소리가 하나로 뒤섞였다. 다시 역설로 가득한 달콤한 음률이, 흑과 백이 하나로 뒤섞여 아름다운 회색빛의 오싹한 음악으로 변하고 있었다.

다음 순간, 그는 그대로 자연스레 묘한 곡조로 넘어가 연주를 하고 있었다. 지금까지 들어본 적이 없는 곡이었다. 그러나 그는 본능적으로 지금 연주하는 곡이 이 훌륭한 악기 자체가 가지고 있던 것이라는 사실을 깨달았다. 무언가를 부르는 듯한, 유혹하는 듯한 곡조였다. 오토가 아가씨들, 진짜인지 환상인지 모를 아가씨들을 또각거리는 소리와 함께 다가오게 만들었던 그 곡과 비슷했다. 하지만 이번에는— 곡조 속에서 육감적인 느낌이 아니라 악의가 느껴지지 않는가?

하지만 음악이 너무 아름다웠고, 설령 그가 원한다 하더라도 춤추는 손가락을 멈추거나 숨결을 불어넣어 음악에 생명을 부여하는 일은 멈출 수 없었을 것이다.

그리고 다음 순간, 음악의 위 또는 아래에서, 다른 소리가 들리기 시작했다. 하지만 이번에는 하이힐 또각거리는 소리가 아니라 수천 개의 발톱 달린 작은 발이 긁어대고 할퀴는 소리였다. 그리고 지금까지 눈치채지 못했던, 목조 벽에 나 있는 수많은 구멍에서 놈들이 쏟아져 나왔다. 그대로 침대로 달려와 뛰어 올랐다. 놀라 제대로 몸을 움직이지도 못하는 채로, 둘리는 모든 것을 깨닫고는 생애 마지막이 될 법한 온 힘을 다해 저주받은 악기를 입에서 떼고는, 비명을 지르려고 입을 열었다. 그러나 놈들은 이제 그의 주변을 가득 메우고 몸 위로 잔뜩 올라타 있었다. 커다란 놈, 황갈색인 놈, 작은 놈, 늘씬한 놈, 검은 놈… 그리고 벌린 입에서 비명이 흘러나오기도 전에, 놈들을 이끌고 있던 가장 큰 검은 쥐가 펄쩍 뛰어올라 날카로운 이빨로 둘리의 혀끝을 물고 늘어졌다. 그리고 막 태어나던 비명은 숨막히는 소리와 함께 정적으로 잦아들었다.

그리고 연회를 즐기는 소리, 그 유일한 소리가 하멜른의 밤거리에 오랫동안 울려 퍼졌다. (1965)

장르를 넘나드는 단편의 미학

우선 「해답」을 보자. 이 작품을 읽고 기시감을 느끼는 독자 분들이 많을 것이다. 그도 그럴 것이 '우주를 지배하는 외계 문명이 모든 컴퓨터의 힘을 동원해 궁극의 질문에 대한 해답을 찾는 SF 단편'이라고 줄거리를 요약해 놓으면, 열에 아홉은 아시모프의 「최후의 질문 The Last Question」을 떠올릴 것이 분명하기 때문이다.

물론 아시모프의 최고 걸작과 브라운의 작품을 비교하고자 하는 것은 아니다. 아시모프는 하드 SF의 거장답게 엔트로피의 증가로 인한 멸망을 피하기 위한 탐색의 과정을 시대의 흐름에 따라 섬세하게 묘사해 나간다. 그리고 그의 컴퓨터는 인지의 영역을 넘어선 최후의 최후까지 사유를 거듭한 다음 마지막 순간에서야 입을 연다. 그러나 펄프 장르소설 작가인 브라운의 컴퓨터는 즉각 자기보호 본능부터 발동시킨 다음, 훨씬 선정적인 한마디를 뱉으며 자신의 치세를 시작한다.

그러나 어찌됐든 결국 컴퓨터가 신이 되었다는 점은 동일하다. 그리고 이 결론에 도달하기 위해 아시모프는 4,500개가 넘는 단어를 사용했지만, 브라운은 222개의 단어밖에 사용하지 않았다. 거의 비숫한 시기에 집필했고(발표는 브라운 쪽이 2년 앞섰지만) 비슷한 소재를 다룬 이 두 작품의 차이가 SF 작가로서의 브라운에 대해 많은 것을 알려줄 수 있을지도 모르겠다.

프레드릭 브라운의 작가 경력은 전문 상업지에 수록되는 유머러스한 단편 작품으로 시작되었다. 이를 통해 생계를 유지할 만큼 안정적인 소득을 확보한 브라운은 이내 당대 최고의 시장, 즉 펄프 미스터리 장르에 도전한다. 1938년에 첫 단편을 판매하는 데 성공하지만 반응은 신통치 않았고, 작가로서 본격적인 활동에 들어간 것은 1940년에 들어서였다.

당대의 많은 장르 작가들과 마찬가지로 브라운 역시 다작과 박리다매를 통해 생계를 확보했고, 그 과정을 통해 필력을 가다듬고 자신의 목소리를 찾았다. 단편 창작이 궤도에 오른 것은 1941년에 들어서였고, 이듬해인 1942년 한 해 동안 브라운은 40편에 가까운 단편을 출간한다. 당시의 거의 모든 유명 미스터리 잡지들에서 브라운의 단편을 찾아볼 수 있었다. 아니, 비단 미스터리 잡지만이 아니었다. 한동안 그의 밥줄이 되어 주었던 전문 상업지에 투고를 계속한 것은 물론이고, 판타지 잡지인 〈언노운 월드Unknown Worlds〉나 SF 잡지인 〈어스타운딩 스토리즈Astounding Stories〉, 〈플래닛Planet〉 등에도 작품을 팔기 시작한 것이다.

브라운의 초기 단편 중 많은 수가 이미 기존의 장르 경계를 초월하는 모습을 보였다. 1930~40년대에 인기를 끌던 하드보일드 장르의 공식을 따르면서도, 최면술이나 초자연적 현상을 비롯한 여러

판타지 요소를 실마리로 사용하는 경우가 많았다. 이러한 성향은 이 윽고 이 단편선의 첫 작품이자 브라운의 첫 판타지 단편인 「아마겟돈」으로 이어진다. 같은 해 발표된 「아직은 끝이 아니다」로 SF 쪽에도 발을 들이기 시작한다.

대부분의 작가들이라면 이 정도에서 한 가지 장르로 작품 활동을 압축했을 테지만, 브라운은 미스터리와 SF와 판타지라는 세 장르의 작품을 꾸준히 집필해 나간다. 문제는 그중에서 적어도 두 가지, 즉 미스터리와 SF 장르에서는 계속해서 훌륭한 작품을 쏟아냈다는 것이다. 미스터리 쪽에서는 「붉은색은 지옥의 빛깔Red is the Hue of Hell」(1942)과 「재버워키 살인사건The Jabberwocky Murders」(1944) 등이 호평을 받았으며, 에드와 앰 헌터를 주인공으로 내세운 첫 장편소설 『끝내주는 술집 도박판The Fabulous Clipjoint』(1942)은 에드거상 신인상을 수상했고 지금까지도 하드보일드 미스터리의 고전으로 꼽힌다. SF 쪽을 보자면 1965년 이전 최고의 SF소설 20선에 수록된 「아레나」(1944)와 필립 K. 딕이 '가장 훌륭한 SF'라 극찬한 「웨이버리」(1945)가 이 시기에 집필된 단편이다. 이후 그가 집필한 24편의 미스터리 장편 소설은 대부분 높은 평가를 받았고, SF 장르에 속하는 5편의 장편 소설과 100여 편에 달하는 단편 소설 중에서도 많은 수가 당대의 명작이라는 평가를 받았다. 브라운을 단순히 SF 장르를 기웃거리는 미스터리 작가, 또는 미스터리 영역에 발을 들여 놓은 SF 작가라고 치부할 수는 없는 이유가 여기에 있다.

초기부터 브라운의 단편은 두 가지 특징을 보인다. 하나는 오 헨리를 떠오르게 하는 기발하고 극도로 꼬인 반전이다. 아시모프나 딕처럼 한동안 사색에 빠지게 하는 부류의 반전은 아니지만, 충격의 강도 면에서는 조금도 덜하지 않다고 자신 있게 말할 수 있다. 그의 단편 도입부를 읽고 결말을 예측할 수 있는 독자는 거의 없을 것이다. 다른 하나는 경제적이지만 재기가 넘치는, 때로는 독특한 언어유희로 가득한 문장력이다. 물론 여기에 대해서는 이의를 제기하는 독자들이 있을지도 모른다. 사실 브라운은 필력이 뛰어나기는 해도 베스터처럼 아름답고 유려하거나, 젤라즈니처럼 시적인 문장을 자유자재로 엮어내는 작가는 아니기 때문이다.

그러나 SF 작가로서의 브라운을 생각할 때 가장 먼저 떠오르는, 극도로 짧은 초단편소설short-short story을 보면 그의 문장이 가지는 장점은 명백해진다. 브라운은 두말할 나위 없이 당대의, 아니 지금까지의 모든 SF 작가들 중에서도 가장 효율적인 문장을 구사하는 사람이었다. 올디스나 발라드, 심지어는 아시모프에 이르기까지 수많은 SF 작가들이 한 페이지도 되지 않는 소설을 자신의 단편집에 끼워넣었지만, 이런 형식의 가능성을 극단까지 밀어붙인 작가는 브라운밖에 없다고 할 수 있다. 그의 초단편소설에서 브라운은 조금도 망설이지 않고 가장 빠른 길을 택하며, 그와 동시에 풍자와 위트와 반전을 넣는 것도 잊지 않는다. 일부 작가들이 그러듯이 단순히 플롯을 설명하고 그것을 초단편소설이라 주장하는 것이 아니라, 짧은 분량이기 때문에 존재할 수 있는 온전한 소설을 쓰는 것이다. 「해답」의 222단어에 더 이상 서술을 덧붙인다고 해서 작품의 완성도가 올라갈 수 있을까? SF에 관심이 있는 독자라면 한 번쯤은 줄거리를 들어

보았을 법한 「형기」나 「유아론자」 역시 마찬가지다. SF의 본질이 질문을 던지고 그에 대한 해답을 구하는 과정에 있다고 한다면, 브라운의 작품은 그 방법론에 있어 하나의 경지에 도달했다고 할 수 있을지도 모른다.

여기에 하드보일드 미스터리 소설로 갈고닦은 비딱한 세계관과 매력적인 캐릭터, 뛰어난 반전 구사 능력이 더해지며 그만의 독특한 매력을 만들어 낸다. 그의 단편 중 많은 수가 미스터리와 판타지의 요소를 SF 속에 녹여내고 있으며, 이는 SF 장편 소설인 『이 미친 세계What Mad Worlds』(1949)나 「마음속 존재The Mind Thing」(1961)까지도 이어진다. 어쩌면 브라운은 단순히 장르를 넘나든 것뿐이 아니라, 기존의 경계를 초월한 자신만의 장르를 만들어낸 것일지도 모르겠다.

SF라는 장르의 틀 안에서 보았을 때는 브라운보다 훌륭한 작가는 많을 것이다. 물론 브라운의 영향을 받은 후배 작가들이 많기는 하지만, 결과적으로 그는 후대에 아이콘으로 남은 세계관에도, 사상에도, 인물 유형에도 자신의 이름을 걸지 못했다. 60년대 중반 뉴웨이브 SF가 주류로 올라서는 동안 브라운은 건강 문제로 집필에 어려움을 겪기 시작했고, 결국 절필 상태에 들어가며 사실상 장르의 흐름과 팬들의 관심에서 멀어져 버렸다. 21세기에 들어 여러 20세기 중반 SF작가들의 작품이 헐리우드를 비롯한 다양한 매체를 통해 재발견되는 와중에도, 브라운은 결국 그 흐름에 편승하지 못했다. 이제 SF 골수팬들에게조차 브라운은 그저 기발하기만 한 작가라는 인상이 강하다.

하지만 SF라는 틀을 넘어서, 단순히 단편소설로서만 그의 작품을 평가한다면 어떨까. 40~50년대 펄프 장르소설의 냄새가 진하게 풍기는 그의 작품은 훌륭한 단편소설에 필요한 모든 요소를 가지고 있다. 브라운의 소설은 SF 장르의 문법에 익숙하지 않은 독자에게도 충격과 전율과 웃음을, 그리고 결말을 향한 기대를 제공해 준다. 독보적이라 할 수 있는 초단편소설 쪽으로는 두말할 나위가 없을 것이다.

부족한 번역으로 원작을 훼손하지 않았을까 두렵기는 하지만, 아무쪼록 독자들이 이 책을 통해 프레드릭 브라운 단편소설의 매력을 느낄 수 있었으면 한다.

옮긴이 | 조호근

서울대학교 생명과학부를 졸업하고 아동과학서 및 SF, 판타지, 호러소설 번역을 주로
해왔다. 옮긴 책으로『SF 명예의 전당 2: 화성의 오디세이』(공역)『장르라고 부르면 대
답함』『SF 세계에서 안전하게 살아가는 방법』『도매가로 기억을 팝니다』『컴퓨터 커
넥션』『타임십』『런던의 강들』『몬터규 로즈 제임스』『모나』『레이 브래드버리』『마이
너리티 리포트』등이 있다.

프레드릭 브라운 SF 단편선 1

아마겟돈

초판 1쇄 발행 2016년 4월 30일

지은이 프레드릭 브라운
옮긴이 조호근

펴낸곳 서커스출판상회
주소 서울 마포구 월드컵북로 400 5층 24호(상암동, 문화콘텐츠센터)
전화번호 02-3153-1311
팩스 02-3153-2903
전자우편 rigolo@hanmail.net
출판등록 2015년 1월 2일(제2015-000002호)

ISBN 979-11-955687-9-6 04840
ISBN 979-11-955687-8-9 (세트)